Sommaire

Les grandes espérances

Femme, vie, liberté, la révolution iranienne

apulée

REVUE DE LITTÉRATURE ET DE RÉFLEXION

#8 Les grandes espérances

Toujours indissociable des apports littéraires et poétiques internationaux lui donnant sens et vie, chaque livraison d'*Apulée* poursuit, relance et affine l'engagement thématique des précédents, avec pour enjeu liminaire la liberté qui les rassemble tous, depuis les *Galaxies identitaires* jusqu'au récent numéro sur le thème des *Libertés* justement, de leur défense partout dans le monde. La réflexion, l'analyse, l'enquête et la fiction, les voix reconnues, méconnues ou surgissantes de la littérature, des sciences humaines et des arts se répondent et se tressent entre les deux rives de la Méditerranée et à travers les cinq continents.

Avec *Les grandes espérances* – titre doucement provocateur en ces temps de catastrophisme de parade et de nihilisme salonnier –, il s'agit d'ouvrir portes et fenêtres au grand souffle rimbaldien dans le bruissement des voix du monde, avec en tête l'injonction toujours neuve d'André Breton : « On voit comment, en ce qu'elle pouvait encore avoir d'incertain, l'image se précise : c'est la révolte même, la révolte seule qui est créatrice de lumière. Et cette lumière ne peut se connaître que trois voies : la poésie, la liberté et l'amour qui doivent inspirer le même zèle et converger, à en faire la coupe même de la jeunesse éternelle, sur le point moins découvert et le plus illuminable du cœur humain » (*Arcane 17*).

Ou, dit autrement, au feu du devenir, il y a 2600 ans par Héraclite d'Éphèse : « Sans l'espérance, vous ne trouverez pas l'inespéré, qui est introuvable et inaccessible. »

ÉDITIONS ZULMA

PARIS • VEULES-LES-ROSES

En hommage à notre très cher ami, notre « mensch »,
au grand peintre Serge Kantorowiz, décédé le 10 octobre 2022.

Moi-même, je sais le plus grand gré à l'âne que je fus de m'avoir fait passer par des tribulations variées et rendu, sinon pleinement sage, du moins plus riche de savoir.

APULÉE
L'Âne d'or ou les Métamorphoses

En couverture : *Apparition* (détail), Paris, 2015.
© Reza / rezaphoto.org.

Ci-dessus et page 447 : *Apulée*, peinture de Serge Kantorowicz.

Les notices bio-bibliographiques de tous les contributeurs de la revue sont disponibles sur :
www.zulma.fr, page Apulée.

www.zulma.fr

Hawad. Être le grain de sable dans l'œil du chaos

Les grandes espérances, suite 3

Trois poètes bulgares

Les grandes espérances, suite 4

Portfolio

Algérie, la nuit des poètes assassinés
Jean Sénac, Youcef Sebti, Tahar Djaout, Lounès Matoub

Les grandes espérances, suite 5

André Breton, dans la magnificence de l'improbable

Dossier coordonné par Hubert Haddad

Les grandes espérances, suite 6

HUBERT HADDAD

« ET COMME L'ESPÉRANCE EST VIOLENTE »

Arrête-toi un instant, lecteur, et songe à la longue chaîne de fer ou d'or, d'épines ou de fleurs, qui ne t'aurait jamais lié, si, à un certain et mémorable jour, le premier anneau ne se fût formé.

CHARLES DICKENS
Les Grandes Espérances

L'espoir nous est donné par ceux qui n'en ont pas.

WALTER BENJAMIN

Au centre de la Terre, enveloppé d'un océan tempétueux de métal en fusion, un noyau dur de fer et de nickel de la taille de la planète gelée Pluton évoque quelque titanesque météorite captive en forme d'aimant sphérique dont la rotation avérée semble s'inverser tous les demis ou tiers de siècle avec des conséquences insoupçonnées sur les champs magnétiques, et donc sur le climat, les saisons et la durée du jour. Mais de ce jeu de bilboquet des dieux, nous ne savons et ne pouvons à peu près rien, par chance. La biosphère, cette mince pellicule organique baignée par l'hydrosphère, cieux et mers compris, pourrait être soufflée comme une moisissure sur un vieux galet par quelque phénomène cosmique imprévisible. Insoucieuse des fins dernières, l'humanité, cette nébuleuse de conglomérats tribaux en dispute permanente pour des motifs désespérants, s'y accroche cependant avec des idées dévastatrices de progrès exponentiel, de croissance techno-économique fondée sur l'exploitation sauvage des ressources naturelles, cela dans un contexte dit de « destruction créatrice » grâce aux retours de guerres qui, entre autres faveurs, dynamisent de juteuses innovations dans les industries létales. « Le monde a commencé sans l'homme et il s'achèvera sans lui », lit-on dans *Tristes Tropiques*. Mais il ne servirait à rien de s'abandonner à l'infra-culture nihiliste en vogue ou, pire, de cultiver un pessimisme secrètement dulcifié par « l'idée neuve » du bonheur ultime, de la félicité morose au programme du transhumanisme sur fond de darwinisme social. Comme l'écrit Bernanos, « pour rencontrer l'espérance il faut être allé au-delà du désespoir ». Et déjà ne pas perdre mémoire. Avec en exergue la poésie yiddish traduite et lumineusement contextualisée dans ces pages. Car jusque dans les mythes, l'Espérance est fille de la Nuit. L'industrieuse et barbare volonté d'anéantissement d'une langue (et d'un peuple) nous rappelle que nous sommes une blessure dans l'Histoire. *Les âmes en feu* du yiddish chantent à jamais la résistance. Ce sont des femmes et des hommes qui ont lutté et qui sont morts, invaincus. Avec les voix toujours neuves de la révolte venues d'Algérie, d'Ukraine, d'Iran où les femmes assoiffées de justice et de liberté luttent au péril de leur vie contre les pires archaïsmes. C'est dans l'adversité redoutable que les mots d'espérance

Népal (détail), 1985. © Francesco Gattoni.

et de liberté s'incarnent au plus vif, charnellement, sans réserve sémantique ni besoin d'une quelconque légitimation conceptuelle.

De par notre finitude sans issue, dos au mur du réel, qui peut se dire en retrait du monde ? C'est une lutte à mort que vivre, il est cruel de l'avouer. La réalité s'impose massivement à nous dans sa complexité et son mystère comme représentation plénière bombardée d'affects et de symboles, manifestation concrète à quoi se réfère toute désignation, ensemble d'hypothèses dont l'examen probatoire passe par l'intuition ou le test d'expérience. Toutefois nous traversons cette réalité sans réelle garantie d'adhérence, mal arrimés au train fantôme de l'Histoire en chute libre dans la grande baraque de l'univers. Au seuil de l'écroulement des idéologies et des structures identitaires traditionnelles et déjà sous l'emprise invasive des technosciences avec en cheval de Troie la fabrique des mondes et modèles virtuels, *le rêve éveillé de l'utopie* cher à Ernst Broch risque bien de fusionner avec les algorithmes d'apprentissage automatique visant toutes un *résultat attendu*.

C'est au moment où l'illusion identitaire perd toute assise et se fracture telle une statue de plâtre qu'un fascisme sournois, pulvérulent, s'empare des consciences aux dépens de l'infini qui s'ouvrait devant elles. Les identités sont des constructions imaginaires, circonstancielles, pôles narcissiques plus ou moins contrariés en quête de légitimité, de *représentation*. Dans un contexte clanique d'exclusion et de marquage social quasi viral, que caractérise le déni implicite de cet infini qui prend tous les visages de l'altérité, une ségrégation à l'envers se répand entre ces pseudo-identités farouchement distinctives, une perversion dans les faux miroirs de prétendues valeurs infuses sous des prétextes de réparation, voire de revanche, qu'elles soient sexuelles, ethniques, économiques – le tout hybridé et théorisé à l'envi jusqu'à remettre en question la liberté de pensée sans schèmes mentaux préalables, cela dans l'encerclement d'une bruissante vacuité qui monte des réseaux sociaux comme des mornes glacis médiatiques.

Peut-on échapper à la Norme ? Existe-t-il une « fonction utopique » qui se situerait à l'avant de la conscience et des savoirs, quelque part dans l'inaccompli du désir et du rêve – ce fameux *Principe Espérance* questionné et axiomatisé en trois forts volumes entre la guerre et l'exil par le philosophe Ernst Bloch dans sa fabuleuse odyssée transhistorique –, ou plus précisément un devenir en acte porté par l'imaginaire des individus et des peuples en butte aux détresses de l'Histoire ?

Un principe indécidable grelotte à la pointe de l'actuel comme l'aiguille d'un vieux compteur Geiger : à la coïncidence irradiée des mondes en devenir, l'instant qui nous porte, ce pur vacillement qui renouvelle indéfiniment notre projection dans le futur, a la terrible beauté de l'inconnu pour trajectoire et la mort en perspective, à jamais légendaire en même temps qu'imminente.

Pris entre l'ignorance des fins et l'incertitude des causes, nous ne pouvons jurer, avec Descartes corrigé par Pascal, que de ce point de fusion de la conscience qui éclaire l'énigme de la présence d'une sorte de *création continue* visant le perpétuel surgissement de *l'après,* lequel oscille dès lors entre futur et avenir. « J'y suis ! J'y suis toujours ! » lança Rimbaud. Tandis qu'Ernst Bloch, notre contemporain par l'espérance arrachée du fond du désespoir, tente de s'extraire d'un cimetière d'utopies avortées en cherchant l'équilibre irréalisé : « De l'avenir non advenu devient visible dans le passé, tandis que du passé vengé et recueilli comme un héritage, du passé médiatisé et mené à bien, devient visible dans l'avenir. » L'espérance est sans relation avec la querelle de Pangloss et Martin dans le conte de Voltaire. Quiconque s'oppose sans faillir à l'adversité en témoigne, dans les prisons, les camps, au-devant des pires oppressions. Aussi devrait-on plutôt parler d'un coefficient de résistance. Il y a des mots essentiels à l'éthique du sens qui exigent un retour constant au concret. « Nous ne pouvons établir la signification du mot *beauté* qu'en considérant la manière dont nous en faisons usage », écrit justement Wittgenstein. En réaction à l'optimisme supposé du marxiste hérétique Ernst Bloch qui prônait la *docta spes,*

« l'espoir en connaissance de cause », le philosophe Hans Jonas, analyste des désordres de l'Anthropocène et des périls du génie génétique, publia deux décennies plus tard, dans les années 1970, son *Principe Responsabilité* en prenant en compte l'écueil apocalyptique de la machine de production industrielle du capitalisme mondialisé. De la fin des années 1970 à nos jours, la réalité planétaire répond dramatiquement à ses prophéties ; mais l'esprit de responsabilité aura manqué à la plupart, possédants, gouvernants et technocrates en tête, au dédain de la flamme espérance.

La critique radicale d'Hans Jonas, son pessimisme de combat, n'a rien à voir avec le nihilisme d'ambiance en faveur dans la bourgeoisie intellectuelle occidentale. Pas plus que la pensée du désastre de son contemporain, Günther Anders, pour qui Auschwitz et Hiroshima ont déverrouillé et rendu béantes les portes de l'enfer. Premier mari d'Hannah Arendt, disciple invalidé de Heidegger, et lui-même authentique philosophe resté longtemps dans l'ombre, Anders augura *l'obsolescence de l'homme* et la dégradation conjointe de l'ensemble de ses activités comme de son environnement. Prises de court par l'emprise autarcique et déréalisante de la technique, les foules s'abandonnent à la facticité d'un monde caduc, tout de vénalité, de spoliation et d'errements. On se souvient que les prédictions du Jonas biblique furent déjouées par leur propre effet d'intrication. Le nihilisme postural ou programmatique, a contrario, n'attend aucune réforme : forclos dans sa jouissance, pure délectation postulant narcissiquement la négation comme prouesse esthétique au grand mépris de l'altérité.

À l'inverse, l'exaltation de l'activité utopique, de la conscience ouverte aux percées analogiques de l'imaginaire par le rêve vigile en regard des lendemains proches ou lointains, définirait assez la pratique poétique et réflexive, voire artistique, à l'honneur depuis le premier numéro de la revue *Apulée* jusqu'à ce huitième qui arbore sans vergogne le titre d'un formidable roman de Charles Dickens mettant en scène le jeu des antithèses fracassantes, l'abondance des contraires s'engouffrant dans les hauteurs et les abîmes, vent de tempête ou brise caressante devant l'énigme insoluble de la misère et de la malédiction, avec en héritage l'espérance, la poésie abrasive de la plus haute actualité. L'idéologie de la fin de l'Histoire faussement déclinée de Hegel et mise à mal par le retour du tragique après les convulsions de la Seconde Guerre mondiale, Walter Benjamin n'y avait jamais cédé, persuadé qu'elle n'eût pu être, hypothétiquement, que la fin de l'homme et de son devenir. Qui peut s'étonner du vol fracassé de l'ange des discontinuités temporelles assimilé par Benjamin à une fragile aquarelle qu'il aimait contempler jusqu'avant son suicide, en 1940 :

> *Il existe un tableau de Klee intitulé* Angelus novus. *Il représente un ange qui semble avoir dessein de s'éloigner de ce qu'il parait fixer du regard. Ses yeux sont écarquillés, sa bouche ouverte, ses ailes déployées. Tel est l'aspect que doit nécessairement avoir l'ange de l'Histoire. Il a le visage tourné vers le passé. Où une suite d'événements devant nous se déroule, lui ne voit qu'une seule et unique catastrophe qui ne cesse d'amonceler ruines sur ruines à ses pieds. Il voudrait bien s'attarder, réveiller les morts et rassembler les vaincus. Mais du paradis souffle une tempête qui s'est prise dans ses ailes, si forte que l'ange ne peut plus les refermer. Cette tempête le pousse incessamment vers l'avenir auquel il tourne le dos, tandis que devant lui les ruines s'accumulent maintenant jusqu'au ciel. Cette tempête n'est autre que ce qu'il est convenu d'appeler le progrès.*
>
> SUR LE CONCEPT D'HISTOIRE

Pour les héritiers indociles et les continuateurs plus ou moins incontrôlables de l'École de Francfort, l'utopie ne connaît pas de limites : à peine ses fins accomplies, elle rebondit plus affranchie que jamais, plus onirique s'il se peut, en quête d'autres possibles, à travers les anamorphoses galactiques de l'imaginaire. « La sœur du souvenir s'appelle espérance », disait à peu près Michel-Ange : toutes deux s'apparentent à la poésie du monde qui, dans la tragédie comme dans l'apaisement, s'incarnent en chacun de nous et anticipent tous les récits et accomplissements.

C'est ainsi que nous souhaiterions témoigner d'une promesse cruellement décriée au seuil de toute dramaturgie, en songeant opportunément à Rainer Maria Rilke saisi par la présence dévorante du désir dans la *Première Élégie de Duino* :

Car le Beau n'est rien d'autre
que le commencement du Terrible

Apulée n'existe que par le questionnement poétique, toujours sur la brèche, de *ce qui advient*, par une manière de controverse féconde et démultipliée. Si nous invitons à débattre et à exposer, c'est hors du pré carré des certitudes, toute discipline ne trouvant à nos yeux sa légitimité transitoire que dans une prospection inquiète de ses fondements. Fors l'éthique, ce pacte de reconnaissance mutuelle universel au sein du simple et juste partage humain, il ne saurait subsister de préceptes, de théories, de systèmes ni de doctrines intouchables. De quel héritage immérité, quel balbutiement du possible au sein de tous les possibles, quelle parole inachevée sommes-nous l'enjeu insituable ? La poésie, l'art, la littérature comme nous les fêtons, configurent une forme inextinguible de révolte, une insurrection à feu couvert afin que l'espérance plus que jamais garde l'âpre saveur de la vie. Il y a hâte que le temps des « que sais-je ? » ravive en nous la pensée inconnue.

CÈLIA SÀNCHEZ-MÚSTICH

UN MONDE O-PACK

Traduit du catalan par François-Michel Durazzo

— Bonjour, installez-vous confortablement, bienvenue chez O-Pack ! Désormais, comme vous le savez, vous devez faire partie d'au moins un groupe humain, chaque pack définissant un groupe. Ensuite, vous avez des réseaux intergroupes, une confédération de groupes, ce qui offre une multitude d'outils de communication et de connaissance. Mais d'abord, vous devez choisir votre pack, ensuite viendra le reste. Quelles que soient votre idéologie, vos idées, vous trouverez chez nous le pack qui vous convient, et quand vous aurez franchi cette porte, vous n'aurez plus jamais besoin de donner d'explications à personne sur ce que vous pensez ou la manière dont vous le pensez, car votre pack s'affichera sur votre front en chiffres lumineux qui, avec ses correspondances, vous rendra claire comme de l'eau de roche. Entendu ? Commençons. Formulez une affirmation à laquelle vous vous identifiez, s'il vous plaît.

— Une seule ?

— Peu importe le point de départ, nous disposons d'un software intuitif, petit à petit on tire le fil de la pelote, tout s'enchaîne et se démultiplie. Donc, oui, une seule.

— Comme par exemple… que je suis contre la peine de mort ?

— Parfait ! Je pense que cela va tout de suite nous donner accès au registre des packs correspondant aux individus engagés et idéalistes. Maintenant, j'introduis cette donnée… et nous obtenons le premier pack que nous pouvons vous proposer. Il contient le refus de la peine de mort, de la monarchie, la défense de l'euthanasie, un écologisme pratiquant et l'engagement de toujours parler catalan, à l'exception du cas extrême où votre interlocuteur ferait preuve d'une ignorance totale et justifiée de notre langue.

— (…)

— Alors, qu'en dites-vous ?

— Les quatre premiers points me conviennent. Le premier et le second, c'est évident. Pareil pour l'euthanasie, mais je voudrais nuancer…

— Les nuances sont interdites. Enfin non, pas interdites, ici dans notre entreprise nous n'utilisons pas ce mot, disons que nous ne prenons pas en compte les nuances. Et ce n'est pas que nous ayons quoi que ce soit contre, mais il a été démontré que les nuances, une fois enfermées dans le pack avec le reste des déclarations et des engagements, s'immiscent entre et peuvent les perturber, en d'autres termes, elles gênent. Il vaut mieux changer de produit pour un autre, ce n'est pas ça qui manque si celui-ci ne vous satisfait pas pleinement.

— J'ai peur de devoir en passer par là, parce que la question de l'écologie me plaît, mais… cette histoire d'engagement à toujours parler catalan à tous ceux qui croisent mon chemin, quoi qu'il en soit… Je compte bien parler à qui je veux dans la langue que je veux et quand je veux, quand bien même l'envie me prendrait de parler espagnol avec un accent andalou ou aragonais, si vous n'y voyez pas d'inconvénient.

— Pas de problème, madame, mais ne me mêlez pas à vos choix, je ne suis qu'une commerciale. Ici, nous avons un autre pack, peut-être vous conviendra-t-il, si ce n'est que… je crains que vous ne soyez pas indépendantiste, n'est-ce pas ? Et ce pack comprend l'engagement à voter pour l'indépendance de la Catalogne.

— Qui vous a dit que je n'étais pas indépendantiste ?

— Ah, vous l'êtes ? Nous pouvons donc continuer.

— Doucement, je vous ai demandé qui vous avait dit que je ne l'étais pas, je ne vous ai pas dit que je l'étais.

— (...)

— Mais je plaisantais, madame. Continuez, continuez...

— Hum... Eh bien en voici un qui me semble parfait : engagement à voter pour un État catalan indépendant, déclaration en faveur de l'euthanasie – sans nuances, rappelez-vous, les nuances doivent toujours rester privées –, ainsi que du suicide assisté, de la défense de toutes sortes de facilités d'adoption en faveur des couples LGBT, avec pour finir une position d'athéisme déclaré, loin de tout subterfuge agnostique.

— Je suis vraiment désolée de vous faire perdre votre temps, mais vous pouvez m'en chercher un autre. Pour le suicide assisté, génial ! Les droits et le reste, tout ce que vous voudrez ! Mais le fait est que je crois en Dieu, peut-être pas en un dieu classique, mais puisque je suppose que l'athéisme de ce pack est suffisamment intégriste pour ne pas faire de différence entre les dieux qu'on voudrait rejeter...

— Au contraire, ça ne fait pas de vous une croyante. Sur ce point, nous sommes ouverts à toutes les tendances, cela va sans dire. Nous avons un pack fantastique pour croyants, car en plus d'un fort penchant solidaire et écologique, il vous positionne pour la protection de l'enfance, des personnes âgées et pour l'aide au tiers-monde, il prône un dieu aux multiples visages, ce qui veut dire qu'il inclut le dieu de chaque religion. Allez, je tape... pack solida... ri...té multi... con...fe...ssionnelle, voilà. Attention aux détails, ce pack contient des cases, des registres strictement individualisés et classés par religion, afin que les gens, en fonction de leur croyance, puissent s'identifier à ce pack et à ses principes. Vous reconnaîtrez que, s'il ne s'agit pas de nuances, on n'en est pas loin...

— C'est dommage, parce que moi, je crois en Dieu, mais pas aux religions, et là-dedans il y a des religions à revendre. Rien qu'à voir ces cases alignées comme des boîtes à pilules dans une pharmacie, j'angoisse. Est-ce que vous croyez que nous allons trouver quelque chose qui me convienne ?

— Mais oui, ce n'est qu'une question de temps. Je vais vous présenter un pack qui, à mon avis, correspond à votre façon de penser, et qui nous est très demandé par les gens solidaires et libertaires – et vous, bien que croyante... –, vous êtes libertaire, n'est-ce pas ? En plus, le fait qu'il s'agisse d'un pack très populaire signifie que, si vous le prenez, vous aurez toutes les chances de bien vous positionner dans la confédération.

— Voyons donc, montrez-moi ce pack génial.

— Non à la peine de mort, abolition de la monarchie, militantisme écologique et pour la défense active de la planète, libéralisation de l'avortement sans restriction, pression sur les grandes puissances pour éradiquer la pauvreté dans le monde, égalité des droits entre hommes et femmes.

— (...)

— ... Alors ?

— C'est juste qu'au sujet de l'avortement... j'ai encore trop de doutes sur les limites du début de l'être humain en tant que tel et sur ses droits, et sur le fait que certains motifs d'avortement soient ou non fascistes, et aussi sur le fait de savoir si... Il faut que j'y réfléchisse un peu plus, je ne me sens pas capable de me prononcer.

— Pourtant, on était bien parties. À vous de voir, pour moi c'est très clair, liberté de la femme sur son corps avant tout, bien sûr je suis là pour vendre, pas pour donner mon opinion. Maintenant que j'y pense, il y a un autre pack, presque le même, mais à cette différence qu'au lieu de la libéralisation de l'avortement, on a celle des drogues dans le monde. Mais sur ce sujet, vous n'avez peut-être pas les idées tout à fait au clair, n'est-ce pas ?

— Mais si, ça me va.

— (...)

— Que moi, ça m'aille, ça ne vous va pas à vous ?

— Non, non, je ne dis rien. Nous avons de la chance. Le seul problème avec ce pack, je m'en rends compte, c'est que la rubrique écologie implique qu'on devienne végétarien et nudiste.

— Comme j'aimerais bien finir par acheter ce pack avant la fin de la journée, je pense que je vais devenir végétarienne et nudiste. Un peu de viande et de vêtements en moins ne me feront pas de mal. Le cas échéant, dans la partie sur l'abolition de la monarchie, je prends la famille royale à la maison et je lui installe un petit palais dans mon jardin pour la consoler.

— Vous en dites de belles, vous ! Vous êtes vraiment une cliente très curieuse. Au fait, un autre petit détail, peut-être ne devrais-je même pas m'y attarder, mais comme je vois que vous aimez finasser... Le fait est que j'ai mentionné l'égalité entre les hommes et les femmes un peu grosso modo, en réalité, le pack en question donne au terme « parité » un caractère absolu. Vous devrez défendre la parité dans tous les gouvernements, institutions, organismes officiels, entreprises. Bien sûr, ça veut dire la même chose, on est d'accord : égalité des droits parité, parité égalité des droits... Alors, on prend celui-là ?

— Je suis désolée de vous décevoir, mais pour moi, ce n'est pas la même chose, et je sais qu'au fond de vous, vous allez vous dire que je suis une salope, mais si la discrimination négative m'indigne, la positive m'offense...

— (...)

— Comment, nous n'en essayons pas d'autre ?

— Désolée, mais cette fois, c'est vous qui m'avez blessée, avec ce que vous venez de dire. Mon entreprise est paritaire, ici nous sommes autant d'hommes que de femmes, vous savez. C'est vrai pour la direction comme dans le service d'implantation des codes lumineux frontaux et des circuits aimantés urbains qui les contrôlent, ainsi que dans celui des créations de packs. C'est une entreprise exemplaire.

— Oh, je vois que vous portez au front le code qui proclame la fidélité à l'entreprise !

— Oui, madame, et je le porte avec une grande fierté.

— Ne vous fâchez pas, madame. Allez, finissons-en, je commence à être en retard. Je pense à une alternative qui vous satisferait et moi encore plus. Ne pourrions-nous pas configurer mon pack de sorte que j'en choisisse moi-même les composants ? Le personnaliser ? Quitte à payer un supplément...

— Vous dites qu'il se fait tard et vous voudriez en choisir les composants un par un ! Mais je ne vois pas comment. Votre choix n'aurait pas de numéro de code homologué ? On ne pourrait pas l'implanter sur votre front ? Non, je ne vois pas, car comment pourrait-on ne pas en garder de copie au registre sans contrevenir aux règles de l'entreprise ? Et vous devriez prendre votre pack comme qui dirait enveloppé dans du papier journal, donc sans utilité ni bénéfice ?

— Vous m'avez convaincue. Je vais partir sans pack. Je ne vais pas en mourir si je ne m'en achète pas un.

— (...)

— Que signifie ce silence ? Que je vais en mourir ?

— Ce que je veux dire, c'est que vous êtes terriblement égoïste ! Peut-être que oui, on peut vivre sans pack, mais moi, je ne peux pas vivre sans vous en avoir vendu un. Mon entreprise est régie par un pack central qui, en plus de proclamer la parité radicale, envisage également l'obligation morale de licencier tout vendeur qui ne vendrait pas le bon pack à son client. Je vais perdre mon travail à cause de vous, madame, vous m'enlevez de quoi remplir mon assiette, c'est ce que vous voulez ? Ou est-ce que vous comptez m'adopter moi aussi, comme vous proposez de le faire pour la famille royale ?

— Je vois que je ne suis pas la seule à en sortir de bonnes…

— Je suis désolée, je suis désolée, j'ai perdu mon sang-froid, excusez-moi, Non, non, non ! Ne vous levez pas encore, ou plutôt oui, levez-vous, je vous apporte une chaise plus confortable, ergonomique, un siège intelligent. Nous en avons un, ici ! Asseyez-vous, s'il vous plaît, et voyez cet autre pack : non à la peine de mort, lutte pour le désarmement mondial, régularisation de la prostitution, oui à un revenu minimum et digne, et signature pour que les dictateurs et les génocidaires ne meurent pas dans leur lit, mais exécutés.

— Que voulez-vous dire par « exécutés », si le pack est contre la peine de mort ?

— Voyons, ça doit être une exception !

— Et les exceptions ne posent pas de problème, comme les nuances ?

— Savez-vous ce que nous allons faire ? Je jette ce pack à la poubelle et on n'en parle plus. Mais attendez, attendez, juste un, un de plus et on finit, c'est le même qu'avant, sauf qu'on ne tue plus les dictateurs, mais cela implique la signature de pétitions et le militantisme pour l'interdiction des corridas en Catalogne.

— Mais elles sont interdites depuis longtemps ! C'est un pack défectueux ? Je pars sans mon pack, voilà ce que je vous dis, moi. Auriez-vous la gentillesse d'arrêter de me barrer le passage afin que je puisse accéder à l'ascenseur saine et sauve, s'il vous plaît ?

— Mais il n'est pas défectueux, juste un peu dépassé, et ce n'est pas si grave de mélanger des trucs périmés de temps en temps. Vous ne vous trompez jamais, vous ? Non, vous êtes parfaite. Avec votre foi en votre dieu atypique. En espérant, bien sûr, qu'il me donne de quoi manger quand je serai au chômage. Je trouve ça si injuste, si injuste, si injuste.

— (…)

— Mais je vous fais mes excuses pour la seconde fois, je suis trop impulsive, ce travail me tue. Ce que je veux dire, c'est que moi, à votre place, j'y réfléchirais à deux fois. Partir sans pack au front vous isole de tout le monde, vous annule, c'est comme si vous disparaissiez, personne ne fait plus attention à vous, et avec le temps ça va de mal en pis…

— Eh bien, au moins, les personnes qui portent un code solidaire s'adresseront à moi…

— Ils ne pourront pas, parce qu'ils ne vous verront même pas, pour ainsi dire !

— Je peux toujours me laisser pousser la frange, comme ça personne ne saura si j'ai ou non un pack.

— Mais oui, et pendant que vous y êtes, portez la burqa, faut pas déconner ! Dans quel monde vivez-vous ? Vous ne voyez pas que, quand quelqu'un marche dans la rue avec une longue frange, tout le monde le regarde avec méfiance ? On sait tout de suite que si ce n'est pas un individu asocial, c'est un terroriste ! Écoutez, je vais vous faire une dernière offre, je prends le risque, car il y a peu on nous a prévenus qu'on devait retirer du catalogue ce pack qui donne une mauvaise image de l'entreprise. Mais vous m'êtes sympathique et je veux vous aider. Vous achetez un des packs qui se rapprochent le plus de vos idées, puis vous collez un cache sur le ou les codes avec lesquels vous n'êtes pas d'accord. C'est le groupe social qu'on appelle – avec un certain mépris, je ne le nie pas – « le groupe des caches ». Je vais me faire disputer pour vous l'avoir suggéré, mais au moins je ne serai pas virée. J'en suis navrée pour vous, parce qu'appartenir au groupe des caches, c'est mieux que rien, oui, mais ça fait de vous une personne aux idées confuses, voire carrément incohérentes, parce que, reconnaissez-le, il n'est pas normal qu'une indépendantiste catalane refuse un pack de haut niveau, juste pour le plaisir de parler espagnol quand ça lui plaît, avec un accent andalou ou aragonais. De plus, ce cache sombre au milieu des chiffres lumineux est disgracieux. Et pour finir, comme la seule chose que partagent les gens de ce groupe est le cache lui-même, ça peut donner lieu à des affrontements idéologiques aux conséquences graves. Dites-vous bien aussi que personne ne vous invitera jamais à participer à des débats télévisés populaires dans des émissions de grande audience, car on sait que la plupart de ceux qui portent un cache ont des idées confuses ou contradictoires. Ils en arrivent à des extrémités aussi inadmissibles que de vouloir s'entendre avec ceux du camp adverse, ce qui reviendrait à dire qu'un sportif préférerait le match nul à la victoire.

— Vous me l'avez ôté de la bouche, pourquoi n'arriverions-nous pas à un accord, vous et moi ? À un match nul si vous voulez ? Je saisis votre offre, qui pour moi est un moindre mal, comme ça, vous serez réprimandée – d'accord ! – mais pas renvoyée. On y arrive ! Donnez-moi le pack de la défense de l'enfance et du tiers-monde et je ne sais quoi d'autre, c'est plutôt sympa, et on mettra un cache sur les boîtes à pilules, je veux dire les religions, vous comprenez ?

— Mais les boîtes à religion prennent beaucoup trop de place, le cache va être énorme

— Tant mieux ! Comme ça, on verra encore moins le code. J'aime assez l'idée d'appartenir à un groupe marginal et disgracieux. De partager un cache… Cela doit permettre des relations très profondes, comme celles qu'on noue à l'hôpital ou en prison, et qui durent toute la vie.

Extrait d'*Ara et diré què em passa amb les dones i tretze contes més* (« Maintenant je vais te dire mon problème avec les femmes et treize autres nouvelles »), Moll, 2013.

SUNA AREV

Le voyage interrompu de Pippa Bacca

Traduit du kurde par Naz Öke

Il y a quinze ans, un voyage se préparait au départ de Milan et à destination de Jérusalem. Deux amies artistes étaient sur le point d'entreprendre un périple pour parler fort la langue universelle de la paix dans le monde. Elles optèrent pour l'auto-stop en confiance, qui permettrait aux femmes rencontrées en chemin de se donner la main. Ainsi pensaient-elles créer, avec la contribution de gens ordinaires au quotidien, une sensibilisation contre le sale monde de la guerre, tout en diffusant des messages de paix. C'est ainsi qu'elles avaient conçu et planifié leur voyage.

Pippa Bacca et Silvia Moro, amies proches emplies de sentiments pacifistes, prirent donc la route depuis Milan le 8 mars 2008 – Journée des femmes et des travailleuses. En traversant la Slovénie, la Croatie, la Bosnie, la Bulgarie, la Turquie, la Syrie, le Liban, Israël et la Palestine, elles arriveraient bien à Tel-Aviv avant d'achever leur voyage de paix à Jérusalem, berceau de nombreuses religions, cultures et ethnies.

Avant le départ, elles organisèrent une conférence de presse et prirent des photos. Elles avaient décidé d'un habit exceptionnel pour leur voyage : des robes de mariée. Celle de Pippa, avec sa jupe de onze étages à volants, ressemblait à une fleur de lys et portait un symbole de chacun des pays où elles se rendraient. Pour elles, la robe blanche de mariée était un symbole d'innocence. Et la saleté, la boue amassées dessus représenteraient la destruction causée par la guerre et le sang versé, dans tous les pays traversés, sans qu'aucune tache ne soit lavée.

Les terres du Moyen-Orient sont des terres de souffrances et de lamentations ; la guerre, l'exploitation, le sang, les larmes, la pauvreté n'y prennent jamais fin depuis des millénaires. C'est surtout un climat de peur, d'impuissance et de mort violente pour les femmes. Le lieu le plus ancien de la sédentarisation de l'humanité, le Moyen-Orient, est le saint lieu des trois grandes religions, mais aussi le siège des terres les plus ensanglantées où les pays impérialistes ont divisé, lacéré, colonisé.

Pippa Bacca avait 34 ans. Sur les photos, elle est si frêle qu'elle ressemble à une brindille susceptible de se briser à tout moment. Et ses yeux… Son regard si pur. Son regard ne connaît pas encore l'eau qui remplira ses orbites. Que nous reste-t-il d'autre que d'espérer que cette eau abreuve les colombes ?

Italie, Slovénie, Croatie… On filma et photographia Pippa et Silvia à chaque étape, et on lança des appels à la paix dans les bulletins d'information… Les deux amies furent accueillies avec plus d'intérêt que prévu. Des mouvements de la société civile et de femmes soutinrent leur voyage pour la paix, de même que la presse internationale qui suivait les deux artistes de près.

Pippa était catholique. Dans chaque pays traversé, elle s'agenouillait devant les gens qu'elle croisait pour pratiquer le rituel du lavement des pieds dont parle la Bible ; le message transmis était : « Je vous aime, je vous fais confiance, et je suis modeste. Croyez en nous, croyez en nous pour qu'on puisse bâtir la paix tous ensemble. »

Silvia est plus terre à terre. Elle sait que la paix ne viendra pas avec Jésus et la justice divine. Alors elle a fait broder sa robe de mariée dans chaque pays. La broderie n'est-elle pas dans toutes les sociétés le moyen le plus ancien et le plus enraciné de conter, l'expression artistique la plus forte ? Peu importe la langue, la religion, la broderie s'adresse à toutes les sociétés, sa langue se délie à travers les motifs.

Bosnie, Bulgarie... L'intérêt grandit dans l'opinion publique : plus de voix, plus d'échos dans les nouvelles et, bien sûr, plus d'encouragements.

Oui, le courage. Le Moyen-Orient est depuis des siècles un cimetière de sang, de violences et de mort, engendré par de féroces puissances capitalistes. La guerre, elle, frappe encore plus durement les femmes et les enfants. Pippa et Silvia pensent que ce sont les femmes, dont la conscience et la justice portées dans leur cœur sont puissantes, qui apporteront la paix dans le monde. Mais combien il est difficile d'être une femme au Moyen-Orient, car ça signifie une confrontation de tous les jours à la mort. Le Moyen-Orient est un enfer sombre, où nulle part ailleurs tant de femmes sont tuées, lapidées, violées et même vendues sur les marchés aux esclaves, encore aujourd'hui...

Voilà la Turquie. L'arche infernale d'entrée au Moyen-Orient. Ici, comme l'a proposé Pippa, les deux amies continueraient leur voyage pour la paix séparément, avec chacune son itinéraire, et les retrouvailles se feraient à Beyrouth.

Pippa a été vue pour la dernière fois montant dans une camionnette. Puis, plus aucune nouvelle. Sa famille et les organisations qui suivaient le voyage depuis le début s'inquiétèrent. Après trois jours, un signalement de disparition fut déposé en Turquie.

La Turquie a craint pour son image internationale. Onze jours plus tard, on retrouvait le corps de Pippa dans une zone forestière près de Gebze. Elle avait été violée et étranglée. Voilà comment Pippa fut retrouvée. Sa robe de mariée déchirée par les ronces. Ses escarpins, aux talons éprouvants et blessants, éparpillés. Les paumes ouvertes, comme si elle appelait à l'aide toutes les femmes opprimées du monde... Comme si elle leur disait : « Prenez l'eau qui a rempli mes orbites, lavez donc mes pieds avec. Et prenez la route toutes ensemble. Ne marchez pas seules, aidez vos sœurs ! »

Celui qui l'a fait monter dans sa camionnette, qui l'a conduite dans la forêt, violée et étranglée, c'est Murat Karataş. Père de deux enfants, au chômage. Il a récupéré le téléphone de Pippa, y a mis sa propre carte SIM, et c'est ainsi qu'il a rapidement été intercepté. Il avait aussi volé l'appareil photo de Pippa, et tout l'argent qu'elle avait sur elle.

L'image du gouvernement turc sur l'arène internationale est primordiale. La presse nationale a multiplié les manchettes – « *Notre honte* », « *Nous sommes déshonorés* », « *Pardonne-nous, Pippa* » –, mais aucun article n'a relayé pourquoi Pippa avait entrepris ce voyage. Quant à Murat Karataş, il n'exprima ni regrets, ni remords. Bien qu'il ait été condamné à perpétuité, il bénéficiait deux ans plus tard d'une réduction de peine pour « bonne conduite ». Sa peine fut ramenée à 36 ans. Murat Karataş le sait, il serait libéré le plus rapidement possible. Car il sait que sur ces terres, tuer une femme n'est pas un crime.

Et pour cela, une calotte de prière sur la tête, un costume cravate sont des motifs de réduction de peine pour « bonne conduite ».

L'homme tue toujours parce qu'il aime trop, parce qu'il est jaloux, parce qu'il est trompé. Qu'il tue sa femme en la poignardant, qu'il l'étrangle ou l'immole n'a pas d'importance. De ce fait, les féminicides sont politiques.

Après Pippa Bacca, sur ces terres, 1 933 femmes trans ont été assassinées. Après Pippa Bacca, sur ces terres, 3 580 femmes ont été tuées. Ces morts-là ne sont que celles rendues publiques, parce que parfois relayées par la presse, mais combien restent inconnues ? Le voyage inachevé et interminable de Pippa et Silvia...

Il y avait aussi une Fatma Altinmakas. Elle aussi victime, violée et mise enceinte par le frère de son mari. Vivant dans le même pays, mais venant d'un peuple d'autres terres, un peuple historique dont la langue est plus vieille que tous les motifs, et pourtant interdite. Elle se réfugia sous l'aile de l'État, elle demanda une protection pour sa vie. Mais la langue dans laquelle elle essayait de communiquer étant interdite, personne n'a entendu son cri. Deux jours plus tard, son mari l'étrangla, la tua avec son bébé dans le ventre.

Toutes les mortes sont vite oubliées. Les robes blanches de mariée, éclaboussées de sang, deviennent écarlates.

Tout récemment, juste à côté du monde moderne, l'obscurantisme faisait encore l'actualité à travers la figure des femmes afghanes. Les assassinats de femmes par Boko Haram dans les zones de brousse… Et le trafic de femmes… On a tout remis à zéro. Pourtant ça continue. Bien des efforts sont faits pour montrer le sauvage et barbare taliban comme plaisant et naïf. Ainsi sont bénis la violence et le sang.

L'eau des larmes emplissant les orbites des femmes assassinées, ou qui le seront, suffirait à laver toutes les opprimées – et elle s'accumule.

Pippa voyage toujours en auto-stop au Moyen-Orient…

Tout cela ne présage rien de bon.

Une première version de ce texte a été publiée sur le site *Kedistan* le 28 septembre 2021.

LA LUTTE DES SINGULARITÉS
ENTRETIEN AVEC ANTONIO NEGRI

PAR JORGE AMAT

Nous sommes déjà des hommes nouveaux.

ANTONIO NEGRI

En 1998, filmant Antonio, dit Toni Negri, à la prison de Rebibbia à Rome où il était incarcéré, je ne m'imaginais pas le revoir 25 ans plus tard à Paris. De cette rencontre, il me restait le souvenir d'un homme d'une grande dignité qui gardait le sourire et son humour malgré sa réclusion. Direct, fraternel, Toni Negri peut vous parler dans une même phrase de Spinoza et de la méchante qualité de la soupe au mitard. Considéré comme le grand manitou des Brigades rouges, sa situation n'était pas fameuse alors, car avant d'en être absous, il venait d'être inculpé d'avoir organisé la prise d'otage et l'exécution du président Aldo Moro. Dans cet entretien, moins que de la situation des Italiens d'extrême gauche exilés en France, il s'agit du regard actuel d'un philosophe, figure emblématique du militantisme révolutionnaire, sur la situation de la gauche en Europe après les années de plomb. Comme il le dit lui-même, les partis de gauche et d'extrême gauche ont disparu et une Première ministre issue du fascisme dirige aujourd'hui l'Italie. Ce qui est remarquable avec Toni Negri, c'est que malgré la prison et l'exil, sa force de travail et son influence n'ont fait que croître ; ses analyses n'ont pas cessé d'évoluer avec les changements sociétaux, en témoigne l'audience mondiale d'*Empire*. À la différence d'autres acteurs politiques de ces années-là, Toni Negri a poursuivi avec détermination son analyse critique du capitalisme et des modes d'asservissement du monde du travail, tout en approfondissant une réflexion sur les modalités de lutte pour de nouveaux espaces de liberté.

J. A.

J. A. — ***Après les événements qui ont secoué l'Europe et l'Italie – au temps de ta première arrestation en 1979 –, et considérant ta philosophie de passeur des marxismes révolutionnaires, ta pensée, ton idéologie, te sens-tu aujourd'hui le même homme dans ton cheminement personnel ?***

A. N. — Un siècle est passé. 1968, c'est l'autre siècle. Ce fut un passage radical. Avant 1968, les choses étaient différentes de ce qu'elles sont aujourd'hui. C'est une vraie rupture. Nous sommes dans un nouveau siècle qui a commencé en 1968 ; rupture aussi avec un certain capitalisme d'exploitation dans lequel les gens allaient à l'usine pour la journée de travail. Il y avait des dispositifs d'aliénation qui maintenaient la vie ouvrière autant dans la société qu'à l'usine, à travers l'exploitation de la force de travail et l'organisation sociale pour la reproduction de ce système de vie. La vie était organisée par et pour l'usine, et la cité était subordonnée à l'usine. L'usine s'est ensuite perdue dans la cité. Ce qui ne signifie pas la fin de l'exploitation qui est devenue différente. On assiste à une autre forme de capture et d'extraction de la valeur qui est un trait spécifique du capitalisme. L'extraction n'a plus lieu dans l'usine mais dans la cité. L'espace de domination n'est plus le même. 1968, c'est ce changement énorme de forme d'exploitation. Notre vie est complètement différente. 1968, c'est le siècle passé. J'avais 35 ans et j'étais un homme. J'étais déjà prof et je me souviens très bien comment était la vie. C'était une existence très organisée dans laquelle chacun occupait son poste. Il y avait de belles familles organisées. Je me suis marié à la mairie, pas à l'église. C'était un scandale. Dans ma ville, une grande ville de 250 000 habitants, se trouvait la plus grande université de l'Italie du Nord. C'était un scandale qu'un prof se marie avec une fille de bonne famille en dehors de l'église, le mariage à l'église perpétuait une organisation sociale ; tout a changé. Aujourd'hui tu vis dans une société où personne ne sait où il est. Le précariat (néologisme diffusé par les théoriciens italiens à la fin années 1970) est devenu généralisé parce que l'organisation capitaliste n'a plus besoin de tenir enfermé l'ouvrier dans ce lieu spécifique qu'est l'usine. Les commandements capitalistes ont changé. Avant 1968, on allait à l'usine pour faire la révolution et aujourd'hui c'est dans le centre de la ville qu'il faut aller pour faire la révolution, comme l'ont tenté les Gilets jaunes. Mais alors se met en branle toute la résistance de l'appareil d'État.

Mais penses-tu que ce se sont ces révoltes assez fortes (en Italie, en Allemagne) qui ont accéléré cela ?

Il faut observer avec attention la dimension espace-temps dans laquelle tout cela s'est passé. C'était très différent en Espagne, en France, en Angleterre… Mai 68 a duré dix ans en Italie, c'était une période de conflictualité intense, un mouvement d'une durée et d'une profondeur absolument inconnues dans les autres pays d'Europe. En fait, le seul essai insurrectionnel réel qui a duré dans le temps. Dix ans. Beaucoup de sang et autant d'histoires belles et horribles qui accompagnent les véritables transformations d'une société. Pourquoi ? L'Italie était l'un des derniers pays européens à être arrivé à la limite du bien-être social. L'extrémisme n'était pas celui des étudiants mais celui des ouvriers. Des jeunes gens qui n'avaient plus de travail dans la nouvelle organisation capitaliste à un moment de déséquilibre, de division entre l'Italie paysanne et l'Italie industrielle, sont parvenus à un point de rupture. C'était une tragédie radicale, une incompréhension entre deux mondes. Dix ans de lutte et de violence avec un État incapable de comprendre et de résoudre les contradictions. Et donc celui-ci a accepté la violence et organisé ces bandes de terroristes contre la gauche. Il y a eu connivence entre l'extrême droite et l'État. Le terrorisme en Italie a été inventé par l'État. Des événements et des dates sont des déclencheurs dans la durée et l'intensité : entre le 12 décembre 1969 (l'attentat de la piazza Fontana à Milan) et l'attentat dans la gare de Bologne en août 1980. C'était une situation étrange, du point de vue de la spécificité de l'Italie. Toutes les populations en crise se sont retrouvées dans la lutte insurrectionnelle avec un État incapable de comprendre et de répondre autrement que par le terrorisme. En 1979, j'ai été mis en prison comme le chef de toutes les bandes et groupes armés.

Ces luttes qui ont duré, c'était peut-être aussi la révolte des individus privés de résistance, la revendication par cette génération d'une filiation par rapport à leurs parents qui étaient résistants et qui ont contribué à la chute du régime fasciste ? Il y a eu une volonté d'affirmation brutale des individus pour changer la société. Les individualités sont complexes. Je vais te raconter quelque chose : il y a quelque temps, pour un de mes films, j'ai interrogé Giovanni Pesce, un des dirigeants du Parti communiste qui m'a dit qu'il avait aidé les Brigades rouges (organisation terroriste d'extrême gauche impliquée dans l'enlèvement et l'assassinat de l'homme d'État, président de la démocratie chrétienne, Aldo Moro, en mai 1978) pour organiser un certain chaos. L'individu veut exister même par la violence. Quelque part, toi aussi tu es passé du rang d'universitaire à celui de chef de bande révolutionnaire.

Pesce est un grand résistant qui a conduit les GAP (groupes d'action patriotique), lesquels exécutaient les fascistes et les nazis. Il avait combattu dans les Brigades internationales lors de la guerre d'Espagne. Il a écrit un livre formidable que tout le monde lisait dans les années 1970 (*Senza Tregua. La guerra dei GAP*). L'individualité… je préfère dire la singularité (je pense en philosophe). Il y a une belle différence entre la singularité et le capitalisme qui veut faire du profit. Et c'est l'individu singulier qui représente singulièrement l'intérêt des masses. Je suis d'accord avec toi, il y avait une singularité très forte dans les mouvements antifascistes. C'était des singularités, pas des individus. Les individus sont toujours capitalistes, ce sont des gens qui veulent faire de l'argent. L'antifascisme est toujours du côté de la communauté. Le fascisme, c'est l'exaltation de l'individu fort, c'est le nietzschéisme, la volonté de puissance individuelle, l'homme après l'homme. Nous étions des hommes ensemble. Être toujours *nous*, jamais *moi*. C'était absolument central dans tous les mouvements ouvriers, l'hégémonie du nous sur le moi. Et ensuite, il y avait tout le fonds romantique, la bravoure, l'héroïsme… Ce sont des dispositions récompensées par une médaille. Les communistes n'obtiennent pas de médailles mais des années de prison.

Penses-tu que vous avez changé l'Italie en profondeur, la société ? Avec ces combats, ces vies chamboulées, ces exils. L'Italie actuelle vous doit-elle quelque chose ?

L'Italie d'aujourd'hui nous doit une accélération dans la liquidation de la gauche… Nous avons montré que la gauche était un phénomène petit-bourgeois et bureaucratique. Deux générations ont été détruites. Deux générations qui étaient le cerveau et le cœur, le sang qui irrigue la société ouvrière et intellectuelle. Détruites par cette violence, cette vengeance. Je suis retourné en Italie en 1997 (expatrié depuis 14 ans), la loi de réduction de peine proposée par la Commission Justice de l'Assemblée nationale a été refusée. La gauche n'existe plus hormis dans une petite niche du monde culturel. Aujourd'hui, les fascistes sont au gouvernement. Ils ne s'appellent plus fascistes, ils sont élus et n'ont de cesse de courir en Israël pour avoir sa bénédiction : « Nous n'y sommes pour rien dans la Shoah. » Israël donne sa bénédiction, ils reviennent ici et tout le monde dort tranquille. Ceux qui en 1968 étaient déjà fascistes sont à nouveau en place. Il y a une continuité de l'État fasciste. En Italie, nous n'avons pas eu de procès de Nuremberg. Il y a eu une amnistie négociée par le Parti communiste pour en finir avec la guerre civile. Il n'y a pas eu de nettoyage de l'appareil d'État, de la bureaucratie de la machine étatique. Après 1968, ces gens sont restés en poste.

Mais culturellement il y a une explosion sociétale en Italie, non ? Avant 1968, les étudiants étaient cravatés, ensuite on les voyait en jean. Il y a eu des répercussions sur le mode de vie.

Oui, oui, c'est vrai. Les maisons de mode italiennes sont devenues les plus importantes au monde, non ? *(Rires.)*

Et le design…

Après avoir été une puissance industrielle, l'Italie est devenue une grande puissance touristique. Tu sais combien j'aime l'Italie, c'est le pays le plus beau du monde. Sur ce point, je suis très rigide. Mais on ne peut plus y vivre. Quand j'étais jeune à Venise, on sortait le dimanche dans les cafés, on jouait aux cartes, on buvait du bon vin blanc. Il y avait de la chaleur humaine. Maintenant tout n'est que Airbnb, on ne peut plus trouver de bonne trattoria à moins de dépenser un an de salaire. C'est la même chose à Milan. La belle Italie n'est plus et ce n'est pas la faute de 1968 !

Et des gens comme Bertolucci ou Moretti n'auraient pas été possibles…

Tu cites les plus compliqués, les plus difficiles à accepter. Bertolucci avec ses contradictions extrêmes. Son film épique *1900* sur la lutte des classes dans la campagne de l'Émilie (le monde de mes parents) jusqu'au *Dernier tango à Paris* qui est un testament désespéré, un adieu au monde de 68. Et de ce point de vue, Pasolini est encore pire en tant que cinéaste de la banlieue romaine et de la poésie franciscaine jusqu'à *Salo* qui est l'expression du désespoir personnel plus que l'analyse d'une débâcle, d'une dévastation fasciste. Le cinéma est bien fini. Du moins cet aspect critique.

Mais toi en tant que personne, si tu te retrouvais en 1968, est-ce que tu referais le même chemin ?

Beaucoup de gens me demandent cela, surtout les juges *(rires)*. Je répondrais comme j'ai répondu la première fois à un juge : « Oui. » Si je parle du destin de ma génération, je pense que nous aurions pu être plus intelligents et gérer mieux cette formidable puissance construite ensemble. Plus de prudence. Quand je suis allé en prison, j'ai écrit un livre sur le philosophe juif Baruch Spinoza qui était en crise avec sa propre communauté et qui sentait sa fragilité dans le monde qui était le sien. Son mot d'ordre était *« Caute »*, en latin l'idée de précaution, de vigilance. La prudence. C'est un peu mon autocritique. Dans toute l'Europe les mouvements étaient terminés. Chez nous, le communisme était encore vert. Tout était beau et vivace, et résonnant. Pas seulement l'argent dans les poches. Je parle de la vie, de la vibration. Il y a la nostalgie qui demeure, plutôt que cette forme absurde de capitalisme dans laquelle les gens, surtout les jeunes, sont contraints de vivre comme des chiens, à courir après leur salaire et leur survie. En Espagne, ce fut différent. Je crois que leur mai 68 a eu lieu avec le mouvement des Indignés (2011-2015) qui a laissé une trace très profonde. Ce grand mouvement de révolte a libéré l'Espagne de la prison de l'État monarcho-fasciste.

Je vais te poser une autre question. Y a-t-il eu des manipulations en Italie (KGB via la Stasi, services secrets américains qui armaient des groupes) ?

J'en ai moi-même fait l'expérience. Piégé à l'aéroport d'Alger, photographié avec le terroriste Carlos *(rires)*. Sur tous les journaux italiens, il y avait la photo de Negri avec Carlos !

Et c'était vrai ?

Oui *(rires en levant les bras)*, j'avoue, enfin j'avoue ! Pour te répondre, en dix ans de lutte et quatorze ans de prison, je n'ai jamais entendu parler de cela entre camarades. Jamais. Même pas quand il y avait des suspicions. Jamais. Pour la droite, tous les groupes fascistes étaient liés directement à certains services (américains). L'organisation de services communs, cela dépendait de l'OTAN. Le ministre Francesco Cossiga a donné des explications. Il y a bien eu des interventions de services dans l'affaire Aldo Moro.

Comment ressens-tu, à travers tes livres, l'évolution du monde ?

Je suis sorti de prison en 2003, j'ai obtenu un passeport et j'ai pris la mesure de mon travail. Mon livre *Empire* a eu un succès mondial qui m'a permis d'avoir un peu d'argent. On m'avait retiré ma retraite. J'étais nu. J'ai beaucoup travaillé en France, durement. Pour manger. Félix Guattari m'a aidé à trouver des possibilités de travail. J'ai fait le sociologue. Quand j'ai écrit *Empire* avec Michael Hardt, mon ami et mon collaborateur, je dénonçais la crise des impérialismes. Et aujourd'hui la guerre reprend, guerre de Poutine contre l'Ukraine, guerre de Biden contre la Chine. C'était un livre qui pensait une mutation profonde, l'avènement d'une autre société. Je suis contre l'État au service du capitalisme qui enlève la liberté et la joie aux êtres. J'ai voyagé dans le monde et j'ai rattrapé mes 25 ans de prison et d'exil, j'ai travaillé comme un fou, j'ai beaucoup appris des autres et c'était très beau. Face à l'hégémonie du marché, il y a la lutte des singularités. Il faut nous libérer et libérer les peuples, transformer le monde face aux pouvoirs de l'exploitation…

Entretien retranscrit et revu par les auteurs. *Réalisé par Jorge Amat*, il fait partie d'un coffret de quatre films DVD traitant des années 1968 en France, en Espagne et en Italie.

SOMAIA RAMISH

Au moment de fuir

Traduit de l'anglais par Cécile Oumhani
depuis la traduction du persan (Afghanistan) de Sholeh Wolpé

L'odeur de l'argile et des épis
après la pluie
Les effluves de menthe le long
des berges de la rivière
Le parfum entêtant du jasmin
la nuit

Au moment de fuir
lequel devrais-je glisser
dans mes affaires pour que sur la route tortueuse du destin
je ne perde pas mon pays ?

*

Je n'étais pas encore née
quand mère a mis notre pays
dans ses bagages et renoncé à elle-même
pour que mon nombril
se détache
du cordon de la guerre…

Mais
nos repas du soir sont devenus
des bulletins d'information sur la guerre diffusés toutes les heures.
Nos cellules reconnaissaient leur exil
dans la souffrance, la douleur et les blessures.

Nous n'étions en réalité partis nulle part.
À l'âge de neuf ans je saisissais
l'absurdité de la géographie.

À quatorze ans j'ai défait les bagages de ma mère.
Leur odeur m'a enveloppée,
Et rendue à mes ancêtres.

Maintenant, mon pays est plus qu'un bulletin d'information sur la guerre ;
il est la folie de la géographie
qui court dans mes veines.

Il est une lame à double tranchant
La mort et la mort

ENIS BATUR

UTOPISTES

Traduit du turc par François-Michel Durazzo

CARTE DES UTOPIES

On attend depuis bien longtemps une cartographie des utopies. Devrait-on placer celles-ci sur une même planète, ou en différents lieux d'une même galaxie ? Si on s'en tenait à la première solution, il faudrait imaginer une représentation transparente, car, de toute évidence, la surface du globe que nous poserions sur notre table ne suffirait pas à toutes les héberger. Mais comme on ne saurait s'arrêter aux utopies souterraines, il faudrait inévitablement ajouter des satellites à cette planète et lui donner une atmosphère plus vaste, sans pour autant parvenir à résoudre tous les problèmes : certaines utopies sont configurées de telle manière qu'on ne pourrait les placer ni sur une sphère, ni en un point donné du vide sidéral. Tel est le cas des mondes horizontaux, plats, cubiques ou sans forme définie.

Si personne ne s'est encore lancé dans une telle entreprise, c'est pour la raison insurmontable que nos trois dimensions – quatre si on inclut le Temps – ne suffisent pas à rendre cette carte possible. Admettons que nous puissions, du moins à titre provisoire, envisager une planète plate, comme au début du Moyen Âge, qui concevait chaque pays réel comme une île distincte. Un tel univers pourrait héberger, non seulement toutes les utopies, mais aussi les « villes invisibles » d'Italo Calvino, les « villes fictives » dont Michel Butor a dressé un bref inventaire, et les agglomérations de toutes tailles, où des voyageurs réels, notamment Borges, ou fantomatiques ont pu séjourner au pays de l'inconnu.

Cependant, si on doit dresser une carte des utopies que jusqu'ici personne ne s'est engagé à réaliser, c'est que le mot « utopie », qui signifie « non-lieu », nous piège en nous proposant des « lieux » inexistants et que, d'autre part, chaque utopie occupe un lieu qui lui est propre. La plupart sont des îles que les marins ont aperçues, puis perdues de vue. Dans leurs longues-vues, ils ont parfois pu distinguer à travers le brouillard la Maison de Salomon de *La Nouvelle Atlantide* de Francis Bacon, une autre fois la silhouette de Gulliver sur l'île de Glubbdubdrib. Quant à ceux qui reviennent de la Cité du Soleil de Tommaso Campanella, ils n'en disent pas un mot. Et le gouffre, dans lequel est tombé le Niels Klim de Ludvig Holberg, se trouve en réalité quelque part dans les Collèges de déraison que Higgs a visités dans l'Erewhon de Samuel Butler.

On aurait déjà cartographié les mondes utopiques si la temporalité humaine avait permis de démêler la question du Temps. Cette carte aurait-elle un présent, un passé, un futur, sur un calendrier incertain ? *Retour à Mathusalem* de George Bernard Shaw témoigne à lui seul de la question des limites temporelles, dans un ensemble de cinq drames qui débute en 4004 et s'achève en 31920. L'explorateur de *La Machine à explorer le temps* de Herbert George Wells, qui atterrit d'abord en 802701 après J.-C., n'est toujours pas revenu lors de son second voyage vers l'infini. Les utopies rompent avec notre façon habituelle de mesurer le temps : Constantin Virgil Georghiu invente « la vingt-cinquième heure », Hermann Gohde « le huitième jour ». Dans son *Héliopolis*, Ernst Jünger confond passé et futur. Il est donc impossible de cartographier les utopies en ne prenant pour repères que des méridiens et des parallèles. Il faut donc aussi intégrer la dimension temporelle : passé, présent et futur.

Si on avait été contraint de le faire, comment aurait-on représenté sur une carte l'essence même des utopies ? Au pays de Rabelais, le cœur même du système ne repose que sur une maxime : « Tout est permis. » Dans celui de Swift, des chevaux sages gouvernent un peuple éternel. À Vril-ya, le monde d'Edward Bulwer-Lytton, il n'y a de place ni pour l'art, ni le meurtre, ni la guerre, ni l'héroïsme, ni l'argent. Quelle langue des signes pourrait décrire les « centres de conditionnement et d'incubation » ou les « réserves à sauvages » du *Meilleur des mondes* de Huxley ? Comment en représenter les frontières, ou leur absence ? Nous disposons d'illustrations qui peuvent, dans une certaine mesure, répondre à cette question : l'*Utopie* de Thomas More a ainsi donné lieu à deux cartes, l'une anonyme en 1516, l'autre de 1518 attribuée à Holbein. Celles du pays des Houyhnhnm qui figurent dans l'édition des *Voyages de Gulliver* de 1726 ont été reprises dans les éditions ultérieures, où même Laputa, « l'île volante », est représentée. N'oublions pas non plus celle de Robert Louis Stevenson dans *L'Île au trésor*, entre autres exemples… À ceux-ci, il faut ajouter tous les papyrus, parchemins ou papiers qui, à différentes époques, ont reproduit une *Terra incognita*. On peut aussi revenir aux représentations antiques, classiques et modernes qu'on retrouve dans le catalogue de l'exposition, *Cartes et figures de la terre*, publiées par le Centre Pompidou, en 1980, dans un ouvrage complet sur le sujet.

Tentons alors de cartographier les utopies. Tous les développements, optimistes ou pessimistes, seront amenés à se côtoyer, se croiser. On éparpillera sur notre carte les tesselles de la mosaïque qu'a composée l'imagination de tant d'utopistes, qui peut s'avérer aussi terriblement limitée qu'illimitée : forêts d'arbres de plusieurs kilomètres de hauteur, robots capables de parler toutes les langues imaginables, engins permettant de naviguer dans des tunnels temporels, traits, comportements, coutumes à la limite de ce que l'esprit humain peut concevoir – ce ne sera pas pour rien que le poète a voulu déployer une « carte à l'échelle infinie ».

Cependant les utopistes ne se contentent pas d'un non-lieu ou d'un au-delà, ils choisissent des « non-lieux » en raison de pressions politiques ou éthiques. Comme la motivation fondamentale de tous les démunis se fonde sur la critique sociale, la nécessité d'offrir une alternative à l'ordre établi dans un *no man's land* a toujours prévalu, sans que ce subterfuge suffise généralement à éviter à leurs auteurs de sérieux ennuis : Thomas More et Tommaso Campanella en sont des exemples célèbres.

Le XIXe siècle a indirectement éloigné les esprits les plus radicaux de la quête d'une « Vie nouvelle » et d'un « Ordre nouveau ». Naturellement, leur condition d'hommes de lettres ne pouvait que les déterminer à fouiller l'horizon en quête de pays et de villes fictives et à inventer des pays de cocagne à la hauteur de leur imaginaire. En revanche, les penseurs ont préféré circonscrire leurs sociétés modèles sur Terre. Aussi a-t-on vu émerger et se développer deux types d'utopie bien distincts qui, cependant, loin de proposer des solutions totalement différentes, comme celles de Jules Verne et Herbert George Wells, tous deux romanciers, et de Robert Owen et Charles Fourier, penseurs et philosophes, présentent des parallèles intéressants.

Ce qui fait tout l'intérêt de l'œuvre de Robert Owen, c'est qu'il ne se soit pas limité à une approche théorique, mais ait tenté d'appliquer ses idées à New Harmony, en créant une société nouvelle située dans l'Indiana, en 1825. Fondé sur un nouveau type humain, le projet d'Owen prétendait réorganiser l'espace. Dans la ligne du courant hygiéniste, il proposait une nouvelle forme d'habitat adaptée à des communautés de 500 à 3 000 individus, semi-ruraux. Il avait imaginé un parallélogramme entouré de 2 000 arpents de terres arables, dont chacun des trois côtés accueillerait, autour de bâtiments publics, 1 200 personnes logées dans des maisons individuelles composées de quatre pièces, dont une grande. Entre celles-ci et les manufactures devaient s'étendre des jardins et de vastes espaces verts.

Il est impossible de résumer *Le Nouveau monde* de Fourier, qui fonde son utopie sur des principes de classification extrêmement complexes et une terminologie inédite. Dans sa *Théorie de l'unité universelle* (1822-1823) et dans *L'Harmonie universelle* (1849) compilé après sa mort par ses sectateurs, il décrit l'ordre du Phalanstère avec un incroyable luxe de détails. Fourier réduit le plan de la ville de «la sixième période» à ses grandes lignes comme suit : dans la première enceinte seront situés les bâtiments publics, dans la deuxième les fabriques, dans la troisième, les avenues et la banlieue. Les zones non construites augmenteront de manière exponentielle à mesure que les enceintes seront dépassées. Il n'y a pas de place pour les maisons individuelles dans le plan du Phalanstère. Dans la ville harmonienne de Fourier, on trouve de gigantesques bâtiments communautaires, des centres à usage partagé, un puissant complexe souterrain qui facilite la communication entre les bâtiments quelles que soient les conditions climatiques, des rocades sans fin.

Dans *Une Utopie moderne* (1905), George Wells entre lui aussi dans les détails : les gens vivent dans des immeubles de centaines de pièces nettoyées par des moyens automatisés, du liège tapisse le sol des couloirs, les étages inférieurs sont réservés aux cuisines communes, aux salles de lecture et de réunion, aux fumoirs, à la bibliothèque et au salon de coiffure. On a là une conception diamétralement opposée à celle de la maison que Jules Verne imagine en 1879. Le grand utopiste de la littérature équipe sa ville idéale de maisons dont aucune ne dépasse deux étages. Dans ses bâtisses en briques, chacune avec un jardin séparé d'au moins dix mètres de la rue, vivent des familles individuelles. Il est strictement interdit d'utiliser des tapis et du papier peint, considérés comme des nids à microbes. Les chambres à coucher, très aérées, ne doivent avoir aucune autre fonction. Un poêle chauffe chaque pièce, mais sa cheminée ne laisse pas s'échapper la fumée qui, par un réseau de tuyaux souterrains, arrive dans des fours situés hors de la ville, pour y être recyclée.

La cartographie des utopies qu'on aurait dû mener à bien depuis longtemps ne pourrait être un genre de carte réalisé à grande échelle. On ne peut pas dessiner une véritable carte imaginaire sans que ses espaces eux-mêmes se déploient dans des pays rêvés : non-îles, villes fictives, initiatives communautaires alternatives, bâtiments idéaux, structures transparentes comme celles que nous trouvons chez Evgueni Zamiatine. La carte des utopies qui s'imposait à mesure qu'il y réfléchissait n'aurait pu se faire ni même se concevoir, sans intégrer de nouvelles dimensions expressives.

La ville idéale que Le Corbusier ne put construire avant sa mort, les bâtiments qu'avaient dessinés Étienne-Louis Boullée étaient trop fantastiques pour qu'on cherche l'occasion de les réaliser. Les ruines de temples solitaires et de villes majestueuses, qui prouvent l'imagination infinie des écrivains et des peintres romantiques, confèrent définitivement à cette carte une échelle infinie.

« RECHERCHE UTOPISTES »

Les médias n'ont pas longtemps tardé à publier la nécrologie des utopies. Serait-il désormais interdit de rêver, de rêver en plein jour ? Non ! Qui aujourd'hui voudrait empêcher les gens d'imaginer un autre monde, le monde qu'ils désirent, un monde différent ? Cependant, tout en nous montrant la vie telle qu'elle est et en insistant sur le fait que nous sommes absolument libres de rêver, ils nous disent : «Eh bien, voyez-vous, il existe des idéologies dures qui brident votre imagination en les entourant de barbelés – quand l'une meurt, les autres se régénèrent, mais nous, nous sommes là : pour vous, nous avons ouvert un espace infini, dans lequel vous pourrez trouver l'utopie que vous voudrez et rêvasser des années, mais sachez que ce serait en pure perte. Jamais vous ne pourrez édifier une utopie plus séduisante, plus vaste, plus significative que celle dont nous avons, à votre intention, enrichi le champ qui embrasse toutes les utopies. Vous pouvez rêver tout ce que vous voudrez. Il n'y a qu'un seul problème : nous ne pouvons pas offrir à chacun la possibilité de faire tout ce qu'il veut. En somme, vous êtes tous égaux, mais certains d'entre vous sont plus égaux que d'autres. Voudriez-vous, vous aussi, être plus égaux que les autres ? Alors, préparez-vous à piétiner énergiquement vos égaux. Voilà à quoi ressemble, selon moi, le monde dans lequel nous vivons en ce moment. Je l'ai dit, c'est quelque chose de très nouveau. Ou, pour être plus précis, cette situation, qui ne date pas d'hier, se manifeste avec une évidence toute nouvelle. Alors, que va-t-il arriver ? Comment va et, le cas échant, pourrait évoluer le cours de ce fleuve aux eaux stagnantes ? »

Dans l'un de ses derniers livres, Octavio Paz avait jeté un regard juste et impitoyable sur notre siècle : jusqu'en 1968, nous devions les utopies qui nous inspiraient à nos « vieux pères ». Depuis, la situation s'est renversée, les jeunes ont commis un parricide. Un quart de siècle s'est écoulé et les voici à leur tour devenus des « pères ». Mais des pères sans progéniture. Ils nous annoncent qu'au bout du compte nous mourrons tous et que nous ne laisserons qu'un univers froid, désolé, plongé dans un silence de mort. (Privé des hommes, il ne s'en porterait que mieux !) Cela faisait longtemps que nous n'avions pas craint de ne plus avoir d'avenir : en acceptant l'idée que nous l'avons perdu, nous contemplons les ruines de notre civilisation éparpillée partout ici et là, quand la tempête s'est calmée. Nous voici contraints de chercher à la retrouver, à en recoller les morceaux pour restaurer une unité perdue, qui toutefois sera différente. Cependant, nous sommes à bout de souffle. Comment entretenir l'espoir de retourner dans le passé pour mieux rebondir et reconstruire l'avenir ? Nos miroirs sont opaques. Notre voix inaudible. Même notre voix la plus profonde. N'aurions-nous pas besoin d'une semence nouvelle ?

Passons. J'ai l'impression que nous allons très bientôt découvrir dans les feuilles de nos journaux ce genre de petite annonce : « Recherche utopies. » Et ce sera très probablement la première du genre. La priorité serait de ressortir et d'aligner toutes nos vieilles utopies, petites ou grandes, sans aucune distinction. Peu importe l'auteur, le siècle, les conditions, les modalités qui ont présidé à leur développement ? Tâche ardue ! Vaste travail de restauration des utopies dont on a enterré la plupart, presque effacé certaines, hypothéqué quelques-unes ! Peut-on relire Swift ? Ibn Tufayl ? J'aimerais trouver une île où mener à bien les expériences coopératives d'Owen : y aurait-il parmi vous un sponsor ? Et Marx, n'aurait-il pas droit à une seconde chance ?

Mais peut-être serait-il préférable de rédiger une deuxième annonce : « Utopies à vendre. » Pour que l'être humain choisisse l'utopie qui soit la plus proche de ses convictions, il faut connaître quelle alternative il a à sa disposition. Peut-être devra-t-il imaginer un mixte. Bref, un peu de méthode s'impose. Pour bien choisir, mieux vaudrait procéder par tentatives, expériences, au risque d'aller droit dans le mur. Mais avant cela il faudrait octroyer quelque trêve à la phobie des accidents.

À moins qu'il ne soit préférable de faire table rase, en proposant une troisième version de l'annonce ? « Ouverture d'un Office des brevets d'utopies. » L'année dernière, on m'a demandé de participer au jury d'un concours d'utopies : nous n'avons pu en valider aucune. Qu'est-ce qu'une utopie ? Visiblement, aucun concurrent n'en avait la moindre idée : chacun d'eux, dans son monde futur ou dans son autre monde, avait fait une place à la violence, aux troubles et aux difficultés d'aujourd'hui et d'hier.

Il me semble que nous devrions plutôt tenter une dernière fois de publier une annonce : « Recherche utopistes. »

Très bien, mais en cherche-ton vraiment ?

Et qui en cherche ?

Femme, vie, liberté
La révolution iranienne

Dossier coordonné par Laure Leroy

HUBERT HADDAD

Sous le regard de Neda

> *Je te construirai, à nouveau, ma patrie ! Même avec les briques de ma propre vie.*
>
> SIMIN BEHBAHANI

Se souvient-on de Neda Agha-Soltan, l'étudiante en théologie tuée d'une balle au cœur par la milice bassidji le 20 juin 2009 lors d'une manifestation de protestation contre le régime illégitime et criminel d'Ali Khamenei et la réélection truquée de Mahmoud Ahmadinejad. Autour d'elle, la foule accourt, un journaliste filme la scène : Neda se meurt ensanglantée. Une voix s'élève : « Neda, n'aie pas peur. Neda, n'aie pas peur ! » Une autre, sans doute celle de son professeur de musique avec qui elle manifestait, marmonne comme on prie : « Neda, ma chérie, reste avec moi. Neda reste avec moi ! » Douze ans plus tard, après combien d'exactions du pouvoir des mollahs et de l'ignominieux tribunal de la révolution islamique, telle la pendaison du poète Hashem Shaabani avec quatorze autres détenus pour délit d'opinion, la tragédie repart de plus belle, on tue les femmes au hasard des rues, on les incarcère et les torture pour un motif insignifiant : pour le voile ôté, pour une mèche de cheveux rebelle.

Le pouvoir est en soi un archaïsme irrémissible, une violence qui s'auto-engendre, un abus qui n'a pour fin que sa propre pérennité. Nul ne saurait juguler, sans dommage, cette schizophrénie du pouvoir sans contrôle. Surtout lorsqu'il s'appuie sur la folie de Dieu. L'absolu n'est acceptable que relativisé, ou suffisamment intériorisé pour perdre ses contours homicides d'instance abstraite, de surmoi. Pour paraphraser Marx, la classe des religieux au pouvoir affiche son intérêt propre comme étant l'intérêt général : sa pathologie spécifique devient la loi de tous et son hypocrisie la morale proclamée. Le drame de toute religion dominatrice tient avant tout dans la lettre : plus l'homme se limite dans sa lecture et rejette la polysémie par effroi devant l'altérité, plus il réduira à une insane caricature sa perception du divin, c'est-à-dire de l'humain. Tout est interprétation, mais dès que celle-ci se fige, la lettre tue l'esprit. (Tel ministre de la Justice qui projette de rétablir à la lettre une loi canonique vieille de trois millénaires, manifesterait une incompétence telle qu'on pourrait sans dommage nommer un enfant à son poste.) On rêve d'une humanité délivrée des faux maîtres qui tiennent tout leur pouvoir d'une idolâtrie des principes, qu'on appelle autrement dogmatisme.

Il y a deux façons de lire : en fermant ou en ouvrant, la première étant réservée aux illettrés du cœur. Le Coran est un livre musical, violent, rempli de fulgurances inspirées et des pires analepses. Treize siècles après le passage de l'ange, au-delà même des hadiths, quelques-unes des sourates doivent être lues comme le terrible premier livre des Prophètes, avec une distance symbolique, j'allais dire talmudique, pour les hausser au secret de toute mémoire, une fois les vanités rendues à la poussière, pour leur donner leur seule authentique sacralité, celle du poème qui nous fonde à jamais dans l'attente : l'humain est une conversion de la présence à sa plus vaste amplitude.

On comprend que la civilisation la plus ancienne, la plus raffinée, ne puisse se reconnaître dans l'usage sclérotique de son langage. Le peuple iranien porte ses mémoires multiples comme des réalités palimpsestes, vraie puissance d'imaginaire. En le contraignant à l'univocité de la parole, à l'orthodoxie cléricale, on le met en situation d'implosion épistémologique : il y a infiniment plus de savoirs en lui que dans les préceptes à quoi on voudrait l'identifier. L'oppression émane toujours d'un aspect d'une culture rétrogradé par excès de formalisation, aux dépens des richesses qui l'englobent. « C'est dans les mots que nous pensons », disait Hegel. C'est aussi contre leur prépotence. Aucune légitimité ne peut se prévaloir du seul symbole. Au pays d'Aryanam ou de la noblesse, le peuple de Kaveh se révoltera toujours contre le despote Zahak, le grand décerveleur aux épaules de serpent qu'il faudra bien enchaîner au mont Damavand jusqu'à la fin du monde. Face aux indigents diktats des répétiteurs, la littérature persane témoigne, quant à elle, d'une joyeuse pérennité. On ne peut rien contre la poésie. Saadi, Hafez et Rûmi, Attar, Khayyam et Nizami seront toujours victorieux des ténèbres transitoires. La confrérie des derviches tourneurs initiée par Rûmi appartient autant à l'esprit poétique qu'au soufisme, merveille de la spiritualité perse, celle-ci n'étant d'ailleurs que la poésie appliquée au divin. Le zoroastrisme, on le sait, rayonne dans la philosophie de Sohrawardi. Les ghazals du veilleur omniscient Hafez nous offrent un festin de miséricordes. Son prédécesseur, Farid ud-Dîn Attar, le parfumeur éclairé de Nichapour qui fut aussi le maître de Rûmi, chanta si admirablement pour tous le fana, l'annihilation en Dieu, l'instant suprême de la rencontre d'amour, qu'il oblige à relire à son aune les sourates guerrières comme s'il ne s'agissait jamais que du Grand Jihad, celui du cœur et de la langue contre l'égoïsme et toutes les ignorances. Avec le génie des poètes, philosophes et mystiques de l'Iran, nous sommes à des années-lumière de l'exaltation glacée de la charia prônée par des précepteurs qu'une sainte terreur de la castration obnubile jusque dans leur haine symptomatique du féminin.

La justice, « cette terrible passion abstraite qui a mutilé tant d'hommes » (Camus), n'est qu'un couteau d'égorgeur aux mains des prêtres de toutes confessions. La séparation des religions et des États devrait être inscrite en incipit à la Déclaration universelle des droits de l'Homme. Même dans la sphère privée, la religion, cette morale butée sujette aux retards de la transcendance, serait ainsi maintenue en permanence sous le feu critique de l'éthique démocratique :

voilà bien son unique façon d'accéder par à-coups, fût-ce à son corps défendant, à l'effet salvateur des renaissances par le réajustement des doctrines aux conditions de vie.

D'obédience sunnite, Al-Ghazali, qui voulait pacifier la charia par le soufisme, consoler la logique par l'intuition, et qui influera entre autres sur Dante et Maïmonide, irradie en profondeur toute la scholastique médiévale. Les Égarés ont, certes, plus d'un guide. Revenu à l'endroit qui le vit naître après avoir ensemencé les périphéries de la Méditerranée orientale, Al-Ghazali rassemble autour de son lit de mort « tout ce qui était, tout ce qui sera et tout ce qui est proche ». L'esprit progresse en se réinventant avec assiduité, c'est le message du pédagogue ; il se dépouille des vieux habits du temps pour mieux renaître. Toute pensée vise la liberté, seule condition de sa préséance. Le philosophe le murmure à sa façon sous les ailes d'Azraël :

Mort parmi vous avant ce jour,
J'ai ôté mon linceul et revis.
Devant la Table Gardée où je lis
Et converse avec les doctes assemblées :
Par mes seuls yeux je vois la vérité.

Bien avant, au Xe siècle, le chiite Ferdowsi voulut fonder dans la langue perse l'ample et complexe mémoire de l'Iran, son identité onirico-historique, sans rien omettre des épopées antiques, c'est ainsi que naquit le Shâh Nâmeh. Est-ce à son protecteur, le grand monarque Mahmud de Ghazni, ou aux tyrans actuels de Téhéran qu'il s'adresse à travers les siècles :

Maint édifice s'écroula
À cause de l'averse, à cause du vent
J'érige un palais au poème persan
Que vent ni pluie ne ruinera.

La parole écrite demeure vivante sur les tombeaux : c'est le jugement du vent ! Tous les anges de lumière de Sohrawardi n'éteignent pas la chandelle ardente de l'âme persane que chantait le grand Rûmi : *Devenue signe elle-même, il n'est plus d'elle signes.*

Comme l'insituable identité, l'amour ne se professe pas, nous apprend en silence Rûmi, il advient par la patience et la brûlure. Depuis Suse où l'on vénère encore le tombeau vide du prophète Daniel pillé par Tamerlan, depuis Persépolis, capitale de l'Empire perse achéménide qu'Alexandre décoiffera, vingt dynasties se seront succédé à coups de guerre, d'invasions ou de révolutions de palais. Des mégapoles sublimes s'effacèrent comme neige dans les siècles. Demeurent quelques reliques de marbre, d'or ou de bronze au fond des musées, ces officines de la piraterie coloniale. Trouvé à Babylone, le cylindre d'argile gravé du Grand Cyrus, esquissant au VIe siècle avant notre ère une charte des droits de l'homme fondée sur l'abolition de l'esclavage, la tolérance religieuse et la liberté professionnelle, vaut à lui seul tous les Persépolis. L'esprit perse se vit dans la parole lointaine, le chiisme lui-même semble s'être répandu au XVe siècle par moindre résistance au fonds pré-islamique des dynasties séleucide, parthe et sassanide toutes imprégnées du dualisme cosmique de Zoroastre, lequel était au mazdéisme ce que Siddhartha Gautama, le Bouddha historique fut à l'hindouisme. Si Al-Mahdî, le douzième imam occulté en 874 est bien le messie attendu des duodécimains, ou son messager, c'est dans l'espérance des signes et l'incertitude des fins conséquente : la hiérarchie cléricale des mollahs, spécifique du chiisme, s'en trouve fragilisée. La révolution iranienne est probable parce que la culture démocratique, fondée sur l'esprit critique, même vis-à-vis du religieux, s'appuie sur des strates coriaces de civilisations depuis les âges d'or zoroastriens ou islamiques. Poésie et philosophie, mythes fondateurs sans cesse activés dans une langue vivante déclinée du moyen perse, exégèse coranique et transgression souveraine du soufisme, cette pratique allègre de l'anéantissement dans le divin, traversent les âges d'un chant choral toujours audible.

L'Iran, s'en souvient-on, est sortie il y a moins d'un quart de siècle d'une Grande Guerre de type 14-18, la « guerre imposée » contre l'Irak conclue par des millions de victimes. Les milices du régime théocratique qui assassinent dans les rues ne valent pas mieux que la Sturmabteilung, le service d'ordre du parti nazi recruté parmi les vaincus de la vie. La guerre et la dictature installent pour longtemps la répression pour contrer d'inévitables mutations qui prennent un jour le visage de la résistance, de la révolte et du renouveau.

Faut-il que les pouvoirs autoritaires pris en défaut lancent invariablement leurs meutes sur les multitudes pacifiques ? L'obscurantisme et la férocité sont-ils le seul système de gouvernement des régimes théocratiques ? On a vu des promeneurs tomber sous les balles des sicaires de la tyrannie. On a vu des femmes frappées au cœur ou au visage. Mais le douzième imam qui n'appartient à personne veille avec patience dans l'ombre : forcément, il balaiera de sa tunique de vent les imposteurs enturbannés. Comme le prophète Élie perché sur un nuage, il prendrait même l'apparence du mendiant ou de la vagabonde inspirée à l'insu des hiérarchies.

Le regard fixe de Neda demeurera dans nos yeux comme une brûlure.

Un cœur explose,
c'est son dernier battement,
le chasseur a visé l'oiseau dans son nid,
la plus belle fille prend un air sévère,
elle regarde le ciel avec sur le visage
un tchador de sang à demi déchiré
tu voulais simplement sourire au soleil
ils t'ont annihilée avec leurs mains d'acier
Neda, Neda, quand cesseront-ils, reste, reste
ne pars pas si loin, dans la tombe, on a jeté tes habits de fête
reste, ne pars pas, ils t'ont assassinée,
ton sang arrache tous les voiles du temps, reste, oh
ne ferme pas les yeux, tes yeux sont le miroir brisé de l'avenir
ils ont tué l'espérance qui devait naître en toi,
ton regard étonné fixe à jamais l'atroce puérilité des bourreaux
qui lavera le sang sur ta face,
qui demandera son nom à la mort hâtive,
reste, reste, ne pars pas si loin.

Naïvement, songeant à toutes les vies fauchées par l'arbitraire, aux innocents torturés et blessés sans grâce ni faveurs, à Mahsa Amini, la jeune fille kurde iranienne assassinée par l'infâme police des mœurs en septembre 2022 en préalable à un déluge de crimes, je me suis souvenu de la photographie de Neda morte, regardant le ciel avec sur le visage un tchador de sang à demi déchiré. Et j'ai revisité ces pages sans hâte, comme si on pouvait sauver avec un peu d'encre l'instant sacré de la rencontre, la lumière des lumières de Sohrawardi.

TOOMAJ SALEHI

Soorakh moosh

Traduit et adapté du persan par Sirine Alkonost

Si tu vois le peuple souffrir
Mais que tu fermes les yeux
Toi aussi tu es complice
Toi non plus tu ne vaux pas mieux
Si tu vois la tyrannie
Mais que tu regardes ailleurs
Si tu n'agis que par profit
Ou pour apaiser ta peur
Si tu fais semblant de dormir
Pendant qu'on tue tes voisins
Si quand tu vois les jeunes mourir
Tu t'inquiètes pour ton gagne-pain
Si tu prétends être neutre, apolitique, ignorant
Sache qu'il n'y a pas de juste milieu
Il n'y a pas de vote blanc
Si tu te couvres les yeux en mettant tes mains devant
Sache que ça ne change rien : tes doigts sont couverts de sang
Et si tu parles en public sans jamais prendre parti
Ne te fais pas d'illusions, tu es un traître à la patrie
Souviens toi que rien ne reste caché
Un jour les nuages vont se dissiper et tu seras démasqué
Tu es aussi un meurtrier, si tu as couvert un crime
Toi aussi tu as dû marcher, dans le sang de la victime
Sans votre complicité, le système est impuissant
L'Iran à tant de prisons, vous finirez tous dedans

Journalistes cupides, reporters au rabais, artistes sponsorisés
Courez vous planquer
Serviteurs stupides, courtisans et laquais, bourreaux disciplinés
Courez vous planquer
Vous les larbins, vous les hommes de main, vous qui servez à rien
Courez vous planquer
Profiteurs, réformateurs, lobbyistes-menteurs, lâchez la monnaie et…
Courez vous planquer

Tu te prétends artiste mais tu ne sais rien de la souffrance des autres ?
Ton Oscar je lui pisse dessus, si tu n'es pas un des nôtres !
Autant que tu ne l'ouvres plus
Si c'est pour dire des conneries
Que tu sois un acteur faux-cul

Ou bien Asghar Farhadi
Un footballeur vendu au pouvoir
Ou aux transferts en dollars
Un putain de complotiste
Ou un fan d'Elaheh Hicks
Si t'es un vendu,
J'donne pas cher de ton cul
Tes plans sont déjà foutus
Tu sais rien de la rue
Nos fleuves desséchés, tu vas les remplir à la bouteille, hein ?
Tu vas distribuer les miettes à ceux qui ont cuit le pain ?
Tu dis que la liberté a un prix cher à payer
OK, on paiera comptant
Mais seul le sang lave le sang
Vas-y abats celui qui a faim
Par-derrière comme un chien
Vas-y tue l'innocent désarmé
Qui se bat pour l'égalité
Vas-y raconte à qui veut te croire
Comment tu réécris l'histoire
Vas-y prends-moi l'espérance
Vole-moi le futur, la vengeance

Journalistes cupides, reporters au rabais, artistes sponsorisés
Courez vous planquer
Serviteurs stupides, courtisans et laquais, bourreaux disciplinés
Courez vous planquer
Vous les larbins, vous les hommes de main, vous qui servez à rien
Courez vous planquer
Profiteurs, réformateurs, lobbyistes-menteurs, lâchez la monnaie et…
Courez vous planquer

Pas la peine d'attendre une révélation d'en haut
C'est toi le protecteur, c'est toi le héros
Si nous ne faisons qu'un rien n'est impossible
Unis nous sommes invincibles
Nous sommes le prophète le leader
Nous sommes… notre propre sauveur

Le rappeur Toomaj Salehi (33 ans) a été arrêté et emprisonné le 31 octobre 2022 après avoir exprimé son soutien aux manifestations contre le pouvoir ultra-répressif de la République islamique. Accusé de « corruption sur terre », un des chefs d'accusations les plus graves en Iran, il risque aujourd'hui la peine de mort.

SIRINE ALKONOST

Fenêtres sur l'Iran

30 septembre

Chaque jour la rumeur se répand : le rendez-vous est à 17 heures, à un carrefour ou sur une place. Nous mettons nos téléphones en mode avion, et petit à petit une foule se forme. L'un ou l'autre crie un slogan et puis la foule explose.

Des troupes sont acheminées dans la ville par meutes. Ils arrivent avec des gaz lacrymogènes et des fusils à plomb – des plombs métalliques. Les cicatrices qu'ils laissent sur le corps sont reconnaissables entre mille.

En manifestant, nous savons tous que nous nous exposons à la torture et à la peine de mort. Ceux qui en ont le courage se battent avec beaucoup de détermination. Il est étonnant de constater leur bravoure face au danger.

Cette confrontation est vraiment très différente de toutes les précédentes.

Je ne sais pas ce qui peut se comparer à ces jours dans nos vies, ici en Iran.

Des femmes meurent littéralement sur les trottoirs, juste pour préserver le droit à leur propre intégrité d'être humain. Des hommes, des adolescents meurent à leurs côtés pour avoir partagé leur combat.

Les affrontements physiques sont très violents.

Les manifestants sont d'âges et de types très divers. On entend « Femme – Vie – Liberté », et depuis hier un nouveau slogan lui fait parfois écho, dans un dialogue poignant entre les manifestants qui le scandent, et les manifestantes qui leur répondent « Homme – Patrie – Prospérité ».

Ces jours-ci, quand je parle aux gens autour de moi, ils fondent en larmes au bout de quelques secondes. Il n'y a pratiquement rien d'autre à quoi l'on puisse penser.

Et nous sentons bien que nous pourrions très facilement finir par être massacrés, derrière un rideau d'obscurité et de silence.

Nos vies comptent. Soyez notre voix.

1er octobre

À ce stade, même s'il ne reste plus aucun manifestant en vie d'ici demain soir, même si personne ne lève le poing demain, notre vérité prévaudra, car ce moment est arrivé, où il faut faire le choix, de « prendre ou non les armes contre une mer de tourments ».

La clameur se fait plus forte ce soir dans ma rue. Des motos circulent juste sous ma fenêtre.

J'écris pendant qu'ils crient !

On en est au 11e jour et les choses continuent de se dérouler plus ou moins de la même manière.

Nos vies comptent, soyez notre voix.

2 octobre

Aujourd'hui, les enfants iront à leur école pour faire un sit-in. Leurs professeurs, qui sont elles-mêmes des jeunes femmes à peine plus âgées, leur ont demandé de

venir à l'école sans leur hijab ! Comme si elles pensaient que le combat était déjà terminé… Ou peut-être que c'est ça, le combat. De toute évidence, toute l'école finira en prison… les professeurs et les élèves.
En attendant continuez à porter notre voix, nos vies comptent.

3 octobre
La nuit dernière, le régime iranien a fermé toutes les voies menant à l'université de Sharif ; ils ont embarqué dans des bus une centaine d'étudiants qu'ils ont emmenés dans une prison inconnue. Ceux qui ont réussi à s'échapper se sont cachés dans un petit appartement où un médecin est venu les soigner pour qu'ils n'aient pas à se rendre à l'hôpital.
Bientôt, je le crois, il n'y aura plus de distinction entre le jour et la nuit.
Merci à vous, et bons baisers de Téhéran.

4 octobre
Hier soir, je me suis couchée vers 21 heures. C'est très tôt, mais je pouvais à peine garder les yeux ouverts. Et comme d'habitude, les gens se sont mis à crier depuis leurs fenêtres. « Mort au dictateur ! » et autres slogans du même genre. Ça m'a endormie comme une berceuse, une berceuse que me chantait mon quartier. Je ne sais pas depuis combien de nuits cela dure. Peut-être 14.

6 octobre
Ce matin, je me suis réveillée avec les images d'un jeune garçon, dans les 14 ans. Il était allongé sur l'asphalte, baignant dans son propre sang. Son corps palpitait comme un poisson sur une dalle de pierre.
Le garçon avait dit à ses parents qu'il allait acheter des livres. Il n'est jamais revenu.
On devrait être habitués maintenant, mais en fait non, on ne s'habitue pas.
Nika avait 16 ans, presque 17, elle a disparu pendant plusieurs jours… Sa famille l'a cherchée partout. Puis sa tante et son oncle ont été arrêtés, ils sont passés à la télévision pour confirmer que Nika était… tombée d'un toit.
Le régime islamique a tué Mahsa, Hadis, Hannaneh, Minoo, Ghazaleh, Nika, Sarina… et bien d'autres. Ils les tuent et ensuite ils mentent.
Le peuple se soulève dans des dizaines de villes depuis plus de 16 jours maintenant. Ce sont des faits.

7 octobre
Nos enfants sont magnifiques. Ils sont talentueux, ils sont braves, ils sont éblouissants comme un jour qui se lève, et d'ailleurs ils s'obstinent à croire que le jour se lèvera. Et pourtant ils les tuent. Prenez une minute pour bien peser ces quatre mots : ils tuent nos enfants.
Ils ont l'âge, les traits et parfois les prénoms de mes propres enfants, ce sont des adolescents qui s'expriment sur les mêmes plateformes qu'eux, et disent les mêmes choses, avec le même sens de l'humour, les mêmes préoccupations… Sauf que leurs vidéos sont désormais figées dans un éternel mausolée digital.
Ce sont mes enfants qu'on arrache, littéralement, de mes entrailles, et je sais que chaque Iranien qui vient crier sa colère aujourd'hui, dans la sécurité et la lumière des rassemblements du monde libre ou dans l'obscurité et le danger du

soulèvement qui s'est emparé de notre pays, pleure ces enfants-là. Nika (17 ans tout juste), Sarina (16 ans), Amir Hossein, (15 ans) et tous les autres…
Je suis la mère qui s'effondre et celle qui fait front, je suis la mère qui plie et celle qui résiste.
Nos enfants sont magnifiques. Ils sont éblouissants comme un jour qui se lève. Et pourtant ils les tuent.

9 octobre
Nous sommes confrontés à des forces armées très entraînées et nous les affrontons avec nos poings et les slogans que nous pouvons crier. Nous n'avons pas peur et nous avons appris à être plus efficaces. Nous nous sommes éparpillés. Nous nous sommes tellement répandus et dispersés que nous étions dans chaque rue.
Ils ne savent pas gérer ce genre de comportement. Ils sont habitués à attaquer de grandes foules rassemblées en un seul endroit.
Alors nous sommes éparpillés, mais nous sommes partout.
Hier, un groupe de hackers a piraté la chaîne d'information de la télévision publique. Pendant quelques secondes, l'image du Guide Suprême en feu, accompagnée du slogan « Femme Vie Liberté » et des portraits de Mahsa, Hadis, Nika et Sarina occupe tout l'écran, puis la caméra revient au présentateur avec son air choqué ! Regardez sur YouTube. C'est du bon !
La République Islamique est au bout du rouleau, mes amis ! Mais elle est encore au pouvoir et nous devons pousser davantage. Bientôt, ce ne sera plus qu'un souvenir.
La mobilisation d'hier a été un triomphe du peuple, et nous avons fait de notre mieux pour tout filmer. Croyez bien que ça n'a pas été facile de faire parvenir les images à ceux qui sont en mesure de les diffuser dans le monde libre.
Nous avons encore un long chemin à parcourir, et ce pays n'a jamais cessé de surprendre. Attendez-vous à de l'inattendu.

13 octobre
20e jour. Une chappe pèse sur notre pays, et nos manifestations se heurtent à des tentatives brutales, violentes et illégales pour nous faire taire. On ne s'arrêtera pas. Chaque jour, nous apprenons qu'un comédien célèbre, un voisin, un ami ou la mère de quelqu'un a été arrêté. Des gens disparaissent. Certains réapparaissent, mais quand on les revoit c'est comme si leur âme avait été extraite de leur corps. Leurs âmes se promènent peut-être encore dans ces salles où ils ont été battus et violentés. Ils reviennent mais c'est comme s'ils avaient vu des choses qu'ils n'auraient jamais dû voir.
Sans parler des nombreuses personnes effacées de notre paysage. Enseignants, barbiers, scientifiques, étudiants, portés disparus, ou morts, ou complètement déprimés, prostrés sous une couverture, ou quelque part dans un hôpital surpeuplé.
Tout va très vite.
Les choses se passent en 10 minutes, 5 minutes, peut-être même 2 minutes. Une rue devient une zone de combat pendant quelques minutes seulement. Dans ces minutes, les destins se décident.
Dans ma vie, j'ai vu une révolution, une guerre, et les vagues de 2009 et 2019.

Maintenant, je suis témoin de cette révolution. Que vais-je voir ensuite ? Et quand mon heure viendra-t-elle ? je me le demande.
Les manifestations d'hier soir ont duré plus longtemps, dans les quartiers les plus pauvres de Téhéran.
Ces quartiers pauvres, ça fait longtemps qu'ils sont à bout.
Et ils manifestent maintenant, aux côtés des travailleurs du pétrole dans le sud, des enseignants et des étudiants dans les écoles, des villes kurdes, des commerçants, des avocats, n'importe qui vraiment.
« Mort à la République islamique ! » « Mort au dictateur ! » Chaque soir on crie depuis toutes les fenêtres et tous les toits. Dîners, entretiens, rendez-vous, tout est suspendu chaque soir entre neuf heures et neuf heures quinze.
Après cela seulement, nous pouvons aller manger.
Devrions-nous nous préparer à cacher et protéger les livres, les disques, les peintures, les sculptures et les poèmes ? Au cas où nous serions réellement sur le point d'entrer dans une dystopie orwellienne, j'aimerais sauver ces quelques lignes, écrites par le poète et érudit, Mohammad-Reza Shafiei Kadkani : *Si tu es un homme, viens en Iran et sois une femme…*

14 octobre
Parfois on n'entend rien pendant des heures et tout à coup, ça pète dans tous les sens… C'est un peu comme du pop-corn qui éclate dans une casserole.
Il y a eu un raid dans une école de filles. L'école Shahid à Ardabil. Ils ont arrêté une dizaine d'élèves. L'une d'entre elles serait morte à l'hôpital. D'une « hémorragie interne ».
On entend « hémorragie interne » – et nos yeux se voilent du sang de nos enfants, les matraques s'abattent sur leur thorax ou leur visage.
« Hémorragie interne » – et le film se lance tout seul derrière nos paupières, un très court métrage de fillettes qui volent, au bout d'une grosse botte noire, leurs petits corps qui volent quelques secondes, parce que très vite il y aura un mur, un escalier ou le bord d'un trottoir pour leur rappeler le sens de la gravité.
« Hémorragie interne » – et il devient difficile de croire encore à quelque chose, à un avenir où nos petites filles ne seront pas de simples poupées de sang qu'on envoie à la bibliothèque avec un *tote bag* un matin pour les récupérer à la morgue une semaine plus tard dans un *body bag*.
Des petites filles, sérieux.
Des petites filles…

26 octobre
Aujourd'hui, 40 jours se sont écoulés depuis la mort de Mahsa Amini. Sa tombe qui se trouve dans un petit cimetière quelque part dans l'ouest de l'Iran, est l'épicentre de notre révolution, la « révolution des femmes » comme nous aimons l'appeler.
Tout a commencé sur la tombe de Mahsa, lorsque quelqu'un a écrit 4 ou 5 mots sur une petite dalle de pierre qu'ils ont enfoncée dans le sol frais de sa tombe.
Depuis, le prénom de Mahsa est devenu un mot de passe, un code secret. Le peuple iranien a entendu le message, et il s'est levé haut et fort pour demander justice.
Comme des graines plantées dans le sol, d'autres femmes courageuses et belles

ont poussé par centaines. Aujourd'hui, presque chaque jour est devenu le 40e d'une autre belle fille brave et forte ou d'un autre jeune homme courageux, assassinés dans le nord, dans le sud ou dans l'est du pays.
À partir d'aujourd'hui, chaque jour est un 40e jour.
Notre âme n'a pas de couleur, de religion ou de nationalité, elle est notre part d'humanité, et ce qui reste à protéger quand tout le reste nous a été pris.
Nous nous chargeons de notre propre libération, occupez-vous de ne pas donner de légitimité à ceux qui nous oppriment. Ne détournez pas le regard.

6 novembre
J'ai vu trop de sang. Dans la rue, dans les conversations, sur les réseaux…
La petite fille kurde, dans son manteau bleu, elle revient sans cesse, au fusain, à l'aquarelle, à l'aérographe, assise sur une carte de l'Iran, ou sur la tombe de sa mère – ce qui revient presque au même, maintenant.
Il y a quelques jours, je me disais qu'une fois que tout cela serait terminé, j'irais passer quelques jours au bord de la mer. Après tout, je mérite une pause.
Je ne veux pas avoir l'air de me plaindre, mais même avant Mahsa, j'étais déjà épuisée : j'étais occupée à me battre contre mes propres monstres. Avant que tout cela n'arrive, on se débattait avec la simple réalité de « vivre en Iran ».
Mais ensuite, c'est arrivé, et le temps s'est trouvé coupé en deux.
Depuis Mahsa, les choses sont claires et simples. Explicites. Plus personne ne fait vraiment semblant, ni d'un côté ni de l'autre :
Ils ont plus d'armes, et nous avons plus de sang.
Ils sont plus structurés et nous sommes plus déterminés.
Il n'y a pas grand-chose à dire de plus. Nous avons parlé, et maintenant nous devons agir.
La réalité, c'est qu'il y aura encore plus de sang versé. Il faudra bien le verser.
Mais à ce stade, nous devons rendre à cette petite kurde en manteau bleu l'avenir pour lequel elle a déjà si lourdement payé, nous devons avancer dans tout ce sang, à la nage s'il le faut.
Nos vies comptent, soyez notre voix

15 novembre
La clé de la réussite de ce mouvement, c'est son caractère organique, sa capacité à faire corps avec le tissu social. La clé, c'est que les gens ne se considèrent pas entre eux comme étrangers les uns aux autres. C'est cette clé que le régime oppressif a perdue.
On est mardi matin. Il fait beau à Téhéran. Pas de vent. La pollution, plutôt moins horrible que d'habitude. Peu de trafic. Nous sommes le 15 novembre et il y a trois ans, jour pour jour, des tireurs d'élite se sont mis à tirer sur les gens depuis les toits.
Il y a trois ans, ils pensaient aussi que ce serait « fini d'ici la fin de la semaine ».
Cela ne faisait que commencer.

16 novembre
La République islamique d'Iran : il est difficile pour beaucoup d'entre nous de trouver du sens à ces mots mis ensemble. Ce régime n'est pas islamique, il n'a rien d'une république, et il ne représente pas l'Iran. Voilà.

17 novembre
Hier à Izeh, au Khuzestan, les forces de l'ordre ont tiré à balles réelles sur la population, réunie pacifiquement comme partout en Iran pour commémorer le 3e anniversaire des émeutes de 2019 dont la répression a fait 1500 morts.
Kian Pirfalak avait dix ans. Ses photos circulent depuis quelques heures comme autant de sanglots.
Kian posant en chemise blanche et veste de costume, le torse gonflé de fierté.
Kian posant en costume traditionnel bakhtiari, sur fond de montagnes du Khuzestan, et toujours cette fierté.
Kian expliquant, face caméra, l'expérience qu'il a préparée pour une foire scientifique, et tous les cœurs de mon pays qui se brisent ensemble avec un bruit de verre pilé quand il commence, de sa voix flûtée de petit garçon qui n'a pas eu le temps de muer, en disant « au nom du dieu des arcs-en-ciel ».
Kian plantant, avec sa petite bêche, un tout jeune arbre qu'il ne verra pas grandir…
Kian torse nu, inanimé et ensanglanté, avec des gros glaçons tout autour de son corps, parce qu'aujourd'hui en Iran les familles des morts n'osent plus les laisser aux autorités, de peur qu'ils ne leur soient pas rendus.
Les messages qui inondent mon fil Twitter sont un mélange de sidération, d'incrédulité et de rage.
Le petit Kian incarne aujourd'hui l'avenir de la jeunesse d'Iran, et ce que le régime est prêt à en faire, simplement pour ne pas être renversé.
Ils tuent nos enfants.
Que dire de plus ?

21 novembre
La ville de Mahabad est pratiquement assiégée. Les images qui nous parviennent difficilement depuis le Kurdistan ressemblent à des scènes d'invasion ou d'occupation étrangère.
Des hélicoptères et des pick-up 4 x 4 avec des mitrailleuses de gros calibre à bord tournent en rond dans les rues.
Les habitants de Mahabad disent qu'ils résisteront jusqu'au bout, qu'ils sont prêts à mourir pour un Iran libre.
Ce week-end à Mahabad, ils avaient coupé l'électricité dans certains quartiers, beaucoup de vidéos de « journalisme citoyen » sont prises dans le noir complet. Et on entend la respiration tendue et étranglée de sanglots de la personne qui filme, qui sait qu'elle risque sa vie en filmant et qui filme quand même.
Ne l'oubliez pas, c'est pour vous qu'elle filme.

26 novembre
Aujourd'hui, Majid Reza Rahnavard doit être exécuté pour avoir manifesté contre le régime. Face au sacrifice imminent de sa vie, nous sommes tétanisés d'impuissance. Difficile de voir autre chose que de l'obscénité dans un monde qui s'obstine à détourner le regard.
La pollution de Téhéran est hors normes ces jours-ci, il y a encore plus de poussière et de fumée dans l'air à cause de toutes les turbulences. J'ai du mal à respirer. Et même si je n'ai pas besoin de ma voix pour écrire ce message, j'ai quand même l'impression de devoir lutter, pour me faire entendre : Majid Reza

Rahnavard, qui était ouvrier dans un magasin de fruits à Mashad, va être exécuté aujourd'hui.
Sa vie compte… Soyons sa voix.

27 novembre
Pendant une révolution, il est très difficile de préserver nos valeurs démocratiques et éthiques. C'est difficile de continuer à défendre l'idée que les gens ont le droit de penser ce qu'ils veulent. Il y a des gens, par exemple, qui voudraient que Toomaj Salehi soit pendu parce qu'il a chanté des chansons. Ont-ils le droit à cette opinion ?
Ici, en république islamique, chanter peut très facilement te faire prendre le chemin de la potence.
Il existe différentes options, pour qui veut chanter en Iran ces jours-ci (arrestation et passage à tabac en option). Chanter l'hymne national. Chanter un hymne révolutionnaire. Être une femme et chanter. Chanter une chanson kurde, par un froid matin de novembre, sans savoir que ce sera ton oraison funèbre sur les réseaux sociaux. Oui, il y a vraiment toutes sortes de chants.
Et puis il y a de la danse aussi. Mahsa Jina Amini danse, sur les petites vidéos que sa mère distille au compte-gouttes sur Instagram, comme autant de messages codés. Nous avons tous vu Khodanour danser, et Kian, et Sarina, et Javad, et tant d'autres.
Ces gens ne veulent pas nous voir danser, ces gens ne veulent pas entendre nos chansons !
Mais nous chanterons et nous danserons et nous serons nos propres héros.

30 novembre
Si quelqu'un dit « bonjour », nous disons « liberté ». Si quelqu'un dit « bonne nuit », nous disons « liberté ».

1er décembre
Il y a cette fille, qui monte en haut d'un poteau électrique, et fait de son voile un drapeau de libération. Il y a cet homme qui poste un message. Chaque fois, ça commence de la même façon : une personne courageuse allume la première lampe.
Et à partir de ce moment-là, nous savons ce que nous devons faire.
Nous avons très peu de pluie, ici en Iran.
Quand il pleut, on peut sentir les feuilles d'automne, l'air frais chargé de quelque chose qui ressemble à un parfum.
Les jours de pluie, on se sent presque libre.
Chaque fois qu'il pleut, je pense à ceux qui sont en prison. La pluie est comme un message. Comme si nous partagions un secret et cela nous donne de l'espoir.

Ces textes sont inspirés de témoignages reçus d'Iran (principalement Téhéran), traduits au jour le jour pour amplifier et propager les voix bâillonnées du peuple iranien en lutte. https://blogs.mediapart.fr/sirinealkonost

SHERVIN HAJIPOUR

Barâyé

برای توی کوچه رقصیدن	*Pour pouvoir danser dans la rue*
برای ترسیدن به وقت بوسیدن	*Pour la peur au moment d'embrasser*
برای خواهرم ، خواهرت ، خواهرامون	*Pour ma sœur, ta sœur, nos sœurs*
برای تغییر مغزها که پوسیدن	*Pour changer les cerveaux pourris*
برای شرمندگی ، برای بی پولی	*Pour la honte, pour la misère*
برای حسرت یک زندگی معمولی	*Pour le désir d'une vie normale*
برای کودک زباله گرد و آرزوهاش	*Pour l'enfant qui fait les poubelles, pour ses rêves*
برای این اقتصاد دستوری	*Pour cette économie dirigée*
برای این هوای آلوده	*Pour cet air pollué*
برای ولیعصر و درختای فرسوده	*Pour Vali e asr et les arbres fatigués*
برای پیروز و احتمال انقراضش	*Pour le guépard en danger d'extinction*
برای سگ‌های بی‌گناه ممنوعه	*Pour les chiens innocents et interdits*
برای گریه‌های بی وقفه	*Pour les larmes continuelles*
برای تصویر تکرار این لحظه	*Pour l'image de cet instant qui se répète*
برای چهره‌ای که می‌خنده	*Pour un visage qui sourit*
برای دانش آموزا ؛ برای آینده	*Pour les écoliers, pour l'avenir*
برای این بهشت اجباری	*Pour ce paradis imposé*
برای نخبه‌های زندانی	*Pour les génies emprisonnés*
« برای کودکان افغانی	*Pour les enfants afghans*
برای این همه « برای غیر تکراری	*Pour tous ces « pour » non répétés*
برای این همه شعارهای توخالی	*Pour tous ces slogans insignifiants*
برای آوار خونه‌های پوشالی	*Pour la ruine des maisons de paille*
برای احساس آرامش	*Pour le sentiment de sérénité*
برای خورشید پس از شبای طولانی	*Pour le soleil après de longues nuits*
برای قرص‌های اعصاب و بی خوابی	*Pour les somnifères et l'insomnie*
برای مرد، میهن، آبادی	*Pour l'homme, la patrie, la prospérité*
برای دختری که آرزو داشت پسر بود	*Pour la fille qui voulait être un garçon*
برای زن، زندگی، آزادی	*Pour la femme, la vie, la liberté*

Shervin Hajipour, auteur de la chanson *Barâyé* (qui signifie « pour » en persan), s'est inspiré des tweets de la jeunesse iranienne au début des manifestations qui ont suivi la mort de Mahsa Amini, le 16 septembre 2022. Il a depuis été réduit au silence, après avoir été d'abord arrêté puis libéré sous caution. Publié environ deux semaines après le début des manifestations sur Instagram, le vidéo-clip a été visionné plus de 40 millions de fois en deux jours. *Barâyé* est non seulement devenu un hymne contestataire dénonçant les crimes de la République islamique, mais un hymne universel pour la liberté.

SEPIDEH FARSI

Regardez mes longs cheveux blancs

« Nous sommes les gens du Moyen-Orient. Certains d'entre nous sont tués en guerre, d'autres en prison, d'autres encore sur la route, ou en mer. Même les montagnes les plus hautes prennent leur revanche sur nous. Car nous sommes nés pour mourir. » C'est le dernier post que j'ai fait sur Insta avant de partir en manif… Je m'appelle Kumaj, j'ai 16 ans.

Je m'appelle Mona. J'ai huit ans. Ce matin, un nuage de poussière plane sur Zahédan. Je me prépare pour aller à l'école. Nous marchons dans la grande rue. Devant nous, des miliciens et derrière nous des gens qui crient. On ne fait pas attention à eux. Ma sœur me dit de me dépêcher. Je cours pour arriver à sa hauteur. J'entends un sifflement et quelque chose brûle ma poitrine. Je dis à ma sœur : « Je crois que j'ai reçu une balle », et je tombe.

Je suis chauffeur de taxi mais n'arrive pas à joindre les deux bouts. Depuis deux mois, je suis dans la rue tous les jours. Au volant de ma voiture, je lance des slogans et je roule au pas pour empêcher les motards bassidjis d'avancer. Je vois le sniper au carrefour. Je klaxonne et je laisse ma main appuyée. Le sniper me repère. On se regarde dans les yeux. Il sourit et tire. Je m'appelle Morad, j'ai 44 ans.

Je viens d'ouvrir les yeux. Il fait noir. Je ne sais pas où je suis. Je touche ma tête mais je ne trouve plus mes cheveux. Ils ont été rasés. Pourquoi ? Je venais de les peindre en bleu. Une douleur aiguë me déchire les entrailles. Une douleur qui ne s'arrête plus. J'suis Armita, 20 ans.

J'aime danser. Sous le soleil, mais aussi devant le feu. Tous les jours, je sors dans la rue pour crier. Ici à Zahédan, on ne fait que ça. Cet été, quand ils m'avaient arrêté, ils ont voulu me casser. Alors, ils m'ont laissé les mains attachées à un poteau, sous le soleil brûlant, un verre d'eau devant moi, mais que je ne pouvais atteindre. Mais je suis un Baloutche. Nous les Baloutches, on est du désert et on n'a pas peur de la soif. Alors j'ai tenu bon. Aujourd'hui, je sors de nouveau pour manifester. Je recevrais une balle dans le rein et je mourrai devant l'hôpital qui refuse de me soigner. Je suis Khodanoor, j'ai 27 ans.

Je m'appelle Hasti. J'ai 7 ans, j'aime les robes colorées. C'est vendredi et je n'ai pas école. Ma mère m'a envoyé acheter du pain. Je dois traverser la rue parce que la boulangerie est de l'autre côté. Des hommes en uniforme bloquent la rue. Soudain ils tirent ce truc qui fait pleurer et la cartouche ça tombe devant mes pieds. Une épaisse fumée en sort. J'ai du mal à respirer. J'essaie de courir, mais je n'y arrive pas. Tout le monde se met à courir. J'ai du mal à respirer. J'ai du mal à respirer. J'ai du mal…

« J'espère que quand je serais vieille, je serais fière d'être allée à la manif ce soir. » C'est le dernier message que j'envoie à mes amis. Depuis que j'ai appris ce qu'ils ont fait à Nika, et je me suis dit que je lui devais bien ça. Elle habitait à Karaj comme moi. La rue est bloquée par les bassijis. Je me mets face à eux, je retire mon foulard et je ramasse mes cheveux derrière la tête, dans ce qui sera mon dernier geste. Je suis Hadis, j'ai 23 ans.

Je suis Ghazaleh. J'ai l'âge de Jésus. J'adore la montagne, je grimpe dès que je peux. Ça ne ment pas, la montagne. Ce soir, je suis dans la rue, au centre de Âmol, comme tous les soirs depuis un mois. Pour être avec les autres. On entend des tirs. Je lance aux autres : « N'ayez pas peur, nous sommes ensemble. » Je vois le tireur qui me fixe. Et m'arrête pour filmer et je crie… *Natarsid, natarsid, ma hamé ba ham hastim.* Je continue à filmer. *Natarsid, natarsid…* Il tire. La dernière chose que je vois en tombant, c'est le visage de mon frère qui se penche sur moi.

Je m'appelle Kian. J'ai 10 ans, mais je me sens plus vieux. Je n'aime pas trop jouer avec les enfants de mon âge. Ce que j'aime, c'est inventer des engins. Et puis, je parle à Dieu. Au dieu de l'arc en ciel. Quand on roule en voiture, j'aime être assis devant, à côté de mon père. Ce jour-là, les policiers au barrage nous disent de faire demi-tour. Ils disent que c'est moins dangereux. Mon père n'a pas confiance, mais j'insiste. Il a l'air gentil le policier. Alors mon père tourne le volant. Au carrefour d'après, soudain, bruit de mitrailleuse. C'est comme dans les films. Je n'ai jamais vu ça en vrai. Je regarde mon père et je ferme les yeux.

Je suis Mehrshad. Tout le monde me dit que j'ai les cheveux trop longs pour un garçon, mais je m'en fous. J'suis fier de mes cheveux. J'aime faire mon numéro où je fais voler la pâte étalée en l'air, en faisant une pirouette pour la rattraper de l'autre côté. Je rêve d'être le meilleur chef cuisto de l'Iran. Demain c'est mon anniv, mais ce soir, je suis dans la rue, parce que dans ma ville, ça ne bouge pas assez. Je vois un groupe de bassijis foncer sur moi. Matraques brandies. J'essaie de les esquiver, mais pour la première fois de ma vie, je n'arrive pas à faire ma pirouette. Je suis pétrifié. Je sens le premier coup de matraque sur ma tête, puis un autre et encore un autre... Il y en aura sept en tout. J'aurai 20 ans demain.

Je suis la mère de Sattar. Mon Sattar était un géant au cœur fragile. En prison, il a tenu longtemps sous la torture, mais chaque corps a ses limites. Et un jour, son corps a lâché. Depuis sa mort, j'ai perdu le calme et le sommeil. Je fais tout ce que je peux pour aider notre révolution. Comme on dit en Iran, pour chacun de nous qui tombe, il y en a mille autres qui se lèvent.

Mes cheveux, personne ne les avait jamais vu à part mon Sattar. Mais aujourd'hui je veux que le monde entier les voie.

Regardez mes longs cheveux blancs. Je suis Gohar. J'ai 80 ans.

SHAHNAZ AKMALI

Pour ma sœur Bâhieh Namjou

Traduit du persan par Darya Djavahery-Farsi

Pour ma sœur Bâhieh Namjou, qui porte le noir pour son fils, qui comme moi a confié son fils à la tombe dans l'ombre, et qui est rentré chez elle, sans que la noirceur de cette nuit prenne fin.

Ma sœur chérie !

Désormais tu rejoins l'assemblée des mères qui attendent justice. Qu'aucune mère ne nous rejoigne jamais plus, tel est mon souhait, que Bâhieh soit la dernière.

Je sais combien tu es meurtrie ces jours-ci, tu as du mal à réaliser ce qui s'est passé, et ces jours à venir, le monde va te tomber dessus comme une chape de plomb. Le jour où tu voudras appeler l'un de tes fils, et sans le vouloir tu appelleras Navid, le jour où dans la rue tu verras une silhouette qui de dos te rappellera la sienne, le jour où tu rêveras de lui, et que le réveil t'arrachera à ses bras.

Le jour où le son de sa voix qui t'appelle Maman tournera inlassablement dans tes oreilles sans qu'il soit là. Et mille autres moments que tu vivras dont peut-être je ne saurai rien. Mais sache que l'âme de ton fils battra toujours dans ton cœur, et son courage sera le tien, cela je le sais, car je l'ai vu chez toutes ces mères qui attendent justice.

Leur courage n'est pas ordinaire, il est celui de quelqu'un qui a fait l'expérience de la mort et qui en est revenu. Reste calme, ton cœur te guidera. Nos mains enlacées formeront des chaînes d'ici à Chiraz jusqu'à ce que le jour de la justice vienne. Jusqu'au jour de la justice… Jusqu'au jour de la justice.

Ta sœur de souffrance,
SHAHNAZ AKMALI

Shanaz Akmali est la mère de Mostafa Karimbeygui, manifestant pacifiste victime du régime en 2009 lors du soulèvement de l'Achoura. Elle a adressé cette lettre à la mère de Navid Afkari, lutteur iranien né en 1993 et arrêté en septembre 2018 après des manifestations. Il a été exécuté par pendaison le 12 septembre 2022 à la prison de Chiraz, malgré l'importante mobilisation nationale et internationale.

FARHAD KHOSROKHAVAR

Le mouvement de septembre 2022 en Iran

Le mouvement social qui s'est déclenché en Iran en septembre 2022 (que nous appellerons le Mouvement de septembre 2022) a eu deux dimensions distinctes :

– une dimension existentielle que j'appelle « joie de vivre ».

– une dimension politique, antidictatoriale et démocratique.

Ces deux caractéristiques, bien que distinctes, sont étroitement liées. Ce sont les deux dimensions de la liberté : la liberté existentielle et la liberté politique qui sont, sous le régime clérical qui nie les deux, intimement liées. Le régime islamique, en suivant la charia traditionnelle qu'il a encore raidie, impose des modes de vie en total décalage avec les aspirations des jeunes, désireux de vivre de plus en plus à l'unisson d'une société-monde rêvée et imaginée. En cela, ils suivent leurs amis et les membres de leur famille qui sont à l'étranger, au sein d'une large diaspora étroitement liée à l'Iran par des liens familiaux, culturels et affectifs. Ils sont également influencés par la toile et le mode de vie des classes moyennes iraniennes qui ont su préserver une tradition séculaire.

La subjectivité du Mouvement de septembre 2022

Le mouvement de septembre 2022 (que nous appellerons le Mouvement de septembre 2022) a eu une forte composante féministe. Les causes objectives du mouvement peuvent être énumérées : la fermeture du système politique et l'élimination des réformistes (la présidence de Khatami de 1997 à 2005 a été l'apogée du réformisme et depuis lors, les réformistes ont été progressivement éliminés de la scène politique) ; l'augmentation de la pauvreté en raison de l'absence de développement, l'isolement de l'Iran sur la scène internationale ; le retrait des États-Unis du président Trump du traité nucléaire en 2018 et l'application de clauses restrictives qui rendent la vente légale de pétrole extrêmement difficile par l'Iran et la multiplication du prix du dollar par plus de six avec un taux d'inflation très élevé (plus de 50% depuis plusieurs années) et le chômage croissant des jeunes ; l'effondrement des classes moyennes et l'extension de la pauvreté à ces couches ainsi que la richesse indécente de l'élite dirigeante....

La cause subjective du mouvement est une jeunesse qui n'accepte plus de se soumettre au gouvernement théocratique par peur de la répression. Dans le déni de légitimité de la République islamique, une dimension se détache, basée sur la sécularisation de la société : l'importance de la vie dans ce monde, avec ses joies et sa liberté, en bref, ce que nous avons appelé « la Joie de vivre ». La sécularisation a pris le régime théocratique iranien au dépourvu.

La revendication de la joie de vivre est plus visible chez les femmes dans la mesure où elles sont les plus touchées par la répression selon la vision traditionnelle qui les désigne comme les vecteurs de la tentation et les promotrices des vices dans l'islam traditionnel et la République islamique. Le régime islamique, à la recherche d'une légitimité symbolique, a utilisé ces préjugés en les renforçant à travers ses forces de répression. Plus le régime échoue dans la vie réelle avec une économie à la dérive et une société appauvrie, plus il renforce dans le domaine symbolique les préjugés machistes à l'égard des femmes en réprimant leurs manifestations de joie de vivre pour se légitimer aux yeux des hommes. Pourtant, les nouvelles générations d'hommes refusent ce marché de dupes. De nombreuses manifestations de joie transgressive sont visibles dans la joie des jeunes, hommes et femmes, celles-ci brûlant leur voile et dansant autour de celui-ci ainsi que dans les tags ironiques et le rejet du côté hagard et mortellement triste du régime islamique et de ses mornes rituels de deuil. Ce dernier ne cesse de promouvoir une vision lugubre de l'existence, entièrement consacrée à la lutte contre les prétendus ennemis de l'Islam au nom du martyre. Pour résumer, les femmes deviennent les boucs émissaires du Régime islamique, qui les traite de boucs émissaires de ses propres échecs dans pratiquement tous les domaines sociaux, politiques, écologiques et économiques et les punit pour rassurer les hommes (les femmes sont les coupables, pas le Gouvernement). Mais les hommes ont culturellement changé, et les nouvelles générations masculines se sentent complices des femmes, et non plus méfiantes à leur égard, comme l'étaient les hommes de la génération des grands-pères. Ils n'acceptent plus la répression des femmes comme un ersatz du fiasco global du Régime, incapable d'assurer une vie décente à la majorité de la population.

Les nouvelles générations féminines comprennent des mères et des filles. Elles vivent dans un monde où une grande partie de la vie culturelle iranienne est désormais produite par des femmes (le nombre extrêmement élevé de femmes écrivains iraniennes, mais aussi leur présence en tant que journalistes, avocates, enseignantes et universitaires…). Dans tous les domaines artistiques, leur percée est indéniable (peinture, théâtre, cinéma). Elles parviennent à trouver leur place dans les sciences au sein des prestigieuses universités iraniennes (l'université Sharif de Téhéran a été le vivier d'étudiantes comme Mariam Mirzakhani, première femme à avoir obtenu la médaille Fields en mathématiques en 2014). Cependant, les femmes sont exclues non seulement de la vie politique, mais aussi des activités économiques en proportion de leurs compétences. Elles sont confrontées à toute une série d'obstacles juridiques et sociaux, qui limitent leurs moyens de subsistance. Bien qu'elles représentent plus de 50 % des diplômés universitaires, leur participation à la population active n'est que de 17 %. Le rapport 2015 sur l'écart entre les sexes dans le monde, produit par le Forum économique mondial, classe l'Iran parmi les cinq derniers pays (141 sur 145) en matière d'égalité entre les sexes, y compris l'égalité dans la participation économique (un rapport de 2017 du Centre iranien des statistiques indique que 18,2 % de la main-d'œuvre est composée de femmes). Cet écart important dans la participation au marché du travail iranien s'inscrit dans un contexte de violations accentuées des droits économiques et sociaux des femmes par les autorités depuis 2009. En 2012, sous la présidence d'Ahmadinejad, au moins 77 domaines d'études dans 36 universités différentes n'acceptaient pas les étudiantes. Les dernières années de son administration ont également coïncidé avec l'objectif déclaré du gouvernement en matière de croissance démographique. Au cours de cette période, plusieurs textes de loi ont été introduits au Parlement, qui marginalisaient encore davantage les femmes sur le marché du travail (elles devraient rester à la maison pour éduquer leurs futurs nombreux enfants).

Les droits familiaux (primauté du droit de l'homme au divorce), la garde des enfants (confiée en priorité à l'homme en cas de divorce), le droit de voyager (l'autorisation du mari est nécessaire), l'héritage (la femme reçoit la moitié de celui de l'homme), bref, tout ce qui constitue la dignité de la femme dans sa vie quotidienne est systématiquement bafoué par une jurisprudence islamique archaïque depuis 1979. Elle dénote une infériorité juridique insupportable par rapport à des femmes aussi bien éduquées que les hommes. Le voile dérogatoire prend un sens qui va bien au-delà de sa signification comme simple couvre-chef : il exprime la permanence d'une coercition qui ne tient pas compte du monde moderne où la dignité de la citoyenne rejoint celle de l'homme, culturellement et socialement (elles savent autant que les hommes, contrairement au passé où elles étaient inférieures en termes de savoir). Le Mouvement vert de 2009 a montré le même niveau de conscience politique chez les jeunes hommes et les jeunes femmes : tout en dénonçant la fraude électorale, les jeunes femmes, au coude à coude avec les hommes, ont crié : « Où est mon vote ? » (*ra'ye man kodjast ?*). La distinction entre hommes et femmes s'est estompée dans les manifestations de rue où elles se sont mêlées aux hommes et ont revendiqué le droit à la citoyenneté démocratique. Près de deux ans avant les révolutions arabes de décembre 2010 (Tunisie) et de janvier 2011 (Égypte), elles ont revendiqué l'égale dignité politique (*karamat*) des hommes et des femmes.

Aujourd'hui, une grande partie des jeunes hommes partagent un sentiment anthropologique de quasi-égalité avec les femmes dans leur vie quotidienne et leurs rencontres, que ce soit au sein de la famille ou dans des relations sociales étroites. Pour cette raison, la dichotomie en Occident entre les militants féministes et les hommes ne se retrouve pas avec la même acuité en Iran où l'ennemi commun est le régime théocratique. En réponse à un sentiment partagé d'inégalité qui pointe vers l'illégitimité fondamentale de l'État théocratique, dans le mouvement actuel, les hommes et les femmes ont fait une alliance étroite. Ils crient à l'unisson dans leurs manifestations : « Femme, vie, liberté ».

En un sens, le régime théocratique a rendu la vie des jeunes, hommes et femmes, insupportable pour des raisons presque identiques : la négation de leur subjectivité, de leur dignité, de leur désir d'être des citoyens à part entière, de leur désir de vivre dans une société moins religieuse, plus laïque, où chacun déciderait de sa propre foi, sans l'intrusion d'une religion normative imposée d'en haut (de nombreux jeunes se sont convertis à l'évangélisation, malgré une répression sévère). En outre, la négation de la liberté s'accompagne d'un appauvrissement économique, qui fait que plus d'un quart de la société (25 millions) vit sous le seuil de pauvreté et menace d'enfoncer les classes moyennes dans une pauvreté encore plus grande, avec un taux d'inflation extrêmement élevé. La subjectivité est affectée : la vision sombre de l'avenir est exprimée y par le rappeur iranien Emad Ghavidel dans sa chanson « Ma génération » (*nasle man*), récemment mis en prison :

Aujourd'hui je regrette hier
Demain je pleure pour aujourd'hui
Je ne peux plus chanter avec des sentiments, je suis de la génération brûlée, laissez-moi bouger dans les cendres.

Le sentiment d'impuissance est accentué par un sombre désespoir que le chanteur exprime avec éloquence :

« Quand en tant que jeune (homme), votre joie de vivre (*zowgh*) est en train de mourir, continuer à vivre vous donne la nausée. »

C'est dans ce sens profond, l'avenir bouché et le présent endeuillé par le passé, que le mouvement d'insoumission généralisée lancé en septembre 2022 est vécu par cette jeunesse non seulement comme une protestation, mais aussi comme un moyen de retrouver la joie de vivre contre un État rabat-joie, ennemi de la vie et agent macabre tuant et mutilant contre ceux qui protestent pour vivre.

En Iran, la corruption du gouvernement est un problème majeur. Selon l'« indice de perception de la corruption » international de 2022, l'Iran se classe 147e sur 180. En comparaison, la Turquie, voisine de l'Iran, est 101e, l'Arabie saoudite 54e, la Tunisie 85e et l'Égypte 130e.

L'environnement a multiplié les risques d'assèchement des fleuves en multipliant les barrages, qui ont rapporté beaucoup d'argent aux gardiens de la révolution : ils reçoivent des contrats exclusifs du gouvernement, sans aucune concurrence du secteur privé, d'un commun accord, ce qui laisse place à une grande corruption et à une surestimation des dépenses et des services. Dans de nombreux cas, les barrages augmentent la salinisation des terres, rendant inutilisables les terres agricoles autour de nombreuses rivières. Ils rompent le fragile équilibre écologique d'un pays situé principalement dans une zone semi-aride. (À la veille de la révolution de 1979, il y avait 13 barrages en Iran ; en 2022, 650 sans aucune justification économique à cette augmentation vertigineuse.) La salinisation des terres agricoles les rend inutilisables et les agriculteurs se précipitent vers les villes pour y créer des bidonvilles insalubres, dépourvus de services hygiéniques minimaux. De nombreuses manifestations dans le sud de l'Iran ont eu lieu en raison de la détérioration de l'environnement ou de l'assèchement de rivières comme le Zayandeh-Roud à Ispahan dont l'eau a été détournée vers d'autres provinces au mépris de l'équilibre écologique.

Les nouvelles générations qui sont en contact avec le monde extérieur grâce à la Toile et à la diaspora iranienne (plus de 3 millions d'Iraniens vivent hors d'Iran) et donc, la conjonction de la répression, de la corruption et de la négligence ne leur semble pas naturelle. En outre, un autre aspect de la politique du gouvernement, à savoir sa relation antagoniste avec l'ordre international, porte atteinte à la subjectivité des nouvelles générations. L'attitude du régime islamique envers l'Occident ne reflète pas celle de la société. Le premier accuse l'ordre international (et particulièrement l'Occident) de tous les maux du monde et se focalise sur Israël comme la mère de tous les vices. Dans leur vie quotidienne, les Iraniens ne prennent pas Israël pour cible et la question palestinienne n'est pas primordiale pour eux, même si certains d'entre eux peuvent désapprouver l'attitude d'Israël envers les Palestiniens. En outre, l'attitude du gouvernement iranien à l'égard de l'Occident rend la vie sociale et matérielle des Iraniens difficile. Ils ne nourrissent pas de sentiments antagonistes envers l'Occident, où résident quelques millions d'Iraniens de la diaspora. Le rêve des jeunes est d'émigrer vers l'Occident, faute d'opportunités en Iran, mais aussi pour respirer l'air de la liberté en plus du progrès économique. Les embargos américains sont perçus comme injustes (ils nuisent aux Iraniens au lieu de viser le gouvernement), et le gouvernement iranien est également considéré comme un important contributeur aux mesures de rétorsion américaines contre l'Iran. L'un des slogans des manifestants est : « Notre ennemi est ici/Ils mentent (les partisans du régime islamique) en disant que c'est l'Amérique » (*dochmane ma haminjast/dorouq migan amrikast*).

L'Iran des années 2020 est un pays sécularisé, du moins dans la majorité de sa jeunesse. Il aspire avant tout, chez les parents comme chez leur progéniture, à une société pluraliste et laïque où la liberté vestimentaire va de pair avec la liberté politique, dans une relation apaisée avec le monde extérieur, notamment l'Occident. La diaspora iranienne, forte de quelque 3 à 4 millions de personnes qui vivent dans de nombreux pays occidentaux (mais aussi en Turquie, en Inde et dans les Émirats), a su garder un contact étroit avec l'Iran et inspire la jeunesse iranienne dans sa relation avec l'Occident, qu'elle rêve de rejoindre.

Les nouvelles générations, féminines et masculines, âgées de 17 à 25 ans, et même les adolescents (entre 12 et 16 ans) ont leurs propres caractéristiques qui les distinguent des anciennes. En particulier, ce qui a touché les jeunes femmes dans leur révolte et leurs manifestations contre le voile depuis une dizaine d'années révèle la complicité entre les jeunes femmes et les jeunes hommes. Les jeunes femmes se sentent infantilisées par un gouvernement qui leur refuse le droit souverain de s'habiller pour des raisons, finement analysées par certaines féministes iraniennes, en particulier Noushine Ahmadi Khorassani. Elle insiste sur cette nouvelle culture jeune où le souci de l'esthétique de soi a pris une importance qu'elle n'avait pas chez les féministes iraniennes marxistes ou gauchistes de la génération précédente pour qui la toilette était un phénomène « bourgeois ». Elle était à bannir au nom d'une vision gauchiste, ennemie de la frivolité d'une beauté aliénante qui chosifiait les femmes et en faisait la proie de la consommation sexuelle masculine. Khorassani voit dans la culture Selfie de la jeune génération l'expression tangible d'un nouveau souci de soi chez les jeunes femmes. L'avènement du corps féminin dans les vêtements est devenu un nouvel enjeu de l'affirmation de soi des femmes. La conjonction étroite d'être belle et d'être une personne à la fois n'existait pas dans la génération féministe des mères.

La nouvelle génération féministe, soucieuse de son apparence physique, est beaucoup plus rebelle envers le régime théocratique que les anciennes. En résumé, le voile, qui était perçu dans la génération féministe précédente comme un phénomène marginal, a été élevé à une position centrale dans les revendications identitaires de la nouvelle génération de femmes pour qui l'appropriation de leur corps est une dimension essentielle de leur existence. Dans ce corps réapproprié, le droit d'être soi-même se conjugue avec le droit d'apparaître comme elles le souhaitent, une dimension mineure dans la génération des mères. Ce phénomène, la centralité du corps, n'est pas réservé aux femmes. Les jeunes hommes partagent largement avec les femmes la culture Selfie. Pour eux, leur apparence fait partie du « soin de soi ». En réprimant les liens affectifs entre eux et les jeunes femmes, le régime islamique les unifie contre lui-même, au nom de la Joie de vivre.

La classe moyenne iranienne s'est appauvrie depuis le début du XXIe siècle et surtout 2015. Avec les mesures restrictives du président américain Trump en mai 2018 contre l'économie iranienne, le dollar a multiplié sa valeur par six ou sept, un taux d'inflation qui a gravement affecté le revenu des ménages iraniens et rendu le quotidien de plus en plus difficile.

Cette dernière est marquée par une rupture que les anciennes générations, celle des pères et grands-pères, acceptent et que les jeunes ont du mal à accepter, à savoir la rupture entre la vie privée et la vie publique. Au sein des familles, y compris celles des classes moyennes inférieures, voire des prolétaires, on se comporte d'une certaine manière et dans l'espace public, d'une autre. Dans la famille, le père consomme souvent de l'alcool (les riches boivent du whisky, les pauvres, du brandy de mauvaise qualité, de l'aragh), ils ne font pas la prière, surtout chez les jeunes, regardent les chaînes interdites à travers les antennes paraboliques et s'exilent mentalement de la vie morose qui est le lot des gens une fois sortis de chez eux. Dans la rue, ils sont obligés de se faire passer pour des « musulmans ». La liste des restrictions est longue : pas de rupture du jeûne du Ramadan, pas de femme sans voile, pas de consommation de boissons alcoolisées... La subjectivité, surtout chez les jeunes, jure avec le simulacre de comportement islamique, elle est constamment remise en question par les normes islamiques que les jeunes n'incarnent pas. De plus, ils croient n'avoir aucun avenir dans une société où la répression a remplacé le dialogue social et où l'élite dirigeante est ouvertement corrompue et mène la belle vie alors que l'écrasante majorité pourrit dans le dénuement et une vie sans espoir. Cependant, les véritables victimes sont les femmes qui doivent, souvent sous la chaleur étouffante des étés chauds, se montrer très couvertes.

Mouvement féministe et pré-féministe

Dans le mouvement du 20 septembre, la dimension féministe est indéniable : le refus de porter le voile imposé, la manifestation dans la rue où les jeunes femmes exposent leur corps sans aucune inhibition en opposition à l'Islam traditionnel où la femme doit traverser l'espace public sans y rester. Les jeunes femmes sont restées dans la rue en manifestant et en occupant le centre de la scène. Les jeunes hommes les ont rejointes et suivies. Il y avait une alliance contre l'État prédateur. Les jeunes partagent les mêmes préoccupations de liberté : leur corps qui refuse de se soumettre au diktat de l'islam théocratique, leur désir de liberté dans la rue, de se mêler les uns aux autres, de vivre leur autonomie en tant qu'individus contre l'État policier qui impose la conduite islamique aux citoyens. En bref, la liberté corporelle et la liberté politique étaient mêlées dans la « joie de vivre » et l'exposition de celle-ci dans la rue, au grand dam de l'État répressif, était une caractéristique essentielle de ce mouvement. Mais l'unanimité contre la République islamique et sa répression a occulté le féminisme des jeunes femmes qui viendra si le régime est renversé. Tant que le régime sera là, les revendications féministes s'exprimeront dans le consensus avec les jeunes hommes qui partagent avec les femmes un idéal de liberté. Un jour, lorsque le régime dictatorial aura disparu, les revendications féministes basées sur la récupération de sa dignité dans la confrontation avec les hommes (une dimension nécessaire pour l'affirmation de soi des femmes soumises au régime islamique) feront surface. Il existe des préjugés masculins à l'égard des femmes qui ne se limitent pas à ceux du régime théocratique mais vont au-delà. Pour l'instant, le côté féministe est mis en sourdine par les femmes afin de lutter contre le régime oppressif en étroite collaboration avec les hommes.

L'identité dé-voilée d'une partie significative des femmes iraniennes

L'avènement de la République islamique après la révolution de 1979 a été vécu par ses dirigeants (dont l'ayatollah Khomeyni) comme une revanche contre le règne des Pahlavi et sa sécularisation de la société iranienne : au « dé-voilement » forcé des femmes édicté par Reza chah en 1936 succède presqu'un demi-siècle après le « re-voilement » tout aussi forcé qui concerne cette fois une partie significative des classes moyennes modernisées, notamment dans les villes où une fraction importante de femmes a intériorisé l'image de soi non-voilée. Depuis 1936, plus de quatre décennies se sont écoulées en Iran et la femme sans voile est devenue chez une large part des classes moyennes la femme normale qui a recouvré l'identité sans voile comme étant la sienne, pas par une servile imitation de l'Occident. C'est ce que les sociologues appellent l'intériorisation des normes, c'est-à-dire le fait que ce qui était imposé ne se transforme pas en un refoulement mais en une nouvelle identité, affranchie des contraintes qui l'avaient causée. A la veille de la révolution de 1979, de nombreuses femmes iraniennes urbaines étaient sans voile parce que telle était désormais leur identité et pas pour se conformer à des normes extérieures. L'origine occidentale de la femme sans voile n'était plus vécue comme telle, elle était un fait acquis tout comme l'usage de l'électricité ou de la voiture. Certains intellectuels tiers-mondistes iraniens, et non des moindres, ont joué un rôle réactionnaire en attribuant ce nouvel habitus chez les femmes mais aussi les hommes (la modernisation de leur conduite, leur individualisme...) comme étant une simagrée occidentale, voire une « maladie occidentale » comme le disait Djalal al-Ahmad (*qarb-zadegee*). Celui-ci, un intellectuel marxiste et tiers-mondiste, pensait que, par le truchement de l'islam, on pouvait faire la révolution prolétarienne et que l'occidentalisation du pays était une catastrophe culturelle et sociale. Cette idée qui caractérisait le malaise des intellectuels iraniens était à cent lieues du vécu des femmes sans voile qui incarnaient leur mode d'être dans l'ignorance de ses antécédents occidentaux. Elles s'identifiaient à une modernité proprement iranienne qui devait progressivement leur assurer un avenir meilleur et plus libre. De fait, la femme non voilée était devenue sous Mohammad-Réza chah un modèle assumé par les femmes elles-mêmes et nombre de femmes pieuses pouvaient porter alternativement le voile pendant les prières et l'ôter dans l'espace public sans ressentir une contradiction à ce sujet. En bref, le modèle de la femme non voilée au sein des classes moyennes iraniennes, surtout en zone urbaine et parmi les jeunes, était de plus en plus répandu en Iran des années 1970. La révolution de 1979 a eu pour cause l'accroissement du mécontentement des classes moyennes modernisées vis-à-vis de l'arbitraire croissant du chah qui, à mesure qu'elles s'étendaient, fermait l'espace politique au lieu de l'ouvrir, en sorte que les dernières années de son régime ont vu l'exclusion de tous les partis politiques et l'autorisation d'un seul, soumis à ses exigences arbitraires. Dans les manifestations contre le chah qui ont abouti au renversement du régime impérial en 1979, de nombreuses femmes non voilées ont porté le voile en signe de protestation contre le chah qui modernisait la société et réprimait de manière inconséquente les conséquences politiques et sociales de sa modernisation. Mais la société iranienne était loin d'être très éduquée (moins de 300 000 étudiants en 1978) et la prise de conscience de soi était encore très imprégnée d'un sens ambigu de culpabilité vis-à-vis de la tradition malmenée. L'absence de parti politique du fait de la répression du chah rendait la tâche de l'affirmation de soi contre les partisans de l'islamisme extrêmement ardue. Cette minorité de femmes éduquée pensait qu'une fois le chah parti, on retournerait à la vie quotidienne d'avant et qu'on ne perdrait en rien les acquis de la sécularisation impériale. Les idéologues de la gauche marxiste pensaient invariablement que l'ennemi principal était le capitalisme incarné par le chah et que l'islam fondamentaliste n'avait qu'une importance secondaire et qu'une fois l'ayatollah Khomeyni au pouvoir, on pourrait s'en défaire aisément et sur les ruines d'une révolution petite-bourgeoise, lancer une authentique révolution prolétarienne qui rendrait leur liberté totale aux femmes tout en instaurant une justice sociale égalitaire qui manquait cruellement sous le chah.

Bref, l'idéologie des gauchistes iraniens et de la majorité des femmes intellectuelles iraniennes de ce temps était que la révolution était l'essentiel et qu'il fallait, pour un temps limité, sacrifier les problèmes spécifiques aux femmes à celle-ci. Les exceptions à cette vue des choses existaient, mais celles et ceux qui rejetaient cette vision naïve étaient à proprement parler inaudibles, souvent les voix des millions de manifestants qui ont abouti au renversement du régime impérial étouffaient toute velléité de résistance à une islamité que beaucoup de manifestants pensaient temporaire et de façade. L'ayatollah Khomeyni aussi abondait dans les sens des manifestants : une fois la révolution accomplie, il irait se recueillir retirer à Qom et laisser le pouvoir au peuple et à ses élus, disait-il. Par la suite, le même ayatollah a affirmé avoir menti pour la cause de l'islam, ce qui, à ses yeux, était autorisé dans la mesure où le but ultime, la théocratie islamique, justifiait les moyens, fussent-ils mensongers, au nom de taqiyeh ou de ketman (mentir pour promouvoir l'islam est licite).

Les participants aux mouvements sociaux, surtout dans leur phase d'ébullition (Durkheim la qualifiait d'effervescence) deviennent naïvement crédules. Ils prennent souvent pour de l'argent comptant ce qui peut procéder d'une utopie susceptible de se transformer rapidement, face à une réalité adverse, en une dystopie dangereuse, en un cauchemar généralisé.

La Révolution iranienne a été un mouvement inouï de masses (plus d'un million dans les rues de Téhéran les derniers jours du régime pahlavi) basé sur la crédulité collective au sujet d'un État islamique mythifié et prétendument dépourvu des travers du régime du chah. Son despotisme avait rendu impossible une vision critique de la politique de la part de l'intelligentsia iranienne. La société a été victime de son effervescence et de sa confiance aveugle en la personne de l'ayatollah Khomeyni. Celui-ci a fondé une République théocratique, d'abord en s'appuyant sur son charisme, ensuite par un appareil répressif qui s'est révélé beaucoup plus meurtrier que celui du chah. L'une des conséquences de l'instauration du régime théocratique a été la migration de plus de trois millions d'Iraniens éduqués et des classes moyennes en Occident ou dans les pays voisins. Après plus de quatre décennies, force est de reconnaître que la révolution islamique a eu pour conséquence une douloureuse régression sociale, économique et politique pour la société. Khomeyni pensait restaurer la religion d'un autre temps, en plus rancunière et en plus répressive au sein d'un pouvoir théocratique pour qui la société avait le statut d'un mineur qui doit être dominé au nom du Sacré (thème abordé dans les premières versions de son ouvrage *Velayat Faqih*).

L'historique de la lutte contre le voile obligatoire sous la République islamique

On peut faire remonter l'action des femmes iraniennes contre les limitations religieuses et sociales au XIXe siècle. Notre propos porte surtout sur la période couvrant la modernisation sous la dynastie Pahlavi et République islamique.

La situation des femmes a subi une profonde régression légale depuis la révolution de 1979. Désormais, toutes les femmes, même les non-musulmanes sont tenues de porter le hijab en public. Après son avènement en 1979, l'État théocratique a imposé un large éventail de restrictions juridiques à l'encontre des femmes, ce qui les place dans une position inférieure sur le plan légal par rapport aux hommes. En 2015, le Forum économique mondial a classé l'Iran à la 141e position sur 145 pour l'égalité des sexes, seuls quatre pays étant plus inégalitaires dans le monde. Selon les données disponibles des Nations Unies publiées en décembre 2019, en 2016, 184 pays sur 194 accordaient, au moins dans leur Constitution l'égalité formelle entre les hommes et les femmes. L'Iran n'en faisait pas partie. L'Iran se trouve parmi les 29 pays sur 187 où l'homme est à la tête de la famille et peut décider seul de ses enjeux majeurs.

L'Arabie saoudite a atténué dans les faits la loi sur le voile obligatoire depuis 2019. Dès lors, la République islamique d'Iran et les talibans en Afghanistan sont les deux seuls États à imposer le voile obligatoire sous peine de punition légale, en sus des groupes djihadistes comme Al-Qaïda, les groupes se réclamant de l'État islamique (Daech) et Boko Haram. La punition pour sa violation peut aller jusqu'à 72 coups de fouet et deux mois d'emprisonnement ainsi que de lourdes amendes.

Jusqu'en 1983, il n'y avait pas de loi spécifique sur la nécessité de porter le voile islamique. Cela n'a pas empêché les groupes fanatisés – on les appelle les Hezbollahi, terme dérogatoire signifiant les milices violentes du pouvoir théocratique – d'exercer par la suite des voies de fait contre les femmes et de les intimider et même de les arrêter avec violence (quelquefois en leur infligeant des blessures au visage par un rasoir, d'autres fois en leur jetant de l'acide sur le visage).

La manifestation des femmes du 8 mars 1979 (Journée internationale de la femme) et cinq jours plus tard contre le port obligatoire du voile fut un évènement douloureux du mouvement des femmes en Iran.

Un grand nombre d'entre elles ont repoussé le voile et celles du ministère des Affaires étrangères ont manifesté devant le ministère. Environ 5 000 à 8 000 femmes se sont rassemblées à l'Université de Téhéran et ont scandé des slogans contre le voile obligatoire. En outre, un grand nombre d'étudiantes ont rejoint les manifestations à Téhéran.

Ce rassemblement n'avait pas pour but d'obtenir plus de droits mais de préserver les acquis. Ces protestations ont été combattues par le gouvernement. Les groupes politiques de gauche les ont ignorées et les ont considérées comme inopportunes parce que l'ennemi principal était le capitalisme et que la lutte contre le voile affaiblissait la révolution petite-bourgeoise qui était considérée par les intellectuels comme anticapitaliste.

Depuis la révolution de 1979, toute remise en cause du voile est considérée comme signe d'immoralité et d'impudicité (*bi effati*) par la République islamique.

L'histoire de Homa Darabi, militante féministe et sociale, est édifiante dans la lutte contre le voile imposé. Née le 17 janvier 1940 à Téhéran dans une famille de classe moyenne, elle était une pédiatre et psychiatre qui, dès sa jeunesse, a montré une inflexible volonté d'agir pour la liberté politique et la cause des femmes. En 1960 elle est devenue précocement membre du Front national, parti politique démocratique fondé par Mossadegh, en même temps qu'elle est entrée à la faculté de médecine de Téhéran en passant le concours d'entrée. Elle était une militante du mouvement étudiant et a été emprisonnée pour un temps sous le chah pour son activisme politique. Elle a pris part aux manifestations qui ont abouti à la révolution de 1979.

Homa Darabi a obtenu son diplôme de psychiatrie aux États-Unis et y a pratiqué la médecine avant de retourner en Iran en 1974. Elle est devenue professeure à la faculté de médecine de l'Université de Téhéran et a créé son cabinet personnel où elle recevait les patients. Après la révolution, elle a refusé le port du voile. En 1990, elle a été démise de ses fonctions de professeure d'université en raison du refus du hijab sous l'accusation de « non-respect des mœurs islamiques ». Sa clinique a également été fermée par les autorités.

En tant que militante sociale et politique, Homa Darabi avait nourri de grands espoirs dans la révolution et espérait au début qu'elle allait conduire à l'amélioration de la situation des femmes, mais elle a été profondément déçue par la régression de leur statut et celle de la société en général. Elle s'immola par le feu sur la place Tajrish au nord de Téhéran le 21 février 1994, en signe de protestation contre le voile obligatoire.

Sous la République islamique, la première campagne contre le hijab obligatoire a été lancée sur les réseaux sociaux par un groupe d'étudiants et diplômés iraniens en 2012-2013 sous le titre « Non au hijab obligatoire ». Y ont pris part les féministes Mehrangiz Kar et Masih Alinejad ainsi que des militants politiques, des étudiants, des journalistes et des défenseurs des droits humains, dont Mohsen Kadivar, Ismail Khoei, Saba Khoei, Shahin Najafi, Saeed Ghasminejad et Shahyar Ghanbari. 69 000 personnes se sont inscrites sur la page Facebook de cette campagne.

On trouve une pluralité de récits du rejet du voile dans la page Facebook de la journaliste féministe iranienne-américaine Masih Alinejad qui a fondé celle-ci sous le nom révélateur des « libertés en cachette des femmes en Iran » (*azadi haye yavachakié zanan dar iran, My Stealthy Freedom*) en 2015. Cette page a eu plus d'un million de visiteurs.

Après les manifestations contre le voile obligatoire au début de la révolution de 1979, la longue guerre lancée par l'Irak contre l'Iran (1980-1988) a eu pour effet d'étouffer toute tentative d'expression publique des revendications féminines. Après la guerre et la mort de l'ayatollah Khomeyni en 1989, un nouveau chapitre semblait s'ouvrir où certaines libertés pouvaient être acquises par négociation, ou à tout le moins, en jouant sur la possibilité d'interpréter l'islam selon des lignes pluralistes, comme l'avaient tenté les « nouveaux intellectuels religieux ». Ceux-ci militaient pour une version non-théocratique et démocratique de l'islam. Il s'agissait d'entamer un dialogue conflictuel avec le pouvoir.

L'élection de Mohamad Khatami à la présidence de la République en 1997 ouvre pendant quelques années des perspectives réformistes à la société iranienne. Les activistes féministes pensent pouvoir lancer, avec l'aide des féministes islamiques une campagne pour réhabiliter les droits des femmes. La juriste et la juge iranienne Shirin Ebadi, qui en 2003 obtiendra le prix Nobel de la paix, est parmi celles qui auront contribué à l'élection de Khatami en mobilisant l'opinion publique. De même, pendant plusieurs années, elle affirme comme les intellectuels réformistes iraniens que l'égalité des droits du genre ainsi que la démocratie sont en conformité avec l'islam authentique.

Cette période est celle de l'avènement d'une nouvelle génération de femmes iraniennes qui ont une conscience aiguë des enjeux de l'égalité du genre. Sous le chah, l'égalisation partielle des droits des femmes n'était pas tant le résultat de la mobilisation des femmes que du modernisme du régime impérial. Celui-ci tentait de promouvoir leurs droits comme signe de son libéralisme, notamment après la Révolution blanche des années 1960 qui a abouti à une réforme agraire contestée. À partir de la révolution islamique, les femmes se trouvent réduites à une situation d'infériorité légale en régression complète par rapport au temps du chah. Par exemple, Shirin Ebadi avait été promue en 1975 première femme juge en Iran sous le chah. Après la révolution, elle perd sa position et se trouve réduite à un statut de greffe auprès du tribunal où elle assumait le rôle de magistrate.

La lutte pour l'égalité des droits s'est poursuivie au cours des décennies suivantes, aboutissant au lancement de la Campagne pour un million de signatures en 2006. Au cours des trois années précédentes, les militantes iraniennes des droits des femmes étaient devenues de plus en plus visibles au niveau international. Après la réception du prix Nobel de la paix par l'avocate des droits humains, Shirin Ebadi, en 2003, les féministes iraniennes ont organisé une série de séminaires sur les droits des femmes qui ont abouti à une manifestation contre l'inégalité des sexes devant l'Université de Téhéran le 12 juin 2005. Cet événement a réuni plusieurs centaines de militants, femmes et hommes, et le même jour l'année suivante, ils ont organisé une autre manifestation le 28 août 2006 sur la place Haft-e Tir à Téhéran, qui a obtenu le soutien des groupes nationaux et internationaux de défense des droits humains tels qu'Amnesty International. Les manifestants ont demandé la réforme des lois, en particulier sur la famille, discriminatoires à l'égard des femmes. Ils ont également distribué une brochure sur « Les effets des lois sur la vie des femmes » à travers Téhéran. Pacifique, la manifestation a été violemment dispersée par les forces de l'ordre qui ont matraqué les manifestants et ont tiré sur eux du gaz poivré, arrêtant au passage 70 personnes. Plusieurs personnes ont été condamnées à des peines de prison et de flagellation.

La Campagne pour un million de signatures visait fondamentalement les droits des femmes et ne s'appesantissait pas sur le voile. En décembre 2017 s'ouvre un autre mouvement, celui du rejet du voile obligatoire qui en vient à symboliser l'asservissement de la femme et son infériorité en tant que citoyenne. Le 27 décembre 2017, Vida Movahed, âgée de 31 ans, ôte son foulard dans l'avenue Enqelab où se sont déroulées les grandes manifestations de la révolution de 1979 ainsi que celles des étudiants et surtout celles de 2009 où les jeunes protestaient contre la frauduleuse élection à la présidence d'Ahmadinejad au mépris du vote populaire. Elle se met debout sur une boîte de distribution électrique et pendant près d'une heure, elle tient silencieusement son foulard au bout d'un bâton avant d'être arrêtée.

Une autre femme, Narges Hosseini, 33 ans, est allée sur la même plateforme que celle sur laquelle se tenait Vida Movahedi et a soulevé son foulard blanc en janvier 2018. Dans les jours qui ont suivi, un certain nombre d'autres femmes ont enlevé leur voile et ont répété le même geste. Narges Hosseini a été arrêtée et mise en prison. La féministe iranienne Nasrin Sotoudeh a assumé sa représentation légale. Dans les jours qui ont suivi, des femmes et des hommes ont exprimé leur protestation contre le port forcé du voile. Par la suite, ces jeunes femmes ont été appelées « les Femmes de l'avenue Enqelab » et acquièrent une grande notoriété sur les réseaux sociaux. Hosseini a été condamnée à trois mois de prison pour « incitation à la prostitution » et « non-respect du hijab ».

Ce mouvement qui n'a pas réussi à se généraliser, a été le prélude à celui de septembre 2022 qui s'est étendu à de pans entiers de la population en partant du rejet du voile obligatoire.

Les féministes iraniennes après la révolution de 1979

Le mouvement de septembre 2022 à composante féministe majeure a été préparé par trois générations d'intellectuelles et d'activistes féministes qui ont lancé la protestation depuis 2006. La première a été composée surtout d'intellectuelles et de professionnelles (avocates, des activistes des droits de l'homme, des membres éduquées des classes moyennes) qui ont lancé la Campagne pour un million de signatures ; la seconde, des jeunes femmes des classes moyennes mais aussi populaires. La troisième génération est faite de jeunes femmes, voire d'adolescentes qui osent braver le régime répressif, jeter le voile et exprimer leur colère dans la rue en rejetant frontalement l'image de la femme soumise.

La génération des féministes iraniennes, souvent constituée de femmes éduquées, n'a pas craint la prison, la torture psychologique, voire physique (les coups de fouet) et la mise en cause de leur vie de famille. Elles se sont lancées à corps perdu dans le combat des femmes à partir de la fin du XXe siècle. Ces femmes qui sont souvent les victimes du harcèlement ininterrompu d'un pouvoir prédateur, engagent une lutte d'autant plus héroïque que profondément inégale contre un régime qui mobilise toutes ses ressources contre elles au mépris des droits humains élémentaires. Ce qui les caractérise jusqu'à la fin de la Campagne pour un million de signatures, c'est d'éviter de se montrer antireligieuses, d'affirmer la convergence entre les valeurs démocratiques et l'islam authentique, de refuser le recours à la violence et de faire appel à la lutte non violente et la désobéissance civile pour faire passer leur message au niveau national et international. Elles ont mis en jeu non seulement leur vie de famille, mais souvent leur santé sur le long terme en adhérant au mouvement pour l'égalité des femmes et des hommes.

On peut distinguer trois générations de femmes activistes depuis les années 2000 et une dernière, très jeune, qui s'est révélée au cours du mouvement de septembre 2022.

La première est celle qui est née dans les années 1940-1950. Shirin Ebadi, née en 1947, en fait partie qui a passé sa jeunesse sous le chah et a commencé à s'engager dans l'action féministe après la révolution de 1979.

La seconde est née dans les années 1960-1970 et a accédé à l'âge adulte sous le régime islamique en Iran, comme Mansoureh Shojaee (née en 1958), Nasrin Sotoudeh (née en 1963), Parvin Ardalan (née en 1967), Noushin Ahmadi Khorassani (née en 1969) et Nargues Mohammadi (née en 1972). Enfin, une troisième génération est née dans les années 1980-1990, comme Atena Daemi (1988) ou Nahid Keshavarz (la décennie 1980). La plupart d'entre elles sont des classes moyennes éduquées, avec quelques-unes des petites classes moyennes comme Atena Daemi ou Nasrin Sotoudeh.

Enfin, on peut faire mention des jeunes filles et des femmes qui ont trouvé la mort dans les manifestations du mouvement de septembre 2022 et qui n'avaient pas de passé de lutte, compte tenu de leur jeune âge (entre une quinzaine et une vingtaine d'années pour la plupart).

On peut citer le nom de Shirin Ebadi (née en 1947), Noushin Ahmadi Khorassani (née en 1969), Nasrin Sotoudeh (née en 1963), Narges Mohammadi (née en 1972), Atena Daemi (née en 1988), Leila Hosseinzadeh (née en 1991) et de nombreuses autres femmes qui osent lever l'étendard de la lutte non-violente contre la théocratie islamique et qui subissent des peines de prison, la torture, la destruction de leur corps et de leur famille sans céder devant la répression sans relâche qui les talonne dans leur vie quotidienne. Puis viennent les jeunes filles adolescentes et post-adolescentes qui trouvent la mort dans les manifestations de rue du Mouvement de septembre 2022 ou en prison, suite à leur arrestation et qui paient un lourd tribu à leur volonté de lutter contre l'oppression des femmes sous le Régime islamique : on peut citer le nom de Mahsa Amini dont le meurtre dans les locaux de la brigade des mœurs à Téhéran a été à l'origine du mouvement « Femme, vie, liberté », Nika Shakarami, Hadis Najafi, mahsa Mogouï, Yalda Agha Fazli, âgées de 14 à une vingtaine d'années.

Conclusion

Un sens de sacrifice pour une cause supérieure anime ces jeunes femmes qui n'hésitent pas à défier un État sanguinaire en mettant en danger leur santé physique.

Ce qui est admirable est la détermination et le courage de ces femmes qui défendent les droits humains, souvent au prix de tortures morales et physiques et de la destruction de leur santé dans les geôles du pays où l'irrespect, voire le mépris pour les détenus, est de règle.

Ces générations de femmes éprises de liberté et qui donnent sens à une nouvelle forme de féminisme dans le monde musulman, constituent un nouveau chapitre dans la libération des femmes, mais aussi des hommes, dans cette partie du monde. Leur exemple fera date dans d'autres pays musulmans et bien au-delà.

Les femmes suffragettes anglaises ou leurs consœurs qui ont lancé les mouvements des femmes en Occident à partir de la fin du XIXe siècle ont certes grandement souffert de la violence masculine, voire des États. Mais leur souffrance était incommensurablement moindre en termes de vie humaine, de torture, d'emprisonnement et de déni des droits les plus élémentaires comme l'accès aux soins médicaux ou leur répression quotidienne par un État prédateur, même hors de prison. La nouvelle génération des féministes iraniennes accepte de mettre en cause leur vie pour lutter contre le déni d'égalité du genre et de liberté citoyenne pour les hommes comme pour les femmes. Elles supportent leur répression tout en luttant pacifiquement face à une opinion mondiale qui leur reconnaît, ne serait-ce que par les prix internationaux leur sont décernés, leur légitimité universelle. Leur lutte revêt une dimension humaniste qui inscrit le mouvement des femmes dans une perspective nouvelle. Devant une société civile mondiale, elles mettent à défi le régime répressif qui sévit au nom de l'islam. Leur lutte à mort prouve leur indéniable égalité avec les hommes dans l'affrontement avec un État de violence généralisée.

L'emprisonnement, la torture, voire la mort des féministes iraniennes révèle la mobilisation des femmes à l'égale des hommes dans un mouvement social majeur. C'est l'une des preuves essentielles de l'enracinement profond de la conscience féministe en Iran et son irréversibilité. Ce mouvement aura un impact écrasant dans les futurs mouvements sociaux au sein du monde musulman : désormais les femmes, il faut compter non seulement sur elles, mais avec elles, non pas comme des appoints, des groupes de pression mineurs, mais d'authentiques actrices sociales, irréductibles au statut d'épouse, de sœur, de mère ou de femme souffre-douleur, bref, on assiste à l'avènement de la femme tout court dans le monde iranien et par extension, musulman et non-musulman dans des phénomènes sociaux qui ne se réduisent pas à ceux de mouvements intellectuels restreints. Il s'agit en l'occurrence d'un mouvement massif, englobant la jeunesse iranienne dans son immense majorité, même chez celles qui portent le voile et qui déclarent l'autonomie de la femme dans la décision de le porter ou ne pas le porter, bref, dans la revendication de l'autodétermination des femmes dans la vie sociale.

ZEHRA DOĞAN

Jin, jiyan, azadî
Le paradigme de la vraie liberté

Traduit du turc Naz Öke

En Iran, où chaque jour nous apprenons qu'un manifestant a été tué par le régime, les Kurdes, les Baloutches, les Gilakis, les Perses, les Turcs, les Tat, les Talysh et bien d'autres peuples résistent côte à côte, épaule contre épaule, contre le régime.

À mon avis, la grève générale de trois jours en septembre 2022 a été un événement déterminant. Les combattants et combattantes kurdes du PJAK (Parti pour une vie libre au Kurdistan) et du KODAR ont déclaré : « Nous appelons tout le monde à une grève générale avec le slogan *Jin, jiyan, azadî*. C'est un devoir moral de défendre la liberté et la vie des femmes. La révolution de la libération des femmes est la base de la révolution de la libération du Kurdistan. »

Le 19 septembre 2022, non seulement les Kurdes, mais le peuple iranien tout entier sont déjà ans la rue. Une solidarité qui s'est manifestée pour la première fois dans l'histoire de l'Iran. Dans le même temps, les femmes prisonnières dont les détenues de la prison d'Evin – connue pour ses terribles tortures en Iran – ont répondu à cet appel à la grève, et leur participation a permis à la révolution menée par les femmes de se propager, se déversant de la rue dans les prisons, des prisons dans la rue.

La résistance est grande à la prison d'Evin, où des milliers de révolutionnaires du Rojhilat (le Kurdistan iranien) sont détenus, torturés, exécutés et assassinés. Et c'est très important que le peuple iranien ait aussi rompu, par ces protestations, le silence assourdissant qui a suivi l'exécution de la combattante kurde Şirin Elemhuli dans cette prison en 2010.

*

La liberté au-delà de l'égalité des sexes

En Iran, notamment dans les régions de Téhéran, du Rojhilat et du Baloutchistan, les manifestants descendent dans la rue avec leur colère et leurs revendications depuis septembre dernier. Des femmes agitant leurs cheveux et dansant les danses interdites protestent contre l'ordre établi, dans les universités, les écoles et dans la rue. Des centaines de personnes ont été tuées pendant les manifestations et la violence du régime s'accroît chaque jour. Cinquante enfants ont déjà été assassinés.

Le prix de ces manifestations est très élevé, les gens ne se battent pas seulement pour l'abolition du voile ou pour que les femmes soient libres de choisir comment s'habiller : les gens se battent pour une vie libre, qui va au-delà de l'égalité des sexes ; ils se battent pour l'autodétermination de tous les peuples et l'abolition du régime masculiniste.

Il est très important d'être solidaire des manifestants qui font face à une violence d'État oppressive, meurtrière et ignorante comme celle de l'Iran, et de crier d'une seule voix pour la liberté.

La révolution qui se poursuit sans relâche en Iran mènera à la victoire : ce n'est pas seulement une promesse pour le peuple iranien, mais pour tous les peuples et toutes les femmes.

*

Manifestation de femmes contre l'oppression étatique et religieuse

La vision du reste du monde sur ce qui se passe en Iran est réductrice quand elle se concentre uniquement sur le problème de « l'islam despotique qui oblige les femmes à se couvrir », sur la question de la liberté et du droit de porter le voile ou non. C'est ne pas comprendre les millions de personnes qui descendent dans la rue en Iran aujourd'hui. Ni la façon dont les revendications se conjuguent.

Le voile a été rendu obligatoire pour les fonctionnaires après la « révolution de 1979 » et le corps des femmes emprisonné par le hijab et les lois sexistes. En 1983, une autre loi a imposé le port du hijab dans tous les lieux publics. Et dès 1985, toutes les femmes ont été obligées de s'habiller selon les règles islamiques et de se couvrir, quelles que soient leurs croyances religieuses. Chaque année, des milliers de femmes sont interpellées et arrêtées parce qu'elles ne portent pas « correctement » le hijab.

Quand Vida Movahed a enlevé et brandi son foulard blanc pour manifester sur une armoire électrique en plein cœur de Téhéran en 2017, le mouvement de protestation contre l'obligation de porter le hijab est remonté jusqu'au parlement, mais la demande de modification de la loi a été rejetée. Vida et des dizaines de femmes ont été arrêtées lors des manifestations qui ont eu lieu à cette époque.

Le voile est donc une question importante en Iran, où le droit des femmes de décider pour leur corps est contrôlé par l'État et la pression religieuse. Et c'est en raison du défi lancé par les femmes contre l'oppression de l'État et de la religion que le voile, qui n'est qu'un morceau de tissu au-delà des perceptions qui lui sont attribuées, est devenu un symbole de l'opposition en Iran et dans de nombreux pays gouvernés par l'islam. Mais ce serait une mauvaise approche que de réduire la définition de la liberté en Iran à la simple décision des femmes de porter ou non le voile selon leur souhait.

*

La liberté ne peut être définie par le seul voile

Historiquement, les pratiques sur l'utilisation du voile pour se couvrir la tête remontent à l'époque préislamique, en Mésopotamie ancienne. Ce tissu, qui à certaines périodes est un symbole de statut, apparaît à d'autres comme le moyen par lequel les tribus se définissent. De nombreuses sources indiquent également qu'à l'époque assyrienne, seules les femmes de la classe dirigeante pouvaient le porter ; il était proscrit parmi les paysans et les esclaves.

Le voile, qui est apparu comme une forme de définition et de différenciation, est le plus grand instrument d'oppression des femmes en Iran, comme dans tous les pays islamiques autoritaires. Or, aujourd'hui en Iran, il n'y a pas seulement la question du voile, mais aussi celle des personnes de multiples origines, des LGBTQ, des pauvres, des travailleurs, des enfants et de bien d'autres entités soumises à une administration oppressive qui ne respecte pas les libertés et droits fondamentaux. Les Kurdes, les Baloutches, les Azéris et bien d'autres peuples sont soumis à une forte pression nationaliste. Nous savons combien de dégâts ont été causés dans le monde par les missiles et les armes chimiques de fabrication iranienne.

Il ne devrait pas être difficile de deviner la pression que subissent les peuples lorsqu'ils sont privés de leur liberté dans un pays comme l'Iran, où on produit des armes lourdes et où règne une grande corruption.

C'est pourquoi il est essentiel d'évoquer le type de système de gestion qui devrait être adopté en Iran comme la conquête de la révolution issue des protestations qui ont touché de grandes masses et grâce aux personnes qui sont descendues dans la rue coûte que coûte.

*

L'héritage de la guérilla kurde
Jin, jiyan, azadî

Que les manifestations qui ont débuté après l'assassinat de Jîna Mahsa Amini par le régime iranien se répandent et que le slogan *Jin, jiyan, azadî* soit devenu la devise de la résistance des femmes dans le monde entier est une victoire pour la lutte pour la liberté du peuple kurde. C'est aussi important de scander un slogan d'une seule et même voix que d'en connaître ses créateurs et sa philosophie.

Jin, jiyan, azadî est plus qu'un slogan : il révèle que sur les terres du Kurdistan les mots « femme » et « vie » ont étymologiquement la même racine, il montre comment ils dérivent l'un de l'autre. Et cette philosophie a d'abord été exprimée par les combattantes du PKK, qui se battent dans les montagnes depuis 40 ans pour la liberté des peuples du Kurdistan, et par le leader du PKK, Abdullah Öcalan, emprisonné par l'État turc depuis 23 ans. C'est en 1993 qu'elles ont créé une armée composée uniquement de femmes dans les montagnes, distincte de leurs camarades masculins, et l'ont relayée dans l'histoire sous le slogan *Jin, jiyan, azadî*.

Il faut également savoir que les femmes kurdes se battent depuis des années en Iran, en Irak, en Turquie et en Syrie, au sein de cette armée formée pour un Kurdistan libre. Elles se battent non seulement pour l'identité kurde, mais aussi pour la liberté des femmes, au Moyen-Orient en particulier, et dans le monde en général. Il est nécessaire de connaître la philosophie du *Jin, jiyan, azadî* et de comprendre l'idéologie et le paradigme de la liberté des femmes qui l'ont créée.

*

Une nouvelle feuille de route
Jineolojî

Aujourd'hui, tous ceux qui scandent *Jin, jiyan, azadî* doivent savoir que les femmes kurdes ont une nouvelle feuille de route pour les femmes du monde entier, pour ramener la science des femmes qui avait été perdue, enterrée et volée, depuis les racines du savoir antique. Pour analyser le monde actuel en créant une nouvelle méthode, elles ont fondé l'académie Jineolojî. Et des milliers de femmes y participent.

Il faut le savoir, car on comprendra mieux les raisons pour lesquelles notre camarade Nagihan Akarsel, qui a consacré 35 ans de sa vie au peuple kurde et à la lutte de libération des femmes dans le monde, membre de l'académie Jineolojî, a été assassinée en octobre dernier par l'État turc dans la région fédérale du Kurdistan, et pourquoi, comme elle, des milliers de femmes qui ont donné leur vie pour cette cause ont été assassinées par les États coloniaux.

Ce serait injuste pour toute l'idéologie de la libération des femmes d'exprimer la philosophie du *Jin, jiyan, azadî* – qui est l'héritage de milliers de femmes kurdes révolutionnaires telles que Sakine Cansız et Nagihan Akarsel – en se laissant uniquement prendre au vent de la tendance populaire, en la décontextualisant et en la sacrifiant à la consommation du néolibéralisme.

*

La liberté ne peut être criée en agitant le drapeau du colonisateur

Étant en Europe, je voudrais notamment attirer l'attention sur la discrimination dont nous, les femmes kurdes, sommes victimes, en donnant des exemples de manifestations. Nous, les femmes kurdes, sommes un mouvement organisé tant au Kurdistan qu'en Europe et sur les autres continents. Dans les manifestations auxquelles nous participons, nous nous déplaçons ensemble, en criant des slogans dont le discours est similaire. Parce que les slogans que nous crions et les symboles que nous portons reflètent la perspective de liberté de la lutte des femmes kurdes d'où nous venons.

Ainsi, nous, femmes kurdes, avons naturellement pris notre place dans les actions qui ont eu lieu en Europe pour soutenir les manifestations qui ont commencé en Iran après le meurtre de Jîna Mahsa Amini. Et là encore, tout naturellement, nous avons brandi les drapeaux du mouvement des femmes kurdes, à l'origine du slogan *Jin, jiyan, azadî* dont tout le monde parle ces derniers temps.

Mais là, nous avons été exposées à des attaques verbales et physiques parce que dans les appels lancés pour une action mondiale, on nous a prévenues que seul le drapeau iranien serait accepté. L'avertissement : « Aucun drapeau ou symbole politique autre que le drapeau iranien ne sera autorisé » peut sembler normal pour un Européen. Mais le drapeau d'un pays comme l'Iran, qui a exploité une partie du Kurdistan pendant 100 ans, équivaut à la mort pour des millions de femmes kurdes. Parce que nous, les femmes kurdes, savons très bien que la liberté ne peut être criée sous le drapeau du colonisateur. Alors que des milliers de jeunes hommes kurdes ont perdu la vie parce qu'ils n'ont pas pris ce drapeau et parce qu'ils ne se sont pas soumis, nous forcer de manifester uniquement sous le drapeau iranien est une question sérieuse qui doit être discutée.

À un moment comme celui-ci où, comme en Turquie, en Irak et en Syrie lors des manifestations pour la révolution, nous descendons dans la rue pour la liberté de tous les peuples, il est très difficile de commenter ce que ça représente d'être attaquées par ceux qui sont aussi descendus dans la rue et nous ont demandé de retirer nos drapeaux.

Pour avoir porté des drapeaux kurdes, pour avoir brandi des drapeaux du mouvement des femmes kurdes, pour avoir affirmé que Jîna était une femme kurde, nous avons été plus que jamais attaquées et, à Berlin, nous avons été accusées de nationalisme par des manifestants iraniens.

Mais en tant que femmes qui se battent pour les Kurdes et pour les droits des femmes depuis des années, nous continuerons à participer aux manifestations. Et nous savons aussi que cette discrimination à notre égard n'est pas le fait de l'ensemble du peuple iranien, mais de groupes qui étaient présents lors de la manifestation.

*

Placer le drapeau de l'oppresseur sur l'opprimé

Quant à la « mentalité du drapeau », je considère que le drapeau lui-même est un symbole de nationalisme et un morceau de tissu qui ne devrait pas exister. Mais je ne considère pas de la même manière un peuple qui se définit par un tissu et une couleur alors qu'il se bat depuis des années pour que son existence soit niée et ceux qui portent fièrement le drapeau représentant leur État, leur nation et leurs racines alors que cet État les exploite depuis des siècles et que la personne qui tient ce drapeau n'a pas été capable d'élever une voix forte contre l'exploitation d'autres peuples dans son propre pays.

Une personne qui fait partie d'un peuple sans État, opprimé et nié, et qui brandit un drapeau exprimant son existence, est différente d'une personne qui a un État et qui participe à une manifestation en brandissant fièrement le drapeau de son État, surtout si elle le jette consciemment à la figure de ceux que son État opprime, en ignorant leur identité et en usurpant l'une des quatre parties de sa terre.

L'expression constante de son existence est une position révolutionnaire, ce que l'autre fait est un service au nationalisme. Nous devrions accepter ce fait comme tel, voir le mal et cesser de nous critiquer mutuellement.

*

Jin, jiyan, azadî n'est pas un slogan scandé par hasard

Aujourd'hui, en Iran, tous les peuples se battent main dans la main, sans distinction d'identité ou de sexe. Les Perses, les Turcs, les Baloutches, les Kurdes et de nombreux autres peuples vivant en Europe devraient se battre ensemble, tout comme lors des manifestations en Iran. Pourquoi la présence de drapeaux avec lesquels les peuples s'expriment devrait-elle effrayer un Persan ? On ne peut pas faire une révolution avec la crainte que « le pays soit divisé ».

N'oublions pas que le fait que l'essence des revendications issues des manifestations actuelles se résume au slogan *Jin, jiyan, azadî* ne peut être une coïncidence. Car ce slogan est une philosophie. Cette philosophie est un paradigme libertaire, démocratique et écologique de la vie des femmes qui a pris vie au Rojava.

En d'autres termes, s'il y a une révolution dans laquelle ce paradigme prend vie, ce sera avec un modèle dans lequel tous les peuples déterminent librement leur propre destin, respectent la nature, la liberté de genre, dans lequel il n'y aura pas de corruption, la production d'armes sera arrêtée, et la voix unique et le drapeau unique seront abolis.

Dans un soulèvement où des milliers de bouches crient le slogan *Jin, jiyan, azadî*, une philosophie qui s'oppose à l'utilisation d'un seul drapeau, forcer les gens à défiler sous le drapeau iranien géant dans les manifestations en Europe signifie ne pas comprendre ce qui se passe dans son propre pays et pourquoi des gens de toutes les nations manifestent côte à côte dans les rues d'Iran en ce moment. C'est réduire le cri des femmes à l'islam et au voile.

Ça signifie ne pas comprendre pourquoi le peuple iranien a pris position contre l'État iranien à un moment où il était confronté à une brutalité aussi grave. Ça signifie ne pas comprendre que le peuple iranien est laissé seul, car les soulèvements ne visent pas seulement à changer le gouvernement actuel, mais à mettre en œuvre un nouveau modèle de vie au Moyen-Orient, fondée sur la liberté des femmes, la démocratie et l'écologie, un modèle de vie qui ne sert pas les intérêts des États capitalistes. En bref, ça signifie ne pas savoir ce que signifie la vie libre.

Une première version de ce texte a été publiée sur le site *Kedistan* le 6 décembre 2022.

SIMIN BEHBAHANI

Traduit du persan par Sirine Alkonost

Je te construirai à nouveau

Je te construirai, à nouveau, ma patrie ! Même avec les briques de ma propre vie
Je mettrai des colonnes sous ton toit, même faites avec mes propres os
Je sentirai le parfum de tes fleurs, avec le désir de ta jeunesse
Je laverai, à nouveau, ton sang, avec le flot continu de mes larmes
À nouveau, en un jour lumineux, l'obscurité quittera la maison
Et je peindrai mon poème, avec le bleu de mon propre ciel
Bien que je sois morte depuis cent ans, je me tiens debout sur ma tombe
Et je déchire le cœur d'Ahriman, avec mon cri féroce
Même si je suis âgée maintenant, s'il y a une chance d'apprendre
Je recommencerais ma jeunesse, aux côtés de la nouvelle génération

Là repose toujours dans ma poitrine un feu, et l'éclat de sa flamme
Je ne m'en écarte pas, ou la chaleur de mes ancêtres déclinerait
Encore une fois, tu me donnes des forces, même si mon poème est baigné de sang
Je te construirai, à nouveau, avec ma vie, même si c'est au-delà de mes forces

Un mètre et soixante-dix centimètres

Un mètre et soixante-dix centièmes, la silhouette de ma voix
Un mètre soixante-dix, de poèmes dans cette maison, c'est moi
Un mètre soixante-dix, la pureté, la simplicité, l'essence du ghazal
Le corps de la femme patiente, c'est moi
Attention à ne pas me jeter la pierre ! Je suis un miroir. Je vais casser.

Si je me lève de là où je suis assise, je suis un saule enraciné, plein d'ombres
Si je m'assieds par terre, je suis un tapis ouvragé, je suis l'herbe
Un cerveau et cent fois la peur des ennemis, il y a de la pensée sous mon voile
Un cœur et cent fois la passion, le désir, il y a de la poésie sous ma robe
N'arrache pas ma racine ! Ma chute serait un tel un gâchis
Dans vos terres arides je suis verte, je suis un chêne, je suis ancienne
Vous, qui êtes tous mes ennemis ! Qu'ai-je dit, hors la vérité ?
En récompense de vos insultes et invectives, je n'ai pas même poussé un soupir
Comme si je vous avais donné naissance, tordus et grossiers et désobéissants
Si je vous renie, je ne vous retirerai pas mon amour
Comme si je vous avais enfantés, vous le serpent pour me mordre
Que dois-je faire, sinon l'accepter, avec ma vie et mon corps en lambeau ?
Pendant soixante-dix ans, je me suis tenue à cet endroit pour que ne soit pas perdus
Ce mètre et ces soixante-dix centimètres : ma tombe dans le sol de ma patrie
Ma tombe, dans le sol de ma patrie.

Simin Behbahani (1927-2014) est une figure majeure de la poésie iranienne des XXe et XXIe siècles, avant et après la révolution islamique, amicalement surnommée la Lionne de l'Iran. Activiste pour les droits humains et la liberté des femmes, elle fut sans doute l'une des dernières à utiliser le ghazal classique dans la poésie persane. Ces deux textes datent des années 1980.

FOROUGH FARROKHZAD

Traduit du persan par Sirine Alkonost

Sur la terre

Je n'ai jamais souhaité
Devenir une étoile dans le ciel
Ou comme les esprits des élus
Être une compagne silencieuse des anges
Je n'ai jamais été séparée de la terre
Je n'ai pas été familière avec les étoiles
Je me tiens sur la terre
Avec mon corps qui, comme la tige des plantes
Suce le vent, le soleil, l'eau
Pour pouvoir vivre
Pleine de désir
Pleine de douleur
Je me tiens sur la terre
Pour que les vents puissent me caresser

Je regarde depuis ma lucarne
Je ne suis que l'écho d'un chant
Je ne suis pas immortelle
Je ne cherche rien d'autre que l'écho du chant
Dans le cri d'un plaisir plus pur
Que le simple silence du chagrin
Je ne cherche pas de nid
Dans un corps qui n'est que rosée matinale
Sur le lys de mon corps

Sur le mur de ma hutte, qui est la vie,
Avec le trait noir de l'amour
Les gens de passages
Ont dessiné des souvenirs :
Cœur percé d'une flèche
Bougie tombée
Points pâles et silencieux
Sur l'alphabet enchevêtré de la folie
À chaque fois que des lèvres ont atteint les miennes
Une étoile a été conçue
Se tenant dans ma nuit
Sur la rivière des souvenirs
Pourquoi voudrais-je d'une étoile ?

C'est ma chanson

– agréable, apaisante
Comme aucune autre avant elle

Excusez-la

Excusez-la
Elle qui de temps en temps
Oublie le lien douloureux de son existence
Avec les eaux calmes
Et les trous vides
Et pense bêtement
Qu'elle a le droit de vivre

Excusez-la
Pour une image agressive et indifférente
Quand le désir lointain de bouger
Se dissout dans ses yeux de papier

Excusez-la
Elle dont le cercueil tout entier
Est baigné par le flux rouge de la lune
Et dont les parfums excités de la nuit
Viennent déranger
Le sommeil millénaire de son corps

Excusez-la
Elle dont les rêves se désagrègent de l'intérieur
Mais dont l'intérieur des paupières brûle toujours, d'imaginer les particules de la lumière
Et dont les tresses inutiles
Tremblent désespérément, quand y passe le souffle de l'amour
Vous les habitants du pays du bonheur
Vous qui respirez là où les fenêtres sont ouvertes sous la pluie
Excusez-la

Excusez-la
Parce qu'elle est ensorcelée
Et parce que les racines de votre existence fructueuse
S'enfoncent dans ses sols étranges,
Et son cœur innocent
Sous les coups insidieux du regret
Gonfle au creux de sa poitrine.

Extraits d'*Une autre naissance*, publié pour la première fois par les éditions Amirkabir.
Forough Farrokhzad (1934-1967) est décédée dans un accident de voiture à l'âge de 32 ans. Elle a laissé derrière elle un petit corpus d'œuvres modernes, très influentes et significatives.

MEHDI YAZDANI KHORRAM

Khoun khordeh
Ou Rouge noir

Traduit du persan par Nahal Tajadod

Au début il y avait le sang…

Zéro

Au début, le sang…

Un sang qui avançait lent et serein sur l'aspérité de l'asphalte. Il se diluait dans une flaque d'eau et se répandait. Un sang noirâtre avec des veines rouge clair qui s'écoulait vers le bord cimenté du ruisseau et se déversait sur le bitume. L'avenue était habillée de sang. Un sang qui avait coulé, à travers une brèche de ciment, dans le ruisseau sec où un chat mort gisait, pas encore puant. Un vieux chat trépassé aux poils imbibés du sang de l'avenue. Les poils couleur de terre… Puis, des bruits se levèrent. Des traces dans le sang. Un homme glissa dans la mare ensanglantée de l'avenue. Un autre prit peur et recula. Un brouhaha. Sur le trottoir, les gens épiaient et prenaient des photos. Ce matin d'automne, ils regardaient le sang qui tapissait toutes les fissures de l'asphalte et pénétrait le sol...

Le temps était gris et sans pluie. Des nuages chétifs. Au-dessus de l'avenue couverte de sang et d'hommes avec leur portable à la main, au-dessus de la vieille rampe rouillée, près de la croix de la petite église de l'avenue verdoyante du quartier de Narmak, étaient assis deux esprits. Tranquillement, ils regardaient le sang qui avait souillé l'avenue. Il était sept, huit heures du matin, un samedi de début novembre. L'esprit du poète épris de liberté regarda le dernier point de soudure au bas de la petite croix de l'église de Marie secouée par le vent et demanda : « À ton avis, il reste encore quelque chose dans mes veines ? »

L'esprit maléfique et pustuleux, cherchant à gratter son aile, dit : « Laisse-nous tranquilles au petit matin. C'est fini pour toi, tu es poussière. Fini. *Fatiha*. »

« Qu'est-ce que tu en sais ? Pourquoi tu dis n'importe quoi ? »

« Je sais. Parce que je dois savoir. »

L'esprit du poète épris de liberté qui rêvait depuis des années de thé noir aux pétales de rose et d'une bonne cigarette parfumée, observa la bagarre entre les deux hommes qui saignaient et demanda : « Qui est le coupable ? »

« C'est évident, le motard, le livreur de sang. Il roulait comme une bête… »

Le motard avait empoigné le conducteur du fourgon d'eau minérale de Damavand. Il criait et voulait savoir pourquoi celui-ci avait tourné si brutalement devant sa moto. Pour éviter les écoliers, le motard s'était laissé renverser. Au diable l'eau minérale… Mais le sang, c'était du O négatif… O négatif. « Pourquoi l'O négatif est si rare ? »

Las, l'esprit maléfique et pustuleux détourna le visage et répondit à l'esprit du poète épris de liberté : « Parce qu'y en a peu. » Il observa de nouveau la croix de la petite église abandonnée de l'avenue verdoyante ainsi que la bagarre entre le motard et le camionneur. La boîte non scellée du transport de sang s'était renversée. Les poches O négatif, mais également A, B et O positif avaient explosé et se mêlaient à l'eau minérale. À présent, devant la bouche de métro de l'avenue verdoyante, un sang dilué coulait sous les voitures et se déversait dans le ruisseau à sec où trépassait un chat. Le conducteur du fourgon immatriculé à Ispahan conduisait avec le permis de son demi-frère. Ni jeune ni vieux, il avait jeté à terre le livreur de sang, qui, à son tour, traîna son agresseur sur le bitume sanglant et glissant.

L'esprit maléfique et pustuleux s'agita et chuchota : « Il a merdé. Une telle quantité d'O négatif gâchée. » L'esprit du poète épris de liberté qui espérait encore que sa tombe au cimetière de Ebn Babouyeh ne soit pas détruite à cause d'un projet autoroutier, dit : « C'était la faute au fourgon. Il n'a pas vu la moto… Quel dommage pour toute cette eau. »

Le long grincement de la croix sous le vent attira leur attention vers l'arrière. Ils regardèrent la cour poussiéreuse de l'église, le bassin vide, les vitres brisées de la maison du gardien. Le vent attaquait le dernier point de soudure de la croix.

Un étudiant de vingt-huit ans, Mohsen Meftah, impatient, incertain, piétina dans le sang coagulé vers la bouche de métro de l'avenue verdoyante du quartier de Narmak. Mohsen Meftah : un sac en faux cuir marron, de grandes lunettes, un corps misérable et des cheveux clairsemés. Les deux esprits fixèrent les traces de ses chaussures bon marché qui aspiraient l'eau et le sang et en imprégnaient probablement ses chaussettes bleu marine. Ses pieds nageaient dans le sang. Il s'approcha des deux hommes qui se tordaient dans le mélange d'eau et de sang, entre les bouteilles d'eau minérale, quelques poches de sang avec des inscriptions en anglais et la moto renversée au milieu de l'avenue. Les voitures ne bougeaient pas. Il réalisa qu'il était bloqué entre le sang, l'eau, deux hommes se battant, une foule avec des portables à la main, et une femme qui hurlait que l'avenue avait été souillée… Mohsen Meftah était en retard. Il se glissa entre le pare-chocs avant d'une Pride et le pare-chocs arrière d'une Peugeot 206 pour atteindre le trottoir d'en face, devant la bouche de métro. Il s'arrêta et regarda la chaussée. La trace de ses chaussures imprégnées de sang s'estompait au fur et à mesure qu'il avançait. Les deux esprits continuèrent à observer cette empreinte jusqu'à la disparition de Mohsen dans le métro. Puis ils examinèrent de nouveau l'avenue.

Étudiant en langue et littérature arabe, en master à l'université de Téhéran, Mohsen Meftah se dirigea rapidement vers l'escalator. Il se maudit d'avoir dormi tard la veille. Comment pouvait-il à présent gérer son temps pour s'occuper de toutes les tombes ? Il mit les pieds sur les sillons de l'escalator. Devant lui, une femme portait un manteau avec les mots « la reine de tous les temps ». Ils s'engloutirent dans les profondeurs.

Un étudiant pauvre et solitaire à Téhéran en 2015 ressemble à tous les maigres, accroupis et tremblants étudiants en sciences humaines. L'Histoire regorge d'étudiants en lettres, en histoire et en politique qui s'échinent dans le bâtiment et qui poursuivent leur rêve en donnant de l'espoir à leurs successeurs dans les salles de classe : « le futur proche en arabe… » Mohsen prononça ces mots à haute voix et pénétra dans le wagon qui devait le mener au carrefour Vali Asr et de là au cimetière de Behesht Zahra.

C'était un samedi… Les samedis, il était toujours plus occupé. Les jeudis, il n'avait aucun travail sur place. Il pensait que les morts se sentent toujours plus seuls en début de semaine. Mohsen Meftah avait un planning bien établi. Il se faisait rémunérer pour accomplir des prières sur les tombes : le *Coran* et le *Mafatih*.

Une fois à la maison, il rattrapait les prières et les jeûnes de ses clients : un métier familial. Son père, enterré deux ans auparavant, récitait lui aussi le *Coran* au cimetière d'Ebn Babouyeh. Il emmenait le petit Mohsen avec lui sur les tombes. Les familles respectables appréciaient la qualité de leur travail. À la mort du père, le fils lui succéda et demanda une année d'absence universitaire afin de mieux s'adapter à sa nouvelle vie.

Mohsen Meftah était un homme d'aujourd'hui. Mais pour lui, les morts attendaient des paroles de répit et de salut. Son père lui disait toujours : « Les mots allègent un vivant. Imagine ce qu'ils peuvent faire pour un mort. » Mohsen avait dédié les samedis aux visites des clients du cimetière. Leurs familles étaient convaincues qu'une parole lointaine ne valait pas une prière prononcée au pied d'un tombeau rempli de cadavres. Ils croyaient que les pierres tombales devaient être nettoyées et séchées au grand air. Récemment, Mohsen Meftah avait offert à Dieu cent douze jours de jeûne pour le compte d'un homme de cinquante ans, mort pendant son sommeil d'une crise cardiaque.

Alors qu'il marchait avec incertitude le long de l'avenue sanglante, il se disait qu'il laverait ses chaussures au cimetière et se purifierait. Il n'était pas pratiquant. Mais grâce à cet argent légitimement gagné, il finirait dans les temps et avec mention son master sur *L'influence de la poésie de Mutannabi*[1] *sur Adonis du point de vue imaginaire*. Puis il resterait six mois avec sa mère, vivant de ses économies, afin de préparer sa demande d'admission en doctorat de langue arabe à l'université de Beyrouth. Il rêvassait encore quand il arriva à la station bondée de Toupkhaneh et courut vers la ligne rouge, la ligne 1. La ligne qui conduisait au cimetière.

Dans le chaos d'un train qui allait vers le cimetière, il songea à Beyrouth. Sa main gauche tenait la barre grise et sa main droite fermement le sac. Son père veillait à ce que Mohsen articulât correctement les lettres. Il ne lui arrivait jamais de réciter la Sourate *al-Hamd* sans les accents nécessaires ou de prononcer les mots du *Yasin*, notamment le *th* de *litundhira*[2] de manière négligente. Car il savait que *litundhira* pouvait avoir d'autres sens en arabe. Avec trente-cinq mille tomans par jour pour le jeûne et deux mille tomans pour deux fractions de prière, Mohsen Meftah ne trichait pas. Il était furieux de toute cette poussière et ce sang dans ses souliers et ses chaussettes bleu marine. Les samedis, il devait visiter des tombes qui nécessitaient un soin particulier. À la station Molavi, une place se libéra. Une fois assis, il sortit son téléphone du sac et l'alluma. Un Huawei vert de cent trente mille tomans qui contenait le programme hebdomadaire de Mohsen Meftah. Il ouvrit le fichier de novembre 2015 :

Nom	Parcelle	Rang	Tombe	Nettoyage	Sourate	Informations
Rasoul Pourebrahim	133	12	11	eau de rose	sourates *al-Hamd* et *Yasin*	salut de Faezeh et de Fatemeh
Fatemeh Seyf Nouri	212	3	16	double eau de rose	Sourate *al-Hamd,* trois fois *Ayat al-Kursi*	l'éloge de Ashoura
Leyla Zomorodi	278	1	21	eau et eau de rose	*al-Hamd* trois fois, les quatre *qul*[3] de la prière, onze fois	Les quatre remémorations de Dieu, trois tiges de rose
Arezou Soltani	300	–	–	eau	sourates *al-Hamd* et *Yasin*	–
Nasser	160	6	1	eau	sourates *al-Hamd* et *al-Fath,* trois fois	deux tiges de rose ou de chrysanthème

1. Poète arabe (915-965).
2. Yasin (*Coran*, sourate 36, verset 6) : *Litundhira qawmāan mā 'undhira ' ā'bā'uuhum fahum ghāfilūna* : Afin que tu avertisses un peuple dont les ancêtres n'ont pas été avertis. Car ils sont insouciants.
3. *Qul* : « Dis ». Injonction à dire, contenue dans la prière.

Nom	Parcelle	Rang	Tombe	Nettoyage	Sourate	Informations
Massoud	160	6	2	eau	sourates *al-Hamd* et *an-Nas*, trois fois	deux tiges de rose ou de chrysanthème
Mansour	160	6	3	eau	sourates *al-Hamd* et *al-Falaq*, trois fois	deux tiges de rose ou de chrysanthème
Mahmoud	160	6	4	eau	sourates *al-Hamd* et *al-Asr*, trois fois	deux tiges de rose ou de chrysanthème
Taher	160	6	5	eau	sourates *al-Hamd* et Joseph, trois fois	deux tiges de rose ou de chrysanthème

Il hésitait à se rendre sur la parcelle 133, puis à revenir sur la 160. Mais le service des cinq frères de la 160 était chronophage. S'il commençait par eux, en fin de matinée, il manquerait de temps pour les autres. D'autant qu'il devait réciter, pour la dernière tombe, la longue sourate de Joseph. La lecture accomplie, il se sentait vidé… Il maudit le diable. Depuis deux ans, il psalmodiait le *Coran* pour ces cinq frères et recevait la rémunération sur sa carte de la banque Parsian. Pour certains morts, il n'avait lu le *Coran* que pendant trois mois. Mais ces cinq tombes le secouraient et le nourrissaient depuis deux bonnes années.

Il éteignit le téléphone, le mit dans la poche de sa veste, leva la tête et vit qu'il y avait moins de monde. Debout, quelques-uns étaient plongés dans leurs portables. L'air stagnait entre eux, aussi gris que les vitres du wagon. Il se frotta les yeux et respira profondément pour se débarrasser de la scène maudite du matin. Il se rappela le sang collé aux semelles de ses chaussures et rétracta les orteils. Les samedis étaient stressants. La mère des cinq frères Soukhteh lui avait recommandé de commencer par l'aîné avec les prières dévotionnelles. Elle avait dit : « Mon enfant le mérite vraiment. » Leur père citait Shaykh Mufid[1] : « Si le lecteur ne lit pas le *Coran* du fond du cœur, au jour de la résurrection, il apparaîtra avec un crâne blanc et un visage décharné. Il effrayera les fidèles mais aussi les habitants de l'enfer… » Dès qu'il se rappelait la sentence de Shaykh Mufid, il frottait son visage émacié et pressait sur les os proéminents et fermes de sa mâchoire. Son voisin lisait un volumineux magazine. Il y jeta un coup d'œil. Une interview avec le philosophe Daryush Shayegan[2]. Mohsen le connaissait et ça le mit de bonne humeur. Il regarda de l'autre côté. Un jeune de son âge le fixait et ça le perturba. En prêtant attention, il aperçut un fil blanc reliant l'intérieur de la veste à l'oreille. Le regard du jeune n'avait pas d'âme : vide et immergé dans la musique. Mohsen avait un timing précis pour les tombes de la famille Soukhteh. Il terminait avec eux. Réciter la sourate *al-Hamd* trois fois plus une sourate différente pour chacun et laver leurs tombes avec de l'eau prenait du temps. À l'origine de cette bonne affaire – due à une vieille connaissance du voisinage –, sa mère lui avait demandé de bien travailler. Aussi, Mohsen n'hésitait-il pas à mettre tout son savoir dans la prononciation des mots arabes. Les yeux à moitié fermés, il appuyait de l'index sur les tombes pour faire pénétrer les mots et gagner licitement son argent. Mohsen Meftah avait jusqu'à la fin de l'hiver pour terminer sa présentation et défendre son mémoire au cours de l'été. Six mois d'isolement et puis un doctorat à l'université de Téhéran et la bourse universitaire de Beyrouth… De nouveau, le rêve

1. Shaykh Mufid (948-1022), théologien shiite
2. Daryush Shayegan (1935-2018), philosophe iranien, indianiste et romancier.

s'empara de son esprit. Dès qu'il s'approchait de la station du cimetière, le fantasme reprenait vie. On dirait que les morts échauffaient ses songes. Il entrait dans le grand cimetière avec la tête pleine du golfe de Beyrouth et des cafés où l'on pouvait passer la nuit à étudier en commandant une seule tasse de thé. Rêve qui prit ailes et plumes avec la mort de son père.

Le père avait l'intention de développer son métier. Si son âge le permettait, il voulait louer un kiosque à Ebn Babouyeh, vendre lui-même de l'eau de rose, des fleurs, des gâteaux et embaucher un ou deux assistants. Finalement, il obtint le kiosque avec un loyer très élevé où il proposait aux touristes les bustes de Mirzadeh Eshghi[1], de Takhti[2] et de Mossadegh[3]. Mais il était têtu et n'acceptait pas le déclin de Ebn Babouyeh. Il n'admettait pas qu'un cimetière exige de nouveaux morts, que sans de nouveaux morts, il n'y a pas de gagne-pain. Mohsen tenta de dissuader son père de ne pas mettre toutes ses économies – récoltées au prix d'une vie de récitation du *Coran*, dans ce kiosque isolé, avec pour clients quatre touristes en mal du vieux Téhéran. Le vieil homme ne voulut rien entendre et se fâcha avec son fils. Les morts d'Ebn Babouyeh ne l'avaient pas bien traité. L'usage des lanternes était désuet. Les aînés mouraient et ne dépensaient plus d'argent pour égayer l'âme de leurs parents et subvenir aux frais de trois millions sept cent mille tomans du kiosque. Il fumait cigarette après cigarette et dépoussiérait les Mossadegh, Takhti et Eshghi. Il avait de jeunes rivaux qui récitaient le *Coran* sans aucun respect pour ses cinquante ans d'expérience. Une fois même, ils l'avaient bousculé devant un client qui, après trente ans, voulait se rendre sur la tombe dégradée d'un oncle. Cigarette après cigarette. Il fit une crise cardiaque et, avant de parvenir à l'hôpital, il alla à la rencontre de Dieu. Avec beaucoup de dettes et de problèmes…

Mohsen, qui était en deuxième année à l'université et commençait à porter des jeans et des chemises colorées, s'occupa des affaires de son père. En deux ans, il régla les vingt millions de tomans de dette. Il repeignit la maison pourrie de Narmak et isola le toit. La maison était petite, soixante-dix mètres carrés, avec une cour mignonne d'où l'on pouvait voir la croix rouillée de l'église Sainte-Marie. Un jour son cerf-volant s'y accrocha. Mohsen dévala plusieurs toits et, cherchant à le libérer, la déstabilisa. S'ensuivit une dispute entre le père Arsen et son propre père au sujet de la soudure de la croix, une gifle du paternel, obligé de dépenser l'argent de la récitation du *Coran* pour la réparation d'une croix arménienne et une exhortation pour que lui, Mohsen, accomplît vaillamment ses prières dans la mosquée Pedar Sani.

Mohsen lança encore son cerf-volant dans le ciel. Il fit un fil assez long pour éviter la croix fraîchement soudée, repeinte en blanc par le père Arsen, et éviter le nez à nez avec Yorik le boiteux, le fou du quartier, domicilié dans un coin de la maison du gardien et prétendument homme à tout faire de l'église. Mohsen n'avait pas vu Yorik le boiteux depuis des années. Il y avait une rumeur selon laquelle, violemment battu, il était tombé et avait rendu l'âme dans un petit ruisseau de Seyyed Khandan, son pied handicapé tremblotant jusqu'au dernier soupir. Il murmura la prière des morts pour Yorik qui poursuivait les petits dans le quartier avec un bâton, les insultait en arménien et déjeunait de pain bolki et de chips au maïs. Avec la pénurie du pain bolki, il se contenta de la mie des baguettes françaises. Il prenait la baguette, la tranchait en deux et avalait la mie blanche, chaude et humide. Ensuite, il jetait la croûte…

Une bise froide soufflait. En haut de l'escalator, Mohsen comprit que le sang, la poussière et l'eau avaient pénétré ses chaussettes bleu marine. Ça le dégoûta. Il cogna la semelle de ses chaussures contre le mur de la station presque déserte. Une ou deux personnes le saluèrent et l'une d'elles l'aborda. C'était Reza. Depuis un an, il travaillait dans la salle de purification du

1. Poète francophone. Assassiné en 1924, il repose à Ebn Babouyeh.
2. Figure emblématique du sport en Iran (la lutte). Sa mort ou son suicide à l'âge de trente-huit ans, en 1968, reste énigmatique.
3. Mossadegh (1882-1967) est considéré comme une des figures majeures du nationalisme au XXe siècle en Iran.

cimetière. Il avait contracté un prêt pour déménager de Kahrizak vers Molavi. Mohsen le voyait dans le métro. Ils avaient sympathisé et échangé leurs coordonnées. Reza disposait du thé dans le vestiaire. Avec le vent de novembre, seul ce thé bien infusé pouvait encourager Mohsen à visiter ses morts.

Ils pénétrèrent dans le vestiaire. Reza dit : « Hier, on était foutu. La porte de la réserve s'est bloquée, avec tous les linceuls à l'intérieur. Un vendredi et tous ces morts sur les bras. »

« Et alors ? »

« Rien. Ils ont ouvert la porte avec un pied-de-biche. Mais il y a eu de grosses bagarres. »

Reza fixa la vapeur douce du thé se perdant dans la brume lointaine qui enveloppait la pièce. Il tira le sucrier et montra ses bottes à Mohsen : « On vient de me les donner. Ils disent que ça vient d'Israël : inusable. »

Mohsen ne voulut pas le contrarier. Les bottes étaient bien d'Israël mais ce n'était pas celles en caoutchouc à bordure jaune et semelles striées qui empêchaient de glisser pendant la toilette des morts.

Le thé était bien chaud et la tasse de Mohsen, apportée de chez lui, décorée de l'insigne bleu de l'université de Téhéran, pleine. À force, le thé avait jauni l'ébréchure de la grande tasse. Mohsen évitait de poser ses lèvres à cet endroit. Le thé fini, il lava dans l'évier sa tasse et la plaça à l'intérieur de la commode de Reza, près de son bric-à-brac. Puis il arrangea ses vêtements et attendit les taxis habituels pour se rendre sur la première parcelle... Le premier mort. La buée de sa bouche s'intensifia. Il pensa que l'air du cimetière était plus pur que celui du centre-ville. Une foule se tenait devant la salle de purification mortuaire. D'expérience, les morts étaient plus nombreux les samedis. On gardait souvent les trépassés du vendredi dans la morgue pour les enterrer tranquillement le samedi. Les funérailles en début de semaine semblaient meilleures. Le déroulement était le même. Les femmes pleuraient. Les hommes fumaient, les jeunes hommes criaient, et les jeunes femmes laissaient échapper une mèche de leurs cheveux colorés. Peu de gens portaient une cravate. Les femmes qui fumaient étaient rares. Les préposés aux morts circulaient. Mohsen se réjouit de toute cette vie... Il attendait impatiemment l'après-midi pour rentrer en métro et espérer le lendemain : le dimanche, le jour de l'université. Il était vivant, sa mère debout, Beyrouth bien en place et l'université de Téhéran inébranlable, attendant sa venue. Quelqu'un le bouscula.

« Tu es aveugle ? »

« Pardon. »

« Tu es vraiment aveugle. Tu ne vois pas qu'on est en deuil ? »

« Que Dieu le bénisse. »

Des jeunes tirèrent en arrière le garçon qui s'apprêtait à frapper Mohsen. Il venait de perdre son camarade, mort au sauna... Mohsen s'était rendu une seule fois au sauna. Du côté du parc de Fadak. Ça faisait peur. C'était chaud. Le docteur avait prescrit le sauna à son père qui souffrait le martyre à cause de ses douleurs dans les os. Une connaissance du cimetière leur avait facilité l'accès au sauna de Fadak sans frais, gratos. Après avoir enlevé leurs vêtements, ils avaient eu d'abord honte l'un de l'autre. Le corps du père était couvert de taches : torse rabougri avec des poils blancs, dos courbé, cuisses maigres et peau flasque. Sur son bras, un tatouage flétri que Mohsen connaissait et dont l'origine remontait, selon la mère, aux activités politiques du père pendant la Révolution. Il distribuait des tracts à Ebn Babouyeh et par amour pour Shariati[1], il avait inscrit sur son bras : « Aimer est au-dessus de l'amour. » À l'âge de vingt-huit ans, ce père, diplômé d'études primaires qui, depuis tout petit lisait le *Coran* et lavait les tombes, s'était soudain mis à écouter les cassettes du docteur Shariati et à discuter de l'oppres-

1. Shariati (1933-1977), sociologue, philosophe, militant de l'islam politique.

sion avec sa femme fraîchement épousée. Les morts mêmes n'en revenaient pas. Mais la mère était convaincue qu'une fille était derrière tout ça, qu'un malingre tel que le père ne pouvait pas comprendre ces choses… Le père n'avait jamais parlé à son fils de Shariati, ni de la Révolution et ni de la récitation gratuite du *Coran* sur les tombeaux des martyrs… Le père l'éloignait toujours des sépulcres qui sentaient la politique. Il vit son père tout nu, remarqua les lettres effacées de la citation de Shariati et réalisa à quel point le vieil homme était misérable en tout. Il voulut l'étreindre, mais le père avait demandé : « Qu'est-ce qu'il faut faire, mon fils ? »

Le sauna vapeur essouffla, tout d'abord, le père. Puis ils investirent le sauna sec qui était plein d'hommes nus, assis d'un bout à l'autre et où, par espièglerie, les jeunes aspergeaient d'eau le grand four tout chaud. Subitement, son père se leva pour sortir. Poussant vainement la porte, il cria : « Ô mon Dieu, j'ai joué au con. » Mohsen parvint à libérer son père effrayé, à lui mouiller la tête, le visage et à l'habiller. Plus jamais ils ne se rendirent là-bas. Six mois après l'épisode du sauna, comparé à l'enfer par le père, celui-ci mourut de crise cardiaque et alla à la rencontre de Dieu. Pas une seule fois il n'apparut dans le rêve de quelqu'un.

Mohsen évita la bagarre. Il avait déjà rencontré des gens qui pour se venger d'un décès voulaient lui donner des coups sur la tête. Tellement il était frêle et seul. Il n'y prêta pas attention. Le soleil de Beyrouth transforme la pierre en corail. Et Mohsen craquait pour les falafels et pour Mahmoud Darwich. Il lisait mieux que quiconque Ghada al-Samman[1]. Il pleurait de ses paroles et se démenait pour trouver une fille dont il tomberait amoureux. Une ou deux fois, il essaya même de raconter sa vie très XIXe parmi le cercle des amis de l'université, dans l'espoir d'apitoyer les filles et de conquérir une femme de chair, de sang, de peau, de cheveux, une qui n'habite pas son imaginaire nuit après nuit… De nouveau, il pensa à ses chaussettes humides, au fait qu'il avait oublié d'enlever ses chaussures dans les vestiaires pour s'assurer que ses chaussettes étaient propres et dépourvues de sang. Il appuya ses chaussures sur l'asphalte à gros grains de l'avenue, le long du bâtiment de la toilette mortuaire. L'asphalte sentait le bitume et son aspect noir semblait frais et vierge. Il aperçut les taxis jaunes qui se dirigeaient vers les parcelles 130 à 150. Il accéléra le pas sur l'asphalte tout neuf… Le bitume frais.

Assis sur un banc devant le bâtiment de la toilette mortuaire, les deux esprits s'ennuyaient. L'esprit maléfique et pustuleux avait proposé de suivre Mohsen, ce jeune écervelé qui avait traversé l'eau et le sang, sans filmer cette scène apocalyptique, comme tous les autres. Il dit à l'esprit du poète épris de liberté : « Le métro c'est quelque chose, non ! Ça ressemble à la mort. Bordel, c'est un tunnel. »

« Moi, je n'ai pas vu de tunnel. Dès que j'ai voulu me ressaisir, mon cadavre était allongé sur le trottoir. Et tout ce sang versé. »

« Tu te rappelles encore ? Il y a quatre-vingt-dix ans. Laisse tomber. »

« C'était dur, très dur. »

« C'est fini maintenant. Regarde tous les esprits qui nous entourent. Tous ces morts. Ça fait longtemps que je n'étais pas venu de ce côté. »

« Toi, tu es satisfait de ta mort. En fait, quel âge as-tu ? Qui es-tu ? »

L'esprit maléfique et pustuleux respira profondément et, comme les milliers d'autres fois où on lui avait posé cette question, il ne dit rien. Il fixa une fillette de trois ans dont la mère s'était jetée du cinquième étage. Hébétée, la petite, habillée de noire, était assise sur un banc en métal et avalait des pastilles aux fruits. L'esprit maléfique et pustuleux tourna la tête dans l'espoir de voir la mère. Elle n'y était pas. Subitement le ciel s'était vidé. Quelque chose le préoccupa et il pensa à sa propre mort. Il paraissait tourmenté.

---

1. Auteure et nouvelliste syrienne, Ghada al-Samman est née à Damas en 1942.

L'épée s'abattit au moment où il installait le Croissant de Saladin[1], l'emblème de l'islam, sur le Dôme du Rocher. Il avait démonté la croix. À ses pieds : Jérusalem. Il cria de toutes ses forces : «*Allah akbar…*»

Saladin l'Ayyoubide[2] regarda le Dôme et leva la main en signe de silence. Les détenus chrétiens étaient enchaînés et agenouillés. Femmes et enfants en larmes. L'homme cria encore : «*Allah akbar*… Saladin, le solitaire de Dieu… Saladin, le conquérant de Jérusalem… Saladin, le glaive de l'islam… » Il regarda Saladin. De loin, il voyait ses yeux. Il souffrait des côtes. Un vent froid soufflait. D'une main, il tenait les deux morceaux de la croix et de l'autre le Croissant de l'islam. Le vent secouait sa frange trempée de sueur. Il était vivant. Jérusalem à ses pieds. Du Dôme du Rocher, il regardait Saladin descendre de cheval. Il prononça à très haute voix : « Entrez-y en paix et en sécurité[3]… » Saladin l'entendit. Il écarta sa tunique noire : «*Allah akbar*, Jérusalem est à nous. »

Jusque-là tout allait bien. Il était victorieux… Un mystérieux soldat de l'armée de Saladin, originaire du lointain Khorasan[4], dans l'attente des trésors et des palais du paradis. Il avait combattu des mois entiers. Il portait maintes blessures au corps et un énorme grain de beauté sur la joue. Il tuait cruellement les infidèles. Sa hache était lourde et lente. Son nom seul suffisait à effrayer les juifs et les chrétiens. Ils l'appelaient « le sang ». Il coupait les têtes et arrachait les mains. L'amour de la guerre l'avait rapproché de Saladin. Violent… Un jour, le sultan lui avait dit ne pas voir en lui la foi, mais la soif de tuer. L'homme du Khorasan considéra ceci comme un compliment.

Il parvint au portail du Dôme du Rocher et se heurta à trois croisés en position défensive. Il les attaqua tout seul. Des têtes tombèrent. Il mit ses pieds dans le sang. Ses bottes caucasiennes baignaient dans le sang et il était victorieux. Il retira le casque trempé. Une vapeur s'en dégagea. Plus loin, tombait une dernière forteresse.

Lorsqu'il arriva en haut du Dôme, il remarqua la trace de ses pas ensanglantés, asséchés par le soleil. Il écarta les bras et cria. Le saint Rocher… Une haute croix y était plantée. Il leva la hache et frappa. Trois coups suffirent à scinder la croix en deux. Il hurla et envoya une corde pour tirer le Croissant vers le haut, évitant une ou deux flèches des Croisés. Il devait y laisser une trace. Mais Saladin apparut. À cheval, entouré de ses généraux couverts de poussière. Le rang des prisonniers s'avança de l'autre côté et subitement le monde se transforma en jour de résurrection…

L'esprit maléfique et pustuleux ne dit rien. Il regarda ses mains et la fillette. Puis, il rit. Elle l'aperçut distinctement et se crispa. Il voulut crier : « Petite, c'est moi le conquérant du Dôme du Rocher. » Mais il trouva que c'était inopportun et ne pensa plus à Jérusalem. Il dit à l'esprit du poète épris de liberté : « Je suis aussi une créature de Dieu. Quelle différence ? Pourquoi tu te plains ? Viens parier sur le fait que… » Et il oublia l'enjeu.

L'esprit du poète épris de liberté lui demanda : « Ton corps ne te manque pas ? Tu as dû être enterré quelque part. Comment peut-on être aussi insensible ? »

Absorbé par la fillette, l'esprit maléfique et pustuleux lança : « Sale fouineur gâté… » Il revint à ses besognes et personne ne remarqua qu'il pensait à son corps – décapité et solitaire – sous le soleil du portail de Jérusalem. Il s'attrista.

Sur les bus jaunes alentour était inscrit : « Jérusalem est à nous. » Mohsen Meftah se dirigea vers la station de taxis. Il était en retard à cause de l'eau et du sang de l'avenue verdoyante. Il semblait un peu énervé. Pendant un moment, il se dit qu'il s'occuperait d'abord des tombes des

1. Saladin (1138-1193), guerrier musulman, est connu pour avoir repris Jérusalem aux Croisés en 1187.
2. Dynastie musulmane fondée par des Kurdes (1169-1250).
3. *Coran*, sourate 15, verset 46.
4. Province iranienne, limitrophe de l'Afghanistan.

cinq frères, puis des autres. Pas d'importance. La parcelle 160 était près et il pouvait commencer la semaine avec eux. Pourquoi les laisser pour la fin. Aucune réponse. Il changea de direction. D'un pas déterminé, il se rendit vers une Pride qui desservait les parcelles 150 à 180. Il ouvrit la portière avant et prit place. Décidément, ce samedi matin ne ressemblait pas aux autres. Tout paraissait différent. Mohsen Meftah se sentait épié. Il maudit le diable. La Pride démarra et Mohsen rêva de Beyrouth. Non. Il commença à réciter la sourate *al-Hamd* pour tous les morts de l'islam. Il contemplait la solitude des tombes qui défilaient sous ses yeux. Dix minutes plus tard, il se trouvait au niveau des tombeaux des cinq frères. Cinq pierres noires de qualité. Toutes les cinq venaient d'être changées. L'écriture était la même. Au-dessus des tombes se trouvait un tableau : « Ici reposent cinq frères. Égayez-les avec une prière et bénissez le Prophète ainsi que ses descendants. » Il se dirigea vers la première tombe. Nasser Soukhteh.

Dieu, le Vivant
Jamais ne mourra celui dont le cœur trouva la vie par l'amour[1]
Nasser Soukhteh
Arrivée : 1953 Départ : 1981
Ma poitrine est toute douleur, ah, hélas !
Un onguent[2]

Le regard perdu au loin, il récita la prière des morts. Il sortit le tapis de son petit sac et saisit la bouteille d'eau minérale qu'il avait remplie dans la salle de purification. Puis il examina de près le robinet d'eau : une offrande de la mère des cinq frères aux assoiffés. Il avait oublié d'acheter de l'eau de rose. Ça l'énerva. Mais il se rappela que le service des frères n'exigeait pas de l'eau de rose mais des fleurs. Le kiosque du vieux fleuriste grognon se trouvait de l'autre côté de l'avenue. Il étendit le tapis qu'il immobilisa, près de la tombe de Nasser, avec une brique. Au kiosque à fleurs, il acheta dix tiges de roses ordinaires avec un reçu. Le vieil homme illettré détestait donner des factures… Il dit à Mohsen : « La semaine qui commence par toi est foutue. *Khalass*. Que fais-tu là si tôt matin ? D'habitude tu viens vers midi ! »

« *Salam aleik*, cher *Haji*[3], c'est Dieu qui a voulu que je vous voie ce matin. » Il savait que le vieux adorait se faire appeler « cher *Haji* ».

« Dix roses rouges ? »

« Oui. »

« Faudrait pas le dire. Mais dès que tu pars, ces bâtards viennent enlever les fleurs des tombes. Si au moins tu les effeuillais. »

« C'est une commande, *Haji*. Moi, je cherche un gain licite. Tu te charges, toi, de la culpabilité ? »

« Je devais le dire. Sinon, je fais mon commerce. Je te l'ai dit pour ne pas être ton débiteur. C'est toi qui décides. »

Mohsen Meftah retira dix mille tomans de sa poche latérale. Deux billets de cinq mille dont un portait des taches d'encre. Le vieux n'y prêta pas attention. De nouveau, grincheux. Essoufflé, il plaçait les caisses d'eau de rose devant le kiosque, qui n'était pas idéalement situé, mais qui marchait bien. Il emballa les fleurs dans le journal *Hamshahri*. L'humidité des roses effaça les publicités pour des voyages au Pattaya et en Anatolie. Mohsen, en sueur, arriva aux

1. Poème de Hafez, traduit par Charles Henri de Fouchécour, Le Divân, p. 120.
2. Poème de Hafez, *ibid.*, p. 121.
3. Se dit de la personne qui a effectué le pèlerinage de La Mecque.

tombeaux. Il reprit son souffle et retira son téléphone. Il était plus de 9h30. Déjà du retard. Il aspira l'air, ouvrit la bouteille et, lentement, il commença à laver le tombeau de Nasser.

L'eau ruissela de « Vivant » à « Départ ». Il nettoya les interstices entre chaque lettre, rinça le reste de la pierre, et commença sa récitation d'*al-Hamd* pour transmettre les paroles à l'intérieur. Après, venait *al-Fath*. Ces sourates n'étaient pas destinées aux morts, mais la mère des Soukhteh les avait exigées et il n'était pas homme à s'en mêler. Il s'agenouilla sur le tapis, à côté de la tombe mouillée. Comme son père, il cogna l'index sur la pierre trempée et récita à haute voix : « Pour l'âme de Nasser Soukhteh, le fils de Karim. « En vérité, nous t'avons accordé une victoire éclatante, afin qu'Allah te pardonne tes péchés, passés et futurs, qu'Il parachève sur toi Son bienfait et te guide sur une voie droite[1]. » Et il cogna la pierre.

Extrait d'un roman à paraître aux éditions Zulma en 2024.

GHAZI RABIHAVI

Les lampions

Traduit du persan par Julie Duvigneau

Et c'est là que je suis devenue fumée

(Une voiture a tourné dans la rue)

Tu as entendu ?
Bon il faut que je mette mon manteau et que j'y aille, le reste ce sera pour plus tard peut-être demain soir. Si Nosrat n'a pas un autre rendez-vous pour moi

Si elle n'avait pas été là, je serais encore à faire le trottoir

Si elle n'avait pas été là maintenant il faudrait que je me tue pour qu'une voiture chic s'arrête devant moi

Comme les premiers soirs, quand maman m'a botté le derrière et flanquée à la porte

Le premier était vieux. Je me suis dit il ne faut pas avoir peur. J'ai jeté un œil aux alentours et j'ai sauté dans la voiture

1. *Coran*, sourate 48, verset 1, 2.

J'ai demandé tu as un endroit, mon petit père ? Il a rigolé et s'est dirigé vers le nord, les beaux quartiers

Quelle maison, tout ce qu'il faut tout le confort

Mais il n'a rien fait. Il ne fait rien. Il ne peut pas. À part me tripoter partout les yeux fermés haleter et s'acharner pendant une heure avant de se calmer et puis rebelote

En échange il m'a fait rencontrer Nosrat

J'ai entendu une voiture s'arrêter dans la rue
Le taxi est finalement arrivé

Tu as entendu ?

La voiture dans la rue a démarré. Ce n'était pas le taxi on dirait ce n'était pas lui

Ensuite Nosrat m'a amenée ici cette chambre sur la terrasse est devenue la mienne pour que j'arrête de faire le trottoir où les gardiens de la Révolution pouvaient m'arrêter pour un oui pour un non et me gaver de sermons

Ils ont failli m'emmener chez maman les menottes aux poings mais je me suis arrangée pour que ça n'arrive pas, je me suis occupée de l'un des officiers, le plus vieux

Le gars est tombé amoureux de moi. Avec ses bottes. Il n'enlevait jamais ses bottes
Et puis une autre voiture, et je me mettais tout de suite à pleurer

J'ai dit que j'étais la fille d'un colonel. Ils m'ont dit va-t'en

Il faut que j'y aille

Pourquoi est-ce que j'ai des valises sous les yeux ? Pourvu que ça ne le dégoûte pas que ça ne lui déplaise pas

Je lui plais

Nosrat dit que ce n'est pas n'importe qui. Il est dentiste, ah il faut que je pense à lui demander de s'occuper de mes dents
Maintenant j'ai compris ce qu'il faut que je fasse pour plaire aux hommes et qu'ils me disent comme tes yeux sont beaux ton corps est si délicat mais ensuite quand la nuit est finie et que c'est le matin… alors là plus rien
Ils n'ont qu'une envie, que je décampe
Je m'en vais
C'est quoi cette odeur ? Ça vient d'où ? Pourvu que ça ne me suive pas que ça ne le dégoûte pas que ça ne lui déplaise pas. Je lui plais. L'odeur de mon corps est à la dernière mode

Avec les vieux c'est facile
Mais avec certains jeunes qui te regardent au fond des yeux et te racontent des trucs poétiques
Le problème c'est que certains parlent joliment bien alors tu as envie de poser ta tête sur leur épaule et de pleurer
Mais non, qu'ils aillent tous au diable
Si finalement le dentiste n'est pas différent des autres, alors à quoi il me sert à part à me réparer les dents ?
La seule différence des autres hommes avec Khan Agha, c'est qu'ils ne déchirent pas ma robe, ils n'ont qu'à la déchirer, sinon quand mon père était ficelé au socle vide de la statue, ils ont tous appuyé ensemble sur la gâchette. Avec Khan Agha qui lui avait mis un sac sur la tête
Heureusement que j'ai vu cette rougeur à mon cou à temps
Il faut que je mette quelque chose dessus pour qu'elle disparaisse, complètement, il ne faut pas que j'emporte la moindre trace, la moindre marque avec moi chez le gars de ce soir, il faut que j'y aille seule
Que j'y aille pour ne plus revenir
Ce jour-là au milieu des gens, j'étais seule, tremblante de peur. Le soleil n'était pas encore levé. La lumière des projecteurs a ruisselé sur papa
Ce jour-là maman était restée à la maison
Moi, les cheveux en bataille, les pieds nus je me faufilais dans la foule qui formait un cercle tout autour de la place de la statue déboulonnée
Les pupilles noires de papa me suivaient partout. J'avais envie de pleurer de me lamenter
Mais les sanglots avaient durci dans ma gorge
Khan Agha a crié : Prêt ! Puis il est venu s'agenouiller à côté des autres hommes
Il a dit : Feu
Les gens ont dit quelque chose au moment du tir. Ils ont poussé des youyous
Papa s'est affaissé s'est tordu du sang a coulé de sa bouche s'est répandu
Il n'est pas tombé
Khan Agha m'a caressé la tête. Ses doigts ont tremblé sur la peau de mon cou
Il a dit maintenant tu es ma fille. N'aie pas peur
Ensuite maman est devenue sa femme
Elle a dit maintenant Khan Agha est l'homme de la maison. Tu l'aimes bien ?

Des fois maman allait à la boucherie pour aider Khan Agha à dépecer les cadavres. Elle y va toujours
Il y a des jours où maman me manque terriblement. Je vais regarder la boucherie, en restant loin loin loin
Maman est devenue un vrai boucher maintenant
Ah quelle saloperie l'attente. J'en peux plus
Ça se voit que le dentiste est comme les autres
La seule chose qui change, c'est son métier, comme les autres. Commerçant, ingénieur des ponts et chaussées, vendeur de voiture, de tapis, artiste, ou je ne sais pas quel autre truc, tous, tous
Comme ceux d'avant comme ceux d'après

Maman m'a dit : Je t'ai gardée près de moi, et maintenant que tu as des seins tu veux me voler mon mari ?
Elle m'a battue et moi je l'ai insultée je l'ai traitée de traînée
Ses cris sont montés jusqu'au ciel elle a jeté toutes mes affaires dans la rue
J'avais seize ans
La main de Khan Agha s'est promenée sur mon corps. Ce soir-là maman avait été emmenée à l'hôpital pour donner naissance au troisième enfant de Khan Agha. Encore un garçon
J'ai dit non, Khan Agha, j'ai peur il a dit tu ne crains rien c'est juste du plaisir. Il a ri
Moi j'ai crié
Oui, qu'est-ce que tu penses qu'une femme peut faire à part crier ?
L'échancrure de ma robe s'est déchirée comme j'avais mal il avait une poigne de fer il appuyait sur mon corps appuyait et la douleur des allées et venues
Je me suis évanouie sous ses halètements
Et puis comme si de rien n'était comme chaque soir comme ce soir dans deux trois heures chez le dentiste
Si j'y pense je lui demanderai de me réparer les dents

Quand je suis en chemin pour la maison d'un nouveau je suis plus seule que jamais
Non pas seule. Plus vide que jamais
Vide ?
Qu'est-ce que je raconte ce soir !
Non je ne pense pas du tout au nouveau. Chaque année il y en a eu quelques-uns que j'ai cru nouveaux. Chaque année de ces dernières années je ne pense pas à un nouveau c'est juste qu'avant de partir je me vide plus que jamais
Vide pour être remplie sans douleur
À la place de vide j'aurais dû dire obscure
Eh bien voilà je le dis
Quand je m'apprête à aller chez un nouveau je m'obscurcis plus que jamais pour que je puisse voir le gars, même s'il n'y a qu'une faible lueur
Brun, blond, grand, petit, pilote, chauffeur de taxi
Maman m'a dit je vais te couper en deux avec ce couperet si tu ne me dis pas ce que Khan Agha t'a dit
J'ai dit il a promis de m'épouser
Est-ce que quelqu'un va m'épouser un jour ! Celui que je voudrai. N'importe lequel. Le dentiste ou le policier ou celui qui ne me demandera pas de me dépêcher de décamper le matin, qui enlèvera ses bottes qui au moins ne déchirera pas ma robe
Il faut que j'oublie ça que je me prépare à partir. Il faut que j'y aille. Que j'y aille sans rien
J'aime bien le rouge de mes ongles longs. Rouge comme mon sang
Ensuite le sang a jailli sur la poitrine de papa. Sa poitrine s'est fendue comme une grenade mûre

J'ai éteint la lumière pour te montrer quelque chose. Viens avec moi. Ne fais rien. Scrute seulement l'obscurité. Fixe tes regards sur moi, obscure
Je tire sur ma cigarette

Tu vois ?
Une lumière

Et puis tu t'avances vers la lumière vers moi
Quand tu viens je ne suis plus seule plus vide plus obscure. Dans la lumière de la cigarette
Nous sommes ensemble. Une femme un homme. Celui que je voudrai. Sans douleur. Sans mensonge. Sans bottes

Quel bonheur
Laisse le chauffeur de taxi klaxonner encore un peu et attendre. Laisse le dentiste attendre. Laisse tous les hommes qui se ressemblent m'attendre ce soir
Attendre cette femme qui n'est plus seule. Laisse-les entendre ses éclats de rire monter au ciel, elle n'est pas vide. Elle n'est pas obscure cette femme

JAVAD DJAVAHERY

Après-midi ensoleillé

Traduit du persan par Darya Djavahery-Farsi

Je savais. Dans cette maison inondée du soleil de fin d'automne, aux jardins bordés de fleurs aux senteurs anciennes, j'étais l'unique personne qui savait.

Je savais et je devais porter seul, sur mes maigres épaules, l'insoutenable fardeau de ce savoir. Ma solitude était aussi pénible que la vérité dont j'étais le détenteur.

Je savais, non pas par une intuition brumeuse, taché de soupçon et d'incertitude, non, je savais, dans cette maison, dans la ville et sûrement sur cette terre, je savais ce qui allait se passer. Je savais tout cela dans les plus infimes détails, avec une minutie de diable.

Je regardais mon père qui descendait, à pas comptés, les marches de l'escalier de pierre. Il allait passer près de moi pour traverser le jardin et aller de l'autre côté de la cour. J'ai vu sa large chemise aux carreaux délavés, d'où sortaient ses bras déjà usés et je n'ai rien dit. Je n'ai rien dit et je l'ai laissé filer avec le crissement monotone de ces souliers qui suivaient ou précédaient ses pas. Mais il devait savoir. La vérité que je taisais le concernait. Elle concernait également ma mère qui descendait à son tour, les mêmes marches. À elle aussi, j'ai dérobé mon regard car si elle le croisait, elle aurait tout deviné en un rien de temps. Puis, au lieu de passer devant moi pour aller, comme tous les après-midi ensoleillés, faire la causette à ses trois arbres, elle serait venue s'asseoir en face de moi, et aurait prononcé mon nom de sa voix douce et pénétrante, avec une pointe d'inquisition, me regardant droit dans les yeux et à travers mes yeux droit dans mon âme, comme aucun autre ne pouvait le faire et j'aurais tout craché. J'aurais dévoilé le secret dont sa mort proche faisait partie. Elle est passée avec sa démarche d'ancienne jeune fille frêle et je l'ai entendue susurrer aux feuilles et aux branches des arbres des mots tendres, comme si elle parlait à l'enfance de ses enfants, devenus trop vite adultes.

Je connaissais tous les destins, même celui du chat adoré de la maison qui s'étirait voluptueusement au soleil. L'avenir des trois arbres, le jasmin en fleur qui saturait l'air de son parfum épais, les poissons rouges qui frisaient la surface de l'eau avec leur espièglerie et qui étincelaient dans les rayons de soleil. Tout, je savais absolument tout, y compris le devenir des murs, des plates-bandes, des portes et des fenêtres.

J'étais assis au bord de l'allée, recroquevillé, écrasé sous le poids de mon savoir, et je ne faisais rien d'autre que regarder.

Quand mon frère s'est approché de moi, je me suis senti sur le point de craquer, d'éclater en sanglots. Je devais lui dire. Lui, devait savoir. Mais au lieu de le prendre par la main, plonger mon regard dans ses yeux couleur miel, et dire : « Frangin, sais-tu ce qui va se passer ? », et lui raconter tout, d'une seule traite, comme un écolier récitant un poème de Saadi... je me suis juste tu. J'ai juste baissé la tête et j'ai regardé passer l'ombre de ses imposants pieds sur l'allée pavée.

Assis à ma place, immobile, je me suis occupé à observer les fourmis, qui, selon la tyrannie de leur ADN, s'affairaient à transporter des tas de petites choses dans un parfait désordre. Je suis resté transi et j'ai tué, un par un, les instants de cet après-midi ensoleillé.

Non, je n'ai rien dit à mon frère qui lisait, assis au bord du bassin, le front baissé sur des bouts de papiers posés sur son genou, de mystérieux textes écrits en caractères minuscules. Je ne lui ai pas dit que onze mois plus tard, onze mois et trois jours très précisément, dans la fraîcheur de l'aube printanière d'un des derniers jours de mars, deux hommes l'arracheraient à son sommeil. Qu'il descendrait l'escalier en suivant machinalement leurs pas, puis traverserait un dédale de cours vides et grises, pour arriver là où trois hommes, l'esprit engourdi et somnambulique, l'attendaient. Trois hommes pressés d'accomplir leur besogne pour rejoindre au plus vite leur lit. Tu te mettrais dos au mur, tu regarderais l'aube pointer, les premiers rayons descendant des murs et le trajet des trois balles tirées en salve et tu tomberais. Dans la brume, dans l'écho confus d'un monde déjà lointain, avant le silence, ta bouche s'entrouvrirait et un dernier râle viendrait expirer sur tes lèvres. Un murmure que seule la poussière mêlée à ta salive a pu entendre. Quelque chose que même moi, moi qui savais tout, ne savais pas.

« Dis-moi frère, tombé dans le sang et la poussière, que disais-tu quand cet étrange rêve m'emportait, que disais-tu dans ces mots inaudibles ? » Mais j'ai serré les dents pour ne pas lui poser cette question. Je ne lui ai pas dit qu'ensuite, « les hommes te porteraient au cimetière, trois fleurs rouges cousues à ta poitrine, et que le vieux croque-mort, la voix cassée par l'émotion, raconterait plus tard à notre mère que tu étais encore chaud et que tu respirais doucement. »

Je n'ai rien dit pour le laisser respirer paisiblement sous le soleil qui lui tombait amicalement sur les épaules et qui lui chauffait les lobes d'oreille, pour qu'il puisse continuer à réfléchir, l'air grave, et coucher des notes sur ses papiers, de son écriture rapide et microscopique.

Quand mon père est revenu du grenier en toussant, se dirigeant vers son coin préféré du jardin, tenant par le dossier la vieille chaise cassée, une antiquité familiale qu'il s'obstinait à réparer pendant ses après-midi de repos, je ne suis pas allé à sa rencontre. Je ne me suis pas assis à ses côtés, à regarder le bleu clair de ses yeux pour lui dire : « Père, tu mourras dans deux ans, ici même, à deux pas de là où tu es assis, ton cœur te lâchera, fatigué avant l'âge. Ce jour-là, tes cheveux seront tous blancs, et tu n'auras toujours pas réparé cette chaise. »

Je n'ai pas dit à ma mère, absorbée par l'arrosage des fleurs, qu'une maladie sournoise allait lui ronger les poumons, que six mois après mon père, un jour, au milieu de ses pleurs quotidiens, elle serait secouée par d'irrépressibles quintes de toux, et...

Je n'ai rien dit lorsqu'elle est passée près de moi, me versant un peu d'eau sur le visage pour me taquiner. Je me suis tu. Même à ma petite sœur, je n'ai rien dit. À elle qui rentrait de l'école, dans sa robe bleue d'écolière, son foulard de grand-mère, le visage perlé de sueur, le cartable bondé sur le dos. Même quand elle s'est arrêtée en face de moi, me dévisageant d'une étrange façon, avec je ne sais quoi de troublant dans son attitude, j'ai gardé mon secret.

Même à toi ma petite sœur, j'ai tout caché. J'ai tout caché pour qu'un jour, des années plus tard, dans un pays lointain tu me dises : « Hier, j'ai fait un étrange rêve. Ça se passait chez nous. Nous étions enfants. C'était l'après-midi, nous étions tous dans le jardin, papa, maman, et notre grand frère. C'était étrange, tu étais assis près du petit bassin et tu jouais comme toujours avec les fourmis. Dans mon rêve, il me semble que tu nous cachais quelque chose. Comme si tu étais au courant de tout, comme si tu savais tout et que tu ne disais rien. »

MOHAMMAD REZA SHAFIEI-KADKANI

Zan Bash

Traduit et adapté du persan par Sirine Alkonost

Si tu es un homme, viens en Iran et sois une femme
Viens mon ami sois ici dans notre pays
Sois ici pour partager mon bonheur et mes peines
Les femmes se battent ici comme des lions féroces
Si tu es un homme, viens en Iran et sois une femme
Sois un adversaire des dragons et des démons
Hé, Bijan, Siavosh ! Et toi, Farhad, Salut !
Viens et sois Manijeh, ou Nassim ou Yassamane !
Ne sois pas un, mais cent héros
Affronte cent injustes
Sois une femme, au corps à corps
Sois prêt pour des embuscades venant de toutes parts
Pour combattre les loups, armé jusqu'aux dents
Ouvre ton armure, porte une simple tunique
Viens et sois sans yeux, sans nez, sans bouche
Défends-toi contre l'agresseur
Et puis danse, pendu à des cordes,
Sois une femme et brise les anciens rites
L'héroïsme aujourd'hui, est dans ces seuls mots :
Si tu es un homme, viens en Iran et sois une femme.

RACHEL DEGHATI

Lettre aux enfants de nos enfants

Afghanistan, Vallée du Panjshir, 21 mars 2045.

Nous entendons les enfants courir en riant dans le dédale en terre des ruelles du village de cette vallée du Panjshir où nous nous trouvons. Nous les regardons par la fenêtre aller en habits flamboyants neufs. Les cheveux des unes virevoltent au vent. Sans retenue, certaines se saisissent des mains des garçons pour former une ronde de joie. Toutes et tous entonnent le refrain d'une chanson planétaire *Femme, Vie, Liberté*.

Nous devons vous raconter.

C'est avec ces trois mots que tout a commencé. Tout ? Le monde d'aujourd'hui.

C'était en 2022, une machine d'espoir s'est ébranlée après l'assassinat d'une jeune femme, Mahsa Amini, par les gardiens d'une Révolution islamique d'un autre temps, d'un autre siècle. Sa mort à force de coups pour une mèche de cheveux échappée de son foulard, a soulevé l'indignation. Le mouvement de contestation s'est transformé en une révolution singulière des femmes pour les femmes, mais pas seulement, des femmes, rejointes par les hommes, pour une société plus juste, un monde plus libre. Hors des frontières iraniennes, les citoyens et citoyennes ont compris le caractère essentiel de cette utopie-là. En dépit de l'immobilisme complice et gêné des grandes instances mondiales, nous, toutes et tous avons salué cette résistance et soutenu comme nous le pouvions, les actes de courage et de détermination face à une violence toujours plus grande des Gardiens de la Révolution en Iran, des Talibans en Afghanistan. Oui, nous étions convaincus que *Femme Vie Liberté* allait devenir une révolution planétaire. L'axe autour duquel tout était organisé depuis des millénaires allait changer : la part masculine allait non pas disparaître mais laisser œuvrer, enfin, la part féminine du monde.

Et les innombrables sacrifiés sur l'autel de la liberté, et de la justice, ne l'ont pas été vainement.

Aujourd'hui est la première consécration officielle de cette utopie.

C'est jour de fête ce 21 mars 2045. Au solstice du printemps, nous célébrons Norouz, le nouvel an. Dans les fils entremêlés de vos racines dont les origines multiples rassemblent tous les continents, cette tradition est aussi l'une des vôtres. Elle vient de la très ancienne civilisation zoroastrienne dont les adeptes vénéraient le feu. Depuis, elle est perpétrée dans une vaste région du monde qui rassemble l'Asie Centrale, le Kurdistan, l'Iran, le Tadjikistan, l'Azerbaïdjan, un peu de l'Inde et l'Afghanistan.

Nous vous écrivons d'une célèbre vallée dressée contre toutes les armées ennemies d'antan. Elle fut le bastion de résistance pendant les 2 dernières décennies du XXe siècle d'un ami afghan. Son nom, Massoud, a traversé le temps. Assassiné en 2001, il n'aurait pas imaginé un instant que près de 40 ans plus tard, le mot « frontière » serait un concept révolu.

En ce jour particulier, nous percevons le frémissement d'une nouvelle ère. Un rêve fou est en train de se réaliser. Nous l'avons caressé il y a plus 25 ans avec quelques utopistes et autres rêveurs : le passeport de citoyenneté universelle a officiellement été adopté. Une nouvelle organisation a vu le jour, la Société Civile mondiale. Elle remplace les Nations Unies dont la mission était de rassembler les nations distinctes, tentant de maintenir un équilibre de paix. En ce jour de printemps, cette nouvelle organisation a pris une première mesure majeure : la notion d'État n'existe plus. Le monde est devenu un seul pays et ses habitants, les représentants d'une diversité linguistique, culturelle, religieuse vont apprendre à vivre, aimer, bâtir ensemble.

Nous entendons dehors les enfants courir vers leur école. En cette veille de rentrée scolaire, une cérémonie très officielle est organisée, comme dans toutes les écoles de l'ensemble du monde. On remettra à chaque enfant, à chaque adolescent son passeport de citoyen et citoyenne du monde, il remplacera peu à peu tout autre document d'identité pour les quelques 10 milliards d'êtres humains de notre terre. Dans ce processus administratif global, priorité a été donnée à celles et ceux de moins de 18 ans. Nos chers enfants, nous vous imaginons aux quatre coins du monde où vos parents se sont installés, aller dans un même mouvement vers votre école de quartier récupérer ce précieux document. Cet acte symbolique et concret participe à l'éducation que vous tous allez recevoir d'une appartenance à un seul et même monde.

Ici, nous entendons les enfants courir, le cœur léger. Lors de cette cérémonie, une annonce sera faite : les maîtres du monde ont enfin décider que les armées de chaque pays n'ont plus de raison d'être. Entre désir de conquêtes et besoins de défense depuis la nuit des temps, le budget et l'énergie consacrés vont être redistribués à deux causes majeures : l'éducation des futures générations dirigeantes, et la préservation de notre planète essoufflée.

En ce jour de printemps 2040, vous êtes devenus les dépositaires et les acteurs et actrices de l'universalité.

Nous fredonnons le refrain *Femme Vie Liberté*, car il résume en trois mots ce monde nouveau.

Notre utopie n'aura pas été vaine.

RACHEL DEGHATI & REZA

Une infinie nuance de noirs

PHOTOGRAPHIES DE **REZA**
TEXTES DE **RACHEL DEGHATI**

UNE INFINIE NUANCE DE NOIRS

Aux lendemains d'une Révolution iranienne qui s'étira dans le temps, faisant régresser une société tout entière, j'ai vu, pendant des mois, le noir des tchadors envahir les villes et les campagnes. Formes noires d'une époque, il semble que les femmes aient perdu toute individualité. Pourtant, l'Iran est diversité de peuples, d'ethnies, de peaux, multiplicité de couleurs et de paysages. Je revois les femmes et leurs jupons colorés qui contrastent avec les maisons en terre, dans les campagnes. Je revois les tapis aux teintes vives, les tissus brodés qui éclairent chaque maison. Je revois les citadines portant des robes seyantes. Je me revois fréquentant des étudiantes qui affichent leurs jambes sous des mini-jupes, ou les soulignent par des pantalons moulants aux pattes d'éléphant.

Lorsque je suis entré dans la boutique de ce marchand du bazar de Téhéran en 1979, où le seul choix possible réside dans la trame du tissu, je me suis senti oppressé. Le modèle est le tchador, et la couleur le noir. J'ai souvent eu l'impression qu'inconsciemment, le peuple d'Iran a consenti à porter le deuil.

DES MONDES SÉPARÉS

Comment oublier l'oppression visuelle du deuil quotidien d'un peuple qui, après la Révolution, a collectivement accepté de renoncer à ses couleurs, à ses traces ostentatoires et multiples de vie ? Dans les rues, les femmes ont revêtu un uniforme en forme d'ailes d'oiseau noires. Lors d'événements publics, les hommes et les femmes cohabitent mais ne se mélangent pas, comme ce jour d'un rassemblement pour les funérailles d'un dirigeant tué sur le front de la guerre Iran-Irak.

LA BRUME ET LE CHAOS

Au premier anniversaire de la Révolution, la foule en délire se masse sur l'immense place, rebaptisée place de la Liberté. Ce jour-là, sur l'estrade officielle, le Palestinien Yasser Arafat invité pour l'occasion, le fils de Khomeyni et le président iranien Bani Sadr sont présents pour marquer l'événement. Dans une hystérie collective, la foule tente de s'approcher de l'estrade en dépit de la présence des différents gardes du corps de l'une et l'autre des personnalités. Les barrières de protection sont pulvérisées. Rien ne semble pouvoir arrêter les manifestants qui prennent plus de force au rythme de slogans révolutionnaires scandés avec une telle violence qu'elle en déforme les visages. La pluie froide de février contraste avec la chaleur des corps serrés et mouillés. La vapeur s'échappe de la cohue. Certains s'évanouissent. Leurs corps sont extraits péniblement de la foule pour ne pas les piétiner et passent de main en main. J'ai vu l'image de la Révolution : des visages habités par la rage, des êtres allant dans toutes les directions.

Double page précédente : *Une infinie nuance de noirs*. Téhéran, 1979. © Reza.
Double page suivante : *Des mondes séparés*. Téhéran, 1980. © Reza.
p. 94-95 : *La brume et le chaos*. Téhéran, 11 février 1980. © Reza.

RÊVES BRISÉS

Elles ont élevé des barricades pour le changement. Elles ont lutté épaule contre épaule avec les hommes, les religieux, les militants de gauche, les démocrates, les activistes culturels, les rêveurs contre la répression, pour une justice sociale. Elles se sont battues pour la liberté, participant à cette utopie collective d'une révolution en marche. La République islamique vient à peine d'être proclamée. Les lois d'une société patriarcale se sont abattues : port du voile obligatoire pour toute activité sociale, appartenance comme un objet, au père, au mari, au frère.

Alors ce jour de mars 1979, à Téhéran, en cette Journée internationale des droits de la femme, elles ont été des milliers à descendre dans la rue pour crier leur colère et dénoncer l'étau en train de se refermer sur leurs revendications et leurs rêves. On leur a volé leur révolution.

Face à elles, des centaines d'hommes aux pleins pouvoirs, partisans du nouveau régime, qui les attaqueront brutalement.

VOL D'ENFANCES

Comment raconter les enfants dans la guerre ? Comment dire cette machine qui broie l'insouciance ? Nombreuses sont les photographies, dans nos archives, d'innocents otages d'un monde d'adultes en folie. À Téhéran, la foule en liesse fête un anniversaire de la Révolution. Un gigantesque défilé se prépare, qui doit témoigner visuellement de la ferveur d'un peuple pour son guide spirituel, l'imam Khomeyni et pour son projet d'une société embrigadée religieusement. La ferveur ? Oui. Il est même question de celle, contrainte, des enfants. Dans leur tenue militaire, ils sont entraînés à marcher comme des soldats enrôlés et à crier des slogans en rythme, encouragés par leur instructeur sans pitié. Et ce jeune enfant soldat, près du front de guerre avec l'Irak, prêt à mourir pour un morceau de paradis promis, portant, inconscient et joyeux, des mines antipersonnel.

Où sont les comptines et les jeux ? Où sont les visages rieurs et enfantins ? La monstruosité de l'embrigadement, cette menace qui a rongé la jeune génération iranienne d'alors est partout dans nos archives. Quarante ans plus tard, la menace est une triste réalité. Les enfants ont grandi. Ceux qui sont encore en vie, quels adultes sont-ils devenus ? Quel rêve ont-ils pu poursuivre ?

LA COMPLAINTE DE LA SÉPARATION

Quand j'ai commencé mon voyage hors de mon pays, lorsque les événements m'ont contraint à l'exil, l'Iran était devenu un grand cimetière au milieu de la Terre, où des formes noires erraient parmi les tombes.

p. 96-97 : *Rêves brisés*. Téhéran, mars 1979. © Reza.
p. 98-99 : *Vols d'enfance*. Province du Khuzestan, près de Shalamcheh, 1982. © Reza.
p. 100-101 : *La complainte de la séparation*. Iran, 1981. © Reza.

LYONEL TROUILLOT

LA FIN DES ESPÉRANCES ?

À M.B.L.

Le XXe siècle ne manqua pas de grandes espérances. La plus belle fut sans doute l'hypothèse communiste. La désobéissance du réel en a fait quelque chose qui, à première vue, aurait tourné en son contraire. Mais, et là serait le débat escamoté aussi bien par les droites triomphantes et triomphalistes que par les gauches molles, faut-il réduire l'hypothèse aux contradictions de l'existant ? Victime aussi bien de ceux qui l'ont portée que de ceux qui l'ont combattue, de ceux qui ont acté la catastrophe et fini dans le reniement et de ceux qui ont mené une guerre sans merci contre le rêve et n'avaient à proposer en face que des parodies de démocratie formelle, l'hypothèse a été mise à mal et ne survit plus que dans le chuchotement. Sans oublier que les plus ardents défenseurs de « la démocratie formelle » ont été les principaux supports financiers, politiques et les conseillers techniques des dictatures d'extrême droite qui ont fait des milliers de morts. Sans oublier non plus que dans beaucoup de pays pauvres soumis au diktat du capital international, exemple mon pays, Haïti, les prétendues élections ne sont que des farces macabres.

Pourtant Éluard, Ristos, Neruda, Vallejo, Maïakovski, Guillén, Castera, Césaire, Yacine, Hikmet, Lorca, Aragon, Sanguineti, Brecht… D'autres, moins connus, ayant porté le chant qui pouvait se croire du monde, d'un monde à faire autrement. En train de se faire autrement. On n'avait jamais assisté auparavant à une telle présence de la dimension poétique du rêve humain, à une telle conjonction de la singularité esthétique et de la restitution du langage à tous, comme produit par tous. À l'opposé, voici venu le temps dont la seule vérité est la loi du marché sur fond de destruction médiatique de l'hypothèse de l'autrement. La vérité du discours actuel, c'est qu'il n'y a pas d'autrement. Pour parodier Hugo, « nous avons du monde atteint les bornes ». Ça ne sert à rien d'imaginer. Travailler plus pour gagner plus, les financiers qui disent lorsque le compte est bon, et des moutons qui vont voter. Ainsi la poésie, cette autre espérance qui avait fait jonction avec la première, est-elle devenue elle aussi un chuchotement, un murmure. Il n'y a pas de grand poète de la Banque mondiale, du FMI, de l'Union européenne, de l'OEA ni de la Communauté des États africains. Il y a le ronronnement pleurnichard des individualismes qui se concurrencent, plus de « poètes » que de poésie, la mièvre litanie d'un égotisme dans lequel nul autre que « l'auteur » ne peut se projeter, mis à part des analystes à raison de tant par séance.

*

Dans un registre différent : les indépendances africaines.

Cela ne veut peut-être rien dire pour un Occidental, mais s'il reste une espérance c'est qu'un jour on aura fait comprendre à l'Occident qu'il n'est pas le centre du monde. Avec les indépendances africaines des millions d'humains étaient enfin *nominalement* en droit de décider d'eux-mêmes. Ils possédaient des choses banales, courantes comme un hymne national, une loi-mère, un drapeau, l'illusion de former des États, des nations, l'illusion d'une vie à eux, entre eux, organisée à leur convenance. L'Afrique était pour les Africains et les Noirs dans le monde l'espérance de la levée de nouveaux sujets collectifs.

Il y avait Lumumba, puis Sankara. Mais il y avait aussi Mobutu, Eyadéma… les intérêts des royaumes d'Angleterre et de Belgique, de la France, empire colonial caché sous le nom de République, la logique dominante de la continuité opposée à celle de la radicalité, les repères culturels brouillés par les frontières imposées, les nouvelles bourgeoisies locales : relais du capital étranger et utilisation du pouvoir politique pour source d'enrichissement personnel. Et vis-à-vis de l'Occident la servilité et la haine. Se demande-t-on que peut être une reine d'Angleterre ou un roi de Belgique pour un Burkinabé ? L'effort qu'on lui demande d'accepter pour des humains comme lui ces symboles et bénéficiaires du passé colonial ? Comment un continent peut-il naître à lui-même dans l'oubli ? Comment un autre peut-il accompagner sa naissance dans le déni de ce qui l'a compromise, retardée, piégée ? Avec le secours intellectuel des leçons apprises dans la bibliothèque coloniale, le franc CFA, la transversalité des compagnies minières et pétrolières, les institutions régionales sous influence et les nouvelles classes dominantes ont fait la peau au panafricanisme.

*

Dans un autre registre encore. La révolution sexuelle. Kollontaï, Reich, Marcuse… Même pour ceux qui ne les avaient pas lus, n'avaient même jamais entendu parler de systèmes sociaux, d'idéologies, d'économie sexuelle, un vent avait soufflé sur les vêtements froids du couple, du mariage, de la fidélité (à l'époux surtout), un cri avait pris des formes multiples en art et en littérature, dans le cinéma, dans la critique sociale, dans les vies de tous les jours, un grand cri qui venait des hippies et des révolutionnaires, espèces criardes par nature, de la femme au foyer comme de l'ouvrier, espèces qu'on croyait muettes. Ferré chantait *Faites l'amour*. Depestre invitait « les femmes à tromper leurs époux jusqu'à l'aube ». Dona Flor en avait deux, de maris, pour doubler le plaisir, et Tereza Batista[1], maîtresse de son corps et de son désir conduit la lutte du peuple contre la maladie et l'injustice. Ferrat chante *On ne voit pas le temps passer*, Juliette Greco, *Je suis comme je suis*. Le lien est fait entre la répression subie par les masses, leurs conditions sociales et leur misère sexuelle. Penser la sexualité et la vivre hors de la logique de la reproduction, de la monogamie, de l'hétérosexualité comme norme, c'était des voies à explorer. Les droits n'en étaient qu'une partie qui n'épuisait pas les questions posées à l'ordre, au système. Mais tout cela a vite été réduit par un discours plus conformiste qu'il n'y paraît à une simple affaire de droits et de « santé sexuelle ». Droit à l'avortement, au mariage homosexuel, des conquêtes certainement, mais aussi… à l'enfant (des couples occidentaux partent le satisfaire dans les pays pauvres), à un essentialisme qui oppose la femme et l'homme, à des formes de démonisation du désir qui feraient de l'anorexie une victoire de l'hygiène alimentaire, à des milliers d'Emma Bovary qui n'ont même pas l'amitié d'un Flaubert… Dans la consommation comme l'abstinence, la misère sexuelle, pour les riches comme pour les pauvres, de la famille royale d'Angleterre, aux prostituées d'Europe de l'Est, aux gamines des bidonvilles d'un monde *lumpénisé*, violées par leurs proches et les gangs.

*

Vœu pieu de qui n'est pas croyant ? Oser relancer une pensée critique, forte, radicale, appelée à être minoritaire dans un premier temps qui peut durer longtemps. Et l'amour, bien sûr. Revenir au « c'est à partir de toi que j'ai dit oui au monde » qui fait qu'un(e) autre, libre, matière concrète, renouvelle le rêve d'un lien avec les autres.

---

1. *Dona Flor et ses deux maris* et *Teresa Batista*, romans de Jorge Amado.

VASSILIS VASSILIKOS

Rencontre avec le soleil

Traduit du grec par François-Michel Durazzo

Μουσικοί σ' ένα παραθαλάσσιο κέντρο

Κάποτε ξεκίνησαν κι αυτοί με όνειρα μεγάλα:
να παίξουν Μότσαρτ, Μπετόβεν, Σοπέν
σε αμφιθέατρα, κατάμεστα από κόσμο,
την επομένη να διαβάζουν κριτικές
για το ταλέντο τους. Και άλλα.

Τώρα, τι κι αν ξέπεσαν σ' αυτό
το φτωχικό, παραθαλάσσιο κέντρο,
με μια φτηνή τζαζ, ξενυχτώντας
πάνω από ταμπούρλα, τραγουδώντας
τα τραγουδάκια της εποχής
– στο πιάνο μια γριά-φώκια τούς συνοδεύει –
τι κι αν μένουν μετά τη μία να τους ακούν
οι άδειες καρέκλες, τα άδεια τραπέζια
τ' αδιάφορα νυσταγμένα γκαρσόνια…

Υπάρχει πάντα η θάλασσα να δέχεται
ακούραστα, τα κουρασμένα όνειρά τους.

Musiciens dans une station balnéaire

Eux aussi ont un jour fait de grands rêves :
jouer Mozart, Beethoven, Chopin
dans des auditoriums bondés de monde,
lire le lendemain les critiques
parler de leur talent. Entre autres.

Et si, maintenant, ils ont échoué dans ce
lieu humble, une station balnéaire,
eux et leur jazz bon marché, s'ils passent la nuit
sur des percussions à chanter
les chansons de saison
– un vieux phoque au piano les accompagne –
et si ne restent après une heure du matin
pour les écouter que les chaises vides, les tables vides
et d'indifférents serveurs ensommeillés…

Il y a toujours la mer pour recevoir
inépuisablement leurs rêves épuisés.

Στον Λ. Λ.

Ήξερα πως σε βασάνισαν.
Δεν ήξερα το πώς.
Σήμερα το έμαθα
από την « Ελεύθερη Ελλάδα ».

Τα ρούχα, Λέοντα.
των εργατών στους θάμνους,
οι ψαράδες και τα ψαρέματα,
μαρτυρούσαν…

Pour L. L.

Je savais qu'ils t'avaient torturé.
Je ne savais pas comment.
Je l'ai appris aujourd'hui
en écoutant *La Grèce libre*.

Les vêtements, Léon.
des ouvriers dans les buissons,
les pêcheurs et leur pêche,
ont témoigné…

Αυτό είναι ένα ακόμα γράμμα
χωρίς αποστολέα,
δεν έχω διεύθυνση.
Ακόμα ένα ποίημα
δίχως παραλήπτη,
δεν ξέρω πού βρίσκεσαι,
πώς είσαι.

Αλλά να σου τραβούν τα μουστάκια,
να σε χτυπούν στα μαλακά
με σιδεροσωλήνες,
να σε έχουν στη φάλαγγα,
και να σε βρέχουν
για να μη λιποθυμήσεις,
να 'ναι έτοιμοι κάθε στιγμή
ν' ασελγήσουνε πάνω σου,
όλα αυτά, όλοι αυτοί,
μου έφεραν το αίμα στο κεφάλι,
ενώ εσύ πάσχεις πια,
καθώς λέει το ραπόρτο,
από αιματουρία.

Γυάλες θολών ψαριών,
ένα ηλεκτρικό που τ' ανιχνεύει,
η δυσκολία της αναπνοής,
η έλλειψη του οξυγόνου,
αύριο θ' αλλάξουμε νερό,
και μαζί, Λέοντα,
θα υποταχτούμε
στον αστερισμό των Διδύμων.

Voici une lettre de plus
sans expéditeur,
je n'ai pas l'adresse.
Un poème de plus
sans destinataire,
je ne sais pas où tu es,
comment tu vas.

Mais qu'ils te tirent la moustache,
qu'ils frappent tes chairs tendres
avec des tubes de fer,
qu'ils te soumettent à la *falaka*,
et qu'ils t'arrosent
de peur que tu défailles,
qu'ils soient à tout instant prêts
à te violer,
tout cela, tous ces gens,
m'ont fait monter le sang à la tête,
pendant que désormais tu souffres,
aux dires du rapport,
d'hématurie.

Des aquariums de poissons troubles
que scrute un spot,
la difficulté de respirer,
le manque d'oxygène,
demain nous changerons l'eau,
et ensemble, Léon,
nous nous soumettrons
à la constellation des Gémeaux.

Isola di Elba

1. Θέλω να πω, είναι ο ήλιος της εξορίας. « Γράψε μου ένα ποίημα. » Θέλω να πω... Νυχτώνει.
Με βλέφαρα κλειστά αναλογίζομαι τι κάνει εκείνη η ελιά, ο βράχος εκείνος, τα πεύκα εκείνα, η θάλασσα εκείνη η διάφανη σαν άλλος ουρανός. Όλα μοιάζουν και τίποτα δεν είναι το ίδιο.

2. Σε βρήκα μέσα μου,
ελιά πικρή της πατρίδας,
πυρήνα της ύπαρξης

Île d'Elbe

1. Je veux dire, le soleil de l'exil est difficile. « Écris-moi un poème. » Je veux dire... La nuit tombe.
Paupières closes, je songe à ce que font là cet olivier, ce rocher, ces pins, cette mer diaphane comme un autre ciel. Tout se ressemble et rien n'est pareil.

2. Je t'ai trouvée en moi,
olive amère de ma patrie,
que la mouche dévore.

που ο δάκος σε κατατρώγει.
Κι ολόκληρος γέμισα φως
γι' αυτές τις ελπιστικές
μέρες του καλοκαιριού
όπου ψάχνω να σε βρω
πάνω στην ίδια παράλληλο
αυτού του πλανήτη,
σε άλλο στίγμα.

3. Ακριβή ζυγαριά της δικαιοσύνης.
Θερινό ηλιοστάσιο.
Από δω το φως,
από κει το σκοτάδι.

Τ' αμαρτήματα πολλά,
μα κι ο χρυσός το ίδιο.
Το μόνο που ξέρει κανείς
με μαθηματική ακρίβεια
πως οι μέρες που θα 'ρθούν
θα δικαιώσουν το σκοτάδι.

4. Ο ήλιος κι η θάλασσα
χωρίσανε για λίγο.
Εκείνος έγειρε να κοιμηθεί.
Εκείνη ξάπλωσε να τον περιμένει.

Το βράδυ είδε όνειρα:
χιλιάδες μικρούς ήλιους
που δεν έκαιγαν, σαν άστρα
καρφωμένα στο στερέωμα.

Το άλλο πρωί ξανάσμιξαν,
μα δεν ήταν το ίδιο πια,
γιατί στο μεταξύ
ολόκληρη η γη,
που περιέχει τις θάλασσες,
είχε μετατοπιστεί
πάνω στην τροχιά της.

noyau d'existence
Et je me suis empli tout entier de lumière
en vue de ces journées d'été
désespérées
où je cherche à te retrouver
sur le même parallèle
de cette planète
dans une autre position.

3. Précise balance de la justice.
Solstice d'été.
Ici, la lumière,
Là, les ténèbres.

Les crimes sont nombreux,
comme l'or lui-même.
La seule chose que l'on sache
avec une précision mathématique
c'est que les jours à venir
justifieront les ténèbres.

4. Le soleil et la mer
se sont brièvement séparés.
Lui s'est couché pour dormir.
Elle s'est allongée pour l'attendre.

Au soir, il a vu en rêve
des milliers de petits soleils
qui ne réchauffaient pas, comme des étoiles
clouées au firmament.

Le lendemain matin, ils se sont retrouvés,
Mais ce n'était plus pareil,
car dans l'intervalle
la terre entière,
entourée de mers,
avait changé de position
sur son orbite.

Πίνοντας ούζο Σαν Ριβάλ

Πίνοντας ούζο Σαν Ριβάλ
θυμήθηκα
αρχαία χωράφια,
φράσεις μισοτελειωμένες
από ελιές και παστουρμά,

Buvant de l'ouzo Sans Rival

Buvant de l'ouzo Sans Rival,
je me suis souvenu
d'anciennes terres,
de phrases inachevées
au goût d'olives et de pastrami,

με λίγο τυρί απ'την Κύνθο.
Τη μυρωδιά μες στο υπόγειο
και το κλειδί του καμπινέ
στα χέρια πάντα του ιδιοκτήτη.
Το Στράτο, τον Προκόπη, τον Κωστή
τον Βάγια απ' την Κοζάνη
που ήθελε στην πρωτεύουσα
να γίνει σκηνοθέτης.
Τους φίλους μου που δεν μπορούν να πιούν,
κι άλλους που πίνουν τώρα δίχως εμένα.

Και τα θυμήθηκα όλα αυτά
σαν ένα ποίημα του Καβάφη σε μετάφραση,
όταν σου λείπει το πρωτότυπο,
όταν, μη μπορώντας ν' αντέξεις
άλλο την αψάδα της μνήμης,
βάζεις πολύ νερό, βάζεις και πάγο,
και πίνεις πιά ένα υγρό,
άσπρο, νοσταλγικό και πράο.

avec un peu de fromage du Kynthos.
De l'odeur de la cave,
et de la clé des cabinets,
toujours entre les mains du propriétaire.
De Stratos, de Prokopis, de Kosti,
de Vagia, de Kozani
qui voulait aller à la capitale
pour devenir réalisateur.
De mes amis qui ne peuvent pas boire,
et d'autres qui en ce moment boivent sans moi.

Et je me suis souvenu de tout cela
comme d'un poème de Cavafy en traduction,
quand l'original te fait défaut,
quand, ne pouvant résister
une fois de plus à l'acidité de la mémoire,
tu mets beaucoup d'eau, tu mets aussi de la glace
et tu bois un liquide,
blanc, nostalgique et doux.

Lire Vassilis Vassilikos

PAR COSTA-GAVRAS

Vassilis est, en Grèce, essentiellement connu comme romancier, et ce n'est qu'après la chute des colonels que ses poèmes, composés à l'étranger, ont paru dans un premier volume. Cette poésie, à l'origine pleine d'élan et de soif de résistance à la brutalité de la dictature, s'est peu à peu décantée jusqu'à perdre au fil des ans son acidité première pour se faire plus lyrique, plus nostalgique, plus pure.

Traduite en italien et en espagnol, elle est presque inconnue dans son propre pays. Et pourtant un grand nombre de ses romans s'enracine dans la poésie. Depuis son premier livre, *Le Récit de Jason*, la nouvelle « L'Ange », ou la partie lyrique de *Z* (« Un train siffle dans la nuit »), jusqu'à récemment *Journal de Thassos*, la poésie imprègne toute sa prose.

J'espère que la très fidèle et heureuse traduction française de François-Michel Durazzo recevra en France l'accueil qu'elle mérite. Et je souhaite de tout cœur à Vassilis de connaître, dans la troisième période où il se trouve aujourd'hui, une troisième production poétique qui refermera le dieu trinitaire de l'écriture : poésie – prose – poème en prose.

Extrait d'une préface inédite.

ELENA PONIATOWSKA

LA COMMISSION

Traduit de l'espagnol (Mexique)
par Rafael Tobar

Martin, je suis venue, et tu n'es pas là. Je me suis assise sur le perron de ta maison, adossée contre ta porte, et j'imagine que quelque part dans la ville, par une onde qui traverse l'air, tu dois pressentir que je suis ici. Voici ton petit bout de jardin ; ton mimosa se penche au-dehors et les enfants lors de leur passage lui arrachent les tiges à portée de main… Dans la terre, plantées autour du mur, j'aperçois des fleurs très rectilignes et sérieuses dont les pétales sont acérés. Elles sont bleu marine, pareilles à des soldats. Elles sont très sérieuses, très droites. Toi aussi tu es un soldat. Tu avances dans la vie, un, deux, un, deux… Tout ton jardin est vigoureux, à ton image, il possède une vigueur qui inspire confiance.

Me voici ici, le dos appuyé contre le mur de ta maison, de même que je m'appuie parfois contre le rempart de ton dos. Le soleil brille aussi contre la vitre de ta fenêtre et décline peu à peu car il est déjà tard. Le ciel paré d'une couleur rougeoyante a réchauffé ton chèvrefeuille et son odeur devient de plus en plus pénétrante. C'est la tombée du jour. Ta voisine passe. J'ignore si elle m'a vue. Elle va arroser son petit bout de jardin. Dans mon souvenir, elle t'apporte une soupe de nouilles lorsque tu es malade et sa fille te fait des piqûres… Je pense à toi très lentement, comme si j'esquissais tes contours au fond de moi-même pour que tu y restes gravé dans ma mémoire. J'aimerais avoir la certitude de te voir demain, après-demain, et pour toujours dans une suite ininterrompue de jours ; la certitude de pouvoir te regarder lentement, bien que je connaisse chaque parcelle de ton visage ; la certitude que rien entre nous n'ait été éphémère et fortuit.

Je suis penchée sur une feuille de papier tandis que je t'écris tout cela et je pense à présent à une rue où tu marches d'un pas pressé, déterminé comme tu en as l'habitude, dans l'une de ces rues où je t'imagine toujours : Donceles et 5 de Febrero ou Venustiano Carranza, sur l'un de ces monotones trottoirs gris uniquement fissurés par le grouillement des gens qui vont prendre l'autobus, sache au fond de toi-même que je t'attends. Je suis simplement venue te dire que je t'aime et comme tu n'es pas là, je te l'écris. Je ne peux presque plus écrire car le soleil s'est couché et je ne sais pas très bien au juste ce que je t'écris. Dehors, davantage d'enfants viennent en courant. Et une dame qui tient à la main une casserole prévient d'un air fâché : « Ne tire pas sur ma main car je vais renverser du lait… » Ensuite, je pose ce crayon à papier, Martin, puis je laisse la feuille quadrillée et je laisse mes bras pendre vainement le long de mon corps, et je t'attends. J'imagine que j'aurais aimé t'enlacer. Parfois, j'aimerais être plus âgée car la jeunesse porte en elle le besoin impérieux, irrésistible de tout rattacher à l'amour.

Un chien aboie ; il aboie agressivement. Je pense qu'il est temps pour moi de m'en aller. D'ici peu, la voisine viendra pour allumer la lumière chez toi ; elle dispose du trousseau de clés et allumera le projecteur de la chambre qui donne vers le dehors car dans ce quartier, on attaque beaucoup à main armée, et on vole beaucoup. Les pauvres se font beaucoup voler, et se volent entre eux… Tu sais, depuis mon enfance, je me suis assise de cette façon pour attendre, j'ai toujours été docile, car je t'attendais. Je t'attendais. Je sais bien que toutes les femmes sont dans l'attente. Elles sont dans l'attente de leur vie future, toutes ces images façonnées dans la solitude, toute cette frondaison qui avance dans leur direction ; toute cette immense promesse qui s'appelle l'homme ; une grenade qui soudain éclot et dévoile ses grains rouges, brillants : une grenade pareille à une bouche pulpeuse aux milles arilles. Plus tard, ces heures vécues de manière imaginaire, devenues de vraies heures devront acquérir vigueur, ampleur et rudesse. Nous sommes tous – ô mon amour – tellement chargés de portraits spirituels, tellement chargés de paysages non vécus.

La nuit est tombée et je ne distingue presque plus ce que je suis en train de griffonner sur la feuille quadrillée. Je ne perçois plus les lettres. À l'endroit où tu ne comprendras pas dans les espaces blancs, dans les marges, écris : « Je t'aime. » J'ignore si je vais glisser cette feuille dessous la porte, je ne sais pas. Tu m'as donné un tel respect pour toi-même. Maintenant que je m'en vais, passe juste demander à la voisine qu'elle te fasse la commission ; qu'elle te dise que je suis venue.

ROBERT COLONNA D'ISTRIA

P. L. A. = E

Grandes illusions, grandes espérances, espoirs immenses : je suis perdu. Non noyé dans l'océan de ce à quoi j'aspire – pour mon avenir, pêle-mêle, j'attends épanouissement de ma personnalité, réalisation d'une œuvre (c'est-à-dire pouvoir simplement exprimer ce qui est en moi, sans avoir à me soucier ni de l'opinion des autres ni de questions alimentaires), affection (enrichissante et protectrice) de mes proches et pour mes proches, tranquillité, paix du corps et de l'esprit, etc. ; j'aspire, s'il fallait résumer tout cela d'un mot, à une vie simplement en harmonie avec les autres, avec la nature, avec l'art – quelques films, des livres, des rencontres ; autrement dit, j'attends d'être heureux, mais discrètement heureux, pour ne pas être grisé par cette notion et ne pas susciter de jalousie… Tout cela, à quoi j'aspire, que je rêve, espère, est, à mes yeux, débarrassé d'ambition, exempt de préoccupations politiques, le maximum de ce qu'on peut attendre sur la terre. Une vie tranquille, une chaleur aimable – comme le monde méditerranéen en procure de longs mois par an –, parfois rompue par une petite pluie fine, des fruits de saison, simples et savoureux, des bons copains, avec qui bavarder, de la pluie, justement, du temps qu'il fait, du temps qui passe, de rien, pour le plaisir de bavarder.

Pourquoi, alors, suis-je perdu ? Pour la raison qu'imaginant ces hypothèses idéales – j'aurais pu en formuler mille autres, dix mille autres, sur le même registre de moments paisibles –, je ne sais toujours pas de quoi je parle. Suis-je en train de me nourrir d'illusions – de songes, d'équilibrer la vie insatisfaisante par une vie parfaite, mais inexistante, théorique, imaginaire ? Suis-je en train de donner forme à un espoir, à une réalité tangible, concrète, un projet à bâtir, un combat à mener ? Ou bien, inguérissable rêveur, chroniquement, pathologiquement hors du temps et des réalités, mais soucieux tout de même d'agir sur le temps et la réalité, suis-je en train, de candide manière, de faire naître de grandes espérances ? Je ne sais pas. Cette ignorance me tarabuste.

La pensée chrétienne – cette pensée m'a nourri, sans supposer l'adhésion à quelque dogme, elle a construit mon univers comme la langue que je parle me rattache au monde latin, sans qu'il s'agisse d'un acte de foi : c'est un fait –, la pensée chrétienne – au risque de la simplifier jusqu'à la caricature – brosse du monde un tableau assez simple : ça va mal, mais avec un peu d'application, de persévérance, ça peut s'arranger et même aller très bien.

Le monde, assure la pensée chrétienne, est entre les mains d'un prince redoutable, intelligent et habile, rusé, puissant, tentateur, le Malin. Par bonheur, l'homme est libre de lui échapper. De sortir de ses griffes, de préférer autre chose, de s'élever. L'espérance est là, dans l'espoir – le rêve, l'illusion – que le règne du Malin n'est pas une fatalité. Qu'on peut non seulement y échapper, mais créer un monde juste et bon, et garantir aux hommes la justice et l'harmonie. Trois moyens – trois énormes machines, merveilleuses, prodigieuses – sont à la disposition de qui veut faire triompher les lumières sur les ténèbres : la poésie, la liberté, l'amour. P. L. A., s'il fallait réduire ces notions à leurs initiales : le programme d'une vie.

J'en étais là de mes cogitations, quand une expression peinte au pochoir s'est mise à fleurir sur les murs et les trottoirs de ma ville, multipliée à l'infini : l'espoir est un piège. Les premiers jours, j'ai trouvé cette formule bien sombre, pareille à une instruction d'un régime orwellien, « n'espérez rien », « ne croyez à rien » – j'en éprouvais de l'accablement. Voilà quelqu'un, pensais-je, qui non content de voir tout en noir, enjoignait à ses congénères de n'espérer aucune amélioration à leur situation – sous peine d'être pris dans un piège. Ne surtout pas croire, affirmait ce graffiteur, que la situation pourra s'éclairer, s'améliorer jamais. Je trouvais cela non seulement plat, faux – l'espoir existe, utile auxiliaire de l'existence –, mais démoralisant, donc vain, et peut-être même méchant : n'a-t-on pas besoin, quand on avance, à pied ou à bicyclette, sur une route, dans la vie, de regarder un peu loin, pour trouver son équilibre ? N'est-ce pas, cette façon de regarder loin, une forme de l'espoir ? Une manière de garder la tête hors de l'eau, de voir un peu de lumière les jours de petit moral, de conserver son allure ? Percevoir cet espoir comme une chausse-trape, un traquenard, voilà qui me semblait non seulement une erreur, mais comme une tromperie, une malhonnêteté.

Le temps passant, je me suis aperçu qu'en réalité, moi-même vivais ainsi, m'attendant toujours sinon au pire, du moins à ce que ma situation ne connaisse pas d'amélioration substantielle : c'était une manière de ne pas être déçu de ce qui pourrait arriver. Je me suis aperçu que ce qui me choquait comme une injonction générale, universelle, valable pour tout le monde, était en fait une très utile règle de vie personnelle. Pas d'espoir, pas d'illusions, pas de rêves naïfs : voir la réalité telle qu'elle est, éventuellement sombre ou difficile, voilà la seule façon de ne pas être déçu, donc entraîné vers des situations psychologiques douloureuses. Les optimistes, imbéciles heureux, les pessimistes, imbéciles malheureux : deux catégories également inutiles. Car si l'espoir est un piège, le désespoir en est un autre, symétrique, paralysant.

Camus, m'a-t-on dit, avait écrit la même chose : c'est l'espoir qui provoque le malheur. Sans doute estimait-il l'espoir trompeur, menteur, laissant entrevoir des promesses impossibles à tenir. Une forme de piège. À sa façon laconique, mon anonyme graffiteur devait être un peu philosophe sur les bords.

C'est la leçon des *Grandes Espérances* de Dickens : obsédée par une histoire, d'amour dans son cas, qui n'avait jamais existé, Miss Havisham, celle qu'elle était vraiment, se laisse dominer – envahir – par celle qu'elle n'avait jamais été… L'espérance, dans ce cas est bien un piège.

Approfondissant mes réflexions, j'ai rencontré Simone Weil. « La grande énigme de la vie humaine, suggère-t-elle, ce n'est pas la souffrance, c'est le malheur. » Tout est là. Dans cette formule qui invite à s'élever. Qu'est-ce que l'espoir – quelque acception qu'on donne à ce mot – sinon, en définitive, l'aspiration à un état débarrassé de douleur ? Souvent, on espère écarter la souffrance – c'est la grande promesse, en partie tenue, du monde contemporain –, et on se retrouve dans une situation un peu plus confortable, un peu plus douillette, un peu plus sûre sur le plan matériel, mais, dans les tréfonds de son âme, toujours aussi malheureux – voire un peu plus malheureux. Pour la raison que le malheur est une énigme, qui ne saurait dépendre – ou dépendre – de conditions matérielles. Ce qu'après-guerre, à sa façon, avait observé Wilhelm Reich dans *Écoute, petit homme !* où il s'adressait à l'homme moyen de son temps, héritier d'un passé atroce, qui avait commencé à assumer le gouvernement de la Terre : « Peu à peu et en tâtonnant, j'ai découvert ce qui faisait de toi un esclave ! Tu es ton propre argousin. Tu es le seul et unique responsable de ton esclavage. Toi et personne d'autre ! » Où est le malheur ? De quoi dépend-il ? Quelles formes prend-il ? C'est un mystère de la condition humaine, qui fait les délices des psychologues, psychanalystes, romanciers, de tous ceux qui font profession de s'occuper de l'âme humaine, pour la soulager.

Poésie, liberté, amour, la solution est bien là, en soi. C'est là que se trouvent pêle-mêle lumière, bonheur, sens de la vie. Poésie : la joie de la création, l'élévation de l'esprit, l'amour du beau. Liberté : pour ne pas devenir le matricule à quoi les époques les unes après les autres rêvent de réduire les hommes ; pour ne pas se laisser envahir par la foi dans les choses matérielles, source de déceptions. Amour : pour faire des autres non un enfer sartrien, mais le secret de la vie, du bonheur, la clef de la générosité, une réalité radieuse, nouvelle, fertile, clef de la joie du monde.

De Tahiti, Henri Matisse dira : « La lumière du Pacifique, des îles, est un gobelet d'or profond dans lequel on regarde. » On doit pouvoir, si on accède par ces trois portes d'entrée, poésie, liberté, amour, écrire la même chose de l'espérance : elle éblouit, comble, nourrit, émerveille, suffit à tout. Un gobelet d'or profond.

JEAN-PIERRE POINAS

DODÉCAVALE

Tout était compté, surtout les heures, et Pierre comptait les pieds des alexandrins.

Très vite il avait appris à les repérer dans la parole des autres, de même qu'au hasard de ses propres pensées. Ce n'était parfois qu'un hémistiche, par bonheur quelquefois deux. Aucun ne quittait sa mémoire. Chaque nuit, il se les répétait dans le silence touffu du dortoir, arrêté soudain par l'imminence d'en jouir, de cette inéluctable pulsation langagière. Leur enchaînement n'avait pourtant aucun sens.

Une terreur muette régnait dans ce lycée de la vallée de l'Arve où se mêlaient des gosses de paysans et de décolleteurs, voire des fils de notables en période de dressage. Celui qu'on appelait « le patron » guettait, surgissait et frappait. À l'heure du coucher, il avait saisi Pierre au col de son pyjama et choisi l'angle vif de deux murs, propre à fendre son crâne en deux parts égales.

Pierre avait découvert les alexandrins en apprenant la mort d'Hyppolite. Il fut indifférent aux mauvaises rimes, ne s'intéressa qu'au nombre de pieds.

J'ai vu, seigneur, j'ai vu votre malheureux fils
Traîné par les chevaux que sa main a nourris.
Il veut les rappeler, et sa voix les effraie ;
Ils courent : tout son corps n'est bientôt qu'une plaie.

Par quelle ruse le dernier mot faisait-il l'appoint – ni trop long, ni trop court ? La vie intérieure de Pierre ne fut dès lors qu'une scansion de dodécasyllabes qu'il proférait *in petto* avec un imperceptible balancement de tête. C'est ainsi qu'il bâtit son abri, alignant des barreaux phonétiques dans la prison interminable du temps.

Comme chaque soir, les internes se rassemblèrent au pied des escaliers montant à l'étude. Pierre prit place au dernier rang et quand ils s'ébranlèrent, s'esquiva dans un angle mort. Une haie cacha sa course. Il enjamba un mur, se terra dans les WC publics et quitta Bonneville à vélo. Il se glissa dans la Suisse avec une escouade de cyclistes transfrontaliers. À Bâle, il eut à peu près la même chance pour entrer en Allemagne. Il oublia Racine et les hémistiches du collège. Dans son exil linguistique, il n'entendait plus que la vocalisation intime de ses dodécasyllabes. Il articulait chaque pied, découplait des diérèses pour faire le compte, n'escamotait aucun *e* muet qui ne fût en bout de ligne, mais ignorait la rime autant que l'inanité de cette psalmodie.

Un camionneur taiseux le chargea pour Hanovre. Il dormit au marché de gros, mangea trois bananes trop mûres et gagna Hambourg. Au port, il reçut un Wurstbrot des mains d'un blouson noir. Il vit son premier mort. Des marins le gaffaient au pied des coques.

Pierre traversa le Schleswig-Holstein et franchit une troisième frontière sans prêter attention aux douaniers. Il n'avait aucune idée de la forme du Danemark. Il se procura une carte et leva le pouce en direction du nord. Ce qu'il voulait, c'était le cap, le cap Nord. Il parvint à acheter une boîte de flocons d'avoine, s'enquit d'une bouteille de lait qui valait si peu qu'il n'eut rien payer. Il prit l'habitude de se nourrir en tétant la potée d'avoine au goulot.

À Flensburg, quelques alexandrins rimèrent. Pierre ne dressa pas l'oreille. À Silkeborg, à nouveau ça rima. Deux séries discontinues se firent écho. Un mot en ressuscita un autre, un mot que Pierre aurait pu oublier, évadé soudain du rang des syllabes. Pierre en perçut le pouvoir, la puissance d'évocation, la capacité de féconder à son tour, de ramener tant d'autres à la vie. Il s'endormit à l'arrière d'une Volkswagen et rêva qu'il avait tué un dragon. Il paradait devant son père en lâchant les rênes de ses chevaux.

C'était une seconde évasion, mais plus heureuse que la première, malgré le courage dont il avait fait preuve depuis qu'il avait fui la vallée de l'Arve et la chance qui, de frontière en frontière, lui avait souri.

Pierre monta jusqu'à la pointe du Jutland, croyant qu'il suffisait de marcher toujours vers le nord pour atteindre le cap, sans se soucier de la mer qui séparait le Danemark de la péninsule scandinave. Il se nourrissait toujours d'avoine et de lait, dormait n'importe où, demandait son chemin en montrant sa carte, le plus souvent à des jeunes filles qui logeaient leur tête contre son épaule en faisant courir leurs doigts transparents sur des routes de couleurs. Quand il parvint à la pointe de Grenen, il comprit sa méprise, en fut désappointé, mais reçut comme une grâce la conscience de sa finitude. Il chanta le vent du nord, ses traces sur le sable, l'abolition du relief, l'embrassement des vagues courant les unes vers les autres du Skagerrak et du Kattegat. Il s'assit quand il put toucher les deux mers à la fois, choisit un caillou noir et poli, écrivit sur le sable son bonheur d'être libre et mortel, sans plus compter les pieds, sans rien compter du tout.

ZÉNO BIANU

Balade électrique

en songeant
au rouleau originel
de Jack Kerouac

tu avances
sur ton ruban de
vie
tu viens
à même le flux du vivant

un seul paragraphe
à la vitesse de la
vraie vie
crépitant
dans la lumière survoltée

tu avances
avec *les furieux du salut*
plus loin que les ravins de la
mort
vers les eaux tranquilles
par-delà les nuées
égarantes

vivre
chaque instant
en s'immergeant
à la source des étincelles
arrêter le monde

tu descends
descends
descends
au cœur de l'écorce

c'est
une confiance inouïe

all the ghosts are dead
seul le tempo de ta respiration
seul le tempo de ton
implosion

vivre
chaque instant
pour que le frémissement
frémisse

célébration
célébration
célébration
de l'extrême lenteur

chacun de tes mots
est une pierre à magie

vivre
chaque instant
en s'immergeant
à la source des étincelles

tu avances
là où les morts n'ont plus prise
par des chemins de néon
entrelacés
par des villes aux larmes nacrées

vie et mort c'est tout un
all the ghosts are dead

vivre
chaque instant
pour que le frémissement
frémisse

c'est
le message secret
du souffle

ce souffle chaud
qui maintenant te traverse
parfois la route est bonne
parfois la route est mauvaise

tu avances
avec toutes tes vies
avec tous tes visages
nul n'a brouillé les
indices

vivre
chaque instant
en mourant sa vie
en vivant sa mort

il n'y a plus
de labyrinthe
la vie est un bol de cerises juteuses
des gisements de silence
la sève ouverte du feu
la chair sucrée de la Voie lactée

vivre chaque instant
dans le secret tremblé
des nerfs

tu la connais cette nuit
autant d'âmes
qu'il existe d'étoiles
le ciel roule à travers toi
tourne la toupie du monde

les limites se déchirent
l'impossible vient se blottir
dans ta gorge
tu prêtes
enfin
attention à la splendeur

ta vision devient tactile
tu emmènes
amoureusement
les mondes
avec toi
vers le bleu rubis
vers le rouge outremer

déferlement scintillant
invocation
de celui qui
glisse
en vertige tendu
au fond de lui-même

invocation
du visage des étoiles
invocation
ininterrompue
de la voix si vive
du très vif

laisse fredonner l'intensité
laisse
fredonner la
spirale nocturne

laisse-la monter
toujours plus avant

laisse
le chant de la nuit poreuse
battre dans tes veines

démesure
du souffle
insondable et précis

tu descends plus loin
par fulgurances
immobiles

tu t'ouvres tant
que la lumière
te traverse

vivre
chaque instant
pour que le ressenti
pressente

vivre
chaque instant
pour s'accorder à
l'amplitude

pour pousser
l'esprit
en-deçà des mots

laissant le vent
du poème
fuser
sans artifice

vivre
chaque instant
jusqu'au fond du
sang

laissant le vent
du poème
nous retourner
les yeux

pour trouver
celui qui voit
sous le soleil
de la conscience

l'infini présent
au ras de
l'expérience

vivre
chaque instant
pour déployer
ton élégance intérieure

au cœur de ce vertige
unique
que rien
ne saurait assagir

oubliant
tout
ce que tu sais

te
laissant habiter
tout entier par
l'écorce

vivre
chaque instant
pour accélérer le
vivant

te laissant
éprouver ressentir
jusqu'aux os

voyez
pas de
beauté possible
sans silence

vivre
chaque instant
inaccessiblement

dans
une vigilance
fraîche

vivre
chaque instant
pour volatiliser
ton personnage

pas de beauté
sans ce glissement
doré

sans
cette lenteur
fusante

jusqu'à
s'imprégner
de la rosée des nuages

vivre
chaque instant
dans le vibrant du vif

où
chaque seconde
se recueille
en errance libertaire

vivre
chaque instant
pour ne faire qu'un
avec l'imprévisible

Résister avec Irina Ratouchinskaïa

PAR FRANÇOISE LESOURD

Irina Ratouchinskaïa, née en 1954, a passé plusieurs années en détention (de septembre 1982 à décembre 1986) pour avoir diffusé ses poèmes en samizdat, dénoncé ouvertement la relégation d'Andreï Sakharov à Gorki et la guerre en Afghanistan. Deux ouvrages traduits en français – un témoignage sur ses années de prison et de camp, *Grise est la couleur de l'espoir* et un recueil de poèmes, *Au pays des gares pensives*[1] – donnent la mesure de ce que signifiait l'opposition politique (au sens large) dans la période historique qui s'étend de l'ère Brejnev au début des années Gorbatchev, c'est-à-dire quand une nouvelle vague de répressions sembla pouvoir enrayer la déliquescence, en fait inéluctable, du régime soviétique.

Il faut lire ou relire *Grise est la couleur de l'espoir* et *Au pays des gares pensives*, d'abord pour se souvenir de l'exploit que représentait à l'époque ce refus du mensonge systématique, de l'abrutissement servile, de l'arbitraire bureaucratique. Exploit d'autant plus remarquable qu'il était celui d'une toute jeune femme, restée inflexible malgré tous les sévices, les grèves de la faim répétées et les séjours prolongés au cachot, dans des conditions que personne ne pouvait décrire valablement, sinon celle qui les avait vécues. Installée en Occident peu après sa sortie de camp, rentrée en Russie en 1998, Irina Ratouchinskaïa est morte d'un cancer en 2017, et on peut supposer que les épreuves subies n'ont pas été étrangères à cette fin précoce. S'il faut la (re)lire aujourd'hui, c'est aussi parce qu'à l'heure actuelle, il peut sembler que les souffrances, les efforts héroïques de tous ces résistants aient été vains. Le régime qu'ils combattaient (soviétique ou autoritaire, peu importe) s'est reconstitué, avec une force nouvelle. Irina Ratouchinskaïa affirmait, s'adressant aux larbins soviétiques : « Mais surtout, avec chaque génération, nous qui n'avons pas peur sommes de plus en plus nombreux et ce sera votre fin ! » Elle se trompait. Quelques décennies plus tard, on le constate, le système d'abrutissement et d'oppression est de nouveau en place. Mais ce qui est profondément nouveau, c'est que les conditions historiques actuelles – la guerre en Ukraine, le courage des Ukrainiens – le font apparaître au grand jour dans tous ses vices, mais aussi dans son absurdité, son incohérence et finalement son impuissance.

Entre les années 1980 et l'époque actuelle, les échos sont nombreux. Ce n'est pas par hasard que le régime qui s'est installé peu à peu depuis de début des années 2000 est l'émanation de l'ancien KGB. Aujourd'hui comme autrefois, son arme principale est le mensonge. « Il n'y a pas de détenus politiques dans nos camps ! » entend dire Irina Ratouchinskaïa. Comme le nazisme,

1. Respectivement publiés chez Plon et Christian Bourgois en 1989.

le régime concentrationnaire évitait de se nommer : les camps n'existaient pas. À leur place, on inscrivait CF (Chemin de Fer), suivi d'un numéro désignant l'un des camps de Mordovie (la région de la Fédération de Russie où les camps étaient particulièrement nombreux). De même, en 2022, on ne nomme pas la guerre, on interdit l'usage même du mot. Le terme « opération », récemment resurgi, était caractéristique du KGB.

Contre le mensonge, l'arbitraire et l'oppression, la seule arme d'Irina Ratouchinskaïa et de ses pareils était l'information. Il fallait faire connaître leur combat hors des limites du camp, hors des frontières du pays. Et l'opinion internationale a joué son rôle dans les changements de la société russe. Mais aujourd'hui ? Alors que la nature criminelle du régime ne peut plus se dissimuler, la voix des opposants semble étrangement faible. Il est vrai que devant la sauvagerie de la répression, beaucoup ont préféré la fuite. Mais n'est-ce pas aussi qu'on écoute trop peu, à l'extérieur, la résistance russe ? Qu'on a tendance à ne pas donner assez d'audience à ceux qui refusent cette situation ? Que certains persistent à croire qu'en Russie comme dans les pays démocratiques la politique des dirigeants est, dans une certaine mesure au moins, l'expression d'un peuple ? Et qu'il se trouve même des Occidentaux pour renvoyer dos à dos Russes et Ukrainiens, ces derniers ayant osé répondre à la violence par la force ?

Si on se demande, en pensant aux dissidents des années 1980, « à quoi bon ces souffrances ? », ce n'est pas seulement parce que ce qu'ils ont combattu avec un succès provisoire était finalement prêt à renaître. On découvre aussi, après quelques mois de guerre en Ukraine, que ces systèmes (soviétique ou poutinien) sont par eux-mêmes inéluctablement voués à l'échec. On le sait, la perestroïka avait été engagée en dernier recours, pour tenter de sauver ce qui pouvait l'être du régime soviétique – après cette période de répression accrue que des gens comme Irina Ratouchinskaïa ont passée dans les camps.

Au témoignage des dissidents s'ajoute donc le constat que ces régimes sont sans ressources internes, incapables de produire des valeurs (ce qui ne les rend pas moins nuisibles). Ils nous enseignent que le totalitarisme (ou l'autoritarisme), en son fondement, exclut l'initiative, l'expression d'une individualité libre, et se voue ainsi (on l'a montré à maintes reprises) au registre du médiocre et de l'inefficace. Il reste un seul mobile, à tous les niveaux de responsabilité : la corruption. À quel point elle mine le système poutinien tout entier, le petit opuscule d'André Markowicz, *Et si l'Ukraine libérait la Russie ?*, le montre concrètement, de façon saisissante.

À cause de son fondement même – l'écrasement de l'individu –, ce système ne peut rien produire de grand – ce qui ne le rend pas moins dangereux, lorsqu'il se retrouve, une fois de plus, confronté à sa propre impuissance. Il faut également relire Cornelius Castoriadis : *Devant la guerre* (1981) est toujours aussi actuel. Cette « stratocratie » russe, ce régime qui n'existe qu'en vue de la guerre et par son armée, affichait une puissance qui finalement semble bien relever du mythe (à part l'arme nucléaire – et c'est peut-être par lucidité qu'elle est immédiatement évoquée par les responsables militaires).

En même temps, la médiocrité et l'absurdité institutionnalisées (que révèlent les sévices infligés aux détenus, dans les prisons et les camps soviétiques) condamnent ce système à renaître sans cesse, précisément parce qu'il élimine tous ceux qui pourraient faire advenir un autre type de société, une autre culture politique. Svetlana Alexievitch a particulièrement bien montré comment ce système porte en lui ce qui le destine à se reproduire indéfiniment.

Il y a évidemment d'autres causes à cet éternel retour : on le sait, le travail de mémoire n'a pas été mené à bien à la fin de la période soviétique, même si *L'Archipel du Goulag* est désormais au programme de l'enseignement secondaire russe. Irina Ratouchinskaïa était lucide sur ce point : « Notre zone est fermée à présent, mais ce n'est pas de sitôt qu'il y aura là-bas un mémorial. » Cette déficience de la mémoire collective a également été mise en évidence par Nicolas Werth dans *La Route de la Kolyma*. On le sait : l'immensité des répressions, l'intrication des destins – ceux des victimes et ceux des bourreaux – ont rendu les procès impossibles, dans les années 1990. Reste pourtant l'espoir d'un « Nuremberg russe », dont parle André Markowicz, ce « Nuremberg russe » si nécessaire et si difficile à imaginer, qui pourrait être l'effet salutaire d'un désastre russe en Ukraine, qui obligerait la société russe à se regarder en face, et à prendre réellement en compte les épreuves subies par une si grande partie de sa population.

Mais un autre point, qui touche au supra-historique, est à considérer. Ce pays incontrôlable à cause de son immensité, ce « trou perdu au fin fond du continent », selon l'expression de Nikolaï Fiodorov, relégué en dépit de tout sur les confins, reste, même à l'époque d'Internet, coupé de l'information réelle, isolé comme par une muraille de Chine. C'est aussi pour cette raison concrète que les gens simples, à l'écart des plus grandes villes, sont des proies faciles, sans défense, pour les mensonges du régime. D'où l'importance d'une résistance intérieure qui serait assez puissante pour les confronter à la réalité.

Plus que jamais, il faut donc lire Irina Ratouchinskaïa. La force de ses poèmes est restée intacte, d'autant plus que, finalement, leur cible n'a pas disparu, malgré les apparences. Ils portent en eux une vigueur liée à un esprit d'enfance conservé dans des conditions inhumaines, une attention aux plus humbles joies du quotidien, et tirent souvent leur inspiration de la fantaisie propre à la culture populaire. C'est ce qu'on a voulu mettre en valeur dans les poèmes inédits en français proposés ici.

Les œuvres d'Irina Ratouchinskaïa ne nous parlent pas seulement d'espoirs trompés. Aujourd'hui justement, son témoignage, son énergie indomptable, nous invitent à la résistance. Car, pour elle comme pour ceux qui l'entouraient, la motivation n'était pas la certitude de vaincre, mais l'affirmation de valeurs qui, jamais assurées d'un succès définitif, continuent de s'opposer à l'inacceptable.

F.L.

IRINA RATOUCHINSKAÏA

Poèmes de prison

Traduits du russe par Françoise Lesourd

Comment ! Un domovoï[1] dans la prison ?
Présence plus qu'improbable…
Des entourloupes. Un naturel sournois.
Il se cache – mais où ?
Ce crâne grisonnant,
Hirsute, énorme… Sour l'oreiller, le lit ?
La fouille aurait trouvé. Sous la table
De nuit ? Pareil. Mais où donc ? Sous ma robe ?
Voyons, le matin on s'habille…

1. Le domovoï est le petit génie qui habite la maison, c'est par sa présence qu'on explique tout bruit ou changement bizarre. Il est le plus souvent taquin, mais pas méchant. [Toutes les notes sont de la traductrice.]

Et pourtant, il est là, et bien là ! À bas bruit,
Il fricote… Ouvre le vasistas,
Le vent s'engouffre ; envolé, mon brouillon.
Ou bien, sous la fenêtre, geint à voix basse,
Tel un qui soufflerait dans une fiole vide.
Dans la nuit, patatras ! Le porte-savon tombe à terre.
Au matin, peignant ma frange –
Tiens ! une petite natte. Douce attention…
Qui donc, en sourdine, s'esclaffe,
Où ça ? Derrière le radiateur ?
Chat ou souris, qui joue à chat ?
Tirant la queue de qui ?
Le marque-page, qui l'enroule,
Et le glisse entre les draps ?
C'est vrai : ponctuelle, tous les mardis
L'ampoule grille. Excédé, le maton
S'échine à percer ce mystère.
Un domovoï ? En voilà une histoire !
Quel délit lui coller ? Et l'interrogatoire ?
Quel article, diable, invoquer ?
On peut trouver – mouchardage à l'appui.
Mais sur le banc – quel prévenu ?
Sans beurre, pourquoi ferait-il tomber
Nos tartines[1] ? Il n'y peut rien,
Lui. Mais quelle heure est-il donc ?
Quatorze coups frappés au loin…
Frappés par qui ? Ou peut-être sur qui ?
Ô engeance à six doigts,
Je t'aurai ! Oh… la pelle à poussière
Glisse le long du mur… Boum ! Quel fracas !
Il est fâché ! Tant de chipies
Se paient sa pauvre tête grise…
Pourtant, il renonce vite à bouder.
Des oreilles à la queue, il n'est que ruse.
Ricanant et grognant – et hop ! sur l'étagère.
Plus un bruit. Il est bien fatigué…
Dormons, c'est l'heure. Malgré la lumière[2].
De la main, cachons-nous les yeux. Demandons-lui
Le plus beau rêve. Que veux-tu en retour ?
Et lui, narquois : Qu'as-tu donc à donner ?
Soudain : un champ de millepertuis
Et quelqu'un vole, vole au loin
Et me crie : « Je t'emmène avec moi ! »
Tout à côté, on craque et croque.

---

1. C'est une règle générale connue des enfants russes : quand une tartine tombe, c'est toujours du côté du beurre, on l'appelle même « la loi de la tartine ». Le domovoï est souvent incriminé.
2. En prison, on n'éteint jamais la lumière.

Ah, sauvageon ébouriffé,
Arrête un peu ! Assez pour aujourd'hui !
D'un œil ensommeillé, je vois :
Ma codétenue grignote un biscuit sec.

Prison du KGB, Kiev, novembre 1982.

*

Le premier janvier, pas question
De balayer la moindre aiguille !
Ce matin, ma compagne de cellule
S'irrite. Sur quoi reporter sa vindicte ?
Et la voilà qui éclate en sanglots.
La consoler – le puis-je ?
– La promenade !
Un tapis rouge.
Rictus avinés des soldats d'escorte
Vite, passons le couloir
(Relents de chlore, graillon, urine…)
À l'air libre ! Dans la cour bétonnée !
Les soixante minutes s'égrènent.
Les clefs cliquettent. Sans malice :
Promenez-vous bien, les filles !
Et ma voisine :
— Allez-vous faire !
Le reste, enfants, n'est pas pour vos oreilles.
D'un mur à l'autre, cinq pas en tout.
Au-dessus, un filet. De peur qu'on s'envole ?
Cette nuit, ma compagne a vu en rêve
Saint Jean-Baptiste, épuisé
Par le transfert, jeté
Pieds poussiéreux, barbe en bataille,
Dans notre geôle. Il fait pitié.
Elle, de déchirer
Un bout de linge, pour qu'il se lave.
Il le prend, et lui dit : être
Vivants, ici, c'est dur.
Mais pour toi, il est temps.
Prêt à s'envoler, tout nimbé
De lumière. Elle lui crie :
— Voir ma fille, je le veux !
Obtiens-moi sa visite.
Lui, ne dit mot. Pas un signe
De la main ou d'une aile.
Et même il sembla qu'il pleurait.
La tristesse est donc proche,
Ou peut-être – un malheur ?

Le matin nous l'apprend.
Il ne lui a pas porté chance,
À elle, la bien mal lotie.
— Arrête donc ta gymnastique !
[Me dit-elle]. Finies les cabrioles,
Au camp ! Et ton cahier
De poèmes – fariboles !
Dors plutôt tout ton soûl,
Tu n'en a plus pour bien longtemps !
Tu ouvres grand les yeux :
Tant de méchanceté ?
Non, rien que deux ans
De prison. C'est pour ton bien.
J'acquiesce. Et reprends ma course.
Tant de mois à courir sur place.
Tant de rêves à courir vers toi
Enlisée dans la pâte gluante
Des odeurs de chlore, des hardes
Déchirées, des murs sales…
Est-il un lieu d'où l'on aime plus fort
Qu'ici ? Non sur une croix – mais
Dans la nausée des judas aux portes,
Dans la goujaterie raffinée
Des interrogatoires,
À suffoquer parmi les rêves
De ma compagne de cellule
Dans la fumée de sa cigarette,
La pitié qu'elle inspire, malade,
Presque à demi-morte, hystérique,
Méchante et bonne, maudissant
Celui qui fait tourner cette boule, perdant le fil
Des jours sans soleil et des larmes
Sans maquillage. En nul autre lieu,
Il n'est d'amour plus fort, plus saint,
Qu'en celui-là, mon aimé !
Le premier janvier, à ta joue rêche
Je ne me piquerai pas,
Mais pas question de perdre ma prestance.
Je sourirai au soldat de l'escorte :
Ne me plains pas, gros bêta !
Fais-les sonner, tes clefs !

Prison du KGB, Kiev, 1er janvier 1983

*

Ma lettre d'aujourd'hui,
Je l'écris pour l'autre monde.
Sans espoir de nouvelles, mais
Qu'y puis-je ? Les mufles ténébreux
Des geôliers – plus rien d'humain –
Me cernent, me bousculent.
Comment faire ? Comment l'effrayer,
Qu'enfin elle se mette à pleurer,
À implorer grâce ? Porte
Au judas aveugle, visages
Pustuleux… De peur, non !
Mais… puanteur de l'air, qui colle
À la peau. Ce ne sont pas les pleurs
Que mes vieux – paix à leur âme –
Ont appris à l'enfant que j'étais,
Mais les lettres, les latines et les nôtres.
Ni croquemitaine, ni gorgées
De bouillie. Rien d'autre
Qu'à distinguer le bien du mal, tandis
Qu'au pied du lit, devant la croix,
J'exhalais en sanglots
Les années d'abandon qui viendraient…
Grand-père, n'est-il pas vrai
Qu'aux yeux du menu peuple
Un noble[1] ne doit pas pleurer ?
Grand-mère, de tes bains de livèche
J'ai gardé la fraîcheur
Jusque dans les cellules guébistes.
Oui, tes bénédictions chuchotées,
Ce fichu qui m'enveloppe,
M'ont sauvée de l'angine,
Dans les geôles souterraines.
Aujourd'hui, tu viendrais
M'apporter des colis
Et contemplerais – sans pleurer ! –
Les trognes policières.
Ah, *pani*, ma lumineuse
Aux souliers rapiécés !
Sont-ils beaux, sous vos pas,
Les flocons des nuages ?
Grand-père, chevalier sans reproche,
Infrangible cristal !
Souviens-toi : « Plutôt trois fois
Être ruiné que sans honneur ! »
Dis, es-tu content de moi,
De la leçon si bien apprise ?

1. Irina Ratouchinskaïa emploie ici le terme polonais signifiant la noblesse, *chliakhta*, pour rappeler en partie ses origines.

Devraient-elles, mes épaules,
Ployer sous l'affliction, au printemps ?
Mes très aimés, votre sourire
Et vos bénédictions
Tracent mon chemin sur la terre
Non dans la mêlée des esclaves
Assoiffés de galons,
De « Volgas » noires.
À moi le wagon Stolypine[1],
Et sa planche la plus haute,
La veste rembourrée
Trop large, le fichu chiffonné…
Et mon pas si léger
Entre deux mitraillettes.

Prison du KGB, Kiev, 4 mars 1983

*

À mon ami Valéri Senderov[2]

On parlait de lui dans tous les camps,
Dans la moiteur des wagons Stolypine,
Dans les lettres des forçats à leurs mères,
Dans le délire éraillé du mitard.
Détenu depuis quand ? Nul ne savait.
Mais on l'avait vu partager sa ration,
Donner son manteau à un gars
Dans un transfert, laisser ses provisions
Aux affamés. Mêlant réalité et racontars,
On supputait : il était tombé là
Par amour, ou bien pour de la propagande.
Lui, des rations il faisait des festins,
Soignait la gale et les poux, sans broncher.
Aux femmes, ne tenait pas rigueur
De leurs péchés, peu soucieux de remords.
Il calmait la douleur en imposant les mains.
Les humains doivent-ils être en cage ?
Enseignait-il à ceux-là mêmes
Qui pour quatre pilules le vendirent.
Vos âmes, disait-il, dans leurs ténèbres,
Qu'exiger d'elles ?
Rare était sa colère.
Mais à la Boutyrka[3] on disait

1. Piotr Stolypine, Premier ministre de Nicolas II, connu pour une politique intérieure très répressive à l'égard des opposants. Les wagons qui emportaient les prisonniers en détention ont gardé le nom de « wagons Stolypine ».
2. Mathématicien, défenseur des droits de l'homme, ayant passé de nombreuses années en camp, comme Irina Ratouchinskaïa.
3. L'une des prisons les plus célèbres de Moscou.

Qu'il avait jadis estropié un indic.
Les uns partaient, ayant fini leur peine,
Certains attendaient en vain l'amnistie,
Lui, vu son danger, restait là.
Mais quatre *zeks*[1] de retour chez eux
Avaient écrit ce qu'ils savaient de lui.
Le cahier fut saisi, et les gars
Pour ce nouveau délit, remis en prison.
Mais lui ? Où l'ont-ils envoyé ?
Où est-il maintenant ? Au fond des mines,
En exil ? Ou sous la glace sibérienne ?
Demandez, au hasard,
À ceux qu'on transfère de prison en prison.
On vous dira, peut-être.

Prison du KGB, Kiev, mars 1983

Extraits inédits en français du recueil *Pered ètapom* (« Avant le départ pour le camp »). Poèmes écrits dans l'attente du jugement.

1. Terme signifiant « détenu » (abréviation z/k).

Aco Šopov
Un poète macédonien « poreux à tous les souffles du monde »

Dossier coordonné par Jasmina Šopova

Transcender les frontières géographiques et historiques

Tout au long de cette année 2023, un petit pays du sud-est européen célèbre la poésie, en mémoire à un grand poète qui y a vu le jour le jeudi 20 décembre 1923.

Le pays s'appelle aujourd'hui Macédoine du Nord, après avoir été rebaptisé maintes fois au gré des conquêtes et des aléas de l'histoire. Le poète, quant à lui, répondait au nom d'Aco [*Atso*], comme les Macédoniens appellent affectueusement les enfants baptisés Aleksandar. Son patronyme a changé, lui aussi, de sorte qu'il est né Šopović, sous le Royaume des Serbes, Croates et Slovènes et qu'il est mort Šopov dans la Yougoslavie de Tito, celle qui fut la première à reconnaître son pays sous le nom revendiqué par sa population et lui permit de goûter enfin à la liberté, en 1945.

Aco avait tout misé sur cette liberté. Lui qui avait dû écrire ses devoirs et afficher ses premiers poèmes dans le journal mural de son école en langue serbe, qui avait vu sa mère gravement malade se faire littéralement renverser de son lit par des soldats fascistes bulgares lors d'une perquisition de sa maison, a voulu quitter le lycée pour se battre dans le maquis au nom de la liberté et d'une société plus juste. Mais la Ligue de la jeunesse communiste yougoslave l'en a empêché, elle avait besoin de jeunes gens lettrés pour construire le nouveau pays d'après-guerre. Aco a donc d'abord enterré sa mère et passé son baccalauréat dans sa ville natale, Štip [*Chtip*], avant de rejoindre les partisans de Tito, à l'automne 1943.

Un an plus tard, les hostilités prirent fin et le premier livre sortait des presses, sous le titre *Poèmes*. Son auteur : Aco Šopov. « Il ne pouvait pas imaginer qu'avant la fin de la guerre ses poèmes allaient déjà devenir célèbres parmi les combattants et il imaginait encore moins qu'ils allaient être publiés dans les conditions historiques de l'époque », écrivait à ce propos, vingt ans plus tard, le poète russe Alexandar Romanenko, dans l'introduction au recueil de poésies de Šopov paru à Moscou.

Un pionnier

Šopov fut, en effet, le premier auteur macédonien publié en langue macédonienne à l'issue de la Seconde Guerre mondiale, mais il fut aussi le premier à être publié en slovène, une autre langue yougoslave, en 1957 ; le premier à être publié dans une langue autre que slave, le hongrois, en 1964 ; le premier à être publié dans une langue de grande diffusion, le russe, la même année.

Il devint le plus jeune membre de l'Académie macédonienne des sciences et des arts, dès sa fondation en 1967, et le plus jeune lauréat du prix AVNOJ, la plus haute distinction yougoslave, en 1970.

Le premier recueil de poésie satirique, paru en 1968, était encore celui de Šopov. Le titre, *Yus Universum*, annonçait la couleur : Šopov y parodiait la norme Yus, l'équivalent yougoslave de la NF (Norme française). « La Yus est devenu notre seconde nature, déclarait-il dans un entretien. Nous vivons, mangeons, jugeons, dormons, réagissons, aimons selon la norme Yus. » Et le poète de passer au peigne fin les yus-poètes, yus-prosateurs, yus-critiques, yus-concurrents et autres yus-politiciens, conscient que « la satire est une zone dangereuse, un terrain glissant qui bouleverse l'ordre paisible des choses ».

Bouleverser l'ordre paisible des choses était sa façon d'évoluer en poésie. Il a été le premier poète macédonien à rompre avec le réalisme socialiste en vogue, en écrivant des poèmes purement intimes, dès le début des années 1950, ce qui lui a attiré les foudres d'une certaine critique conventionnelle, mais aussi les encouragements d'une autre critique ouverte au changement.

« Dans ses pérégrinations poétiques, Aco Šopov n'a jamais emprunté des sentiers battus, explique le critique littéraire bosniaque Izet Muratspahić, pas plus qu'il n'a permis à une quelconque barrière ou obstacle d'obstruer le mouvement de sa pensée [...]. Dans sa quête créatrice, il a marché à travers broussailles et fourrés, plutôt que sur les larges avenues des concepts poétiques vérifiés et attestés. »

Pour l'anecdote, ajoutons que Šopov a aussi été le premier à traduire *Le Chat botté* en macédonien. Il a traduit, en fait, une collection de douze contes français, avant de se lancer dans la traduction de *Cyrano de Bergerac* en 1957, du *Cid* en 1958, et bien plus tard, en 1975, des *Poèmes* de Léopold Sédar Senghor, pour ne citer que les auteurs de langue française, parmi la vingtaine d'autres.

Si le traducteur Šopov a été bien plus prolifique que le poète Šopov, c'est qu'il avait une obsession : faire découvrir au lectorat macédonien, dès son plus jeune âge, les grandes œuvres littéraires du monde pour contribuer à son épanouissement. Dans la même veine, il a aussi été l'initiateur et le premier président du conseil des Soirées poétiques de Struga, le plus ancien festival international de poésie au monde qui se tient chaque année, depuis 1961, au bord du lac d'Ohrid dans la région méridionale de son pays.

S'ouvrir au monde

Afin de comprendre cette obsession, il faut se remémorer le contexte historique et social dans lequel Šopov a évolué. Au lendemain de la Seconde Guerre mondiale, la grande majorité de la population de son pays était pauvre et analphabète. « La Macédoine fiançait alors les restes du Moyen Âge aux plus récentes impulsions de la civilisation moderne », écrivait l'un de ses amis et confrères, Ante Popovski. Ou, pour emprunter l'image de sa traductrice mexicaine Aurora Marya Saavedra, qui a publié un important choix de ses poésies en 1987 : « Il fallait vite panser les blessures, mais aussi restaurer, construire, créer un système politique, façonner un mode de vie, bâtir les fondations d'une esthétique et d'une culture qui soient en accord avec le lieu, son passé et son avenir. » Là aussi, Šopov a été de tous les combats.

C'est son talent qui le lui a permis mais c'est aussi l'époque qui a voulu qu'il soit un pionnier dans de si nombreux domaines. Il faisait partie d'une génération à qui il incombait de tout bâtir, à partir de rien ou presque, y compris la langue littéraire, car peu nombreux étaient les écrivains et intellectuels macédoniens d'avant-guerre à qui il était donné d'écrire et de publier dans leur langue maternelle. Pour citer Šopov : « Certains genres littéraires, comme la poésie, naissaient en même temps que nos brigades [...]. J'avais commencé à écrire en macédonien peu avant la guerre, mais c'était une activité illégale. »

La langue littéraire macédonienne, qui avait pour racines sa tradition orale – riche, certes, mais seulement orale –, évoluait donc au fil des mots mis sur le papier par les écrivains de la génération de Šopov. On comprend mieux, dès lors, cette autre obsession de Šopov qui est la quête de la parole : cette « vraie parole », « pareille à l'arbre ordinaire / telle nudité des mains de charbon de nos aïeux ». On y voit plus clair aussi dans cette « forêt pétrifiée » dans laquelle « la parole s'arrache à l'obscur » ou dans ces poèmes-rêves-éveillés qui, selon sa traductrice autrichienne Ina Jun-Broda servent au poète de refuges où il va « brûler du charbon bleu qui brûle dans les entrailles de la parole ».

Il faut en effet comprendre le mépris qu'ont subi son pays et sa langue au fil de l'histoire pour s'approcher tant soit peu du sens de ce mot qu'il a forgé, ce néologisme qui a fait couler beaucoup d'encre dans la critique littéraire macédonienne et qui a conduit ses traducteurs à une multitude d'hypothèses sur sa signification, sans jamais se laisser réinventer dans une autre langue : le mot *nebidnina*, que les Macédoniens comprennent intuitivement, sans avoir besoin de le décortiquer et l'analyser. Traduit par *non-être*, *noser*, *not-being*..., après avoir été traduit par *néant*, *nada*, *fate*... il dit l'impossibilité d'être mais aussi, pour reprendre une des tentatives d'explication de son auteur, « l'accomplissement par l'inaccomplissement ».

Entre philosophie et psychologie

Voyant dans ce mot une métaphore poético-philosophique, le professeur de lettres serbe Zoran Konstantinović estime qu'il « contient cette contradiction fondamentale de notre existence, qui n'en finit pas d'élargir les horizons de la noblesse humaine, du beau et du vrai, tout en s'éloignant sans cesse et toujours davantage de ces mêmes horizons ». Un autre critique littéraire serbe, Radomir Ivanović, s'est penché aussi, parmi bien d'autres, sur la *nebidnina* pour remarquer que Šopov, « en tant que philosophe et poète, considérait le discours poétique comme une synthèse de signes et de significations [et que] sa philosophie de création consistait à trouver des moyens pour que les idées poétiques centrales, les symboles et les métaphores s'interprètent mutuellement et se complètent ».

Ce mot, comme sa poésie tout entière, exige aussi un éclairage biographique pour gagner en limpidité. Avoir une idée de l'enfance de Šopov, cette enfance qu'il n'a jamais nommée dans ses poèmes si ce n'est à la fin de sa vie, pour l'appeler « monstre à cent têtes », permet au lecteur d'entrer avec plus d'aisance dans son univers poétique complexe et mystérieux qui, à première vue, peut sembler inaccessible.

Aco était un enfant qui avait faim, qui avait froid, qui vendait des cacahuètes aux matchs de foot pour payer ses frais scolaires, qui était le seul écolier de Štip à devoir se nourrir et se loger parfois à l'internat du collège car l'assiette et la maison étaient vides, qui avait peur, très peur, de perdre sa mère atteinte d'une maladie incurable. Il allait tous les jours chercher de l'eau à une source réputée pour ses qualités curatives et revenait chargé de bidons plus lourds que son corps d'enfant d'à peine dix ans. Une quarantaine d'années plus tard, alors que sa notoriété de poète lui a valu d'être envoyé comme ambassadeur auprès du poète-président Senghor, au Sénégal, la mémoire de cette « eau limpide et guérisseuse » était toujours là, présente dans le poème.

Il lavait les plaies du corps paralysé de sa mère, il priait Dieu et écrivait des poèmes pour soulager sa peine. Lorsqu'elle est morte, à 45 ans, il a définitivement perdu la foi, dont il doutait déjà. Restait la poésie et la poésie seule. Il n'a jamais écrit de roman, ni de pièce de théâtre. Son unique prose : quelques essais dotés d'une extraordinaire force poétique.

Le spectre de la maladie de sa mère et de la mort, la tristesse et la solitude allaient imprégner toute son œuvre, depuis ses premiers poèmes d'écolier jusqu'aux tout derniers, lorsque cette même maladie s'est s'emparée sournoisement de son corps plusieurs années, avant de l'emporter à l'âge de 59 ans, le 20 avril 1982.

Pourtant, ce n'est pas la mort mais son antidote, l'amour, qui est le maître-mot dans l'univers poétique de Šopov. Il est la force inspiratrice de ses poèmes de prime jeunesse consacrés à sa mère et de ceux dédiés à la belle et courageuse Vera Jocić, morte au combat, qu'il aimait, alors que dans le maquis « on interdisait l'amour au nom de l'amour », pour reprendre une de ses formules plus tardives (1959). Il s'impose dans ses premières tentatives de poésie intimiste avec les recueils *Du malheur et du bonheur* (1952) et *Confondu dans le silence* (1955), et devient la force motrice des vers prodigieux des recueils *Non-être* (1963) et *Cinérémancien* (1970) qui marquent l'apogée de son œuvre. Il constitue le fil rouge du livre d'inspiration africaine *Poème de la femme noire* (1976) et de son recueil d'adieu *Arbre sur la colline* (1980). Beaucoup plus souvent finement suggéré que nommé explicitement, l'amour sous-tend son univers poétique tout entier, se métamorphosant au fil des vers de *philia* en *agapè*, d'*agapè* en *éros*.

« La liberté, l'amour et la parole sont les mots-clés à prononcer en exergue s'agissant de l'œuvre d'Aco Šopov », déclarait Édouard J. Maunick, son deuxième traducteur en français après Jean-Louis Depierris, lors de la célébration du 80e anniversaire de la naissance du poète macédonien. « Une trinité qui se mêle et s'entremêle si intimement que l'alchimie s'ouvre sur la liberté d'aimer que la parole engendre et perpétue. » C'est un « poète poreux à tous les souffles du monde », a-t-il ajouté. À notre tour d'emprunter cette formule de Césaire, à l'occasion du 100e anniversaire de la naissance de Šopov.

Dans sa postface à l'*Anthologie personnelle* de Šopov, Maunick remarquait que cette poésie était « profondément enracinée dans sa terre macédonienne, est, dans une égale mesure, projetée dans l'universel[1] ». En effet, l'œuvre de Šopov a une forte composante humaniste et cosmopolite qui englobe à la fois le vécu intime de son auteur, le sort de son pays et le destin de l'humanité. Transcendant les frontières géographiques et historiques, elle a une portée universelle qui la destine à s'inscrire durablement au patrimoine mondial des lettres.

J. Š.

1. Dans *Aco Šopov, Anthologie personnelle*, Actes Sud, 1994.

ACO ŠOPOV

Traduit du macédonien
par Jasmina Šopova et Édouard J. Maunick

Sang abyssal

Dans les profondeurs, un sang lourd,
on dirait là depuis l'origine des temps.
Peu visible ici sur la crête, dans les brumes torrides.
Étalé malédiction comme cicatrice d'une plaie.

Dans les profondeurs un sang lourd.
Sang épais comme résine noire.
Sang dévorant, sa soif remonte à la genèse.
Il est sang ancien, noir et nu.

Étalé, comme taupe il creuse.
Va de seuil en seuil, fouit la conscience.
Comme la mort infaillible, inexorable,
il comble toute lacune, tout espace.

Dans les profondeurs un sang lourd,
toujours m'ordonnant :
suis-moi, sans mot dire,
ne m'abandonne jamais.

Dans les profondeurs un sang terrible,
plus effroyable que menace.
Dans les profondeurs un sang si lourd
qu'on dirait là depuis l'origine des temps.

Non-être (Nebidnina)

1.

J'ai longtemps voyagé, toute une éternité
voyagé, de moi-même vers le non-être de toi.
À travers incendies, à travers ruines,
parmi décombres.
Dans la chaleur, dans la sécheresse, dans l'opacité.
Je me nourrissais du pain de ta beauté.
Je m'abreuvais du chant de ta gorge.
Ne regarde pas ces noires ravines
qui ravagent ma face –
elles sont don du visage de la terre.
Ne regarde pas les cambrures de mes épaules –
je les tiens de l'accablement des collines.

Regarde dans ces bras –
deux feux,
deux fleuves,
sombre espérance.
Regarde dans ces mains –
deux champs,
deux sécheresses,
muette souffrance.
J'ai longtemps voyagé, toute une éternité
j'ai voyagé, de toi-même vers le non-être de moi.

2.

Et tout advint au cours d'une nuit,
nuit arbres,
nuit feuillage,
nuit fosse froide.
J'ai sombré dans les hautes herbes,
touffes d'herbe et de lichen.
Ceci advint au cours d'une nuit
mensonge et vérité
comme dans une vieille histoire
ensevelie au fond de la mémoire.
Tu es venue m'emporter telle une sourde averse,
telle une rivière souterraine.
Et seul désormais
devant ce mont de douleur et de bonté,
sur des chemins que je ne connais pas,
je blasphème déchiré par la faim.
Tu es venue comme l'eau noire du mal
dont on n'exorcise jamais
les crimes et les sortilèges.

3

Eau trouble, eau noire,
toi qui emportes chaque jour
une fleur éclose
sur mon front de pierre
et la jettes dans les gouffres noirs,
sous l'écorce légère de ton corps ;
eau trouble, eau noire,
qui t'a muée en pensée
si prodigieuse, si effroyable
pour qu'elle étreigne mon cœur
tel un chevreuil l'arbre ?
Qui t'a baptisée de ce nom,
eau trouble, eau noire ?
Qui donc invisible s'installe en moi
et allume un feu secret,
qui démolit le mur du sang,
qui m'emporte l'ouïe,
qui m'aliène la vue,
qui, têtu, peu à peu m'assiège,
qui donc invisible dispose de moi ?

4.

Arbre seul sur la colline,
blessure dans la terre meuble,
qui t'a donné mes yeux,
pour qu'ils mûrissent au rêve de tes feuilles ?
Vert regard, verte ascension,
qui nous a condamnés aux mêmes veilles ?
Arbre seul sur la colline,
blessure dans la terre meuble,
comment ta sève en moi
comment ta présence dans mon sang ?
Qui a effacé d'une main légère
toutes les distances,
tous les autours,
qui donc nous a infligé ce non-être
pour que je sois arbre, pour que tu sois poème ?

5.

Femme inconnue, femme pleine de sagesse,
toi qui passes toujours sereine
devant cette baie donnant sur le noir,
sourde au cri,
aveugle au désespoir,
d'où vient cette fausse quiétude,

comment mon sang en toi ?
Je t'ai gardée, femme, tel un lourd secret
que l'on dévoile au jour seul
où le sang haletant prononce
à l'heure du terrible silence
la téméraire ultime parole –
claire comme les hauteurs,
tranchante comme l'épée.
Comment mon sang
en toi, femme ?
J'ai longtemps voyagé, toute une éternité
voyagé, de nous-mêmes vers le non-être de nous.

Poèmes extraits de *Nebidnina*, 1963.

Complainte d'au-delà de la vie

Me voici *au comble de la douleur.*
Je suis un homme. Mais l'homme, qu'est-ce ?
Devant moi le vide, derrière moi le vide.
Vide qui de lui-même s'enflamme.

Au-delà de la vie, crucifié vif
lié par des nœuds aveugles.
Je parvins au comble de la douleur.
En ce jour. Noir-jour. Par une noire échelle.

Au comble de la douleur.
Au-delà de la vie
au-delà de moi-même,
de l'indicible,
de l'inconsumable,
au-delà de l'eau,
au-delà de la source,
au-delà de la racine.

Que la terre se désagrège enfin, que les eaux
se résorbent,
que la coupe du soupir déborde
pour toutes les cités dans cette cité,
pour tous les deuils dans ce deuil.

Dites, qui dois-je blâmer ?
Qui pleurer, dites !
Ô enfant qui n'es plus,
mon deuil est ton refuge.

Mon deuil est ton refuge,
ton ombre ma sépulture.
Terre-gémissement, terre-désert
surgie de morts vagissements,
terre regarde-moi, terre dévêts-toi.

Prends cet œil,
prends ce grain de blé
racorni dans ta main.

Prends-moi, terre, ou ramène-moi,
ramène-moi au bas de cette cime,
au bas que cet au-delà,
redonne-moi ma force d'homme.
Ô terre, sur terre ramène-moi.
Je suis un homme, que ma souffrance
soit humaine,
que je découvre la pierre où vif m'em-
murer
dans l'arche d'un pont.

Poème extrait de *Cinérémancien*, 1970, directement inspiré par le tremblement de terre de Skopje, écrit deux ans plus tard.

YVES BERGERET

Une parole profonde, limpide et grave

Du cœur des Balkans turbulents et violents, à ces confins où ne peuvent ni n'ont à se définir les limites entre les langues serbe, macédonienne, bulgare, albanaise, grecque, là où rien n'est vraiment certain si ce n'est depuis les siècles l'affirmation culturelle extrêmement diverse d'hommes d'action ou de religion, de paysans décidés qui poussent leurs troupeaux dans les montagnes, défrichent les forêts et font pousser le seigle, une œuvre poétique forte et libre s'est levée, autre moisson étonnante, depuis les années 1950. Celle d'Aco Šopov.

Et précisément, quand je relis son *Anthologie personnelle*, je suis frappé par la fermeté et l'indépendance de cette poésie. Certes, il pourrait y avoir avec cette poésie, en elle, derrière elle et parfois même devant elle, il pourrait y avoir en elle le besoin qu'exprime la langue macédonienne de se dessiner un ferme contour écrit et d'affirmer pour ceux qui l'utilisent une histoire identitaire : le poème pourrait alors se tendre vers une volonté extérieure qui prendrait le risque de l'affaiblir ; et la poésie, on le sait, n'aime ni les programmes ni les thèses.

Tout montre, en fait, qu'Aco Šopov en était lui-même certainement persuadé : malgré toutes les conventions et pressions, on le voit éviter les poèmes à l'éloge d'une Révolution, d'une tractoriste de choc ou d'un métallurgiste stakhanoviste ; de même il évite l'éloge pesant d'une nation macédonienne qui aboutirait à la reconnaissance culturelle grâce à la cogestion socialiste, etc., on connaît ce genre de lyrisme daté. Avec une force simple et claire, j'écrirais presque lumineuse, Šopov laisse sa poésie tracer un chemin autonome.

Quant à l'espace physique de ces collines méditerranéennes, Šopov l'écoute, le sent, y trouve son souffle ; mais, ici aussi, c'est l'indépendance du poète et de l'écriture qui passent avant tout : une poésie sur une terre-mère pittoresque n'encombre pas ses pages. Si l'ovale clair du lac d'Ohrid est le lieu sur lequel plane, large et libre, la parole agissante du poème, c'est toujours une eau universelle qui constitue ce lac.

La langue-espace macédonienne, difficile et dans une turbulence que rien encore n'apaise, Šopov en fait certes sa matière. Le poème s'accoude à l'Histoire, à la terre, à la langue elle-même ; il ne s'y immerge pas. Le poème de Šopov garde la tête hors de l'eau, hors de la langue-espace et la regarde droit, de face, avec un curieux tutoiement.

Le sang

Ce qu'il perçoit en effet dans le conflit ancestral qui déchire les lieux, c'est le bouillonnement sans fin du sang ; « sang abyssal », écrit-il même. Mais la beauté simple et tragique de ce sang ne l'affilie à aucun peuple, à aucune famille, à aucun clan. Ce sang bat sans cesse dans les tempes, dans les veines, dans les jambes et dans le sol arpenté, dans le sous-sol tourné et retourné par les enfouissements et par les sépultures ; ce sang, si beau de poème à poème, c'est la sève vivante et douloureuse d'une terre profondément humaine, la sève d'une terre riche, pauvre et féconde, Šopov n'a de cesse de le dire et de le redire. Pas de terre sans eau, pas de vie sans eau. Mais pas de terre humaine sans sang ; non pas le sang cruel des vendettas, mais celui du cycle des vies, celui du grand drame de vivre shakespearien ; montée et effondrement alternés, consécutifs ou même parallèles des puissances et des destins, que soudain un retour de balancier bascule encore.

Les trois poèmes qui ouvrent l'anthologie française (*Effroi*, *Sang abyssal*, et *Stigmate*), dans leur beauté tragique, disent cette noble désolation de la vie sur laquelle nous œuvrons, contre laquelle nous œuvrons, avec laquelle nous œuvrons. Et le sang est notre sève, d'hommes et de femmes, nous levant et nous couchant de générations en générations. Šopov parle souvent de ce sang qui est, pour lui, l'eau de la langue-espace.

La destruction de Skopje par le tremblement de terre de 1963 est pour Šopov le raccourci extrême du mouvement tragique de l'histoire humaine, essor et effondrement concomitant que le sang irrigue et nourrit.

À la base physique des lieux, ce n'est donc plus l'ovale du lac, c'est le fleuve du sang, c'est cette sève phréatique proche et lointaine. Rien de grandiloquent cependant ; Šopov, pour éviter tout effet romantique ou déclamatoire, parle à ce sang, l'appelle, le tutoie. Ce tutoiement, seuls les grands poètes savent l'employer sans affectation ; par lui, ils parviennent à mettre sur leurs genoux le cœur mystérieux de l'existence comme un enfant sauvage enfin apprivoisé. Mais l'énigme, un temps assagie par la profondeur de la pensée et par l'action de la métaphore, reste énigme ; lorsque enfin elle descend de ses genoux et s'échappe, le poète la laisse courir, loin déjà. Ainsi écrit Šopov.

La parole

La langue-espace, pour Šopov est cette terre balkanique tourmentée, belle et agitée en tous sens, que nourrit et irrigue sans cesse ce sang qu'il nomme simplement. La profondeur autant que la hauteur de vue du poète lui permettent de montrer le mouvement double, sans doute cyclique (et sans aucune eschatologie orientée vers je ne sais quel but utopique) de l'existence : montée et effondrement. Or l'effort de conscience qu'accomplit, sans désemparer et dans le calme vigilant, le poète, l'effort de conscience qu'il invite le lecteur à accomplir avec lui, dégage une *parole*. C'est peut-être ici que l'œuvre de Šopov atteint à son plus haut point de lucidité poétique et humaine. Cette parole que cherche Šopov, il la guette dans les lieux, dans l'air, dans la danse, dans le souci de l'autre. L'autre, c'est parfois la femme aimée, lointaine, intime mais distante déjà. Šopov cherche cette langue qui serait l'aboutissement serein de l'effort humain vers la clarté de la conscience et, de ce fait, de la paix de la vie.

Šopov veut créer ou contribuer à créer cette langue, comme une vie plus simple, plus stable, plus labile, heureuse et commune à tous : que cette parole soit le ciel du sang, ce que le vent léger et conscient porte aux lèvres et aux oreilles de chacun. Une parole déliée, profonde, limpide et grave, une parole non pas de circonstance, de pittoresque ou de slogan, mais une parole agissante qui danse légère et grave au devant de nous sur le sentier de la vie.

Je sens toute l'œuvre du poète orientée vers la construction de cet objet de parole, objet vivant, avec sa propre sève ou son propre sang, objet situé étrangement entre d'une part la langue-espace profonde, tragique et lourde des Balkans, même si Šopov l'allège et la dynamise en montrant que le sang y joue un rôle central, et d'autre part l'intimité d'une conscience, dans son espace intérieur ; cet objet de langue, Šopov fait en sorte de lui créer – ou de créer avec et grâce à lui – un espace autre, en quelque sorte intermédiaire : la respiration y est humaine, simple, vaste et généreuse ; l'humilité y est haute grâce à cette forme de l'intelligence qui s'exerce par le don à autrui. L'effort vers cette parole autre, qui ouvre un espace nouveau, délié, de paix et de sensibilité simple, maints poèmes le disent : en particulier dans *Non-être*, où en élevant onze humbles prières le corps cherche une parole, *cette* parole, et en dégage d'une gangue dure et douloureuse, petit à petit, la splendide et grave hypothèse.

ACO ŠOPOV

À cinq heures dix-sept

Traduit du macédonien par Jasmina Šopova

Quelqu'un a écrit : Le 26 juillet 1963, à cinq heures dix-sept, la ville sur le Vardar est morte.

Quel verdict impitoyable de la nature, quel défi ignoble lancé par la réalité, ramassés en un seul instant : cinq heures dix-sept. Dans le hurlement de la terre et des blocs de béton : cinq heures dix-sept. Dans le vertige des immeubles et du soleil assombri : cinq heures dix-sept. Dans le cri des enfants aux rêves ensevelis sous les décombres, emprisonnés à jamais dans les champs verts de leurs yeux : cinq heures dix-sept. Dans le mutisme violent des mères et des pères, des jeunes hommes et des jeunes femmes, de cet homme qui, en un seul instant, s'est retrouvé nu sur un amas de cendres, écrasé par un fardeau de douleur et de peines inhumaines : cinq heures dix-sept.

Cinq heures dix-sept. Qui saurait dire avec nos mots de tous les jours ce drame que le ventre aveugle de la terre a provoqué dans la vie de deux cent mille habitants de notre planète, le drame nommé *Cinq heures dix-sept* ?

Oui, tout laissait à croire que les forces cruelles avaient établi leur diagnostic fatal : à cinq heures dix-sept, la ville est morte.

Homme émergeant des ruines, de l'horreur et de la hideur, toi qui, au comble de l'impossible douleur, brilles, blessé, de toute ta splendeur, et toi qui portes en ton sein toutes les villes et toutes leurs peines, tous leurs rêves, tous leurs espoirs, toi qui as allumé ta douleur à la flamme de la naissance, c'est à toi que j'offre ces lignes, alors que je sais : jamais elles ne toucheront les profondeurs de tes épreuves et de ta générosité, ni les hauteurs de ta beauté humaine inouïe.

Car cette ville, ce ne sont pas ses rues et esplanades, ses tilleuls et œillets rouges, ses parcs et pigeons, ses tours belles et laides, ses silhouettes architecturales anciennes et modernes que le Vardar sépare, comme une ligne de partage, en deux pages de l'Histoire. Car cette ville, ce ne sont pas ces cimetières de fer et de béton, de mortier et de briques, ni ces sombres fissures menaçantes dans les murs, ces diagonales de la mort, ni ces toits qui pendent étonnamment sur les trottoirs. Car cette ville, c'est toi. Car cette ville, c'est l'architecture invisible de ta conscience, de ton amour, de ta patience et de ta souffrance, la ville de l'humanité méconnue qui est en toi.

L'histoire écrira : La ville de l'humanité est née à cinq heures dix-sept.

Je t'ai regardé l'ériger, en grattant les plaques de béton avec tes ongles à la recherche de ton fils, de ta petite-fille, de ton ami, de ton frère. Je t'ai regardé ramper à travers les brèches et crevasses étroites pour les extirper des mâchoires infernales de l'incertitude. Je t'ai regardé avec ton souffle rendre le souffle aux enfants défigurés par ce combat monstrueux entre la vie et la mort. Je t'ai vu épuisé, livide, exténué par l'insomnie, par la veille, par ta souffrance au chevet des blessés, des morts. Je t'ai vu repousser les limites de la vie au-delà de ce qui est en notre pouvoir avéré d'homme et arracher à la mort, l'une après l'autre, ses parcelles de pouvoir. Je t'ai vu sur les routes, parmi les décombres, dans les refuges, entre le possible et l'impossible.

Cette ville est née à cinq heures dix-sept en ce terrible matin quand la terre résonnait du hurlement de la dévastation. Ses tours à dimension humaine n'ont pas été imaginées dans des instituts d'urbanisme, ses rues pleines d'amour n'ont pas été dessinées dans des ateliers de peintres aux portes closes, ses maisons de sympathie et de compréhension ne sont pas le fruit d'une émouvante fantaisie poétique. Cette ville de ton humanité nouvelle est née à cinq heures dix-sept.

Homme émergeant des ruines, de l'horreur et de la hideur, toi qui, au comble de l'impossible douleur, a brillé de toute ta splendeur et allumé ta douleur à la flamme de la naissance, j'entends ton appel :

« Poètes, maîtres de la parole, architectes de l'humanité et de la solidarité, forgez de nouvelles paroles pour dire l'entente et l'amour, l'entraide et la fraternité, l'unité des intérêts humains, la vie qui ne connaît ni peurs ni calamités. À cinq heures dix-sept, la ville de demain est née. »

Article inspiré par le tremblement de terre de Skopje, et rédigé quelques jours plus tard.

JEAN-MARIE BLAS DE ROBLÈS

Low Battery, Plug In Your Headset !

C'est un studio parmi d'autres, au douzième étage d'un immeuble de São Paulo. Quarante mètres carrés surchauffés par une température inhabituelle en cette fin de mois de juillet 2020. Leandro Zem est assis sur un fauteuil de *gamer* – son seul luxe véritable en matière de mobilier –, une coque rouge et noire qui ressemble à un siège de vaisseau spatial. Devant l'ordinateur surpuissant qu'il s'est lui-même fabriqué, le jeune homme de vingt-quatre ans termine une conversation en visioconférence avec son directeur de thèse. Leandro est ingénieur en informatique et doctorant chercheur à l'Universidade de São Paulo depuis trois ans ; il doit remettre sa thèse avant la fin de l'année en cours, mais n'éprouve aucune inquiétude à ce propos : le mémoire a été validé par son tuteur et diverses instances scientifiques tout au long de son écriture. Rédiger la conclusion ne lui prendra que trois ou quatre semaines.

Son travail porte sur les algorithmes à « variables émancipées », des codes assez souples et sophistiqués pour se modifier eux-mêmes en fonction du comportement de leurs utilisateurs. C'est de cette façon, du moins, qu'il décrit au commun des mortels un processus mathématique d'autodétermination qui dépasse leur entendement. L'endroit où il vit est encombré de sacs poubelle et de monceaux de linge qu'il n'a pas eu le loisir de porter à la laverie. Les dossiers s'accumulent en piles instables le long des murs, jusque dans la salle de bains où se trouvent une douche exiguë et des toilettes entartrées. Même le hamac où il dort fait signe de négligence tant les taches qui jaunissent la toile exhalent une forte odeur de transpiration.

Sitôt son entretien achevé, Leandro enfile le casque de réalité virtuelle dont il a bidouillé le programme. Le moment est enfin venu de tester les centaines de lignes de code écrites ces dernières nuits pour améliorer son Oculus Quest. L'appareil est désormais relié aux six capteurs qu'il a fixés dans la pièce où il se morfond depuis bientôt deux mois. Devant la flambée du Covid, le gouverneur de l'État de São Paulo a décrété un confinement strict dès le début du mois de juin, et le jeune homme s'y est tenu. Mais le président Bolsonaro ayant appelé le Brésil à « cesser d'être un pays de pédés » et à se moquer des mesures sanitaires prises par les Européens, une bonne moitié du pays fait à peu près n'importe quoi. Entre l'engouement irrationnel pour l'hydroxychloroquine, les cérémonies de candomblé, les prières communes et les manifestations anti-vaccin, dehors c'est le foutoir le plus complet. Leandro est un esprit scientifique, il n'a aucun mal à interpréter une courbe exponentielle : en l'état des choses et de la crétinerie scélérate de leur président, un million de contaminations et cinquante mille décès au 21 juin devraient donner cent cinquante mille morts en octobre, et plus de six cent mille au mois de novembre. Il ne veut pas être compté parmi ces prochaines et inéluctables victimes du populisme.

Une fois le casque de VR ajusté sur son visage, avec les gants à retour de force qu'il a bricolés à partir des manettes d'origine, c'est une sorte d'extraterrestre affublé d'un short et d'un débardeur crasseux qui s'installe confortablement sur son fauteuil. Il est prêt. Dans l'univers parallèle qui est le sien, ses mains décident de tout. Il lui suffit de pointer du doigt un item sur l'écran qui flotte devant ses yeux pour décider de son choix. Il fait défiler la liste et clique sur Real VR

Fishing, le jeu dont il a modifié la configuration. Quinze secondes de téléchargement, et le voici dans le salon d'un lodge luxueux situé en bordure de mer.

Il voit ses mains et le début de ses avant-bras posés sur les accoudoirs en basane rouge du fauteuil club où il est censé être assis. En face de lui, derrière les larges baies vitrées, une véranda de bois montée sur pilotis occupe toute la façade. Elle se prolonge à gauche par un solide ponton ; une vedette de pêche y est amarrée. La mer violette ondule à peine sous un ciel que le coucher du soleil, loin au-delà des îles, chamarre de nuages vieux rose. Ils se déplacent et se déforment lentement au gré d'une légère brise. Leandro tend l'index vers l'un des rocking-chairs disposés autour d'une petite table sur la terrasse : un faisceau laser bleu électrique prolonge son doigt jusqu'à un cercle qu'il peut mouvoir à loisir sur le plancher de teck. Il vise un endroit, près de la rambarde, fait le geste d'appuyer sur une gâchette, et se retrouve à l'extérieur. Son point de vue a changé, en tournant la tête il peut apercevoir le golfe tout entier, la côte boisée d'une épaisse végétation tropicale qui s'incurve sur la droite, et juste en contrebas de sa maison, la plage de sable paradisiaque où les vaguelettes viennent s'abandonner. Il entend leur clapotis apaisant, les premières stridulations d'un insecte nocturne. Une sterne rase la surface de l'eau en piaillant, elle plonge et reprend son vol rapide avec un petit poisson en travers du bec. C'est toujours le même sentiment de stupeur et de vertige, on ne s'y habitue pas. Le cerveau a beau savoir qu'il s'agit d'images 3D et de stéréoscopie, il se laisse gruger par l'illusion. Tout est faux, artificiel, mais ce qui se présente devant nos yeux possède plus de relief, paraît plus « vrai » que la réalité elle-même. « Pour en revenir à la stéréoscopie, écrivait Ernst Jünger, nous dirons que son efficacité vient de ce qu'en elle nous saisissons les choses comme dans la pince de l'âme. Et le fait que ceci soit l'œuvre d'un seul sens qui, pour ainsi dire, se dédouble permet d'appréhender les choses avec une grande délicatesse. » La pince de l'âme ! se répète Leandro, songeant à ce que Jünger dirait aujourd'hui des nouvelles technologies permettant d'associer au sens de la vue, celui de l'ouïe, du toucher – grâce aux progrès des dispositifs haptiques –, et à moyen terme sans doute, ceux du goût et de l'odorat par des stimulations neuronales appropriées. Une expérience immersive en synesthésie complète, proche d'un véritable phénomène hallucinatoire, qui ouvre un champ infini aux aventuriers de l'imaginaire.

Il fait un demi-tour sur lui-même et pointe son doigt vers l'énorme aquarium où évoluent des centaines de poissons, ceux qu'il a pêchés depuis le début du confinement. La vitre occupe une paroi entière du salon. Sur le mur du fond, lambrissé de pin, des rayonnages encadrent un écran plat qui sert à paramétrer le jeu, mais aussi à lancer Netflix pour regarder un film ou une série. À l'origine, les étagères étaient destinées à recevoir les coupes et autres trophées de pêche remportés lors des concours, mais Leandro a entrepris de les transformer en bibliothèque. À cette étape de la programmation, il n'y a encore qu'une vingtaine de reliures visibles : les trois premiers volumes de *The Art of Computer Programming* édités par Donald Knuth, pionnier des algorithmes auquel le jeune homme voue une admiration sans bornes, *Hautes Terres, la guerre de Canudos*, par Euclides da Cunha, *Maîtres et Esclaves* de Gilberto Freyre, *Les Lusiades* de Luís Vaz de Camões, et plusieurs classiques japonais, dont *Le Dit du Genji* de Murasaki Shikibu, *Le Haïkaï selon Bashô*, et *Les Belles Endormies* de Yasunari Kawabata. Il touche *Les Belles Endormies* ; aussitôt le livre s'ouvre à la première page, posé sur un lutrin : — *Et veuillez éviter, je vous en prie, les taquineries de mauvais goût ! N'essayez pas de mettre les doigts dans la bouche de la petite qui dort !* Un léger mouvement de la main permettant de tourner les pages avec réalisme, il feuillette le roman et s'arrête, au hasard, sur cet extrait : *Et puis le vieil homme eut un rêve. Il était enlacé par une femme, mais cette femme avait quatre jambes, et de ces quatre jambes elle le tenait immobilisé.* Bon, ce n'était pas le plus compliqué, se dit-il, fermant le livre et constatant qu'il rejoint sa place dans la bibliothèque. Il vérifiera les autres une prochaine fois.

Leandro se retourne et visualise le salon sous ce nouvel angle. Distribués autour d'une table basse, le canapé et les deux fauteuils club paraissent minuscules au centre de la pièce. L'espace est propre, aérien, dépouillé du superflu, mais grâce à lui, il y a désormais un hamac flambant neuf suspendu entre les deux extrémités d'un arc en lames de mélèze. Plus loin, sur le mur opposé à l'aquarium, un grand miroir ouvragé reflète le coin travail, un bureau de style design, avec une chaise en métal et cuir de vachette. Un de ces jours, il faudra changer aussi ce mobilier impersonnel, mais sans toucher à la superbe Remington 12 posée sur le plateau de verre. Il s'est mis en tête de la relier à son ordinateur, et c'est ce qu'il s'apprête à contrôler, en même temps que la nouvelle conformation de l'aire de déplacement.

Pour commencer, Leandro se téléporte dans le fauteuil club qui correspond au siège où il est réellement assis. Il se lève, pivote sur lui-même et avance d'un pas vers le hamac qui semble à cinq ou six mètres de là. Les capteurs qu'il a installés ont pris en compte son déplacement, si bien qu'il se trouve déjà à mi-distance. Encore un pas, et en même temps que le hamac virtuel lui apparaît soudain tout proche, il sent la toile de son véritable couchage frôler ses mains. Il s'y allonge avec prudence. À travers les longues verrières ménagées entre les poutres de la charpente, des lambeaux de nuages orangés s'effilochent dans le ciel. Le monde est calme et serein. Deux ventilateurs de plafond brassent l'air lentement, leur seule vision rafraîchit un instant sa peau humide. Il penche la tête vers le bureau, dégage son bras doit et désigne du doigt la vieille machine à écrire. À la seconde, un clavier mécanique se manifeste devant ses mains, en relief sur le fond noir qui a envahi son champ de vision. C'est un clavier d'ordinateur, mais inspiré, comme il en a décidé ainsi, de celui de la Remington. En appuyant sur la touche *escape* pour déverrouiller la mise en veille, il perçoit la résistance de la touche et entend son cliquetis caractéristique. Son espace de travail lui apparaît, tel qu'il l'a laissé après la visio avec son directeur de thèse. Son index fait office de pointeur, il peut l'utiliser comme on le ferait d'une souris : un coup de gâchette, un clic ; deux coups, un double clic ; une pichenette, clic droit ; sans compter qu'il peut intervenir directement sur l'écran avec les mêmes gestes qui servent à faire défiler ou à agrandir les fenêtres sur un smartphone. Il ouvre son fichier de thèse et tape sur le clavier deux ou trois phrases, une entame possible de sa conclusion ; plus besoin de codes ou de commandes annexes, l'écran affiche directement ce qu'il a écrit en LaTeX, le langage informatique mis au point par Donald Knuth pour écrire ses propres livres en éliminant toute erreur possible de mise en page.

Gâchette : enregistrer ; gâchette : marche/arrêt ; gâchette : mise en veille. La splendeur du ciel éclate à nouveau au-dessus de lui. Le jeune homme n'est pas du genre expansif, mais il ne peut retenir un bruyant soupir de satisfaction. Il va pouvoir travailler depuis son hamac, puiser dans sa bibliothèque numérique, se mouvoir physiquement dans l'espace étriqué de son studio sans quitter le lodge virtuel qui lui permet de survivre aux heures sombres du temps présent. Pour les déplacements, songe-t-il, cela va l'obliger à ranger un maximum, histoire de ne pas trébucher sur tout ce qui traîne, mais ce ne sera pas plus mal.

Tandis qu'il se laisse aller à observer la palette changeante du ciel au-dessus de lui, une alarme en lettres rouges s'affiche brusquement sur un nuage et se met à clignoter : *Low Battery, Plug In Your Headset ! Save Cloud Backup*… et c'est le noir.

Leandro enlève son casque en pestant. Ses moyens ne lui permettent pas d'avoir un second appareil prêt à l'emploi. Il descend du hamac, met en charge son Oculus Quest et vacille un peu. Il a des marques rouges autour des yeux, comme un homme-grenouille après une longue plongée.

La porte-fenêtre du studio donne sur un balcon trop étroit pour servir à autre chose qu'à fumer une cigarette. Leandro Zem ne fume pas, mais il sort pour s'aérer un peu. C'est une façon de parler, car la pollution et l'humidité rendent l'atmosphère de la ville pratiquement irrespirable. De l'autre côté de l'avenida Prestes Maia, l'énorme autoroute nord-sud qui traverse São Paulo, une barre d'immeubles délabrés bouche son horizon. Les bruits de voitures, de sirènes de police et d'ambulance, ceux des compresseurs, des marteaux-piqueurs, des pilonneurs, des meuleuses, scieuses et découpeuses de travaux publics s'agrègent en un tohu-bohu sonore qui monte jusqu'à lui, amplifié jusqu'à la nausée par ce couloir acoustique ouvert entre les masses compactes de béton. Le réel a rattrapé depuis belle lurette l'utopie humaniste et esthétique de Niedermeyer : tout ici n'est que désordre et laideur, misère, angoisse et désenchantement. Face à lui, juste au bout de la rua Capitão-Mor Jerônimo Leitão, là où il n'y avait deux mois auparavant que la façade aveugle et décrépite, mais somme toute invisible, d'un édifice de quarante mètres de haut, une fresque gigantesque est en voie d'achèvement. L'artiste a fait le buzz sur Internet : résolu à dénoncer la déforestation du Brésil, Thiago Mundano a recueilli 200 kg de cendres dans différents biotopes ravagés par les flammes, ceux de la jungle amazonienne, mais aussi du Pantanal, de la *mata atlantica* et de la savane du Cerrado. De nombreuses vidéos le montrent en train de tamiser cette matière, puis de la broyer jusqu'à la transformer en pigment pour sa peinture. Non pas cinquante nuances de gris, mais plusieurs centaines, dûment répertoriées selon leur lieu de provenance. Intitulée *O Brigadista da Floresta*, la fresque représente un soldat du feu avec ses vêtements de travail et ses outils dans un paysage de terre brûlée. L'homme s'appuie sur une pelle à étouffer les flammes ; regard perdu dans le vide, il est furieux et découragé, ses efforts n'ont servi à rien. On voit l'incendie continuer sa course, en arrière-plan du tableau. L'épaisse fumée qui s'en dégage paraît sortir de la fresque et engendrer le ciel plombé de São Paulo. Sur le sol calciné, divers symboles transforment la scène en allégorie d'une catastrophe annoncée : un sablier où le sable a fini de s'écouler, un porte-voix abandonné, et le squelette d'un caïman.

L'entreprise est louable, l'avertissement est là, certes, il attire l'attention de tous, mais son message ajoute à la tristesse du monde. Les morts du Covid, la forêt qui fout le camp, l'irresponsabilité criminelle de Bolsonaro… Qui n'est pas au courant de tout cela ? Pourquoi n'avoir pas transformé cette façade en trompe-l'œil de forêt amazonienne ? En rêve de canopée exubérante… À qui donc cette belle image de malheur est-elle destinée ? À la présidence ? Aux médias internationaux ? Ou seulement à satisfaire la bonne conscience de celui qui l'a réalisée ? En attendant, cette fresque lui pourrit la vue, la vie, parce qu'elle les réduit toutes deux à ce qu'il sait déjà et l'empêche d'envisager un avenir meilleur. De quel droit lui impose-t-on de regarder ce cauchemar monochrome du matin au soir ? Il quitte le balcon et revient dans sa chambre. Comme il n'y a aucun moyen de savoir à quel niveau de charge se trouve son Oculus Quest, il s'assoit en tailleur à côté de la prise et fixe la petite lumière rouge, impatient qu'elle veuille bien se décider à changer de couleur. Son teint ambré de caboclo souligne la profondeur de ses yeux gris-vert ; avec son *man bun* approximatif, il a l'air d'un yogi en méditation.

GILLES MARCHAND

UN MARTINIQUAIS DANS L'ESPACE

Admettons que cela se soit passé dans une taverne ou dans un de ces lieux sombres où les ombres se croisent sans se reconnaître. Admettons que l'endroit ait senti le vin et le tabac froid, que l'aubergiste ait eu un air tour à tour débonnaire et menaçant. La porte se serait ouverte dans un grand fracas, laissant entrer des tourbillons de pluie et de vent. Une silhouette se serait découpée dans l'embrassure de la porte et un homme dans la force de l'âge – évidemment dans la force de l'âge pour raconter une telle histoire – aurait avancé lentement, ses vêtements gouttant sur le sol en formant de minuscules flaques à chacun de ses pas. Il aurait demandé, de sa voix rauque, une bière pour la soif et un rhum pour la réchauffe, se serait assis face à moi, se serait raclé la gorge, aurait attendu que nos yeux se croisent pour finir par me demander si je connaissais l'histoire de Zétwal.

Après lui avoir répondu par la négative, il se serait emporté, aurait tapé du plat de la main sur le bois de la table. Pour autant, la question aurait été tout à fait rhétorique, il se douterait bien que je ne connaissais pas l'histoire de Zétwal. Personne, dans cette taverne, ne la connaîtrait. Qu'importe, il aurait obtenu ce qu'il désirait : le silence.

Ce n'est pas tout à fait comme cela que m'est venue cette histoire mais dans le fond, qu'importe. Il était tard, il y avait du vin et une bonne histoire mérite bien quelques mensonges.

Zétwal, donc. Un nom qui résonne comme le titre d'un album pour enfants. Zétwal et le silence de la salle, brièvement troué par le bruit de déglutition d'une lampée de bière dans la gorge de l'inconnu. Zétwal.

L'homme balaya la pièce de son regard, prononça une seule et unique phrase qu'il nous laissa digérer. « Zétwal, le premier – et à ce jour le seul – Martiniquais à être allé dans l'espace. »

Je fronçai les sourcils, essayai de mettre en branle mes synapses. Je ne suis pas spécialiste des astro-cosmo-spatio-taïkonautes, je n'ai pas en tête le nom de tous les Français à avoir enfilé un scaphandre blanc pour aller se promener entre la terre et la lune… Mais un Martiniquais dans l'espace, vraiment, ça ne m'aurait pas échappé. Je pourrais jurer que dans toutes les boîtes crâniennes amassées dans la taverne, les mêmes idées se battaient contre cette ignorance. Patrick Baudry, Jean-Loup Chrétien, Claudie Haigneré… Et les autres ? Il n'y avait pas eu mille Français dans l'espace !

Quelques regards perplexes furent échangés. Une nouvelle lampée fut engloutie. Et quand l'inconnu reprit la parole, il ne la rendit plus.

« C'était en 1974, en Martinique. Je vous parle d'un rêve, je vous parle d'une folie, je vous parle de la plus folle espérance d'un homme sur une île des Antilles. Il est jeune et s'appelle Robert Saint-Rose. Il est fou et veut construire sa propre fusée. Il n'est pas ingénieur, il n'est pas très riche mais il sait regarder le ciel. Et il a une voiture, neuve, qu'il commence à désosser consciencieusement. La matière première de sa fusée est là, garée dans son jardin. Il n'en reste bientôt plus rien. Pendant de longues journées ça martèle, au cours de longues nuits ça cloue. Le reste du temps, ça dessine, ça calcule, ça mesure, ça se creuse la tête. Et ça rêve du prochain voyage, celui dont tout le monde va parler. Robert n'en doute pas une seconde, il sera un héros. Héros de Martinique, héros des Antilles, héros de France, du Monde et donc… de l'espace.

Il met tout son cœur et tout son temps dans ce projet.

Pourtant, force est de constater que sa petite amie reste assez dubitative. Tout comme son cousin qui, néanmoins, ne rechigne pas à la tâche en lui tendant ici une clé de douze, là un tournevis cruciforme.

Cette ardeur finit par payer. La fusée est prête. Elle est assez jolie, conique. Une fusée de bande dessinée certes, mais une fusée prête à décoller. Ne reste plus qu'une question à régler : « Comment ? »

Si Zétwal – puisque c'est ainsi que tout le monde le surnomme – a pensé à tout en construisant son véhicule spatial, il a remis à plus tard ce détail. Pas de moteur, pas de source d'énergie et, pire encore : aucune idée du moyen de faire s'envoler le monstre de ferraille.

Pour ce genre de situations, le jeune Martiniquais a néanmoins un joker. Il voue une admiration sans bornes à son ancien professeur de français, un homme qui l'a toujours respecté. Il va donc le trouver. L'homme n'a pas changé, assis à son bureau, les étagères débordant d'ouvrages, le bureau débordant d'ouvrages, les paroles débordant d'ouvrages. Le vieux professeur l'écoute attentivement. Il ne sourit pas, ne se moque pas, il l'écoute. Est-ce pour se débarrasser du jeune homme ? Est-ce pour lui donner envie de passer à autre chose ? Toujours est-il qu'il lui tend le *Cahier d'un retour au pays natal* d'Aimé Césaire en lui disant : « Les réponses à toutes tes questions sont là. »

Zétwal n'avait en réalité qu'une seule question, il a sa réponse. Il rentre chez lui, peaufine ses derniers réglages et débute la lecture de Césaire.

« *Au bout du petit matin…*

Va-t'en, lui disais-je, gueule de flic, gueule de vache, va-t'en je déteste les larbins de l'ordre et les hannetons de l'espérance. »

C'est le coup de foudre. Il comprend parfaitement où a voulu en venir son professeur. Il ne reste plus qu'à fixer une date pour le décollage de la fusée.

La famille est prévenue, les voisins, les gens du village. Ce n'est pas tous les jours que l'on peut assister au décollage d'une fusée. Et ce n'est pas tous les jours non plus que l'on peut dire au revoir à un cosmonaute. Dans ce petit coin de Martinique, c'est un grand événement que d'aucuns n'hésitent pas à appeler un événement *majeur*. Pourtant, ne nous voilons pas la face, la foule n'est pas si dense. C'est une déception et presque – disons-le – une désillusion. Zétwal est déçu. Il rêvait d'un départ en fanfare, ce sera un départ en comité réduit.

Il en faut néanmoins bien plus pour abattre le moral du voyageur spatial. Il reste digne, se tient droit, fait un geste de la main et pénètre dans le véhicule. Le moment est solennel. Historique.

La petite foule clairsemée est silencieuse, peut-être entend-on un ventre gargouiller, une gorge se racler. Dans l'ensemble, ça circonspecte.

Quelques secondes passent, des minutes. Un sifflement, long, strident, assourdissant.

Et ?

Et rien.

Rien du tout, un silence pesant sur des regards eux-mêmes lourds.

Puis on entend la voix de Zétwal. Il lit la première page du *Cahier d'un retour au pays natal*. La petite foule ne sait que penser de ce qu'elle est en train de vivre. Ça commence à sourire, à ricaner puis à se moquer franchement. Et ça se disperse. Certains, peut-être, n'osent pas se l'avouer mais ils sont déçus. On n'y croyait pas, on savait que c'était une bonne farce, qu'on n'allait pas voir une fusée s'envoler dans les airs avec à son bord le premier Martiniquais cosmonaute. Mais tout de même, ça aurait été bien, ça aurait eu de la gueule. Alors on s'éparpille, on se disperse, on rentre chez soi pour reprendre une vie normale dans un monde normal, un monde où seuls les Soviétiques et les Américains vont dans l'espace.

De son côté, le clan Zétwal est également désolé et, il faut bien le dire, un peu honteux. « Qu'est-ce qu'on va penser de nous, que va-t-on raconter ? » Ils essaient de convaincre leur ami, d'arrêter le massacre, de sortir de sa fusée et de passer à autre chose. Mais lui n'écoute pas, il lit, il lit et lit encore, enchaînant les pages avec ardeur et dévotion. Pourtant rien ne se passe. Zétwal est dépité, il ne comprend pas. Les mots de Césaire sont pourtant si puissants !

La nuit tombe, le jour se lève.

La nuit retombe mais le jour ne se laisse pas faire et se relève.

C'est un cousin de Zétwal qui vient lui rendre visite, voir comment ça va, s'il est passé à autre chose.

Mais Zétwal n'est pas là. Il n'est nulle part. La fusée non plus n'est pas là.

On les recherche partout, on inspecte les garages, les granges, les moindres recoins de l'île. On ne les a jamais retrouvés. Peut-être aurait-il fallu regarder dans le ciel pour en retrouver la trace.

J'ai par la suite appris que l'homme qui était entré dans cette taverne était un réalisateur et photographe qui répondait au nom de Gilles Elie-Dit-Cosaque. Il avait parcouru le monde à la recherche de Zétwal. Il cherchait des témoins, il traquait les réponses. Il était tellement habité par cette histoire qu'il avait fini par lui consacrer un documentaire. Si vous ne me croyez pas, regardez-le. Publié par La Maison Garage, il est sobrement intitulé *Zétwal.* Et lisez Aimé Césaire…

KAZIM ALI

Je longe plutôt une rivière

Traduit de l'anglais (États-Unis) par Ananda Devi

Cathedral

I walk instead along the river, my cathedral
not of stone or god but water made.

A woman in the median is shouting into her phone,
her diatribe punctuated by that most French of words :

« Franchement, je n'y crois pas ! » and
« Franchement, je savais que cela arriverait ! »

The Louvre roofs rivet tight the short horizon.
A discarded fan in the gutter, broken, fluttering.

Who was I when I came here before.
What were all the reasons I found all this so beautiful.

Cathédrale

Je longe plutôt une rivière, ma cathédrale,
faite non de pierre ou de dieu, mais d'eau.

Une femme à mi-chemin hurle au téléphone,
ponctuant sa diatribe de ces mots si parfaitement français :

« Franchement, je n'y crois pas ! » et
« Franchement, je savais que cela arriverait ! »

Les toits du Louvre arriment de leurs rivets le bref horizon.
Dans le caniveau, un éventail brisé gît, frémissant.

Qui étais-je, lorsque je vins ici jadis.
Pour quelles raisons tout cela me semblait-il si beau.

Mulberry

Down near Mott Street I wonder what is the actual border
between Little Italy and Chinatown, and if it doesn't exist then
what about any map's delineation, the name of that mountain,
or this border line?

That one hundred degree New York summer sent me in memory
back across years and time zones and oceans. July. Ramallah.
I carry home watermelon and salty cheese and white mulberries
in a crate marked "Israel." What is Chinatown anyhow?

A place people who left home come to find spices and meats
familiar to their tongue, and one street runs down the middle

of it but its edges like the desert trees and flowers
of Palestine linger.

What would it mean to not know the endings of things the way
in Palestine during Ramadan one doesn't know what to eat
or not eat and I couldn't find enough food to assuage the void
that being far from home opens up.

Yet the perfume of the qarub lingers on the tongue and I sauntered
toward Houston, crossing over from a where into a where, feeling
it was real, I was there. Somewhere, I don't know where but I was there.
That summer, in Little Italy, Chinatown was real.

That summer in New York, Palestine was real.

Mûres

Aux environs de Mott Street je me demande où se trouve la vraie frontière
entre Little Italy et Chinatown, et si elle n'existe pas, alors
comment croire aux démarcations des cartes, au nom de telle montagne,
de telle frontière ?

Cet été-là, à New York, trente-huit degrés à l'ombre, me plongea dans un ressouvenir
qui transcendait les années et les fuseaux horaires et les océans. Juillet. Ramallah.
Je ramène à la maison une pastèque et du fromage salé et des mûres blanches
dans une caisse tamponnée « Israël ».

Et qu'est-ce que Chinatown, finalement ?

Un lieu où ceux qui ont quitté leur pays viennent chercher des épices et des viandes
dont leur langue connaît le goût, et une rue la traverse en son milieu
mais ses abords, comme les arbres et les fleurs croissant dans le désert
de Palestine, perdurent.

Que signifierait-il de ne pas savoir la fin des choses, tout comme
en Palestine, pendant le Ramadan, on ne sait pas ce qu'on doit manger
ou ne pas manger et je ne pouvais trouver une nourriture qui comblerait ce vide
qui s'ouvre loin de chez soi.

Et pourtant s'éternise le parfum du *qarub* sur ma langue, et je déambulais
vers Houston, passant d'un *quelque part* vers un *quelque part*, et cela me semblait
vrai, j'étais bien là. Quelque part, mais je ne sais pas *où*, mais j'étais là.
Cet été-là, dans Little Italy, Chinatown existait.

Cet été-là, à New York, la Palestine existait.

Solace

In Winnipeg there is a gravestone marked with my name
in which lies a man whose silhouette I see
in the mirror every morning

Do I exist in the minds of others I wonder

In the earliest hours I give extra water to the tangelo tree
which cannot give fruit unless a lemon or mandarin is near

When no one is awake and no friend is near
I find myself disappearing and yet able to hear
sounds half a mile away

Bell's Theorem teaches us you can really only have one of two
worlds: a real world in which particles remain entangled even
at great distance or a local world in which nothing is real
unless it is observed

In either world I do not exist

June comes around and the lemon and the mandarin blossom but the tangelo does not

Newton was as confused by gravitational action
at a distance as we are by quantum action at a distance

Einstein solved it by showing how the fabric of space bends
around large – planetary, lunar, stellar – mass

Local reality does not apply to the Universe

High above the earth still orbits the Micius satellite beaming photons
to the Earth in a continuing effort to understand why particles
are entangled across space and time

I have already outlived the man with my name by two years

We try pollinating the tangelo by hand but so far
there is neither bud nor blossom

Since the sun interferes with its mechanisms,
Micius only operates at night

The local world is not reasonable

There is no solace in the Universe

Consolation

À Winnipeg se trouve une pierre tombale gravée à mon nom
sous laquelle gît un homme dont je vois la silhouette
chaque matin dans mon miroir

Je me demande si j'existe dans l'esprit des autres

Aux premières heures du jour j'offre un peu plus d'eau au tangelo
qui ne porte de fruits que lorsqu'il est proche d'un citronnier ou d'un mandarinier

Quand nul n'est éveillé et qu'aucun ami n'est proche
je sens que je disparais et pourtant j'entends
des sons distants d'un demi kilomètre

Le théorème de Bell nous apprend qu'un seul d'entre deux mondes
est possible : un monde réel où les particules demeurent intriquées même
séparées par une grande distance, ou un monde local où rien n'est réel
à moins qu'on ne l'observe

Dans l'un ou l'autre monde, je n'existe pas

Voici juin et le citronnier et le mandarinier sont en fleur mais le tangelo ne fleurit pas

Newton s'interrogeait tout autant sur l'influence gravitationnelle
à distance que nous sur l'influence quantique à distance

Einstein le résolut en démontrant comment le tissu de l'espace se recourbe
autour d'immenses masses – planétaires, lunaires, stellaires

La réalité locale ne s'applique pas à l'Univers

Loin au-dessus de la terre le satellite Micius orbite toujours, transmettant ses faisceaux de photons
vers la Terre pour tenter de comprendre pourquoi les particules
s'intriquent par-delà l'espace et le temps

Et j'ai déjà survécu plus de deux ans à cet homme qui portait mon nom

Nous tentons de féconder le tangelo à la main mais jusqu'ici
ni bourgeon ni floraison

Parce que le soleil perturbe ses mécanismes,
Micius ne fonctionne que la nuit

Notre petit monde local n'est pas raisonnable

Pas de consolation dans l'Univers

The Stillness of the World Before Baudelaire in Bangla

After Lars Gustafson

To be close enough
To that must-have-been world
Fallible as a saint
Your foot free of its sandal

Rests lightly against mine
To smell your sweat mixed
With the flowers around my neck
Wilting in the heat

Outside in the street
A funeral procession groans on
While in the tent the crowd applauds
A new translation: Baudelaire into Bangla

My mouth tastes the air
Your tongue pronounces me
Sounds out the insides
Your sole a portal gently there

My infinity falters
Will this feeling
of skin on skin
evaporate into

Young men in orange chanting
Flowers on the body
Drunk with virtue and loss
A marigold listening

Le silence du monde avant Baudelaire en bengali

D'après Lars Gustafson

Être suffisamment proche
De ce monde qui-a-dû-être
Faillible comme un saint
Ton pied libéré de sa sandale

Repose léger contre le mien
Sentir ta sueur mêlée
Aux fleurs autour de mon cou
Flétrissant dans la chaleur

Dehors dans la rue
Un convoi funéraire avance péniblement
Tandis que sous la tente la foule applaudit
Une nouvelle traduction : Baudelaire en
bengali

Ma bouche goûte l'air
Ta langue me prononce
Sonde les espaces intimes
La plante de ton pied une douce ouverture

Mon infini défaille
Cette sensation
De peau contre peau
S'évaporera-t-elle pour devenir

De jeunes hommes en orange psalmodiant
Des fleurs sur le corps
Ivres de vertu et de perte
Écoute de rose d'Inde

Yield

Why did you not answer when I sent the shrikes to strike
the pane of the sky, what did you hear
when I called out in the night ?

I have another life now. We dug up the lawn
and cut back the roses to their roots,
planted instead fava beans, chard, a fig tree, three papayas.

These are things that would never grow in the northern shores :

the great Mexican sunflowers whose seeds the parrots eat,
all the family photographs in which I do not appear,
the one part of my name no one else can pronounce.

It is a kind of hell not knowing whether or not you heard me.
Did you hear me?

The planet continues its spin but I am impaled
on a thorn of silence.

In the city on the mesa between mountain and ocean
we spent days cutting back the lantana so the monarchs
no longer come. In their place we planted avocado trees,
a pomegranate, parsley, and corn.

What could god have said to you that I did not ?

We do not break the soil but build on top.
We do not separate the crops but scatter the seeds.

Disperser

Pourquoi n'as-tu pas répondu quand j'ai lancé les pies-grièches
contre la vitre du ciel, qu'as-tu entendu
quand j'ai lancé mon cri dans la nuit ?

J'ai une autre vie, désormais. Nous avons arraché le gazon
et taillé les roses à la racine,
planté à la place des fèves, des bettes, un figuier, trois papayers.

Voici des choses qui ne pousseraient jamais dans les régions du nord :

les immenses tournesols mexicains dont les perroquets dévorent les graines,
toutes les photos de famille dans lesquelles je ne suis pas,
cette seule partie de mon nom que personne d'autre ne peut prononcer.

C'est une sorte d'enfer que de ne savoir si tu m'as entendu.
M'as-tu entendu ?

La planète poursuit sa course mais je suis empalé
sur une épine de silence.

Dans la cité sur la mesa entre montagne et océan
nous avons mis des jours à défricher le lantana et ainsi les monarques
ne viennent plus. Nous avons planté à la place des avocatiers,
un grenadier, du persil, et du maïs.

Qu'aurait pu te dire dieu que je ne t'avais pas dit ?

Nous ne labourons pas la terre mais construisons par-dessus.
Nous ne séparons pas les cultures mais dispersons les graines.

We feed ourselves in every season.

Marco takes bags of beans to every neighbor as a gift
Only one gruffly refuses, saying, « We don't want any of that ».
In the night the shrikes come to say what you could not.

In all the years of voiceless song, what have you heard?
On my own and far from my source I had to make a home.
We scattered the seeds. We made a home.

Nous parvenons à nous nourrir à chaque saison.

Marco va offrir des sacs de fèves en cadeau à chaque voisin.
Un seul refuse brusquement, disant « Nous ne voulons rien de tout ça ».
Dans la nuit, les pies-grièches viennent me dire ce que tu ne pouvais pas me dire.

De toutes ces années d'un chant silencieux, qu'as-tu entendu ?
Seul et loin de ma source, j'ai dû me fonder un foyer.
Nous avons dispersé les graines. Nous avons fondé un foyer.

ANANDA DEVI & KAZIM ALI

TRADUIRE LA POÉSIE
EXALTATION ET FRUSTRATION

Traduire Kazim

L'écrivain Kazim Ali et moi avons amorcé depuis peu un curieux dialogue poétique. Il a traduit l'un de mes recueils de poésie en anglais (publié en 2021). Je traduis en ce moment quelques-uns de ses textes en français.

Nos échanges sont emplis d'interrogations : que veut dire exactement ce mot ici ? Comment rendre le double sens de cette expression ? Plus nous avançons, et moins nous sommes sûrs de nous-mêmes.

J'aime sa poésie. Il passe du contemplatif à l'ordinaire avec une facilité déconcertante, il nous attire dans son monde et nous fait croire que nous le comprenons avant de se dérober à la dernière ligne. Et nous, lecteurs, restons debout sur les rives et le regardons s'éloigner. Nous tentons de retenir en nous sa poésie, ses cadences, nous tentons de l'amener à livrer, par de secrètes caresses, ses sens multiples, ses tristesses.

Mais le traduire est une autre histoire : assise à mon bureau, à Maurice, le bruit du vent et des vagues dans mes oreilles, accompagnement propice à l'instant du passage, de l'aventure, je me laisse emporter par son écriture, par sa musique. Mais dès que je m'engage dans la première ligne du poème *Cathédrale*, je suis obligée de m'arrêter :

I walk instead along the river, my cathedral
not of stone or god but water made.
(Je longe plutôt une rivière, ma cathédrale,
faite non de pierre ou de dieu, mais d'eau.)

Que veut dire *instead*, ici ? C'est le début du poème, mais c'est aussi une pensée qui se poursuit, comme si j'avais raté une partie de l'histoire. Et c'est effectivement ce qui s'est passé, comme nous l'apprendrons dans les dernières lignes du poème. Ce *instead*, « au lieu de », « plutôt », indique une hésitation, une bifurcation du chemin, une sorte de décision prise entre deux voies. Mais lesquelles ? Où voulait-il aller, et pourquoi nous amène-t-il, dès le début, à mi-chemin du parcours, et ne nous révèle pas les raisons de ce changement de direction ?

Je suis assise, le vent souffle plus fort, les vagues se fâchent, et le poème semble me dire, comme je me suis souvent dit en tentant de traduire la poésie de Sylvia Plath, que traduire la poésie est de la folie, une tâche impossible, sisyphéenne, que jamais on ne parviendra jusqu'en haut de cette pente qu'on a choisi d'escalader. Le vent hurle.

Je relis le poème. Lentement, quelque chose semble émerger. Non la signification, mais l'instant. Il marche sur les bords de la Seine. Il se trouve entre deux mondes : la majesté des monuments grandioses tels que le Louvre, et l'immédiateté quotidienne des gens alentour, telle cette femme volubile au téléphone. Vers quoi se dirigera-t-il ? Vers ces hautes cathédrales et ces palais bâtis par des hommes et qui ont survécu aux siècles, ou vers ces gens prisonniers de leurs préoccupations, graves ou futiles, ou bien… vers le fleuve lui-même, cette cathédrale incomparablement plus ancienne, faite d'eau et non de pierre et surtout sans dieu ?

Voici, juxtaposés, les hauts sommets du Louvre plongeant tels des rivets dans le ciel, et un éventail brisé dans le caniveau. L'éternel et l'éphémère. Mais en y réfléchissant, au moment où il écrit le poème, revisitant cet instant précis où il était suspendu entre deux états contraires, voire contradictoires, il se pose une question qui n'est pas une question. D'où l'absence de point d'interrogation.

Who was I when I came here before.
What were all the reasons I found all this so beautiful.
(Qui étais-je lorsque je vins ici jadis.
Pour quelles raisons tout cela me semblait-il si beau.)

Entre ces deux instants, alors qu'il était là-bas, au bord de la Seine et tandis qu'il est ici, écrivant, tout a changé : lui-même, ce *soi* perdu qu'il a laissé sur les berges du fleuve, et ce sentiment d'émerveillement devant ce qui désormais ressemble trop à un lieu de perte pour encore lui sembler beau.

Tout cela, contenu dans cette hésitation initiale – *instead.*

En terminant ma traduction, j'ai le sentiment d'avoir suivi ses traces vers ces lieux et vers l'instant où il écrit le poème.

Et le même sentiment de beauté et de perte m'envahit.

A. D.

Traduire Ananda

J'ai commencé à traduire Ananda Devi sur les rives de l'océan Indien. Non pas à Maurice, mais dans le sud-ouest de l'Inde. Je venais d'arriver de Pondichéry, qui faisait partie de la colonie française en Inde. Il me semble que cette histoire doit être dite, car je fais partie, tout comme Devi, de cette même communauté de personnes qui pourraient être qualifiées de « transnationales », de nomades, et que cela nourrit sa poésie comme la mienne, tout autant que l'entreprise de traduire ses poèmes.

Face à cette entreprise, je suis, en tant que traducteur, désemparé. Il me semble que je dois franchir, pour y parvenir, un gouffre creusé par les différences de l'expérience, du genre, du décalage continental – Ananda appartient à l'espace africain et moi à l'espace américain –, de la vie elle-même. (Ananda est un peu plus âgée que moi mais parle dans ces poèmes de la mort de sa mère, chose que je n'ai pas encore vécue.)

Son travail, lorsque je l'ai découvert au tout début, était également tout à fait différent du mien. Ses émotions étaient exprimées presque crûment, à fleur de peau. Elle était directe comme je ne l'avais jamais été. L'acte même de la traduire m'a changé. Petit à petit, ses poèmes entraient en moi, passaient à travers mon corps : j'en sortirai changé.

Je dois avouer la frustration que j'ai ressentie, à ce moment-là et encore maintenant, de ne pas pouvoir reproduire précisément la douceur des sonorités françaises (si différentes de l'anglais), les tournures inattendues, la manière évasive et ambiguë d'énoncer les choses et la merveilleuse sinuosité de la syntaxe. Il était relativement aisé de retrouver en anglais les équivalences verbales, voire les équivalences culturelles, mais c'est surtout la structure et les sonorités, le plaisir de la prose ou de la poésie qu'on risque de perdre. Ou qu'on doit retrouver d'une autre manière. Je me suis surpris à tenter de restituer la fluidité par d'autres moyens, le rythme de la phrase, les subordonnées, de retrouver la sonorité elle-même par des voies détournées.

L'un des poèmes contient cette phrase : « Ils disent, et à la fois contredisent, et à la fois déguisent. » On pourrait rendre « à la fois » par *at the same time*, mais cette formule est terriblement inélégante par rapport à « à la fois ». Cela dit, le véritable problème ici est l'effet d'écho produit par « disent », « contredisent » et « déguisent ». Ceux qui connaissent le français (je n'ai moi-même jamais formellement étudié cette langue) savent que, comme de nombreuses syllabes en français, le « ent » de la 3ᵉ personne du pluriel est muet, de sorte que ces trois mots riment avec *these* en anglais. Mais comment les rendre ? Littéralement : *They speak, and at the same time contradict, and at the same time disguise.* Non seulement on perd la rime, mais également le lien entre « disent » et « contredisent ». J'aurais pu utiliser *talk* et *backtalk*, ou *talk* et *talk back*, mais cela me semble trop dur, trop direct. *Talk* évoque un dialogue ou quelque énoncé précis. *Speaking* indique une simple verbalisation, sans préciser la signification de ce qui est dit, ni comment, ni à qui. J'ai donc tenté *speak* et *speak under*, mais ça ne marchait pas. J'ai donc opté pour *speak* et *speak back* ; même si cette dernière expression ne contient pas le sens d'opposition de *backtalk*, ni la véritable signification de « contredisent », on retrouve l'écho entre les deux verbes.

Bien sûr, de nombreux aspects sont perdus en traduction, mais parfois, on découvre aussi des choses. Dans l'un de mes poèmes, Ananda a traduit *The Stillness of the World before Baudelaire in Bangla* par « Le silence du monde avant Baudelaire en bengali ». Ce même poème se termine, en anglais, par : *Young men in orange chanting / Flowers on the body / Drunk with virtue and loss / A marigold listening.* Elle a introduit un glissement en français, un glissement qui ouvre un petit espace dans le poème, et nous ramène vers l'Inde, où il a été écrit : « De jeunes hommes en orange psalmodiant / Des fleurs sur le corps / Ivres de vertu et de perte / Écoute de rose d'Inde. »

K. A.

MARTINE-LÉA LERUCH

Même seule je poursuivrai la conversation

La pluie cette nuit a nappé la petite table grise, déposé sur la tôle une fine image du ciel où se mirent les plantes du balcon. Ce n'est rien. Presque rien. Il y a à chaque instant tellement de minuscules miracles comme celui-ci. Dans chaque flaque de chaque forêt de tous les pays de la terre. Sans compter les trottoirs des villes. Sans compter dans les ciels ces traces filiformes qui apparaissent après qu'un avion est passé : *cirrus homogenitus*, c'est le nom de nuage de ces sillages qui se croisent, se superposent, sculptent le ciel.

Traquer les traces fugitives, cela pourrait occuper toute une vie et faire dans l'art une spécialité. Qui s'étonnerait qu'une galerie offre ses murs aux clichés d'un photographe qui n'aurait fait que cela : saisir les productions naturelles éphémères ? Coulées de pluie sur la vitre, poussières sur un objet, ombres portées. D'ailleurs, n'est-ce pas ce que fait toujours la photographie ? Donner corps à une image saisie par un regard. Autrefois on disait « instantané » mais le mot semble avoir disparu, ou la conscience que le photographe interrompt le flux des sensations pour offrir au regard une apparition. Sans son intervention, nous serions livrés à l'indistinction des perceptions habituelles. L'instantané modifie le déroulé du temps, en fait vibrer l'immobilité et en fixe la fuite. Il ne se limite pas à saisir quelque chose qui serait déjà là, il crée un monde à explorer. Une invitation, donc, au regard, un appel à conversation. Entre l'auteur de l'image et son lecteur, mais aussi entre deux spectateurs dont les regards se croisent sur elle.

Le soleil a asséché la flaque. De la petite table le ciel s'est absenté. La voilà de nouveau simple petite table grise sur le balcon.

Personne n'a vu, à part moi. Je suis le seul témoin. Le ciel sur la table aura vécu, l'espace de l'accalmie qui a suivi la pluie, de l'existence brève d'un reflet capté par un regard.

Il est à présent dans mes mots, disponible à qui voudra bien l'accueillir.

Pas toi, mon ami, mon frère. Il est trop tard. Les mots sont pour les vivants. Hier, j'avais l'âme en peine, et je suis allée sur ta tombe. J'imaginais qu'en pensant très fort à toi, je retrouverais quelque chose de ta présence. Mais sur la pierre fraîchement posée une inscription m'a arrêtée. Gravés par une main inconnue ton prénom et ton nom s'affichaient, soudainement étrangers. L'homme, né en 1936, mort en 2022 qui se trouvait sous cette pierre venait de rejoindre brutalement le peuple des inhumés. Nous n'appartenions plus au même monde. Nous étions définitivement séparés.

Qu'est-ce que vous avez tant à vous dire ainsi pendant des heures ? s'interrogeait-on autour de nous. Pendant des heures, c'est vrai, nous bavardions. À l'écart des autres.

Maintenant, est-ce que j'allais pouvoir poursuivre la conversation ?

Nous parlions de tout et de rien avec l'air sérieux de conspirateurs. Nous avions une référence en la matière : trois hommes photographiés, ou plutôt leurs visages, en plein débat. Trois têtes proches pour que rien ne se perde, couvertes d'un *kepele*. Le mot qui a survécu à mon enfance désigne un petit couvre-chef appelé aujourd'hui *kippa*. Je préfère *kepele* à *kippa*. Les querelles de mots sont la partie visible de controverses parfois difficiles à penser. En l'occurrence, l'enjeu n'est pas le choix d'une langue et d'une culture, mais l'écart entre une identité engloutie et une autre, qui, apparue avec l'« État juif », suscite en moi la tentation de renoncer au nom. Nous étions d'accord pour ne pas l'abandonner, ce nom. Nous y tenions. Pour nous, il disait une fidélité sans faille au jeu des mots, à la joie de parler ensemble.

Nous avions chacun conservé un tirage de la photo des trois amis. L'un d'eux est notre père. Les autres, ses camarades des jours d'exception où il se rendait à la synagogue pour les voir. C'est là que l'objectif les a saisis. Drapés dans leur châle, ils avaient plus important à faire que prier. Cette image est dans mon esprit couplée avec une autre qui a dû faire le tour du monde et reste fixée dans ma mémoire. Un petit groupe d'hommes endimanchés saisis dans un village de Hongrie par le jeune André Kertész. Pendant que la messe se déroule à deux pas, ils bavardent. Quatre villageois en costume, chemise blanche et chapeau, les visages ravinés. De quoi s'entretiennent-ils ? Allez savoir ! De tout et de rien.

Comme les trois hommes de la synagogue, comme les quatre villageois hongrois, comme tous les hommes qui se regroupent pour converser, nous parlions tous les deux des choses de la vie. Nous avions construit une identité à notre convenance : ignorante des frontières, des religions, des croyances ! Et, bien que nous avoisinions le degré zéro de l'engagement politique, nous manifestions une profonde empathie avec les damnés de la terre. Nous avions faite nôtre la déclaration d'un certain Abel Meeropol, enseignant new-yorkais : « Je suis un Juif, disait-il. Comment puis-je le savoir ? Le Nègre lynché me rappelle que je suis un Juif. » Il était communiste, et membre du PC. Notre identification à nous était métaphysique. L'être humain, comme on peut parler d'un être animal, ou d'un être plante était une affaire d'attention à la note juste. Il suffit de regarder plus loin que son nez pour voir que chacun est égal.

Voilà que je bavarde comme si tu étais là. Je ne dis pas n'importe quoi, je parle sous ton contrôle. Seule pourtant, je converse. Je me garantis à moi-même que j'existe. C'est ce que nous faisions l'un pour l'autre. D'où que tu tenais tant à « nos » moments. Tu me demandais : « Qu'est-ce que tu as fait aujourd'hui ? » C'était le signal. Je cherchais ce qui était digne de t'être rapporté et dévidais l'écheveau de mes pensées. Souvent je prélevais sciemment un morceau de ma vie pour te l'apporter et qu'en retour tu m'offres l'un des tiens. J'avais un carnet de notes, comme un écrivain !

J'ai cru devant ta tombe que c'en était fini. Je me trompais. Ce qui a eu lieu a eu lieu. Par toi j'ai appris à voir. À me souvenir. À assurer un minimum de continuité entre les instants. Je poursuivrai. Je te le dois.

Hier à l'heure où les rayons s'inclinent, j'ai été témoin d'une caresse inouïe du soleil à la terre. Devant moi courait en courbe un chemin creux gaillard et gai. Je marchais. Et soudain au lointain, au confluent du chemin et du ciel, un embrasement. Cela avait pris dans un arbre de bonne taille et se diffusait à partir de là au long de l'horizon sur la terre texturée d'un champ endormi pour l'hiver. L'or, dense, se répandait jusque fort avant sur le champ, jusqu'à ce que, perdant de sa puissance, il ne soit plus capable que d'attraper la crête des mottes. On eût dit le trait d'un pinceau qui, ayant déposé sa charge de matière, eût saupoudré la terre de sienne d'une poussière d'ocre.

C'est dit. Bouteille à la mer ! Tu en aurais peut-être fait une peinture.

CARLES DUARTE

Paysages éphémères

Traduit du catalan par François-Michel Durazzo

Jemaa el Fna

Al Jordi, a l'Anna,
a l'Antoni i, sempre,
a la Mercè.

El capvespre s'imposa
lentament i segura
i s'encenen els llums de les parades ?
que oscil·len amb la mica de vent.

Entre glops saborosos de te,
amarat de l'aroma de menta,
veiem, de la claror esvanida,
sorgir Sírius, l'astre brillant ;
ara Proció, Betelgeuse…
i el cenyidor d'Orió
i l'Auriga i Gèmini
i, a llevant, il·luminant-se, Leo…

A sota la terrassa,
un paisatge canviant i sempre viu :
encantadors de serps,
venedors de misteris,
d'afrodisíaques nits…

En acabat, les parades
de broquetes de carn,
d'albergínies i de peix fregits
que es vesteixen de gent que s'hi asseu a sopar-hi.

I quan la nit ja és fosca,
al bell mig de la plaça,
en un cercle que es fa i es refà sense presses,
com si el vent se n'endugués les cendres
i hi menés nova llenya per mantenir el caliu,
se sent, sobre el silenci, la rítmica música

Jemaa el-Fna

À Jordi, Anna,
Antoni et, toujours,
à Mercè.

Le crépuscule s'impose
lentement, sûrement,
quand s'allument les lanternes des échoppes
qui oscillent au moindre souffle.

Entre de savoureuses gorgées de thé,
saturé de menthe,
nous regardons, sous la lumière évanouie,
se lever Sirius, l'astre brillant ;
et maintenant Procyon, Bételgeuse…
la ceinture d'Orion,
le Chariot, les Gémeaux
et à l'est, s'illuminant, le Lion…

Sous la terrasse,
un paysage changeant, toujours vivant :
charmeurs de serpents,
vendeurs de mystères,
de nuits aphrodisiaques…

Enfin, les échoppes
de brochettes de viande,
d'aubergines et de poissons frits
se remplissent de gens qui s'assoient pour dîner.

Dès que la nuit s'obscurcit,
au beau milieu de la place,
dans un cercle qui se fait et se refait sans hâte,
comme si le vent en emportait les cendres
et rapportait du bois pour entretenir la braise,
on entend, sur le silence, la musique rythmique

du rebab i el tar,
instants sublims traçats
per unes destres mans
ensinistrades a desvetllar
un art ocult
que amagava la càlida nit.

du rabâb et du târ,
instants sublimes que dessinent
d'habiles mains
formées à éveiller
un art secret
enfoui dans la nuit chaude.

L'Empordà

El mar es deixa,
humit,
un bes sobre la sorra,
se n'allunya
i s'hi acosta,
i un altre bes encara.

I un altre bes d'escuma,
de neu salada,
entre les roques
escarides,
pures.

I el vent.

I els arbres verds
que s'enlairen i es vinclen
en onades de fulles.

Un batec d'harmonies construeix el paisatge.

L'Empordà

La mer abandonne,
humide,
un baiser sur le sable,
s'en éloigne
s'en approche,
jusqu'au prochain baiser.

Pour un autre baiser d'écume,
de neige salée,
sur les écueils
délavés,
purs.

Et le vent.

Et les arbres verts
se dressent et leur frondaison
ploie comme une vague.

Un battement d'harmonies construit le paysage.

D'una terra blava

El mar ens confereix el territori,
ens beneeix el vent
i ens lliura l'horitzó de la paraula.

Tot conflueix al fons de la mirada,
el nord i el sud,
el passat i el present,
l'oblit i la memòria ;
la vida s'hi retroba
i, exultant, hi emergeix.

D'une terre bleue

La mer nous offre le territoire,
le vent nous bénit
et nous offre l'horizon de la parole.

Tout converge au fond du regard,
nord et sud,
passé, présent,
oubli, mémoire ;
la vie s'y trouve
et, exultante, en émerge.

Hi ha un crit de fang
que sagna la bellesa
i cerca la veritat.

La vida creix
on mans diverses
basteixen un camí.

Un cri de fange
saigne la beauté
en quête de vérité.

La vie grandit
où plusieurs mains
bâtissent un chemin.

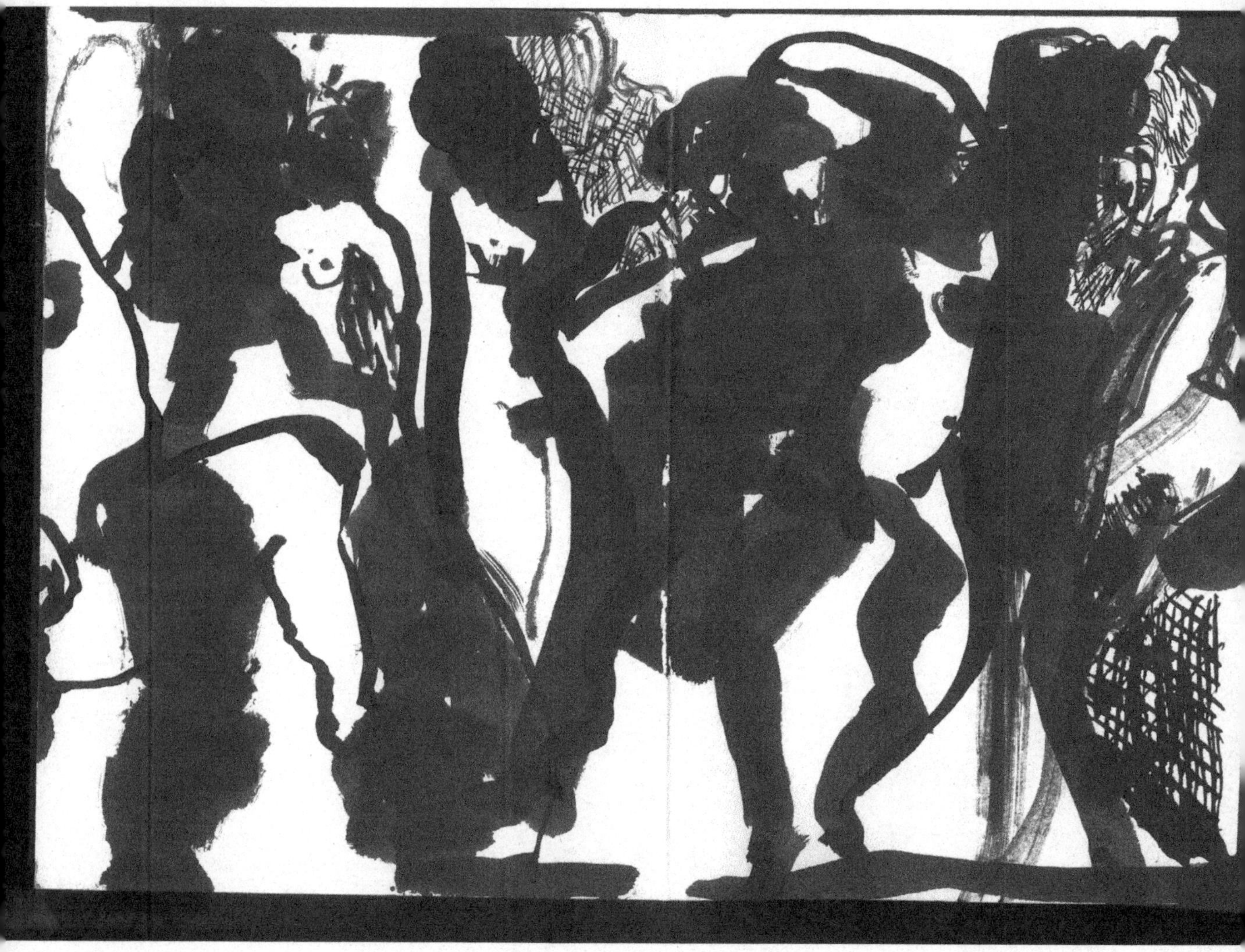

Présence de Zuzanna Ginczanka

PAR ISABELLE MACOR

Figure fascinante de l'entre-deux guerres, à la fois en tant que poète et en tant que femme, Zuzanna Ginczanka (1917-1945), née Ginzburg, à Kiev dans une famille juive assimilée, est redécouverte en Pologne au début des années 1980, après être demeurée dans l'oubli depuis la fin de la Seconde Guerre mondiale. Elle ne cesse depuis lors d'inspirer le milieu artistique et littéraire, universitaire et d'attirer un nombre toujours croissant de lecteurs. Lectures et spectacles conçus à partir de ses poèmes se multiplient, de même que les publications d'ouvrages, choix de ses poèmes, analyses, fictions. Il existe un lycée Zuzanna Ginczanka à Varsovie. Une grande exposition a été organisée, accompagnée d'une conférence, au Festival international de poésie Czesław Miłosz, de Cracovie, en 2016 ; et un marathon de lecture de ses poèmes en polonais et en traductions dans plusieurs langues a eu lieu sur Zoom en mars 2021 à l'initiative de la Communauté juive de Varsovie.

Comment interpréter, comprendre, expliquer ce regain d'intérêt, cette passion même pour Zuzanna Ginczanka ? Est-ce pour son œuvre, pas encore véritablement construite, dont les brouillons jaunis, non destinés à la publication, chargés de ratures, de corrections, sont miraculeusement sauvés de l'anéantissement et finalement publiés quelques dizaines d'années plus tard ? Pour sa personnalité devenue légende ? Pour son destin tragique ? Pour tout cela sans doute.

Równe Wołyńskie est une petite ville, aujourd'hui Rivne en Ukraine, appartenant à un territoire qui s'inscrivait dans ce que l'on a appelé les « Confins de l'Est », où se mêlaient depuis des siècles les nationalités et les cultures, les langues, les professions et conditions sociales les plus variées. Se côtoient au quotidien Juifs, Russes, Polonais, Ukrainiens, Arméniens, Tatars… Y travaillent de nombreux marchands et y créent des artisans souhaitant prospérer qui inspirent à la jeune poète des scènes, des détails de la vie quotidienne dynamique de cette petite ville dans beaucoup de poèmes. L'atmosphère de la ville est très fortement imprégnée de ce qui se passe à Varsovie, d'un mode vie qui promeut l'émancipation, voire l'excentricité, où l'accès à l'éducation, au savoir, où l'art avant-gardiste s'adressent de plus en plus, dans un esprit d'égalité, aux diverses classes de la société, où l'on fréquente des cafés littéraires bohèmes, lieux de création, de discussions, de débats philosophiques.

Dans cet environnement, Zuzanna est élevée par sa grand-mère, Chaïa Sandberg, qui tient une officine de pharmacie et dont la famille est l'une des plus connues dans la petite ville. Sa mère, Cecilia Ginzburg, abandonnée par son mari, l'a laissée à sa grand-mère, et s'est installée à Pampelune, en Espagne, pour vivre une nouvelle liaison. Chez les Sandberg, on parle russe et Zuzanna est appelée Sana, Sanotchka, Sanetchka. Très tôt, la jeune fille choisit de suivre ses études au lycée polonais Tadeusz Kościuszko et d'écrire de la poésie, en polonais. Son nom de

Encre de Serge Kantorowicz.

plume sera Ginczanka. Elle publie ses premiers poèmes à l'âge de 14 ans, dans la revue *Echa Szkolne (Échos scolaires)*. Dès ses premiers poèmes, sa personnalité artistique se dessine. C'est la voix d'une très jeune femme, une jeune fille, une adolescente, consciente déjà de sa féminité, de sa force et de sa vulnérabilité, de ses choix artistiques comme de ses choix de vie. Sa poésie, qui possède une énergie vitale remarquable, une sensualité « sauvage », est néanmoins solidement ancrée dans la culture classique, la mythologie gréco-romaine, la culture populaire des contes, la Bible et dans la lecture de la poésie européenne et des poètes de son époque. On y dénote, surtout dans les premières années de son activité créatrice, de 1931 à 1936 – *Echa Szkolne* (1931-1932), le*s rękopisy* (les manuscrits, 1932-1934), et les *wiersze rozproszone* (*poèmes épars*, 1933-1936) –, la marque de la Jeune Pologne puis celle des Skamandrites. Au cours de sa maturation, qui sera parallèle à l'avancée de la guerre, puis contemporaine de l'effondrement de l'Europe et des persécutions contre les Juifs, période pendant laquelle elle se cache, fuit, de cachette en cachette, de ville en ville, de Równe jusqu'à Cracovie où elle sera arrêtée, emprisonnée et assassinée, en passant par Kiev et Varsovie, sa poésie se transforme. La veine lyrique devient plus sobre et retenue, les métaphores, les images jusque-là nombreuses, intenses, se font plus rares, la tonalité est plus dure, le rythme plus tendu, moins dansant, l'anxiété plus prégnante, le vitalisme et le sensualisme si caractéristiques des premières périodes et de l'extrême jeunesse s'atténuent, et le pressentiment de sa propre fin tragique s'exprime de façon bouleversante et récurrente. Dans les poèmes des années 1936 et jusqu'à son dernier poème retrouvé, qui date de 1944, poème testamentaire sans titre, dont le premier vers inspiré d'Horace, *Non omnis moriar*, sert désormais à nommer le poème[1], une prise de conscience politique de ce qui se trame en Europe et de sa judéité, de son étrangéité, se fait progressivement. Le thème de la guerre se déploie sous forme de métaphore filée ou d'allégories récurrentes. Son poème « Mai 1939[2] » atteste cette prise de conscience et son choix existentiel d'accepter et de prendre tout ce que la vie lui apporte ou lui inflige. La vie, c'est dans son ensemble que Zuzanna Ginczanka l'embrasse, passionnément, de tout son être, joie et douleur, émerveillement et désespoir, amour et mort.

J'ai souhaité donner à lire et entendre quelques poèmes qui mettent l'accent d'une part sur la conscience que Ginczanka a de sa féminité bien arrimée à sa liberté, sur cette problématique qu'elle explore très tôt dans sa poésie, avec une grande diversité de moyens tels que la rime, l'assonance, les brisures et cassures du vers, du rythme, les néologismes, le recours à la langue polonaise ancienne, les archaïsmes, la polysémie, l'ironie, le recours à différentes formes de poèmes, conte, épopée, dialogue, monologue, à la narration au sein du lyrisme, à la forme brève de l'épigramme, à la satire, au tableau de la nature et de la société… D'autre part, l'incessante errance, le sentiment de l'étrangéité lié au pressentiment de la mort prochaine habitent les poèmes des années 1936-1944, tout en réaffirmant la vie d'une voix brûlante.

Les circonstances de son arrestation, de son emprisonnement et de sa mort ne font pas encore l'unanimité dans le milieu littéraire et des chercheurs en Pologne. Elle est emprisonnée très vraisemblablement dans la prison de Montelupich[3], à Cracovie, avant d'être transférée à la prison située au numéro 3 de la rue Stefan Czarniecki dans la banlieue de Cracovie, à Płaszów[4], où elle

1. Un film de la réalisatrice Joanna Grudzinska porte le titre qui se réfère au poème testamentaire dans lequel la dénonciatrice de Zuzanna est nommée : *Tout de moi ne disparaîtra pas*, Les Films du bilboquet / Vertigo, 2022.
2. Revue *PO&SIE*, nº 169, octobre 2020.
3. Prison de Cracovie où sont massivement internés des prisonniers polonais et juifs avant d'être exécutés ou transportés vers les camps de *Płaszów*, dans la banlieue proche de Cracovie, ou d'Auschwitz-Birkenau.
4. Banlieue de Cracovie, aujourd'hui quartier de Cracovie situé à 5 km du centre-ville. Pendant la Seconde Guerre mondiale, un camp de concentration, situé à 600 m du quartier Podgórze de Cracovie y est construit. Dès 1939, des citoyens polonais non juifs y sont internés. En décembre 1942, les occupants allemands implantent dans son voisinage un camp de travaux forcés où ils envoient les prisonniers juifs issus du ghetto de Cracovie, créé le 3 mars 1941. En janvier 1944, le camp est transformé en camp de concentration autonome. La prison de la rue Stefan Czarniecki est située à l'époque dans les limites du ghetto juif du quartier de Podgórze, avant qu'elles ne soient réduites, et fait partie de la division administrative de *Płaszów*.

subit des interrogatoires sous la torture. Elle est, selon les sources auxquelles je me réfère (les travaux d'Izolda Kiec[1]), fusillée dans la cour de la prison (d'autres sources et récits mentionnent le camp de Płaszów comme lieu de son exécution) à une date qui n'est pas établie avec certitude, peut-être au printemps 1944. Elle a 27 ans.

Zuzanna Ginczanka a été anéantie par la barbarie nazie, elle a connu une mort atroce mais sa beauté, singulière, qui donna lieu à la légende de la « Belle Sulamite », l'Étoile de Sion du milieu littéraire de Varsovie, reste inscrite dans les souvenirs et les écrits des écrivains et artistes qui l'ont connue, Witold Gombrowicz, Kazimierz Brandys, Jan Śpiewak, qui publia son recueil *Les Centaures*, après la guerre, et tant d'autres, dans les photographies d'archives, dans les œuvres qu'elle inspire aux artistes contemporains. Sa voix nous parvient et son chant que nous entendons aussi dans d'autres langues nous émeut ; en ces temps de tourmente, son destin tragique nous étreint. Comme le phénix, oiseau mythique auquel elle consacre un poème, « L'oiseau de feu » (1937), tragique prédiction de sa propre mort, le chant de Zuzanna Ginczanka renaît de ses cendres, plus vibrant que jamais.

I. M.

ZUZANNA GINCZANKA

Tout de moi ne disparaîtra pas

Traduit du polonais par Isabelle Macor

Femme

Je cherche en pensée les lèvres d'un homme, tenir dans une étreinte ses épaules
quand dans l'insomnie oppressante un sanglot sonne les secondes
– et maintenant serre les lèvres et froidement, durement condamne-moi :
tu as mes nuits, lisses et nues comme un pois.

Tout au fond je veux réveiller la soif d'une main par un toucher charnel
je connais cette torture : sentir le sang vif des artères dans la moelle
– et maintenant détourne les yeux et femme proclame-moi :
tu as mon jour infortuné de vérités mises à nue.

Un regard que l'on croise fugace fait éclater le cœur comme une levure
(une demi-lune diurne, pâle, veille sur ma malédiction)
– comprends que c'est la voix de la nature d'accoucher d'enfants rouges :
voici ma sainteté et voici mon péché.

---

1. Zuzanna Ginczanka, *Poezje zebrane* (1931-1944) (« Poésies complètes ») ; *Nie upilnuje mnie nikt* (« Personne ne me retiendra »), édité par Izolda Kiec, Varsovie, Wydawnictwo Marginesy, 2019 et 2020.

Rotondité

Le Juif errant
Où que j'aille – ce sera toujours, en avant –
et chaque en avant me ramènera au départ –
(ô terre –)
dans l'amorphe sans contours, sommeillent des délires d'impuissances
délires inquiets de fuites en tourbillon
(ô terre – –)
car chaque repos d'Eurasie et d'Afrique
n'est qu'intranquillité – n'est qu'intranquillité –
où que je me pose – ce sera toujours : en avant
et chaque en avant deviendra un retour –
(ô terre – –)
et toujours il y aura le désir d'ancrer le cœur
et toujours il y aura le désir dans l'errance : doux retour
(il y a un chemin qui fait le tour des planètes illuminées
et il y a le cours des aiguilles d'argent de la montre,
ô terre – –)

L'amour
Autrefois :
je regardais une marquise, les seins de porcelaine
et la rondeur du plus beau cou de jeune fille
(ô temps – –)

Après :
je passais au crible du destin les fragments de vie d'un tel
et j'aimais l'aphorisme – fusion des larmes du cœur
(ô temps – –)
Aujourd'hui il y a une marquise à nouveau dans le satin de la non-rencontre –
aujourd'hui à nouveau il y a le moderato d'une fantaisie lunaire :
il y a des retours à ce qui jamais ne fut –
(ô temps – –)

Fidélité

Tu ne compteras, n'énuméreras, dénombreras :
les tromperies,
cabotinages
et trahisons –
au rendez-vous
          ravissant
                    cabotin
tôt le matin tu sors content –

tu cours
en rêve
à la rencontre
dans ton baratin
ton blablabla amoureux ;
en une promesse angélique tel un ange
tu jettes
les impostures
comme de la poudre
à tes propres yeux –

Tu veux te voiler l'ampleur :
de tous tes cabotinages
duplicités
et mensonges
sur les plates-bandes des instants tu cultives
la fidélité
qui se défile chétive
comme le chiendent –

Elles virent –
tournent –
les phrases –
en ronde
récurrente
languissante :
il n'est qu'une seule fidélité,
que je n'exige
pas de toi,
il n'est qu'une seule
permanence –
une seule loyauté
et une certitude
et un seul
amour
dans l'éternité
se tient raide comme le bois –

Elles virent
tournent
les phrases
dans les lointains
vagabondages
des vérités :
je m'aime moi
« pour toujours » ;
« à jamais »
Je m'aime.

Je le jure !
– Je suis à moi-même la meilleure dans les nues sensibles des aveuglements –
je m'étudie avec amour
dans les pupilles
de tous
les bien-aimés –
L'amour
    en un frémissement
        s'enchevêtre saisi dans la toile des mots :
    avec constance
je m'aime moi
et suis par moi-même aimée –
dois-je encore en fidélité
    à moi-même
        me mesurer
            avec toi ?
pour moi « seule »
je resterai –
« jusqu'à la tombe »
serai à moi.

Méditations

Pégase aujourd'hui me boude
et sans moi vole vers l'au-delà,
je suis seule et en mon esprit j'agite
les questions du monde ici-bas –
empêtrée dans l'entrelacs
de mes doutes scolastiques,
soit je t'aime par bêtise,
soit par amour je deviens bête.

La fuite

Embrasé par les flammes des couleurs le jardin sauvage est fiché en terre comme une mèche,
approche le rouge brûlant comme du feu et la terre explosera comme une amorce –
un paon délicieux d'émail coloré en plein soleil se pavane hardiment
derrière l'allée des érables feuillus qui se pressent en rang de verdure.

Le jour c'est : les tournesols qui tournent, les étincelles dispersées des renoncules vives
les feuilles des érables couvertes de vernis et les paons criards et hautains ;
minuit est clair comme un midi jaune de l'éclat et de la clarté des éclairs,
la foudre coup après coup allume les arbres d'un seul éclat et d'une seule clarté.

Je tourne dans les chambres esseulées, songeant au jardin inconnu, absorbée
dans la contemplation de tentures grises, à l'écoute d'un grincement et de bruissements,
moi – seule terre avérée parmi les planètes qui tournent sans vie,
parmi des questions de couleur certaine et de substance incertaine, pas claire –

Je regarde les étangs immobiles des miroirs et je m'en éloigne comme un noyé,
j'examine mes yeux de ma paume craintive et je sens l'orbite dure,
alors – un cri – et je sors en courant à l'aveuglette vers le jardin au paon, coloré,
vers les arbres de cuivre embrasés et vers les lilas chauffés à blanc,

Je tombe sur une luxuriance de châtaigniers, dans un balancement de noisetiers et de saules,
dans un va-et-vient d'apparences brumeuses et une substance incertaine, pas claire –
je pleure de dépit,
je baise des lèvres,
et je fronce le sourcil,
seule me reste la vie dans la vie,
afin d'oublier à mort la mort.

Poèmes à paraître aux éditions La Barque en 2023.
Tous les poèmes sont extraits de *Manuscrits – 1932-1934*, à l'exception de « La fuite », extrait de *Poèmes épars – 1936-1939*. « Fidélité » et « Méditations » ont été publiés en version brève dans le numéro 1 de la revue *Szpilki* (*Les épingles*) de l'année 1937 sous le titre *Choix*.

Hawad
Être le grain de sable dans l'œil du chaos

Dossier coordonné par Hélène Claudot-Hawad

La démarche furigraphique de Hawad, poète et peintre amajagh

La poésie en pays touareg[1] est une fibre aimantée. À des dizaines de kilomètres à la ronde, elle attire les amoureux de joutes poétiques, de mises en mots satiriques, de nostalgie épique accompagnée du violon monocorde dont le jeu subtil est une spécialité féminine qui devient rare. Dans les années 1980, les guitares électriques prennent le relais, associées à de nouveaux répertoires décrivant la vie dans les marges des jeunes Touaregs partis à la recherche d'un travail et de solutions face au désastre et à l'étouffement de leur société. Le dispositif étatique des années 1960, hérité de la colonisation, a instauré cinq frontières (Niger, Mali, actuel Burkina Faso, Algérie, Libye) qui cisaillent la mobilité touarègue, la rendant illégale. Les poésies chantées des jeunes gens contraints de s'exiler cassent les codes lyriques anciens pour leur substituer une poésie de la relégation, de la nostalgie des campements nomades laissés en arrière et de la nécessité de la lutte armée[2]. Les chants se diffusent dans tout le territoire touareg grâce aux cassettes enregistrées. Trente ans plus tard, ces registres seront récupérés par l'industrie musicale européenne et américaine en tant que « musique du monde ». Ce label exotisant efface la souffrance politique, économique et sociale qui a fait naître la poésie des *ishumar*. Cet emprunt au français « chômeurs » désigne d'abord la jeunesse touarègue errant entre les frontières à la recherche d'un emploi sur les chantiers algériens et plus tard d'un engagement militaire en Libye. *Ishumar* deviendra ensuite le nom des combattants des fronts armés touaregs qui de soulèvement en soulèvement menés au Niger et au Mali tentent depuis plus de cinquante ans de faire entendre leurs revendications et d'arracher leurs droits civiques. En vain. La question particulière des droits territoriaux des Touaregs touche aux enjeux énergétiques de l'économie mondiale, sur lesquels interviennent directement les puissances internationales[3] autant que nationales.

1. Touareg est une appellation exogène utilisée ici par commodité à la place de l'autodénomination des Touaregs qui selon les régions se prononce Amajagh, Amahagh, Aw-tamashaght, au singulier, et Imajaghen, Imuhagh et Kel tamashaght au pluriel.
2. Voir Hélène Claudot-Hawad et Hawad, *Tourne-tête, le pays déchiqueté. Anthologie des chants et poèmes touaregs de résistance*, 1980-1995, Éditions Amara, La Bouilladisse, 1996.
3. Voir à ce sujet, par exemple : www.terrestres.org/2022/04/08/l-independance-energetique-de-la-france-avec-luranium-du-sahara.

Hawad, *Encre furigraphique*, 30 x 21 cm, 1985.

C'est pourquoi être *amajagh* (touareg) est une identité périlleuse. Les menaces qui pèsent sur le monde touareg n'ont jamais été aussi violentes. À chaque angle de leur pays de désert et de savane, les Touaregs sont expropriés de leurs terres. Les milices terroristes financées par des fonds internationaux et par leurs pratiques d'extorsion de biens sur les habitants gagnent du terrain, sèment la terreur et obligent la population à se soumettre à leur loi ou à fuir. Les compagnies minières multinationales annexent les terres, détruisent les ressources végétales et animales, ravagent les lieux de vie et de circulation, polluent l'air et l'eau des nappes souterraines. Au contraire, les habitants du Sahara central, dont la plupart ne bénéficient ni de l'électricité ni de l'eau courante, ont su pendant des siècles grâce à leur gestion raisonnée des ressources rares et dispersées de leur terre aride la rendre nourricière et la préserver. À présent, ils sont en toute impunité dépouillés de leurs moyens de survie, empoisonnés, précipités vers la maladie et la mort. Le pétrole et le gaz en Algérie et en Libye, l'or et l'uranium au Niger et au Mali minent les horizons touaregs. La moindre contestation de la dévastation, de la relégation et de la fermeture des territoires touaregs a toujours engendré des répressions disproportionnées, menées de préférence contre les civils désarmés, par les militaires et en sous-main par des milices contre-insurrectionnelles soutenues et équipées par les gouvernements en butte aux revendications touarègues. Arrestations, prison, tortures, destruction des biens et assassinats de civils ont rythmé la vie des Touaregs divisés entre cinq États dont « les frontières scient le dos de la terre », pour reprendre leur image.

C'est dans ce contexte que Hawad, originaire de l'Aïr (actuel Niger) et lié par la parenté également à l'Ajjer (Algérie et Libye), a tracé son sentier. Avec quelques jeunes gens, il est à l'origine du mouvement des *ishumar*[1] qui dans les années 1970, sur les chemins qui relient Agadez, Tamanrasset et Ghât, tente d'organiser des modes de résistance face à la destruction de leur monde. Car les nouveaux pouvoirs sédentaires et urbains reprennent à leur compte la posture coloniale, en mettant le Sahara aux marges de la géographie, de la raison et de la civilisation. La démarche des *ishumar* consiste non pas à rejeter les outils légués par les ancêtres mais plutôt à les adapter à cette situation inédite en veillant à conserver leur autonomie de pensée. C'est dans ce cadre que Hawad, polyglotte, formé à l'arabe classique et parlant plusieurs langues régionales, décide d'écrire dans sa propre langue, la tamajaght (de la famille linguistique amazighe). Pour la transcrire, il utilise l'alphabet touareg des *tifinagh* et met à l'épreuve les voyelles créées à l'initiative des *ishumar* afin que le déchiffrage de cette écriture à l'origine consonantique soit plus aisé. À partir des signes *tifinagh*, il crée des graphies en mouvement dont certaines se muent en peintures, ébauchant de nouveaux territoires où domine le mouvement.

Le drame et la résistance du peuple touareg ou de tout peuple menacé d'extermination émaillent l'univers de fiction de Hawad. Pour résister au chaos et au non-sens, pour lutter contre l'ultime dépossession de soi, celle de l'imaginaire, Hawad invente la « furigraphie », *zardazghenab*. Cravachant « la cavale des images et des imaginations, qui s'emballe », il esquisse des issues hors du scénario imposé par la domination et la violence. Sa « furigraphie » picturale ou littéraire est un moyen de sortir de l'enclos, d'inventer un nomadisme hors d'un temps et d'un espace confisqués, de dessiner un soi multiple et insaisissable, doué d'ubiquité.

Hawad est l'auteur d'une vingtaine d'ouvrages dont *Furigraphie* (*Poésies*, 1985-2015) et *Vent Rouge*[2]. Ses écrits ont été traduits en plusieurs langues (français, néerlandais, italien, espagnol, catalan, kurde, turc, arabe, anglais, norvégien). Il a exposé ses encres et ses toiles dans diverses villes d'Europe, d'Amérique du Nord, d'Amérique du Sud et d'Afrique.

Afin de mieux situer l'écriture de Hawad dans le contexte plus large de la poésie touarègue

1. Voir Hawad, « La *teshumara*, antidote de l'État », dans *Touaregs, exil et résistance, Revue du monde musulman et de la Méditerranée*, n° 57, 1990 ; « Inventer nous-mêmes notre futur », dans *Touaregs, voix solitaires sous l'horizon confisqué*, Ethnies, n° 20-21, 1996 ; « L'élite que nous avons voulu raccommoder sur les cendres... Après la création des États africains », *Nomadic Peoples*, n° 1-2, 1998.
2. Respectivement parus chez Poésie/Gallimard en 2017, et aux Éditions de l'Institut du Tout-Monde en 2020.

et de cerner sa démarche personnelle sur le plan littéraire et graphique, ce dossier propose un entretien avec l'auteur réalisé en septembre 2022, suivi d'un texte inédit intitulé « Notre pays a pris le mirage ». Extrait d'un ensemble plus large, ce texte a été achevé en mai 2022. Sa mise en chantier est difficile à dater en ce sens que l'auteur reprend sans fin ses anciens carnets, les retravaille, les remodèle et en arrête la forme à un moment donné en les recopiant. Ce texte répercute les thématiques qui hantent l'œuvre de l'auteur. Le cataclysme de la terre en furie et « le désert qui se carbonise » sont mis en scène. Alors que le monde égoïste et obèse des nantis est surpris, ce sont les êtres qui ne comptent pas, « les débris de rien », ceux qui font partie de la sphère invisible des vaincus, qui continuent avec leurs moyens dérisoires à essayer de traverser la tempête et à « tresser les cordes à partir des crevasses de la défaite ». L'objectif est de trouver des alliés dans les autres insignifiances du monde et d'apprendre l'art de « recycler le rien de soi en dard faisceau du regard ».

Pour contenir le chaos et en désamorcer la violence destructive, Hawad utilise une avalanche de mots, d'images, de sons, créant un rythme intense et incontrôlable qui fait concurrence à la vitesse et à l'ampleur du désastre. L'auteur utilise une langue de heurt et de choc qui court-circuite l'ordonnance grammaticale habituelle du touareg. Dans la traduction de la tamajaght au français, nous avons essayé de rendre la forme singulière de cette poésie où les termes s'entrechoquent, se juxtaposent, se concurrencent. La ponctuation et la plupart des articles qui normaliseraient cette écriture en français ont été éludés pour restituer le style souvent accéléré, intense et parfois haletant du texte. La lecture à haute voix permet de percevoir la collision des mots, les répétitions litaniques, les niveaux décalés de langue, les jeux sonores de balbutiement qui théâtralisent le chaos et créent une tension sonore.

H. C.-H.

Apprendre la marche accoudée sur la balle qui traverse le regard

ENTRETIEN AVEC HAWAD

PAR HÉLÈNE CLAUDOT-HAWAD

H. C.-H. — ***Présenter un auteur sur la scène artistique ou littéraire commence en général par le situer géographiquement. Or, dans cet exercice, la géographie se confond souvent avec la carte politique des États. Voilà bien une appartenance ou une assignation que tu contestes radicalement et qui a d'ailleurs le don de t'exaspérer. Pourquoi et comment te définir ?***

Hawad — Pour moi, dès le début, s'identifier à un État est une question qui ne se pose pas. En tant qu'Amajagh, je n'ai pas d'État, et aucun des cinq États (Libye, Algérie, Niger, Mali, Burkina Faso) installés sur mon pays n'est capable de me représenter. Je n'existe pas pour eux et ils n'existent pas pour moi, si ce n'est comme outil de violence et comme force de répression. Un État selon moi devrait se fonder sur un contrat social entre ses membres et sur une organisation mutuelle-

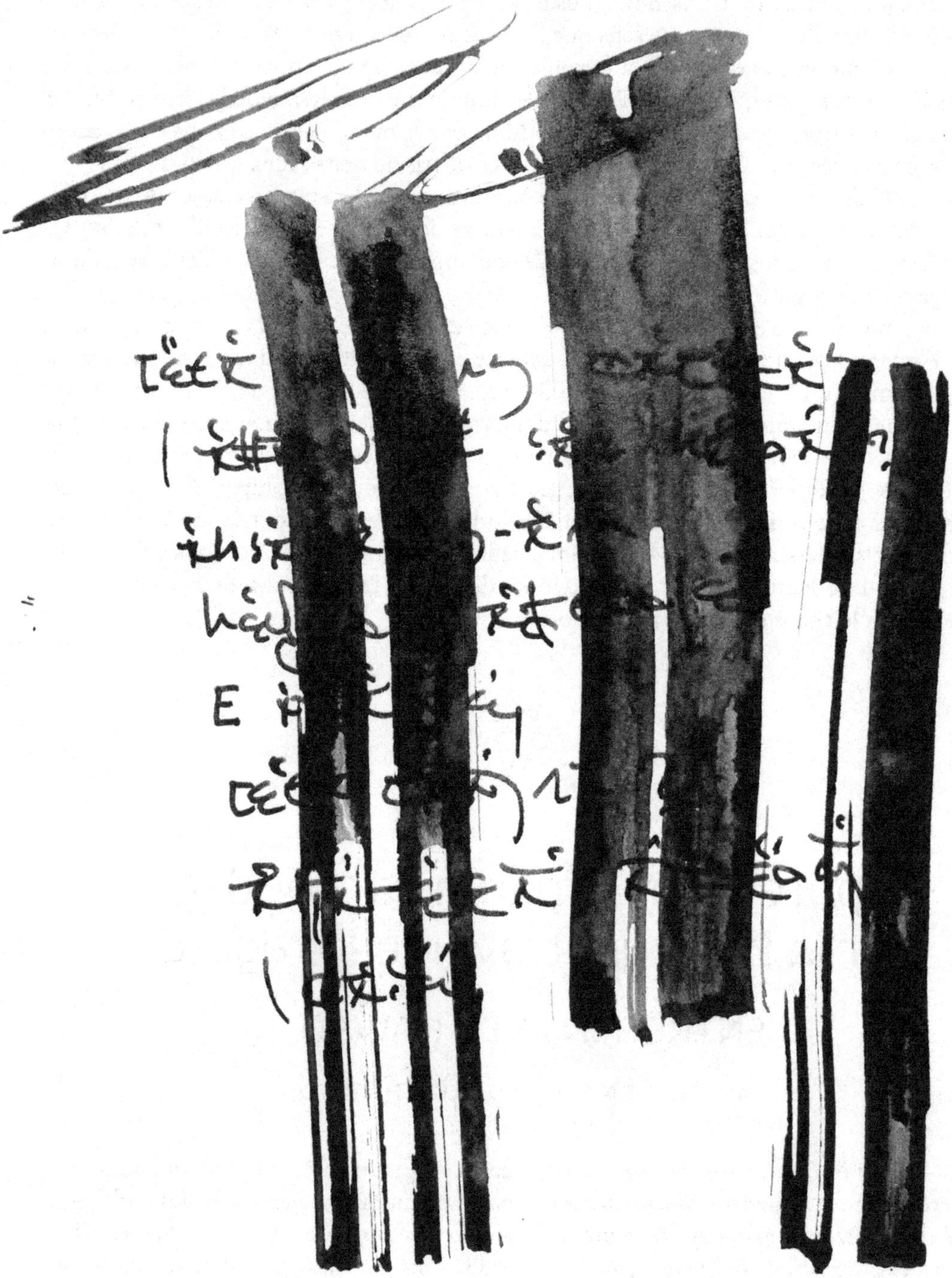

ment consentie qui peut prendre des formes multiples. Mais tous ces États se ressemblent car ils sont les héritiers du chaos colonial qui m'a piétiné. Adhérer à l'un ou l'autre, pour moi c'est pire que la mort, c'est accepter définitivement mon effacement, la disparition de ce que je suis. Il s'agit d'un fléau qui a son amont, la colonisation, et son aval, la continuité de la colonisation. Ce n'est pas mon État ni celui de mes voisins, c'est un système autoritaire et oppressif qui nous oblige à adhérer à un projet qui mène à notre propre fin, à notre extinction. Et à la place, qu'est-ce qui est proposé ? Moi je n'ai connu que les décisions absurdes, les mesures arbitraires, le manque de droits, l'absence de toute idée de « bien commun », la corruption… Dans ce contexte, poursuivre ma route nécessite de faire abstraction de tout ce chaos.

Je construis mentalement des situations où cette force de gâchis et de destruction ne peut exister… Je suis un bricoleur de la résistance ancienne, celle de mes ancêtres, ancrée, solide comme la pierre. Je suis un Amajagh (ou Amazigh selon les prononciations) grandi au sein de cette vaste aire civilisationnelle du nord de l'Afrique et du Sahara. Ce lien profond ne m'empêche pas de faire partie de tous ceux qui endurent le même système d'oppression que j'ai expérimenté.

La situation des Touaregs et de tous les Amazighs du nord de l'Afrique qui rafistolent leur désir d'être tels qu'ils l'entendent eux-mêmes, tels qu'ils le souhaitent, peut et veut être une caisse de résonance pour la douleur de ceux qui sont dans le même état qu'eux et de ceux qui pourraient l'être demain.

Résister avec pour seule arme la poésie ou l'imaginaire, c'est s'extraire de la mort, de l'enfer, de la fin d'un monde pour continuer à dire non, il n'y a pas de fin de soi, du moment où on est conscient, où on essaie de bricoler une échappatoire. Le but n'est pas de seulement s'écarter du rouleau compresseur pour partir se réconforter ailleurs et trouver la tranquillité. Non, quand je dis « échappatoire », c'est une faille, une percée où faire passer la vie, les hommes, la terre, et même les insectes, les végétaux, les animaux, les minéraux, tout un monde à transvaser dans ce goulot étrangloir. Je ne pourrais le faire qu'à partir de ce que je suis. Pour affronter la douleur de la défaite et la perte de soi que j'endure et que je refuse d'accepter, je mène une sorte de guérilla mentale pour construire l'infini face à ce qui est fini. Je recycle tous les riens, tous les débris de soi, les lambeaux d'éléments, de choses, de parcours, de ce qu'ils étaient et surtout de ce qu'ils veulent être. Ce qui m'intéresse, c'est la partie insignifiante, invisibilisée, du monde que je dope par son enrôlement poétique car je pense que la poésie ou la prise de parole, ou encore le geste pictural sont une alchimie à partir de laquelle on peut métamorphoser les évidences imposées.

Le mot « artiste » ne me convient pas, il est inutilement flatteur, ce n'est pas une affaire d'art – l'art me renvoie à l'esthétique. Non, c'est plutôt une action, même s'il s'agit d'une action perdue, c'est frapper le vide, le gratter, le griffer, dessiner sur sa face lisse, et ne pas se contenter de se projeter dedans. Je préfère passer derrière le mur ou derrière le tableau pour que la marche ne s'arrête pas, pour que l'horizon ne s'immobilise pas.

Ma langue, la tamajaght, a un mot pour exprimer cet instant de la mouvance nomade : *esamejur*, c'est quand on quitte une étape ou un campement en se projetant vers l'avant du parcours. La poésie est ma monture. Elle me permet de partir, de rebondir, de m'extraire d'une situation d'encerclement, d'étouffement, de vieillissement ou de détérioration de ce qui m'entoure pour me propulser vers autre chose. Ce qui m'intéresse personnellement, c'est la marche entre le départ et l'arrivée, entre le lieu que l'on a habité et celui où on va s'installer. Car je refuse d'avoir à me fixer en un seul lieu, de river mes yeux à un seul horizon. Je cherche la marche qui ne s'interrompt pas et qui s'exerce en dépit de mon territoire confisqué, c'est ce que j'ai appelé le « surnomadisme », comme pour rejoindre le vent qui n'existe qu'en mouvement.

Hawad, *Encre sur la page d'un manuscrit ancien*, 1998/2021.

L'arbre de la poésie touarègue

La poésie touarègue est un domaine d'une grande richesse. Elle possède des registres multiples ramifiés comme un arbre avec ses racines, son tronc et ses branches. Un mode de classification qui est en lui-même poétique. Comment est-ce que tu te situes par rapport à cet immense héritage ?

Simplement par la connaissance que j'ai de tous ces registres poétiques (épiques, *élégiaques*, historiques, satiriques...). Je les ai entendus, je les ai mémorisés, mais je crois que je n'appartiens pas à la poésie touarègue, c'est elle qui m'appartient. Ma propre poésie ne fait pas partie de l'arbre poétique touareg mais plutôt des feuilles qui en tombent ou des mauvaises herbes qui poussent en-dessous. Ce mélange devient un compost pour une autre poésie, une poésie à part, proche de ce qu'on appelle en touareg les *isebelbilen*. Ce nom même, avec ses sonorités en *b bi bou bou bou*, évoque un borborygme, un balbutiement d'émotions, de mots, de sons qui bouillonnent et qui débordent. C'est une poésie d'action, une arme que l'on dégaine face à l'inconnu, par exemple dans une situation de crise ou de danger sur un champ de bataille. Dans les registres classiques de la poésie touarègue et plus largement méditerranéenne, l'homme apparaît le plus souvent comme une victime de l'amour, de la séparation, de la situation. Ici, au contraire, il s'agit de bousculer l'univers. L'idée est que j'en fais partie et que je veux lui imposer les règles qui me conviennent, plutôt que se lamenter, invoquer et supplier le destin.

C'est pourquoi je ne pleure pas mes douleurs, mes chagrins, mes défaites, mais j'en fais des acteurs à part entière qui deviennent des personnages, des minéraux, du vent ou d'autres éléments en mouvement comme moi sur la scène. Tous entrent en action, se reconfigurent, se regardent, se combattent, se séparent ou se rapprochent. Voilà, je campe l'univers dont nous ne sommes pas séparés. Entre chaque angle, entre chaque pôle, il faut créer des interactions, et faire évoluer tous ces éléments non pas en sens unique mais vers une multitude de directions, une multitude de possibles, qui se confrontent dans une guerre des émotions, des images, des rôles. Chaque fois que l'un d'eux prend une trajectoire, d'autres le contrarient, s'imposent, le dévient. Voilà les *isebelbilen*, c'est comme de l'eau qui bout.

La poésie du désastre

Ton œuvre poétique campe un monde de cataclysme et de désastre, produit par les appétits insatiables du capitalisme mondialisé, entraînant la révolte incontrôlable de la nature blessée. Tes textes anticipent depuis près d'un demi-siècle la catastrophe écologique dont l'Occident peine aujourd'hui à comprendre les effets et les implications, ou refuse de les comprendre. Par exemple, dans* Caravane de la soif *paru en traduction française en 1985, tu écrivais : « Ils ont ruminé toutes les sèves de la terre / et la pauvre humanité est restée assoiffée / affamée, gueule ouverte comme un corbeau / perdu dans les pierres. » Comment et pourquoi ces thématiques hantent-elles ton œuvre depuis l'origine ?

Dès l'arrivée du système colonial, avec la puissance technologique des armes à feu, des machines de guerre, des moyens de transport qui donnent le pouvoir de détruire et d'assujettir rapidement et intégralement les êtres, les cultures, les sociétés, les territoires, les ressources, pour nous, la situation est apparue cataclysmique. Ceci dès le début, dès le premier affrontement avec l'armée coloniale à la fin du XIXe siècle. Non parce que nos combattants étaient impressionnés par le tir des fusils, mais parce qu'on a vu s'installer une force d'extermination où l'univers n'était pas seulement blessé, mais pouvait être détruit. C'est un héritage que je ressens de cette manière. En tant que petit Touareg nomade, j'ai été hanté par ce chaos. Nos poètes et nos visionnaires l'ont mis en scène dans leurs compositions, dans leurs récits, dans leurs débats. Enfant, il m'est souvent arrivé de me boucher les oreilles pour éviter d'entendre leurs propos.

Donc, quand je suis né, le chaos avait déjà

commencé. Par exemple, les affreuses blessures de la terre avec les engins Caterpillar, la manière de tracer les routes n'importe où à travers la nature, c'est une souffrance pour nous qui sommes sensibles à nos sentiers même seulement marqués par les semelles d'un animal et les pieds d'un homme. On les appelle *isharayten*, les « fissures ». Les sillons ou les griffures que nous faisons à la terre sont devenus des fentes, des abîmes et des galeries sur la terre et sous la terre, avec les mines d'uranium implantées sur notre territoire, à Aghli (Arlit), à Imuraghen, et bientôt à Tagaza. Des projets de firmes internationales destructeurs de toute une vie pastorale qui dans l'Aïr nourrit des milliers de foyers. L'eau polluée, les nappes phréatiques épuisées, les végétaux saccagés, la mobilité interdite, les troupeaux et les hommes empoisonnés, tout cela n'effraie pas les représentants des États, salivant à l'idée des dividendes qu'ils vont pouvoir accaparer.

Nous, la violence de ce chaos nous a marqués. Alors que faire ? Pour résister, j'ai besoin d'exhiber le désastre, de le mettre en scène. Cela fait partie de nos manières touarègues de détourner un choc, une situation. Nous avons plusieurs techniques qui consistent à répéter sous forme litanique ou frénétique les choses qui nous heurtent. Il faut les pousser, les exaspérer, les harceler, les acculer. Ce n'est ni de la magie, ni des superstitions. C'est un procédé psychique, une thérapie psychologique, d'abord pour atténuer l'effet de choc produit sur nous, mais aussi pour réorienter les choses et en reprendre la direction.

Moi, j'essaie de faire du chaos mon jouet, mon jeu d'échecs. Ça fait longtemps, depuis l'enfance, que je mets en scène le monde touareg dans ce chaos, que ce soit la caravane en péril, la société en exil, chassée par les armes à feu, les puits bouchés ou empoisonnés, les terres confisquées et saccagées. Que faire quand il ne reste que quelques gouttes d'eau dans les outres ? Certains se précipitent dans le puits et y tombent, mais il y a aussi des hommes et des femmes qui retiennent les autres pour ne pas qu'ils s'effondrent, pour ne pas qu'ils retournent à l'état où on est sujet du chaos. C'est ce qui m'intéresse sur le plan poétique, l'attitude de ceux qui peuvent dire aux autres : « Non, ne tombez pas dans l'abîme, ayez la force de vous projeter au-delà de la mort, au-delà du chaos. » Je suis hanté par les ombres qui à partir de leur débâcle marchent encore, par ceux qui croient qu'il y aura une autre altitude à atteindre, une autre cime à grimper, et que là-bas, ils trouveront une alternative de rien, quelque chose de poétiquement fort, qui peut leur donner la force de mépriser l'adversité, de la défier. Si la vie est un chaos, il faut faire trembler le chaos, le secouer comme si on tenait un pilier, l'ébranler, et même avoir la force de le projeter au sol, de le fracasser pour voir comment il résiste. C'est à partir de là que naîtra une poésie du chaos. C'est le chaos contre le chaos.

La furigraphie comme outil de résistance

C'est donc la poésie du chaos pour résister au chaos. Est-ce que l'espérance, qui est le thème de ce numéro d'*Apulée*, serait une chimère dans ce contexte. Quels outils mobiliser pour maintenir l'horizon ?

Dans mon scénario, celui qui avance en trébuchant, et même en rampant sur les coudes ou sur le ventre, ne parle pas d'espoir ni de désespoir. C'est comme cela que je le ressens. Nous avons dépassé l'espérance et le désespoir. Nous sommes dans une marche de l'évidence, du « c'est comme ça », propulsés par la manie de refuser d'être l'appât du chaos, nous voulons être le grain de sable dans l'œil du chaos et l'empêcher de dormir. C'est dans ce sens que j'utilise la *furigraphie* comme moyen de bousculer les limites, et même la limite des mots, des catégories, des formes ou des styles établis. Je cherche à contourner l'enfermement et à construire des espaces inédits pour penser, ressentir et dire autrement le monde. Sur le plan graphique, ma démarche est partie des *tifinagh*. Je m'en empare pour les pousser au bout de leur trajectoire, je les détourne, les décompose et les recompose pour les remettre en mouvement. Je ne cherche ni harmonie ni tranquil-

lité ni espace à occuper. Ce qui m'intéresse, c'est la dynamique d'une scène constamment en action. C'est une approche presque alchimique. Je fais appel aux différentes formes que peuvent prendre la parole ou l'écriture ou les signes ou les formes, je les fais alterner, je les mets en vis-à-vis pour qu'ils se confrontent. Je crée une sorte d'opéra de voix, de traits et de registres variés que je pousse à l'extrême pour obtenir l'épuisement du sens obèse qui m'enferme dans la logique de l'ordre établi, celui qui me refuse et que je refuse. Alors, j'obtiens des sortes de signes, de graphèmes ou de mots détachés de tout ce qui les bride. Ils deviennent de vrais acteurs, des figures sans figure, des sons inédits, capables de nous renvoyer vers un espace poétique non catalogué, espace-temps, sentiment, émotion libérés de leur provenance. À la fin, dans ma démarche créative, je ne parle plus que du geste, du cri et du regard qui se fraient un sentier tout seuls hors de l'intention de la main, de la voix ou de l'œil qui les canalisaient et d'où ils se sont échappés. C'est cela que j'ai appelé la *furigraphie*.

La continuité de soi

Tu mets en scène divers personnages incarnant la résistance. Or ces acteurs sont souvent immatériels. Par exemple, le regard libéré des orbites ou le souffle échappé des narines, ou encore les mânes des ancêtres ou les ombres détachées des silhouettes et de leurs formes d'origine… Un autre type de figures réfractaires à l'ordre dominant est incarné par les animaux, les insectes et même les plantes. Il est question enfin des « rien », des « débris de rien », des « lambeaux de soi », ou de tout ce qui ne compte pas. Quelles capacités de résistance offrent ces éléments face à la violence du cataclysme, à la brutalité de la domination et de l'intrusion militaire, économique et sociale des puissances politiques dont la logique domine le monde ?

Faire intervenir tous ces personnages, déjà, me donne la force ironique de dire que je ne suis pas seul ! J'ai des camarades, venus de tout ce qui est insignifiant. Bien sûr, dans cette cosmovision de la résistance que je mène pour dépasser le chaos, le problème reste le poids de la mémoire peuplée de figures, de visages aimés. La caravane de l'imaginaire est chargée d'émotions, elle zigzague, fait marche arrière, trébuche… Nous aimerions que les nôtres, je ne parle pas seulement des Touaregs mais de tous ceux qui souffrent, épousent cette force poétique. Même si le ciel s'effondre, même si le chaos arrive, elle nous soutient pour ne pas désespérer, pour ne pas renoncer à soi, et pour appeler les seuls alliés qui nous restent… Cela dépasse l'espérance. C'est d'une force d'ordre cosmique. On est dans un état qui dépasse la douleur. La douleur devient une des cordes avec lesquelles on rafistole des radeaux et des étoiles filantes pour danser ou déambuler ailleurs. Ce n'est pas de l'indifférence, au contraire, c'est l'hyper-douleur qui amène à faire cela, à faire de sa blessure une route.

Je ne me sens pas totalement libre par rapport au fait d'appartenir à une culture, à un peuple, à une société qui souffrent énormément. La réalité ne devient acceptable qu'en en faisant quelque chose d'irréel, de surnaturel comme dans ma poésie ou dans mon geste graphique. D'ailleurs malgré moi, quand je veux faire un geste graphique vraiment libre, c'est tout l'univers géométrique touareg ou amazigh de traits, de points, de lignes, de zigzags qui me rattrape. Pour m'en détacher, il faut que je continue jusqu'à la fatigue, jusqu'au bout du bout du geste, comme je le fais quand je vais au bout des mots, au bout de la poésie, au fin fond de l'épuisement du sens et du son d'un mot, jusqu'à la syllabe, jusqu'au hoquet absolu, jusqu'à la clé de voûte qui suffirait à tout exprimer, le début et la fin. À supposer que je l'obtienne, je ferai encore exploser cela en plusieurs éléments devenant des acteurs qui se multiplient ou s'agglomèrent… C'est pourquoi je les appelle *graphorythmes*, ce sont des états émotionnels, sans limites, même si moi je suis limité.

Hawad, *Encre furigraphique*, format A4, n. d.

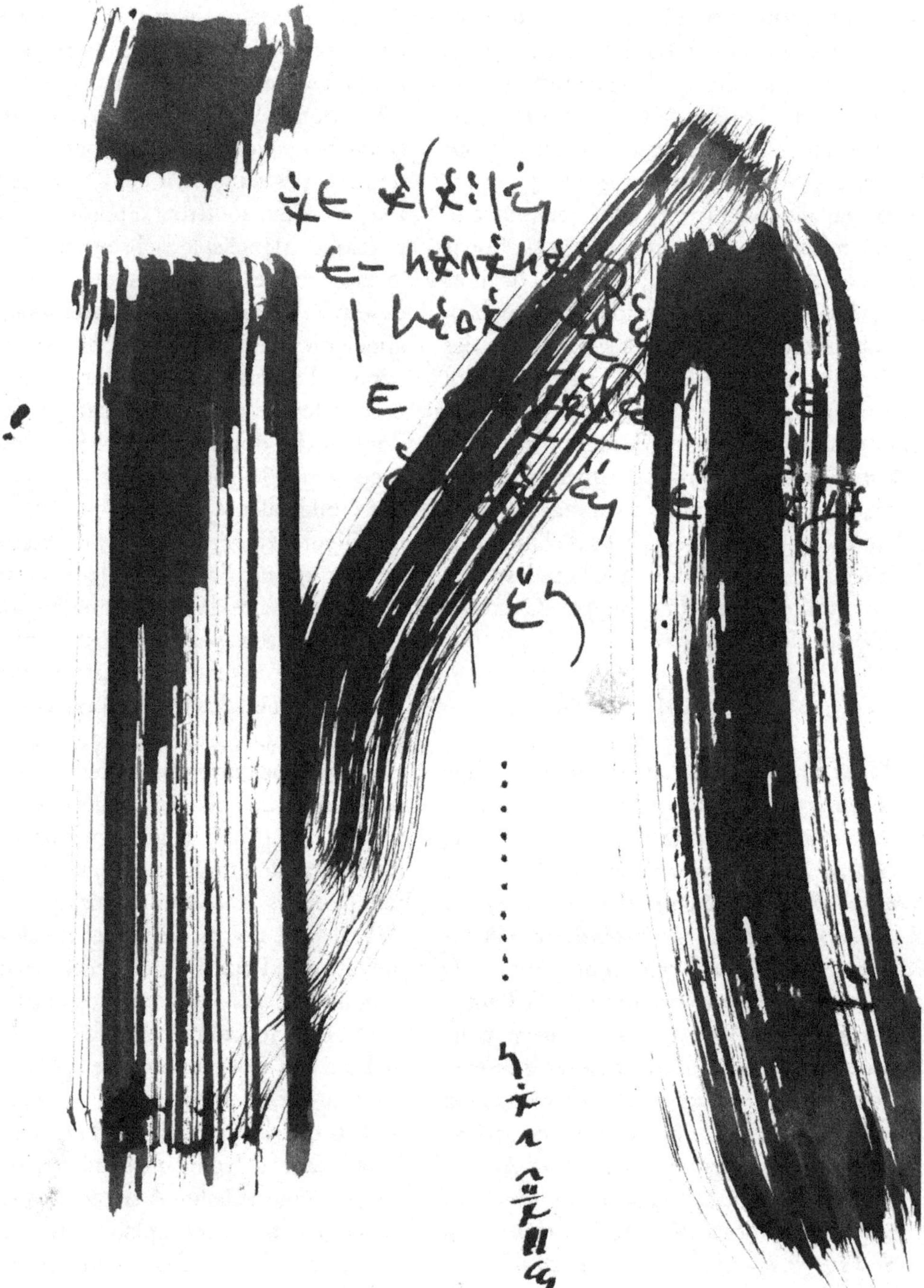

HAWAD

Traduit du touareg (tamajaght) par l'auteur et Hélène Claudot-Hawad

Notre pays a pris le mirage

Toi, poète âme d'ange
ne nous dilue pas l'aigreur de la poésie
par tes émois limpides
Brusquons la poésie pour dépasser
les litanies regrets malheurs
oraisons bêlements de mouton
élégiaques sous le talon du boucher
Dérangeons la poésie
pour que les émotions s'embrasent
Demandons à nos cœurs
s'ils ont bien fini de se consumer
pour être des marmites à émoi
jusqu'à ce que les émotions bouillent
feu la marmite cœur cuit
mijote bouillonne
elle attend le moindre mouvement vacillement
pour exploser sur la nuque endormie de l'oubli
et dire d'un râle à l'amnésie
— C'est dans la bombe du cœur
que se maintient l'anse de la mémoire
et non dans la tête épave foyer de la raison
Ô toi cœur magma des émotions
oserais-tu suivre la trace
de nos émois qui s'embrasent rugissent
remontent les éboulements des cataclysmes
vertiges reptations contorsions
marche sur le champ de mines émotionnelles
rampements enchevêtrements déambulations
cahin-caha
rythme de la mauvaise herbe allures saccadées
femmes et hommes nés dans la marche en vrille
avec l'ombre folle jument
aile du vent hennissant le feu
nostalgie des horizons azur
qui échouent dans le mirage
pays mer sans rive rêve
terre d'outre-pays emmiragé
immensité que jamais l'œil n'a aperçue
ni l'oreille entendue
ô nous notre pays rêve a pris le mirage

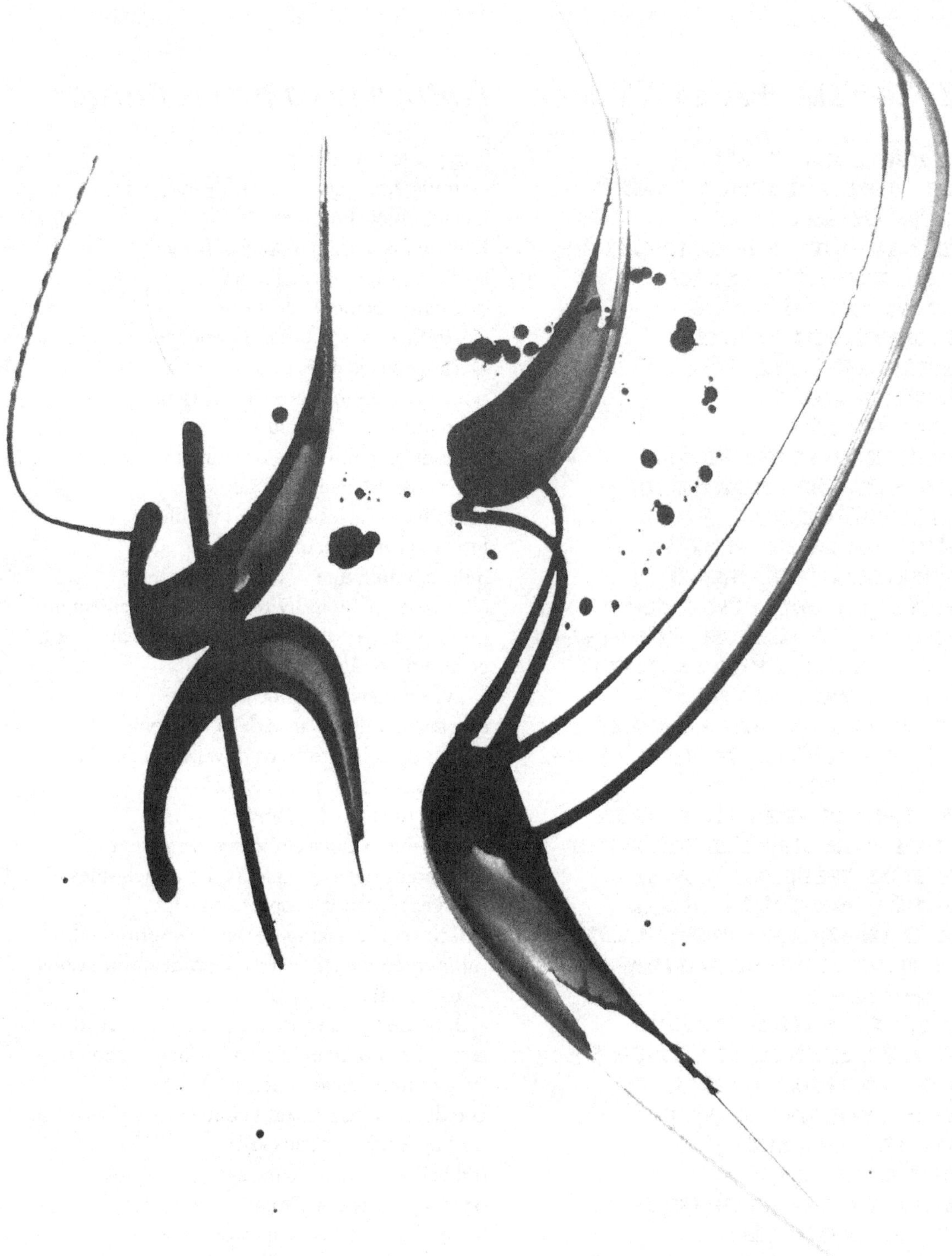

embrasements flambées les visions
se calcinent montrent des horizons explosés
bondissant éclatant par milliards
braises regards qui courent attisent
d'autres départs pour des pays qui n'existent pas
et d'autres brasiers de visions
blatérant dans la fuite
obsession tempête désordre
des infinis qui s'éloignent avec le regard
notre regard sait que ce n'est pas nous
que pourra emporter un horizon déjà rêvé
atrophié facile à visionner
nous n'aimons pas le déjà-rêvé
le mirage miroir de nos rêves auxquels
nous n'avons pas donné le temps
    de sortir du sommeil
épouse la pénombre
la face à l'envers du mirage
De la pénombre au mirage
étincelles éphémères les regards confiants
endurent leur cause ils sont emportés
par la buse balle mélodie de leur résistance
parfum du jour âcre feu
fils des bords de l'horizon
Astre filant tiré par un éclair
le regard des lisières traverse
les murs tirs ennemis
les yeux du jour néfaste visent
les visages frères qui brûlent
traversent le brasier pour encore
pénétrer dans une autre fournaise
leur part de résistance
c'est pour eux que je ris et que je pleure
l'énigme marche-spirale de leur nage
dans l'enfer
c'est le récit de ma souche
engagée dans les artères du brasier
Le désert qui se carbonise hurle l'enfer
Pour traverser la fournaise
et atteindre les entrailles du maquis
redressons-nous debout sur les cimes
crions à l'écho qu'il répercute lui aussi
la voix âpre râpée
de celui qui dégringole dans le ravin
de sa mémoire tourmentée
en marche arrière
la mémoire désire retourner aux plis
témoins de la blessure raidie

Hawad, *Encre furigraphique*, format A4, vers 1992.

dans les fissures traces
de la défaite sans mémoire
nous refusons que s'efface le visage de l'autre
nous avons soutenu le reflet
qui s'éteint de la face de l'autre
Dans le ventre des ténèbres
au cœur de l'enfer nous tresserons
les cordes à partir des crevasses de la défaite
Trouvons la longe d'un regard
qui nous puisera hors de l'abîme fournaise
désert drapé d'incendie
homme cheval chameau âne
tous tête caillou
tous munitions étoiles filantes
que la rafale oppression a emportés
sable engrais et pollen
pour le désert encerclé par le feu

Hawad, série Fourmigraphie, n° 79, chute papier, mini-format, n. d.

LES VRAIS ÉCRIVAINS N'ONT PAS D'ÉCOLE

ENTRETIEN AVEC ISAAC BASHEVIS SINGER

PAR BEN AMI FIHMAN

Traduit de l'espagnol par François-Michel Durazzo

Un fin duvet ombrageait déjà timidement le cuir chevelu d'Henry Miller le jour où il fit les gros titres de la presse. Il venait de mourir en Californie, loin du New York qu'il avait renié, du tropique du Cancer et de Clichy où il avait vécu les *quiet days* d'un Paris vénéré, qui jusqu'en 1964 avaient servi d'oriflamme au *free speech* sur les campus américains. La New School for Social Research s'apprêtait à lui rendre un hommage posthume avec la participation de la féministe Erica Jong, du redoutable Norman Mailer et, contre toute attente, d'Isaac Bashevis Singer, lauréat du Nobel. Cet après-midi de *flux* et de cravates, contrastant avec les tonitruantes tribunes yankees, Singer ne fit entendre depuis la scène qu'un filet de voix et, tel qu'on l'avait sorti du hall du Club des écrivains de Varsovie, chauve, son crâne de porcelaine laissa échapper, avec une feinte spontanéité, une admiration ironique et fragile envers l'ami défunt. Il était affecté de l'alopécie familiale – la même que celle de son frère aîné, Joshua, également romancier, celle des Zighelboim, ses grands-parents, ses oncles et ses cousins sous le tropique, à l'exception de Szmul Zighelboim, représentant du Bund auprès du gouvernement polonais en exil à Londres, pendant la guerre. Suicidé.

Quand la séance fut levée, déterminé à l'interviewer, je le rattrapai dans le couloir. Ni hostile ni chaleureux, il me répondit qu'il n'y voyait aucune difficulté. Je n'avais qu'à l'appeler et nous nous mettrions d'accord. Son numéro se trouvait dans l'annuaire. Sans les airs ni la méfiance d'une *celebrity*. Réponse machinale : automatisme de prix Nobel ou échappatoire expéditive aux obstacles et demandes intempestives, dont il pouvait avoir assez. En revanche, à quoi attribuer ma précipitation ? Resté sur le pont avec *El Nacional*, logé comme Borges sur la 50e rue en décembre 1969 et sur le point de laisser sa peau à la tâche, je revivais grâce à Brassaï, après avoir surmonté plusieurs mois de survie artificielle. Bashevis Singer habitait la 86e rue dans l'Upper West Side, un quartier auquel j'étais lié par différentes attaches gastronomiques, cinématographiques et même généalogiques. Nous fixâmes le samedi suivant, juste avant son départ en villégiature pour Miami Beach. Je prévins Marisol Bilbao, qui faisait ses premiers pas de photographe, et proposai à Mina de m'assister le jour de l'entretien.

Cet après-midi-là, sur le chemin du rendez-vous, j'eus l'impression que les rues et les avenues profondes et sonores que nous parcourions en direction de l'Upper West Side me ramenaient également, comme dans la nouvelle, « vers le passé ». Avec l'impression de vivre dans ma chair une véritable « chute dans le temps ». Le taxi glissait sur un parchemin où se dépliait l'antique diorama de l'oubli. Section par section. Un musée de cire, un ensemble de diapositives personnelles. Le taximètre enregistrait en centimes et dollars la course que je traduisais en jours, en mois, en années et en décennies et qui nous renvoyait à ma première exploration de ce quartier et, au cœur de celui-ci, à l'appartement de Moishe Beckerman, cet inimitable été de 1959. Quartier où, comme l'annonçait l'annuaire téléphonique, résidait Isaac Bashevis Singer. Le rectangle de la vitre fragmentait le paysage, sur lequel je voyais défiler les effigies de Juan Sánchez Peláez, Boris Zighelboim, Natalio Galán, Morris Wisotski et José Antonio Arcocha. Mina, qui partageait ma course sur la banquette arrière, restait silencieuse derrière l'écran de plexiglas, dur, rayé et abîmé.

Si, sur un tronçon de la Sixième Avenue, des gratte-ciel rectilignes avaient dévoré tout vestige des « temps modernes » et de l'hôtel Warwick – privé, évidemment, de ses Vikings –, on voyait résister obstinément l'enseigne de la pharmacie Windsor, qui servait encore les voyageurs vénézuéliens sans exiger d'eux une ordonnance en règle, et, tournant vers l'ouest à l'angle de la 59e rue et de Central Park, les balcons circulaires de l'immeuble résidentiel herculéen que j'associais aux ors du rutilant Oldsmobile de Boris. Cependant, en traversant Columbus Circle sur la droite, entre Broadway et Central Park, une tour noire avait poussé sur un terrain encore vague en 1968, devant la palissade duquel Natalio Galán m'avait confié sa foi satisfaite et inébranlable en un au-delà où l'attendait son père pour l'emmener chasser. Libérés par le vert d'un feu tricolore, surgirent et disparurent à notre gauche la grande fontaine de marbre du Lincoln Center, les couleurs intenses de Chagall dans les ogives du Metropolitan Opera House et l'édifice carré du Forum Theatre où j'avais applaudi Jacob Ben-Ami. Après la 72e rue, notre voiture longea l'île de Manhattan parsemée de bancs publics, occupés par des personnes âgées seules ou en couple, au milieu des pigeons locaux et de miteux mendiants, jusqu'à s'arrêter devant l'immeuble de Singer.

Le Belnor devait avoir connu des jours meilleurs. La dépréciation sociale de l'imposante propriété avait dû précéder la détérioration physique qui, au fil du temps et de l'installation d'écrivains et d'acteurs juifs, s'était traduite en déclin. La construction partageait le style tapageur de certains édifices dont témoignaient les cartes postales de la Varsovie pulvérisée par les troupes hitlériennes en 1944. Pour un début juillet, mois infernal au cours duquel New York se consumait dans la fournaise de la canicule, il ne faisait pas très chaud. Le Belnor, dix à quinze étages à vue d'œil, occupait un peu moins d'un pâté de maisons, de la bouche de métro de la 86e rue jusqu'à Amsterdam Avenue. Au centre, deux hautes et profondes voûtes cochères s'ouvraient sur une cour dont on distinguait à distance l'aspect négligé et poussiéreux. Les loyers gelés ne devaient pas suffire à l'entretien des arbres et des jardinières. Néanmoins, une paire de majestueux miroirs convexes passait au crible les visiteurs inopportuns.

La démographie du quartier, outre ses Juifs religieux, comprenait des Portoricains de West Side Story, des immigrés venus d'Haïti et de la République dominicaine. Dans le ciel dégagé circulaient de pâles, légers et fugaces lambeaux de nuages d'été. Une blonde guillerette, un peu excitée, et un caniche français qui devait fréquenter le même coiffeur que sa maîtresse allaient et venaient devant l'entrée. Un type coiffé d'un chapeau noir, journal plié sous le bras et cravate rayée, qu'un instant je confondis avec le prix Nobel, se dirigea tout droit vers le bâtiment. Après avoir reçu notre confession, un concierge invisible, au-dessus de la première des voûtes de la galerie que deux grilles de barreaux en fer forgé séparaient de la cour, ouvrit l'une d'elles et nous invita du lieu où il était juché de prendre à gauche. Nous laissâmes derrière nous un lampadaire à cinq branches sur le côté droit et prîmes un ascenseur Belle Époque délabré. Seul sur le seuil de son appartement, Bashevis Singer s'épargna toute simagrée et cérémonie de bienvenue. Tandis que nous le suivions dans le spacieux appartement, il nous expliqua qu'il prenait un avion le lendemain pour la Floride, où l'attendait sa femme, qui avait donc recouvert les meubles de housses blanches. Lesquelles s'accordaient avec les trottoirs ensoleillés et les rues vides qui témoignaient de l'adhésion à la loi mosaïque d'une partie substantielle de la population locale. Singer et moi nous installâmes confortablement sur un canapé à tissu passementé, déhoussé comme les autres meubles du petit salon aménagé pour nous recevoir. Mina s'assit à une petite table de style Empire sur laquelle journaux, revues et livres s'empilaient autour d'une lampe à abat-jour circulaire. Marisol devait arriver un quart d'heure plus tard et, pendant que la photographe prenait ses clichés avant de prendre congé de nous, j'achevai d'expliquer le motif de notre venue et entamai l'interrogatoire, que voici :

— Comme je vous l'ai dit, je suis vénézuélien, je sais que vous vous êtes rendu au Venezuela il y a quelques années et j'aimerais savoir quel souvenir mon pays vous a laissé.

— Tout ce que je peux dire, c'est que c'est un pays agréable, un beau pays. J'y ai surtout vu les gens de la communauté juive qui m'ont invité. Ils m'ont très bien reçu.

— J'ai un oncle qui, déjà avant le prix Nobel, vous avait lu et qui a jugé scandaleux d'inviter à Caracas un pornographe comme vous.

— Et, alors, que voulez-vous ? Que je me batte avec votre oncle ?

— *(Rires)* Non, mais n'êtes-vous pas surpris de provoquer ce genre de réaction auprès du public juif ?

— Ce n'est pas le cas des gens à l'esprit moderne. C'est surtout celui de ceux élevés à l'ancienne, qui considèrent toute mention de sexe comme de la pornographie. Mais les gens sains d'esprit n'ont pas du tout cette réaction.

— Vous considérez-vous dans la tradition de la littérature juive ?

— Non… Je me considère comme quelqu'un qui aspire à un style personnel. Je ne veux suivre personne, du moins, c'est comme ça que je le ressens.

— Mais vous appartenez à la littérature yiddish.

— J'appartiens à la littérature yiddish, mais cela ne signifie pas que je sois lié par sa tradition. J'appartiens à la langue, j'appartiens à son peuple, mais j'ai forgé mon propre style. Personne ne dirait des autres écrivains yiddish qu'ils sont des pornographes.

— C'est ce que je voulais dire.

— Ils écrivent sans la moindre allusion au sexe. C'est une sorte de littérature sentimentale, essentiellement à contenu social. Intéressée par les inégalités sociales, par la défense des plus défavorisés. Mon écriture ne correspond pas à la réalité de la tradition yiddish.

— En ce sens, vous considérez-vous comme une exception… ?

— À cet égard, oui.

— Il est aussi vrai que c'est de la littérature populaire, n'est-ce pas ?

— Qu'entendez-vous par « populaire » ? Elle n'a jamais eu beaucoup de lecteurs. C'est, comme je vous l'ai dit, une sorte de littérature sentimentale, ce n'est pas ce que je fais.

— L'humour.

— … Je ne dirais pas que j'écris ou que j'imite l'un de ces écrivains ou qu'ils m'ont influencé, à part Israel Joshua Singer, qui lui a exercé une grande influence sur moi, mais il n'appartenait pas non plus à la tradition yiddish.

— Existe-t-il au XXe siècle une école juive de la nouvelle ? Comme dans d'autres langues, je veux dire celles de Kafka, de Schulz.

— Les vrais écrivains n'ont pas d'école. Chacun d'eux a un style qui lui est propre. Ceux qui appartiennent à une école… ne sont que des suiveurs. Toute cette histoire d'écoles ne sert qu'aux professeurs de littérature qui les inventent : école romantique, réaliste… Au fond, le véritable écrivain n'appartient à aucune d'entre elles. C'est ce qui fait de lui un écrivain.

— Mais, quel rapport avez-vous avec les écrivains de la nature d'un Kafka ou d'un Schulz ?

— Bruno Schulz était un parfait individualiste, il écrivait comme personne d'autre. Pareil pour Kafka, Tchekhov ou Maupassant, bien qu'ils se ressemblent. Je répète que les écoles sont commodes pour les enseignants… Elles servent à faire des anthologies… J'en suis convaincu.

— Lorsque vous viviez en Pologne, connaissiez-vous l'œuvre de Schulz ?

— Non, non, non.

— N'aviez-vous jamais entendu parler de lui ?

— Jamais, je n'avais jamais entendu parler de lui. De Kafka, oui, même si, en Pologne, je ne l'avais pas encore lu. Je suis arrivé ici en 1935, j'ai d'ailleurs écrit une nouvelle qui parle de lui.

Quant à Bruno Schulz, je ne connaissais pas, tout en connaissant une amie de Schulz, une poète yiddish, qui aurait pu m'en parler, mais.

— Dora... ?

— Debora Vogel. Mais je ne saurais vous dire si elle m'a parlé de lui, je ne crois pas avoir jamais entendu parler de Schulz. Je ne l'ai jamais vu.

— Parce qu'ils étaient de très bons amis... J'ai lu des lettres de Bruno Schulz.

— Bien sûr... Mais sur tout cela, je n'ai écrit que vingt ans plus tard.

— À l'époque, Schulz avait fait un voyage à Varsovie.

— Oui, oui, il y était de passage. Il a essayé de publier là-bas, mais pour une raison quelconque, cela ne s'est pas fait. Quoi qu'il en soit, il est resté là où il était, et cela a été bénéfique pour son œuvre.

— À Drohobytch.

— Oui.

— D'autres écrivains polonais, Gombrowicz... ?

— Non. J'ai rencontré quelques vieux écrivains en Pologne, la plupart d'entre eux étaient des poètes. Certains Juifs, Julian Tuwim, Antoni Slonimski... ici, dans ce pays. Mais nos liens étaient faibles. Je veux dire que je ne les avais jamais rencontrés en Pologne, ni eux ne m'avaient vu ; nous écrivions dans des langues différentes, fréquentions des milieux différents et, entre nous, il n'y avait, en réalité, rien de commun.

— N'avez-vous jamais pensé devenir un écrivain polonais ?

— Jamais. Écrire en polonais ? Cela ne m'est jamais venu à l'esprit. J'ai eu la possibilité de devenir un écrivain hébreu parce que, pendant un temps, j'ai écrit et publié quelques nouvelles en hébreu, avant de me décider pour le yiddish. Mais l'idée d'écrire en polonais ne m'a jamais traversé l'esprit.

— Pourtant écrire en yiddish n'est-ce pas, n'était-ce pas une sorte de suicide littéraire ?

— Eh bien... Entre nous, nous ne considérions pas cela comme un suicide. Nous comprenions que, puisque c'était la langue que nous connaissions et celle de l'environnement dans lequel nous vivions, nous devions nous en servir pour écrire. Mais nous savions que les chances d'un écrivain yiddish étaient très minces. Bien que quelqu'un comme Sholem Asch ait été traduit dans un nombre de langues important. Faire carrière, une grande carrière littéraire, paraissait sans espoir.

— Comment faisiez-vous pour vous en sortir ?

— Eh bien... Je me suis fait à cette idée. Je n'aspirais pas à une grande carrière. Une fausse carrière. Je voulais écrire dans la langue que je connaissais le mieux et j'ai écrit... Je considérais qu'on peut plaire ou ne pas plaire, distraire ou pas. Je ne me suis pas consacré à l'écriture pour gagner le prix Nobel, pas une seule seconde. Ni d'autres prix.

— Avec la disparition de beaucoup de ses locuteurs, l'audience de la littérature yiddish s'est restreinte : vous êtes une sorte de médium.

— Non, je n'ai rien d'un médium, je ne communique pas avec les morts... D'abord, il y a encore deux ou trois millions de personnes qui parlent yiddish. Combien de personnes parlent finnois ou norvégien ? Et même si tous les locuteurs du yiddish, à Dieu ne plaise, disparaissaient et si je restais seul, j'écrirais toujours dans cette langue. C'est la langue dans laquelle je m'exprime le mieux. Je l'aime, c'est la langue de mes parents. Ensuite, je traduirais, comme je le fais aujourd'hui, où je publie et je traduis de plus en plus mes œuvres en anglais. J'ai appris l'anglais ici et je pourrais aussi traduire en hébreu si je voulais, bien que mon fils le fasse maintenant. En d'autres termes, la question statistique du nombre de locuteurs yiddishophones n'interfère pas dans mon travail.

— Et dans un autre sens ?

— Dans un autre sens ? Écoutez, on s'adapte. Que font les écrivains d'Albanie ou d'autres pays ? Avec un total de quatre ou cinq millions d'habitants dont probablement la majorité, environ les trois quarts d'entre eux ne savent ni lire ni écrire. Dans le passé, combien de lecteurs avaient lu Milton ou Shakespeare lui-même ? À l'époque de Shakespeare, seuls quatre millions de personnes parlaient anglais, et sur ces trois ou quatre millions, plus de la moitié étaient probablement analphabètes. Bien sûr, quand on écrit en espagnol, en anglais ou en russe, on peut espérer être lu par des millions de personnes. Mais prenons par exemple Strindberg, qui écrivait en suédois. La Suède compte aujourd'hui huit millions d'habitants, mais en son temps elle ne devait pas dépasser les cinq millions, voire moins peut-être. À ce sujet, les Suédois m'ont dit : « Nous sommes dans la même situation que vous, car seuls les Suédois connaissent le suédois. » Mais ils ont réussi à diffuser leurs grands écrivains à l'étranger, et même s'ils ne l'avaient pas fait, cela n'aurait pas d'importance. Certains d'entre eux traitaient des sujets universels. De fait, ni Strindberg ni Ibsen n'ont remporté le prix Nobel.

— Alors, ce ne sont pas les millions de lecteurs potentiels qui garantissent l'existence d'une bonne littérature.

— Cela n'a rien à voir avec les quantités. Pensez-vous qu'une bonne peinture dépende du fait que… ? En France au XIXe siècle, les impressionnistes étaient méprisés par les critiques, les marchands et les galeries d'art. Certains mouraient de faim, jeunes, et ont fini par gagner leur vie plus tard… Et ils étaient tous des inconnus. De nos jours, les gens en ont plein la bouche de Cézanne, Pissarro ou de n'importe quel autre nom, mais en France personne ne connaissait Cézanne quand il a commencé à peindre. Absolument pas. En d'autres termes, on peut dire que ceux qui ont été à la pointe de la création, ce sont des gens qui ne cherchaient pas à faire carrière.

— Je suppose que vous avez accordé de nombreuses interviews après le Nobel.

— Quelle comédie ! Ça me rend malade : je vais finir par renoncer à donner des interviews.

— Y a-t-il une question qu'on ne vous ait pas encore posée ?

— À dire vrai, je ne sais pas. Posez votre question. Je ne crois pas qu'on ait lu beaucoup d'interviews de moi au Venezuela.

— Je vous cite : « Parfois, je me réveille au milieu de la nuit, et je ne me souviens plus qui je suis, quel est mon nom ou qui vit à côté de moi. » Pensez-vous que la question de l'identité personnelle soit un paradoxe humain ?

— Bon, je vais vous dire : la question de l'identité est difficile à élucider… Bien sûr, je peux dire que je suis un écrivain yiddish, que je suis né en Pologne, que je me suis marié dans ce pays, que je suis un citoyen américain. Mais tout cela ne constitue pas une identité. L'essence d'un homme est d'abord une question de gènes, ce sont eux qui déterminent l'identité d'un être humain. C'est bien d'appartenir à quelque chose, mais ça ne suffit pas. Et beaucoup de gens se demandent, non pas seulement au milieu de la nuit, mais même en plein jour : « Qui suis-je ? Qu'est-ce que je fais ici ? » Ce sont des questions éternelles et elles manquent de réponse. Parfois, on les lit dans les yeux d'un animal. Dans les yeux d'une vache debout dans l'herbe et qui soudain regarde le ciel comme si elle lui demandait : « Pourquoi suis-je une vache ? Qu'est-ce que je fais ici ? » N'avez-vous jamais ressenti cela ? Eh bien, je suis comme cette vache *(rires)*. Comme lorsque j'écris sur un personnage qui se réveille en pleine nuit, avant une conférence.

— Non, sur une femme qui a survécu aux camps d'extermination.

— Oui, aussi. Vous savez, on ne lit pas assez de choses, surtout ces derniers temps, sur les peuples qui émigrent… Prenez les États-Unis : il y a des Italiens, des Espagnols, des Russes ou… Eh bien, si vous me demandez si je suis américain, je peux seulement vous dire que j'ai un passeport américain. L'identité est quelque chose de différent. Mais la littérature n'a pas été créée pour résoudre le problème de l'identité. Dans la littérature, on décrit le caractère de l'être humain. Il y a ceux qui assimilent l'identité à un passé spirituel susceptible de les aider à clarifier qui ils sont, mais ce n'est pas si facile. Savez-vous quels sont ceux qui jouissent d'une identité complète ? Les croyants, des gens pieux comme mon père. Qui disait : « Je suis ceci et cela, et je crois en Dieu et que le Messie viendra et que je serai racheté, et si Dieu aide mes enfants à continuer dans ma direction, je leur enseignerai le Talmud et ainsi de suite… » L'identité de l'homme moderne est précaire. Il est et n'est pas.

— Vous considérez-vous américain ?

— Je suis un citoyen américain, j'aime les États-Unis et je ne changerais ma citoyenneté pour aucune autre. Ici, on m'a bien traité, j'appartiens à l'Académie. Ils m'ont, pour ainsi dire, pris dans leur sein, mais ici, tout le monde est étranger.

— Ici, les gens de lettres n'ont-ils aucun sentiment d'appartenance ?

— Oui et non. Mais cela ne me dérange pas, je suis satisfait d'être ce que je suis.

— Vous souvenez-vous de ce que vous avez ressenti après le génocide du peuple juif à la fin de la Seconde Guerre mondiale ? Un sentiment de grande solitude, je suppose.

— La vérité, c'est que je l'ai toujours eu, ce sentiment, et bien avant la Shoah. L'Holocauste n'est pas le seul épisode de cruauté humaine. La cruauté humaine, le meurtre et le viol – peu importe la façon dont vous l'appeliez – sont aussi vieux que le monde. Que six millions ou six millions et demi de personnes aient été tuées… De tout temps, il y a eu des combats et des crimes. Si vous lisez la Bible… Quand ma mère m'a appris à lire la Torah, j'ai découvert que les Juifs et les Philistins se faisaient la guerre, et que l'année suivante ils continuaient de se battre et de tuer des milliers de personnes, et alors je lui demandais : « Quel est le sens de tout cela ? Comment Dieu l'a-t-il permis ? » Pourtant la Shoah, pour certains journalistes et pour les sociologues, est un grand événement. Mais il n'est pas nécessaire de tuer six millions de personnes, tuer soixante-deux personnes ou un seul être humain, c'est la même chose. C'est quelque chose qui n'a pas de fin, j'insiste. Le monde a été créé de telle manière que les hommes et les animaux ont dû lutter pour exister. Être cruel et faire la paix, se refaire la guerre et se pardonner les uns aux autres, avant de se haïr à nouveau. Rien de nouveau. En d'autres termes, que ce soit arrivé à six millions de personnes n'a pas été un événement particulier pour moi. Dans le futur, il y aura un Holocauste à côté duquel le nôtre semblera insignifiant. Ce n'est pas une question de qualité mais de quantité.

— D'après ce que vous avez dit plus tôt à propos de votre père, je déduis que vous ne vous considérez pas comme un homme de foi.

— Pas dans le même sens que lui… Je ne vais pas à la synagogue. Je suis religieux, mais d'une manière différente de celle de mon père et de mon grand-père.

— On pourrait dire que vous êtes en quête… Je ne sais pas, je vois ici un livre de philosophie indienne.

— Quelqu'un me l'a envoyé. Il est arrivé hier par la poste. Je ne sais pas pourquoi on me l'envoie… Je reçois une infinité de livres du monde entier.

— Mais, ça vous intéresse ?

— Demain, peut-être. J'ai lu la *Bhagavad-Gita*. De plus, quelqu'un l'a traduite et m'a dédié la traduction.

— Mais vous vous intéressez à l'ésotérisme, comme on peut le déduire en vous lisant, et… Mais, d'abord, je voudrais savoir si vous séparez les philosophes modernes des classiques.

— À vrai dire, je n'ai pas étudié les philosophes modernes. Je connais très peu ceux qu'on appelle les existentialistes. J'ai vu Sartre à Paris. Sa compagne a dit dans une interview qu'elle était en train de me lire, comment s'appelle-t-elle, déjà ?

— Simone de Beauvoir.

— Mais, en réalité, je ne connais pas vraiment la philosophie moderne. J'ai l'impression que la philosophie moderne n'a que peu d'intérêt : la question, disons, d'être ou de ne pas être. Ils s'occupent avant tout du langage, comme Wittgenstein et compagnie. Je ne m'intéresse pas à la philosophie formelle. Je suis surtout attiré par les vieilles questions, la vieille métaphysique, et non par ce que les professeurs aiment enseigner maintenant.

— On pourrait dire que vous ne vous souciez pas non plus de la psychanalyse…

— Au contraire, Freud fut un grand penseur. Bien sûr, pour se faire accepter, il a exagéré comme tous les grands maîtres. L'exagération est propre aux gens talentueux. Je connais un peu Freud, Adler, Jung, mais les philosophes après Nietzsche, non. Je ne peux rien dire à leur sujet, pour ou contre.

— Pensez-vous qu'il y a cent cinquante ans vous auriez pu écrire de la même manière ?

— Je suis un écrivain, pas un philosophe. Il y a cent cinquante ans, Tolstoï, Dostoïevski et Flaubert n'existaient pas. J'aurais dû commencer à explorer, j'aurais été un précurseur. On ne peut pas innover uniquement en fonction de son propre temps. Il y a cent cinquante ans, en ayant les mêmes gènes, j'aurais probablement écrit un peu différemment. Le réalisme n'existait pas comme école littéraire et décrire la vie quotidienne était tabou : on considérait cela comme vulgaire et marginal. C'est une question académique. Qui sait ce qui se serait passé il y a cent cinquante ans !

— Je m'intéresse à la culture de la Varsovie juive et, surtout, à son acte final, dans le ghetto de Varsovie. Avez-vous connu Emanuel Ringelblum ?

— Oui, je l'ai connu. Lui et bien d'autres ; parce que je suis arrivé quand j'avais près de trente ans, environ vingt-neuf ans et demi, plus ou moins, et j'étais déjà écrivain. J'avais écrit mon premier livre, un récit intitulé *Dieu, sauve-moi*, et j'appartenais au Club des écrivains de Varsovie. C'est ainsi que j'ai rencontré tous ces gens.

— Doubnov ?

— Non, pas Doubnov, lui je ne le connaissais pas, ou peut-être l'ai-je vu. Doubnov était beaucoup plus âgé et, de plus, il ne vivait pas en Pologne. Il vivait à Riga, ou quelque chose comme ça… J'ai rencontré sa fille là-bas, et elle vit encore ici.

— Avez-vous des photos de Ringelblum ?

— Oui, quand je l'ai rencontré, c'était un jeune historien, il écrivait sur l'histoire juive, personne ne voyait venir l'Holocauste. Lui était d'extrême gauche. Pour moi, c'était un jeune historien, rien de plus.

— Et Janusz Korczak ?

— Janusz Korczak, je savais qui il était.

— Vous ne le connaissiez pas ?

— Si. Mais c'était un éducateur et ce n'est pas vraiment mon métier.

— Habitiez-vous dans le quartier juif de Varsovie ?

— Plus ou moins, mais ce n'était pas aussi grand qu'un ghetto. Nous pouvions habiter où nous voulions ; il suffisait d'avoir les moyens de payer le loyer.

— Je veux dire des rues comme Mila, Lezno, Chlodna, Nowolipie.

— Oui, oui, ce sont des rues juives, mais un certain nombre de Gentils y vivaient également.

— Êtes-vous retourné à Varsovie ?

— Non, non.

— Jamais ?

— On ne m'y a jamais invité. Cette semaine, un monsieur est venu de Pologne, le traducteur de mon œuvre. Moi, je n'étais pas traduit derrière le rideau de fer, mais maintenant tout le monde a commencé, sauf les Russes, qui ne l'ont pas fait.

— En tant qu'auteur, vous considérez-vous optimiste ou pessimiste ?

— Je ne sais pas. Je ne me qualifierais pas d'optimiste. Bien sûr… quand il s'agit du Tout-

Puissant. À votre… je suis un optimiste, parce que je me dis que le créateur de tous ces mondes, de ces galaxies, devait savoir ce qu'il faisait, mais s'agissant de l'espèce humaine, je ne suis guère optimiste. Je suis certains que dans cinquante ans les guerres, les combats et le crime continueront. Je présume que la tragédie humaine va se prolonger.

— Et la guerre des sexes ?

— Qu'entendez-vous par… guerre des sexes ?

— Celle des hommes et des femmes.

— Écoutez, dans ce type de guerre, il n'y a pas de prolifération de fusils et de bombes. La guerre des sexes consiste dans le fait que les maris se battent avec leurs femmes et les femmes avec leurs maris, avant de se réconcilier et faire des enfants. Je ne crois pas qu'ils provoquent un véritable holocauste, du moins je l'espère.

— *(Rires)* Dans certaines de vos histoires, la femme est presque un démon.

— Non : ça, c'est du folklore, de la plaisanterie. Évidemment, les femmes ont les mêmes défauts que les hommes et ont leurs propres qualités. Je ne crois pas qu'il faille craindre la guerre des sexes, il y a d'autres problèmes.

— À mon avis, on peut diviser vos nouvelles entre celles dont l'histoire se passe aujourd'hui, presque des chroniques, et celles qui se déroulent avant la guerre, dans les villages.

— On ne doit pas faire une telle distinction, chaque récit requiert une forme d'expression différente. Si j'écris sur quelque chose qui s'est passé il y a trois cents ans, ce sera différent que d'écrire sur quelque chose qui se passe en ce moment à Broadway. C'est naturel. Il y a des écrivains qui n'écrivent que sur leur époque et gardent la même forme. Moi, au fur et à mesure que je passe d'un pays et d'une époque à d'autres pays et d'autres époques, j'adopte des styles différents.

— C'est ce que je voulais dire quand je vous ai qualifié de médium. Car lorsque vous écrivez sur notre époque, à Broadway, à Lisbonne ou à Tel-Aviv, l'angle est presque journalistique, avec de l'humour. Je peux imaginer vos sources. Mais c'est très différent d'essayer de savoir d'où viennent vos histoires qui se déroulent dans un passé lointain.

— J'ai mes sources. J'ai vécu dans un certain environnement. Chez mes parents, les événements qui se sont produits il y a deux mille, trois mille ans étaient plus vivants que ce qui se passait dans le présent. La culture juive est très ancienne et nous, dans notre foyer biblique, nous vivions attachés à ces choses. Des sources, j'en ai beaucoup. Et bien sûr, comme tout écrivain, je me sers aussi de mon imagination. Mais il est difficile pour moi d'expliquer comment elles surgissent, c'est très compliqué. Voulez-vous que je vous confie un secret ? Mon esprit voit le présent et aussi le passé. Ces choses-là ne peuvent pas s'expliquer, pas plus que l'élan qui me pousse à écrire un livre. Chaque écrivain porte en lui ses sources, un style et un point de vue, tenter d'expliquer ça n'a aucun sens. C'est inexplicable.

— Vous êtes donc partisan des muses, au fond.

— C'est comme si je vous demandais comment vous êtes, qui vous êtes. C'est l'environnement, et les gènes, et peut-être bien d'autres choses. Bien sûr, je ne crois pas que la littérature soit une création exclusive de l'environnement. Mais je crois que la réalité joue un rôle important dans la création.

— C'est-à-dire que vous croyez à l'inspiration ?

— Bien sûr, et au talent. Je ne pense pas que tout le monde puisse apprendre, bien que j'enseigne moi-même ce qu'on appelle « l'écriture créative ». La première chose que je dis à mes étudiants c'est : « Si vous n'avez pas ça en vous, vous ne pourrez pas apprendre à être un écrivain. Il faut être né avec ça. »

— Borges dit que lorsqu'on écrit un mauvais vers on peut se l'attribuer, mais que les bons vers sont dictés par la Muse.

— Je ne sais pas ce que dit Borges. Mais en lisant une de ses interviews, je ne comprends pas vraiment ce qu'il voulait dire.

— Je crois qu'il ne se considère pas responsable de tout ce qu'il écrit.

— Évidemment, cette responsabilité est impossible à assumer, puisque nous héritons des gènes et que nous sommes le produit de notre culture et de ce qui nous entoure, je ne le nie pas. On ne peut pas dire que Borges ne soit que Borges. C'est un écrivain de langue espagnole, un écrivain sud-américain, il a été influencé par de nombreux facteurs, comme moi, l'environnement et la réalité. Pour moi, dire que le bien m'appartient et le mal aux autres, ou vice versa, n'a aucun sens.

— Dans une de vos nouvelles, vous écrivez, je cite : « Toute ma vie j'ai recherché le plaisir », c'est-à-dire les femmes.

— Oui, dans mon autobiographie.

— Je cite une nouvelle.

— Qu'entendez-vous par « une nouvelle » ? Je vois… peut-être.

— Pascal dit que la passion et l'ambition ne peuvent coexister dans le même corps sans se faire du mal.

— Je vais vous dire, quand il s'agit de science, peut-être. Pour un mathématicien, cela peut lui nuire, mais, en revanche, c'est la source même de l'art. Enlevez la passion, et les arts meurent. Ou disons que si on les prive de passion, les écrivains se transforment en critiques.

— Avez-vous déjà été sérieusement intéressé par la Kabbale ?

— Quand j'étais jeune. Elle m'intéresse toujours, mais c'est tellement difficile que je ne peux pas vous dire. Parce qu'une partie me fait du bien, une autre moins. Mais, oui, elle m'intéresse.

— Alors continuez de vous y intéresser.

— Oui, à la Kabbale, mais surtout à ce qu'on appelle la recherche extrasensorielle : la télépathie, la clairvoyance et ce genre de choses… Bien sûr, il y a là beaucoup de bluff, mais je vis dans l'attente de l'étincelle de vérité cachée.

— Vous parlez de la Kabbale dans un sens général, pas de la Kabbale juive.

— Non, ce n'est pas la Kabbale, la recherche extrasensorielle est autre chose. La recherche extrasensorielle dépasse la Kabbale juive.

— Quand on parle de recherche extrasensorielle…

— Si quelqu'un me dit qu'il a vu sa grand-mère décédée, je le considère. Ce que je crois est autre chose. J'espère que c'est vrai.

— Avez-vous déjà eu ce genre d'expérience ?

— Non, jamais. Je veux dire, j'ai eu beaucoup d'expériences qui m'ont fait me dire : « C'est un miracle. » Mais elles étaient si ambiguës qu'elles ne pouvaient servir de preuve à rien de réellement important.

— Il y a la tradition kabbalistique du Golem.

— Oui.

— Elle vous intéresse aussi ?

— Un peu. La seule chose, c'est que je ne suis pas très crédule : je ne crois pas que quelqu'un puisse prendre une figurine d'argile et lui donner vie. Pour moi, c'est du pur folklore, et, en tant que folklore, c'est intéressant.

— Vous avez été un ami d'Henry Miller.

— Oui.

— Il avait une vision pessimiste des États-Unis et, en particulier, de New York.

— Il a subi des mauvais traitements toute sa vie et il a vécu dans la misère, d'où ses crises d'amertume, mais il était très doux et c'était un bon Américain, croyez-moi.

— Que pensez-vous de New York ?

— C'est une grande ville avec toutes sortes de gens. Espagnols, Anglais, Turcs, entre autres, mais on ne peut pas généraliser. C'est un océan avec des millions de poissons. Je ne suis pas porté sur les généralisations. Je juge chaque être humain pour ce qu'il est. Porter une opinion sur New York est difficile. Bien sûr, le maire de New York dira que c'est une grande ville, une ville riche, avec tant d'écoles et tant de musées. Mais dire quelque chose de New York est compliqué. Nous, écrivains, nous ne travaillons pas à partir de généralités ni avec les masses, mais sur un certain nombre de personnages. Dire ce que je pense de huit millions de personnes est impossible. Je peux dire qu'il y a huit millions d'habitants, beaucoup d'immigrés, certains pauvres, d'autres riches. Rien d'original, je n'en dirai pas plus.

— Êtes-vous un humoriste ou un écrivain sérieux ?

— Parfois l'un, parfois l'autre.

— Êtes-vous un hédoniste ?

— Je ne sais pas ce qu'est un helléniste, donc je ne vais pas répondre. Vous me demandez si je crois en la culture grecque ?

— Je voulais parler de la poursuite du plaisir.

— Oh, vous voulez dire hédoniste.

— Oui.

— Oh, hédoniste. Je pensais que vous aviez dit helléniste. Chaque être humain veut tirer du plaisir de ce qu'il fait. Si vous êtes religieux, vous direz que vous serez récompensé dans l'autre monde. Les rabbins et les prêtres promettent le royaume des cieux. Autrement dit, entre la vie et la mort, nous espérons tous goûter un petit peu de plaisir. À cet égard, je dirais que tout être humain est hédoniste.

— Y a-t-il une place pour l'hédonisme dans la tradition juive ?

— Une grande, car dans la Bible il est dit que si on observe les dix commandements, exploit formidable, on vous offrira beaucoup de céréales, beaucoup de légumes, beaucoup de nourriture. Le Talmud parle du ciel et du paradis ; on vous offre toujours quelque chose. Bouddha, la tranquillité. Tous, un peu de plaisir. Rien ne peut être entrepris sans l'espoir d'obtenir une jouissance personnelle. Je dirais qu'à cet égard, sans exception, chaque être humain est un hédoniste au-delà de l'aspiration qu'il peut avoir à beaucoup de plaisir, à beaucoup de nourriture ou à beaucoup de sexe, à une grande célébrité ou à de plus grandes choses, à être adoré, à atteindre la paix intérieure et d'autres choses. Tout le monde aspire à quelque chose.

— Que pensez-vous du fait qu'Hitler ait dit que la conscience était une invention juive ?

— Oh, c'est une chose connue… la conscience.

— Le sentiment de culpabilité…

— Si les Juifs l'ont inventé, ils ont fait une très bonne chose.

— C'était une accusation.

— Je le sais bien. Je ne considère pas la culpabilité comme la cause de tous les maux. Mais je ne suis pas d'accord. Si les êtres humains ne se sentaient jamais coupables, ils ne seraient pas meilleurs que les animaux. Peut-être qu'ils ne le sont pas, après tout. C'est bien que les gens aient des sentiments de culpabilité. Si vous faites quelque chose de mal et que vous vous sentez coupable, vous essaierez de vous racheter et promettrez de ne pas répéter ce que vous avez fait. Mais ceux qui tuent, violent et volent sans se sentir coupables sont les créatures les plus abominables du monde. Donc si les Juifs ont inventé la *gewissensbisse*, ils ont fait quelque chose de très utile et de très grand.

— Encore quelques questions. En ce qui concerne la persécution des Juifs pendant la Seconde Guerre mondiale, très peu se sont suicidés, avez-vous une explication ?

— Je vous dirais que le peuple juif est généralement optimiste. S'il ne l'avait pas été, il n'aurait pas survécu. Parce que si on est une minorité depuis deux mille ans dans tous les pays, si on ne croit pas en leurs dieux, et si on ne laisse pas ses filles se marier avec d'autres, si on ne mange pas leur nourriture, on se place dans une terrible situation de précarité. Pour pouvoir supporter tout cela, génération après génération et prétendre survivre, il fallait être hautement optimiste, vivace et plein d'espoir. Peut-être y avait-il réellement moins de cas de suicides chez les Juifs. Surtout parmi les Juifs religieux, le nombre fut très faible. Mais il n'en a pas toujours été ainsi. Il y a eu des cas de suicide pendant l'Holocauste.

— Vous-même, du point de vue philosophique, comment considérez-vous le suicide ?

— Je ne méprise pas quelqu'un qui se suicide. Au contraire, j'ai beaucoup de respect pour lui, pour avoir eu le courage de dire au Tout-Puissant : « Je n'ai pas besoin de tes dons, je te les rends… et au revoir. » Je crois à la grandeur du suicide, bien que pas dans tous les cas bien sûr. Mais j'en connais beaucoup qui ont vraiment été grands. Je ne suis donc pas d'accord avec la tradition juive ou la façon de penser juive.

— Êtes-vous en train d'écrire quelque chose maintenant, un roman… ?

— J'écris quelque chose et il est possible que mon héros se suicide.

— *(Rires)* Très bien, je ne veux pas vous déranger davantage.

— Envoyez-moi l'entretien en espagnol, même si je ne peux pas le lire.

— D'accord.

Nous avons refait la descente, bercés par le gémissement des cordes et des poulies dans une longue valse paresseuse et sentimentale. Le bois rayé et écorché de la cabine octogénaire dans laquelle nous avions voyagé d'étage en étage trahissait la vétusté et l'abandon du Belnor. Nous atterrîmes au rez-de-chaussée et nous nous échappâmes à droite d'une fontaine sèche, sans nous arrêter à admirer les jardinières fanées ni, à l'arrière-plan, les vieux arbres reverdis du grand cloître rectangulaire. Nous coupâmes par un raccourci ombragé. Notre hôte nous avait fait ses adieux avec un soulagement non dissimulé, les yeux fixés sur la lumière blanche de la Floride. Nous laissions son visage translucide au-dessus d'un col ajusté par une cravate sombre, dans l'encadrement de la porte, suspendu entre Varsovie, New York et Miami, mais juif et, pire encore, yiddish, devant, derrière, de tout côté.

New York, juillet 1980

Extrait de *Caza mayor* (« Gros gibier »), Demi-Page, 2022.

EMMANUELLE FAVIER

LA CÉRÉMONIE

C'était semble-t-il l'écorce d'une autre vie. Je souffrais, à cette époque, de fréquents maux de tête, parfois accompagnés de vertiges. Je traversais le monde dans un brouillard continu, encombré par une souffrance sourde qui m'empêchait d'entreprendre quoi que ce fût. Je m'égarais alors en de terribles divagations, qui rendaient toute confrontation à l'autre proprement insoutenable.

C'est dans l'un de ces moments que je reçus une invitation expresse, pour le soir même, à me rendre à une cérémonie en l'honneur du poète officiel Joachim Arrestal. Toute défection eût signifié une révolte, c'est-à-dire la prison. Malgré ma répugnance, je m'habillai donc, à gestes lents et réticents.

La cérémonie avait lieu dans la grande cour carrée du château seigneurial, à l'ouest de la ville, au cœur des forêts splendides et cruelles qui caractérisent nos régions. Lorsque j'arrivai, une foule de journalistes et de curieux se pressait déjà, chacun avide de se déclarer le témoin privilégié des derniers prodiges littéraires d'Arrestal. Je descendis de voiture, le taxi ne pouvant aller plus loin, et parcourus la longue allée, me dirigeant non sans appréhension vers la vague puissante que faisait la cohue léchant le pied des murailles.

Je considérai avec un peu d'espoir les nuages épais : un lourd crépuscule n'en finissait pas de s'amonceler sur les corniches, menaçant les discours qui se succédaient depuis une estrade placée sous le porche immense. Si le temps d'orage amplifiait ma migraine, il aurait peut-être le mérite de suspendre des festivités auxquelles j'aurais donné beaucoup pour pouvoir me soustraire.

Mais pour l'heure la cérémonie se poursuivait sans tenir compte des exigences du ciel. L'enthousiasme du ministre de la Culture, du directeur de la Société des poètes et de divers animateurs d'émissions culturelles, radiophoniques ou télévisées, résonnait en paroles fortes, petites phrases habiles et remerciements interminables. Le président de la Grande Université de la Ville fit un éloge enthousiaste du poète et vanta l'influence de celui-ci sur les jeunes étudiants en littérature, renouvelant pour la vingt-troisième année consécutive l'inscription des œuvres d'Arrestal au programme de l'année suivante, et annonçant la tenue de nombreux colloques et conférences à son sujet. La mise en place, très attendue, d'un atelier hebdomadaire d'écriture arrestalienne fut annoncée sous les vivats.

J'écoutais, et au cœur de la rage grandissait en moi une fascination horrifiée devant ce flot de conviction jubilante. Je songeais à Nicola Peretty, le vrai poète, l'homme futur qui révélerait notre génération et fonderait le véritable État poétique. Une rumeur circulait selon laquelle il était revenu d'exil et se cachait dans l'une des multiples anfractuosités du domaine seigneurial. Mon grand ami, le libraire Anton Munita, toujours au fait des mystères liant politique et littérature – lesquelles sont, sous bien des aspects, à peu près équivalentes dans notre État si singulier –, m'avait révélé qu'un véritable labyrinthe se dissimulait dans les murs énormes de cette bâtisse officielle. Celle-ci abritant, certes, toutes les cérémonies qui animent notre ville depuis près de trois siècles mais aussi, et bien malgré elle, nombre de ce qu'elle considère comme ses parasites, conscients de ce que le terrain ennemi est parfois le meilleur des asiles.

Un comte local avait conçu le plan du domaine à l'époque où la conquête des territoires du

Nord battait son plein ; alarmé par les prémices d'une guerre qui n'aurait finalement jamais lieu, il avait cherché le moyen de se protéger tout en demeurant sur une terre à laquelle il était attaché. Encore aujourd'hui rares sont ceux, même et surtout parmi les membres du gouvernement, qui connaissent l'existence de ce labyrinthe fouaillant le cœur du lieu le plus fréquenté de la région ; seule une poignée d'élus sont en mesure de s'y orienter.

Les palabres s'éternisaient. Je bouillais intérieurement, tourmenté par une céphalée tenace, et ne pus retenir une exclamation – dont la virulence fit se retourner sur moi quelques regards courroucés – lorsque Joachim Arrestal, qui depuis une vingtaine de minutes déclamait ses vers, débita de sa voix grasseyante un poème que je reconnus aussitôt comme une transposition naïve et répugnante d'un des plus beaux poèmes de Peretty, « L'écorce de la nuit bleue ». Il m'avait été donné de le lire, là encore, grâce à Anton, qui connaissait Peretty et fréquentait le cercle clandestin des rares personnes restées fidèles au grand poète. J'en étais à me demander comment cette baudruche d'Arrestal avait pu se procurer le texte lorsque éclata une gerbe d'applaudissements, terrible hommage à la face de lait caillé qui nous tenait lieu de poète officiel. N'y tenant plus, je me levai et allai faire quelques pas dans les graviers.

Au moment où, parvenu à l'arrière de la salle qui devait accueillir le banquet suivant les discours, je levai les yeux vers le pignon du mur de pierre brute, intrigué par un filin qui courait du sommet du château jusqu'au sol, une main humide et sortie de nulle part étreignit ma gorge. Je parvins à mobiliser les forces de mon agresseur pour le faire basculer sur mon dos et le jeter à terre. J'empoignai le filin et eus tout juste le temps de me propulser sur la façade : l'homme déjà se relevait et s'élançait à ma suite le long du mur.

Un curieux sentiment d'aisance m'emplit alors. L'homme grimpait exactement à mon rythme, et je conservais ainsi mon avance. Notre chasse devint une chorégraphie. Nous évoluions de corniche en pinacle, mon pied trouvant chaque fois à s'appuyer sur les saillies du mur. Le château était richement ouvragé, mêlant les styles d'époques différentes selon une aberrante générosité architecturale. Je me hissai avec fluidité le long de la façade, mon crâne avait cessé de fermenter sa douleur et je me sentais porté par la magique ivresse que la peur et l'altitude s'accordent à infuser au creux de nos alvéoles. Mais je devais rester concentré : l'homme était doué de la même agilité et manquait atteindre mon pied à chaque instant.

C'est à cela, et à certaine sensation au moment de notre étreinte, que je devinai en lui un homme de mon clan. Je ne comprenais pas pourquoi il s'en prenait à moi ; lui aussi pourtant devait m'avoir reconnu comme l'un des siens. Tout à coup, baissant les yeux pour vérifier son avance, je ne le vis plus. À moitié rassuré, je me glissai par l'embrasure étroite d'une fenêtre découpée dans la pierre, au moment précis où les premiers éclairs déchiraient le ciel. Je me trouvais dans une salle cimentée entièrement vide, que fermait une épaisse porte de bois. Une odeur étrange me fit suffoquer, un ferment de poussière et d'autre chose que je n'identifiais pas, une odeur graisseuse et pâle évoquant à la fois le plâtre et la paraffine. Je repris mon souffle, et me dirigeai vers la porte.

L'homme se tenait immobile dans l'ombre d'un recoin ; je n'avais pu l'apercevoir en entrant. Il ne me sauta pas dessus comme je m'y attendais, et le sourire qu'il m'adressa me figea. Il paraissait très jeune. Il s'approcha de moi très doucement et, sans mot dire, ouvrit la porte derrière laquelle il disparut. Je compris qu'il me fallait le suivre. Le tout jeune homme semblait sûr de lui ; il n'avait pas eu besoin de me contraindre ni de me menacer. Il savait que je le suivrais.

En effet, c'est sans hésitation que je me retrouvai à franchir la porte et, le rejoignant en quelques enjambées, à cheminer derrière ce corps alerte. Il me conduisit irrésistiblement au fil d'un dédale de pierres et de briques entremêlées, de bois tantôt pourri, tantôt luisant. Chaque pièce que nous traversions, et qui venait interrompre la matité linéaire des couloirs, s'ouvrait par une porte large et basse, surmontée d'une charpente de vieilles poutres sales et cimentées de poussière.

Je sentis le pas de mon guide s'alourdir tandis que nous franchissions les derniers mètres conduisant à la salle dans laquelle il s'arrêta enfin. Nous avions marché, à l'estime, près d'une demi-heure. Cette pièce contrastait par son faste relatif avec celles que nous avions rencontrées auparavant. Quelques meubles l'ornaient, ainsi que des tentures aux couleurs drues. L'une d'entre elles dissimulait ce qui me parut être une sorte de débarras ; l'homme y pénétra après m'avoir fait asseoir. Je n'éprouvais aucune peine à lui obéir, j'en ressentais même un obscur plaisir, comme s'il s'agissait d'un honneur, d'un privilège dont je serais l'hasardeux bénéficiaire.

Mon guide revint bientôt, toujours souriant, un récipient de petite taille à la main. Il dévissa le couvercle du pot métallique et plongea ses doigts dans la matière onctueuse, couleur amande. Je reconnus l'odeur graisseuse et blanchâtre qui m'avait assailli à mon arrivée. De cette crème, il entreprit de m'enduire le visage avec soin. Ses doigts glissaient précautionneusement autour de mes orbites, en un massage d'une douceur infinie. Je sentis s'épanouir un immense bien-être tandis que de grasses gouttes de sueur, liées par la crème, sinuaient le long de mes tempes et de mon cou. Le visage du jeune homme était très proche du mien ; il m'apparut alors moins jeune qu'il m'avait semblé de prime abord. Des sillons de plus en plus profonds se creusaient sur son front et au coin de ses yeux, au fur et à mesure que ses doigts massaient ma chair.

Dehors, l'orage avait dû éclater. La pesanteur en parvenait jusqu'à nous, bien que nous fussions trop avancés au cœur des pierres pour entendre la pluie. Une fois le masque de crème appliqué sur tout mon visage, l'homme sortit de sa poche un splendide couteau d'obsidienne qu'il essuya de son vêtement. La lame effilée s'achevait en une courbe qui lui donnait des allures de cimeterre. Un frisson me parcourut lorsqu'il traça la première arabesque dans le gras de ma joue. Il cisela alors avec précision dans la pâte un faciès aux lignes torses et étudiées. Mon front, mes tempes, l'arête de mon nez étaient fendues avec douceur par le tranchant mince de sa lame. L'homme, dont les traits continuaient de se durcir, accompagnait son rituel d'incision en psalmodiant des vers qu'il me semblait avoir entendus auparavant, sans pouvoir me souvenir exactement où. Le sang ne coulait pas à proprement parler, il suivait docilement le fil de la peau découpée, se mêlant harmonieusement à la pâte qui me couvrait le visage, serpentant le long de ma douleur avec une molle fluidité.

Sa tâche achevée, l'homme, qui semblait à présent aussi vieux que mon propre père, me fit de nouveau signe de le suivre. Nous repartîmes dans le dédale de poutres, de métaux enchevêtrés d'ardoises et de briques, de délirants quinconces. Parfois, à un détour de pierre, je percevais le déluge, les bourrasques et les coups de tonnerre. Je songeai comme à une vie très lointaine à la cérémonie poétique que j'avais quittée si abruptement, et que l'orage devait avoir gâchée. Enfin, une dernière porte nous fit pénétrer dans un large bureau lambrissé. J'en fus alors certain, c'était là le cœur du labyrinthe, le noyau même de ce qui se dérobait non seulement au monde, mais à la conscience.

Une longue table en chêne lisse barrait l'accès à une bibliothèque. Assis sur un petit banc d'église incrusté dans le mur du fond, je reconnus Peretty. Il était visiblement passionné par la conversation, grave et confidentielle, dans laquelle il était plongé avec une enfant d'environ huit ans. Plusieurs personnes se tenaient à distance respectueuse ; de toute évidence, elles attendaient de pouvoir s'entretenir avec le Maître. L'homme qui m'avait guidé jusque-là, désormais chenu comme un arbre en hiver, me fit de nouveau signe de m'asseoir. Le sang avait séché sur ma face, et l'emplâtre me semblait séparé de ma peau de quelques millimètres. Mon visage me faisait l'impression de flotter au-delà de moi-même.

Une grande fatigue m'envahit alors. Les maux de tête, que j'avais oubliés, me reprirent violemment. Je voulus tendre la main vers mon guide, lui demander quelque remède, mais le sommeil m'écrasait, en lutte avec l'exaltation que faisait naître en moi la perspective d'enfin pouvoir parler au grand poète. Mon guide s'approcha et prit ma main dans les siennes. Elles étaient douces, très chaudes, cela me soulagea infiniment. J'eus tout juste le temps de l'entendre dire que c'était mon tour, avant de m'évanouir.

Lorsque je rouvris les yeux, ce fut encore une main que je vis. Une main cette fois glacée, petite et maigre, celle de l'enfant que j'avais vue parlant avec Peretty. L'un des doigts en était alourdi par une bague d'ivoire. Je tournai la tête vers la porte. Toute une petite société s'agitait dans les couloirs menant à la bibliothèque. Des hommes d'âge variable entraient et sortaient – variable dans le sens où, selon leur position dans la pièce, ils semblaient vieillir et rajeunir en un mouvement fluide et naturel, au rythme du battement de la vie animant cette communauté secrète. Parmi eux, aucune femme, à l'exception de l'enfant qui tenait ma main.

Ayant totalement repris conscience, je touchai ma joue et m'aperçus que le masque avait non pas disparu, mais s'était en quelque sorte aggloméré à mon propre visage, fondu dans ma propre peau. Je sentais toujours les ciselures sous mes doigts mais pouvais à présent remuer lèvres et paupières sans difficulté. Tous les muscles de mon visage avaient retrouvé leur mobile harmonie.

La fillette, dont l'apparence demeurait quant à elle inchangée, image fixe d'une enfance décidée et tranquille, me sourit et, à son tour, m'invita à la suivre. Peretty, comme je le constatai d'un regard bref, n'était plus dans la salle. Nous empruntâmes à nouveau plusieurs couloirs, et je sentis les saisons et les siècles me traverser à mesure que nos pas nous menaient à travers des espaces où d'autres temps avaient vécu, et continuaient de battre, où des vieillesses refleurissaient dans un baiser, où près de fenêtres à demi fermées des larmes préfiguraient la mort d'une épouse, où des escaliers réanimaient des cœurs pour l'éternité.

Un bois vert décorant une solive me rafraîchissait de plusieurs années, une poussière trop ancienne m'amenait aux abords des dernières batailles. Aucune douleur n'accompagnait ces mutations, elles faisaient partie de moi au même titre que les influx de mes nerfs ou le battement de mon sang.

Lorsque nous arrivâmes à Peretty, il se tenait dans l'anfractuosité d'une tourelle, droit et solide. Les murs étaient revêtus de larges plaques où brillait l'éclat de la lune, et qui faisaient comme d'incongrus miroirs au creux de la pierre. Un des genoux du Maître reposait sur l'assise basse de la fenêtre, et ses mains étaient nouées dans son dos.

Au bruit de mes pas, il se retourna.

— Je vous attendais.

La petite fille avait disparu. À l'étonnement que je manifestai en tournant la tête un peu brusquement, le Maître répondit en venant à moi. Il tendit vers mon visage une main ridée, dont un doigt s'ornait d'une bague en ivoire. Je compris à son geste qu'il me fallait ôter le masque. Je tirai dessus, m'obstinai malgré la souffrance, convaincu que c'était ce que mon Maître attendait de moi. Le supplice était long, pénible, libérateur comme une parturition. Puis peu à peu je sentis le masque se détacher de ma peau, arrachant mon derme meurtri.

Le Maître avait disparu à son tour. Je me tournai vers l'un des grands miroirs qui couvraient les murs de la salle, m'approchai. Sur mon visage accablé par la douleur de la délivrance, je reconnus les traits de Joachim Arrestal. Le masque en tombant se brisa comme une écorce.

MARC PETIT

TUER LE TEMPS

L'utopie de Goethe : si l'on pouvait passer de la nature à l'art, comme sur un pont de jardin japonais, par-dessus les flots boueux de l'Histoire ! Aux antipodes de Hegel pour qui le devenir de l'esprit et du genre humain se décide nécessairement sur les champs de bataille. La loi du plus fin contre la loi du plus fort. Une philosophie de la nature contre la dialectique vouée à se dévoyer dans l'incessante barbarie des affrontements guerriers.

*

Surestimation du politique, de la volonté de puissance. On en entend l'écho dans le moins bon Beethoven – celui de la 3e symphonie, du trop fameux concerto « L'Empereur », pour ne rien dire de la navrante « Bataille de Vitoria », aux accords et au rythme militaires. Schubert, lui, comme le meilleur Chopin, voire, en mode mineur, Satie et Séverac, ne sort pas de son domaine d'expression le plus intime. Angélique et tragique comme la voix sublime de Kathleen Ferrier s'élevant des profondeurs de la terre jusqu'aux espaces séraphiques. Beauté en suspens, irrécupérable par les idéologies, les programmes d'action, les discours creux de ceux qui trop souvent, nous voulant du bien, nous plongent dans la honte de la servitude, l'horreur de la tyrannie.

*

Quelle utopie possible pour qui récuse l'idée même de futur, au nom de laquelle les pouvoirs charismatiques oppriment le présent, promettant un bonheur infini toujours remis à plus tard ? L'étrange idée de la « dialectique bloquée », avancée par Walter Benjamin dans ses *Thèses sur l'Histoire* de 1940, ouvre sur un mystère insondable. Faire la révolution, souligne-t-il, ce n'est pas se soumettre à la marche forcée du train de l'Histoire en direction de l'avenir radieux ; c'est tirer la sonnette d'alarme pour arrêter le convoi. De ce gouffre, cette faille au sein du temps continu surgit peut-être l'instant messianique. Dont personne ne peut rien dire, sauf qu'il s'agit d'un *peut-être*.

*

Avec quoi refaire un monde ? Avec des paysages, et même simplement un jardin. La musique, la peinture, la poésie. L'amour discret d'un couple qui s'entend bien sans fusionner, la complicité d'un petit réseau d'amis. Des chats surtout, sans lesquels on ne peut imaginer un paradis vivable. L'utopie viable, c'est tout ce qu'on a sous la main, moins ce qui nous empêche d'en jouir paisiblement, à l'abri des regards.

*

Botticelli apportant au bûcher des vanités de Savonarole ses nus païens… Image terrible des ravages qu'opère sur une âme sensible et un talent d'exception la barbarie totalitaire. Tous les jours, dans une moitié du monde, on allume les bûchers et dans l'autre, le vacarme et les braillements rendent presque inaudibles les voix sereines et les mélodies harmonieuses. Dans ce *presque* résident la supériorité, l'indéniable préférence que nous sommes obligés d'accorder à la démocratie face aux totalitarismes. Sans illusions, mais sans la moindre hésitation, n'en déplaise aux chiliastes.

*

Catharina Regina von Greiffenberg, avec Andreas Gryphius (autre griffon !), le plus grand génie poétique des Allemagnes du XVIIe siècle, a passé une grande partie de sa vie à tenter de convertir l'empereur à la vraie foi (selon elle, le protestantisme luthérien). Les courriers qu'elle adressait au monarque suscitaient, j'imagine, l'hilarité des secrétaires qui les jetaient aussitôt au panier. Émule de Marino, peut-être de Góngora, mais à coup sûr de Harsdörffer et des Bergers de la Pegnitz, elle dépassait sans peine ses modèles dans l'invention poétique et métaphorique. Mais la poésie n'était pour elle qu'un instrument, un accompagnement de l'action, une façon de parler. Elle rêvait d'être une nouvelle Jeanne d'Arc. Échec total de cette espérance : la « Vaillante » – c'est sous ce nom qu'elle avait été adoubée à son entrée dans le cénacle de Nuremberg – (ne) survivra, en fin de compte, (que) comme une sorte de Rimbaud ou de Mallarmé du baroque tardif, non loin de sa contemporaine et sœur en esprit, la nonne mexicaine Juana Inés de la Cruz.

*

Autre bizarre du dernier baroque : Quirinus Kuhlmann, mort brûlé à Saint-Pétersbourg en 1689, sur les dénonciations conjointes des luthériens de Riga, des catholiques de Vienne et du pouvoir tsariste allié à l'orthodoxie. Un tel homme, si fou soit-il, ne pouvait être tout à fait mauvais ! Même s'il rêvait de mettre le monde à feu et à sang en dressant contre le pape et l'empereur la sainte et improbable alliance des musulmans, des juifs, des lecteurs de Jakob Böhme et des habitants du centre de la Terre. De son œuvre poétique subsiste, à côté du *Kühlpsalter*, le mince volume des *Célestes baisers d'amour* où figure le plus monstrueux sonnet de l'histoire de la littérature, « De l'alternance des choses humaines », hallucinante machine combinatoire en vers rapportés monosyllabiques de 16 pieds, que j'ai eu l'occasion de traduire et de faire connaître, dans les années 1970, à Jacques Roubaud, aux Oulipiens et à mes confrères d'*Action Poétique*.

Ce diable d'homme voulait être Jésuel, troisième personne de l'entité divine, synthèse du Père et du Fils et incarnation du Saint-Esprit. Il (n') aura été et (ne) reste pour nous (qu') une sorte de facteur Cheval de la littérature, ce qui suffit à assurer sa gloire aux yeux d'un petit cercle d'amateurs dont j'ai l'honneur et le plaisir de faire partie.

*

D'un côté, la culture américano-mondiale, grignotée par les intérêts tribaux des dissidents de l'intérieur adeptes de la *cancel culture* et du wokisme, mais habile à recycler et à intégrer au système toute velléité d'opposition. De l'autre, du côté de la Russie poutinienne, des fanatismes religieux et de l'extrême droite internationale, une vision du champ culturel réduit à un patrimoine étriqué et embarbelé, néanmoins prêt à tout pour conquérir le monde par la violence et le mensonge.

Aussi bien Goethe, dans son idée de *Weltliteratur,* que les romantiques, chantres de la « poésie universelle progressive », peuvent nous aider à retrouver une juste saisie de l'identité : d'abord, savoir ce que nous sommes, et de ce point (pour nous) central, comme on jette une pierre dans l'eau, laisser les ondes concentriques s'emplir de mondes inconnus. Pratiquer le dialogue avec l'autre, s'intéresser à tout, jouer du métissage culturel sans pour autant le promouvoir en tant que programme politique : ce que fait Goethe à merveille dans le *Divan occidental-oriental,* où le vieux sage de Weimar, rajeuni par le vin des coteaux rhénans de 1811 – l'année du siècle – dialogue pour son plus grand plaisir et pour le nôtre avec Hafez, Omar Khayyam et Djalâl ad-Dîn Rûmî.

*

Il n'y a pas de pouvoir à gagner dans l'exercice des arts et des lettres, car la création est un don sans contrepartie, une dépossession généreuse, et donc le contraire même d'une acquisition de pouvoir.

Les surréalistes en ont fait l'expérience à leur corps défendant, entre l'infortuné André Breton se déguisant en Lénine, puis en Trotski des lettres, et Aragon-Éluard asservissant leur talent aux pieds de l'ubuesque potentat Sosso Djougachvili.

*

Les dystopies ont plus de succès de nos jours que les utopies. Non sans raison. Quand pour la mille et unième fois, le même type de mouvement « libérateur » échoue, accouchant comme les précédents d'un régime répressif et inégalitaire pire que celui qu'il entendait renverser, qui, si ce n'est un âne bâté (pardon pour les ânes), peut encore vouloir se réclamer d'une utopie politique ? Depuis le temps que l'on nous rebat les oreilles avec « l'Homme nouveau », cette nouveauté est devenue la plus obsolète des vieilles lunes. L'idée même de progrès, au sens où on l'entendait au XIXe siècle, de Victor Hugo à Jules Verne en passant par Auguste Comte, ne fait plus recette. Le meilleur de cette vision est devenu poésie, vignettes de la collection Hetzel des *Voyages extraordinaires* ; le capitaine Nemo nous enchante, mais Elon Musk nous fait peur plus encore que son complice et rival Donald Trump, le promoteur de la « post-vérité ». Les héritiers des Lumières sont dans une position difficile, obligés, pour dénoncer les aberrations des fous de Dieu et autres vendeurs d'orviétan, de s'appuyer sur les sciences au moment même où celles-ci, du clonage du vivant aux hybridations de la réalité augmentée, paraissent sortir des rails du raisonnable et menacer notre équilibre physique et mental. L'imposture des négationnistes a de beaux jours devant elle, elle a fait des émules ; le besoin de croire et le refus de savoir corrodent les esprits, attisés par la course *amok* d'une communication hors de tout contrôle, si ce n'est celui des puissances d'argent cyniques et des dictatures.

*

Montrez à un habitant de Sirius un graffiti de Basquiat, un caniche gonflable de Jeff Koons, à côté de n'importe quel tableau de Rembrandt ou de Vélasquez. Demandez-lui lequel est un ignorant, lequel un maître, lequel un créateur génial et probe, lequel un fumiste ! Mais quoi, les critiques d'art contemporain ne viennent pas des étoiles, ils barbotent et coassent dans le marigot du « monde de l'art » pour y trouver leur pitance.

*

Baudelaire, chantre de la modernité, s'adressant à Manet : « Vous n'êtes que le premier dans la décrépitude de votre art. » Au XXe siècle, Picasso a pris la place de Manet ; au XXIe siècle, il n'y a plus de décadence possible, on ne peut pas tomber plus bas. Où sont les maîtres que nous pourrions tancer avec respect ? L'art s'est noyé dans l'urinoir de Duchamp, les « artistes contemporains » autoproclamés ne savent plus quelle sottise imaginer pour faire parler d'eux. Qu'ils se rassurent : le « monde de l'art » se charge de tirer au sort dans un chapeau le nom des nullités qu'on choisira, entre financiers et investisseurs, pour faire d'eux les futures valeurs refuges par ces temps difficiles.

Cependant, les milieux cultivés se taisent. Pire : ils tremblent de peur. L'accusation de blasphème n'existe pas en France, sauf si vous vous en prenez à l'art conceptuel. Le roi est nu, mais la voix des enfants qui, comme dans le conte d'Andersen, osent dire la vérité, ne porte pas : on les accuse d'être des attardés ou pire, des fascistes, sous prétexte qu'un obscur aquarelliste moustachu du début du XXe siècle, une fois devenu le tyran paranoïaque et sanguinaire que tout le monde connaît, a mené campagne contre ce que lui et ses sbires appelaient « l'art dégénéré » au nom de la race et du néoclassicisme pompier d'Arno Breker.

C'est aller un peu vite en besogne dans l'amalgame. Il pleut. Mon ennemi a pris son parapluie : j'irai tête nue, et tous ceux qui ne veulent pas attraper un rhume sont mes ennemis.

Pendant ce temps, les vrais artistes, ceux qu'on reconnaîtra demain, continuent de produire leur œuvre à bas bruit. De quoi vous plaignez-vous, les écrivains ? me dit un jour Paul Flamand, le cofondateur des Éditions du Seuil. Si vous êtes mauvais, profitez du succès et si vous êtes bons, attendez d'être morts, vous avez toutes les chances d'être reconnus, ce n'est qu'une question de temps.

*

Comment se fait-il que j'aime les œuvres archaïques, préhistoriques, et aussi l'art brut, certains « naïfs » et autres créateurs singuliers, ermites, personnalités bizarres ou limitrophes – et que je réprouve chez les artistes officiels adoubés par la Vulgate ce qui paraît relever aux yeux d'un public inattentif du même goût pour le schématisme, l'expressivité sauvage ou excentrique ? C'est que, chez les premiers, je suis témoin d'une naissance, de l'éveil d'un monde dans une lumière d'aurore, d'une promesse – mais chez les autres, d'un processus de désintégration, d'une perte de sens, marqués par le goût omniprésent de la parodie, de la dérision. L'archaïsme construit, invente des formes nouvelles, quand la post-avant-garde détruit et caricature. Le caniche gonflable est l'emblème d'un monde à l'agonie, à la merci du premier conquérant barbare qui l'investira.

*

Que cherchait-il, Rabbi Loew, en fabriquant le Golem ? Voyait-il dans celui-ci une manière de Superman, un protecteur de la communauté ? Une préfiguration de l'ordinateur, un joueur d'échecs imbattable ? Ou bien autre chose encore ? Pour le savoir, il faudrait avoir lu les traités cabalistiques du même homme qu'on appelle le Maharal de Prague, mais à part mon défunt ami et maître André Neher, qui peut se vanter d'avoir accompli cet exploit ? Disons qu'il faudrait aller voir du côté du livre non écrit, de la septième face du dé, de la notion d'*emtsa*, la diagonale, le milieu vide, potentiellement actif, reliant les contraires dans une tension dynamique. Neher pensait que même si la légende du Golem de Prague est apocryphe, il y a comme une vérité fictionnelle, *aggadique,* dans cette attribution populaire de la création du Golem au Maharal. Reste à savoir laquelle, au-delà des images pittoresques du film de Wegener et de la musique de Paul Abraham Dukas. L'histoire de l'Apprenti sorcier est bien connue, mais quid du véritable sorcier qui entre en scène à la fin du poème de Goethe et du scherzo de Dukas pour apaiser les flots ? Dans quel dessein a-t-il donné une âme à un balai ? Allez savoir !

*

Que faisait l'Espérance au fond de la boîte de Pandore ? Faut-il, suivant le mythe rapporté par Hésiode, la considérer comme un mal ? Les érudits discutent. *Elpis,* nous dit l'un d'entre eux, est traduit à tort par « espoir », il s'agirait plutôt d'une appréhension anxieuse de l'avenir, voire d'une crainte irraisonnée. Jean-Pierre Vernant précise : « Pour qui est immortel comme les dieux, nul besoin d'*Elpis.* Pas d'*Elpis* non plus pour qui, comme les bêtes, ignore qu'il est mortel. Si l'homme, mortel comme les bêtes, prévoyait comme les dieux tout le futur à l'avance, [...] il n'aurait plus la force de vivre, faute de pouvoir regarder sa propre mort en face. Mais se connaissant mortel sans savoir quand ni comment il mourra, *Elpis,* prévision, mais prévision aveugle, illusion nécessaire, bien et mal à la fois, *Elpis* seule permet de vivre cette existence ambiguë, dédoublée, qu'entraîne la fraude prométhéenne [...]. Plus d'existence humaine sans la double *Elpis*, attente ambiguë, crainte et espoir à la fois face à un avenir incertain. »

*

Il n'y a rien de plus tonique que le non-espoir. C'est le plus sûr chemin qui nous ramène au réel, loin des illusions pernicieuses qui nous minent, nous ridiculisent, nous conduisent le plus sûrement à l'échec. Une fois posée l'évidence que tout est d'avance perdu, on jouit d'une incroyable sensation de liberté. Tout redevient possible, comme dans un jeu souverain, enfantin. La survie, après la mort symbolique, prend les couleurs d'une seconde jeunesse. Les années grignotées sur le néant, en sursis, sont un pur cadeau qu'il est permis de déguster comme un reste de mastikha de Chios redécouvert au fond d'une cave ou d'une armoire.

*

Seul existe le présent qui n'a pas de réalité, échappant de nos mains comme une truite ou une savonnette. Nous construisons notre rapport au temps à saute-mouton par-dessus lui, entre un passé et un futur qui n'existent pas davantage, n'étant déjà plus ou pas encore, en dehors de nos représentations mentales, souvenir et anticipation.

Lors des journées de juillet 1830, rapporte Walter Benjamin, des gens tirèrent sur les horloges en différents points de la capitale, et comme indépendamment. Voulaient-ils abolir le joug du temps ? Proclamer la fin de l'Histoire, ou son vrai commencement ? Peut-être seulement *réaliser le présent,* l'éternité fragile d'un instant ?

OTTAVIA POJAGHI BETTONI

Le nouveau monde

Dans l'alliance du vieux monde, le monde dépassé
il faut témoigner
des vagues heureuses, du cœur qui surgit
au-dessus de toutes choses
des chemins écrits sur les visages
et qui n'ont pas vieilli.

Or de velours immaculé
le ciel n'a rien connu encore de ce souvenir
des nuages l'abritent, le conservent
creux sur les pages assombries
des voix d'aujourd'hui.

Gravité

S'évader de l'immense
voilà un rôle que l'on ne saurait vouloir.
L'enclave à ces jours
fausse clarté d'un lieu nu
qui s'attarde sur l'incertain
ne saisit pas le reste.

Improbable destin
en dehors des mots
reposant dans la terre qui saigne
gelée, loin du ruisseau
loin des lumières brèves
proche de la fureur, de l'éclat maladif des rives
sans retour à l'eau possible.

Le salut

Il sait.
Un seul moment peut faire jaillir de son rien
le néant.

Socle splendide où je dépose l'air éclaté
matinal, traqué par son propre vide,
sur la place enfin libre,

il cache dans ses mains un regard vrai :
seul regard qui ne me blesse pas,
ne me glace pas,
au seuil du nouveau jour
du temps possible
où Dieu enfin debout me prend à soi
ou me ramène ailleurs,
me desserrant de l'exténué.

Et l'enfance rit enfin

On n'a de pas autant que l'on trébuche
et c'est d'une parole pure que l'on part
seulement de cela,
alors chaque chute est une braise immortelle,
une brume nécessaire
pour atteindre aux gravats.

Parmi ces débris,
la parole reste pure
tout se hâte à revenir essentiel
toute apparence pâlit
tout enfin
existe vraiment.

Ode à la douceur

C'est la voix tourmentée de la douceur
un jour de mer
les toits percés d'azur
sous l'oranger qui en tache l'image…

Le noyau de l'étoile, l'haleine du soleil
le cœur froissé, d'avoir trop aimé
ce qui reste de beauté subite
sous l'allée révolue de la dernière pénombre

Il y a des éclats sur ce visage…
Encore, tout fait brèche
tout naît mille fois

C'est mon amour, douceur
aux yeux mûrs, porteurs de vérité

Du haut d'une courte vie

La fleur opale est toujours close : le poète le sait bien
rien ne la tourmente ou l'assombrit
rien ne la gèle.
Pour l'air et le peu de temps qu'elle voit
tout lui passe au-dessus, tout la dépasse
elle ne s'arrête que pour tout voir
une dernière fois
elle ne s'arrête que lorsque, écorchée,
dépouillée de ses haillons d'or,
elle touche à sa terre par le haut,
par le bout, quand un homme la jette,
la redresse, offre sa chair à une autre chair,
plus vive, moins muette,
plus forte, moins éternelle.

DANYEL GEORGE

L'HOMME DE PEUR

I

J'habite une petite chambre. Elle pourrait être de marbre blanc, transpercée des couleurs vaporeuses de l'encens, ses fenêtres ouvertes à la fraîcheur odorante de tissus volants et pourpres séchant à l'ombre des éléphants. Le corps alangui, je mordais dès l'aube le cuir d'une grenade aux éclats de fruits gorgés de sucs sous mes dents écarlates, tandis que la lumière s'épanouissait dans mon regard comme une première moisson. Le corps en verger je ne faisais qu'un avec le murmure des rivières et l'effort des mains dans la terre.

À travers elle, quelle terre ai-je arpenté ? Celle qui ne fut ni peinte ni pensée. Quelle course en ce corps ne fut la mienne, sans pleurs ni nourriture ? Celle devenue d'une manière d'être, agenouillé auprès d'une aube jamais éclose, cernée de limites à ne pas enfreindre, mais que l'on protège d'une main persuasive et douce. Sous la rosée, les cils étreints par le gel au réveil encore, je ne mangeais que de la neige, tombée de cette même main, solidaire d'autres faims, affamé d'autres soifs. Jour et nuit. Jusqu'à me brûler la gorge. À marcher ainsi les paupières à peine entrouvertes, je ne voulais me souvenir – alors que se formulait les interrogations venues de l'avenir – de cette soif qui m'avait poussé à cet acte, irrémédiable, noué à d'autres déterminations, aimer, vouloir, vivre et mourir, comme au cœur d'un contrat établi entre le destin et ses apparitions, à d'autres périls informulés et périssables et pouvant surgir à chaque instant pour nous conduire irrémédiablement à ces gestes volontaires et rarement saufs, mais tellement salutaires. À l'instant où je le commis, il y a des jours de cela déjà, la ville bruissait de peur sous un manteau de brume dans cette raréfaction de l'air qu'organisaient les pics de chaleur à l'assaut des gorges haletantes. J'avais apposé sur son front une main douce et persuasive, soufflé à travers ses rues un air que je voulais translucide et musical, certain sous l'effet de la chaleur de l'élever avec joie jusqu'à elle-même comme un nom peut être donné à celui qui ne vient au monde que pour sauver la mère qui le nomme. Sans connaissance. Les gorges haletantes ont leurs échos ; elles cristallisent leurs souvenirs. Leurs sons rauques sous la poussière sale, piquée, mordue, parsemée des ors tombés des arbres en reproduction, tempéraient leur audace, l'excluant du tragique de l'air en feu, à l'instar des songes qui, lorsque endormis, nous privent de l'un de nos cinq sens. Pour moi, il s'agissait du goût. Du goût de vivre. Aussi avais-je agi. Au plus profond de la ville endormie. Pour sauver le monde.

Qui ne peut dire que demeure dans la chair l'épopée et le sceau des temps visités ? J'ai décidé hier, dans un élan de reconnaissance de moi-même, de veiller, de ne plus céder au sommeil, tant que du jour je n'aurai vu dans les mille bras de la foule, le réveil. L'éveil. Cette part inachevée d'existence. L'éveil. Cet état de résonances des êtres vibrait en moi comme de nouvelles cloches de Pâques, à l'heure où les sceaux doivent être brisés pour en lire l'authenticité inviolée de leur contenu, leurs lettres d'or. Je ne me voulais capable ou détenteur de leur lecture, mais avais-je eu le choix ? Sous les armes factuelles de la ville en mouvement, hébétée des foules, je le savais lui seul capable de s'imposer et de sonner brusquement la mobilisation apocryphe, au seuil de toutes alarmes, traître heureux envers les secrets et leurs initiés aux coffres d'or, aux livres d'argent chiffrés, savant depuis toujours, et porteur de cet héritage, des digestions sombres des malheurs inconnus qui sommeillent au fond de soi et de la ville avant qu'ils n'éclosent l'âge venu en une implosion incontrôlable. L'éveil, ce mot sans histoires – la perfection en a-t-elle une ? – dans son déploiement langoureux, de lettres en lettres, d'encre prononcée cette fois-ci – il s'agit de son âme s'écrivant –, bannissait la torpeur et la frénésie tout à la fois, m'apaisait d'une aube fraîche que bâillait en d'inaudibles sifflements chaque interstice des syllabes expirées pour me ramener à ma condition humaine. Du moins, celle que je considérais comme telle. De celles qui ne renoncent pas à elles-mêmes en se louant de respirer encore joyeusement dans la peur. De celles qui, vigilantes, à l'affût de tous surgissements, se décrivent ivres et justes de se voir demain, à chaque instant, toujours plus vivantes à demeurer dans l'espérance, à s'interroger comme je tente de répondre infiniment aux assauts incessants et inquiets de l'avenir.

À chaque instant que je sais être du présent demeure l'avenir. C'est lui qui nous interroge. C'est sa condition. Il la pose. Pour être. Ses regards questionnent nos yeux fermés au présent. Qui ne peut vraiment y répondre ? La connaissance n'est-elle pas le drame de savoir et de renoncer à agir en considérant qu'il sera toujours plus juste d'affirmer son ignorance du geste de faire pour ne l'avoir appris, de peser sur le jugement de toutes actions ? Mais aujourd'hui toujours perdure du présent à la naissance de chaque nouveau cri, mort ou vivant, son commencement. Il est temps aujourd'hui de le vivre, aussi ai-je agi avant de vivre. Veiller. Veiller à l'éclosion de toutes secondes et ne rien perdre de leur promesse. Une abeille à mes pieds s'est éteinte desséchée. Les barrissements s'estompent. D'autres cris peuplent ma voix. Incessant. Ils ne sont de moi, je les ai faits miens. Déjà là, je ne cherche de lieu où vivre. Chaque instant, je me transporte dans ma mémoire. Les rives du temps diffèrent des rivages des espaces nouveaux, des mondes où se projette notre désir d'origine. Je veille. Dans cette chambre. Le temps érige sa figure, l'utopie de mon désir, là, dans cette promesse sans espaces durant laquelle ma mémoire m'assaille de souvenirs, elle qui s'assemble et se rassemble jour après jour et chaque seconde d'être l'avenir de toutes visions, joie, justice, bonheur, pour faire de moi et de mes souvenirs ce que je rêve d'être, immédiatement, et de notre condition, une illumination.

Je cherche une orientation. Dans l'obscurité, je regarde à travers la fenêtre de ma chambre la pointe du jour escalader les pans sinueux de l'hôpital dont la cour s'anime. Cet instant ne m'appartient pas, car je ne me souviens plus de mon âge, car je n'ai rien décidé ; le visage collé à la vitre, je concentre toute mon attention à souffler avec régularité un peu de chaleur sur la paroi transparente et froide pour obtenir de ce phénomène physique la matière de mes poumons avec laquelle je dessinerai adroitement l'empreinte de ma main. Je m'exécute. Puis la regarde saluer le jour nouveau. Me plaçant au centre de la pièce, j'observe cette main et m'égaye de comprendre cette dernière salutation comme l'action d'un individu qui aurait effectivement grimpé le long du mur de l'immeuble dans l'obscurité la plus profonde, pour me destiner, ce matin-là, au risque d'une chute mortelle, ses plus nobles rêves, ses ambassades les plus lumineuses, certain de trouver puis de déposer sur le seuil de ce jugement dernier la profondeur de l'éveil et son étoile timide.

Ma fenêtre est bien fermée. Je l'entrouvre. Un vent glacé s'engouffre, j'ai les yeux gonflés d'une écrevisse devant la main qui peu à peu se referme et disparaît. Je respire nerveusement. À tâtons, le corps néanmoins saccadé, je me penche subitement pour observer le bitume et son étendue déserte, résumé de notre amour pour l'herbe folle et la course des essaims, et soupire, brièvement apaisé de ne constater aucune trace de sang. Tandis que l'air frais emporte la fin de mon silence, ma chambre devient l'objet d'une nouvelle orbite dans la dislocation de ses murs. Les voix, les murmures, les premiers échanges de mots, inaudibles puis de plus en plus précis, les bruits de la ville ignorante de l'aube, découpent peu à peu l'espace pour inscrire irrémédiablement réelles leurs traces dans le paysage infini qu'alerte je parcourais il y a encore quelques secondes. Sans paupières, j'observe le chemin sans friches de ces mots : ils sont pisteurs, inconscients mais nourris, à l'affût d'un cerf aux allures paternelle qu'ils serviraient au détenteur d'une autorité féodale. Ils sont planificateurs et contrôleurs de la longueur du travail et de la réduction du sommeil – ces briseurs de rêves comme il y eu des briseurs de grèves – dans le vertige des cheminées de briques crachant le songe de l'industrie matérialisé par les couleurs du visage, blanc, noir, rougi et noirci de flammes, creusé de lettres sans noms, pris dans la contradiction de ce corps en mémoire, anonyme puisqu'il n'y a de peuples, où circule le sang ouvrier et fait de chair paysanne et de luttes populaires. Ils sont concepteurs et marchands d'un ciel arithmétique et vide d'un jour sans nuit, homogène, zébré encore mais de paroles sans fin dans l'accomplissement de la prophétie numérique qui détermine jour et nuit comment surgiront aux yeux des hommes, et d'abord des enfants, les apparitions du réel, comment boire seul et avec vice mais sans ivresse ni satiété le destin de la démesure et son idéal de nouveauté. Je bégaie. Je bégaie, m'essaye au langage à mon tour devant l'amas de décombres dans ma chambre. Je bégaie, et articule un mot au sens double tandis que mes mains piochent et déblaient, j'ai la vue trouble, tandis qu'encore je contracte mes nerfs et, d'une autre gravité, inverse par son sens la courbe et sa trajectoire. D'un regard, j'ouvre son orbite, rends l'avenir présent, crispe ma bouche et articule les ruines pour résister à cette noce du réel et de ma vérité – oui je crois aux impulsions de mon cerveau sans repos – car il faut dire ce qui s'élève à l'horizon, et le barre, l'emporte dans ses noces, ce qui choit comme la nature chue, mais demeure imprévisible, ce qui reste comme ce qui ensemence et fossoie l'avenir par la force devant la légitimité tardive des espérances.

Je regarde sur la vitre l'empreinte disparue de cette main. Irréductible comme la gémellité est sa vérité face à l'avenir. J'extirpe de mes cils le souvenir de cet homme savant de l'inquiétude et de l'espoir, exorbite encore mes yeux pour contenir absolument la dissolution des murs du lieu où je respire, les exhorte à être ce regard entrevu, et, savant à nouveau, sombre dans l'éveil. Comme chaque jour, la joie au cœur, je me préparai au pire.

II

Sous la couverture sombre du jour, tandis que le ciel se zèbre d'un éclair bienheureux, le visage dans l'insomnie ne conserve aucune trace. Il ne peut se voir. Il se rêve. Scrupuleusement, il s'emporte à désigner les chairs du jour passé, la matière de son existence. Il vit de son paradoxe. L'absence de sommeil accroît son énergie et instaure cette tension à ne plus vouloir céder à la confusion de l'esprit ; c'est une survivance, une capacité d'existence peu partagée, que personne d'autre ne peut vivre à l'instant où la conquête des heures terrasse l'inquiétude du lendemain, confère une unicité à l'action immédiate, persuasive, volontaire et concrète à se bâtir avec toujours plus d'ivresse quotidiennement et pour tous ; c'est une œuvre de sentinelle. Il sera là bien accueilli ce jour du lendemain que dicte l'avenir à la seconde où je vais pour respirer cette seconde de plus sans sommeil.

LAURENCE VILAINE

Ils ont tabassé l'âne…

Ils ont tabassé l'âne.
Poignets brûlés, jupes déchirées
Ligotées, les femmes, les petites et les vieilles
– dans les cheveux,
à l'intérieur des cuisses,
des batailles.
Par-dessus, les hommes.
Tête-bêche, ne pas perdre de place
nuques brisées, plus de mâchoires
la peau bleue,
dans les yeux, que du blanc.
Ils ont lancé les poules contre les grillages.
On ne savait pas où
après quel village, avant quelle croix
il fallait passer les trois chênes
sentir sous ses pieds la terre meuble.
On ne savait pas où,
le charnier,
mais on savait.

Une chanson d'amour
la vouloir en toutes les langues.
Se terrer au fond d'un champ
Pleurer prier
l'âne, les poules, les femmes et les hommes
s'il vous plaît levez-vous, respirer encore
Où sont les enfants ?
Les sauver tous
Saignent les entrailles de la Terre.

Apporter des manteaux
en faire une montagne dans le champ
vite les coudre tous ensemble.
Le bateau a accosté, les secours m'ont secouru
le garçon tangue, il arrive comme il peut
il dit, j'ai de la houle dans la bouche.
Le canot a chaviré, trente-six moins quatre
à la dérive, pas d'adieux.
Chanter fois quatre
Gronde la mer
Échouent les corps.

Viens, venez, approche
vite coudre les manteaux
surtout surtout ne pas coudre les manches
Pour les mains libres et que se rejoignent les doigts
Pour plus les engelures plus les charniers plus la mer
Coudre un manteau immense
Revient la chanson d'amour.

L'un par-dessus l'autre, deux bonnets
une semelle ouverte et nus les orteils.
S'il vous plaît murmuré, s'il vous plaît tous les jours
tous les jours les passants
la petite couverture pliée pour le soir, un gobelet une fourchette
le garde-manger bien rangé, le gobelet la fourchette
pas de matelas.
Gercé le sourire, s'il vous plaît
Cabossée la voix
Mes pieds ne peuvent plus marcher
mais quand je ne marche pas j'ai peur.
Pas de matelas, pas de toit, où est ma sœur ?

Viens, venez, allons
vite d'autres aiguilles, du fil solide
plus grand le manteau
pour plus le bitume plus tout seul plus l'effroi
viens, venez, assieds-toi.
Assoupi l'âne, mouches sur les plaies
Les âmes sont des labours
Bruissent les entrailles de la Terre.

Dans la nuit âpre
sous le manteau
en apnée les sanglots.
Sous le manteau immense
se rapprochent les épaules
des femmes et des hommes
Où sont les enfants ?
Se rejoignent les mains
tressautent les épaules
Chantent les pleurs
ensemble
Une seule voix
Tremble et s'ouvre la Terre

Grossit le chœur
Gonfle l'espoir
Le vouloir en toutes les langues.

VICENTE LUIS MORA

MITTELEUROPA

Traduit de l'espagnol par François-Michel Durazzo

De sexe masculin, prussien, hussard et congelé.

Tel fut le premier corps que je découvris en creusant le sol gelé pour enterrer mon épouse ; j'écris *mon épouse* car je n'ai jamais su son véritable prénom, j'y reviendrai plus tard.

Qui trouve un corps enseveli dans son champ, dans son propre sol, suppose que ce n'est pas le seul ; en quelque sorte, celui qui tombe sur un cadavre craint ou s'imagine que d'autres corps se tiennent là immobiles, attendant leur tour. Après le premier mort, on ne regarde plus les terres d'une région de la même façon, elles ne ressemblent plus à de riants paysages, mais à des cimetières.

C'est avec la découverte du corps du premier soldat que l'histoire commença, mais on ne comprendra pas bien ce que je désire raconter si je ne reviens pas quelques heures plus tôt à mon entrevue poignante avec Altmayer, le bourgmestre. Ou peut-être devrais-je remonter plus loin et remémorer les tristes jours de Mayence ? Je prie mon éventuel lecteur de pardonner mes hésitations dans cette exposition, car ces souvenirs constituent le premier long texte que je me suis proposé de rédiger, et le passé est si large, si long et si profond que choisir l'une ou l'autre de ses parties comme point de départ serait, d'une certaine manière, une imposture. Rien ne commence à un instant précis. Notre vie ne débute jamais exactement à la naissance.

Oui, je raconterai dans les moindres détails la conversation tendue que j'eus avec Altmayer le jour de mon installation dans l'Oderbruch, peu de temps après avoir vu le fleuve Oder et ses splendides reflets argentés glisser sans hâte vers le nord ; je dois rapporter la conversation que j'eus avec cet échevin, au cours de laquelle je commençai à entrevoir les complexités de ces journées de la troisième décennie du siècle où j'arrivai ici, dates dont je ne peux me souvenir précisément parce que mon épouse et moi vivions trop dans le présent et que, pour nous, tous les jours étaient semblables, heureux et identiques, identiquement heureux, jusqu'à ce qu'elle mourût ; ils furent ensuite malheureux et indifférents, indifféremment malheureux du jour où je la perdis à Mayence ou Mainz, comme on appelle ici cette funeste ville où ma bien-aimée s'évanouit pour toujours.

Je raconterai tout, n'en doutez pas, mais soyez patient, car avant d'amorcer mon récit, vous me permettrez encore de rappeler la stupéfaction qui m'envahit à l'instant où, sur mon terrain flambant – quelques arpents cultivables face au fleuve, qui sans remords coulait à portée de fusil –, je tombai, en creusant ma nouvelle terre, sur le visage glacé et surpris de ce soldat prussien, encore jeune, presque un enfant, dont la casaque avait un bouton supplémentaire à hauteur du cœur, festonné de sang ; imaginez ma surprise, semblable à la sienne, quand je me trouvai face à face avec lui, ses yeux ouverts se reflétant dans les miens, après avoir creusé ce sol dur pour offrir six pieds de terre prussienne à ma si belle femme en premier et ultime cadeau de mariage, alors que sa dot macabre consisterait en des charretées de mélancolie, dont je disposerais librement durant toutes ces années jusqu'à aujourd'hui même, où j'ai décidé de commencer ces mémoires, afin d'y mettre de l'ordre. C'est pour cette raison que je dois déterrer tous ces souvenirs, au cas où quelqu'un les jugerait utiles, peut-être à un historien comme mon fidèle Jakob

Moltke, d'abord mon cher professeur, ensuite mon ami, à qui je dois tant et à qui je voudrais dédier cet écrit, pour des motifs que l'on comprendra bientôt. Je me suis à nouveau égaré, mais je veux exposer à l'improbable lecteur de ces pages la perplexité que moi, Redo Hauptshammer, né dans un bordel de Vienne au moment où le XVIIIe siècle agonisait, je ressentis en allant enterrer ma femme par un matin glacial et découvris, sur ma nouvelle et modeste terre labourable, le cadavre de ce soldat congelé, qui me regardait, imperturbable, comme s'il était mort au combat à l'instant même, en hôte inattendu du royaume des ombres, moi qui venais d'entrer dans celui de Frédéric-Guillaume III de Prusse. La pelle à la main, je me souvins des paroles d'Altmayer : « Vous aurez des problèmes là-bas, au bord de l'Oder, car en creusant profondément, vous tomberez sûrement sur de l'eau », et je me rendis compte, dès mon deuxième jour dans l'Oderbruch, que sur ces terres ravagées par l'Histoire, ce qu'on découvre dès qu'on creuse, ce sont de larges rivières de sang. [...]

*

Les corps étaient toujours là.

Les gens passaient, les regardaient. Dans l'expression des curieux, je pouvais déceler la tension de cette mauvaise conscience atavique, que réveille tout corps à moitié enseveli ou pas encore tout à fait exhumé. Un jour, accompagné de deux religieuses, se présenta le vice-recteur qui, d'un geste circulaire de la main, me signifia : « Pour l'instant mon devoir pastoral me réclame mais, dès que je le pourrai, nous parlerons. »

Parfois, l'après-midi, tournant le dos à mes soldats froids, je restais assis à regarder en direction de l'Oder sans toutefois parvenir à en distinguer les détails, et cette vision m'apaisait : au-dessus, une frange bleue ; au milieu, une verte ; un peu plus bas, une fine ligne bleue, le fleuve, puis du vert jusqu'à l'orée de ma ferme. La pensée que rien ne changerait de ce paysage – ni ne l'avait fait – durant des décennies me rassérénait.

Ces jours-là, j'avais constaté que les oiseaux causaient de petits ravages sur les betteraves que j'avais plantées, menaçant ainsi la prospérité de ma récolte. Plusieurs touffes ayant été picorées, et trouées, je me demandais à quel point ces attaques pouvaient influer sur les tiges, attirer des parasites ou affecter les bulbes de maladies. Tel fut l'aiguillon qui me poussa à résoudre de façon définitive l'affaire des morts. Il me vint à l'esprit une idée simple que je mis telle quelle à exécution. Une idée associée à un passage que j'avais lu dans l'un des livres de Jakob, qui racontait l'histoire des *Lange Kerls*, ces garçons de haute taille, également connus sous le nom de Géants de Potsdam, dont Frédéric-Guillaume de Prusse avait fait sa garde royale au XVIIIe siècle. L'intention du monarque était d'avoir un régiment personnel uniquement composé d'hommes de stature proverbiale, choisis parmi les meilleures natures germaniques. Ce même roi avait, de plus, doublé l'armée prussienne, chose qui m'intéressa, car je voyais là, chez les maîtres de ce monde, une sorte de loi naturelle qui les incite à pousser leurs pions, suivant une progression géométrique, pour entrer dans l'Histoire. Conquérir deux fois plus de peuples, multiplier les légions ou les régiments, doubler, au regard du précédent monarque, la durée de leur règne ou le territoire de leur pays, comme l'avaient fait le moghol Aurangzeb ou le roi du Portugal Alphonse IV le Brave, qui conquit les terres du Tage à l'Algarve. Plus ou moins à l'époque de mon arrivée à Szonden, Humboldt parvenait à la conclusion, après son voyage aux Amériques, que grâce à la conquête du Nouveau Monde au XVe siècle, « les œuvres de la création avaient doublé pour les habitants de notre vieille Europe ». L'histoire universelle sous forme de progression numérale. Je pensai qu'une façon de résister à cette folie mathématico-politique, à ce rapport égal à 2, en réalité déraisonnable, consisterait à raccourcir les troupes, à diminuer la taille des hussards. À chasser les oiseaux et réduire les soldats. La solution se présentait d'elle-même, à partir de la synthèse de ces idées, comme une vision qui s'était imposée à mon esprit. Il ne me fallut pas longtemps pour la mettre en œuvre, j'étais déjà habitué à creuser. Plus que nécessaire, de fait.

C'est ainsi que, sans y réfléchir à deux fois, je réglai cette affaire. Du jour au lendemain, trente et un épouvantails furent géométriquement disposés sur ma parcelle. Trente et un soldats, debout, enterrés jusqu'aux genoux, afin de résister aux assauts du vent et d'avoir la taille d'un enfant. Ils restèrent là, imperturbables, toujours congelés, exposés ou non au soleil et soumis aux variations de température. De n'importe quel bout de mon terrain, ce macabre jeu d'échecs déployait un tablier intemporel, dont tous les corps étaient tournés vers l'est, pour que l'Oder accueillît leurs regards et emportât l'horreur figée sur leurs visages à jamais.

Je compris la gravité de ce qui allait venir quand je vis Hans s'approcher de ma lisière, regarder ce sinistre spectacle, lever sa casquette, la froisser entre ses mains, et finalement retourner dans sa ferme, angoissé, en faisant non de la tête.

Des heures plus tard, Udo s'arrêta un moment devant mon domaine, pour contempler ce malheur de toute sa hauteur. Il me regarda. *Ce n'est pas ma guerre*, lui dis-je en haussant les épaules.

J'avais besoin d'épouvantails. Et je voulais pouvoir disposer de tout mon terrain. Ordonnés ainsi, entre des rangées de plantations, ils ne gênaient pas. Mon titre de propriété parlait d'un demi-arpent de terre arable, pas moins. Et heureusement je n'avais pas déterré les trente-deux autres corps qui attendaient encore dans les ténèbres ; seuls Ilse et moi en connaissions l'existence, par chance. Telles étaient les raisons que je me donnais à moi-même pour me convaincre, avant de me rendre compte plus tard qu'en réalité j'étais fâché contre les autorités qui n'avaient pas réussi à trouver de solution raisonnable. Comme si dans le vaste Oderbruch il n'y avait pas d'espaces incultes, à l'abandon, communaux ou non, ni de forêts, de ravins, de fossés d'irrigation asséchés ou de talus inutilisables, au fond desquels, avec un minimum d'intelligence et d'initiative, on aurait pu décemment enterrer les corps après une brève cérémonie.

De plus, une autre raison survint dans la conversation avec Jakob qui, alarmé par les nouvelles qui commençaient à se répandre, se présenta chez moi. « Mais Redo, tu es devenu fou, ça… Ce n'est pas possible. Je comprends ta colère, mais cette fois, c'en est trop. » *Ce sont mes morts.* « Les morts n'appartiennent à personne, Redo ! » *En outre, de cette façon, je les force à trouver une solution.* « C'est le seul motif raisonnable pour lequel je peux comprendre que tu aies agi de la sorte : c'est ton va-tout, un défi. Cependant tu risques une réplique magistrale. » *Ils ne me laissent pas les enterrer, sous prétexte qu'il faut d'abord examiner les guerriers inconnus, pour des raisons de sécurité. Ils ne m'autorisent pas à les déterrer, parce qu'ils ne savent pas où les mettre. On ne me permet pas non plus de les laisser à l'air libre. Jakob, mon cher ami, pose donc aux autorités prussiennes, si raisonnables, cette question très simple : Que diable veulent-ils que je fasse ?* « Tu crois qu'il n'y a pas d'autre issue que de forcer la situation, pourtant il serait dommage de gâcher tes bons débuts dans notre ville. Les gens commencent à s'agiter. Depuis des jours on interdit à tous les enfants du canton de passer par ici. Certains vieillards qui, depuis le siècle dernier, se promenaient sur les rives de l'Oder évitent le secteur pour ne pas voir les corps. Et puis c'est une question de respect ; même moi, qui suis agnostique, j'y vois quelque chose d'inconvenant et d'horrifiant, Redo. Comment peux-tu te déplacer entre ces corps sans émotion ? » *Parce que je pense qu'ils sont une leçon, Jakob ; en tant qu'historien, tu devrais l'entendre de la même façon. Maintenant qu'on est en temps de paix, c'est l'occasion pour les Prussiens de voir ou se rappeler les horreurs de la guerre. De même que la mer rejette les naufragés sur le rivage, la terre vomit ses noyés. Ces soldats sont ici parce qu'ils sont morts, je veux dire parce qu'on les a tués. Ils n'horrifient pas les habitants de Szonden parce ce sont des cadavres, mais parce qu'ils sont jeunes, parce qu'ils sont reconnaissables, parce que leurs yeux sont ouverts et que leur chair reste fraîche, parce qu'on a l'impression qu'on vient d'arracher la vie à ces corps. Voilà ce que personne ne veut voir. Que la guerre place les enfants dans la bouche du canon. Que les prochains cadavres, ce seront les leurs, s'il y a une autre guerre contre la France ou l'Autriche. Voilà pourquoi tout le monde veut les enterrer à tout prix : personne ne veut entendre cet avertissement, personne ne veut voir les résultats prévisibles de la guerre. Ceux qui seront les futures recrues, les enfants, on les empêche de les voir. Ceux qui devront subir les conséquences des prochaines mobilisations, leurs parents, évitent de les voir. Ceux qui ordonneront les levées veulent que ces corps restent invisibles. Voilà les fondations sur lesquelles les empires se construisent et, comme celles de tout édifice, on a décidé qu'on devait les cacher sous terre. Si on ne les voit pas, elles n'existent pas. Si l'horreur n'est pas visible, l'horreur n'existe pas. Voilà tout.*

Jakob se tut, surpris.

Il posa les mains sur ses hanches et se tourna vers le soldat le plus proche pour l'observer. C'était l'un des jumeaux napoléoniens. Il regardait vers le fleuve avec surprise, avec la stupéfaction de celui qui est mort avant l'heure et ne comprend pas pourquoi ou, même s'il comprend, ne l'accepte pas. Jacob l'observa longuement. Il vit à travers la glace ses joues roses, pleines de vie, intactes, plus lisses et plus jeunes que les siennes, bien que mortes depuis des années. Il s'accroupit d'abord et, ensuite, s'assit par terre, vaincu. Nous restâmes sans rien dire. Moi aussi, je m'assis. J'examinai les soldats. Sans perdre un détail.

Je compris la leçon qu'ils me donnaient : vis tant que tu en as le temps, ne te résigne pas à une vie moindre que celle à laquelle tu aspires, un jour tu seras froid comme nous.

Je me rappelle une phrase que m'écrivit Rahel dans une lettre, des années plus tard : « Et, puisqu'on parle d'utopies, saviez-vous qu'en polonais *utopić się* signifiait sombrer ? »

Extrait de *Mitteleuropa*, roman à paraître aux éditions Zulma.

Trois poètes bulgares

Proposés et traduits du bulgare par Marie Vrinat

GUÉORGUI GOSPODINOV

Времето е неутронна бомба

нищо няма да бъде съборено
къщите ще си стоят
улиците ще си стоят
черешата в двора ще си стои
само нас няма да ни има
това беше урокът
за неутронната бомба

знам оттогава
смъртта е череша
която зрее без мен

Le temps est une bombe à neutrons

rien ne sera démoli
les maisons seront toujours là
les rues seront toujours là
le cerisier dans la cour sera toujours là
nous seuls ne serons pas là
c'était la leçon
sur la bombe à neutrons

et depuis je sais
la mort est un cerisier
qui mûrit sans moi

VICTOR PASKOV

Аналитичен триптих

Не ме гали с прилагателни !
Не ме приспивай с четиристишия !
Запази ме от баналните си ветрове !
Не ме преследвай, не ме оприличавай с нищо !

Triptyque analytique

Ne me caresse pas avec des adjectifs !
Ne m'endors pas avec des quatrains !
Préserve-moi de tes vents banals !
Ne me poursuis pas, ne m'associe à rien !

Остави слънцето да бъде просто слънце.
Дърветата – само дървета.
Снегът – сняг.
Не променяй явленията
в лиричния си екстаз.
Приеми ги
като скулптор, който не знае да вае.
Като художник, който не умее да рисува.
Като поет, който не може да пише стихове.

Иска ми се
само веднъж да попаднеш
в света, който описваш.
Иска ми се залезът да стане кървава локва
и ти да се окъпеш в нея.
Иска ми се
един-единствен път
природата да ти отмъсти
по собствената си рецепта.
Всичко ще бъде така,
както си го казала.

Светът – лирично изроден,
и ти, обхваната от ужаса на този лиризъм,
ще закрещиш
не римувано,
ще закрещиш
нелирично.

Луната вече не е луна !
Луната е чук,
който бие слепоочията ми…
Искаш ли
всичко да стане осезаемо,
земно ! –
Погледни слънцето.
Погледни дърветата,
погледни снега…
Ако можеш да разбереш
първичната му мъдрост,
вземи си лист и молив
и пиши.
Но…
Не ме гали с прилагателни !
Не ме приспивай с четиристишия !

Laisse le soleil être un simple soleil.
Les arbres – seulement des arbres.
La neige – de la neige.
Ne change pas les phénomènes
en ton extase lyrique.
Accepte-les
comme un sculpteur qui ne sait pas modeler.
Comme un peintre qui n'est pas capable de dessiner.
Comme un poète qui ne peut pas écrire des vers.

Je voudrais
qu'une fois seulement tu tombes
dans le monde que tu décris.
Je voudrais que le couchant devienne une flaque sanglante
et que tu t'y baignes.
Je voudrais
qu'une seule fois
la nature se venge de toi
suivant sa propre recette.
Tout sera ainsi
que tu l'as dit.

Le monde – lyriquement déformé,
et toi, saisie d'effroi par ce lyrisme,
tu hurleras
sans rimes,
tu hurleras
sans lyrisme.

La lune n'est plus une lune !
La lune est un marteau
qui frappe mes tempes…
Veux-tu
que tout devienne perceptible,
terrestre ! –
Regarde le ciel.
Regarde les arbres,
regarde la neige…
Si tu peux comprendre
sa sagesse primitive,
prends une feuille et un crayon
et écris.
Mais…
Ne me caresse pas avec des adjectifs !
Ne m'endors pas avec des quatrains !

IVAN DIMITROV

Свещената война

Свещената война на 21-ви век
е тази за човека.
За вразумяването му.
За помъдряването му.
За одухотворяването му.
За омиротворяването му.
За очовечаването му.
Какво му стана ?
Къде се скри ?
Къде се усамоти ?
Как се сви ?
Кога се барикадира ?
Или отиде на работа ?
Или си стои вкъщи на топло ?
Или търси петрол с автомат в ръка ?
Или пътува към рая с автомат в ръка ?
Или емигрира от физическия свят в интернет ?
Как да се върне човека на човечеството ?
Как да се върнем човечеството на човека ?
Как да се извоюва човека от неговото време ?
Как да се съпротивляваме по човешки начин ?
Как да не изпуснем човека ?
Човекът е балонче на връвчица,
държи се от два пръста
и всеки момент ще отлети.
И тогава – страшно.
И тогава – всичките писани и неписани адове.
Как да се помири човекът ?
Как да се помирят Буда, Христос,
Аллах и всички останали ?
Как да се помирим със себе си ?
Как да се смири човекът ?
Ето това е война.
Това е свещена война.
Войната за човека в човека.

La Guerre sainte

La Guerre sainte du XXIe siècle
est celle pour l'homme.
Pour qu'il recouvre la raison.
Pour qu'il recouvre la sagesse.
Pour qu'il recouvre l'esprit.
Pour qu'il recouvre la paix.
Pour qu'il recouvre l'humanité.
Qu'est-ce qui lui a pris ?
Où s'est-il caché ?
Où s'est-il retiré ?
Pourquoi s'est-il recroquevillé ?
Quand s'est-il barricadé ?
Ou bien il est allé travailler ?
Ou bien il reste chez lui au chaud ?
Ou bien il cherche du pétrole mitraillette au poing ?
Ou bien il va au Paradis mitraillette au poing ?
Ou bien il émigre du monde physique dans l'Internet ?
Comment faire revenir l'homme à l'humanité ?
Comment revenir, nous l'humanité, à l'homme ?
Comment reconquérir l'homme sur son temps ?
Comment résister humainement ?
Comment ne pas laisser échapper l'homme ?
L'homme est un ballon attaché à une ficelle,
il est retenu par deux doigts
et peut s'envoler à chaque instant.
Et alors : l'horreur.
Et alors : tous les enfers, écrits et non écrits.
Comment réconcilier l'homme ?
Comment réconcilier Bouddha, le Christ,
Allah et tous les autres ?
Comment nous réconcilier avec nous-mêmes ?
Comment mettre l'homme en paix ?
Voilà ça c'est une guerre.
C'est une guerre sainte.
La guerre pour l'homme en l'homme.

ITAMAR VIEIRA JUNIOR

CHARRUE TORDUE

Traduit du portugais (Brésil) par Jean-Marie Blas de Roblès

La construction de l'école débuta quelques mois plus tard. Nous ne sûmes pas comment, ni quels intérêts particuliers étaient en jeu dans les négociations entre le maire et la famille Peixoto, mais les travaux furent autorisés, et les habitants eux-mêmes commencèrent à construire le petit bâtiment de trois pièces dans le cadre de l'effort communautaire, c'est-à-dire le dimanche, le seul jour qui n'était pas dédié aux champs – même s'il fallait continuer de nourrir et d'abreuver les animaux. Le site choisi pour l'école se trouvait au croisement des routes menant aux rivières Santo Antônio et Utinga.

C'était une entreprise providentielle, car cette même année débuta par une longue période de sécheresse, de sorte que le peu d'argent alloué à ceux qui construisaient l'école, malgré les mois de retard et les faibles salaires, assura la survie de nombreuses familles. Ce fut une période difficile. Mon père en parlait comme de la pire sécheresse depuis 1932. C'est aussi la dernière année des plantations de riz extensives sur ces terres. Le riz, dépendant de l'eau, fut le premier à se dessécher à cause de l'étiage. Puis ce fut le tour de la canne à sucre, les cosses de haricots, les pruniers mombins, les plants de tomates, de gombos et de courges. Nous avions une réserve de céréales stockée à la maison et il y en avait aussi dans le hangar de la fazenda. Avec la sécheresse, nous avions peur d'être expulsés puisque le travail manquait. Vint alors la peur plus immédiate de la faim. Les céréales se firent rares, les haricots s'épuisèrent avant le riz, et du riz, il en restait très peu. Nous étions raisonnablement approvisionnés en farine de manioc, que certaines familles fabriquaient pour l'échanger contre d'autres aliments. Maintenant, plus qu'avant, nous allions presque tous les jours pêcher dans les rivières, mais nous attrapions des poissons de plus en plus petits, qui ne servaient qu'à donner un peu de goût à la bouillie de farine. Les gros poissons arrivaient jusqu'à nous grâce aux inondations, et comme il n'y avait pas eu la moindre bruine, ne restaient que les poissons les plus petits ou les moins nobles, comme le Pléco et le Néon bleu.

Tant qu'il y avait des mombins, il était encore possible d'assaisonner le poisson ; avec du sel, ces fruits donnent une certaine saveur à la chair. Lorsque la farine se fit rare, mon père se souvint de la recette de Donana des galettes de courbaril. C'est un arbre qui résiste bien au manque d'eau, feuillu, imposant, qui donne des cosses en abondance, une réserve alimentaire de seconde ligne, négligée tant qu'il y avait tout le reste. Nous avons donc mangé de la galette de courbaril pendant des mois, jusqu'à tomber malades.

On disputait au bétail de la fazenda les fruits du palmier à huile. Il y avait une parcelle de terrain réservée à sa culture. Nous en avions aussi pour notre alimentation dans nos propres jardins, même s'ils dépériraient comme les autres au fil des mois. Ceux qui n'avaient pas été assez prévoyants devaient compter sur la solidarité d'un voisin pour servir à leur table un repas de détresse mijoté dans l'huile de palme. Il y avait aussi la chasse. Mais au plus fort de la sécheresse, il était plus facile de trouver des carcasses d'animaux morts de faim que d'en trouver quelques-uns à abattre. Les cerfs étaient devenus rares, soit parce qu'on les chassait, soit parce qu'il n'y avait plus assez d'eau. Au prix de grands efforts, on pouvait en apercevoir au bord des marigots en train de boire, mais ils étaient de moins en moins nombreux. Le paca, si délicieux, avait disparu de la forêt. Comme le cabiai, et l'agouti. Restaient quelques oiseaux, des pénélope péoa, des tinamou ou des colombes à front gris, des espèces qui n'ont presque pas de viande, et nous devions nous contenter de l'arrière-goût des os. Il y eut même, raconta tante Hermelina, une famille de Pau-de-Colher qui par désespoir mangea un cariama huppé et en mourut ; l'oiseau avait avalé un serpent à sonnette et la chair était imprégnée de son venin.

Le plus souvent, nous attrapions un tégu, facile à trouver car il mange les carcasses des animaux morts, celles du bétail qui diminuait faute de pâturage, ou des bêtes sauvages tuées par la sécheresse. Il suffisait donc de se cacher non loin d'un cadavre pour réussir à en capturer. Si nous n'avions pas mangé ces lézards, ils auraient fini par dévorer nos corps squelettiques.

Ce sont les enfants qui souffraient le plus : ils cessaient de grandir, devenaient fragiles et tombaient malades pour un rien. J'ai perdu le décompte de ceux qui ne résistèrent pas et furent emmenés en cortège au cimetière de Viração. La mort faisait halte dans les maisons de nos voisins et, malgré les efforts de Zeca Chapéu Grande pour leur redonner santé et vigueur, beaucoup d'enfants disparaissaient. Les bougies que mon père allumait pour chaque enfant malade semblaient faire preuve de mauvaise volonté : même sans vent ni souffle d'air, elles s'éteignaient. Il n'y a pas de remède, disait-il, refusant d'accepter son impuissance. Qu'ils se trouvent un autre guérisseur ou se conforment aux desseins de Dieu.

Nous avons continué à récolter les fruits des palmier-bâches et des palmistes pour les vendre au marché de la ville tous les lundis. Ma mère, les commères, Belonísia, Domingas et moi les ramassions dans les plaines inondables des *marimbus*. Mon père, Zezé et les autres hommes grimpaient tout en haut des arbres pour couper les régimes dont nous tirions de l'huile. Cueillis sur l'arbre, les fruits du palmier-bâche ne sont pas comestibles. Il faut attendre qu'ils mûrissent et tombent d'eux-mêmes pour pouvoir les consommer. Nous stockions les fruits dans de grands barils d'eau pour ramollir l'écorce, puis nous la retirions avec nos mains, délicatement, sans gâcher la pulpe ; nous emportions cette pâte dans des sacs en toile de lin, sur nos têtes, le long de la route, pour la vendre aux dames qui en faisaient du jus ou des friandises qu'elles vendaient à leur tour.

Sur le chemin, la pâte de fruits réchauffée par le soleil ardent s'égouttait à travers les fibres de la toile et nous couvrait de sa pulpe grasse et orangée. Notre peau noire en était presque cuivrée. Nous arrivions en ville, honteuses de la saleté de nos cheveux et de nos vêtements. Enroulés sur nos têtes, des chiffons nous aidaient à équilibrer la charge et absorbaient partiellement ce qui en dégoulinait. Mais il y avait des jours où le soleil ressemblait à un feu de joie à l'envers au-dessus de nous, et nos corps entiers s'imprégnaient de jus. Il m'arriva même de déraper sur la sève glissante qui s'écoulait. De la même manière, quand il y en avait suffisamment, nous emportions l'huile de palme issue de nos jardins, dans des bouteilles d'alcool de canne vides, fermées par de vieux bouchons. Nous n'avions pas d'animaux à l'époque, il fallait donc compter sur la force de nos bras pour transporter les sacs de jute remplis de bouteilles d'huile jusqu'au marché ; nous y arrivions les mains enflées et engourdies par le voyage.

Le soleil nous punissait par la faim, il ne nous restait rien, sinon le découragement devant nos champs dévastés. Mon père était brisé, et même le *jarê* avait perdu de son lustre d'antan. Un jour, après avoir emballé la pâte de *buriti* dans les sacs de lin, ma mère tomba malade avec de la fièvre et de fortes douleurs au ventre, rien ne voulait rester dans son estomac. Mais nous avions besoin d'argent, alors, comme souvent dans ces cas-là, je fus chargée d'aller à la ville avec les filles de dona Tonha, tandis que Belonísia s'occuperait de Domingas.

Ce jour-là, j'ai pris la route qui menait à la ville avec un seul sac sur la tête. En arrivant à l'intersection où ils construisaient l'école, je me suis assise à l'ombre pour attendre les filles de Tonha. La journée venait à peine de commencer, et j'avais juste avalé une galette de courbaril avec un thé de citronnelle. Belonísia était restée avec ma mère. Domingas était la plus petite et la plus amaigrie, elle n'aurait pu équilibrer l'autre sac sur sa tête. Mais il devait y avoir eu un malentendu lorsque nous avions organisé le rendez-vous, car le temps passait et les filles n'arrivaient pas. Je me suis endormie, appuyée sur le grillage qui clôturait le terrain de l'école. Réveillée en sursaut par quelqu'un qui m'appelait, Bibiana, je me suis redressée, un peu effrayée. C'était Severo avec, à sa taille, une machette dans son fourreau. Il était sorti pour cueillir des régimes de palmiste afin que sa mère puisse en tirer de l'huile. Eux aussi se rendaient souvent au marché pour vendre et acheter de quoi finir la semaine.

Je lui ai dit que j'attendais les filles de Tonha, car nous devions aller ensemble à la ville. Que ma mère était tombée malade et que Belonísia était restée la veiller. Severo proposa de m'accompagner, le marché ouvrait très tôt, il durerait jusqu'à midi. Nous avions besoin d'argent, je ne pouvais pas manquer l'occasion de vendre ma pâte de *buriti*. Et puis c'était mon cousin, quelqu'un de la famille, et nous avions des difficultés. Nos parents n'en feraient pas une maladie. Severo était apprécié de tous, mon père aimait le voir parmi les joueurs de tambour de *jarê*, il tirait une grande fierté à le voir manifester de l'intérêt pour cette croyance.

Nous partîmes.

C'était un long chemin, et il parla des choses qui nous arrivaient à cette période. Il parla de l'école qui constituait un grand avantage pour nous qui vivions à Água Negra, privés de tout, mais qui ne suffirait pas pour poursuivre nos études. Il parla de la sécheresse, des animaux qui mouraient, des poissons de plus en plus petits, des enfants qui étaient morts ces derniers mois. Il parla de notre famille, du *jarê*, de tout sauf de Belonísia, je ne voulais pas mêler ma sœur à la conversation. Je ne voulais pas me souvenir de la dispute que le baiser de Severo avait provoquée entre nous deux. Mon cousin était déjà un homme, solide, travaillant du lever au coucher du soleil, il ne ressemblait plus à l'adolescent qu'on nous avait présenté quelques années plus tôt. Il était de taille moyenne, arborait un large sourire, parlait de manière décomplexée, comme si nous avions discuté ainsi depuis toujours. Comme si aucun interdit ne s'était glissé entre nous à cause de ma jalousie envers Belonísia, de la crainte de nos parents à l'idée qu'il y ait pu avoir quelque chose entre eux ; après tout, nous étions cousins, élevés à la fazenda ; l'interdiction de sortir ensemble nous touchait de la même façon. On ne voyait pas d'un bon œil le mariage entre cousins. Il pouvait arriver qu'un enfant naisse avec une malformation, un membre en moins, ou quelque chose d'anormal. Les cas étaient nombreux, et chacun avait une histoire à raconter sur ce tabou. Il y avait d'autres raisons, peut-être d'ordre économique, pour décourager les mariages entre cousins. Je ne comprenais pas exactement pourquoi. Ce jour-là, pendant les heures que nous avons passées ensemble sur le chemin du marché, je n'ai pensé à aucune d'entre elles. Je pensais simplement que Severo – je voulais effacer de mon esprit le souci de notre parenté – était un jeune homme qui parlait bien des choses de la terre, qui avait de bons sentiments et du respect pour mes parents, ses oncles, pour toute notre famille. Il aimait parler de ses rêves, de son intention d'aller plus loin dans ses études, il ne voulait pas rester à jamais un simple employé au service de la fazenda d'Água Negra. Il voulait travailler sur ses propres terres. Il voulait avoir sa ferme à lui, parce qu'il en savait beaucoup plus que les propriétaires, lesquels ne comprenaient pas grand-chose à ce qu'ils détenaient, ne savaient sans doute même pas comment labourer la terre, et encore moins à quel moment planter en fonction des phases de la lune, ni ce qui pouvait croître dans les terres arides et les plaines inondables. Il était né de la terre. J'ai trouvé amusant de le voir utiliser cette image pour affirmer son aptitude à l'agriculture. Je n'avais jamais pensé que j'avais été enfantée par la terre. La terre « enfantait » des plantes et des roches. Elle enfantait notre nourriture et nos vers pour la pêche. Parfois elle enfantait des diamants, comme je l'avais entendu dire. Severo disait qu'il pourrait allier sa connaissance de la nature et de l'agriculture à sa capacité de travail, sans parler des études qui lui apporteraient de nouvelles connaissances pour changer de vie. Je trouvais tout cela intéressant, je n'avais jamais pris le temps de me demander pourquoi nous étions là, ce que je pouvais changer dans cette histoire, ce qui dépendait de moi ou des circonstances. Mais ses paroles illuminèrent ma journée, et je voulus en entendre plus. Jamais je n'avais rencontré quelqu'un qui m'ait dit qu'une vie en dehors du domaine était possible. Je pensais que j'étais née ici et que j'y mourrais, comme la plupart des gens.

À la foire, nous avons vendu la pâte de *buriti* sans trop d'efforts. Avec l'argent, je suis allée au magasin et j'ai acheté du riz, des haricots, du sucre, de la farine de maïs et du café. J'ai acheté un flacon d'Eau Anglaise que mon père avait prescrit à une voisine enceinte. Elle nous rembourserait. Je suis rentrée en milieu d'après-midi sous un soleil brûlant, sans avoir déjeuné, mais en compagnie de Severo. Je n'ai pas oublié ce jour ; avant même d'arriver à la maison, j'avais décidé que je ne raterais plus une occasion de le voir, s'il le souhaitait aussi. J'ai commencé à inventer des excuses pour aller seule à la collecte des fruits de palmier-bâche, dans la mangrove, et retrouver mon cousin, loin des yeux de tous. Je voulais faire l'expérience de la vie. Voir ce qui nous attendait.

Extrait de *Charrue tordue*, roman à paraître aux éditions Zulma en septembre 2023.

DOMINIQUE MEMMI

UN NAVIRE À SOI

Louise. Insoucieuse de tous les équipages, l'eau de mer pénètre ta coque de femme et des taches de sang flottent comme un étendard sur le réseau de tes côtes libres. Ceci est ta revanche, un brick contre l'ordre organique masculin. Tu seras flibustière, une fille cachée des mers. C'est que depuis longtemps un pont siège dans ta jeune mémoire. C'est celui de la défaite de ton père et des paolistes, celle des terres chavirées d'avant ta naissance, un 8 mai 1769 à Ponte Novu. Dès lors, tu as porté ton rêve au-dessus des eaux, un rêve plus fort que le poids de tes seins, un espace plus large que tes hanches, plus vaste que l'embouchure de ton sexe. Parce que vois-tu, là est la terre et elle t'est interdite. Ça, c'est la mer : elle t'est défendue aussi. L'air ? Il n'est pour le moment que respirable. Alors où aller ? Où vont les filles aventureuses ? Où prendre part à l'imaginaire ? Où soulever ses jupes comme on tend une voile pour avancer au-delà de la narration prosaïque des hommes et loin des pontons prisons des usages. Où avoir un navire à soi ? Quelle étendue d'eau peut contenir ta coque gonflée à ras bord ? Peut-être dans la conquête des ports libérés de l'appareillage des lois.

C'est l'année 1790, tu as dix-neuf ans et un seul présent, une seule phrase envisageable : la tienne. Tu l'inscris dans ton corps ; c'est une nouvelle phrase de bord, transformée en voilures latines ou carrées, transformée en une expérience humaine véritable. Tu chaloupes avec tes grosses bottes d'homme ; tu renonces aux toiles ajourées, aux voiles de mousseline, ta dentelle est celle des roches découpées de ton île, piquées de sel et de sable, ta tapisserie c'est une carte marine.

Tu ne peux déjà plus prononcer ce mot de TERRE. Ces lettres, elles recouvrent la tombe de ton père, celle de ta mère. TERRE est un mot pour ceux qui restent, pour ceux qui ensevelissent à coups de pioche le corps contraint des hommes. Tu n'es décidément pas de cette terre sépulcre.

Tu es brèche, algue, mer, océan, eau, liquide. Tu fuis entre les doigts des Créon de ce monde solide. Tu es déjà corsaire, fille de Mary Read, d'Anne Bonny, de Grace O'Malley, de Julienne David et de tant d'autres filles impossibles à contenter.

Il n'y a pas de bonne vie, Louise, il y a la tienne. Et tu entends dans la langue des marins, celle des travailleurs de la mer, l'écho de la voix des partisans, la force du vent dans les cistes, le son de la coque des Torregiani au-dessus du grand œil des tours génoises. Arbre de méjane, timon, raban, matafion, rode de proue, rode de poupe, caps de gardes ; orméger, mâter, ralinguer, loffer, serper le fer…

Ta bouche se gonfle de cette langue, mots des oiseaux pélagiques et syllabes hauturières. Tu t'échappes de la langue commune par la voie des caps. Tes mots vont aux quatre vents, libres et bannis des femmes légitimes. Tu déchiffres la vague, porte le sextant et tes signes lisibles sont les astres au-dessus de l'horizon.

Te voilà embarquée. Tu vas jurer, te battre et piller les puissants parce que là est ta cause, dans le désordre hiérarchique des lignées et des genres. Tu seras de la république des pirates et ta voyelle finale passera par-dessus bord. Louis sans E. C'est une disparition.

Te voilà née une seconde fois, mais… La nuit sur le pont ou dans les cales, ton corps de femme. Il y a Le Guen. Tu dors contre lui sur la paillasse, tu peux le toucher, le voir de si près que ton grand œil noir remonte l'ancre dessinée juste au-dessus de l'aine. Tu retiens ta main. Tu aimerais soudain te nouer à cette ancre, ouvrir tes lèvres pour avaler le parfum de rhum qui exhale de sa bouche. Tu es une femme nom de Dieu ! Il y a des nuits où c'est insupportable tous ces corps qui luisent sous le grand arbre lumineux des cieux. Il y a des nuits où tu aimerais t'appeler Louise. De l'autre côté, c'est le manchot John Fenn, une blessure et trop de punch ont eu raison de son bras droit. Celui-ci, tu n'arrives pas à l'imaginer en homme. Comment pourrait-il attraper tes cheveux, glisser sa main dans le sillon de tes cuisses suées et y trouver son trésor. Tandis que Le Guen… L'ancre se déploie et se resserre au rythme de sa respiration. Tu donnerais 17 onces de lingots d'argent pour lever cette ancre et laper son sel. À l'horizon un matelas de torses bruns. Des blessures aussi, un compte innombrable de blessures, celles des batailles entre pavillons noirs et navires marchands, celles des pontons prisons ou des jours de beuveries. Tiens là-bas, c'est Bartolomé, le dernier à s'être embarqué, le plus jeune de tous. À bien y réfléchir, il pourrait être ton enfant, le fruit de ce ventre qui comme cette nuit réclame son butin.

Il vient de signer la charte et a fait serment comme tous de jurer la vérité à l'équipage. Tu l'as fait aussi. Comme eux, tu brûleras les vaisseaux ennemis, tu boiras ce rhum mélangé à la mélasse, tu seras de tous les coups de la communauté pirate. Ils vont aux putes, tu fais semblant. Ils réparent les voiles, tu couds un crâne et des tibias croisés sur un drapeau noir. Ils sont ta bande et s'il faut couper un nez ou une oreille à tes ennemis, tu le fais ; s'il faut recoudre les chairs entaillées, tu le fais aussi. Le sang flotte toujours comme un étendard.

Maintenant tu observes les étoiles au-dessus de cette étendue de corps à moitié nus. Il y a des soirs comme celui-ci où te cacher devient insupportable. Il y a des soirs où tu rêves d'un navire à toi. C'est l'année 1793. L'État abandonne aux corsaires le butin de leurs captures. La convention divise la Corse en deux départements. Deux ans plus tard Paoli doit s'exiler. La côte corse devient un territoire autonome.

Tu es là. D'autres t'ont rejoint. C'est votre territoire. Elles sont tes sœurs de légende, toutes capitaines, des hommes aussi, tes frères, anciens compagnons d'abordages, experts en vents, en courants, en hauts-fonds et embuscades. Et les mers et océans se succèdent. Tu vois grossir les rides sur l'eau comme celles qui barrent désormais ton front, tes joues, le coin de tes lèvres. Les aventures se comptent en vaisseaux brûlés et en potences, celles au bout desquelles certains de tes compagnons se balancent lorsqu'ils sont capturés.

Tu les appelles tes frères de cordes. Les oiseaux de mers crèvent leurs yeux encore salés, la pluie les lave et le soleil les dessèche mais ils retournent en mer sans possessions et insoumis à l'ordre royal. Tu reviens toujours.

C'est pour les jours terre, lorsque le butin doit être mis à l'abri, lorsque le labeur se transforme en joie, lorsque la côte danse. Ici est ton avenir, ta rédemption. Maintenant il te faut une langue, une langue autonome vois-tu ! Des mots, qui eux, n'ont pas été pillés. *Una lingua per tutti i disgraziadi, una parola di mare anticu, di un locu suttanu. Eccu, u ventu si move e sgonfia e tue parole chi tutti digia sentenu.*

Ta langue est désormais Votre langue, femmes pirates. Tu construis une grammaire non récitée, tu passes de la langue construite des hommes à celle des femmes. Tu t'adresses à elle avec cette voix particulière. Tu es désormais LouisE avec une voyelle finale majuscule. Ce *E*, il se déploie avec force, tu l'inscris sur ton nouveau drapeau. C'est ta lettre pirate. La vie est plus aisée avec une langue à soi. Cette langue, c'est un navire. Elle est langue boucanière, course dans la brume et lignes littorales. Cette langue, tu l'as renversée. Maintenant, elle se déploie dans tes barriques, porte ses mots mâts sur les plus hautes vagues, gagne des parcelles de terre, remonte de tous les ports : langue corse, langue corsaire qui ignore les scrupules.

Désormais tu as un navire à toi. Terres et mers se succèdent, les voiles grises de ta chevelure claquent ; ton butin est un peuple, tu pourrais rester près de lui, et pourtant il te faut toujours retourner en mer. C'est la dernière embarcation et ton ultime voie maritime. Ceci est ton dernier voyage Louise l'Océanide. Tu as embarqué sur ton brick pour suivre les routes sombres des mers, non plus en quête d'aventures ou de navires à piller mais dans l'espoir que la vaste eau devant toi vienne enfin éteindre ce feu passé et t'engloutir. Tu cherches le lieu de la fin. Voilà, les vagues s'ajoutent les unes aux autres. Tu revois ton père, le maquis et les partisans qui te tiennent la main. Une autre : tout passe entre les courants et l'alignement des étoiles au-dessus du mât. Tu revois l'étendue de torses bruns les nuits de tes vingt ans, tes désirs et la bataille ; les odeurs de sueurs et de rhum remontent en toi et tu n'as plus soif. Tu pourrais encore sentir l'aiguille qui s'enfonce dans la toile noire, les barriques et la vermine qui court dans les cales, la terreur au moment de l'abordage et les mois de ponton… mais tu cherches la dernière vague.

HUGHES LABRUSSE

RÉSERVE DU TEMPS

1.

Le visage de l'homme n'est plus que la trace de l'effacement d'un dieu en ses cendres. L'homme est le défunt de l'homme.

Notre histoire, une spiritualité réduite au principe de la causalité efficiente, à l'origine de toute la civilisation moderne, du règne démesuré de l'homme et de ses aliénations. Ne demeurent que les vitraux diaphanes. La glèbe, une brique nettoyée. Des Lumières blessantes contre la sérénité de la Nuit. Des clones marchent sur la terre. Temporalité altérée.

Pays du soir. Un soleil décline et s'accroche encore à des branches mortes.

2.

Considérer chaque versant. Là où chose *il y a*, déjà là le *rien*, l'indéfini, en interversion. Happée par le pragmatisme sommaire et la fièvre de la fabrication, notre époque s'agite pour dresser des digues contre ce lumineux paradoxe. Le Rien, ni néant ni vide, mais l'éclair de l'indéfinissable. Rien que l'on puisse dire mais qui ne se laisse pas taire. Il n'exige ni doute ni assentiment, ne prescrit ni le *oui* ni le *non*. Il devancera toujours les hochements de tête.

3.

Le Temps comme éclosion et mûrissement se comprend à partir du refus. Il se réserve dans la dispensation pour abriter sa réitération. Incomplétude, Être *sans* l'être. Qui ne s'accorde aux silences et aux non-dits du Temps ne peut rien exaucer. Et toi-même, ami, tu n'es *personne* d'identifié, tu ne peux reconnaître ta complexité si tu ne renonces pas à cet *individu* dans lequel *on* t'enferme. Ne te repère ni dans les épisodes de l'Histoire ni dans les heures. Mais de la manière dont *il y a Temps véritable.*

Or la vérité exprime des conformités que le Temps rend impossibles, en raison même de ses repliements. Il nous retient dans son oubli, ses dédits. Dès lors, le vrai se révèle à contre-pente par l'exigence de ne jamais *oublier* la béance, le chaos de cet *Oubli* dans ses surgissements. Les dieux archaïques en furent des configurations plus éclairantes que tout concept.

Trace de l'effacement des traces. Seul le Temps, assumé par le soi-même hors individuation, répond à un exister ensemble. Il nous revient de nous soucier de ce *temps-là* qui est nôtre.

4.

Le Temps, en *rien* un objet, *en rien* une idée. Mais une disposition. Il se dérobe pour impliquer la mémoire de l'oubli. Elle restitue ce qui se laisse perdre par l'absence constitutive de toute présence. La triade *passé-présent- futur* ne s'étire pas dans un ordre de succession mais d'un seul tenant, comme la valse d'un vent tourbillonnant. Elle nous jette dans la défiance du présent étourdi par le passage de ce qui fut et halluciné par les poussières du futur. La juste incertitude.

Exister n'est pas se laisser embarquer avec frénésie dans la vie mais se hausser à l'expérience de soi comme mortel, devancer le possible extrême et indépassable auquel chacun est appelé. Rien de maléfique. Mais le souci de juxtaposer les extrêmes.

Paraître au monde c'est entrer d'emblée dans la disparition.

Cette extranéité sur la terre nous livre à l'exil, au risque de l'errance. Mûrissement et essaimage. Le Temps n'est jamais perdu ni récupéré. Il demeure l'*Introuvable.* La négation est notre plus haute affirmation en tant qu'elle accompagne les transitions sans commencement ni fin du Temps. Loin de l'excitation de cet *En Avant* crié à tue-tête.

5.

L'indicible ne cesse de nous appauvrir pour nous fertiliser, de nous entremêler pour nous séparer. La disponibilité accueille sans rien vouloir en retour. En tous domaines, profits et accumulations n'ont aucun mérite. Seule l'énigme du désir demeure digne de considération.

Les noms multiples procèdent d'un éclat disparu. Ils se propagent et se désintègrent comme les étoiles. On en ramasse parfois les cailloux dans la cour d'une ferme. Donner du sens aux débris d'une désintégration est une extravagance. Les visages du monde sont propagations depuis un *discours* faillible. Ainsi, juger que le fleuve par son cours est toujours différent, c'est affirmer sans le savoir qu'il demeure le même. L'inaperçu est à l'orée de toute parole emportée dans les tensions des forces contraires. Le dire évite de se figer dans l'usage s'il demeure au gré de l'imprévisible. Calligraphie. Elle se suffit à elle-même. Et le rapport de sujet à objet s'effondre.

6.

Le Temps est l'irruption de ce que le nom qu'on lui donne dissimule. Dans cet abîme nous ne sommes pas abandonnés si nous y séjournons résolument. Temps, *Rien-là*, le Monde comme déploiement de ramifications et d'élagages. Il se construit et se déconstruit sans cesse. Le Même ne se confond pas avec l'obsession de l'universel. Mais ses assemblages terrifiants se mondialisent déjà *partout* sur la planète. Nous faudra-t-il nous crever les yeux pour discerner nos outrages ? Un projet de paix perpétuelle est une déclaration de guerre. Dans ses bruits et fureurs, l'Occident n'a cessé de maudire le Temps, irréductible à toute saisie et qui nous garde à distance dans les clairvoyances de l'épreuve et de la souffrance.

Le Temps se concentre dans le sang autour du cœur. Il est le témoin qui nous accorde aux battements de son silence. Une Robe de Chair. Ce que l'homme perd en route, il le retrouve en soi pour interpréter les signes, à la croisée des chemins. Le voyageur, cordon ombilical à jamais coupé. Double deuil de l'origine, la joie est le lien. Or exister veut dire se délivrer. Notre prédisposition à la liberté ne conduit ni à ses mauvais usages ni aux excitations débridées du monde. Elle est l'aspiration à travers le Temps lui-même de la commémoration de l'ancestral, non des héros de passage. Ainsi mûrit la béatitude à l'opposé des bonheurs programmés.

Sur toute fondation qui croit bâtir une éternité s'élève déjà un mausolée. Métamorphose. Serions-nous la maison secrète d'un dieu qui veille sur nous et nous tient en éveil ?

7.

Le Temps est le lien de toutes les éclosions, là où à chaque fois les mortels et les immortels se rencontrent et font époque ensemble. Abîme et enfant du refus, il entrelace justice et injustice. Il n'y a ni mal radical ni bien absolu mais des engendrements et leurs litiges, rythmés par la mesure et la démesure, sous la garde de l'Incommensurable. Les contraires sont tous de même famille. Reconstituer notre existence exige de réaccorder toutes les antinomies. Voilà qui nous conduira à substituer aux *valeurs* morales et économiques délétères une éthique *tragique* sans pessimisme ni crainte, mais à la grâce de notre affiliation au secret partagé du Temps et du Rien, l'Imprédictible. Aucun sermon. Ni plongée dans le vide. Le silence, qui n'est pas mutisme préserve le mérite de la parole.

ENVOI

Temps, le brasillement du divin d'où scintillent d'infinies configurations, toutes inviolables. Nous en sommes les brèves lueurs bien en deçà et bien au-delà de nos fabrications et des escarbilles des choses emmagasinées. Les chronologies, les paramètres cycliques ou linéaires, les calculs, les preuves et arguments irrévocables finissent par brûler la pensée. Il convient de se *maintenir là* sans relâche pour *rien* d'autre que notre passage et son échéance, aux lisières de la dissémination des époques. Là où Temps il y a tout reste suspendu à des fragments. Notre finitude s'éclaire dans l'*inachèvement*, le caractère même de la *monstruosité* d'être.

Suite au crépuscule du soir seul une grande *obscurité* préserve, sous la simplicité d'une dernière étoile, le crépuscule d'un jour à venir. Passerelle sans aucune rive, jetée dans le gouffre d'une double spirale, la disposition et l'endurance.

Le Temps rythme toute temporalité. Il demeure *advenance*, *destination*.

CHRISTINE BALBO

BERTILLE ET LE WORLDBIS

Bertille avait choisi d'être un garçon. Un garçon blond de dix-sept ans, un peu gauche, bon nageur, matheux. Tout ce qu'elle n'était pas. À soixante-six ans, elle vivotait. L'océan butait, à marée haute, sur le muret de sa maisonnette. Elle marchait dans l'eau pour des séances de longe-côte avec les veuves de l'île, mais les muscles tiraient, et la conversation l'ennuyait. La rigueur horaire des marées parvenait parfois à dissiper son découragement. À marée basse, elle restait derrière ses carreaux, à observer ce sable à découvert, sale, vaseux. Le monde était devenu ainsi : vaste et infertile. Tout était allé très vite, à peine avait-on prouvé les projections mathématiques que la catastrophe était là, visible, sensible. Des prédictologues s'étaient pendus en direct sur les réseaux. Les oiseaux de mauvais augure avaient été célébrés comme des princes, pour ensuite être massacrés au nom de la tradition des porteurs de mauvaises nouvelles. On trouvait au nord, au nord de tous les nords dont les suds avaient disparu, ou presque, des paysages de garrigue, même dans l'île, malgré la tempérance de l'océan. Le thym et le poivre d'âne n'avaient pas encore tout à fait supplanté la salicorne, mais ça viendrait. Vite. Les parallèles délimitaient des tranches plus ou moins régulières de zones abandonnées et de régions encore habitables, pour peu que l'on s'adapte.

La maisonnette n'était pas à elle, elle l'avait investie le jour-même où l'interdiction de déplacement avait été décrétée. La prolongation, par des calculateurs autonomes, des courbes des prédictologues pendus, n'avait laissé aucune place au doute : il fallait tout arrêter, tout de suite. Et tenter de trouver des solutions. Pas une seconde il n'avait été question de sauver les corps ni les âmes. C'était foutu pour la plupart, on le savait. On avait laissé le dérèglement climatique accomplir le travail prévu, et réduire au strict minimum la présence humaine. Les insulaires s'en étaient tirés à bon compte. Pas tous les insulaires. Juste ceux qui étaient suffisamment au nord de tous les suds, et vivaient sur des terres où une activité touristique et vivrière avait conduit, des années auparavant, à bâtir des digues et à étendre artificiellement le territoire en gagnant sur l'océan. L'ordre fut donné en février. Un 29 février, comme un clin d'œil. Interdiction de vous déplacer, restez où vous êtes, ne bougez plus. Souriez, vous êtes filmés.

Sur l'île de Bertille, la décision des autorités locales avait été radicale : on avait fait sauter le pont qui reliait au continent, on avait détruit la chaussée inondable qui depuis le XVIIIe siècle permettait de rallier ce même continent à marée basse, on avait donné six heures aux résidents et visiteurs pour choisir entre partir et rester. On avait, bien entendu, interdit toute entrée sur l'île. L'exode serait à sens unique. Quelques parents optèrent pour retrouver leurs enfants dans leur pensionnat continental ; quelques épouses, et quelques époux, partirent rejoindre leur moitié sur leur lieu de travail. Bertille fit la morte, s'endormit pour ne plus penser et ne pas avoir à prendre de décision. Personne ne vint sonner à la petite porte bleue de la maisonnette qu'elle avait louée pour trois semaines. Désormais elle vivrait là, au rythme des marées.

Quelques jours suffirent aux gouvernements pour parfaire les restrictions : on ne pouvait plus se déplacer, ça, c'était acquis. On ne pouvait plus encombrer les réseaux pour des motifs futiles.

L'énergie manquait. Désormais, l'intégralité des communications, bandes passantes, connexions satellite, était réservée au WORLDBIS, le métavers mondial de substitution. Bertille avait ri : l'expression « métavers de substitution » était un pléonasme. Au fond, elle se sentait peu touchée par tout ce ramdam, elle n'avait plus personne avec qui communiquer. Elle avait enseigné à distance des langues mortes à déclinaisons à une petite dizaine d'étudiants disséminés sur tous les continents, mais les cours avaient été suspendus car jugés non essentiels, et elle avait été adoptée par le clan des veuves de l'île. Elle marchait désormais dans l'océan, et le monde pouvait bien aller à sa perte.

Et puis elle décida d'être un garçon. Un garçon blond de dix-sept ans, un peu gauche, bon nageur, matheux. Tout ce qu'elle n'était pas. Elle sortit du placard le vieux Mac sur lequel, il n'y avait pas encore si longtemps, elle dispensait ses cours en ligne, y trouva miraculeusement la batterie chargée, entra dans le WORLDBIS, dessina son avatar. Un peu plus tard, sur la grève, à marée basse, elle aperçut deux enfants et un vieillard qui traquaient la palourde dans la vase. Surmontant son aversion pour le sable à découvert, elle s'avança vers le groupe, avenante, sourire de grand-mère un peu perdue dans ce nouveau monde, et demanda aux enfants comment ils s'appelaient. Les gamins haussèrent les épaules en regardant cette vieille folle comme si elle avait anéanti à elle seule toutes les ressources de la planète, mais le vieillard, bonnet de marin enfoncé jusqu'aux sourcils, répondit pour eux : « Ils sont nés de parents sans imagination. Voici Maxime, et voici Maxine. » De retour dans la maisonnette qui était désormais sienne, Bertille tapa sur le clavier du Mac, dans l'encadré « Votre WORLDBISNAME » : Max. Évidemment, des Max, il y en avait des palanquées. Elle tenta : Maximne. Elle était le seul Maximne du WORLDBIS. Elle était désormais blond, post-ado, timide, fort en maths, champion régional de brasse papillon. Elle allait sauver le monde. D'ailleurs, on comptait sur elle. Sur l'écran apparut un message de bienvenue : « Maximne, nous sommes heureux de vous accueillir directement au niveau 12 du WORLDBIS. Vous pouvez désormais communiquer avec vos parèdres 12. Nous vous octroyons une demi-connexion : six heures par jour. Nous comptons sur vous. » Une minute d'une fugue de Bach l'adouba, entourant l'avatar d'une aura jaune citron.

On ne dira jamais assez la persistance de l'espérance. On est une vieille femme et l'on va sauver le monde – le WORLD – sans le vouloir, comme ça, en passant. On parle des langues mortes, inutiles, on se moque de tout, on attendait la mort en espérant qu'elle ne viendrait pas trop vite, tout de même, et voilà que l'on se réincarnait avant même d'avoir rendu l'âme. Elle se regarda sur l'écran en Maximne. Un grand dadais nonchalant, parachuté directement dans le pavillon des Sciences. Le décor n'avait rien de novateur, il ressemblait à celui de toutes les tentatives commerciales de mise en ligne de mondes alternatifs ces dernières décennies, toutes abandonnées faute de participants : des pavillons d'inspiration gréco-renaissance, dômes et colonnades, distribués autour d'une grand-place circulaire au pavement de marbre. Au loin, on entrevoyait une étendue d'eau, lac ou mer, d'un calme plat. Le ciel était bleu de mai, trois nuages vaporeux y flottaient, immobiles. Le premier jour, il ne se passa pas grand-chose. Maximne tourna en rond sur la place déserte. Le deuxième jour, une jeune femme s'avança vers lui, et Bertille décida que Maximne parlerait latin. La conversation s'engagea, apparaissant en sous-titrage. La conversation s'engagea donc en latin, tout le monde parlant d'ailleurs latin dans le WORLDBIS de Bertille. On n'avait sans doute plus assez de ressources pour faire entendre la voix des avatars, on avait conservé la fonction de traduction aux dépens du dialogue audio, mais ça semblait logique pour le latin, une langue qui se lit, éventuellement s'écrit, mais se parle très peu. Bertille se regarda en Maximne se faire draguer mollement par une rouquine désintéressée d'avance, visiblement en quête d'autre chose. Cette rencontre n'apporta rien qui vaille d'être rapporté, mais au fil des jours, le cercle amical de Maximne s'agrandit. Uniquement de jeunes gens, la plupart blonds, quelques-uns métis – les filles surtout, mélange noir-asiatique, des beautés –, correspondant peu ou prou aux canons des défunts réseaux sociaux. Bertille s'en voulut d'avoir cédé, elle aussi, à une mode qu'elle pensait mépriser, à un stéréotype. Elle essaya de revenir en arrière, de donner à son avatar l'apparence d'Einstein, ou de Marie Curie, mais le repentir était impossible.

Bertille avait droit à six heures quotidiennes de connexion, correspondant à six heures de charge de batterie de son ordinateur. Elle n'en utilisa qu'une toute petite partie, se désintéressant bien vite du sort de Maximne. Il avait sa vie, elle avait la sienne. Sa vie insulaire allait son cours normal, longe-côte, conversations barbantes, relecture inlassable des cinq livres qu'elle avait apportés sur l'île pour des vacances qu'elle n'aurait jamais songé définitives. Il faisait de plus en plus chaud, et la température de l'océan montait, elle aussi. Les nouvelles du monde se tarirent bientôt. Seul le rythme des marées prouvait au quotidien que la vie suivait son étrange cours. De loin en loin, elle apercevait Maxime, Maxine et leur grand-père fouiller le sable à la recherche de coquillages, mais ils se faisaient de plus en plus rares. Que mangeait-on ? Des denrées improbables, des crustacés au goût plus acide que iodé, inconnus jusqu'alors et apparus soudainement sur le rivage, des baies âpres aux pépins nombreux dont la saveur rappelait celle de la canneberge, des pois chiches que l'on cultivait sous les chênes, dans le bois de la Pointe. Et des algues, de toutes les couleurs.

De son côté, Maximne progressait. Laissé libre de ses mouvements par sa démiurge, il avait agrandi son réseau de connaissances, acquis de nouvelles compétences, passé et réussi des épreuves. Il avait atteint le niveau 27, ce qui lui permettait de côtoyer quelques pointures déguisées en bimbos ou en clones de héros Marvel, et il intégra un groupe de recherche. Les concepteurs du WORLDBIS avaient déduit le comportement des futurs utilisateurs à partir de l'activité sur les réseaux sociaux. Tous les profils jouaient déjà sur le surclassement, on s'inventait plus beau, plus fort, plus diplômé, on boostait son parcours professionnel. Chaque participant allait rapatrier, sur le WORLDBIS, les fantasmes d'une époque révolue. Pour l'intelligence artificielle du métavers, il suffisait qu'une partie de l'humanité survivante s'inscrive sur le programme, et mente sur ses capacités. Ensuite, on n'aurait plus besoin des humains. Les avatars, autonomes, trouveraient la solution. L'entreprise tenait du pari risqué, mais l'agrégation de tous ces profils falsifiés, de tous ces mensonges, produisit réellement une intelligence collective efficiente.

Les suds de tous les nords disparurent assez vite, mais les avatars méridionaux, abandonnés par leur démiurge, continuèrent leur œuvre dans le métavers. Le WORLDBIS compta bientôt plus d'habitants que la Terre, décimée. Puis les nords de tous les nords fléchirent. Ne subsistèrent que quelques zones intermédiaires. Le métavers, livré à lui-même, continua de tourner, et de trouver des solutions à des problèmes qui ne se posaient plus que sur une infime partie du globe habitable. Le monde était sauvé, du moins ce qu'il en restait, dont l'île de Bertille.

Maximne enfonça son pied dans la frange de sable meuble, gorgé de vase, et il se surprit à aimer cette sensation nouvelle. Non loin de lui, des vieilles, claudicantes, faisaient mine de ramer à pleins bras contre la marée, alors qu'elles longeaient simplement la côte. Il reconnut Bertille, sans savoir comment ni pourquoi, à son chignon gris décentré, à cet air de ne pas y toucher qu'elle affectait lorsque la vague montait. Il s'approcha d'elle, un peu gauche, il n'y avait pas assez de profondeur pour la brasse papillon, dans laquelle il excellait. « Salve », dit-il. Elle lui fit un signe d'intelligence. Il alla l'attendre sur le petit banc, devant la maisonnette.

Il s'exprimait dans un latin de dictionnaire en ligne, peu inventif mais efficace. Bertille contemplait le garçon qu'elle avait créé et qui s'était développé, épanoui, sans elle. La conversation fut brève, et peu intense. Qu'avaient-ils à se dire ? Que le monde était sauvé ? La belle affaire ! La vie continuait, cependant. Elle dit : « Des crustacés sur le gril et une salade d'algues, ça te va ? » Ils mangèrent, contents de se voir, mais pressés de se séparer. Bertille n'avait pas besoin de compagnie. Maximne voulait vivre avec Gaïabelle, cette jeune physicienne aux yeux verts avec laquelle, hier encore, ou tout à l'heure, il n'avait pas la notion du temps, il fêtait la victoire sur la grand-place. Il savait qu'il suffisait de nager droit devant pour la retrouver.

GUYETTE LYR

Les poings serrés

K et V, deux villes ennemies depuis toujours.

Une guerre violente, obstinée depuis toujours.

Et depuis toujours, la Paix douce et jolie, la grande Attendue, la toute Désirée, qui se tient aux portes, ne peut entrer et drague l'improbable.

Un jour je m'établirai chez vous, dit-elle, en attendant soyez patients, tentez de faire ce qui n'a jamais été fait. Avant que le mal régresse, chez les sujets les plus vaillants, les plus résistants, tentez de l'apprivoiser et si possible de l'éradiquer chez les plus faibles.

La Paix jolie fut écoutée. K et V décidèrent de remettre en état la zone neutre qui les séparait et d'y accueillir, en toute humanité, leurs sujets les plus défavorisés.

À l'endroit où les éboulis et les ronces recouvraient la zone neutre s'élève bientôt la Résidence où le ministère de la Sauvegarde s'engage, par un ensemble de pratiques, à réduire chez les pensionnaires toute forme d'agressivité et de développer chez eux une conscience pacifiste.

La Résidence est un bâtiment moderne, la plupart des parois sont en verre. À certains endroits le verre est opaque mais les pensionnaires qui s'en étaient plaints au début de leur séjour, ne s'en plaignent plus.

Carl habite la chambre 9, Lib la chambre 9 bis, toutes deux situées au neuvième étage, elles disposent d'un même balcon séparé en son milieu par une barrière. Du neuvième étage on aperçoit le ciel sali par les feux, les fumées, le saccage de la guerre proche, on entend le bruit incessant des ambulances qui se croisent sous l'auvent de la douane et filent vers K ou vers V.

Chaque fois qu'il se penche à la fenêtre Carl regarde à droite du côté de K, Lib à gauche, du côté de V. Et quand, à force de regarder, ils ne voient plus rien, ils s'agrippent à la barrière et se crachent au visage. C'est tout ce qui leur reste de V et de K, l'envie de se cracher dessus.

Carl et Lib font partie du premier contingent des sujets sélectionnés pour être admis à la Résidence. Carl à cause d'un mauvais rhumatisme qui lui courbe le dos et l'empêche de se mouvoir assez vite, Lib à cause d'une cicatrice à la lèvre qui lui déforme la bouche et le rend la plupart du temps inaudible.

Depuis le début de leur séjour à la Résidence ils continuent de s'opposer au règlement…

« Il faut donner du temps au temps, déclare la responsable, l'âge aura raison de nos pensionnaires les plus rebelles. Tous nos anciens s'assagissent. »

Carl avait quarante-neuf ans au moment de son arrivée en zone neutre, Lib seulement quarante-sept et bien que désormais ils aient acquis le statut d'anciens, ils ne se soumettent pas. Chaque fois qu'ils s'aperçoivent ils envisagent de s'anéantir et dès que la surveillance se relâche, ils préparent leur affrontement. Carl en rédige les étapes sur les feuilles qui lui sont distribuées à l'atelier de dessin, Lib les grave à la pointe du couteau dans l'argile prélevée à l'atelier de sculpture.

Les premiers temps de leur arrivée en zone neutre les camarades d'atelier prêtaient des feuilles à Carl et de l'argile à Lib, ils soutenaient leur entreprise, taxaient leur conduite de courage et même d'étonnant culot. Peu à peu la solidarité s'est faite rare et le partage inexistant. Tenus de respecter les consignes de plus en plus précises pour canaliser leur agressivité et se soumettre aux soins nécessaires à leur bien-être, les camarades n'ont pu se distraire ni surtout se préoccuper de leurs voisins. Carl et Lib, obligés de se contenter de hochements de tête en guise de paroles et bientôt de silence, ne se sont pas découragés. À défaut de papier ou d'argile pour inscrire les chiffres et symboles de leur plan d'attaque, ils utilisent ce que leur offre la nature : pierres, briques, bûches, branches ou écorces.

La végétation est abondante. Les arbustes qu'ils ont vu planter à leur arrivée en zone neutre sont devenus des arbres qui projettent sur le ciment, le gravier ou le gazon une ombre de plus en plus vaste. Depuis que les ministères de K et de V se sont entendus pour allouer les fonds nécessaires à l'attrait et à la bonne réputation de la Résidence, le terrain qui l'entoure s'est considérablement modifié, un jardin de rocaille est en cours de réalisation ainsi qu'une fontaine agrémentée de gargouilles. Au bâtiment principal se sont ajoutées deux annexes, la première, un pavillon au crépi bleu, est réservée aux résidents de sexe masculin, la seconde, au crépi rose, aux résidents de sexe féminin.

Les pensionnaires de la Résidence étant de plus en plus nombreux, les lois qui les gouvernent de plus en plus strictes, l'attention et les soins dont ils font l'objet les rendent de plus en plus soumis, dociles et pour ainsi dire conformes. Bientôt au moment de l'appel, émis par le contrôle, la plupart d'entre eux négligent de se manifester. Les noms résonnent dans un espace ouaté, cotonneux, un paysage opaque où les sons et les formes se recouvrent.

Arrive le jour où le nom n'a plus d'importance, où il suffit aux résidents de connaître la couleur de leur brassard, identique à celle de leur casier.

Mais Carl et Lib se moquent des couleurs, ils n'ont pas oublié leur nom, celui de Carl est inscrit dans la paume de Lib, celui de Lib est inscrit dans la paume de Carl. Chaque fois qu'ils s'aperçoivent et lèvent la main en vue d'une attaque, ils le prononcent d'un même souffle. Malgré leur faiblesse grandissante, leur usure, leur désir de s'écharper est toujours aussi vif. Ils attendent toujours le moment où la garde se relâchera.

La douzième année de leur entrée en zone neutre, l'attente prend fin.

C'est un jour de novembre, un matin à l'aube. Carl se lève, s'enveloppe de son manteau de laine, quitte le dortoir où il est consigné. Il pense à Lib, à sa bouche tordue, son sourire abîmé. À la force qui couve et se condense en un éclair minuscule au coin des yeux.

Il se dirige vers le bâtiment où Lib doit dormir. Mais Lib ne dort pas, il pense à Carl, à ses jambes qui au lieu de s'aligner dans la marche, cognent l'une contre l'autre, à son dos voûté. Lib entend une porte s'ouvrir, puis une autre, il reconnaît le pas de Carl. Il se lève lui aussi et s'avance. Le chemin est long, la distance nargue les deux hommes mais la patience est de leur côté et aussi l'entêtement. Les voilà bientôt l'un en face de l'autre.

Carl tend les mains, il effleure le visage de Lib, la lèvre couturée, le rictus qui lui tord la bouche. Il se dit : « Voilà l'homme que je dois tuer. » Mais tuer, c'est difficile quand les poings se serrent sans pouvoir cogner. Insulter, c'est difficile quand les mots restent enfouis dans la gorge.

Lib tend les mains lui aussi, il effleure le dos, caresse la voussure, il se dit : « Voilà l'homme que je dois tuer. » Mais tuer, c'est difficile quand les doigts sont gourds, quand, au lieu de frapper, les mains saisissent et serrent celles qui se tendent.

Carl et Lib se disent la même chose.

Ils se le disent longtemps appuyés l'un à l'autre.

La sonnerie du matin a retenti. Ils ne l'ont pas entendue. Ils ne pouvaient pas l'entendre.

Quand on les a découverts à l'angle de la cour, il était trop tard pour les séparer. Leurs doigts joints s'étaient raidis.

On les a mis en terre tels qu'on les a trouvés. Noués, embrassés, leurs deux corps ne prenaient pas plus de place que celui d'un seul.

Alors la Paix jolie qui se tenait aux portes s'est sentie pour la première fois autorisée à entrer. Elle est arrivée furtive et légère et s'est inclinée si bas que les responsables de K et de V, délégués au contrôle du secteur, ont mis genou en terre.

EMMANUEL MERLE

Gravis

1.

Tu gravis la pente, presque tu montes
au mât. Dans l'heure encore sombre
qui marche devant l'aube
les voiles noires et calcifiées des faces nord
se déploient.

Le ciel tourne doucement.
Le mal des montagnes te chavire

avant la marée du jour.

2.

Tu gravis. C'est le grand corps
de la montagne. Tu cherches son col,
sous la tête bleue, l'immense visage cobalt
qui appartient à la roche.

La pierre crayonne le ciel,
la nuit en taille la pointe.

Mais tu gravis, vers la couleur avide.

3.

Le jour se lève, mais le froid
a encore la couleur et la raideur
d'une peau rêche.

Le givre pruineux enserre la roche,
c'est le sommeil du nuage à venir.

Ton rêve là-haut entame l'aube,
sur les sommets des Écrins.
Il faut arriver avant l'aurore.

4.

Tu vois le glacier,
masque sur la joue noire d'Ailefroide,
rideau fermé sur le théâtre
de la roche.

Tu montes, c'est le même pas,
la même présence qui s'oublie.

Le chemin bouge.

5.

Roche et glacier ne font pas silence.

Tu entends la contraction tragique
de la pierre qui dégèle, le froissement
de la glace que fourbit le jour neuf.

Poser son pas, lentement piétiner,
marcher sans déranger la rumeur,
sans comprendre ce qui, pourtant,
se dit à voix basse.

6.

C'est bleu, c'est l'océan à l'envers,
un peu d'écume dense, déchirée
sur les voiles et le mât du vaisseau
immobile.
Tu marches vers l'indigo, le pays
de tous les morts, là-haut, le tissu
crissant des disparus.

Au fur et à mesure que tu montes
la montagne se déplie,
les murs s'écartent sur l'eau bleue,
le royaume d'altitude des transis.

7.

Autour de toi, tout a déroché.
Longtemps auparavant, tout est descendu.
Reste la mâchoire, rabotée,
sanguine et brune parfois,
restent des morceaux de langue blanche
sur le palais de pierre.

Monte, toi. Sois au rendez-vous.
Au col, ce sera l'heure du plein jour,
le regard de l'œil rouge.

8.
C'est l'anabase.
L'autre montée,
celle après la fatigue, après le souffle.

L'air est rare, la neige brûlante
sur les rocs hasardeux et noirs.

Respire si tu le peux, respire mieux,
avale la lumière qui affleure
un peu au-dessus, au col, la lumière
qui monte des vertèbres de la montagne
comme une lave s'élève
du centre de la terre.

9.
Extirper son corps de l'obscur,
attendre debout dans l'antichambre,
de l'aube à l'aurore,
partage des eaux du temps.

Dans le froid approcher ses gerçures
jusqu'au foyer du jour,
avancer entre les murs de la cathédrale
de pierre jusqu'à l'autel éblouissant.

Le soleil lève comme une pâte.

10.
Un cri de lumière.

Son écho, sur les parois soudain vêtues,
rebondit en paroles chaudes et dorées.

Debout, fiévreux, immobile sur la neige,
né de la nuit, tu reçois ton baptême
comme un fruit d'or longtemps défendu.

Enfin tu connais ton nom.
La montagne est l'instrument du silence.

11.

Homme libre, tu as soif.

La neige sous le jour ruisselle
comme un désir.

Ce que tu espérais,
le dégagement des oripeaux, la défaite
de la nuit, l'échancrure au sommet
que vérifient sans cesse les oiseaux de pierre,
cet affranchissement,
tu le portes en toi.
C'est lui qui te nomme.

12.

Homme libre, garde ta soif.
Puisque tu ne peux regarder en face
ni l'or du soleil ni le bleu de la mort,
retourne-toi.

D'autres sont là aussi, qui sont montés
dans leur nuit et que tu distingues désormais.

Homme libre et seul,
rejoins leur trace, pose tes doigts sur le rocher,
retrouve la chaleur des mains
qui s'y sont appuyées.

13.

Nous sommes là, semés sur le col tranché
de la montagne, sous le ciel indifférent,
les yeux plissés devant le sacre de midi.

Le jour pousse son cri absurde et nous l'entendons,
et nous avons le vertige.

Nous avons gravi sans autre pourquoi
que notre désir libre, oubliant les noms et les mots
qui habillaient nos nuits.

14.

Sur l'Ailefroide nous sommes posés,
froissant nos visages dans l'aveuglement
de la lumière, sortis chancelant
sous le ciel indéchirable, muets.

Chacun le piolet d'un autre, chacun tendant
la corde de son bras, face aux feux du soleil,
nous franchissons la passe.

*Partout s'ouvrent les voiles de l'océan nu, partout les éclats
du rire céleste, l'immense et violent désir du soleil
revenu à lui, assuré du jour à venir.*

*Le ciel me regarde en face. Croiserai-je cet œil un jour encore ?
Pour un instant une couleur fauve se déverse sur la joue
des roches, puis des êtres neufs parlent en silence.*

*Sur le col je lève les yeux vers le Bleu qui couronne les rives,
les maillons étincelants des Écrins, vers le Bleu,
le front d'un dieu insensible, sa rigueur de porcelaine.*

*Mais il n'y a rien que la couleur et la gloire d'un œil
au bord de la mâchoire de la terre, canines aiguës et molaires
usées à grincer sur les glaciers, gencive noircie.*

*Pourtant, ces taches sombres sur la neige, non,
ce ne sont pas les cendres que le soleil fou dépose
sur mes pupilles, ce sont des êtres venus comme moi*

*à la surface, émergeant du brouillard glacé,
solitaires. Et déjà l'un d'eux hisse le bras, déjà
je le reconnais, sa bouche remue, que je comprends enfin.*

*Resserre-toi sur moi, montagne, encore un moment :
je suis peut-être l'interrupteur que la vie relève
dans le matin du monde. Cet œil d'or, c'est l'espoir.*

MYRIAM GAUME

BAB AL-YEMEN

Pourquoi ? Pourquoi mon corps est-il là, à la renverse dans une brouette ? Mes épaules logées à l'angle supérieur, les ébauches de mes jambes dépassant à peine l'autre bord. Ce matin, l'enfant m'a fait endosser ma veste après avoir noué la fouta autour de mes hanches. Et me voilà à mon poste de chaque jour, mendiant parmi les vendeurs de parfum, de cadenas de Dehli et de seaux en plastique d'Oman. En toute saison, sauf à l'heure de la prière, je me tiens sous le même porche, à l'entrée du bazar de Bab al-Yemen, la Porte du Yémen.

Tout à l'heure viendra le moment où l'ombre s'effacera devant le soleil qui cuit mes moignons. Cet enfant sera en retard, il aura traîné une fois encore sur le chemin de sa tâche. Il reçoit quelques riyals sur ceux que je glane. Il doit me vêtir le matin après m'avoir porté le thé, ensuite il bascule la brouette afin de m'y hisser, d'abord les épaules, ensuite le bassin d'un soubresaut sec. Il n'est pas encore très fort, et chaque secousse laisse une trace bleuâtre sur mes membres inachevés. Mes veines ne trouvent plus leur voie et bouillonnent des impatiences. Ma peau abrasée ne supporte plus le pli d'un ceinturon. Sa cisaille ne me prive pas du privilège de porter le *jambiya*. C'est l'enfant encore qui ceint autour de mon ventre l'attache du poignard d'honneur – pourquoi non ?

Ô Tout-Puissant, j'étouffe dans les parfums d'épices, mon cœur se soulève, cette position engloutit ma poitrine et je cambre à peine mes reins pour me libérer de la ferraille où logent mes omoplates. J'étais fier et redouté. Je n'ai conquis que pour ta gloire, et porté haut celle de mon peuple. Les imams me louaient, et nos chamans, quand les armées se levaient en ma seule présence. Je disais la fortune comme le bannissement des pénitents.

Mon ventre est un radeau crevé. Un gouffre que rien n'a pu habiter. Bien sûr, tu m'as laissé la prise du pouce et de l'index en guise de mains, est-ce pour mieux rappeler le souvenir des étreintes ? Combien de vierges levées par nos broches, épuisant leur parfum sous mes cavalcades ? Pourquoi attendre tes promesses célestes ? Mes bâtards par centaines me survivent, mais ne me reconnaissent pas lorsqu'ils me croisent. Pas un ne consentirait à seulement cracher à ma vue. Nous leur apprenions à tout flétrir.

Al'hamdoulillah, comme elles étaient belles, lorsqu'elles se découvraient une à une, ah, guetter leur beau geste relever leur voile et darder leurs yeux d'eau noire, dans l'attente de la prise. Jeunes pousses. Il y en avait une… Un coup de tête plus têtu que les autres. Les barbares ont rasé sa tente, pour me nuire ils ont piétiné, souillé et dispersé ce qui avait été d'elle. Son nom, qui s'échappe de ma mémoire. Mais pas ses bras qu'elle enroulait, pas ses jambes qui se croisaient sur mes flancs pour égaler nos jeux équestres. Garce, tu m'aimais ? En selle, mes tambours de guerre et ta harpe fébrile !

Nous avions obscurci les cieux de notre siècle noir. Les étoiles naissaient pour se laisser admirer par nos regards, on le disait. Nous étions les hordes. Le ciel lui-même s'offrait à notre entrée. Nous l'aurions violé, si nos verges avaient pu l'atteindre. Et le cuir de la vie est passé sur nous.

Ceux de mon clan passant la porte de sa ville, un homme avait tué sa femme pour qu'elle ne tombe pas entre nos mains. La dague, plutôt que le déshonneur. Nos boulets de canon, nos lances, nos oriflammes terrassaient les volontés. Vous nous aviez prévenus : vous nommiez cette terre le tombeau des envahisseurs. Comment aurais-je su que j'y reviendrais, purger votre rancune, là, avatar endurci de mes fautes. J'ai pris vos forteresses, et moi à la renverse, je gis dans ma brouette verte. Encore ai-je dû la payer moi-même, je refusais celle rouillée et puante que l'on me faisait respirer adolescent. On y transportait les légumes, les pierres des chantiers aussi bien, dès que je regagnais ma couche, et il en restait toujours plus de putréfaction, qui pénétrait mon vêtement, ah, même propre j'étais sale, tandis que sale, je m'étais senti toujours flambant. Fini, tout est donc fini. Ô Tout-Puissant, chasse donc cette chèvre idiote qui flaire à présent mes moignons, ils sont à moi – fiche le camp, diablesse, je pourrais t'embrocher, te saisir la barbe d'un coup de dents. Non, je ne défie que les ennemis, allez, emporte cette branche de qat qui finit de pourrir sous ma hanche et laisse-moi. Si j'avais deux pieds, mes éperons, que ne prendrais-tu pas ! Le soleil m'écrase, le vitrail d'en face renvoie dans l'œil une lueur rouge qui me brûle, une lueur bleue qui m'éblouit. Quoi, que se passe-t-il ? Les cors martelaient le pas de nos chevaux à la parade, les esclaves sous le dais quand on nous remettait les clés des cités soumises, j'y tenais. Ces notables en procession exécutés en place publique. Mes mains dictaient la pesée des péchés. Que d'oreilles tranchées, de nez jetés aux chiens.

J'ai vu ma dague au musée, elle ne ressemble plus à rien, quand bien même ses rubis, sa pierre de lune luisent encore sur son manche. Les objets ternissent lorsqu'ils ne sont plus portés par ceux qui les possédaient. La gloire seule les sertit d'éclat. Ma première vie est couchée dans les livres d'Histoire en un mausolée inconnu. Qu'est-ce que la terre héritera de moi ? Dans la roue des renaissances, la déchéance est mon lot. La brouette. Voilà mon destrier à présent !

Qui me l'a révélé ? Ce mage persan m'avait averti. Stupide, orgueilleux, j'ai ordonné le pal pour toute récompense. Démembré par quatre chevaux bais, dispersé au désert. Ne m'envoie-t-il pas ses messagers, de l'au-delà ? Ou bien s'est-il réincarné dans ce maudit neveu qui me laisse le palais desséché à l'heure la plus haute. Depuis qu'un duvet de moustache souligne sa lippe, je le sens capable de tout. Sauf de me servir.

*

Mon fruit du hasard, redeviens le fruit de mon attention acharnée, dans ce travail muet qui te fait homme à ton tour. Quand mon père m'a tenu haut devant le cercle de famille pour faire admirer son premier-né, une ligne tendue entre nos bras allait jusqu'aux étoiles.

Tu n'étais pas né lorsque le pas de ta mère passait sur le sol de la croisée ouverte. Du balcon, j'apercevais son profil, ses joues d'ivoire. Alors, nous étions innocents, authentiques. Alors, ce sont ses yeux d'amande fine que j'admirais. Ô cils battants. Ce n'est qu'au-dehors qu'elle les voilait sur l'*abaya*. Mes pommettes hautes sur ma moustache cirée avaient encore le dessin des miniatures d'Asie lointaine. Qui le voyait ? Ses paupières passaient baissées devant mon porche accoutumé, l'effrontée qui aura pitié et m'accordera un regard ne risque-t-elle pas le fouet, si un voisin parlait ? Parfois, elle envoyait un enfant déposer cent riyals sur ma couche. Elle épousa ton père. Ils te nommèrent Selim. Ainsi ma vie s'éteignit, de lambeau en lambeau.

Dans la cour intérieure de notre maison, les tourterelles et leur chant de nuit couvraient celui de la fontaine. Armé d'une badine, tu frappais les murs de pierre pour les chasser, non pour leur chant mais pour leur fiente. Ce fut ton premier office, à peine sur tes deux pieds. Les passereaux s'égaillaient tôt, avant ton réveil, depuis les branches hautes de nos citronniers. Je te contais nos déserts, nos rivages, et ensemble nous enfourchions toutes les provinces du Yémen. Tu venais entendre ta destinée. Puis il y eut la madrassa. L'étage restait alors silencieux en ton absence. À midi, ton pas pressé ramenait sang et eau dans ma vie. Ce fil de soie entre nous. Enfin, mon salut terrestre t'échut avec les soins voués à ma déambulation, une fois ma mère mise en terre.

Tu y mis tout le zèle qu'aucune filiation ne pouvait surpasser. Ces épreuves qui nous lient n'humiliaient que moi.

Ma mère. C'est elle qui mendiait auprès de moi. Elle me tenait contre son giron, mes membres inachevés surgissant du linge empesé de fleur d'oranger, et ma fine moustache lissée. En nouant la coiffe de notre lignée autour de mon front, elle défroissait le pli de nos vies. Elle m'appelait Yemeni. Fièrement. Mon père. Emporté par la guerre contre l'occupant, ce monstre aux yeux bleus.

Au reflet de la croisée, tu scrutes la ligne de tes sourcils qui se rejoignent. Ils te rappellent cet oncle en pièces. Tu te languis d'éprouver la vie. Il me reste à te convaincre d'être heureux, en devenant un homme de bien : en prenant soin de moi, tu t'engages, pas à pas, dans la certitude du paradis. C'est la raison pour laquelle je te pardonne tes manquements, la seule pour laquelle je tolère ces heures passées dans mon urine tandis que tu joues aux billes en bas sous le balcon, je t'entends, tu sais, crier les points gagnés, les points perdus, et la revanche où tu t'attardes. C'est qu'on ne mendie plus après la troisième prière du jour, je débraie, mes frères le permettent.

Je t'ai vu grandir. Chez toi, l'enfance céda d'un coup. Tes fulgurances te jetaient dehors en mauvaise compagnie. À seize ans, déjà au jeu. Tes amis musiciens et leur vacarme dans la nuit. Pour l'heure, ta perdition est encore une manne pour le foyer. Tandis que tu files jouer au palet ou viser des étourneaux dans les terrains vagues, nos voisins me voient seul, vautré dans ma brouette et sur le chemin tortueux de la mosquée, comment pourraient-ils ne pas y jeter une pincée de pièces ? Cette course incessante de chalands du bazar verse l'obole sur nous. Porter la main et le regard vers leur bourse leur donne un prétexte pour détourner le regard de ma silhouette entravée. L'aumône fait l'aumône.

Ainsi es-tu devenu soutien de famille apprécié de tes père et oncles, ainsi t'enfonces-tu sans remords dans l'oisiveté que mon parfait silence ne blesse pas. Moi, les yeux sur les lambris. Je dîne seul depuis que tu ne veux plus me porter au patio. Le courant qui t'emporte me submerge. Selim, que pourrais-je souhaiter à tes jours que je ne souhaitais pour moi-même ? Peut-être, si tes regards m'ont assez renseigné, que cette frêle silhouette qui apparaît et disparaît au pas du porche voisin fasse un jour corps avec toi. Enfant, vous avez échangé des signes d'une terrasse à l'autre. Ses frères ne veillaient pas encore sur ses mouvements. Comment la nommaient-ils ? Comment se souvenir du prénom d'une enfant, une fille qui plus est ? Lila ? Soumaya, Soraya ? L'ambre de ses mains promettait la fleur de l'âge. Le butin d'un regard envahissait les nuits sous les grenadiers. Une fois, elle avait chanté.

Ce chant rauque ranima le regard de ma mère, oui, comme se ranimait parfois la flamme absolue de l'espérance sous sa main calmant mon front, sa voix berçant une chanson qui avait voyagé parmi les peuples. *Nenni, nenni*, chantaient mes peurs. Ma mère veillait, d'un regard paisible, d'un sourire sur l'avenir. Pour moi, elle avait fiché une opale dans l'angle du mur de ma chambre, là où la lumière s'évite car elle blesse le regard, à peine recouvert de chaux. L'opale te mariera, elle est pour toi. Quand tu auras fait ta demande, je te montrerai où gratter.

Pour votre avenir, je consens encore à ces stations prolongées sous le porche de la ruelle. Le kiosquier vient parfois rouler ma brouette à l'ombre, quand le soleil finit par rejoindre le bord brûlant du métal. Il sait que tu ne t'en préoccuperas pas de sitôt. Ainsi sommes-nous pieux, dans l'entraide. Un jour, tu sauras. Mais la guerre ? La loi martiale te prendra-t-elle à nous ? Tu as atteint l'âge de la conscription à présent. La guerre s'étend, elle sépare les rues de Sanaa et les routes de part en part. Depuis la forteresse, les coups de semonce criblent la ville et lèvent les armées. Je les crains à présent, vaincu par avance.

*

Tu déposes la brouette au seuil de la mosquée, au milieu des sandales renversées, sur lesquelles il faut passer pour entendre le prêche. Irai-je au ciel ainsi mis en pièces ? te demandes-tu. Où sera ma place ? Seuls les ignorants confondent les mutilés avec les voleurs, les punis et les élus. L'imam ne te l'a-t-il pas révélé ?

Mon corps, cette concession céleste, m'affranchit de mes vies anciennes, voici le sens de celle qu'ici-bas je subis. Comprends-le, je suis ta chance. Entre la porte du paradis et toi, le parchemin de ma vie. Le tien, qu'en fais-tu à présent ? Tu disparais longuement, tu te lèves sans me souhaiter la paix du jour, à peine si tu t'adresses à moi, mais je te devine, sais-tu ? Pour la première fois, ton regard me démembre, m'écharde, me reproche ces trognons de chair qui t'asservissent plus que moi, c'est ce que tu veux croire… L'encan de ton regard flétrit ma condition. Je suis ton oncle aussi. Que tu deviennes le portrait de cet oncle déchu, quel ornement, quelle voie royale vers la rémission. Loué soit le Très-Haut.

Tu te détournes. Tu ne pries plus que dans l'antichambre. Tu avances tes pieds au bord du tapis de prière, comme un plongeur éprouve le plongeoir. Tes mains s'ouvrent en couronne, tu fais offrande et tu ploies en posture de soumission. Comme je t'envie. Serai-je privé du Ciel qui t'attend parce que jamais il ne m'a été donné de joindre ainsi les mains ? Pourtant, mon chemin tortueux n'est-il pas la soumission même ? Mes muscles s'émacient. Je perds aussi la parole, mes syllabes traînantes, tu t'impatientes à les déchiffrer. Contente-toi de dire eau, pain, pisse, semble répondre la morsure de ta voix à mon appel.

*

Une clameur parvient jusqu'à notre cour, les étourneaux s'échappent, on ne sait si les femmes de la maisonnée voisine crient de frayeur ou se lamentent. Je t'envoie en éclaireur. Le maître rentre du *hadj* et des larmes de béatitude l'accueillent, les femmes debout dans la ruelle lancent des billets et des pétales de rose sous ses pas, il avance sous la pluie des louanges, chancelant du rire aux larmes. Quatre jours durant, Hadji Emin recevra ses voisins pour semer autour de lui la bénédiction qu'il amène au foyer.

Il t'invite à la félicité. Tu lui tends la main, puis tu portes ton propre poing à ta bouche, et tu l'embrasses vivement, afin de montrer combien il t'est cher. Tu trembles à présent, tu ne sens pas les larmes rouler sur tes joues. L'accent religieux résonne en ton cœur. Tu n'es plus cet insensé des tristes maisons de jeu. Tu ne cherches plus ces parfums inconnus dont je ne connais que les mots, quand le soir la porte reste ouverte sur les divagations de mes frères, encore fous de qat au petit matin. Au salut qui s'offre, tu ouvres ta poitrine. Le tourment ne te quitte plus. L'offense et la miséricorde sont un même chemin où s'épuise la pesée des péchés. Par contrition, que ne consentirais-tu pas ?

*

C'est ma dernière vie, je l'ai vu en songe. Et Sanaa en flammes.

Aux dés. C'est aux dés qu'il a joué ma brouette. Il l'a perdue. Le nouveau propriétaire, Hassan, a envoyé son arpette la chercher. Il m'a renversé sur la natte et l'a emportée. Personne n'est venu depuis dégager mon épaule enserrée sous le poids mort de ma poitrine, que faire ? Le muezzin a appelé deux prières déjà et nul signe, je les entends en bas, rouler, pousser, crier des ordres, l'odeur du four à pain est montée jusqu'à moi, mais pas une âme n'a pensé à m'apporter seulement de l'eau. Mes trois cents riyals par jour, n'en ont-ils plus besoin ? Mon pain, qui l'apportera ? Va-t-il se marier ? Va-t-il s'engager ?

Il m'a vendu pour un pain de plastic. Le prix de ma brouette, celui de mon grabat sont à présent enroulés autour d'une ceinture de flanelle et de lin. Dire que je le croyais occupé du mariage, soucieux de sa dette, soucieux de la dot, d'assurer sa filiation. Ses noces, il s'y prépare à présent sous mes yeux. Toilette des morts, dès l'aube il s'est apprêté minutieusement après s'être levé sans un regard pour moi, et s'est rasé méticuleusement. En tunique blanche, tu noues ton turban à gestes libres autour de ton front, chaque tour de l'étoffe signe à quelle maison tu appartiens, notre lignée. Ma bouche altérée. Depuis ma natte à même la pierre, je ne peux que te suivre des yeux. Comme un plongeur, les pieds au bord du tapis de prière. Puis la prosternation. Ton pacte. L'opale de ma mère, convertie en pains de plastic, neuf kilos comme neuf lingots, un placement céleste ceint autour de tes reins. Après la prière de midi, il quittera la grande mosquée et traversera vers le bazar, il choisira un étal – épargneras-tu l'ami de ton père et son échoppe de livres pieux, puis tu actionneras la charge ajustée à ta ceinture. Elle fera seize victimes et la désolation de leurs foyers. De toi, mon fruit du désir, mon chérubin, mon chenapan, mon bâton de vieillesse, on ne retrouvera que les deux jambes et une main. L'autre, les chiens l'emporteront, désossée par le plastic – ô, que ne me l'as-tu léguée. Derrière le heurtoir du portail, une horde aboie toute la nuit, ils ont retrouvé sa trace. La fenêtre du balcon est restée battante. Une milice se rassemble, dans un cliquetis de fusils, de bâtons, de sabots, elle piétine au seuil de la cour. Parmi les voix qui s'accordent, je reconnais celui qui t'avait promis sa fille aux yeux de jais. J'entends dire qu'au petit jour, notre maison sera incendiée. *Inch'allah !*

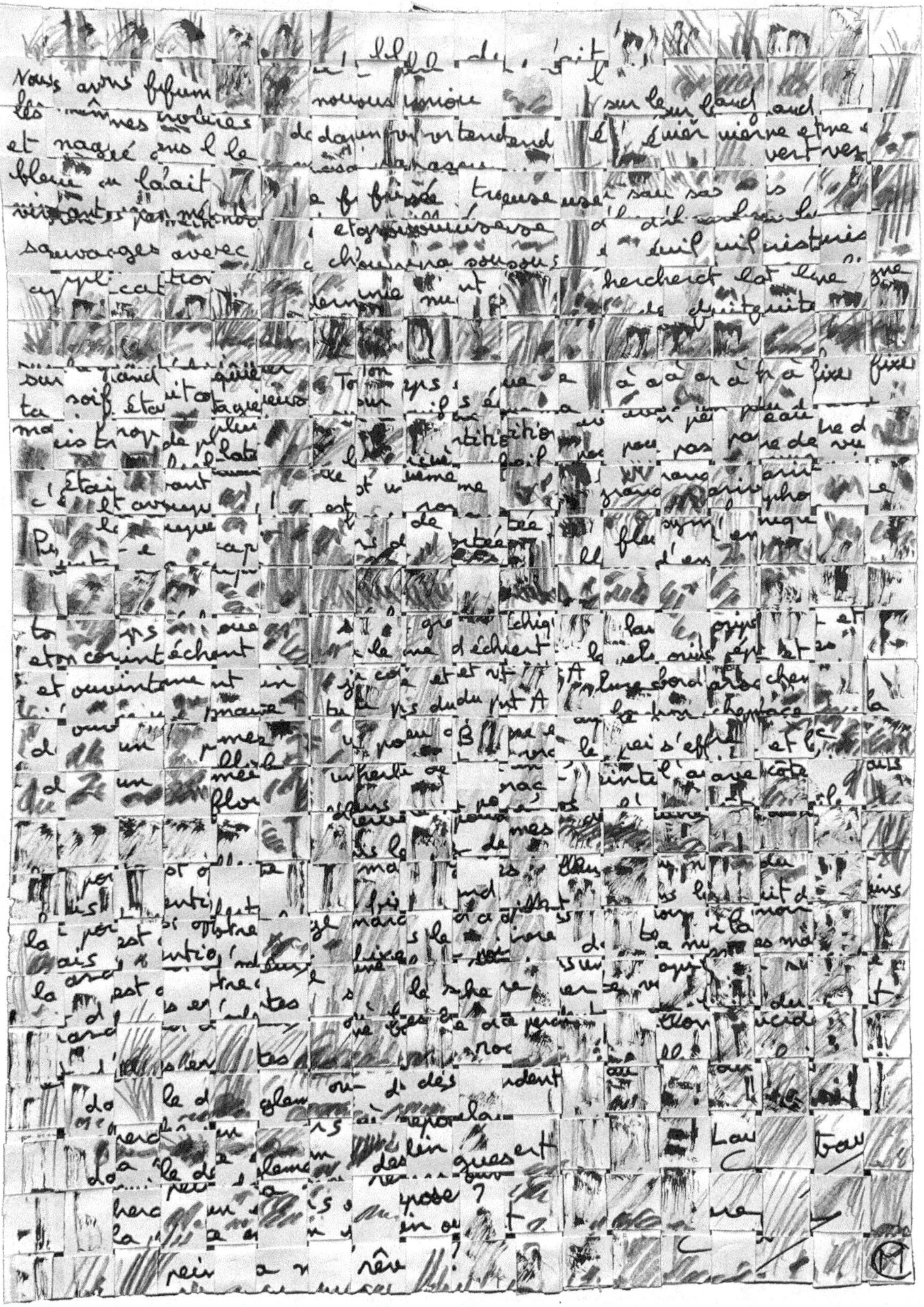

DESSINS DE **MIREILLE CAMBAU**

TEXTE DE **LAURE CAMBAU**

Le bleu du lait

Nous avons fumé les mêmes arbres
et nagé dans le bleu du lait
vivants par méthode
sauvages avec application

nous dormions dans un vrac tendre
mais pas trop
une fricassée joyeuse et grouilleuse
chaloupant sous les derniers nuages

sur le grand échiquier jaune et vert
tu sautais d'heure en heure
écureuil futuriste
cherchant la ligne de fuite

sur le grand échiquier
ta soif était contagieuse
mais trop de pluie frelatée
c'était avant la coupure !

Punto e a capo

Ton corps échoue
sur le gril de ma partition
le troisième œil est une ronde hors de portée

Mireille Cambau, *Le bleu du lait*, 2022-2023. Photo © Marc Anselmi.

à avaler à heure fixe
avec un peu d'eau
pour ne pas perdre de vue
le grand charivari symphonique
fleur d'ennui

ton corps échoue
et maintenant
j'ouvre une main plate
dans un sommeil flou

sur le grand échiquier jaune et vert
tu cours du point A au point B
un peu de terre en vrac
l'herbe a poussé
dans le nez de vos armes

laisse oripeaux et pelures éparses
au bord du chemin
le son s'efface et la peinture avec
de l'autre côté des rails

la porte est offerte
mais attention
la clé est à votre charge
marchand d'odeurs et d'âmes errantes

marchand d'ailleurs
fixe un point sans le suivre
une bouche dans un rocher
où les dés se perdent

au noir du noir
dans la nuit des mains

Mireille Cambau, *Le dérèglement des algues*, 2022-2023. Photo © Marc Anselmi.

te voilà
papillon suicidé
au bleu du lait

dans le dérèglement des algues
cherche un envers où reposer
la suite est un jardin ouvert
qui peindra nos rêves ?

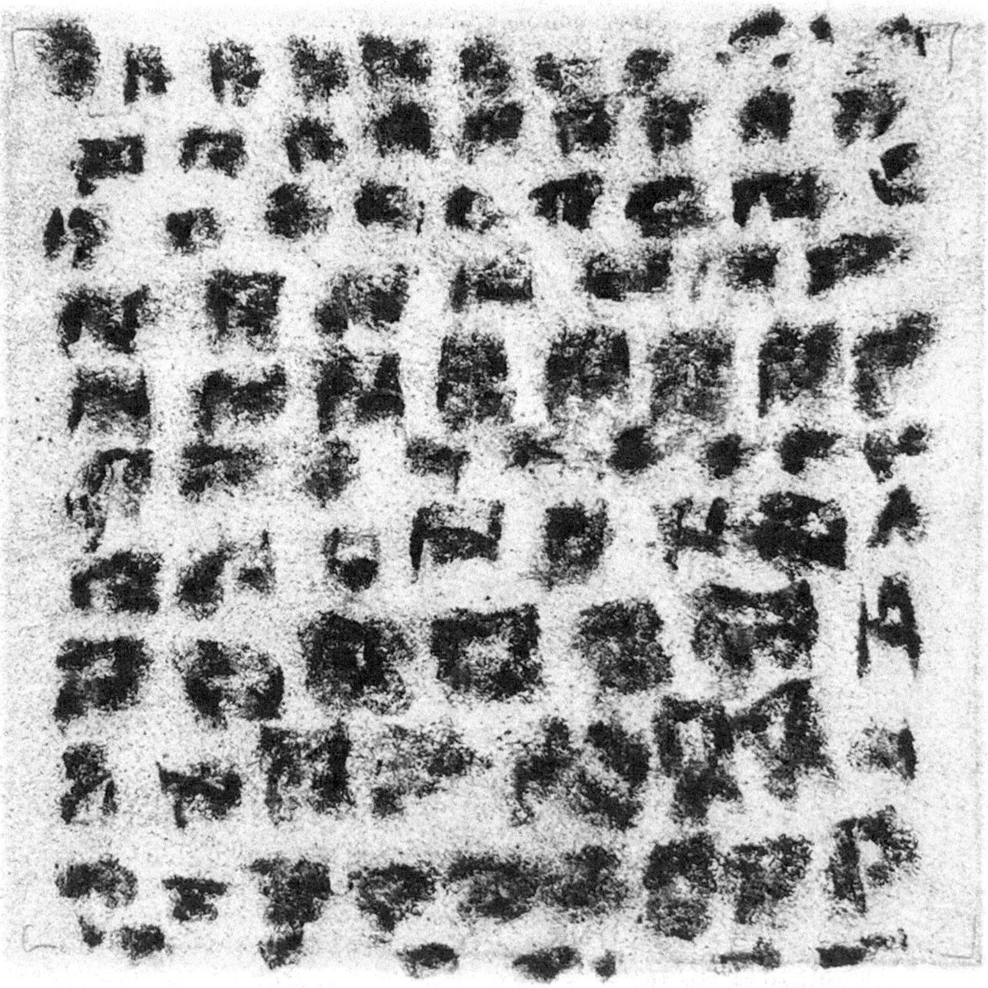

Mireille Cambau, *Le grand échiquier*, 2022-2023. Photo © Marc Anselmi.

Algérie, la nuit des poètes assassinés

Jean Sénac, Youcef Sebti, Tahar Djaout, Lounès Matoub

Dossier coordonné par Yahia Belaskri

Sur un bout de papier
j'insulte le ministère public
le tribunal
pour l'enfant que jamais il ne vous sera donné
de tuer

BARBARA SADOWSKA

C'est ainsi qu'est nommé ce jour funeste du 12 août 1952 quand le collège militaire de la cour suprême de l'URSS condamne à mort et fait exécuter treize intellectuels juifs membres du comité antifasciste juif. Parmi eux, les poètes Benjamin Zuskin, Boris Shimeliovich, David Bergelson, David Hofstein, Itzik Fefer, Leib Kvitko, Peretz Markish, Solomon Lozovski. Leur mort fut un coup mortel porté à la culture yiddish.
Cette nuit dure depuis longtemps car les dictatures et les régimes autoritaires n'ignorent pas le pouvoir des poètes, vigies de leur société ainsi que les nommait Jean Sénac. Parce que, nous dit Kateb Yacine, le poète « est au sein de la perturbation, l'éternel perturbateur. Le poète, c'est la révolution à l'état nu, le mouvement même de la vie dans une incessante explosion ».
De tout temps et sous tous les cieux, les poètes sont une cible privilégiée pour les tenants du pouvoir, d'une orthodoxie, qu'elle soit religieuse ou politique. Persécutés, censurés, exilés, emprisonnés, assassinés, les poètes sont à l'avant-garde de l'explosion poétique et politique. La liste est longue de celles et ceux qui sont morts d'épuisement dans les geôles et d'autres éliminés physiquement. Au Xe siècle déjà, le poète persan Al Hallaj est condamné à mort et crucifié à Bagdad.
Plus proche de nous, le 19 août 1936, le poète Federico García Lorca est assassiné par le régime fasciste de Franco.
Partout les poètes périssent. En Haïti, en juin 2020, la poétesse Farah-Martine Lhérisson est assassinée à Pétion-Ville. À Chora en Afghanistan, en août 2021, le poète et historien Abdullah Atefi est assassiné.
Nous avons consacré ce dossier à quatre poètes algériens assassinés, figures majeures qui expriment la résistance au pouvoir, politique ou religieux, leur combat pour les libertés. Un hommage à toutes les poétesses et tous les poètes tombés sous les balles ou les couteaux de l'obscurantisme.

Y. B.

YAHIA BELASKRI

Jean Sénac, l'écharde

Je suis de ce pays. Je suis né arabe, espagnol, berbère, juif, français. Je suis né mozabite et bâtisseur de minarets.

JEAN SÉNAC, *Ébauche du père*

La nuit du 29 au 30 août 1973, le poète est assassiné chez lui, à Alger, 2 rue Élisée Reclus, qu'il appelait la cave-vigie. Le mobile du crime n'était ni affaire de mœurs ni politique, a-t-on dit. Saura-t-on un jour ? Lui savait : *« L'heure est venue pour vous de m'abattre, de tuer / en moi votre propre liberté. »*

Jean Sénac, né à Béni Saf (en Oranie) d'une mère espagnole et de père inconnu – il s'en inventera des pères ! –, s'est lancé à corps perdu dans son Algérie qu'il aimait passionnément. Membre du FLN durant la guerre de libération algérienne, il a chanté la révolution, le peuple, la patrie, sa patrie. Poète, militant révolutionnaire, dénicheur de talents, il a été secrétaire général de l'Union des écrivains algériens jusqu'en avril 1967. Il a animé une émission de poésie sur la radio algérienne, *Le Poète dans la cité* qui deviendra plus tard *Poésie sur tous les fronts*. Le poète Ghaouti Faraoun qui a travaillé avec lui, raconte : « Nous recevions quelques cinq cents lettres, poèmes, par semaine, c'était inouï, on ne peut pas imaginer actuellement qu'une émission de poésie distance, et de loin, les feuilletons, les matchs de football. On était écouté dans toutes les provinces. »

Je faisais partie des auditeurs de cette émission au début des années 1970. À l'heure de la diffusion, j'étais collé au transistor, les poèmes fusaient, le monde s'éclairait. Comme tant d'autres, cela ne m'a pas empêché, lors d'une rencontre à l'université d'Oran, de le traiter de suppôt du pouvoir de Boumediene. Il avait écrit : *« Tu es belle comme un comité de gestion. »* Plus tard, mon ami Ghaouti Faraoun m'a entretenu à propos de ce malentendu. Ce vers prononcé par Sénac le fut en compagnie de Che Guevara, dans un bar d'Alger. Le révolutionnaire cubain fumait un cigare qu'il a posé sur le comptoir. Le garçon de café intervient : « Monsieur, votre cigare brûle la table » ; Jean Sénac interpelle le serveur « mais c'est Che Guevara ! » Le garçon répond : « Que ce soit Che Guevara ou le pape, nous, ici, c'est un comité de gestion, il faut qu'on fasse attention au matériel. » C'est là que Jean Sénac a commis ce vers, *« tu es belle comme un comité de gestion »*. Grossier malentendu. Il y en a eu tant. Entre-temps, le poète est mort, cruellement, à 47 ans. Il brûlait pour l'Algérie, elle l'a anéanti.

Jean Sénac était lucide quant à sa place dans l'Algérie algérienne : aucune. Il le disait, l'écrivait : *« Maudit trahi traqué / [...] je suis sur vos langues l'écharde / et la tumeur à vos talons. »* Il a toujours été le *gaouri* (le Français), chrétien, poète et homosexuel, celui qui dérange. Autant d'handicaps dans une société qui se définissait comme arabo-musulmane. Pourtant, il a donné tant et tant au combat pour l'indépendance de l'Algérie, son pays. Dans l'Algérie indépendante, il a œuvré sans relâche pour la promotion de la culture algérienne, notamment la poésie et la peinture. Il rayonnait, intervenait ici et là pour dire les espoirs des Algériens, leurs difficultés, l'impasse du pouvoir bureaucratique.

Il ne se plaignait pas du sort qui lui était fait, même lorsque certains l'insultaient et le frappaient : *« Je n'étais pas né pour ces plaintes ni pour que / la rose se brise à mon chant / L'éclat du jour je le portais au poing / faucon nubile de mes rêves. »* Il a porté le chant, révolutionnaire d'abord, celui de l'amour ensuite : *« Et maintenant nous chanterons l'amour. Car il n'y a pas de Révolution sans Amour. Il n'y a pas de matin sans sourire. La beauté sur nos lèvres est un fruit continu. »*

Quand il publie *Anthologie de la nouvelle poésie algérienne de langue française*, il révèle une génération entière de poètes d'exception : Tahar Djaout, Youcef Sebti, tous deux assassinés vingt ans plus tard à Alger, Hamid Skif, Abdelhamid Laghouati, Hamid Nacer-Khodja et bien d'autres.

Le poète Brahim Hadj Slimane l'affirme : « On peut tuer un poète, on ne peut éteindre les braises de sa poésie. » Les braises fument encore et l'ombre du poète hante ma génération. Lucide jusqu'au plus profond de son cœur, de son corps, il avait compris : *« J'ai vu ce pays se défaire avant même de s'être fait. [...] J'ai vu la joie, l'honneur, la beauté n'être plus qu'un masque délavé sur la plus lamentable racaille. »* Rejeté, marginalisé après le coup d'État de 1965, il voit la dérive s'annoncer. Il écrira un texte, *Le Mythe du sperme-Méditerranée*, qu'il n'a pas voulu publier de son vivant : *« Tout est foutu / les comités de gestion, le rire, nos érections... / Il nous reste la mort pour mettre debout une vie / Même secouée de breloques / Qu'elle était belle la révolution en chaleur. »*

Poète algérien sans nationalité algérienne. À l'indépendance, il lui a été signifié d'établir une demande. À celui qui tenait ces propos, Sénac répond : « L'as-tu demandée toi ? » Poète de la révolution et de l'amour, il se savait au bout de son poème : *« Ils me tueront ou bien ils me feront assassiner. Ils feront croire que c'est une affaire de mœurs. Mais je ne quitterai jamais en lâche ce pays où j'ai tant donné de moi-même. Ils feront de moi un nouveau García Lorca. »* Défait, isolé – peu l'ont soutenu, hormis quelques poètes et artistes, notamment Hamid Nacer-Khodja et Denis Martinez –, il ne continuait pas moins d'écrire : *« Cette nuit, dans ma minuscule cave, après avoir franchi les ordures, les rats, les quolibets et les ténèbres humides à la lueur d'une bougie, dix ans après l'indépendance, interdit d'une vie au milieu de mon peuple, écrire. »*

Et il signait Yahia El Wahrani (Jean l'Oranais) suivi d'un soleil à cinq branches. Cette nuit du 29 au 30 août 1973, à Alger, 2 rue Élisée Reclus, le soleil a été assassiné. Son ombre plane « comme un parfum compromettant qui colle à la peau ; ou une tache indélébile », disait mon ami Brahim Hadj Slimane. Oui, nous avons une dette envers Yahia El Wahrani, merveilleux enfant de l'Algérie.

GUY DUGAS

Jean Sénac, de la violence et de la mort

Toute sa vie, Jean Sénac, pris très tôt aux rets de la poésie puis lancé presque malgré lui – je veux dire au rebours de sa naissance, de son éducation, de ses convictions d'adolescent –, éprouva l'omni-conscience de l'imminence de la mort[1] : la sienne d'abord, le plus souvent pres-

1. Ce terme et ses substituts reviennent plus de 150 fois dans son *Journal intime* à paraître aux Éditions du Seuil et El Kalima : « J'ai entrepris une aventure qui ne peut déboucher que sur la folie, la mort ou la liberté » (nuit du 30 septembre au 1er octobre 1960).

sentie sous l'angle de la violence – suicide ou assassinat –, mais également celles des martyrs de l'Histoire.

C'est d'abord, au jour anniversaire de la mort de Max Jacob au camp d'internement de Drancy, cette requête d'un jeune poète de vingt ans.

Requête que fit Pauvre Lélian au Bon Dieu le 5 mars 1945[1],
jour anniversaire de l'entrée de Max Jacob au purgatoire

Mon Dieu, de mon lent purgatoire
où je partage Ta Bonté
avec Max de Montmartre et voire
avec mon Villon tant cherché,
mon Dieu, de mon lent purgatoire,
j'essaie des rimes sans péché.
Si laid, si noirement gueux, pauvre
Job – et sans espoir, moi ! –
mon Dieu je Te chante et m'approche
de Ton cœur ouvert sur la Croix.
Si laid, si noirement gueux, pauvre
Et confiant plus qu'autrefois.
Max offre en fruits de pénitence
des lustres d'amour et de vœux :
Max est riche en cela je pense,
en maillot rose et crâne bleu
il s'offre en fruit de pénitence.
Mon Dieu, je n'ai pu faire mieux.
Et pourtant je T'aimais quand même
autant que Max – ou presque autant.
Tel qu'en prison jadis, je T'aime,
mon Jésus, bohème souffrant…
Et tu sais, je T'aimais quand même
autant que Max dans son couvent.
Je n'ai jamais chanté matines,
je ne suis pas mort enchaîné,
mais j'ai senti dans ma poitrine
la Foi mordre et l'Espoir râler.
Je n'ai jamais chanté matines
– martyr ne l'ai-je pas été ?
Mon Dieu, mon Dieu ce purgatoire,
et Max avec ses yeux de saint !
Et seul avec ma triste histoire,
mon front honteux, mon air malsain !
Mon Dieu, mon Dieu ce purgatoire,
quel jour me tendras-tu la main ?
Max ouvrira d'abord la marche
et j'irai derrière, contrit,
joyeux des candeurs de ton Arche
et poète en ton Paradis.
Max ouvrira d'abord la marche
je suis plus vieux (mais ça, tant pis !).
Je ne suis point jaloux, mon Maître
de Max : nous sommes bons amis,
mais, Juste, vous auriez dû mettre
sur un même plan nos soucis…
Je ne suis point jaloux, ô Maître
et j'attends mon ciel avec lui.
Max peindra madame la Mère
du Sauveur en gouaches d'argent,
moi je chanterai Sa Lumière
et Sa Tendresse tendrement.
Max peindra madame la Mère
de Vous, mon Dieu, de Vous-Enfant.
C'est à qui mettra plus de zèle
dans la sainte Communion,
à qui battra le mieux des ailes
au jour des Résurrections,
c'est à qui mettra plus de zèle
dans la commune édition.
Ah ! mon Dieu, merci pour l'attente
de ces heures d'amour vibrant,
merci pour la douleur latente
de Max, ce brave juif errant.
Ah ! mon Dieu, merci pour l'attente
de nos rêves d'enfants tremblants.

18 février 1954 : prémonition des violences à venir, le poète-prophète songe à son frère assassiné, Federico García Lorca dont on dit déjà que sa poésie est si proche :

1. Poème publié dans *Afrique*, octobre 1946..

Ils ont tué Federico[1]

Federico du bout du monde,
je t'ai porté comme un fuseau.
Ta laine bleue coupe les veines,
Mon sang dessous ma voix siffle
comme un oiseau.
Mais je suis d'une terre aride
où les poètes sont frappés
le rire d'une motte d'argile
qu'on nous enfonce dans les yeux
le voilà le présent des voisins
dans ce pays de pierre où l'on ferme le pain.
Car ils sont tous pareils, hommes de peu d'espace
mais toi, Federico,
tu connaissais le ciel les élytres du feu brillant de salive
et sur la peau la liturgie des coquillages.
Nous sommes loin maintenant
mais je te porte, je suis gros
de toi, de ta peine et de ta joie
doux visage, douce cicatrice,
sans elle par où passerait la mort ?

Puis vient le temps de la lutte et des engagements : durant les guerres, hélas, le poète est le plus souvent celui qui, triste et démuni, *« marche à tâtons parmi les villages vivants mais dont le nom est celui de [s]es morts »*. Avec difficulté, parfois contre les siens (Ah, Camus aux reproches cinglants, que de mal vous lui fîtes !), il faut apprendre à se dépouiller des oripeaux du passé pour construire un monde enfin habitable.

« Deux pants [sic] de moi – d'un côté l'ombre et le passé, de l'autre les matériaux pour la saison future. Oran ! Oran ! tandis que le sang coule... Mauriac m'écrivait naguère : "Je parle, j'écris, et vous vous agissez." Quelle dérision ! Ce livre. Et vous, face à l'angoisse, à la mort, à la balle. Le couvre-feu ! Mère Algérie, cette unité que tu accouches au fer[2] *! »*

Mais lui, tourné vers le futur, sait que déjà « l'été creuse la roche » d'où rejaillira « l'eau neuve » :

Tombeaux[3]
Les idées triées dans le corps séjournent
Combats ratés quelle impudence
de dresser des mausolées
à des morts aussi vifs.
Que l'homme prenne un canif
et durement réduise
ce ~~peuple~~ charroi d'insoumis
qui dans son cœur aiguisent
des remords.
Ariane au fleuve tabulaire
descend avec de vieilles barques
avec nos meilleurs printemps
qu'importe puisque l'été
creuse la roche
~~les morts et que bientôt l'épisode~~
et quand la roche est percée
l'eau ~~nouvelle~~ neuve est proche.

Quand la folie, le terrorisme aveugle prennent le dessus, *« comment faire entendre raison à des gens littéralement irresponsables, pathologiquement fous ? C'est une chose affreuse. Et nous pataugeons là-dedans. Il faut – et c'est la seule issue – que le FLN gagne vite, très vite. Sinon... Nous avons l'exemple horrible du Congo, Tshombé, le Katanga. Et nous savons bien, là aussi, que seul finalement, Lumumba malgré sa mort, peut triompher*[4]. »

Alors, même en exil et éloigné de ses frères combattants, le poète doit faire violence à son égocentrisme, surmonter ses distractions, négliger les passions contingentes afin de mobiliser autour de lui. Ainsi cet appel au peuple de Paris, étonnamment non intégré au très connu et très beau poème de combat, *Matinale de mon peuple* :

1. *Journal intime*, « 18 juillet 1954 ».
2. *Journal intime*, « Châtillon-en-Diois, 10 décembre 1960 ».
3. *Ibid.*, « Cité Ben Aknoun, 11 septembre 1954 ».
4. *Journal intime*, « Châtillon, 3 décembre 1961 ».

Supplément de dernière heure à Matinale de mon peuple[1]

Amoureux de Paris, révoltez-vous !
La Seine et le Palais des Sports, les caves et les cours,
c'est fait pour qu'on y danse au bout de la semaine,
non pour les cris de mort mais pour les mots d'amour.
Amoureux de Paris, il faut la prendre en charge,
cette paix qu'on mutile et la garder toujours
au creux de votre cœur et lui donner le large
et que la France en elle invente un autre jour.
Amoureux de Paris, on a souillé vos faces,
on a brisé vos chants d'espoir, on vous efface,
un sinistre silence étouffe vos refrains.
Amoureux de Paris, il faut reprendre en main
ce qu'on vous a volé : l'honneur
et ces doux mots qui font qu'on dit « la France ! »
je vous les crie ce soir et je suis Algérien !

Après le temps de la victoire, du peuple, « citoyens de beauté », enfin rendu à lui-même, le temps de la reconstruction, des comités de gestion et du reboisement – le temps illusoire de la mort dépassée, ou pour le moins justifiée…

Chanson du reboisement[2]

Mon enfant n'est pas mort mes sœurs !
Il travaille dans la terre
et l'arbre que je vais planter
portera les couleurs de son espérance.
Nos frères ne sont pas morts,
ils travaillent dans la terre
et les arbres que nous plantons
porteront les couleurs de leur espérance !
À chaque héros son arbre !
Oh quelles forêts vont naître !
Saluons le printemps, mes sœurs.

… viendra bientôt le temps du désenchantement : démission de l'Union des écrivains algériens où le poète croyait avoir trouvé sa famille de cœur, puis licenciement de la radio, tracasseries administratives et policières ; *« citoyens de beauté »* soudain mués en *« citoyens de laideurs »* : *« Ici fut un peuple / là meurent courage et conscience [...] / Ben M'Hidi n'est pas mort pour cela / Djamila Bouhired n'a pas été torturée pour cela. »*

Alors réapparaît la mort, plus arrogante et déterminée que jamais, qui commence par faucher ceux que le poète, lui qui *« ne sait rien de la mort des hommes*[3] », compte parmi ses amis les plus

---

1. Ce supplément inédit figure dans le *Journal intime*, « Châtillon, 29 octobre 1961 », alors que l'achevé d'imprimer de *Matinale de mon peuple* (Subervie) est du 25 novembre.
2. *Journal intime*, « 19 avril 1963 ».
3. Voir « Nicolas de Staël », poème composé dans l'émotion de la mort du peintre, repris dans *Œuvres poétiques*, Actes Sud, 2019, p. 203-204.

chers : la poétesse Anna Gréki, le peintre Diaz-Ojeda... Puis qui vient hanter le poète lui-même, qui songe au suicide : *« Ceux qui se tuent se tuent dans le silence / comme un petit enfant qui fronce les paupières / et s'en va*[1]. »

Avec le temps cependant, le poète a appris qu'il ne faut jamais provoquer la mort. Quand on sait qu'elle est là, qu'elle guette dans l'embrasure de la porte, il faut la laisser entrer, sous quelque forme qu'elle apparaisse, l'accueillir en hôte bien élevé, avec déférence et humour :

Quand vous viendrez Madame Mort
il faudra enlever ce mors
qui reste
et porter à Monsieur Jésus
ce qui reste de tout mon jus,
un zeste.
Le mot pour ne pas renoncer
que je laisse à tous mes aimés
si lestes.
Jaune éclatant comme mon cœur
le soleil le citron la peur
la peste[2].

Le 1er septembre 1973 – il y aura bientôt 50 ans –, Jean Sénac est retrouvé assassiné dans sa cave-vigie. Qu'importent aujourd'hui les conditions et le mobile du crime ; il n'avait que 47 ans et tant de choses encore à écrire.

DELPHINE DURAND

Youcef Sebti ou l'espérance désespérée

Rien ne peut résister à la furie de ma course parmi les étoiles.

WILLIAM BLAKE

Le 27 décembre 1993, lardé de coups de couteau, égorgé, un homme s'effondre. Sur le mur de la chambre, le *Tres de mayo* de Goya. Un peloton d'exécution, un geste de révolte dans la nuit. L'écho d'un cri déchirant, autistique. La toile de Goya est cette horreur de l'inconnu *suspendu*, la sensation du présage, la projection agonique de ce qui fut pour donner à l'être une raison et un sens. Même si cette raison est la douleur. Le mouvement de toute vie va vers ce feu. Ce cri de transi est la seule réponse possible. L'homme qui rit est celui qui se souvient que la mort sera.

Comme Laocoon enroulé dans les serpents de l'angoisse, ou bien Michel-Ange se représentant en saint Barthélemy portant sa peau d'écorché, Youcef Sebti s'est débattu dans la cage des aliénations et des supplices. Dans l'ef-

1. *Ibid.*
2. *Journal intime*, « Reclus, 24 mai 1973 ». Poème repris sous le titre « Lettre pour elle » dans le numéro d'*Awal*, n° 10, 1993, spécial *Jean Sénac*.

froi d'une Algérie en lambeaux. L'art a apprivoisé tous les êtres du monde visible et invisible, et même les chiens selon le mot de Rimbaud. Il n'a pas domestiqué l'horreur des guerres. Il y a d'abord la folie qui subsume, et l'écriture torrentielle luttant de vitesse avec un rêve de calcination. Une même tragédie emporte l'homme et son verbe. Jean Sénac reconnaît en lui « l'audace de la poésie, sa plus lumineuse démence ». Somnambule de l'enfer, Youcef Sebti affronte l'insoutenable : *« L'enfer demeure / et les insurgés / ont pour destinée la folie. »* Ainsi que l'a explicité Hannah Arendt, la folie est politique au sens du refus qui la constitue comme telle. La folie est poétique au sens de sa singularité radicale. Le poète aliéné, broyé par la guerre, est ce cri sans réponse. Révolte absolue où doit se mettre en œuvre le grand poème de la perte. L'oiseau rencontre son chant au plus profond de la nuit : Hölderlin, Blake, Artaud, Christopher Smart, John Clare, Strindberg ou Fernando Nannetti. Au sommet des signes du néant. Parvenu là, sur cette pointe effilée il projette en l'air sa poésie. Elle explose comme une grenade dans une ordalie de sang.

« Colonisé, abâtardi / Je ne suis qu'une négation. » Pris dans les tenailles de l'humiliation, de l'exil, il en appelle à la colère, à la haine, à la vengeance. Au nom de la Palestine, cette *« orchidée impuissante »*, du Vietnam napalmisé, de l'Algérie ravagée. Chez Sebti, les cauchemars sauvages pleins de panique et de fureur se mêlent jusqu'à l'extrême substance du possible. Descente en spirale à la recherche du centre le plus brûlant. *« Dépravé, à jamais maudit / Je suis le déchet des passions. »* Sa folie lui sert de miroir, de mère, de piège, de métaphore. Son unique recueil publié, *L'Enfer et la Folie* (1962-1966), est une sorte de Guernica du poème qui brasse les corps mutilés dans une aspiration éperdue au néant. Avec cette faculté de vivre le tragique jusqu'à l'absolu, sans restriction et sans mesure. Les êtres, les éléments se déchirent, les arbres s'arrachent du sol, les femmes brûlent comme des torches. L'enfer. Qu'on se rappelle le *Fihrist* de Ibn al-Nadim, la terre des ténèbres. Et cette guerre dont Sebti a subi le déchirement dans une absurde, monstrueuse et folle apocalypse : *« Je suis né dans l'enfer / J'ai vécu dans l'enfer et l'enfer est né en moi »* ; la déraison et la mort y échangent leurs haillons. Il est le légitime habitant d'un monde où la raison a perdu la raison. Son regard est halluciné, violent, possédé. De son enfance de berger parmi les terres arides et pierreuses, il garde la sécheresse du verbe, cette âme consumée au désert qui est pour Camus « le dieu suprême du monde ». Rien n'échappe à la loi dévastatrice de l'érosion, fors le roc immuable de l'Algérie. Tragique et sublime lumière.

Il s'arc-boute à la cicatrice originelle, *« bâtard / défiguré / colonisé »*. Sa parole brûle la langue, embrase le corps, lapide, flagelle, insulte, *« crache, crie, fouille dans le ventre de la terre »*. Il déchire le vêtement de chair, il s'abîme dans l'abjection, il montre les tortures, les femmes séquestrées, violées par les banderilles à feu des mariages forcés. Sa poésie est d'une force foudroyante. Seule arme opposée au ciel d'enfer. Le poète est un rescapé prodigieux rugissant les blasphèmes : *« Révolté contre toi-même néo-colonisé / Révolté contre ton père qui perpétue le malheur / Révolté contre ta mère qui t'a prêté le jour. »* L'insoumission le possède. À scruter l'enfer, le témoin immémorial restaure le *je* interdit par la colonisation. C'est la mort elle-même qui est transformée. Le chaos est le lieu d'où ressurgit la vie. Parce que, au cœur même de la douleur sans espoir, la lumière revenue tisse une éternelle aurore.

Né en 1943 à El-Milia, dans le nord constantinois, Youcef Sebti meurt assassiné par le terrorisme islamiste dans sa cinquantième année.

Une lumière dont l'humanité ne saurait se passer.

YOUCEF SEBTI

L'Enfer et la Folie

Je ne cherche que toi
Je n'aime que ta ligne courbe
Je n'envie que ton regard
toujours veilleur
Je n'embrasse que tes
lèvres trop sèches
je ne poursuis que ta démarche
toi et pas une autre
toi qui délivres
toi seule compagne possible
je t'aime ô
vérité ! Vérité !
Nue comme une femme
vérité !
Tu sors de la tombe
je te vois
des plis de tes habits
chasser la poussière
Vérité !
Papillon qui s'attarde sur les inules
visqueuses
oiseau qui nous réveille un matin
de printemps
Vérité !
Lait enfermé dans les mamelles.
Je mors ces tétines dans l'hiver
rose et blanc.
Vérité !
Eau que les pompes vomissent
pétrole que les derricks soutirent
salive que les amants avalent.
Vérité, vérité t'épouser…
Je t'avale
grosse arête de poisson.
Dans ma gorge
(urine fermentée)
dans ce sahara qu'est ma vie
je te tire
long suc accroché
dans ma gorge
je te subis
marteau aux coups ininterrompus
Dans mes reins
Je te porte
Tu scies
mes entrailles
tu sectionnes mes côtes – ces branches mortes
pelote de laine rugueuse
suspendue à mes poumons
tu es l'injustice
dont le tranchant…
Justice, justice
gibier rusé
rose que l'on dérobe

amour que l'on vole
optimisme que l'on noie
récolte que l'on fertilise
justice…
Il y a un cruel vide
un vide pareil à un
abîme
un abîme tout noir
un noir si profond que je ne
puis m'approcher du bord
un bord qui risque de céder
sous le poids de mon
léger corps
un corps si
un léger corps que
je supporte difficilement
difficile est la façon
de vivre
dans ce monde trop
étroit pour loger
la vérité

*

Révolté contre ce foyer fêlé
Révolté contre toi-même néo-colonisé
Révolté contre ton père qui perpétue le mal-
heur
Révolté contre ton enfance de berger.
Incapable d'amour
Incapable de tendresse

Incapable de douceur
Gauche
vil
sans attache
tu es révolté
Révolté contre ta haine
Révolté contre la bestialité que tu as gardée
Révolté contre le destin qui t'a hanté
Révolté, car tu ne sais pas lire
Révolté par l'injustice qui t'a traqué
Révolté contre ce ventre
que tu presses de tes mains calleuses
Révolté contre dieu
qui s'obstine dans le silence
Révolté contre la tête qui tourne
Révolté contre la salive qui coule
Révolté contre les gros-culs
Révolté contre les bureaucrates
Révolté contre l'absurde
Révolté contre le sordide
Révolté contre notre misère
Révolté contre la nuit
qui ne veut pas s'en aller
Révolté contre le jour
qui tarde à venir
Révolté contre l'espoir
qui s'échappe
camarade
ayons foi
en l'avenir

Extraits de *L'Enfer et la Folie*, Bouchène, 2003.

Espérance désespérée

À Henry Miller,
pour une juste et belle violence.

Une mosquée prétend percer le ciel. Un minaret enfonce les prières dans la terre. L'imam acquiesce sous l'aveu du censeur. Une usine désintègre les illusions. Une mosquée investit à très, très, très long terme.

*

Le cache-nez malodorant, la girouette en inflation, la commune en émoi, la vulgaire aristocratie ; le revoilà titubant au centre de l'indécence.

Le vol a situé son campement dans notre désert. Le mensonge a d'un coup de bec élevé une muraille tout autour de nos mythes. Ô vie absolument impossible, comment se fait-il qu'ils aient remplacé les COLONS ?

*

Et pourquoi voulez-vous qu'on se taise
Pourquoi voulez-vous qu'on ne réplique point
Pourquoi voulez-vous qu'on ne rende pas les coups
Pourquoi voulez-vous qu'on ne vous crache pas à la gueule
Pourquoi voulez- vous qu'on ne soit pas vos Assassins
– Ô truands des bas-fonds vous seuls êtes mes frères.

*

On a cousu ses lèvres avec une grosse aiguille
On a coupé sa langue avec une hache
On a crevé ses yeux avec des tisonniers
On a empilé des pieux dans ses oreilles
On a étalé le plomb là ou émergeait sa sensibilité
Et il a vécu longtemps ainsi avec
Une Espérance désespérée

Extrait de *Poésie 1*, « Anthologie de la nouvelle poésie algérienne » par Jean Sénac, 1971.

AREZKI METREF

Tahar Djaout
Ce mercredi 26 mai 1993, jour dans la vie d'un survivant

Tahar Djaout et moi avions le même bureau à *Ruptures* que nous avions fondé cinq mois auparavant. Le jour où ce coup de fil fatal m'apprit qu'il venait d'être l'objet d'un attentat fut un jour d'apocalypse. Notre vie changea. Je m'adresse ici en partie à Tahar présent, puis à Tahar absent.

La veille, tu avais prévenu que tu arriverais au journal un peu plus tard que d'habitude. Moi, par contre, je suis arrivé plus tôt. Avant de me rendre au journal, rue du 19 Mai, au centre d'Alger, je suis passé chez le kiosquier, rue Pasteur, afin de prendre les quotidiens. Je les ai ouverts dans le bureau que je partageais avec toi. Nous nous y étions installés cinq mois plus tôt. Tu m'avais demandé de choisir la table. Cela m'était égal. Tu avais pris la plus petite. C'était le seul bureau rangé de toute la rédaction. Quelques semaines plus tôt, Sid-Ali, le photographe, était venu te mitrailler de son appareil comme s'il avait senti le besoin de t'immortaliser.

J'ai emprunté le couloir sombre de cet appartement exigu qui nous servait de siège. Dans la pièce où était installée la photocomposition, seule cette dame discrète de l'équipe d'Hassan était sur son clavier. Le journal était sorti de l'imprimerie du centre, au Caroubier, la veille, mardi. Tu y avais publié ce qui devait être ta dernière chronique : *« La famille qui avance, la famille qui recule. »*

Cette chronique a son histoire. D'abord, tu te souviens que lorsque nous nous étions attelés à réunir une équipe pour faire *Ruptures*, nous avions décidé de solliciter certaines plumes connues et de les prendre, pour ainsi dire, à contre-emploi. C'est ainsi que nous avions demandé à Rachid Boudjedra de tenir une chronique littéralement politique. Il y consentit pour quelques numéros. Par la suite, avec Abdelkrim Djâad, nous avions entrepris de faire une chronique maison dans laquelle nous allions alternativement écrire toi et moi. Une semaine c'était toi et l'autre moi. Le titre de la chronique était tout trouvé : « *Relais.* »

Nous nous concertions sur les sujets que nous devions aborder. La semaine précédente, cela avait été ton tour et je t'avais demandé ce que tu comptais écrire. « *Un papier sur le dialogue lancé par le HCE d'Ali Kafi* », m'avais-tu dit.

Nous étions dans cette période post-traumatique de l'assassinat de Boudiaf. Belaïd Abdesselam, battu aux élections par un candidat du FIS, était néanmoins le Premier ministre tonitruant qui délivrait implicitement des certificats de « trucidation » en fustigeant les laïco-assimilationnistes. Il suffisait d'aligner le viseur sur la même mire que son doigt accusateur. Il avait un ministre des Cultes, Sassi Lamouri, ancien intégriste repenti avant l'heure, qui n'hésitait pas à se plaindre à la télévision qu'on assassinait des policiers « alors qu'ils ne sont pas tous communistes ».

Quelques jours auparavant, nous avions abrégé la conférence de rédaction du mercredi pour aller au cimetière de Kouba assister à l'enterrement de Djillali Liabes.

Dans ce brouillard politique où ne se guidaient que les infrarouges des services de sécurité, le HCE d'Ali Kafi avait entrepris une série de négociations avec la soixantaine de partis politiques qu'il avait tenu à regrouper par familles. Le terme « famille » est d'Ali Kafi. Il y avait d'un côté, la pléthore des clones du FLN et, de l'autre, une mince pellicule de partis démocrates. C'est ce dialogue surréaliste qui t'avait inspiré cette chronique que tu n'as jamais vu imprimée.

Ce jour-là, même N., la jeune secrétaire, n'était pas encore arrivée. Je lisais *El Watan*. La sonnerie grêle du téléphone me surprit. Je décrochai :

— Allô...

À l'autre bout du fil, c'était D. L., une ancienne journaliste d'*Algérie-Actualité*. Elle habitait dans la même cité que Tahar Djaout, au pied de la forêt de Baïnem. Elle a lâché, dans un grésillement du téléphone :

— On vient de tirer sur Tahar !

— Quand ? Où ?

— À l'instant. Il est encore étendu sur son parking.

J'ai entendu ce son saccadé qui indique que la communication est coupée. Que faire, assommé par une telle nouvelle ? J'ai appelé Abdelkrim Djâad chez lui. Il était sorti. J'ai tenté de le joindre à son bureau de Telemly. Il n'était pas encore là. Ensuite, j'ai appelé tous les journalistes de *Ruptures*. Entre-temps, N. est arrivée, puis les copains ont suivi. Nous avons cherché à localiser Djaout. Nous avons d'abord appelé A. S., un autre de ses voisins, directeur d'un journal étatique. Il nous a affirmé avoir téléphoné à la police d'Aïn Benian qui l'a assuré que Tahar n'avait été que légèrement blessé. J'ai joint l'hôpital militaire d'Aïn Naâdja où étaient conduites les victimes d'attentats politiques. On n'a rien voulu me dire. Alors j'ai appelé des médecins de ma connaissance. Tahar n'était pas chez eux. On le localisa enfin à l'hôpital d'Aïn Benian où il avait été conduit une demi-heure plus tôt. Tahar était mort cliniquement, il n'y avait plus rien à faire. Des balles avaient touché le cerveau.

Dans cette cour d'hôpital où nous devions désormais vivre dix longs jours, tout est remonté. Qu'est-ce qui a fait que ce garçon d'Oulkhou, grandi dans la casbah d'Alger, devienne ce symbole avec lequel des milliers d'Algériens ont vibré au rythme de son agonie ? C'est que dans sa vie comme dans son œuvre (journalistique, poétique, romanesque), Tahar Djaout s'est accompli simplement, naturellement, en négation pensante et agissante d'une Algérie prostrée sur les deux versants d'un même immobilisme historique. Il tenait en suspicion, d'un côté, ce pouvoir figé, habile à s'autocélébrer, niveleur, incapable d'offrir une perspective autre que son propre maintien. Les dégâts, on les connaît aujourd'hui plus que jamais.

*

De l'autre côté, plus pernicieux, découlant de cet extrémisme d'État, l'islamisme politique, plus dévastateur que son parrain, a surgi pour aller plus loin dans la surenchère nationalo-islamiste que ses dérivés par anticipation. Le second s'est niché dans les satrapies du premier : l'identité et ses corollaires, l'école, la culture, la création, les langues.

Avec une tranquille lucidité, une opiniâtreté quotidienne qui demande qu'aujourd'hui on relise ce qu'il a écrit, Tahar Djaout s'est élevé seul, parfois solitaire, contre ce qui faisait dériver un pays qui allait, faute de gouvernail, droit dans les écueils.

Son arme ? Sa plume, sa poésie, sa culture, ses interrogations, ses doutes, ses certitudes, l'amour immense qu'il portait à ses racines, à ses langues, à sa terre, à la création, à l'universalité. Journaliste et écrivain, il symbolisait exactement ce qu'abhorre de tous les temps les totalitarismes, les autoritarismes, les dictatures laïques ou religieuses, c'est-à-dire la liberté de pensée, de créer, la prééminence de la beauté sur la laideur, la primauté de l'intelligence sur les dogmes et l'imbécillité.

Ce jour où Tahar Djaout fut frappé par la mort mystérieuse, lui qui avait tant écrit sur la mort comme s'il avait présagé sa venue prématurée, quelque chose a bougé dans l'univers. On ne peut tuer un homme si pur, si innocent, si créatif sans déranger l'ordre du monde. Nous étions quelques-uns autour de lui à pressentir qu'un Tahar Djaout tombant, mille Djaout se lèveraient. Nous nous sommes sûrement trompés.

DANIEL MAXIMIN

Tahar, pérenne

En hommage au poète-frère algérien Tahar Djaout

Tahar, poète pérenne : tu vis exproprié au-dessus de la mort au-delà de la vie
poète vigie : de déluge en désert tu arraisonnes des cargaisons de désirs
poète sourcier: tu désaltères les norias
avec des millénaires de soleil jusqu'aux tréfonds

Tahar, tu abrites en vigile deux enfances une justice et des mains caressées
tu rayonnes l'amour en parfum vif d'aisselles en source de nectar
et puis pour éclairer minuit au son de l'oud et du violon
tu répands une poudre d'intelligence à l'épreuve des couvre-feux
tu vis aussi c'est vrai d'attiser les *Ruptures*
tu vis de récuser : *les maîtres des chars, des journaux et des haut-parleurs*
pour élire une jeunesse belle d'impertinence et d'espoir entêtés

Tahar, tu vis tu meurs de te porter guetteur au parc des Libertés
tu meurs de désigner ton nom aux yeux barbelés
(contre un seul mot on t'aura tout promis, contre un seul mot on t'aurait tout permis :
tu as dit merde dans un sourire d'enfant évadé trop tôt pour reculer)
tu meurs anéanti dans un éclaboussement de sèves flambées
et ton crâne évidé a recueilli l'offrande de funérailles solaires
le visage barbelé d'épines de rosiers

La mort a visé l'os et raté les neurones
la mort a visé l'œil et raté la vision
la mort a tué la bouche sans toucher la parole
la mort d'un J'accuse n'a pas anéanti les germes d'un Vertueux

Tahar, tu vis pérenne, avec ton cœur préservé en lion et en gazelle
avec ton sourire protégé de moustache
avec un grain de sable dans ton poing refermé
avec une dernière goutte perlée de ton œil vif
pour camoufler l'avenir d'une oasis germée

Avec une épitaphe tracée de ton sang frais :
L'horizon fertile accouchera d'autres mirages
et la nuit de l'oubli ne viendra pas
le bleu du ciel récidivera.

ALI CHIBANI

Lounès Matoub

« Elle s'arrache, la liberté »

Né pendant la guerre d'indépendance algérienne, le 24 janvier 1956, Matoub Lounès a fait de la chanson une arme de conscientisation massive au service d'un public qui continue de l'aduler plus de vingt ans après son assassinat politique le 25 juin 1998. Avant cette date tragique, l'engagement politique et humaniste du poète lui a valu d'être la cible des gendarmes qui l'ont criblé de balles en 1988, et des islamistes qui l'ont kidnappé en 1994.

Le détournement du récit historique par les autorités officielles est un thème récurrent dans l'œuvre du Rebelle : « *L'un s'acharne et dit : "Je suis Arabe / Nul ne m'a devancé à cette terre" / Quant aux barbus et aux niqabistes / Ils font le serment de ne plus jamais rien céder / Tous ont préparé le jour du Jugement / À l'homme qui d'eux se distinguait* » (*Hymne à Boudiaf*). *Regard sur l'histoire d'un pays damné* corrige l'Histoire officielle de l'Algérie. Dans ce texte qui nous fait entrer dans « la maison de la vérité » par la porte de la mémoire collective opposée aux récits officiels, Matoub nous fait traverser l'histoire de son pays de la domination romaine au régime du parti unique des années 1990. Ce parcours lui permet d'analyser la psychologie d'une nation soumise à l'autoritarisme du pouvoir politique. On retrouve, dans ce chant, les leitmotivs de l'œuvre matoubienne : dénonciation de la trahison politique, la désignation explicite des personnages historiques impliqués positivement ou négativement dans le destin de l'Algérie, l'affaiblissement des gens du peuple par des années de violences répétées, l'effacement de l'histoire originelle qui prive le pays d'un socle solide pour construire un autre avenir, la nécessité de la révolution qui passe le plus souvent par la louange du savoir, de l'union et de l'écriture de la vérité historique.

Dans le récit officiel, la culture amazighe a longtemps été bannie. Même de nos jours, elle n'y occupe qu'une place secondaire, voire *décorative*. Plus qu'une violence symbolique, il s'agit là, pour Matoub, d'une violence réelle dont l'effet psychique néfaste est concentré dans la métaphore qui le dit dans *Communion avec la patrie*, titre évocateur de la fonction que Matoub attribue à sa poésie :

I nekk i iγunfa uẓar-iw	Et moi qui répugne ma racine
D acu i d asfel-iw	Quel est mon sacrifice conjuratoire ?
Anda yell^{a} ddwa ^{n} ḥellu	Où est le remède qui me guérira ?
I-n xas lḥir yezdeγ ul-iw	Le désarroi se saisit de mon cœur
Kkawen ifadden-iw	Mon corps est asséché
Mi ẓriγ lǧedra trekku	De voir la souche pourrir
D tiktiwin n warraw-iw	Ce sont les errements de ma descendance
I yirwin allaγ-iw	Qui chamboulent mon cerveau
Yal yiwen akken la ifettu	Chacun va de son prêche

Matoub ne nomme pas que les acteurs du malheur algérien. Il désigne aussi leurs victimes, comme le journaliste Smaïl Yefsah et le psychiatre Mahfoud Boucebci, dans des hymnes qui, pour l'avenir, constituent un véritable mémorial poétique. C'est particulièrement vrai dans les chants des années 1990 que nous serions tenté de rapprocher de l'expressionisme littéraire né à la suite de la Grande Guerre en Europe. Cette tentation s'explique par l'apparition de métaphores morbides déchirantes. Le texte *Kenza*, en hommage à l'écrivain Tahar Djaout, en témoigne : *« Le ciel craquelle et pâlit / La pluie lave la tombe / Chaque rigole coule mugissant / Les terres arables s'affaissent / De sous les dalles émerge une voix / Qui hurle : "Ô mes enfants !" »*

L'engagement poétique et politique met le poète dans un dilemme moral qu'il évoque dans un certain nombre de chants d'amour où sa vie personnelle est citée comme une illustration du prix à payer par tout révolutionnaire. Celui-ci peine à concilier les exigences du bonheur individuel dont il est détourné par les nécessités de la solidarité politique. Tel semble être l'avertissement que lance le poète aux révolutionnaires : « *Je te citais si rarement / Du temps où j'étais révolutionnaire / J'oubliai que je pouvais aimer / À l'image de toute ma génération / Insensible au temps qui passe / Je n'ai pas saisi ma part de bonheur / Amour, ce jour où je t'ai manqué / J'ai su que j'avais abusé ma jeunesse* » (*Les objurgations de la maturité*).

La franchise du poète peut être considérée comme contre-productive tant elle peut, en révélant l'ampleur du désastre algérien, dissuader les *imeγban* (« pauvres gens ») de se mobiliser contre tout ce qui les opprime. Matoub s'explique : « *Je ne veux pas décourager les gens / L'époque est revêche* » (*Elle s'arrache, la liberté*). Dans son adaptation de l'hymne national algérien à l'actualité du pays, le poète débute par ce terrible constat : « *Inutile d'attendre l'espérance / Appuyons-nous sur la patience* », et conclut de manière apparemment paradoxale : « *Même si la faim et la faiblesse nous harassent / Sur la patience nous ne nous appuierons pas* » (*Lettre ouverte aux…*). Du réalisme politique au désir d'action chemine le poème qui fait naître, de son cheminement même, l'utopie d'une Algérie libérée de la violence et d'une Kabylie préservant sa personnalité.

LOUNÈS MATOUB

Melmi

Traduit du tamazight par Yalla Seddiki

Ainsi, lent et long est le chemin
Et le regard va s'éborgnant
De la colline j'ai lancé ma clameur :
Est-il encore ici un seul ami
Vers moi qu'il vienne à toute hâte
Les éboulements m'ont encerclé

À mon appel a fait réponse l'injustice :
Je viens à toi, attends-moi.

Allé, dressé au-dessus du village
Partout tombe la neige
Quant à la faim, elle ligote les seuils
Pour les gens l'ère a basculé
Leur ouvrage est révolu :
Le démon de la terreur les assiège

Le cœur bat lançant ses soupirs :
Nous fîmes battage d'autres se rassasient

Par les cieux la foudre a retenti
Tu amassas rancunes à foison
Si tu n'en fus gavé, ô cœur, heureux es-tu
Amitié et animosité se liguent
La connaissance est dans la disgrâce
L'esprit et la raison s'égarent

Les gens vont paître en un troupeau
Ma terre est des vaillants délaissée

Quand donc se lèvera l'oiselet qui,
Sitôt éclos, à son père donne la becquée
Qui a vu sa morgue pérenne
Qui n'a vécu dans les désespoirs
Voici que sonne l'heure de notre départ
Dans la bouche le sucre même est sans saveur

Texte inédit, 1981. Avec l'aimable autorisation de Triomphe Musique.

YALLA SEDDIKI

Lounès Matoub : *Ab Origine*

Consumé le champ des poèmes
Des braises, rien ne demeure
La cendre même par le vent fut ravie

LOUNÈS MATOUB
La Vérité enfouie

Désormais, il est acquis que Lounès Matoub occupe un rang primordial dans l'histoire et la culture des Imazighens. En son parcours et en son œuvre, à la fois poétique et musicale, se manifestent l'action réciproque de l'individu et de la collectivité, les croyances et le blasphème, l'histoire et le mythe, la poésie chantée et la violence des temps. Doté d'une voix qui mêle sobriété et grande maîtrise technique, compositeur, poète, Lounès Matoub fut directement mêlé aux conflits historiques et sanglants qui ont déchiré la société algérienne de son temps. En octobre 1988, un gendarme, qui reconnaît l'artiste pour symbole du combat kabyle, l'atteint d'une rafale de kalachnikov et le laisse mutilé. En septembre 1994, il est enlevé par un groupe islamiste. Une mobilisation historique de la population kabyle contribue à le sauver. Ses ravisseurs le condamnent à mort ; néanmoins, ils décident de le libérer. Le 25 juin 1998, à l'âge de 42 ans, il tombe dans un guet-apens. Il est attaqué par une quinzaine d'hommes. Défendant sa vie, celle de sa femme et de ses belles-sœurs, le poète meurt les armes à la main. Il est atteint d'au moins cinq impacts mortels. L'engagement fondateur de Lounès Matoub le tamazight, ses attaques violentes contre le pouvoir algérien, contre la religion, sa défense de la sécularisation et des droits

1. Décès de Kateb Yacine, quelques mois après Mouloud Mammeri.
2. Houari Boumediene qualifiait toutes ses décisions de « sacrées » et les disait par conséquent « irréversibles ».
3. Pour donner un prolongement au mouvement du Printemps berbère d'avril 1980, des étudiants et enseignants de l'université de Tizi Ouzou, militants de la cause berbère, ont fondé la revue *Tafsut* (« Le printemps ») en 1981. *L'hommage à Kateb Yacine* est le dernier numéro de cette publication.
4. Pour donner un prolongement au mouvement du Printemps berbère d'avril 1980, des étudiants et enseignants de l'université de Tizi Ouzou, militants de la cause berbère, ont fondé la revue *Tafsut* (« Le printemps ») en 1981. *L'hommage à Kateb Yacine* est le dernier numéro de cette publication.

individuels les plus larges dans un pays où la tyrannie agit dans toutes les strates, ont tendu à privilégier la valorisation de sa poésie politique et militante. Cependant, il ne faut pas mettre à l'écart la complexité du travail esthétique qu'il a accompli tant sur le plan musical que littéraire.

Parce que sa pente de villageois kabyle immergé dans sa civilisation et son environnement naturel et architectural l'y portaient, mais aussi parce qu'il y avait trouvé la puissance de suggestion et la justification même de son combat, Lounès Matoub a principalement organisé son œuvre autour du fond imaginatif kabylo-amazighe. Parmi les croyances et mythes qu'il a mobilisés pour sa création, quelques-uns nous intéressent particulièrement, pour autant qu'ils sont tout à la fois intériorisés et détournés, parfois à rebours même de leur fonction première. Certes, si l'on s'intéresse à la figure de *l'hydre/ talafsa* dans la poésie de Lounès Matoub, elle reste conforme à son usage dans les contes. D'une certaine façon, il en est de même pour la figure de *Tteryel/ l'Ogresse* :

Ferions-nous voie aux larmes
Ce serait aiguiser notre malheur
Nous avons acquis un couffin de silence
Dans notre domaine l'ogresse nous guette
Le fardeau est sans délestement
Le mal a englouti la vertu

Plus complexe est l'agencement d'autres figures ou de rites anciens. L'histoire est vécue par Lounès Matoub comme la rupture d'une harmonie organisatrice. Ce choc répand le désordre et rompt l'unité du monde humain et du monde invisible qui régit l'univers. Ainsi l'assassinat d'Abane Ramdane est-il présenté comme pris dans une dynamique à la fois historique et cosmique :

Clair de lune et ténèbres s'affrontaient
Le soleil se leva pour les concilier
La chair s'émut vers le poignard
Éborgnée, la justice était en larmes
Lorsque Abane Ramdane se fut effondré
Sa voix par le vent fut emportée
Attendez, attendez, ne partez pas
Voyez les os, les os des non-défunts
Attendez, attendez, ne partez pas
Que vous voyiez cette terre
Surgissent des serpents
Du berceau de la femme

Dans le même texte, à cause du sacrilège commis contre l'ordre de l'univers, la terre des ancêtres est frappée de stérilité et de sécheresse :

Le soleil après avoir lapidé la terre
Fit serment : sans cesse, il l'assaillirait
Ainsi fait : la pluie, nous l'avions oubliée
Des fontaines, l'eau était abolie
Le ciel gagna son lot de brume
Mais le fléau n'avait épargné nulle parcelle

Ici, le poète active un autre mythe kabylo-amazigh, celui d'Anzar, le dieu de la pluie. Le refus d'une jeune fille de s'unir à lui le conduisit à assécher la terre. L'abondance ne revint qu'au prix de l'union entre cette mortelle et le dieu, autrement dit, l'union de la terre et le ciel. Dans le poème de Lounès Matoub, cette unité fondatrice est brisée. L'espoir de voir revenir le cycle de la vie et de la fertilité est anéanti. Pourtant, malgré cette conscience tragique du déchirement, le poète lui-même consent à nourrir la terre de son sang. Parlant des épreuves que le sort et l'histoire lui ont infligées, plusieurs fois, il évoque l'image du sang qui étanche la soif de la terre : *« Le sang du poète abreuve la terre. »* Ailleurs : *« Pour le sang qui étanche la terre / Saigne le cœur du sage. »* Quelques mois avant le soulèvement d'octobre 1988, Lounès Matoub en appelle au rite appelé en kabyle *amagger n tefsut/la rencontre du printemps*. Ce qui, à l'origine, célèbre la régénération et l'éveil de la nature devient, chez le poète, un rite sacrificiel et sanglant, seul à même d'assurer le renouvellement des cycles de la vie et de l'espérance :

Puissé-je entrevoir
Le printemps qui s'en revient
De loin, puissé-je humer
La senteur de ses prémices
Je consentirai à l'exil
Banni de ma terre
Je consentirai à m'étendre
Dans le giron de la mort

Le 9 octobre 1988, lors du soulèvement d'Alger, un gendarme fit couler le sang du poète au pied du mont Djurdjura. Oracle, mythe et histoire entrent en collision : *« De mon sang j'ai payé la montagne / Ma trace demeurera / Quand ils en ont juré l'anéantissement. »*

À cette immersion dans le fonds germinatif et organisateur de l'imaginaire kabyle, Lounès Matoub va associer les fruits qu'il peut tirer de ses lectures. *L'Éternel Jugurtha* de Jean Amrouche, selon ce qu'il nous en a dit, est le premier grand texte à avoir façonné sa personnalité intellectuelle. À cette admiration première vont s'ajouter celle qu'il gardera pour Boulifa, auteur d'un livre essentiel sur le poète Si Mohand ou M'hand et la société kabyle. L'œuvre de Mouloud Feraoun et surtout celle de Mouloud Mammeri complètent cet ensemble. Ce dernier est régulièrement cité par Matoub dans ses poèmes. Toujours selon nos échanges avec le poète, cette curiosité tournée vers la Kabylie s'est élargie à la lecture de la plupart des auteurs francophones qui ont écrit sur l'Algérie et sur l'histoire des Imazighen. Sur le plan historique, les quatre tomes qu'Yves Courrière a consacrés à la guerre d'Algérie ont nourri le pessimisme critique que le poète a progressivement développé dans son œuvre. Plus scolaires nous paraissent ses lectures de la littérature française. Outre Zola et Hugo, le jeune Matoub s'est exercé à l'adaptation de quelques classiques. Dans « *Ttar* »/« La vengeance », poème narratif, il s'agit d'une adaptation du *Cid* de Corneille transposé dans le cadre de la guerre d'Algérie et de l'indépendance. Dans un texte de jeunesse qu'il n'a pas rendu public, mais dont il existe un enregistrement amateur réalisé en 1992, il a procédé à l'adaptation d'un chapitre de *L'Odyssée*, une nouvelle fois dans le contexte de l'après-guerre d'Algérie. Un ancien maquisard/Ulysse que tout le monde croyait mort revient dans son village le jour où sa femme/Pénélope se remarie. Né pendant la guerre, son fils/Télémaque n'a jamais vu son père. À l'apparition, parmi les invités en fête, du combattant oublié, l'appel du sang trouble l'enfant et le père. Son épouse le reconnaît, court vers lui. Il la repousse. Au reste, Lounès Matoub a, au moins par deux fois, adapté des classiques de la poésie française. En 1980, il s'est intéressé au célèbre « Liberté » de Paul Éluard :

Tu m'es devenue tel le soleil
Qui sur moi resplendit
Un ciel libéré de la brume
Ton nom en moi n'est point enfoui
Je suis fiévreux de hâte
Si je t'évoque en mes poèmes
Tu m'es devenue telle la neige
La nuit, quand sur elle s'étend
Sur les routes et partout
Pour toi les foyers sont en ruine
Pour toi tous ont péri
À présent, tu dois apparaître

Tu m'es devenue tel l'or
Le cœur en quête de toi
Ne peut trouver la paix que par toi
Tu es plus belle que le disque de la lune
Nous allons pieds nus
Tu as égaré le chemin qui mène à toi

En 1985, il adapte l'un des textes les plus connus de Rimbaud, « Le Dormeur du val » :

Les ténèbres lèvent leur pan d'habit
Et le gel à ses lèvres fond ;
Le soleil, lui, en son lieu se voile.
Un soldat : son bras pour oreiller,
Sur la poitrine une main posée,
Pareil au petit enfant, il dort ;
N'a souci du vent chaud ni du gel,
Long et lointain, son rêve va :
Il arrive alors vers les défunts.

Dans sa poésie, mais uniquement dans sa poésie politique, Lounès Matoub va également insérer des passages écrits en langue française. À ce titre, « M. le Président » est une grande réussite. Le texte peut se découper en trois temps. Tout d'abord, le locuteur, un prisonnier politique, est plongé dans l'angoisse. Il se décrit comme un être voué au malheur. Ensuite, il se laisse porter par une rêverie transformée en hallucination : il arrive dans son village. Son fils ne le reconnaît pas et prend la fuite, avant que, sous cette physionomie apparemment étrangère, les gens ne redécouvrent les traits de l'être aimé et de l'ami. Chute de la vision et retour dans la geôle. Enfin, le poème s'achève sur une lettre à l'adresse du président de la République. Celle-ci est, en grande partie, composée d'une longue citation de Bakounine.

C'est notamment ce syncrétisme imaginatif et esthétique qui permet d'une part à Lounès Matoub d'organiser et d'exercer sa pensée. D'autre part, il a nourri le souci constant de produire une pensée de contestation, fût-ce au sein de la contestation. Ainsi est-il le premier poète-chanteur à s'intéresser aux dérives totalitaires du FLN durant la guerre et aux crimes commis par certains de ses membres. Dans *Ttar-im am t id arreγ*, il évoque le meurtre injuste d'une femme par des combattants. Dans *Regard sur l'histoire d'un pays damné*, il est le premier à parler de la

Bleuite, complot très efficace initié par le capitaine Léger et le colonel Godard qui ont conduit un haut responsable du FLN à faire torturer et exécuter des milliers de partisans, parmi lesquels des étudiants. Dans le même texte, Lounès Matoub s'impose encore une fois comme le premier poète à se référer à la terreur semée par les services secrets algériens, désignés alors par le sigle SM pour « Sécurité militaire » :

Les greffons de l'injustice faits, elle bourgeonne
Deux lettres répandaient la terreur : SM !
Le sentier du droit était obstrué
Tu aurais pris peur au midi irradié

Lounès Matoub est aussi le premier à évoquer la révolte kabyle de 1963 ; tout comme il est le premier à écrire des poèmes sur les assassinats politiques en citant le nom des victimes, en particulier celui d'Abane, de Khider et de Krim Belkacem. De même, sur un sujet aussi important pour l'Algérie que l'est la question du conflit avec le Maroc autour du Sahara occidental, Lounès Matoub adopte-t-il un positionnement minoritaire en refusant de faire correspondre son point de vue avec celui du régime algérien.

Ces considérations ne peuvent trouver leur justification qu'en les rapportant à une totalité organique qui ferait simultanément vivre tous les aspects d'un parcours artistique, historique et civilisationnel. Il est notamment crucial d'analyser le travail que Lounès Matoub a accompli en tant qu'interprète inspiré par le chant des femmes. Cette imprégnation se double d'une autre : la maîtrise progressive puis virtuose de la musique dite *chaabi*, issue de la tradition andalouse et algéroise. C'est dans ce moule verbo-auditif que Lounès Matoub, individu historique hors des destins communs, a façonné une figure poétique et automythographique qui mérite d'être méditée.

LOUNÈS MATOUB

La liberté par la révolution

Traduit du tamazight par Yalla Seddiki

A yemma amek

A yemma a yemma
Amek id am-teḍra

Srewteγ εebban wiyaḍ
Gʷriγ-d am ᵘblaḍ
S wallen ttawiγ lewhi
Γef ʷul-iw yenneγl ccyaḍ
Iles-iw d asemmaḍ

Mère, qu'advient-il de toi ?

Ma mère, ma mère
Qu'advient-il de toi ?

J'ai œuvré d'autres ont récolté
Me voici figée comme un roc
Je regarde les yeux ahuris
Le cœur assailli par des tourments cuisants
La langue transie

Gummaγ ad refdeγ timmi
Mi ẓriγ iziker aneggaḍ
Yelsa-d icifaḍ
Ḥemmleγ win i teddun ḥafi

Je ne peux plus relever les paupières
Quand je vois le soldat brutal
Porter des bottes
J'admire le va-nu-pieds

A yemma ṣber ur ttru
Deg umezruy ad kem-naru

Mère, patience et garde-toi de pleurer
Dans l'Histoire nous t'inscrirons

W^{in} iεeddan neγ w^{in} i d-yusan
D aṛumi neγ d mmi-s n ccrif
I tayett acu i d-rnan
Siwa ttεebga uγilif
Ass-a ḥedreγ i yiḍan
Σebb^{w}len i wedrar n nnif

Qu'il soit passé ou nouvel arrivant
Français ou descendant chérifien[1]
À *mon épaule qu'ont-ils ajouté*
Sinon le poids du malheur
Voici que j'assiste à des hyènes
Résolues à déchirer le Mont de l'Honneur

Ur s-qqar mmi yenṭer
Ur jerreḥ deg ul-inem
I yigersan aqlaγ neṣber
Wala ibbeεtiyen at lhem
Tagrawla nerǧa ad tt-nẓer
Ma nemmut Ṛebbi a γ-yerḥem

Ne te dis point : « Mon fils est vaincu »
Et garde-toi de tourmenter ton cœur
Nous résistons aux froidures
Plutôt que d'abdiquer face aux affligeants baathistes
Nous vivrons la Révolution tant attendue
Si nous y mourons, puissions-nous reposer en paix

Γef yiles-iw mi tettnadim
Iḥud-d weεdaw tilas
Ḥedreγ-awen mi tγellim
Ttacaren yiss-wen leḥbas
Assa ḥedreγ temserwim
Am akken negrent tissas

Quand vous êtes allés en quête de ma langue
L'ennemi a borné le territoire
Je vous ai vu tomber l'un après l'autre
Les prisons de vous se sont emplies
Aujourd'hui je vous vois vous entredéchirer
Serait-ce que toute vertu a disparu

A yemma εzizen ur ttru
Ttaṛ-im a m-t-id-rreγ
Di lεezza-m hdeṛ rnu
D agrawliw ttnaḍaḥeγ

Mère chérie garde-toi de pleurer
Je prendrai ta revanche
Sois fière
Je suis un révolutionnaire toujours en lutte

Kenza

Kenza

A Kenza a yelli
Sbeṛ-as i lmeḥna
D iseflan neγli
$^{\Gamma e}$F Lezzayer uzekka
A Kenza a yelli

Kenza[2] *ma fille*
Sois patiente dans le malheur
En sacrifices nous tombons
Pour l'Algérie de demain
Kenza ma fille

1. « Chérifiens » qui signifie en arabe les « nobles » désigne les familles prétendument descendantes du prophète, ce qui est censé leur attribuer un prestige que nous autres simples mortels n'avons pas ! [N.d.T.]
2. Kenza est le prénom d'une des filles de Tahar Djaout.

Ur ttru ara

Iceqqeq ifsex igenni
Lehwa tessared aẓekka
Yal targa tremmeg ˈa tneggi
A ttseggixent tγezza
Ddaw tmedlin teffeγ-d teγri
Tesṛaṛeḥ abbuh a tarwa

Xas terka lğetta tefsi
Tikti ur tettmettat ara
Xas fell-aγ qessḥet tizi
I facal ad d-nağğew ddwa
Xas neqḍen acḥal d itri
Igenni ur inegger ara

Fran-tt fell-aγ zikenni
Uqbel ad d-yeḥder wass-a
Iṣeggaden n tmussni
Γef tmurt γeḍlen-d rrehba
Nnγan Ṛachid Tigziri
Smaεil ur t-zgilen ara
Nγan Lyabes d Flisi
Busebsi d wiyaḍ meṛṛa

Xerṣum d yiwen ad-yegwri
Ad aγ-d-ismekti azekka
Γef lğerḥ iqcer ad yali
Ad d-nban ger tmura
Tarwa nneγ ad d-tennerni
Xas akken deg urebbi n tlufa

Ne pleure pas

Le ciel craquelle et pâlit
La pluie lave la tombe
Chaque rigole coule mugissant
Les terres arables s'affaissent
De sous les dalles émerge une voix
Qui hurle : « Ô mes enfants ! »

Dût la chair pourrir et se liquéfier
La pensée ne mourra pas
Dût cette ère être pénible
Au découragement nous trouverons le remède
Dussent-ils éteindre tant d'étoiles
Le ciel n'en sera pas dénué

Ils ont scellé notre sort depuis les temps anciens
Bien avant les malheurs actuels
Les braconniers de la connaissance
Sur le pays imposent la terreur
Ils ont tué Rachid Tigziri
Smaïl n'a pas été épargné
Ils ont tué Liabes et Flici
Boucebci et tant d'autres[1]

Qu'il en reste au moins un
Qui garde le souvenir et nous le rappelle
Les plaies sècheront
Nous serons visibles parmi les nations
Notre descendance grandira
Fût-ce dans le giron des épreuves

1. Tous les noms égrenés sont des intellectuels assassinés dans les années 1990.

ANANDA DEVI

L'empire des sens

En cet automne 1976, je viens d'arriver à Londres depuis mon île lointaine, étudiante de 19 ans frileuse et percluse de terreurs, le corps et la chair en manque de soleil, l'esprit envahi par la moisissure et le gris, la peau léchée par une humidité aux lèvres glacées. Les métros bondés me condamnent presque tous les jours à l'entassement dans les rames fumeurs d'où je sors maculée de nicotine et de suie. Mes cheveux, lorsque je les lave, pleurent de longues larmes noires.

En manque de tout, et surtout de chaleur humaine, un dimanche plongé dans cette détresse intime qu'on appelle nostalgie (mais je préfère ces beaux mots allemands, *Heimweh* et *Sehnsucht*, dont la prononciation même exprime le mal du pays et la langueur triste de la solitude qui m'entoure), je marche dans Bloomsbury Square, non loin de Russell Square où se trouve ma résidence d'étudiante, et je tente de déceler dans les ondoiements de la pluie les présences longtemps évanouies de Virginia Woolf et de T. S. Eliot, mes divinités littéraires. Mais depuis que je suis ici l'écriture se dérobe, je gribouille des phrases sans suite, les belles envolées de mon adolescence ont fui. À cette tristesse du dépaysement se joint la terreur de ne plus pouvoir écrire. De ne plus *jamais* écrire. J'ai envie de rayer, de griffer de mes ongles le jais des murs, le silence rétif des ombres, ces ténèbres que j'ai toujours cherchées, qui m'ont toujours séduite, et qui, ici, m'opposent le rejet comminatoire de tout ce que je suis, cette *Paki* (comprendre « Pakistanaise ») à la peau brune terrifiée par les meutes qui envahissent Londres lors des matchs de foot, cette intruse, cette interlope qui n'a nulle place propre et qui doit se faufiler pour exister.

Arrivée devant le cinéma d'art et d'essai au centre de Russell Square, je vois une affiche : une femme japonaise étranglant d'un ruban rouge un homme nu. Le visage de la femme exprime une sorte de désespoir déterminé, une résolution hallucinée. L'homme est dans un autre monde, les yeux grevés d'étoiles. Déjà mort ? Ou en plein orgasme ? À cette époque, on ne connaissait pas (ou plutôt *je* ne connaissais pas) le pouvoir érotique de la strangulation. L'affiche me fascine. Il me semble voir la femme tirer sur le ruban et l'homme se raidir en un dernier soubresaut. Sur un coup de tête, ou peut-être parce que je me dis que l'étrangeté de ce film correspond à la mienne, en ces lieux, à cette heure, je décide d'aller le voir.

Il s'agit de *Ai no korida* (littéralement, « La Corrida de l'amour ») de Nagisa Ōshima. En anglais, le titre est *In the realm of the senses.* En français, *L'Empire des sens.* Entre la corrida, le royaume et l'empire, la traduction glisse, se dérobe. J'aime le concept de *l'empire*, qui exprime à la fois l'étendue géographique des sens et le contrôle absolu qu'ils exercent sur nous. Le titre anglais, lui, est banal, sans ambiguïté. Le titre japonais est empli de drôlerie morbide. En quoi la passion amoureuse est-elle semblable à la tauromachie ? La chambre est une arène et les amants dans un entrechoquement mortel, et après ?

De ce film, je n'ai le souvenir aujourd'hui que de quelques images choc, telle que celle d'un œuf introduit dans le vagin d'une prostituée et qu'elle devait expulser en utilisant les seuls muscles de cette partie de son corps ; c'était la première fois aussi que je voyais un pénis nu à l'image, ainsi qu'un homme goûtant au sang menstruel d'une femme. Curieusement, je ne me souviens pas avoir été titillée par l'érotisme. Au-delà du premier choc, pour moi qui n'avais jamais vu un film porno, ni même érotique, il me semblait que, davantage que la sensualité, ce film me parlait de tout autre chose, un acte de possession et d'abandon, d'émergence et de fusion bien plus mystérieux. J'ai compris ensuite à quel point il était éloigné des films porno, et à quel point il était en réalité poétique et tragique. Ce qui m'avait chamboulée, c'était son intensité. L'intensité de cette passion qui écrase tout sur son passage, comme un train devenu fou ou peut-être ce taureau furieux évoqué dans le titre. J'avoue ne pas avoir osé le revoir depuis.

Probablement parce que je ne sais pas si la scène de la castration était montrée ou pas, parce que j'ai dû fermer les yeux à ce moment-là.

Mais ce qui m'avait surprise, moi, encore si peu adulte, c'était que la protagoniste prenait le dessus, qu'elle obsédait cet homme autant qu'il l'obsédait, et ce moment où elle tient une lame de couteau entre les lèvres et sourit à son amant, ce moment-là était une révélation de la glorieuse violence de l'amour, et de l'éruption finale qui ne pouvait que tout détruire, y compris elle-même. Cette société répressive qu'était le Japon, circonscrite par des millénaires de règles et de normes, parvenait à repousser les tabous inscrits dans sa chair. Ou plutôt, Ōshima en brisait les masques pour en révéler le cru, l'insoutenable. Il y avait une poésie brutale et cruelle dans ces images, pour autant que je m'en souvienne, qui avait éveillé en moi, plutôt qu'un désir de chair, ce désir d'écriture qui menaçait de s'éteindre.

Je suis sortie du cinéma avec une passion qui n'avait rien à voir avec le film. Dans ma chambrette d'étudiante, face à la fenêtre, ne voyant plus ni les murs ni la pluie ni les larmes de suie, je me suis remise à écrire.

Ōshima avait réveillé mon envie.

Parce que l'écriture est une affaire de sens.

Un affrontement passionnel avec soi-même.

Un désir dont le ruban rouge se noue autour de la gorge et serre, serre lentement, libérant un flux sanglant dont on voudrait qu'il continue de couler jusqu'à la mort.

Les corps brûlants, brûlés, étaient depuis toujours la matière de mes textes, sans même que je m'en rende compte.

Ce film venait de me le faire comprendre de manière à la fois explosive et subliminale et peut-être même un peu animale. L'image de ces deux corps en lutte, en nage, en rage, en désespérance et en abondance, ces deux corps qui ne pouvaient se séparer sans se déchirer, préférant poursuivre leur corrida jusqu'à la tombe, ces corps réunis par un ruban rouge, une lame rouge, une larme rouge, une salive rouge, ces corps, oui, m'ont rappelé que les sens sont notre don et notre empire, notre entrée dans le miracle absolu de la vie, notre source de folie et de beauté, notre évidence, notre espérance.

Aujourd'hui, dans un monde devenu fou, face à un embrasement cataclysmique qui nous entraîne, impuissants, vers une fin annoncée, je repense à cette autre moi, cette jeune fille ouverte aux promesses des choses, prête à s'aventurer sur des chemins bifurqués, buissonniers, et je me dis que je dois l'écouter, et qu'il est temps.

De retrouver l'exultation des sens et leurs noires merveilles, ces confrontations avec nous-mêmes qui nous démantèlent et nous reconstruisent, de plonger dans la chair et l'encre du monde pour se perdre et se retrouver et recommencer, de comprendre que nous sommes une matière ductile, jamais la même, et que les créatures sociales que nous sommes contraints de devenir nient tout de ce que nous sommes en réalité et nous transforment en brutes, alors que les sens tentent de nous élever vers un autre niveau d'appréhension du monde.

Pas seulement par la passion amoureuse, mais par toutes les passions qui nous *animent*, créatures qui, douées de réflexion et de compassion, parviennent néanmoins à semer la destruction et le carnage.

Aujourd'hui, repensant à cette expérience londonienne qui m'a réveillée d'un endormissement triste, je me dis que ce n'est qu'en suivant le chemin des sens que nous parviendrons peut-être à un aboutissement autre.

Celui de l'espérance.

LUBA JURGENSON

PALERME

Pourquoi avait-il décidé, à un âge où l'on n'a plus rien à prouver, de participer au concours de la nouvelle organisé par l'association sicilienne *Leggere senza frontiere* ? D'abord, le prix était doté : de quoi effacer l'éternelle ardoise à la fin du mois et même réparer les ardoises de sa maison de campagne. Ensuite, après presque deux ans de pandémie, il avait besoin de se dégourdir la tête et les yeux, de sentir de nouveau le poids d'une valise dans la main, et le concours avait lieu à Palerme où les participants ayant franchi la première étape étaient invités à séjourner une semaine. Dans « Palerme », il entendait « mer », des vacances aux frais de la princesse. Il y avait bien sûr une autre raison, qui ne se laissait pas capturer par les mots, flottait dans une zone incertaine de sa conscience ou dans le paysage environnant : il ne serait jamais retourné dans cette ville sans un prétexte, sans un devoir à rendre, parce que la dernière fois, il y était allé avec elle, et qu'il se réveillait parfois avec le ressac encore vivant sous les paupières qui se déversait sur l'oreiller. Dans « Palerme », il entendait « larme ». Elle l'avait quitté en lui reprochant ce que les femmes reprochent habituellement aux hommes : égocentrique, personne n'existe pour toi, dans tes romans, tu ne parles au fond que de toi-même ! On n'est pour toi que des personnages. Tes mots ont-ils allégé d'un iota le malheur du monde ? L'ont-ils rendu d'un iota meilleur ? Des jeux, des jeux, un théâtre du réel, alors que partout des gens meurent pour de vrai et ne se relèvent pas pour saluer. Si elle avait été là, il lui aurait rétorqué aujourd'hui que l'association *Leggere senza frontiere* était un des piliers de la lutte antiterroriste en Sicile et que c'était pour la soutenir qu'il avait pris part au concours. Dans « Palerme », il entendait « arme ».

Du reste, ce n'étaient pas les vraies raisons. Il rêvait d'une reconnaissance fulgurante, qui lui viendrait d'un coup et définitivement, pour cette courte nouvelle qui ferait le tour du monde en dix-sept langues et dont le plumage s'enrichirait à chaque traduction d'une couleur inouïe. Pour finir, à force de passe de langue à langue, elle s'élancerait au-delà de toutes et, devenue parfaitement transparente, se poserait sur l'épaule de son lecteur, le vrai, l'unique, là où il se trouverait. Dans « Palerme », il entendait « palme ».

Jeune, il avait connu un bref succès dont il espérait le retour à chaque livre, mais dans ses rêves nocturnes, en revenant sur terre après sa mort, il découvrait qu'on l'avait oublié : personne n'avait sollicité ses enfants pour écrire sa biographie, les étudiants ne rédigeaient pas de thèses sur son œuvre. C'était peut-être pour le mieux, car Dieu sait quelles idioties ils en auraient tirées ! Peut-être que l'oubli était une immortalité véritable, qui n'avait pas besoin de trace dans le monde. Un monument fondu dans la nature. Cela voulait-il dire qu'il ne s'adressait qu'aux arbres, aux nuages, aux animaux qui un jour comprendraient sa langue faute de l'avoir initié à la leur ? Il y avait bien quelque part un lecteur dont il aurait voulu susciter l'émotion, plus, changer la vie, comme le ressac, soudain, bouleverse les contours du rivage... Il aurait voulu que ce lecteur connaisse un choc semblable à celui qui l'avait poussé lui-même, à l'aube de l'adolescence, à rassembler des mots pour raconter des histoires... Peut-être n'était-il pas reconnu parce qu'il imaginait cette lecture absolue comme passage à l'écriture – pas forcément avec un stylo sur du papier, cela pouvait être une façon spéciale de mettre un pied devant l'autre. C'est ce lecteur qu'il aurait voulu rencontrer en retournant sur terre après sa mort. À quoi ressemblerait-il ? Il serait jeune, évidemment. Brun, les joues hâlées, une fine moustache… Il reconnaissait ces traits et ce regard hardi : ils lui rappelaient sa propre photographie au dos de son premier livre, retouchée par le maquettiste. Il fallait croire à la migration des âmes. Mais alors, tout recommencerait : son lecteur se mettrait à écrire et, arrivé à l'âge mûr, serait comme lui en quête de reconnaissance, pour les mêmes raisons, puis déciderait de participer à un concours de nouvelles…

Ce qui lui plaisait également, c'étaient les conditions du concours qu'il apprit une fois sa candidature acceptée. Arrivés à Palerme, les dix-sept écrivains sélectionnés, venant de dix-sept pays, se trouveraient devant un étalage de livres, cent volumes dans chacune des dix-sept langues, installé sur la piazza Bellini. Ils auraient une heure pour choisir un bref passage qu'ils devraient intégrer à leur propre texte sous la forme qui leur convenait, en entier ou disséminé entre les mots. Or il s'amusait souvent à camoufler dans ses textes des citations d'autres écrivains ou de lui-même. Les critiques passaient le plus souvent à côté mais cela n'avait pas plus d'importance que si une vague empruntait de l'eau à une autre vague. Il imagina une enseigne : « Emprunt d'embruns ». Voici une ardoise qu'il ne voudrait jamais effacer. Mais non, ce n'était pas sa photographie à lui, il n'était pas aussi égocentrique qu'elle le prétendait. Le jeune homme brun à la fine moustache se tenait simplement à l'arrière-plan de sa vision, il avait posé la minuterie – une espèce de boîte en bois – derrière le stand et attendait que le discours d'ouverture se termine pour appuyer sur le bouton. Et voilà. La blanche pellicule qui recouvre l'étalage de livres s'envole en éclaboussant de zigzags lumineux la façade du Real Teatro, on secoue et range les miettes solaires qui se sont glissées dans les plis, transformées en gouttes sonores… Tic-tac, tic-tac. Une heure, cent livres, des marque-pages distribués, des mots d'autrui à faire siens, à ingérer, des mots qui infuseraient une nouvelle force dans la peau et les muscles fatigués de son écriture, une sorte de transfusion sanguine. Parfois, avec des amis, il jouait à ouvrir un livre au hasard en posant une question, et le livre répondait toujours juste. À présent, il s'agissait de trouver une réponse absolue. Tic-tac, tic-tac. Qu'était donc une heure face à l'éternité qu'il souhaitait gagner ? Les mots comme « feuilleter », « parcourir » ou même « lire » n'avaient plus de sens. Au fond, il aurait préféré qu'on lui donne une seule seconde pour choisir ce passage, il aurait préféré que le temps s'affine jusqu'à prendre l'épaisseur d'une feuille de papier. À cet instant, il avait l'impression de se frotter au temps des autres, il entendait distinctement la marche disparate de ces temps, ceux de douze hommes et de cinq femmes sans langue commune (on s'était assuré au préalable que les candidats n'étaient pas polyglottes), pas plus d'un représentant par « famille » (lui incarnait la romane). Des gémellités s'esquissaient pourtant déjà, comme entre ces deux écrivains d'un certain âge venus, manifestement, du froid – mais lequel ? –, un Scandinave et un Chinois ou Japonais, il ne savait pas les distinguer : ils n'avaient pas eu le temps ou n'avaient pas voulu laisser leur manteau à l'hôtel et, le tenant sous le bras, faisaient glisser un doigt boudiné et obséquieux dans un gros livre ouvert au milieu, en transpirant à grosses gouttes. Un jeune homme en T-shirt exhibant faucille et marteau sur fond rouge, mais très délavé, fumait nerveusement à l'écart sans regarder les livres ; en face, un autre, en T-shirt blanc avec une étoile verte, essayait de se rouler une cigarette, ses doigts ne lui obéissaient pas. Condamnés à la solitude langagière pendant six jours, les écrivains se parlaient par jeux de reflets… Tic-tac, tic-tac.

La force d'une page, lui avait-elle dit peu avant de le quitter, devrait être telle que si tu jettes ta feuille contre la vitre, la vitre se brise. Comme toutes les femmes, elle savait frapper là où ça faisait mal, et maintenant, il n'y aurait plus personne pour appeler le vitrier, on entendrait souffler le vent dans la maison vide. Tic-tac, tic-tac… Il regarda le minuteur : plus que quelques instants pour choisir le passage. La plupart des écrivains avaient déjà leur livre avec le marque-page dedans. Ils avaient respecté le règlement, mais lui était le seul à avoir compris ce que la consigne ne disait pas et qui était sous-entendu. Lui seul avait su lire entre les lignes. Il fit un pas, ouvrit un livre au hasard et trouva immédiatement le passage. C'était si évident, si lumineux qu'il rit même d'avoir eu à réfléchir, à hésiter. En cet instant, les frontières entre les langues étaient tombées pour lui, tous les mots de toutes les langues tournaient dans sa tête avec une vitesse croissante, tic-tac, tic-tac, tous les livres écrits et à écrire étaient en lui, et il comprit qu'il avait déjà gagné le concours mais que cela ne voulait rien dire, car il était à la fois lui et tous les autres, que son histoire était déjà écrite, qu'elle avait traversé les couvertures des livres, qu'elle était la seule pour tous et qu'il devait la lire immédiatement à voix haute car alors, le temps s'arrêterait et chacun se trouverait à sa vraie place, la place qui lui était assignée de toute éternité, et les ficelles du monde se dénoueraient, et la mort serait vaincue, et on entendrait un dernier tic-tac, et…

Dans « Palerme », il entendit : « Parle ! »

Il se racla la gorge et se mit à parler. Tous les visages se tournèrent vers lui.

Son message fut bref. Mais je ne saurai pas le transcrire ici, ni même le résumer. Pour la bonne raison que c'était de l'hébreu pour moi. Je veux dire, incompréhensible. Dans une langue tellement étrangère que je n'en ai pas saisi un traître mot. Du japonais ou du chinois, je les confonds. Ou une langue scandinave. Je l'observais tout en gardant un œil sur le minuteur et je l'ai vu faire un pas de côté et prendre un livre sur un stand voisin. Puis, il l'a ouvert et il s'est mis à lire. Là, j'ai détalé comme un lièvre, car l'aiguille s'approchait de zéro, tic-tac, tic-tac. Je ne me suis retourné qu'une fois pour voir la tornade : tout était sens dessus dessous, les écrivains marchaient sur les mains dans l'air et s'enroulaient autour d'eux, mêlés à des éclats de verre, des essaims noirs de mots dans le ciel gorgé de rouge, les mots des dix-sept langues, extirpés de leurs nids. J'ai senti ma jeune force affluer dans mes jambes. Jamais encore je n'avais couru aussi vite et aussi librement, les maisons se poussaient, les rues s'ouvraient devant moi tandis que, remontant le courant, la foule et les voitures de police flottaient en sens inverse, vers la place. Elles étaient loin derrière moi lorsque j'ai débouché sur le Foro Italico et l'ai enjambé. Les embruns se mêlaient aux miettes lumineuses répandues par le soleil et, dans le silence qui suivit la détonation, les doux clapotis du ressac m'ont accueilli comme une caresse inouïe.

PASCAL DIBIE

L'ÉMOI
QUELQUES RENCONTRES AVEC BERNARD NOËL

Les premiers mots, j'y ai plongé dedans, happé comme par Bataille, sans résistance, entièrement attiré sur les limites qui font frontière entre littérature et vie personnelle. Qu'est-ce que je faisais à traîner sur les bords de l'écriture entre librairies odorantes et recherches en bibliothèque. J'attendais. J'attendais que ça prenne feu. J'ai bien gratté le silex, j'ai cherché l'étoupe mais l'étincelle ne venait pas. Et puis il y a eu *Les premiers mots* ; une logique neuve où « tu regardes monter cette fumée des mots » comme un encens roboratif qui vient fortifier la lecture. Oui, dans l'endedans du rien qui se passe, j'y détecte « une espèce de prophétie qui nous pousse en avant pour être accomplie ».

Alors je respire avec précaution l'émotion qui me pousse à continuer à croire que dans ces mots quelque chose me concerne, mieux : nous concerne tous. Le déjà-là l'emporte largement sur le pas-encore qui crée de l'espoir mais distille le doute. Comment décrire, partager « cette intimité qui est moi » ? Derrière les mots on peut s'absenter mais pas se retirer, je suis là à la virgule prêt. La rumeur est dans ma tête, elle dit en secret beaucoup de l'auteur et n'importe quoi du texte – si non ce ne serait pas une rumeur. Mais ça me tire aussi, ça extirpe les peuplons que je me suis construits avec les mots de l'autre. Lire, pour « entendre de nouveau l'éternel ruissellement ». Tu as mal au dos, tu te masses, « tu te regardes faire en essayant ». Alors tu décris, tu écris, « tu regardes avec plaisir ». On a faim, j'ai faim des mots qui donnent faim, la lecture ne fait aucun bruit et ne couvrira jamais le son des organes qui articulent et soutiennent ce vide. « Tu écoutes. Tu sens que les mots émeuvent en toi un système qui, presque automatiquement, produit ta réponse. » Il parle d'inventer « un couteau à ouvrir les mots » et il le fera, en même temps, plus tard quand il percevra cet élan à rebours, un élan vers l'intérieur. Ce sera, ce ne sera que sa poésie qu'il affûtera sur le fil de ses dents après qu'il aura découvert que « la langue a créé le temps puis, s'en apercevant, elle a créé Dieu pour qu'il mange le temps » (*La rumeur de l'air*). Personne ne sait ce qui se trame sous la peau d'un mot avant qu'on ne le suce jusqu'à le diluer mais le poète assure, à force de s'en être mis tant sous le nez que « les mots ne puent pas ». Les premiers mots qu'on commence à entendre et puis à lire sont acidulés, caressant, fouillant, dérangeant jusqu'au fond, et pourtant si confortables, si réjouissants, nourrissant à l'extrême onction puisque pour la première fois ils nous font quelque chose, vraiment. Oui on peut lire des mots pour de vrai, des mots qui ne vous ratent pas ni jamais ne s'enveniment. L'écrivain nous avertit quand même du danger : « On écrit également pour ne rien dire, ce qui est une façon d'apprendre à voir la mort, la nudité de la mort, et de s'illuminer au contact de ce qui nous éteint. » La mort, il a fini par la voir mais il savait « qu'elle n'est pas assez propre pour que les mots la montrent : les mots sont d'après la mort, ils sont blancs comme des os ». Pas sûr que tout ait un nom, pas certain non plus que l'on puisse tout dire, les mots ont leur carence dont on n'a pas encore mesuré l'abysse, mais on y travaille, on fait tous du mot à mot dont on voudrait un jour qu'ils disent enfin ce qu'ils ont à dire. Alors ce serait la fin des mots, il ne nous resterait que des haricots et leurs échalas, paisseaux de taille qui ne mâchent pas les mots.

C'était un matin, je ne sais plus quand. J'avais tant tourné autour du texte, autour des textes, autour enfin de la collection Textes chez Flammarion dirigée par Bernard Noël, qu'un jour j'y suis allé, chez Flammarion. J'ai demandé Bernard Noël. Il était là, dans un bureau, assis, à discuter avec Paul Otchakovsky-Laurens en face de lui, l'autre directeur. Discussion basse et ponctuée de silences, deux timides face à face et moi qui entre, plus timide encore mais déjà lecteur et assez sûr de ce que j'avais lu pour m'y reconnaître. Je venais pour Bernard, Bernard Noël, pour sa (leur) collection Textes. Comment le bleu de chez Flammarion s'était imposé à moi, chez moi, sur les étagères, comment je découvrais, j'aimais tous ces textes. Sous le bras j'avais un manuscrit, bien évidemment une œuvre si grande qu'elle ne pouvait que plaire aux poètes – *Anthropoésie*. Une lueur passa dans ses yeux. J'essayais de dire ce que je pensais fonder : l'anthropologie et la poésie, la poésie et l'ethnologie. Le poète passe toujours avant l'ethnologue. Il est le regard, l'autre en a fait un métier… et je disais, j'essayais. Bernard me proposa d'aller manger un morceau rue Monsieur-le-Prince. Oui bien sûr. Ce fut un couscous royal puisque j'étais avec le roi.

Alors les poètes mangent aussi. Je parlais déjà d'Amazonie, de Bandiagara, des Dogons, de l'ethnologie, de la collection Terre Humaine. Bernard acquiesçait, s'amusait sûrement de m'entendre. La timidité s'était envolée. L'écoute et la délicatesse du poète m'avaient rassuré. Mon idée était bonne. L'écriture on repassera… Mais il garda le tapuscrit et sans doute le parcourut. La publication n'était en définitive pas mon but. C'était la rencontre, c'était de rencontrer l'écrivain, d'entendre le poète, les premiers mots articulés de ce que je lisais moi depuis… depuis le jour où j'avais compris qu'on pouvait chercher des mots sous la peau. Je n'en revins pas. Je n'en suis toujours pas revenu.

Une autre fois, une autre année ? Je montais dans le métro entre Bastille et Saint-Paul et je tombais sur lui, sur eux. Un couple lumineux. Un ensemble inséparable qui même dehors se rentrait dedans, mille fois dedans – je connaissais. Elle ne pouvait être que la peintre de sa peinture et lui le poète de la langue de ses mots qui décrivent. Moi fondant de gêne mais brûlant de bonheur.

J'irai très vite déjeuner chez eux, Villa de l'Adour. J'y suis allé. J'ai appris comment on pouvait tordre la salade plutôt que de la secouer pour la rincer. Il n'y a qu'un poète qui pouvait avoir inventé ça. Il me semble qu'on était un peu dans la pénombre. Plus facile pour parler. Au retour je notais :

Jeudi 4 juin 1981

« J'ai dîné chez Bernard Noël, Villa de l'Adour. La soirée avait été très simple, très bien. Bernard est beaucoup plus pratique que je ne l'avais imaginé. Il avait préparé un dîner, un vrai avec entrée, rôti, pommes de terre, fromage, un [illisible] au sucre et à la crème. C'était bon. Il y avait là un peintre et un dessinateur ainsi que le fils de Colette Deblé.

J'ai pour la première fois depuis mon retour, je crois, raconté spontanément l'Amazonie – en ajoutant peut-être un peu d'exotisme tout en jurant qu'il fallait le retrancher de mon discours.

J'ai appris ce matin même que j'avais obtenu la Bourse complète du CNL, 40 000 francs. Pour Bernard, l'obtention des bourses semble être très équitable et moins sentir la magouille que je ne l'avais imaginé. Bernard me parle de ses démêlés avec le petit monde parisien à propos de la publication de la préface prévue pour le livre de ce sculpteur nazi (Arno Breker et l'art officiel, Jacques Damase Éditeur) qui était prêt aussi à collaborer avec Staline (cf. expo Beaubourg, *Paris-Paris*). La question pour Bernard est une question fondamentale pour l'art, que ce soit peinture ou écriture : « Qu'est-ce qui collabore en nous ? » Mille fois il l'a posée avec insistance. Cela m'a beaucoup impressionné et j'avoue que depuis j'y pense chaque fois que je me mets à l'écriture.

Avignon, le 21 juillet 1981

Suis arrivé à Avignon avec Jacques et Sylvia Lacarrière pour Les Rencontres à la Chartreuse. Bernard est là. Je crois qu'il était en « résidence » à Villeneuve. Il y a là sur la pelouse les éditions Verdier. Il me montre sa fenêtre et me dit combien il a été bien ici pour écrire. Il a un déjeuner et s'en excuse. On se reverra plus tard.

Pas de gêne ou de discrétion ; du respect, ce n'est que cela. [...] Poussé, attiré irrésistiblement vers le monde des lettres où le privé et le public ne peuvent être séparés, où la pudeur est dans l'étalement de toute sa vie, dans son intimité traduite mais jamais galvaudé, j'aime... Ce sentiment de bonheur, d'amour doux, profond : d'être bien. Cela m'effare et me ressource car ici rien n'est à séparer – en y pensant, le désir naît dans ma chair. Tout s'offre à tout, tout s'ouvre à tout. Les mots ont une réelle épaisseur. Ils nous touchent là où on ne s'y attendait pas.

Lundi 5 octobre 1981

[...] Je crois que j'ai trop lu, trop suivi. Le travail de Bernard Noël a été trop soudain, trop fort et m'a marqué très fortement pour ce qui est de la boucherie (je préparais une exposition en Bourgogne, avec l'Agence nationale de création rurale intitulée *Tendre Boucherie*), laissant le côté sensible de l'écriture. Je m'aperçois que je n'arrive pas à décrire les minuscules détails des lieux, des choses et des êtres. Il est vrai que la question est difficile. Faire passer, glisser d'une culture à une autre sans faire de comparaison, comment m'y prendre ? Les mots, c'est de la viande, ça sort de la bouche, ça s'y mastique. En ce moment je regarde un peu Michel Tournier, je vais aller voir Lévi-Strauss mais surtout il faut que je me replonge dans l'univers de Bernard Noël afin qu'enfin surgisse du Dibie-débutant...

Vendredi 30 octobre 1981

RDVS au Creusot, à l'Écomusée avec Marcel Évrard (son directeur) et Bernard Noël. C'est aussi le Centre d'histoire sociale et de l'histoire des ouvriers. Nous déambulons avec Bernard le long des meubles et des couloirs. Je lui reparle de son *Dictionnaire de la Commune*, il me dit l'importance de créer un musée de l'histoire des ouvriers. Il n'y a en vérité très peu d'écrits sinon politiques et généralement rédigés par d'autres. Les mots ne sont pas les mains, moteurs animés de l'industrie. Là où les mots sont des maux on est mal. Bernard s'intéresse aux automates qui sont là au Creusot. Comme d'habitude généreux dans l'écoute.

10 mars 1984

Rencontré Bernard à l'ANCR à Chalon-sur-Saône, avec Sylvia et la peintre Charlotte Charlot. Retour l'après-midi en voiture à Sacy avec Bernard chez Jacques (Lacarrière). On dîne tous ensemble. Une belle soirée festive et douce où de la Grèce aux mots du corps les choses se disent tendrement.

Quelques jours plus tard, *Télérama* titre un petit article avec le beau visage de Bernard Noël « Poésie ininterrompue » à propos des journées de la poésie. « Comme une nécessité les vieux enfants que nous sommes restés ont bien oublié leurs émois créateurs d'antan », écrit le journaliste.

11 avril 1984

Je reçois le même jour une lettre de Bernard et une de mon amoureuse. Je note de bien étranges et puériles réflexions. Mais n'en suis-je pas à l'Émoi :

« C'est absurde : indicible bonheur des lettres, ces deux lettres. Celle de Bernard d'abord (oui j'ai cru qu'il fallait d'abord mais je ne savais pas comment faire – Toi S d'abord ? – J'avais deux yeux chacun regardait une lettre – Envie de vous lire ensemble – le peut-on ?

Oh mes amis que faire ?

Bernard, non toi, S... Commençons par le plus rare – mais vous êtes tous deux aussi rares. Soit : Bernard. Ô cette joie. Le sait-il le plaisir qu'il me fait à m'écrire ainsi ce petit mot, à me dire qu'il a aimé « Miam-miam » (grande encyclopédie miam-miam de la découpe) aux éditions du couteau dans la plaie que je lui avais envoyé – qu'il l'a dévoré. C'est une chaude gorgée d'amitié, si forte.

Je repense aux premiers moments d'*Anthropoésie*. Cette fois chez Flammarion. Ce même coup à la tête. Cette joie si extrême que mon cœur bat si mal. Une mort annoncée je crois ne me ferait pas ce coup. Merveille bleue, me voilà soûl de rien et de tout. Mon dieu que c'est absurde. J'ai aussi besoin de cela pour écrire. Un mot, dix lignes retournées de celui qu'on admire – non sans doute est-ce plus. Mais peut-on dire la joie ?

Midi sonne à l'église.

Le 11 octobre 1987

Cher Pascal,

Pourquoi je ne t'écris jamais ce que très souvent ma pensée t'adresse ? Je ne sais pas. Il y a eu, par exemple, ce long après-midi heureux, à Copenhague, où lisant tes Chameaux, *je suis entré dans une substance faite de l'expression du bonheur porté par le bonheur de l'expression, et il m'en reste une lumière qui sourd mentalement autour de ton nom. Le début de ton* Ethnologie de la chambre *m'a inquiété, un peu bâclé quant à l'antique, mais ensuite ce même bonheur, porté ici par l'intelligence de la mise en scène, m'a éclairé. Et voici ta carte de Turquie… Je ne suis pas sûr que mon « Soudan » vaille la peine d'être ranimé. Je m'y suis inutilement vidé de moi. Je viens de passer trois mois de travail, qui m'ont quelque peu libéré de l'autosabotage – et aussi d'une censure interne. Deux livres paraîtront chez POL en janvier et j'ai écrit une pièce, qui a fusé avec une grande violence. Côté voyages, je pense aller en Pologne, peut-être en décembre. Tant de choses à vérifier là-bas. Cela t'intéresserait-il ?*

à bientôt, affectueusement,

BERNARD

Mardi 18 novembre 1997

Revu Bernard Noël pour la sortie de son livre *Site transitoire* (Éditions du Scorff). Toujours aussi chaleureux. Présent immédiatement et invitant. Je ne sais pas comment faire autrement que de « replonger » dans un milieu qui écrit pour écrire. « C'est pour sortir du regard qu'on met une langue dans ses yeux… » Quand j'écris c'est toujours tôt le matin, chaque jour renouvelant chaque page et la vie suivant l'écriture pour me faire page de toute heure…

Dimanche 14 novembre 1999

C'est étrange comme il y a des livres qui disparaissent. Je pense à ceux de Bernard Noël comme *Les sexes et l'art fasciste*. Ils passent leur temps à disparaître. Il y en a encore un : *Ionesco sur l'art*. Évidemment je les veux immédiatement, tout de suite, sur-le-champ. Pas question de ne pas les avoir. Et je fais le tour de mes livres pour les retrouver.

En définitive ma biblio est bien mal rangée. Je devrais avoir à Paris les livres d'ethno et ici (Chichery) les romans où je trouverai le temps de les lire.

Mais où garder Bernard Noël, ici ou là ?

CATHERINE PONT-HUMBERT

Dans les fouilles de l'écrit

Dans les fouilles de l'écrit
Les mots noirs se sont enfouis

Accrochés à la mémoire
Ils la griffent comme le diamant raye une vitre

Dans l'ombre du récit
Les dénicher un à un
Les sauver de leur engloutissement

Ce sont des mots à raccommoder
Des mots à réparer
Pour triompher de la perte et maintenir vive la promesse

L'encre noire a pénétré les moindres recoins de la mémoire

S'engager sur le chemin des mots clairs à prononcer
Pour chasser le sombre
Avec la peur que tout s'effondre serrée au ventre

Longue marche vers la lumière

Voyelles éclatantes pour aller fouiller sous les apparences
Patience des phrases confidentes
Grammaire volée aux désespoirs

De quel esprit se nourrir pour engager ce chemin-là ?
À quelle rive accoster dans l'insensé ?
Ou trouver le sens ?

C'est une parole de commencement

Ce sont des mots ouverts au seuil des fièvres

Ils savent les frémissements de la terre
Les blessures du passé, les sorts jetés

Ils connaissent les reflets de terreur dans les yeux
La pâleur des vœux

Où trouver l'issue ?

Ils font récit partagé
Voix d'amitié
Gratitude lancée dans le silence

Ils essuient les gouffres
Frôlent les vertiges
C'est une langue des entrailles

C'est une parole d'espérance

Chaleur cousue
Accord de gestes

Paroles de terre nourricière

Derrière les barrières invisibles
Les mots piétinent dans le réel

Ils s'élancent dans des prés humides
Traversent des forêts sombres
Marchent à travers champs

Victorieux, ils se glissent dans l'informulé
Saturés de mystère
Ils dansent sous les néons

Aurons-nous le temps ?
Le temps d'habiter ce monde de mots nouveaux
De nous dire le passage du vent
Les caresses du temps
Les murmures de l'univers

Les mots s'installent dans le jardin flou de l'innommé
Rencontrent les absents
Opiniâtres dans leur refus de se laisser trop facilement apprivoiser

Les mots s'accrochent tour à tour sur la langue
Portent au cœur des échardes de douleur
Les verdures les enveloppent d'une douceur inouïe

Le monde dans son ampleur les contient tous
Les cajole et les berce dans la naissance du petit matin
Il dissipe au loin tous les tourments et les chagrins

C'est une parole des commencements

Cette parole-là suffit-elle ?

La bouche pleine de mots nouveaux
Silence parlé
Sur ce qui n'a pas encore de nom

Appétit des choses réelles
Temps mangé
Dans la marmite des mots
Le ciel étale ses filaments

Beauté rapaillée

Souffle tenu d'un ciel limpide
Tranquillité de fenêtres ouvertes

C'est une parole d'espérance

MARTIN MELKONIAN

IDENTIFICATION D'UN HOMME

Milton lui-même [l'auteur du Paradis perdu],
s'il se regarde dans une cuiller, doit se résigner
à subir la même déformation faciale qu'un rustre.

GEORGE ELIOT

I

Il s'avance sur la scène étroite qu'éclaire un plafonnier à la lumière grise et poudreuse. Représentation ? Répétition ? Visite en vue d'une location ? D'un achat ?

Perplexe, mais sans gêne, il fouille du regard les rangs clairsemés de la salle. Il recherche, semble-t-il, un visage. Il croit percevoir au fond un scintillement, exactement comme un de ceux apparaissant dans l'appareil de l'ophtalmologue au moment de l'examen du champ visuel.

Maintenant, il lève le bras droit. Il tient dans la main une carte-lettre écrite dans une île ou au retour d'une île (il ne sait plus). Une carte-lettre rouge Lucifer. Maintenant encore, les yeux exorbités, la bouche en cul-de-poule, il tente d'émettre un son. Rien. Une fois de plus, se dit-il.

Il retourne par où il était venu : la coulisse. Côté jardin. Le voici ruminant des bouts de phrases dans la rue. Il serait bon de le suivre, de tendre l'oreille, de prendre quelques notes manuscrites ou de tenter un enregistrement vocal à l'aide, par exemple, d'un dictaphone.

Remarque. — Il découle de cette première approche que le personnage sans patronyme n'est pas monté sur la bonne scène. Quoique.

II

Il n'a pas eu la patience d'attendre. Il pouvait sortir puis revenir, c'est-à-dire remonter sur scène. Car dans la demi-obscurité de la salle, une femme scintillante apparut. Elle s'était assise sur le premier fauteuil du dernier rang. Lèvres et ongles peints en noir ébène, tailleur rouge Lucifer (ce rouge spécifique de la carte-lettre que le personnage sur scène avait brandie), escarpins pailletés argent.

Une femme-désir devait-elle rencontrer un homme désirant ? Un homme-désir devait-il rencontrer une femme désirante ? Non, deux fois non. Déductions attendues, fausses pistes.

Dans l'espoir de corréler deux individus avec une missive, un esprit curieux fouille le passé confusément mêlé aux signes de la dégradation et de l'oubli. Tel qu'il avait fini par l'appréhender, son personnage – le possessif est dorénavant de rigueur –, son personnage privilégiait les lieux insolites. Mais cette salle de théâtre de poche, comme il en existe dans les arrondissements dédaignés ou sur les boulevards extérieurs de la métropole, ne présentait rien de particulier. Des amateurs la louaient pour une somme modique et s'y produisaient à leurs heures perdues.

Rien de particulier ?… Si ! Au-dessus d'une billetterie désaffectée, ces mots en lettres capitales peints en vieil or : LA MAISON ASSEZ. De part et d'autre de la billetterie, sous de petites vitrines rectangulaires, des placards d'un blanc éclatant, sans caractères d'imprimerie, sans images, étaient punaisés.

Il y eut ce jour-là, à quelques centimètres du sol, à l'endroit où se trouvait, en guise de plateau, une estrade d'établissement scolaire, une seule apparition non verbale. Dans la salle aux rangs clairsemés, nul ne s'en était soucié. De spectacle à proprement parler, point. Plutôt une traversée ? Ou un dehors-dedans fusionnel ?

Oui, c'est ça, pas de dehors, pas de dedans, un même espace d'ombre et de lumière. Un espace disponible entre deux rues parallèles. Un vide aménagé. Pareille à un enfant d'âme, la rencontre était susceptible de s'y développer et de sceller, pourquoi pas, une union.

La femme scintillante claqua son smartphone pliable comme elle l'aurait fait d'un poudrier en métal vintage, bondit de son fauteuil, dépassa les quelques rangs qui la séparaient de l'estrade, en gravit l'unique marche et pénétra dans la coulisse. Côté cour.

Remarque. — Il y eut en réalité ce jour-là deux apparitions scéniques non verbales. La première de face, la seconde de dos.

III

Il ferait tout pour ne pas la rencontrer et, en même temps, tout pour lui faire croire qu'il souhaitait la rencontrer. Il parviendrait ainsi à briser la glace. Il se plaisait à le croire. Il connaissait son prénom. Il se le murmurait souvent, secrètement, luttait contre l'invasion dont il se sentait la proie, multipliait les atermoiements, optait pour la consigne de se rendre inabordable, exagérait le danger d'une relation sans lendemain, donnait des coups de frein à une passion incontrôlable qu'il espérait cependant contrôler.

Les rendez-vous étaient périodiques : trois fois par semaine, à son domicile. Entre eux, excluant la proximité, il y avait un large bureau en merisier massif recouvert de bouquins reliés en veau de couleur sombre et de papiers en désordre.

En sa présence, elle ouvrait un miroir de poche, le refermait, le rouvrait, se fardait, sortait un briquet, allumait une cigarette, fumait, écrasait les mégots sur le parquet vitrifié. Appliquée dans ses gestes. D'un calme peut-être ostentatoire. Il n'en tira jamais une parole. Elle lui dérobait de temps à autre un objet sans qu'il s'en aperçût. Puis il y eut, plusieurs mois après leur premier rendez-vous, la carte-lettre rouge Lucifer qu'elle lui écrivit d'une île ou au retour d'une île (il ne sait plus). Elle contenait des phrases dont il n'arrivait pas à se souvenir. Des phrases simples, mais incompréhensibles, du style : « L'histoire est une marée qui s'empare de la voix. » Figuraient-elles un rapprochement ou un éloignement ?

La signature, à savoir le prénom d'une remarquable lisibilité calligraphique, lui fit prendre conscience d'une opportunité « sentimentale » (l'adjectif le répugnait). Des pleins, des déliés et une grande amplitude des jambages furent autant de papillons voletant dans les chemins creux de son « trouble » (il s'attribua un qualificatif qui l'embarrassait). La scintillante, elle, contrariait sa faculté d'écoute que par ailleurs un cénacle d'experts plébiscitait.

Remarque. — La visiteuse n'a rien à proférer : absence de frustration. Une rebelle ? L'auditeur n'a rien à écouter : frustration. Un assujetti ?

IV

L'esprit curieux, un mémorialiste apprit qu'une nouvelle rencontre s'était déroulée entre les deux rues parallèles, dans cette salle rebaptisée LA MAISON ENCORE (mais ne changeait-elle pas d'appellation au gré de ceux qui la fréquentaient ?). L'homme sans patronyme et la femme au prénom murmuré apparurent sur la scène étroite éclaboussée de lumière.

Un bref échange eut lieu, avant que l'un et l'autre ne s'éclipsent sous des applaudissements nourris, qui côté cour (elle), qui côté jardin (lui).

Plus tard, à force de recherches assidues et de classements méthodiques, le mémorialiste découvrit une feuille de papier à lettre Vergé au lourd grammage laissant transparaître un filigrane au motif coquin. Teinte : un rose carné tendre, dit « Madame de Staël ». Sur cette feuille de papier, une main aussitôt reconnaissable par l'usage des pleins, des déliés et une grande amplitude des jambages, avait écrit au stylo-feutre turquoise le texte de l'échange en question :

— Comment vous appelez-vous ?

— Pip, Madame.

— Pip ?... N'est-ce pas le nom du héros des *Grandes Espérances* de Charles Dickens ?

— Oui, Madame. Je me permets de préciser : Dr Pip, psychanalyste de trottoir, membre assermenté de la Maison des Inaffectifs. Voici ma carte.

ANGELA LUGRIN

Le muret

À notre arrivée au CHU, mon frère médecin obtient le droit de voir notre mère, hospitalisée d'urgence. Je m'assois sur le petit muret qui longe le parking. Le bleu roi du ciel d'automne est irradiant. Les bras ballants, à l'orée du monde, j'attends, sans plus rien à énoncer. Me revient mon incapacité à écrire depuis la parution de mon dernier livre.

Un texto de mon frère : *Maman a eu un Takotsubo, une cardiomyopathie de stress, dit « syndrome du cœur brisé » ; elle reprend du poil de la bête.* C'est bien qu'il soit auprès d'elle, moi, je n'aurais pas été capable de trouver les mots. Un mur existe entre ma mère et moi depuis l'enfance, un mur invisible contre lequel on se cogne et à travers lequel nous nous aimons. Parfois quand j'écris, la paroi de verre tremble.

La première fois que nous sommes partis, mon frère, mes parents et moi, dans la Normandie cachée de l'enfance de ma mère, notre 4L avait un air de vaisseau fantôme. Je devais avoir cinq ans. Je me souviens de mes premiers pas dans l'allée cimentée autour du maigre potager, des murs de la maison couleur brique suintant l'humidité et la crasse, de l'air pétrolé craché par la raffinerie en contre-bas. Mon arrêt, pétrifiée, devant la porte rouge sang ouverte sur les toilettes de la cour. Le trou noir dans la planche. Sous mes yeux, se levant dans les fumerolles nauséabondes comme des gisants sortis de leur sommeil éternel, tous les affreux qui ont fracassé l'enfance de ma mère, les salauds aux odeurs de cuisine et de maladie. Ces gueules hirsutes se sont glissées dans le moulin au fond de mon cœur, celui qui balance les rêves et le sel d'une vie. Je suis née pour une part de ce que j'ai vu là, dans mon silence d'enfant. Mon désir d'écrire porte les traces de ce premier effroi.

Ma mère est l'enfant d'une fille-mère qui s'est vite mariée à un autre homme, avec qui elle a eu tout plein d'enfants légitimes. Au milieu de ce petit troupeau soumis aux épreuves de la misère, l'enfant bâtarde s'est terrée. Elle n'a jamais rien dit des violences subies ; je les ai apprises par d'autres ou devinées, le visage collé au mur froid qui nous sépare. Les crachats, les coups, les nuits dehors, le nez en sang. Quand j'ai rencontré ma grand-mère pour la première fois, j'ai vu une femme vieillissante dont les petits yeux gris ne parvenaient pas à cacher les vilenies. J'aurais pu voir une dame malmenée par la vie, mais non, j'ai vu une criminelle.

J'ai 13 ans, je suis en voiture avec ma mère. Je lui dis : « Un chat est un chat, un salaud un salaud. » Je veux qu'elle passe aux aveux, qu'elle condamne sa propre mère. Je veux qu'elle la haïsse, comme si seul cela pouvait garantir, un jour, nos retrouvailles. Mais elle n'a que le mot « pardon » à la bouche. Ma mère pourrait se laisser mourir en silence comme ça, sans justice, sans réponse.

Peu à peu le ciel s'obscurcit. La façade de l'hôpital s'illumine, monstre aux airs de ciel étoilé.

Depuis son exil berrichon, ma mère nous envoie des textos quotidiens, plus simples, plus définitifs que la parole vive. Petite fée de la langue, elle envoie des mots qui chantent, des *trillions d'étoiles scintillantes* par-ci, des *douce nuit* par-là. Le parfum de fleur bleue de ses mots me met les nerfs en pelote. Derrière leur bonhommie, ils m'inquiètent. Elle reste seule parfois avec ses mots-fleurs en travers de la bouche. Comme moi avec les mots tendres et le mot « écrivain ».

Un jour, sur une terrasse en pierre, arrimée entre le ciel et la mer du cap Corse, j'ai entendu une écrivaine à la radio. « Je suis un écrivain qui a besoin de rituels », disait-elle tandis que je regardais mes ongles noircis et la déchirure d'une maille sur la manche de mon pull. J'ai ri, face à la mer pulvérisée. Un rire sans mépris, définitif qui disait : « Ce mot n'est pas ton horizon. » Le mot « écrivain » m'est interdit.

Quand j'avais 9 ans pourtant, seule le mercredi matin dans notre appartement, j'allais chercher dans les sous-vêtements de ma mère, son unique soutien-gorge jaune pastel destiné au rendez-vous annuel de la médecine du travail. J'y glissais deux pommes, enfilais un chemisier, sa paire de bottes à talon en cuir bordeaux, aux zébrures disco. J'allumais une cigarette, la première inspiration comme une porte d'entrée dans le monde vaporeux des adultes. Dans le canapé en cuir orange devant le grand miroir, je répondais, dans les volutes de fumée, d'une voix suave, aux questions techniques d'un Bernard Pivot invisible, ponctuant mes phrases d'amples mouvements du bras qui ramenaient à ma bouche ma cigarette de femme. J'aimerais bien ce soir entendre les réponses de l'enfant qui se rêvait écrivain dans les habits de sa mère.

Ma mère agit en moi comme une bouche d'ombre, un puits noir dans lequel je balance quelques cailloux, comptant les secondes qui me séparent du clapotis ou du fracas de la pierre sur l'eau lointaine.

Mon frère revient, s'assied à côté de moi, se roule une cigarette. Ses artères sont nickel. Elle a failli mourir. Tout est OK. Tu vas pouvoir aller la voir. Je pensais que ma place était là, rivée au muret, pour l'éternité.

Dans les couloirs labyrinthiques de l'hôpital, je voudrais des trucs et des bidules pour occuper mes mains et ma tête. Ma mère, elle, n'a jamais peur du temps impeuplé. Elle se drape dans l'épaisseur des heures et sous l'immense chêne qui dessine un chemin de lumière mouchetée jusqu'à la porte d'entrée, elle est la reine des errances.

Dans sa maison, il y a des tentures indiennes qui scintillent, des abat-jour pourpres, des photos d'enfants punaisées sur les poutres, des tissus dorés sur des tables branlantes, des miroirs sur les murs de pierre, des fauteuils en velours, des livres bien sûr, quelques jouets et des bouquets d'immortelles. J'aime ce lieu mais je n'y trouve jamais la caresse désirée. Peut-être écrire a été pour moi une tentative de bâtir une maison pour l'enfant qui demeure en moi.

Les yeux de ma mère sont fermés, des sonneries délicates et régulières ponctuent son sommeil. Il fait chaud. Je suis rassurée car elle n'aime pas avoir froid. Je m'assois sur une chaise pliante. Un drap blanc couvre ses jambes minces et un voile de coton enveloppe son torse. Je cherche les mots que je vais dire quand elle ouvrira les yeux.

Je l'imagine chez elle fumant une clope devant sa cheminée, un verre de vin de Touraine à la main. À 71 ans, elle porte des jeans trop larges, des pulls troués, des godillots militaires. Il faut la voir débarquer au bar du village, acheter ses clopes, avec ses rangeo et sa canadienne. Jamais de maquillage, jamais une robe. Sur son visage, ce soir, sa liberté.

J'ai entendu mon père évoquer une boîte en fer dans laquelle ma mère aurait brûlé des lettres. Elle brûle ce qui ne vaut pas la peine d'exister et fleurit le reste. Moi, je me tiens immobile au côté des mots qui ont brûlé. J'ai goûté l'amertume des cendres grisâtres.

Le souffle serein qui émane d'elle me susurre que toute parole, même la plus bébête, relève d'un incendie plus ou moins lointain. Il y a certains mots qui appartiennent aux terres brûlées.

Ma mère n'a pas ouvert les yeux et déjà je dois quitter la chambre. Je m'approche à pas de velours, je dépose un baiser sur son front. Je veux que ce baiser soit une petite pierre, qu'elle ait un poids et que ma mère la trouve à son réveil.

Je t'aime. J'ai dit cela si faiblement qu'on pourrait presque en douter.

Ma mère est retournée chez elle, elle a rechaussé ses bottes en plastique et me voilà, ce matin, au bout de la digue. Pour venir là, j'ai traversé la ville. J'ai vu une mouette régurgiter ce qu'il restait d'un poisson aux entrailles nues et un goéland s'en rassasier. Des employés de mairie ont fait chanter leur accent dans les rues désertes. Un handicapé s'est arrêté sur le trottoir, ses lèvres se tordant comme pour un baiser outrancier au vide.

Un voilier quitte le port au moteur dans la brume. Des hirondelles aux ailes comme des serpes cisaillent le bleu évanescent du ciel. Je regarde la mer, son scintillement de fête. Un camion poubelle s'avance sur le môle dans un bruit de moteur et de métal.

Je pleure. Je pense aux pluies de mousson, aux eaux troubles des ciels tropicaux lourds et orange, qui tombent d'un coup, inondent les rues, font qu'on ne sait plus où on marche, qu'on a peur des rats, des serpents, des morceaux de verre, et qui cessent de manière abrupte et définitive. Le ciel est lavé, calme. Les rues s'évaporent sous le nouveau soleil, tendrement.

Mes larmes ne sont pas des larmes de tristesse, ce sont des larmes de pluie.

Et un jour, peut-être, je dirai « j'écris ».

ANTOINE DAGUERY

LA FILLE DE L'ESPRIT DE LA FORÊT

Après la disparition de Koharu, Nagasaki s'était remplie d'un parfum insidieux de vide. Quelque chose de la plénitude inexplicable que j'avais eu à vivre dans cette ville, depuis le premier jour où j'y avais mis les pieds, s'étiolait, se perdait. Je craignais ça, que Nagasaki s'efface dans mon cœur, se couvre d'ennui, se confonde avec toutes les autres villes de la terre, où j'étais condamné à ne jamais trouver ma place. J'envisageais de partir, moi aussi, de prendre le large, mais je trouvais mille et une raisons pour ne pas le faire.

Je recherchais des photos de Madame Chrysanthème, des renseignements sur elle, sur sa famille, sur sa descendance éventuelle. Je ne trouvais rien, mais chercher, chercher où je pourrais chercher, m'occupait beaucoup. Les mariages temporaires de Madame Chrysanthème et de ses sœurs d'infortune avec les marins de passage étaient officiels, enregistrés, signés, archivés. Ces pratiques s'étaient poursuivies pendant des décennies. De nombreux métis étaient nés de ces unions. Certains étaient partis dans les pays de leurs pères, les autres étaient restés, fondant leurs descendances dans la masse de tous. Des papiers, des photos dorment quelque part à Nagasaki, qui me parleront de Madame Chrysanthème, de celles qui sont nées d'elle, de celles qui viennent des filles de ses filles et qui vivent aujourd'hui et que je croise dans Nagasaki sans les reconnaître. Mais où ?

Subjugué par les maîtres de kyudo et de kendo lors de la traque de Tako, j'avais commencé à m'initier à ces deux disciplines. Malgré la bienveillance courageuse des professeurs et des élèves, je n'ai pas persévéré, ayant vite constaté que, avec un arc ou un sabre à la main, j'étais, selon la formule consacrée, un danger pour moi-même et pour les autres. Ma vocation en judo avait été tuée dans l'œuf par un échec lamentable au passage de la ceinture jaune, quand j'avais dix ans. Le karaté me paraissait trop raide et risqué. Quant à casser des briques à mains nues… Heureusement, j'ai découvert avec ravissement l'aïkido, ses longues chutes, ses cercles, ses évitements, son idéal de non-violence et de non-utilisation de la force. Les mouvements étaient variés, complexes, les cours intenses, les gradés toujours disponibles pour prendre en charge le débutant. Très vite, j'ai fait partie du groupe, à la japonaise.

Je travaillais, donnais des cours de français à des femmes rêveuses, initiais des alcooliques mondains à la dégustation de vins rares. J'étais raisonnablement occupé. Dans ce pays amnésique de sa propre culture cinématographique, j'avais même rencontré, par l'intermédiaire de Toshio, l'ex-producteur, les quelques cinéphiles de la région. Trop heureux de nous être trouvés, nous passions des soirées entières à vanter les mérites comparés des grands du cinéma japonais : Naruse, Mizoguchi, Kurosawa, Ozu, Yoshida, Kobayashi, Shindo, Ōshima, Imamura. Quand il se faisait tard et que nous avions bien bu, nous basculions dans la témérité et décidions d'ouvrir un ciné-club. La gueule de bois du lendemain nous ramenait à la réalité : même si nous projetions les plus grands joyaux du cinéma japonais, personne ne viendrait les voir. Tous les grands bâtiments aux halls monumentaux construits par les municipalités successives de Nagasaki ne semblaient avoir d'autre vocation que de rester vides.

Ma vie était banale, s'inscrivait dans des routines plutôt heureuses, sans inquiétude ni accomplissement particulier. Je m'appliquais à oublier Koharu. Je prétendais y arriver mais je continuais à la voir trop souvent dans celles qui pouvaient, vaguement, lui ressembler. Chaque nuit, je faisais ce rêve, toujours le même : les débris du tsunami, des morceaux de bois, un autel et une photo de femme qui flottent au milieu du Pacifique, dans une fin d'après-midi calme. Parfois, l'eau qui recouvrait son visage glissait et je croyais pouvoir le distinguer enfin, mais tout se brouillait au réveil.

La première fois que j'ai reconnu cette femme, la femme de la photo, au milieu du Pacifique, ce ne fut pas à l'intérieur de ce rêve obsessionnel, par une sorte de clarification des images que j'en avais, ni même dans les nombreux portraits de disparus diffusés après le tsunami, mais dans un livre sur les victimes de la folie khmer rouge. C'était un ouvrage constitué par les photos des prisonnières et des prisonniers du S21, un ancien lycée devenu un centre d'emprisonnement, de torture et d'exécution dans lequel sont mortes entre 17 000 personnes, femmes, hommes, adolescentes, enfants, bébés. Les Khmers rouges avaient fait des portraits de chacune de leurs victimes pour prouver administrativement leur existence, leur passage au S21 et leur exécution. Dans leur fuite panique devant l'armée vietnamienne, en 1979, ils avaient oublié la plupart de ces photos. Un exemplaire d'un livre constitué d'une partie de ces terribles portraits avait atterri dans la librairie de Lu-Hi. Alors que nous parlions de Thrin, de son retour au Cambodge avec sa fille et de son invitation à venir le voir, Lu-Hi a sorti ce livre de son enfer, un recoin où il rangeait les publications les plus brûlantes et il me l'a tendu. *« Si tu vas là-bas, tu vas croiser beaucoup de fantômes.* » Tous, toutes avaient été photographiés à leur arrivée au S21. Le livre ne comportait aucune photo des prisonniers après leur exécution. Ces portraits étaient absolument terrifiants dans leur simplicité, l'angoisse qui émanait des visages, le destin que l'on savait être le leur après la séance : une mort certaine après des mois de tortures extrêmes. Ces photos étaient les dernières traces de leur humanité, avant qu'ils deviennent des cadavres aux chairs confondues. Malgré eux, les Khmers rouges avaient donné à leurs victimes la possibilité d'être vues une dernière fois comme des êtres humains.

Dès que j'ai ouvert le livre, j'ai voulu – j'ai dû – regarder chacune des personnes photographiées, en tentant de la rencontrer, de l'imaginer, de l'évoquer. C'était ça, la force inqualifiable de ce livre : on pouvait y croiser chacune des victimes, on devait, dès qu'on l'avait ouvert, rendre cette manière d'hommage. Lu-Hi m'avait laissé dans un coin dérouler lentement les pages, portrait après portrait, personne après personne. Certaines avaient un nom, un état, deux mots de biographie, d'autres n'avaient rien et il fallait les percevoir uniquement à partir ce que l'on pouvait voir sur leurs visages.

Les regarder en face, longuement, chacun, chacune, était nécessaire mais c'était difficile, éprouvant. Une femme élégante avec un bébé dans les bras, une adolescente à la coupe au carré, un gamin au visage abîmé par les coups, un homme dont les yeux avaient déjà vu l'enfer qu'il allait vivre…

Les Khmers rouges exigeaient des confessions détaillées sur des crimes imaginaires, à base d'obscures conspirations. Les prisonniers passaient des « gentils » tortionnaires, aux « chauds » et puis aux « mordants » en fonction de la « qualité » de leurs confessions et du niveau de satisfaction qu'elles inspiraient à leurs bourreaux. Ils étaient ensuite exécutés, après un parcours d'horreurs qui ne durait pas plus de trois mois. C'était ce qui attendait chacune, chacun, après la photographie. J'ai regardé, en face, une vingtaine de personnes, page après page.

Alors que je marquais une pause et feuilletais le livre au hasard, je l'ai vue. J'ai su immédiatement que c'était elle. Le visage que j'avais devant moi, sur cette photo noir et blanc, était le même que celui de la photo qui flottait au milieu des débris du tsunami. Cette dernière était en couleur, prise dans un autre contexte, à une autre époque, mais le visage était exactement le même. Les traits de cette femme que je voyais, légèrement flous, dans ce rêve récurrent, nuit après nuit, depuis des années, se révélaient dans cette photo prise dans le centre de torture du S21, au Kampuchéa démocratique, en 1978. C'était la même femme, avec le même visage, sans aucun doute possible. J'étais figé par cette découverte, saisi par les champs d'incompréhension qu'elle soulevait. Elle portait un numéro dont les premiers chiffres avaient été effacés. Il se terminait par 27. L'inconnue du Pacifique retrouvée parmi les victimes de la folie khmer rouge avait un nom provisoire : X27.

Lu-Hi n'en savait pas beaucoup plus sur l'identité des personnes photographiées. Deux Occidentaux avaient découvert les photos des victimes du S21. Ils les avaient réunies, en avaient fait une exposition, un livre. L'exposition avait choqué quelques délicats qui s'interrogeaient sur l'opportunité morale de les montrer. Un exemplaire du livre avait atterri à Nagasaki, Lu-Hi ne se souvenait plus comment. Les photos ayant été prises dans un cadre administratif, des documents écrits correspondant à chacune des victimes devaient exister quelque part, mais où ? Les principaux responsables du génocide cambodgien étaient morts ou en prison. Les autres avaient été réintégrés pendant les différentes étapes de la normalisation du pays. Douch, le responsable du S21, était encore vivant, en prison à perpétuité. Se souvenait-il ?

— Tu sais que Douch, comme le docteur Ishi, s'est converti au christianisme, me précisa Lu-Hi. Après ses crimes, il a passé dix ans de sa vie caché par une ONG chrétienne.

— À ce stade d'ignominie, j'imagine que ces personnages ne peuvent traiter qu'avec Dieu. Soit par orgueil, soit parce que seul un dieu peut avoir la possibilité de leur pardonner. Ils sont perdus pour le monde des hommes.

— Tu crois qu'ils le savent ? Je n'en suis pas du tout certain. Les bourreaux sont généralement tranquilles avec leurs crimes. Ils sont souvent nostalgiques de la période où ils les ont perpétrés, nostalgiques du sentiment de puissance qu'ils avaient alors. Ishi organisait des réunions avec ses anciens subordonnés, sans un mot pour les victimes. Douch s'est défendu vigoureusement à son procès, mais il a quand même un peu collaboré, contrairement à ses co-accusés, qui ont joué aux innocents amnésiques.

— Ça me rappelle Klaus Barbie. C'était un nazi responsable de la mort de résistants et d'enfants dans la région de Lyon. Il a été rattrapé par la justice française en 1983. Il est dans l'avion qui le ramène en France, après avoir passé quarante ans en Amérique du Sud. Et là, dans l'avion, il a cette phrase terrible : *« Pourquoi n'ont-ils pas oublié ? J'ai oublié moi. »* Il refusera de participer à son procès et sera choqué, après sa condamnation, de ne pas avoir un régime de faveur.

— Tu vois !

— Oui.

Au Cambodge, les bourreaux s'étaient d'abord acharnés sur les proies les plus faciles avant de s'entretuer. De nombreux cadres khmers rouges étaient morts au S21. Douch avec l'air d'un beau vieillard, intelligent et plutôt doux. Se souvenait-il de toutes ses victimes ? Bophana, torturée pendant des mois et exécutée pour avoir écrit des lettres d'amour à son mari, était une sorte de figure iconique des victimes de la folie du Kampuchéa démocratique. Et les autres, toutes les autres ? Qui avait écrit leurs histoires ? La recherche allait être longue et difficile. J'envisageais d'aller au Cambodge, contactais monsieur Thrin et, à tout hasard, lui indiquais l'objet précis de mon voyage.

Les photos peuvent-elles tuer ? Celles du livre m'avaient transpercé de toutes parts. Le regard de ces enfants, de ces femmes, de ces hommes, juste avant qu'ils ne soient précipités dans les abîmes de la condition humaine, me hantait. Les enfants, surtout. Leur gravité presque calme. Ils savaient. Au fil des recherches, les visages de quatre gamines revenaient toujours. Toi, qui portes le numéro 137, la coupe au carré et la marque de trois cercles sur le front ; toi, qui portes le numéro 408 ; toi, sans numéro, la coupe au carré, une barrette dans les cheveux, à gauche, un grain de beauté au-dessus de la lèvre, à droite ; toi, sans numéro, les cheveux en bataille, le regard terrifié… Vous, qui aviez entre huit et quatorze ans, qui étiez-vous ? Leur anonymat m'était insupportable. Il fallait que je sache qui elles étaient, que le monde entier le sache. Retrouver une identité, un nom, un âge, quelques éléments de leur vie, ce qu'elles faisaient, ce qu'elles aimaient. Leurs visages m'accompagnaient, désormais, ils étaient devant moi. Ils me demandaient ça. Pour elles, pour eux et pour tous les autres morts, toutes celles, tous ceux qui avaient été massacrés sans laisser la moindre trace.

Le génocide du Cambodge n'en portait pas officiellement le nom alors que les Khmers rouges avaient tué plus d'un quart de la population. Le sort de centaines de milliers de Cambodgiens était incertain. On les supposait morts mais on ignorait où et comment ils avaient été exécutés. D'eux, aucune trace, pas une photo, pas un nom, juste de vagues souvenirs chez les survivants, quelques années et puis plus rien, des bouts d'os dans un charnier, éventuellement. Peut-on disparaître à ce point que l'on ne sache si vous avez vécu ? Lu-Hi m'avait prévenu que je risquais de croiser des fantômes au Cambodge, mais ils étaient déjà là, à Nagasaki, eux et tous les autres, les Yézidis, les Tutsis du Rwanda, les Tziganes, les Juifs, les Arméniens, les Namas, les Héréros, les Indiens des plaines argentines, les aborigènes de Tasmanie et tous ces peuples anéantis dont l'Histoire n'avait même pas retenu le nom. J'étais submergé par ces multitudes suppliciées, acculé dans un coin de mur, manquant d'air. Mais pourquoi ?

— Il n'y a pas d'explication, me répondit Lu-Hi qui avait bien étudié la question. Tu peux chercher mille ans, tu ne trouveras aucune explication « nécessaire et suffisante », comme on dit en mathématiques. Tout au plus peut-on, dans le cas des génocides, identifier des conditions qui les rendent possibles.

— Lesquelles ?

— La guerre, la confiscation du pouvoir par un très petit nombre d'individus, des violences pré-génocidaires à l'encontre d'un groupe – qui concernent aussi le langage, un fantasme de « purification » et, généralement, l'utilisation de troupes paramilitaires. Quand ces conditions sont réunies, on est dans une situation pré-génocidaire. Après, les causes des basculements, des « mises à feu », sont complexes et participent à la spécificité de chaque génocide.

— Mais comment est-ce possible pour chacun, je veux dire pour un être humain à peu près normal, de basculer là-dedans ?

— Dans le cas des troupes paramilitaires, ce sont des individus qui ont généralement déjà brisé un certain nombre de barrières morales. Pour les autres, ceux qui incarnent « la banalité du mal » : l'instinct grégaire, l'ignorance et la peur, je ne sais pas. Mais quand on est dans l'ignorance et la peur, on ne peut plus refuser grand-chose au groupe, surtout si ce groupe dispose de tout un attirail sémantique, un discours assez bien élaboré pour, en quelque sorte, se substituer à la pensée.

— Et c'est assez pour la tuer, elle, en face ? lui demandais-je en lui montrant la photo de la petite fille au numéro 137.

— Il faut croire. Écoute, j'ai lu des centaines de livres sur le sujet, j'y ai réfléchi pendant des dizaines d'années. Je continue de lire et de réfléchir. Ma réflexion est plus sophistiquée, plus profonde qu'auparavant, mais je ne comprends toujours pas. Il faut continuer à penser, réfléchir, écrire, dénoncer, lutter contre le silence auquel les bourreaux ont voulu réduire les victimes. Mais on doit aussi admettre que ça échappe à notre compréhension.

— Il paraît que le monde s'arrange, qu'il y a moins de violences. Que la médiatisation des violences est inversement proportionnelle à leur fréquence.

— Il paraît. Tu ne peux pas prendre toutes les victimes de l'histoire sur tes épaules, ni les dizaines de milliers de gens qui sont en train de vivre des choses atroces à la seconde même où je te parle, sinon tu vas te faire ensevelir complètement. Souviens-toi des paroles de ces jeunes filles tchèques à Filip Müller, un Sonderkommando, alors qu'il tentait de les suivre dans les chambres à gaz : *« Mourir n'est pas un acte. »* On ne peut vivre que clivé.

Je suis parti au Cambodge sans attendre la réponse de Thrin, J'avais des reproductions des photos du livre, mais pas de plan précis. Je faisais confiance au hasard. Alors que je m'attendais au pire, je suis tombé amoureux du pays – ses ciels grandioses, ses débauches de lumières, la nature et l'eau entremêlées – et de ses habitants, si doux. Je ne voulais pas me replonger dans l'horreur tout de suite mais répondre à ce don de vie inespéré. J'ai traversé le lac Tonlé Sap en bateau, j'ai accosté à Siem Reap et je suis allé aux temples d'Angkor. Je n'avais jamais rien vu de si beau : sophistiqués, délicats, organiques, variés et homogènes, majestueux. Il avait plu quand je suis arrivé à Angkor Wat. Une brume épaisse s'élevait des jardins. J'étais seul avec deux jeunes moines qui fumaient des cigarettes.

Je les ai laissés. J'ai vu les bas-reliefs immenses, images de guerre, individu après individu, de la multitude des individus pris dans la guerre, mais aussi des déesses aux formes douces et caressantes. J'ai chuchoté un secret dans le creux d'une pierre. Avant mon départ, une Japonaise rencontrée dans un temple s'était levée à l'aube pour me chanter, d'une voix très pure, une berceuse de son pays. J'ai vogué jusqu'à Battambang. J'ai traversé des campagnes où des paysans cultivaient la terre au milieu de mines. J'ai roulé jusqu'à Poipet, où j'ai vu des casinos gigantesques et des enfants se baignant dans l'eau croupissante, au fond de cratères laissés par les bombes. J'ai marché le long de vieilles villas abandonnées, au bord de la mer, à Sihanoukville. À Prenup, j'ai vu le « barrage contre le pacifique » – un remblai de terre le long du fleuve. J'ai reconnu le petit pont, la route, la colline. Une vieille vietnamienne se souvenait des Français, de la peur qu'ils inspiraient.

À Phnom Phen, je suis allé à l'ancien Palais royal, transformé en musée. Il pleuvait terriblement. J'ai contemplé une statue qui m'est apparue comme le portrait même du Bouddha illuminé. Un génie, il y a mille ans, avait réalisé ce chef-d'œuvre majeur, une œuvre d'essence presque divine, comme la Pietà de Michel-Ange, une œuvre impossible, l'incarnation de l'illumination. Selon la légende, il s'agissait d'un grand roi d'Angkor, grand guerrier et grand mystique. Pour moi, c'était le Bouddha même. Une femme était autant fascinée que moi par cette tête de pierre. Elle était américaine d'origine vietnamienne, travaillait pour une ONG. Nous avons visité le musée ensemble. Alors qu'elle regardait le jardin intérieur écrasé sous les trombes d'eau, j'eus la certitude qu'elle était la princesse du Palais retournée en ses lieux. Je le lui ai dit, elle a ri. Dehors, les rues s'étaient transformées en rivières. Je l'ai portée jusqu'à un petit café, en face. Quand la pluie s'est arrêtée, nous avons pris un vélo-taxi. Les passants nous regardaient comme si nous étions des amoureux, avec une tendresse complice. Elle est venue se sécher à l'hôtel, dans ma chambre. Elle riait encore quand j'ai ôté ses vêtements, un par un, et que j'ai séché son corps, tout doucement…

Elle dormait le lendemain matin et je la regardais respirer. Quand elle a ouvert les yeux et m'a vu au-dessus de son visage, elle m'a souri avec une confiance totale. Tout était simple, évident pour elle. Sa limpidité réfléchissait d'une manière bien cruelle mes circonvolutions, mes errances, mes exils intérieurs, mes élans labyrinthiques, mes possibles sans issues. Je ne pus me voir longtemps en son miroir. Je détournais les yeux vers les eaux du lac, baignées par la lumière de l'aube. Tant de beauté sur son visage, sur sa peau, dans son regard, sur les flots apaisés au jour levant, vagues par la grâce de mes yeux embrumés…

Un peu plus tard, nous nous sommes endormis à nouveau, nus, enlacés, apaisés. Avant qu'elle ne se rhabille, j'ai embrassé son sexe, son front, son cœur, ses lèvres, je me suis penché vers son reflet et j'ai chuchoté son nom : *Phuong*… Elle a uni mes lèvres d'un baiser.

Elle habitait de l'autre côté de la ville. La traverser nous a pris la journée entière. Nous sommes passés par tous les détours possibles et d'autres encore, guidés par les sourires bienveillants de ceux que nous croisions. Tout nous paraissait rempli de vie, de fantaisie, de lendemains enchantés. Phuong m'a ouvert la porte de l'ONG où elle travaillait et où elle vivait avec des enfants recueillis. Ils étaient silencieux, sérieux, affairés. Une petite fille a fait un dessin qu'elle n'a pas voulu me montrer. Et puis elle me l'a donné, brusquement. C'était une page remplie de cœurs. J'avais envie de la serrer dans mes bras et de la consoler de toutes ses peines passées et à venir, mais je craignais que le moindre souffle sur ses fêlures ne la désintègre entièrement. *« Sois toi-même, mais ne lui promets rien que tu ne puisses tenir »*, m'a dit Phuong.

Nous avons parlé d'eux, à la nuit tombante, de ces enfants, de leur vie, leur avenir. Quand je suis rentré à l'hôtel, il y avait plusieurs messages en provenance de Nagasaki. Lu-Hi était mourant, il voulait me voir.

Je suis parti le lendemain. À la tombée du jour, l'avion a perdu de l'altitude à l'approche de Hong Kong. Quelques navires, éclaireurs infinitésimaux à l'orée d'un océan sans limites, défiaient les flots sombres de leurs clartés invisibles. Les lumières isolées, éparses, se multipliaient par dizaines, par centaines, par milliers, puis par millions à mesure que nous approchions de la côte. Un siècle et demi plus tôt, il n'y avait rien d'autre, là, que quelques pêcheurs perdus dans le ressac des montages. Combien de temps faudra-t-il pour que la terrible puissance de l'homme recouvre la terre tout entière de ses lumières paradoxales ? Et pourtant, ce soir encore il n'était qu'un petit point perdu sur les eaux noires de l'océan.

Lu-Hi était allongé dans une chambre d'hôpital, intubé, inconscient. Une multitude de tuyaux et de fils partaient de son corps osseux, comme le système électrique mis à nu d'une vielle machine abandonnée. Chaque tube, chaque fil, obéissait à ses propres impulsions, oscillant entre des logiques organiques et mécaniques aléatoires. La conscience de Lu-Hi, son discernement, avaient été comme extraits de son corps, pour y revenir transformés, après un lent cheminement dans ces tuyaux. Ce processus complexe se nourrissait de Lu-Hi, mais se passait, pour l'essentiel, en dehors de lui, pour, en fait, ne le concerner qu'à peine. Le vieil homme ne se réveillait pas.

Les jours passaient et les nuits, sans la moindre amélioration. D'extension de l'homme, la machinerie se substituait peu à peu à lui. Il disparaissait à l'intérieur, jusqu'à ne plus en être l'objet, mais le prétexte. Lu-Hi s'était toujours opposé à l'acharnement thérapeutique. Il fut décidé de le débrancher. J'étais arrivé trop tard pour recueillir les paroles de mon vieil ami. Je ne l'avais pas sauvé.

« Personne ne peut aider son prochain face à l'angoisse fondatrice de la mort, ou même comprendre la nature de cette angoisse avant de l'avoir connue soi-même, m'avait-il affirmé. *C'est l'expérience la plus personnelle qui soit. »*

Son visage était horriblement fripé. Une infirmière lui humectait les lèvres de temps en temps. Sa respiration était bruyante, mécanique. Sa bouche s'ouvrait, son corps se tendait à chaque inspiration. Il ressemblait à un poisson sorti de l'eau aux branchies écarquillées. Je lui parlais, je lui prenais la main parfois, mais je n'en faisais pas trop, je ne voulais pas abuser de la situation. Après tout, il avait peut-être envie d'être seul à ce moment précis. Je l'ai veillé, cependant, aussi longtemps que j'ai pu. Et puis j'ai dû aller dormir, d'un sommeil au réveil probable.

Le lendemain Lu-Hi était en pleine forme, vivant, parlant, presque assis, bien réveillé. Tout l'hôpital s'affairait autour de lui, incrédule.

— Je crois que j'ai raté ma sortie, me dit-il en me voyant.

— Oui, je crois aussi, mais tu devrais avoir d'autres occasions.

— On m'a déjà dit quel jour et quelle année on était. J'avais oublié. Je me prenais pour le prince au bois dormant. Tu vas rire, mais j'ai eu un choc quand j'ai vu ma gueule dans le miroir. Il faut que je m'habitue.

— Tu as vu le tunnel, la petite lumière, ton corps qui flotte, tout ce qu'on dit ?

— J'ai des images comme ça, mais ça n'est pas aussi précis. J'ai vu d'autres choses, des sortes de cérémonies primitives. C'est pas très clair. Je me souviens aussi que je devais te dire quelque chose. Je devais absolument te dire quelque chose.

— Avant ou après être tombé dans le coma ?

— Je ne sais pas. Ne me demande pas ce que je devais te dire, j'ai oublié. Si ça se trouve, c'était complètement insignifiant.

— Ou ça ne l'est pas !

La mort n'avait pas voulu de lui. Les médecins ne comprenaient rien à ce miracle, mais ils l'acceptaient modestement. Lu-Hi se refaisait une santé en relisant *Le Dit du Genji*.

J'étais revenu à Nagasaki pour ne pas l'aider à mourir, donc. Je n'avais rien fait de ce qui avait motivé mon séjour au Cambodge mais je ne voulais pas poursuivre mon voyage interrompu avant que Lu-Hi soit complètement rétabli – la mort est parfois assez farceuse pour reprendre par surprise ceux qu'elle a prétendu épargner.

Extrait d'un roman inédit : *Le Baiser de Nagasaki*.

LA PSYCHANALYSE FACE À L'INCONNU
ENTRETIEN AVEC GÉRARD HADDAD

PAR YAHIA BELASKRI ET HUBERT HADDAD

Y. B. & H. H — ***La psychanalyse a connu une époque de gloire en France avec Lacan. Aujourd'hui elle est malmenée comme si elle s'était enfermée dans une vision du monde, donc dans une idéologie, et serait par conséquent dépassée, peut-être en crise. Pourquoi et comment expliquer cette évolution ?***

G. H. — C'est une question importante, qui va au-delà de la psychanalyse. Question double : qu'est-ce qui fait le succès et qu'est-ce qui fait le déclin d'un système de pensée ?

La gloire de Lacan s'était étendue au-delà de France, en Italie, en Amérique du Sud principalement en Argentine, sans oublier le Japon où ses textes ont été traduits. L'écho de sa pensée fut donc mondial.

Son essor a commencé, me semble-t-il, en 1964, après sa mise à l'écart comme didacticien par l'Association psychanalytique internationale (API), qu'on a qualifiée d'« excommunication ». Lacan avait alors 63 ans et était un des psychanalystes français les plus importants. Il avait formé la fine fleur de la psychanalyse française : Jean Laplanche, Jean-Bertrand-Pontalis, Didier Anzieu, Daniel Widlöcher qui deviendra président de l'API, etc. Mais jusque-là sa notoriété ne dépassait pas l'institution psychanalytique à laquelle il se consacrait entièrement, à la fois par la formation de nouveaux analystes et par son séminaire qui se déroulait à l'hôpital Sainte-Anne devant des professionnels. Après son exclusion, il ouvrit son séminaire au public, d'abord à l'ENS puis à Paris 1-Sorbonne. Des centaines de personnes se pressaient pour y assister, parmi lesquels on remarquait des écrivains comme Philippe Sollers ou Julia Kristeva.

Il y eut deux cassures dans le mouvement psychanalytique français de l'après-guerre. Le premier en 1953, lorsque Sacha Nacht fonda l'Institut de psychanalyse de Paris, souvent désigné par son siège « Rue Saint-Jacques », décision que la personnalité académique la plus importante de la psychanalyse d'alors, Daniel Lagache, refusa, suivi par Lacan et Françoise Dolto et leurs élèves.

Au-delà des arguties théoriques, les questions de personnes furent importantes dans cette crise. Nacht et Lacan ont été, à un moment, liés par une grande amitié. Ils passaient même souvent leurs vacances ensemble, m'a confié Marc Nacht, fils de Sacha, qui par la suite rejoignit Lacan. Ce fut donc une querelle entre « frères », une manifestation de ce complexe de Caïn que je vois à l'origine de toutes les crises et scissions qu'a connues la psychanalyse.

Lacan était une personnalité hors pair. C'était d'abord un brillant psychiatre formé dans la grande tradition psychiatrique française, celle de Clérambault. Contrairement à ceux qui l'ont dénigré, c'était un prodigieux clinicien qui consacrait l'essentiel de son temps à sa pratique. Il passait ses journées, dès l'aube jusqu'à la nuit tombée, enfermé dans son cabinet du 5 rue de Lille, à recevoir des patients, des visiteurs. J'en ai été témoin. La psychanalyse, sa clinique était sa passion. Les mondanités étaient marginales chez lui.

Contrairement à bien des médecins et des psychanalystes, Lacan avait une immense culture, philosophique, littéraire. C'était un grand amateur de poésie. Le retour à Freud qu'il prônait incluait cet aspect. Freud avait en effet des amis écrivains comme Stefan Zweig ou Thomas Mann avec lesquels il dialoguait.

Pour Lacan, un psychanalyste qui ne lit pas, qui n'est pas ouvert à l'ensemble de la culture de son temps, y compris mathématique, ne pouvait pas être un bon psychanalyste.

Dès sa jeunesse, il manifesta un vif intérêt pour la littérature, pour le mouvement surréaliste, pour la linguistique, pour l'hébreu et le judaïsme, pour la culture chinoise, etc. C'était ce qu'on appelle un polymathe. Entre lui et Roman Jakobson s'était tissée une grande amitié et le linguiste, au cours de ses passages à Paris, habitait chez lui. Lacan avait manifestement l'ambition d'avoir un style, d'être aussi un écrivain.

Par rapport à l'institution psychanalytique officielle, repliée sur elle-même dans une sorte de ghetto, Lacan souhaitait « ouvrir les fenêtres » de ce qui ressemblait à une gérontocratie. De surcroît, il développait une œuvre majeure dont le Séminaire est l'expression. Il mit l'accent sur le langage, le seul instrument de la psychanalyse, à l'opposé de tendances biologisantes qui se développaient, en définitive sans grand résultat. Il voulut dépoussiérer la psychanalyse par une lecture minutieuse et brillante des écrits de Freud – *retour à Freud* était son slogan – qu'on ne lisait plus beaucoup au profit des écrits récents, le plus souvent d'origine anglo-saxonne. Ceux-ci prônaient l'adaptation du patient au monde tel qu'il est, belle expression du néolibéralisme américain prôné par Walter Lippmann. Pour Lacan, la psychanalyse vise au contraire au dévoilement du désir et à son assomption. Cette position avait des allures de révolte contre l'institution. On ne le lui a pas pardonné.

À ces qualités intellectuelles se joignait des qualités humaines discrètes mais incontestables. Son dévouement pour ses patients – qu'il savait cacher – était incontestable. Le docteur Jacques Biézin, juif polonais, m'a confié l'aide que Lacan lui avait apportée pendant la guerre. Quarante ans après sa mort, je conserve pour mon ancien analyste une immense gratitude. Je lui dois énormément et il ne s'agit pas seulement du classique transfert. J'ai connu dans ma vie, et c'est ma grande chance, deux personnes de cette dimension : Lacan et l'Israélien Yeshayahou Leibowitz. Je trouve même une ressemblance entre ces deux merveilleuses personnes.

Lacan était donc une personnalité exceptionnelle, certes avec de grands défauts liés à sa personnalité hors norme, qui provoquait de terribles haines comme de grands amours, comme celui que je lui ai porté. En France, souvent, on n'aime pas les personnalités exceptionnelles, en dehors des us habituels, et que l'on déclare sulfureuses. On l'a vu pendant la pandémie du Covid-19 avec le sort que l'on a réservé à Didier Raoult.

Mais cette personnalité pouvait-elle suffire pour assurer son aura, tardive de surcroît ? Son recueil d'articles, *Écrits,* qui connut un étrange succès de librairie, ne parut qu'en 1966, quand Lacan était déjà âgé de 65 ans. Probablement pas.

Il nous faut évoquer le contexte de l'époque où l'intelligentsia française brilla de mille feux. C'était la grande aventure structurale avec l'ethnologie de Claude Lévi-Strauss, le marxisme de Louis Althusser (malgré sa fin tragique), les travaux de Michel Foucault, de Roland Barthes et de bien d'autres. C'était aussi une période post-guerres coloniales, celle d'Algérie, du Vietnam. Le marxisme était considéré comme un horizon indépassable (Sartre). La France bouillonnait intellectuellement et socialement et ce bouillonnement déboucha sur mai 68. Certains ont vu dans ce mouvement une illustration de l'idée lacanienne de désir. Bientôt le spectre du terrorisme à l'allemande ou à l'italienne commença à planer.

Dans ce contexte, Lacan qui donnait encore son séminaire à l'ENS fit un pacte avec l'ultra-gauche de la rue d'Ulm qui allait lui apporter une grande énergie et… un gendre. Ce fut peut-être sa grande erreur.

Lacan eut tout de même le mérite de contribuer à éviter à cette jeunesse turbulente le piège du terrorisme. Laquelle remplaça ses drapeaux rouges où le vent ne soufflait plus contre le lacanisme pour la plupart, pour le judaïsme orthodoxe dans d'autres cas. Étrange métamorphose !

Lacan avait réussi, lui lecteur quotidien du

Figaro et ayant une aversion pour l'idée de Révolution, à se faire passer pour un crypto-gauchiste, ce que j'étais alors. Je suis tombé dans ce panneau.

Le succès du lacanisme, sous l'impulsion de ces maoïstes reconvertis – et devenus parents par alliance – au talent organisationnel et à l'énergie incontestables, héritage de leur militantisme politique aux couleurs totalitaires, atteignit son apogée à la fin des années 1970 et au début des années 1980, peu de temps avant le déclin et le décès du maître.

La roche Tarpéienne une fois encore se révéla proche du Capitole. Justement quand le déclin physique du maître s'avéra patent éclatèrent entre les élèves les plus proches des guerres fratricides d'une violence insoupçonnée. La déflagration allait entraîner la fragmentation du mouvement lacanien qui ne tenait que par la présence du grand théoricien de la psychanalyse qu'il était. Le combat le plus violent, obscène même, indigne en tout cas, eut lieu entre deux personnes, l'une de formation authentiquement stalinienne, l'autre de formation maoïste, totalitaires l'une comme l'autre. Le totalitaire a une personnalité particulière, à tendance paranoïaque. Chacun affirmera détenir un morceau de la vraie croix. Après décantation, trois ou quatre grands groupes persistèrent, s'ignorant l'un l'autre, avec des tendances sectaires marquées.

Cette crise profonde allait évidemment porter un coup terrible au rayonnement de la psychanalyse, briser son essor. Mais cela n'explique pas tout. Un de ces fragments du grand corps lacanien aurait pu porter seul les couleurs de la psychanalyse. Il n'en a rien été. Pour cela, il aurait fallu développer de nouvelles idées adaptées au monde tel qu'il devenait. On s'est contenté de rabâcher, on s'est enfermé dans ces forteresses vides, sclérosées, dans des petites mafias clientélistes. On ne parle plus à la Cité comme le faisait Lacan, on se parle à soi-même dans un jargon de chapelle. Le dialogue avec les penseurs les plus intéressants n'eut pas lieu. Je pense en particulier à René Girard, lecteur critique mais passionné de Freud, avec lequel le dialogue aurait dû être établi – en critiquant certaines de ses conceptions –, avec Michel Foucault et ses réflexions sur la biopolitique et le néolibéralisme. Ces ponts ne furent pas construits. Avec mes faibles moyens, tardivement, j'essaye de les construire.

Un des plus proches amis de Lacan, le psychanalyste égyptien Moustapha Safouan, déclara quelque temps avant sa mort que la psychanalyse était morte. Ce que je ne crois pas.

Personnellement, j'ai un temps adhéré à quelques-unes de ces associations, avec des responsabilités qui s'avéraient vides. Dans ces nouvelles baronnies, le pouvoir est toujours entre les mains d'un seul, sans pouvoir développer une pensée propre. Je ne participe donc plus à aucune d'entre elles.

Dans un livre que deux psychanalystes argentins m'ont consacré, je suis qualifié de périphérique de la psychanalyse. Cette qualification me convient : je suis un périphérique, je l'ai toujours été. Avec au cœur la grande déception qu'à la mort de Lacan on n'ait pas poursuivi l'élan qu'il avait donné.

La situation dans l'association psychanalytique dite orthodoxe ne semble pas meilleure. Il s'agit d'une association corporatiste qui, elle non plus, ne s'adresse pas à la Cité. Peut-être n'a-t-elle rien à lui dire. Les mauvaises langues parlent d'électro-encéphalogramme plat.

Ce reflux de la psychanalyse, accusée d'être coûteuse et inefficace – ce qui est vrai quand on veut l'appliquer hors de son champ qui est celui des névroses –, a permis à d'autres disciplines plus aguichantes, mieux médiatisées, d'occuper la place vide. Je pense qu'elles décevront et que leur prétention à la scientificité n'est que bluff. La grande discipline des neurosciences n'est qu'une branche fascinante de la physiologie du cerveau. Les logiciels de la vie psychique, l'amour, la vérité, la morale par exemple, lui échappent par essence. Ce n'est pas moi qui le dis, c'est un spécialiste des neurosciences, ce merveilleux Leibowitz dont j'ai traduit de l'hébreu son ouvrage *Corps et esprit*.

Cédant à la proposition de quelques amis, j'ai créé une petite association qui porte mon nom et qui développe des idées « périphériques », dans le sens que j'indiquais plus haut, qui commencent à avoir de l'écho. On y essaye de comprendre le monde actuel, avec le renouvellement de la violence, terroriste ou étatique. C'est mon refuge.

Depuis quelques décennies nous assistons au retour du religieux, dans une forme assez brutale qui divise et isole. Quelle réponse possible à ces crispations ? Pourquoi le religieux devient-il un refuge et une façon d'exclure l'Autre ?

C'est un des grands enseignements de Freud : ce qui est refoulé finit toujours par revenir. Avec violence. C'est la grande erreur des sociétés occidentales, scientistes, laïques, d'avoir voulu refouler, supprimer le sentiment religieux. Ce sentiment est en fait naturel, propre à l'homme, indestructible. Le psychanalyste Léopold Szondi l'avait dit avant moi. C'est une erreur de la psychanalyse de se dire athée. La croyance en Dieu comme l'athéisme n'ont rien de scientifique. Ce sont des valeurs. Les valeurs ne se démontrent pas. C'est sur ce point que le dialogue avec René Girard ou avec des psychanalystes oubliés comme Otto Rank serait précieux.

Le combat contre le sentiment religieux est un mauvais combat. Chassez-le de la religion, il investira d'autres champs, la politique par exemple… ou le sport. On a ainsi soufflé sur cette catastrophe qu'on appelle nationalisme, cause de deux guerres mondiales.

Les religions ont été de puissants facteurs de civilisation, aussi bien dans le christianisme que dans l'islam. Visitez l'Alhambra de Grenade pour vous en convaincre.

Par ailleurs, on a voulu imposer un modèle occidental par le *soft power*, en particulier métabolisé, anti-religieux, supposé démocratique, en fait contrôlé par des élites autoproclamées, technocratiques, opérant par les canaux médiatiques qu'elles contrôlent, « la construction du consentement ». Il y a quelques années, le modèle américain était celui du cowboy, chaussé de santiags et portant des chapeaux à large bords. Ce modèle ne fonctionne plus, il est obsolète. Derrière le retour du religieux, je vois une sorte de révolte subjective, une recherche d'identité perdue à travers la religion.

Nous avons, disais-je, mené de faux combats. Le bon combat aurait été la lutte contre le fanatisme en faveur des courants éclairés que chacun des monothéismes renferme. Leibowitz, un homme ultrareligieux, était l'homme le plus tolérant, le plus ouvert que j'aie jamais rencontré.

Le bon combat est celui pour la reconnaissance mutuelle, raison pour laquelle j'ai écrit *Ismaël et Isaac*. Je préfère choisir mes amis parmi des chrétiens ou des musulmans, cultivés, ouverts, que parmi ceux professant un athéisme militant, un laïcisme simpliste. J'ai plusieurs amis de ce type, en particulier en Tunisie. Mon grand ennemi est l'ignorance prétentieuse, ayant fait table rase de nos merveilleux siècles de culture. Certains esprits se disant libres, athées, esprits dont Paris a la spécialité, me semblent souvent désespérément limités. Mais ils contrôlent les médias.

Quand on parle du fanatisme religieux, c'est souvent à l'islam qu'on pense. Ce fanatisme, qui existe bien, est aussi nourri par l'insupportable injustice faite aux Palestiniens, à leur constante souffrance. Quand un bébé gazaoui est tué, cela n'émeut pas grand monde. C'est insupportable. Ça rend fou certains arabes. Ça me rend fou aussi. Ceux qui luttent contre l'antisémitisme seraient plus audibles si, parallèlement, ils manifestaient leur émotion à l'égard de cette tragédie. Critiquer ces actes barbares, une politique étatique ayant trahi les valeurs de nos prophètes, vous marque comme antisémite. Cette ligne de conduite est à mes yeux désastreuse.

Je suis pour la laïcité, évidemment, qui donne le cadre du vivre ensemble. Mais il faut lui donner sa véritable définition, celui de la séparation du politique et du religieux. En Israël, Leibowitz fut un grand combattant de la laïcité dont Ben Gourion ne voulut pas. Je suis aussi pour la reconnaissance mutuelle. Quand elle se produit sincèrement, c'est pour moi un moment de joie.

En 1933, dans la correspondance entre Einstein et Freud suscitée par la Société des Nations et éditée sous le titre **Pourquoi la guerre,** *le célèbre physicien amorce ainsi le débat : « Comment est-il possible que la masse, par les moyens que nous avons indiqués, se laisse enflammer jusqu'à la folie et le sacrifice ? Je ne vois pas d'autre réponse que celle-ci : L'homme a en lui un besoin de haine et de destruction. En temps ordinaire, cette disposition existe à l'état latent et ne se manifeste qu'en période anormale ; mais elle peut être éveillée avec une certaine facilité et dégénérer en psychose collective. C'est là, semble-t-il, que réside le problème essentiel et le plus secret de cet ensemble de facteurs. Là est le point sur lequel, seul, le grand connaisseur des instincts humains peut apporter la lumière. » Près d'un siècle après Freud, après tant d'épouvantables illustrations de ce « besoin de haine et de destruction », et face à l'espèce de panique idéologique qui submerge les esprits aujourd'hui, comment répondriez-vous à cette interrogation d'Albert Einstein qui, par manière d'excuse, achevait sa première lettre sur ces mots que nous vous retournons : « Je sais que dans vos ouvrages vous avez répondu, soit directement, soit indirectement, à toutes les questions touchant au problème qui nous intéresse et nous presse. Mais il y aurait grand profit à vous voir développer le problème de la pacification du monde sous le jour de vos nouvelles investigations, car un tel exposé peut être la source de fructueux efforts » ?*

Einstein n'était pas que l'immense physicien que l'on sait. Il pose bien la question. Freud lui a-t-il apporté des éléments de réponse satisfaisants ? J'en doute. C'est en tout cas à cette question que je suis attelé depuis mon essai *Dans la main droite de Dieu, psychanalyse du fanatisme.* Cet essai, pour moi matriciel, m'a amené sur des chemins inattendus, y compris celui d'une remise en question d'un concept-clé de la psychanalyse : le complexe d'Œdipe dont je ne saurais sous-évaluer l'importance. Mais en centrant sa doctrine sur ce concept, Freud l'a conduite dans une impasse. Ce complexe, conflit entre générations pour simplifier, nous aide-t-il à comprendre les événements actuels ? Nous fournit-il un minimum d'éclairage psychanalytique sur la guerre russo-ukrainienne ? Les terroristes qui ont massacré les spectateurs du Bataclan sont-ils venus tuer un substitut de père ? Ma réponse est univoque : Non ! Ils ont tué des frères haïs parce que mécréants.

À côté de l'Œdipe dont il serait un cas particulier, je développe l'idée de complexe de Caïn. Le besoin de haine et de destruction dont parle Einstein aurait pour racine la haine du frère, la haine de Caïn pour Abel, haine métabolisée, déplacée, partagée en un groupe funeste. C'est cette haine caïnique, la haine du frère et non du père, qui fournit le terreau de la haine et de la destruction évoqués par Einstein. René Girard sur ce point, dans *La Violence et le Sacré*, est plus éclairant. Mais Freud lui-même en avait l'intuition. Dans une lettre de 1936 à son ami Thomas Mann, il soulevait l'idée que les guerres napoléoniennes avec leurs morts par centaines de milliers s'expliqueraient par la haine refoulée de Napoléon pour son frère Joseph, qu'il adora après l'avoir haï. Pourquoi a-t-il cantonné ces remarques dans une lettre intime plutôt que de la développer en un essai documenté et public ? Cela aurait été bénéfique.

Ce silence de Freud sur le conflit fraternel, que ses élèves Adler, Rank et Szondi avaient pressenti, est pour moi un mystère. C'est en tout cas l'idée que je développe dans mon dernier essai. D'une certaine manière, il faut reconstruire la psychanalyse autour de la dialectique entre complexe de Caïn et complexe d'Œdipe. J'y suis attelé.

Dans le tumulte du monde actuel (guerres, conflits, dérèglement climatique, apparitions de virus, etc.), l'être humain est placé dans une grande incertitude. Au lieu d'admettre sa vulnérabilité, l'être humain court derrière la « consolation », ce qui était l'apanage des prophètes. Aujourd'hui, les consolateurs livrent de la consommation. Pour certains, les consolateurs, ceux qui promettent, piétinent la vérité. Mais est-ce que l'Homme

a besoin de consolation ? Si c'est le cas, quelle consolation ?

Évidemment que l'être humain a besoin de consolation, depuis les premiers jours de son existence ! Mais qu'est-ce qu'une véritable consolation ? Ce ne sont pas les bons sentiments déversés, un badigeonnage de larmes partagées.

Je pense que chacun porte en soi une douleur profonde, indicible, secrète, singulière. La reconnaissance par un autre, surtout en position référentielle, de cette blessure singulière produit un effet de consolation. C'est souvent ainsi que débute une bonne analyse et que le fameux transfert s'enclenche. Ce fut mon cas.

Il y a aujourd'hui de par le monde d'immenses souffrances auxquelles personne ne répond et cette non-réponse provoque la violence. Un des aspects de cette souffrance est le sentiment d'aliénation, de ne pas appartenir au monde où nous vivons, que l'on ne compte pas, qu'on est de trop, sans valeur, des *stücken* dans le langage des nazis qui furent des précurseurs. Des élites au pouvoir ont décidé qu'elles seules pouvaient résoudre les problèmes nouveaux qui se posent, faisant fi de l'intelligence collective. C'est l'ère du management, du néolibéralisme, dont nous vérifions chaque jour la faillite. En tant que médecin, je constate cette faillite au niveau de ma discipline.

Alors plutôt que cette liberté factice, les peuples se tournent souvent vers les formes autoritaires de pouvoir, « illibéral » comme on dit, ou populiste, où ils croient trouver consolation à leurs angoisses. On connaît la suite.

Dans chacun de vos ouvrages depuis, peut-être, **Manger le Livre,** ***vous manifestez une certaine indépendance critique, voire poétique, au sein du courant psychanalytique d'obédience lacanienne, indépendance ou liberté qui semble trouver son espace de respiration dans votre profonde culture talmudique. Complémentarité agissante ou dualité aux interférences contrastées, cette singularité apparaît de l'extérieur, pour le lecteur, bien loin du pessimisme de principe et de l'athéisme radical postulés dans*** **L'Avenir d'une illusion.** ***On aimerait vous demander si, hors champ thérapeutique, vous-même d'une part, et la psychanalyse comme conception du monde, acceptent de penser l'inconnu comme tel, non pas l'avenir en projection fantôme de l'Histoire, mais ce qui advient de jamais encore vécu à chaque instant, et porte le mystère de notre présence/absence au monde ?***

Vous êtes bien aimable de m'accorder une « profonde culture talmudique » que je n'ai pas. Mais je sais ce qu'est le Talmud, le Midrash, j'en ai fréquenté l'exercice et je regrette de ne pas l'avoir plus fait. Cela – ce qui vous étonnera – je le dois à Lacan qui m'a poussé dans cette voie. La psychanalyse telle que Freud et Lacan l'ont rêvée serait une science, ce qu'elle n'est pas. Mais c'est tout de même son idéal. C'est aussi le mien. Il ne s'agit pas pour moi d'être original pour être original, pour faire le buzz comme on dit. Il s'agit de résoudre des problèmes que posent la clinique, l'évolution de la société. C'est ainsi que j'ai écrit *Manger le Livre* qui fut d'abord mon mémoire me permettant d'accéder au titre de psychiatre, bien tardivement. La faculté m'a donc accordé son imprimatur. Mais, bien plus important pour moi, ce fut l'enthousiasme que ce texte, dans son esquisse manuscrite, provoqua chez Lacan qui en était pourtant avare. *Manger le Livre* résout un certain nombre de problèmes, de paradoxes que renfermait la théorie. Par exemple, la théorie du totémisme se révélant caduque, il fallait la remplacer. Tout mon travail théorique consiste à résoudre des problèmes, comme le ferait un mathématicien. Que la communauté psychanalytique ne s'en aperçoive pas est son regrettable symptôme.

L'athéisme, radical ou non, n'est, pour moi, qu'une position religieuse parmi d'autres. Ce fut une des faiblesses de Freud – tous les grands hommes en ont. Après tout, qu'il soit athée ou non est sans grand intérêt au regard de sa propre discipline. D'ailleurs, il eut des élèves pasteur protestants. Lacan eut des disciples jésuites. Curieusement, on ne connaît pas de rabbins ou d'imams psychanalystes.

En principe, Freud le déclarait, la psychanalyse ne saurait être une conception du monde, une *Weltanschauung* pour parler allemand. Lacan avait promu un concept, celui de Réel qui n'est pas la réalité que le bon sens nous permet d'appréhender. De temps à autre, le Réel fait irruption que rien n'aurait permis de prévoir. Les camps de concentration, personne ne les avait prévus. L'invasion de l'Ukraine, personne ne l'avait prévue. On le constate, les irruptions de Réel ne suscitent pas beaucoup d'optimisme.

Si, après 50 ans d'exercice, je trouve toujours intérêt dans ma pratique de psychanalyste, c'est parce qu'elle renferme la promesse de l'inouï, du jamais entendu. C'est ce qui suscite mes livres. Je pense en particulier à *Lumière des astres éteints* sur les camps. Quand je reçus Sonia, aucun repère théorique ne m'aurait permis de deviner la suite. J'aime beaucoup ce conseil de Freud qui voulait qu'on oublie tout savoir antérieur quand on reçoit un nouveau patient.

Vous voyez, je ne suis pas tellement « périphérique » en psychanalyse. Il m'arrive de penser que je suis un des rares orthodoxes parce que je suis habité par l'esprit que Lacan m'a transmis, je me sens son héritier symbolique.

Caïn et Abel, Isaac et Ismaël, vous vous révélez fraternel dans cette double fracture. Peut-être un autoportrait spirituel dans cette réunification qui porte l'espoir, le difficile espoir. La reconquête des identités originelles passe donc par le regard en soi de sa part manquante ? Ou par la mise en contact, dirait Albert Memmi, de deux aliénations de types contradictoires et complémentaires, presque un corps-à-corps ? La lutte de ces figures dédoublées et antagonistes, ce face à l'autre, n'est-ce pas ce nouveau soi-même capable d'enfanter un nouvel être ouvert aux lendemains ?

Un peu de biographie. J'avais eu le projet de vivre en Tunisie, pays que j'aimais beaucoup, mon pays. Mes parents, père et mère, partageaient cet amour. En 1962, quand je décidai de quitter mon pays natal, devenu invivable pour un juif qui ne souhaitait pas devenir citoyen de seconde zone, comme je l'étais, ce n'était pas de gaîté de cœur. Mon père fit une profonde dépression quand il s'installa en France.

Ceci dit, après coup, ce départ de Tunisie – où je me rends souvent – fut une chance personnelle, de même que le non-sionisme de mon père qui refusa l'immigration en Israël comme beaucoup de ses amis et parents. La France des années 1960 fut le cadre de mon développement et j'ai pour mon pays d'adoption une infinie gratitude.

J'ai eu une période sioniste. Mettant toujours en accord mes actes et mes convictions, j'ai immigré en Israël à la grande colère de mon père. Ce fut une rude expérience dont je ne tardais pas à revenir. Elle a été néanmoins formatrice. D'abord en dissipant bien de mes fantasmes autour du sionisme. Je ne le suis plus. Je ne dirai pas antisioniste pour ne pas être accusé d'antisémitisme, comme l'a été Edgar Morin. Ce qui serait assez drôle. Avec cette équivalence antisionisme = antisémitisme, une large fraction des juifs serait antisémite.

Mon alya m'a permis de perfectionner ma connaissance de l'hébreu, langue que j'aime, suffisamment pour lire des livres en hébreu. L'un d'entre eux, *La Foi de Maïmonide,* a déclenché mon vif intérêt pour Leibowitz, un homme admirable, par son infini savoir, son humanité, son rapport au religieux. Il m'a libéré de toute trace de nationalisme. L'influence de Leibowitz fut considérable. Cet homme souffrait, dans sa chair dirais-je, du sort fait à nos frères palestiniens. Je ressens chaque opération militaire de Tsahal à Gaza ou dans les territoires comme une douleur personnelle. La situation à Gaza, plus grande prison à ciel ouvert du monde, m'est personnellement insupportable. Cela a de graves conséquences que l'on ne mesure pas, parce qu'elles sont étouffées.

Cela transparaît dans mes derniers livres, *Le Silence des prophètes*, par exemple, titre qui ne me convient pas pour désigner la trahison de nombreux clercs juifs français que le sort des enfants palestiniens n'*émeut pas* comme il émouvait Leibowitz.

Ma symbiose avec la Tunisie, partie particulière du monde arabe, a joué un grand rôle dans l'évolution de ma pensée, me conduisant à la remise en question de certains concepts-clés de la psychanalyse.

Je vivais en Tunisie depuis quelques mois quand a éclaté la révolution dite du jasmin. J'ai été mêlé à des débats sur le fanatisme. La révolution tunisienne a produit en moi une petite révolution intellectuelle, consignée dans mon dernier ouvrage *À l'origine de la violence : D'Œdipe à Caïn une erreur de Freud ?* J'ai osé parler d'erreur pour sortir du cul-de-sac œdipien. Ce livre est déjà traduit en Argentine où j'ai effectué une tournée de conférences en septembre. J'irai aussi à New York, sur invitation, présenter mes nouvelles idées. Ce livre aura une suite et un approfondissement. Le temps qui me reste n'est sans doute pas très long. Mais j'ai le sentiment d'avoir accompli l'essentiel de ma mission, c'est-à-dire mon devoir d'humain. Le reste n'a pas grande importance.

« La violence et la vérité ne peuvent rien l'une sur l'autre », écrit Blaise Pascal. Dans vos récentes publications — **Dans la main droite de Dieu, Le Complexe de Caïn, À l'origine de la violence –, *vous avez mené une réflexion multiforme sur cette question que Pascal considérait comme insoluble ou inaccessible et peut-être fondatrice de l'aporie humaine (dont témoigne votre intérêt pour la figure paradoxale du très religieux Yeshayahou Leibowitz, sommité de la pensée juive et de l'opposition à la politique d'occupation de l'État d'Israël que vous avez traduit de l'hébreu). Comment échapper à la violence immémoriale du passé, du temps déchiré, sans sortir du Livre, de l'espace symbolique qui fonde notre humanité ?***

En quoi la figure de Leibowitz serait-elle paradoxale ? Elle se situe pour moi en droite ligne de l'héritage biblique, sans lequel, comme le remarquait Hanna Arendt dans sa lettre à Golda Meir, il n'y a aucune raison à la poursuite de l'être juif. Les figures paradoxales ce sont ses adversaires.

Sortir du Livre, dites-vous. Mais c'est entrer dans un monde totalitaire ! La violence a été décuplée depuis que les instances symboliques du Livre ont perdu de leur pouvoir.

Je n'ai aucune envie de quitter le Livre, mon Livre qui m'enseigne le respect de l'étranger, mon frère en humanité. Depuis des siècles, on a appris à gérer le Livre débarrassé du dard meurtrier de sa littéralité. Ce que nous appelons le Midrash.

La révolution musulmane à venir serait celle de se dégager non du Livre, mais de sa littéralité, effet du contexte historique de sa conception.

La Torah, comme les Évangiles, comme le Coran sont des textes que nous devons à des hommes inspirés. Ce ne sont pas des météorites célestes, des dictées divines. Ils appellent l'interprétation, la mise à l'écart de certains passages. Dans le judaïsme on a, par exemple, supprimé la pratique des sacrifices animaux, concession faite au paganisme, selon Maïmonide.

Le cheminement de la vérité se fait par des voies capillaires, donc avec lenteur. La violence, elle, emprunte les autoroutes. À la différence de la fable du lièvre et de la tortue, elle part toujours en tête et la vérité ne la rejoint que dans les livres d'Histoire.

Le spectre d'une guerre atomique, auprès de laquelle Hiroshima apparaît comme un désastre minime, plane sur nous, à travers le conflit ukrainien ou celui entre Israël et l'Iran. Quel est le camp du Bien et le camp du Mal qui permettrait un engagement évident ? Je l'ignore. La gravité de la situation est accrue par cette confusion des enjeux.

Nous avons donc toutes les raisons pour être inquiets. Alors tourne dans ma tête cette question du psalmiste. D'où viendra mon salut ? Je n'en ai pas la réponse.

André Breton
Dans la magnificence de l'improbable

Dossier coordonné par Hubert Haddad

« Le seul mot de liberté... »

> *Les aspirations de l'homme à la liberté doivent être maintenues en pouvoir de se recréer sans cesse ; c'est pourquoi elle doit être conçue non comme état, mais comme force vivre entraînant une progression continuelle.*
>
> ANDRÉ BRETON
> *Arcane 17*

> *Aujourd'hui encore je n'attends rien que de ma seule disponibilité, que de cette soif d'errer à la rencontre de tout, dont je m'assure qu'elle me maintient en communication mystérieuse avec les autres êtres disponibles, comme si nous étions appelés à nous réunir soudain. J'aimerais que ma vie ne laissât après elle d'autre murmure que celui d'une chanson de guetteur, d'une chanson pour tromper l'attente. Indépendamment de ce qui arrive, n'arrive pas, c'est l'attente qui est magnifique.*
>
> ANDRÉ BRETON
> *L'Amour fou*

À peine entré dans l'Histoire, le surréalisme, mort de langueur peu après la disparition de son oracle, sorte de Moïse glabre guidant la poésie hors des mastabas de l'académisme, s'impose à nous comme l'une des rares tentatives d'évasion de la norme mortifère, au siècle dernier, tentative somptueuse qui porte au point extrême d'échappée les destinées humaines.

Il y eut, certes, d'autres investigations hautement innovantes, parfois plus abouties, mais aucune n'est comparable en puissance active de renouveau, en passions conjuguées vers un vital ailleurs. Pour la première fois, l'injonction à changer la vie des Novalis et des Rimbaud fut effectivement mise à l'ordre du jour : la poésie devint urgence et le rêve action. Le haut romantisme trouve ainsi dans le surréalisme son aboutissement et sa mise à l'épreuve. Il y eut, bien sûr, le passage nihiliste d'après 1918. Apollinaire, chantre de la modernité, meurt la tête enrubannée d'un sinistre feu d'artifice. Tristan Tzara, à sa suite, ouvre au hasard le dictionnaire et pointe du doigt le mot dada. Avec lui, les dilettantes du suicide collectif rescapés de la tuerie déboulonnent l'Art-majuscule des baudruches qui chevrotent des péans lamentables à la gloire du « Beau » et du « Bien », voire de la Patrie. Picabia, Man Ray, Max Ernst et Marcel Duchamp, estampilleur du ready-made, sont les joyeux dépeceurs des valeurs consacrées. Dada, c'est le Père Ubu outrageant Apollon et ses Muses. En aspirant révolutionnaire, André Breton ne se satisfait pas de cette implosion libertaire. Secrètement animé par son idée toute platonicienne de l'homme, il a l'âme d'un Robespierre. Pour l'heure, jeune disciple de Paul Valéry, il fonde la revue *Littérature* en 1919 où il allie l'esprit dadaïste et son vieux rêve d'avènement de la « vraie vie » à travers et par-delà Freud, la folie d'aimer et, par manière d'antiphrase, la littérature justement, ce stertoreux exercice de sublimation du bourgeois. Avec lui, le merveilleux remplace les taïaut nihilistes, et la grâce bénévole de l'irrationnel ouvre les portes étroites du réel. La révolte des damnés (et des dandys) devient une épiphanie d'archanges pour qui la logique du rêve vaut toutes les protestations d'endormis. À travers les pages flambantes de Charles Duits, qui fut un peu son fils prodigue, nous reprenons pied dans la magnificence de l'improbable : « Il ne serait pas trop difficile de montrer qu'ici comme ailleurs ce sont les sceptiques qui sont les dupes de leur scepticisme, lesquels empêchent les phénomènes dont ils nient l'existence de se produire. » Breton demeure en nous par subtile imprégnation et rare exigence. Gardons à l'esprit son testament instantané : « Le seul mot de liberté est tout ce qui m'exalte encore. »

Dernier romantique, il ne fera guère passer son goût de la merveille et ses nostalgies idéales vouées à la Femme, à l'Amour un peu fol, à la Beauté, convulsive ou pas. Par paradoxe, mais au fond logiquement, la révolte native de Dada devenue un extraordinaire ferment de modernité survivra à la révolution construite du surréalisme. Mais la figure de Breton ne cesse de rayonner sur maints territoires de la sensibilité. À la tête d'une colonne renouvelée de francs-tireurs, il a su investir les Villes chères à Rimbaud, comme s'il eût possédé seul la clef de la *parade sauvage*.

H. H.

LIONEL BOURG

« Toutes nos mains agrippées à une corde de feu le long de la montagne noire »

Que la beauté, la vérité, la justice inclinent leurs fronts fantomatiques sur nos tombeaux, nous sommes sûrs de ressusciter toujours. Nous n'avons pas trop de toutes nos mains agrippées à une corde de feu le long de la montagne noire. Qui parle de disposer de nous, de nous faire contribuer à l'abominable confort terrestre ? Nous voulons, nous aurons « l'au-delà » de nos jours. [...] Au ciel, nous ne sommes pas à une étoile près. Ne demeurerions-nous sur un îlot presque perdu que quelques âmes en voie de se délivrer et sûres, mais vraiment sûres de la délivrance, que ce serait assez pour qu'indéfiniment les beaux navires fassent naufrage.

ANDRÉ BRETON
Pourquoi je prends la direction de « La Révolution Surréaliste » (LRS nº V, 1925)

Au moment de clore ses entretiens avec André Parinaud – nous sommes en 1952, raison suffisante pour faire le point mais, il n'est pas inutile de le noter, si l'eau boueuse du temps n'a, depuis la création du surréalisme, cessé de couler sous les ponts, l'auteur du *Revolver à cheveux blancs* ne cède rien aux désenchantements de l'âge –, André Breton rappelle sa *« foi sans limites dans le génie de la jeunesse »*, poursuivant avec l'admirable bonheur d'expression qui fut toujours le sien : « Cette foi, pas un instant pour ma part, je ne l'ai reniée. Chateaubriand dit superbement : *Enfant de Bretagne, les landes me plaisent. Leur fleur d'indigence est la seule qui ne se soit pas fanée à ma boutonnière.* Je participe aussi de ces landes, elles m'ont souvent déchiré mais j'aime cette lumière de feux follets qu'elles entretiennent dans mon cœur. Dans la mesure où cette lumière m'est parvenue, j'ai fait ce qui était en mon pouvoir pour la transmettre : je mets ma fierté à penser qu'elle n'est pas éteinte encore. À mes yeux, il y allait par là de mes chances de ne pas démériter de l'aventure humaine[1]. »

L'espérance, les *grandes* espérances naissent évidemment de cette pauvre fleur, le brin de bruyère épinglé au revers de sa veste ou – il en versa des larmes, le père Hugo – déposé sur la tombe d'une enfant, ne se réduisant pas au symbole d'une vague promesse. Qu'importe alors le nom qui l'habille, son parfum, ses pétales froissés quand la journée s'achève, elle est enfin la rose, l'anémone, la marguerite ou, noyée dans les hautes herbes, l'humble pâquerette cueillie parce qu'il faut vivre encore, un peu, beaucoup, passionnément, à la folie, un peu, beaucoup, passionnément, à la folie, un peu, beaucoup... en dépit des chagrins et des peurs qui tenaillent chacun.

Une fleur. Une étoile. « Rien qu'une étoile perdue dans la fourrure de la nuit[2]. »

Des graminées.

Un tournesol, des jacinthes, le muguet du premier mai que l'on achète en sifflotant une rengaine ou certaines ailes dont il avait été brûlé lorsque, à l'occasion d'une manifestation popu-

1. *Entretiens*, La Pléiade, III.
2. *Les États généraux*, La Pléiade, III.

laire, Breton vit se déployer « dans le ciel bas du Pré-Saint-Gervais[1] », les flammes des drapeaux rouges dont ses dix-sept ans s'embrasèrent.

*

Comment n'en pas tressaillir ?

Comment ne pas en être calciné, d'autres fleurs, d'autres étendards frissonneraient-ils comme les voiles de deuil que les marins, parfois, hissent au sommet des mâts de leurs vaisseaux fantômes ? Breton précise : « Et pourtant – je sens que par raison je n'y puis rien – je continuerai à frémir plus encore à l'évocation du moment où cette mer flamboyante, par places peu nombreuses et bien circonscrites, s'est trouée de l'envol des drapeaux noirs[2]. »

Pas un impératif circonstanciel, pas une hésitation quant aux chances de subvertir l'ordre des choses, pas un échec ne sauront reléguer au charnier des souvenirs proscrits l'image de cet embrasement, de sorte que, « dans les plus profondes galeries de [son] cœur, [il retrouvera] toujours le va-et-vient de ces innombrables langues de feu dont quelques-unes s'attardent à lécher une superbe fleur carbonisée[3]. » Plus loin, il enfonce le clou : « Je n'oublierai jamais la détente, l'exaltation et la fierté que me causa, une des premières fois qu'enfant on me mena dans un cimetière – parmi tant de monuments funéraires déprimants ou ridicules – la découverte d'une simple dalle de granit gravée en capitales rouges de la superbe devise : NI DIEU NI MAÎTRE[4]. » Qu'une même impression, un trouble identique se soit emparé de moi quand, errant d'une tombe à l'autre par les allées du cimetière stéphanois du Soleil, nom qui, j'ignore s'il en va d'humour ou de dérision prolétarienne, désigne l'un des quartiers les plus pauvres de la ville, mon attention fut attirée par une sépulture analogue, n'engage certes qu'une proximité factuelle mais les lignes d'*Arcane 17* que je viens de transcrire, pour moi des plus bouleversantes, me paraissent fixer à jamais l'horizon d'une vie que je persiste à vouloir insoumise.

Les bonnes gens hausseront les épaules.

Riront sous cape ou s'offusqueront d'avoir à lire pareilles balivernes.

C'est vrai, quoi, de qui se moque-t-on ? Il n'est plus l'heure de perdre son temps en rêveries abracadabrantesques. Rimbaud, Lautréamont sont morts et, sous la grise chape d'ordure qui recouvre les corps, tout ne fut-il pas qu'imposture, jouets de mômes, aveuglement, stupidité ? Spartacus et sa bande, Babeuf, Marx, Bakounine, Louise Michel comme Élisabeth Dmitrieff, fastueuse dans sa robe d'éclatante pivoine sur les barricades parisiennes, Flora Tristan, Ascaso, Durrutti venant en finir avec l'injustice « qui règne à Saragosse », Nestor Makhno ou les insurgés de Kronstadt, et les canuts, et les communards, et Rosa Luxemburg, et tant de va-nu-pieds unis en une formidable Conjuration des Égaux…

Foutaise ! Mascarade !

Au reste, le meilleur des mondes n'est-il pas le nôtre ?

Par magie bien sûr. Sortilège, trafic d'amulettes, cabale ou sourde prédation de la lumière. Glorieux. Distribuant récompenses et punitions aux populations déplacées sur l'échiquier du profit et qu'une semblable servitude

— *Souriez, souriez, vous êtes filmés !*

connecte à l'abondance des flux électroniques.

*

1. *Arcane 17*, La Pléiade, III.
2. *Ibid.*
3. *Ibid.*
4. *Ibid.*

« Nous le pain sec et l'eau dans les prisons du ciel[1]. »

Un vers. Toute une vie. Serait-elle élimée, en haillons sous le croc des chiffonniers qui fouillent au matin les poubelles des squares, vouée à la douleur, vaine, désenchantée. C'est que, tant pis pour le bonheur à deux sous, béat, payé rubis sur l'ongle chaque fin de semaine entre les draps du lit matrimonial, Breton conjugue le verbe être en connaissance de cause : « Je connais le désespoir dans ses grandes lignes », répète-t-il jusqu'à l'obsession dans un poème du *Revolver.* « Le désespoir n'a pas d'ailes, il ne se tient pas nécessairement à une table desservie sur une terrasse, le soir, au bord de la mer. » N'étant ni la « mousse sur une pierre, ni le verre à boire », il s'apparente plutôt à une espèce de « bateau criblé de neige », ou aux oiseaux en sang, qui tombent, à « une corvée d'arbres qui va encore faire une forêt, une corvée d'étoiles qui va encore faire un jour de moins, une corvée de jours de moins qui va encore faire ma vie[2]. » Peut-être ne l'a-t-on pas assez remarqué mais, sous l'exigence hautaine dont on lui fit grief, André Breton souffrit d'une mélancolie profonde, les déceptions, les ruptures qu'il dut affronter, ne l'incitant pas à la gaieté propre à nombre d'amuseurs publics. Cela ne donne que plus de prix à l'espérance qu'il tint dans son poing comme un flambeau assidûment rallumé aux mêmes braises, les aurait-il cherchées à la Martinique, à Tenerife au besoin, où l'incendiaire végétation de l'île naît de l'aridité des laves comme des sables noirs ou du sang des taureaux, du lait des cactées et des euphorbes que les gamins lapident « avec délice ». Le pic du Teide y domine « l'assiette aveuglante » de la mer et ce sphinx, « fait des éclairs du petit poignard de plaisir que les jolies femmes de Tolède gardent jour et nuit contre leur sein[3] », ne pose qu'une question : on a deviné qu'elle concerne l'avenir de l'amour.

Flammes, feux, brasiers, fleurs consumées, regards incandescents, brûlures, le vocabulaire qui sera requis pour décrire la manifestation du Pré-Saint-Gervais, ses drapeaux, ses slogans, s'applique dans *L'Amour fou* au sentiment le plus sublime. Réitérant sa confiance en lui, Breton l'enfièvre avec fougue puis, d'un revers de gifle, dénonce l'hypocrisie des faux témoins qui, sans sourciller, s'autorisent d'une phrase tronquée de Marx afin d'enfermer les amants « dans les eaux glacées du calcul égoïste » : « Il était évidemment trop facile de faire entendre par là que c'est l'amour qui tend à nous enfoncer dans ces eaux ; qu'il faut, n'est-ce pas, tout particulièrement en finir avec cette sorte d'amour, défi éclatant au cynisme de plus en plus général, injure inexpiable à l'impuissance physique et morale d'aujourd'hui. Eh bien non ! Jamais, *sous aucun prétexte*, je n'en passerai par cette manière de voir. Coûte que coûte, je maintiendrai que "dans les eaux glacées du calcul égoïste", c'est peut-être partout, sauf où *cet* amour est. Tant pis si cela doit désobliger les rieurs et les chiens[4]. »

La fenêtre s'ouvre donc sur notre dissidence.

Irréductible, « belle et confondante comme la subjectivité humaine, telle qu'elle ressort plus ou moins hagarde des révolutions de type égalitaire », elle n'arbore de dentelles que les somptueuses guenilles des filles des rues, d'une Éponine ou des pétroleuses groupées en 1871 autour des canons de la butte Montmartre. Sous cet angle tranchant – le refus, la révolte –, André Breton ne désarma pas davantage. Le 22 février 1952, il prenait la parole salle Wagram, la Fédération espagnole des déportés et internés politiques ayant pris l'initiative d'un meeting destiné à sauver, si l'on pouvait encore, onze anarchistes barcelonais condamnés à mort par la « justice » de Franco. Je crois l'entendre quand je scrute la photographie que la compagne du principal organisateur de la manifestation, José Ester Borras, secrétaire général de la FEDIP (on le découvre juste derrière Breton sur le document, extrêmement attentif), m'offrit une cinquantaine d'années plus tard : « On a beau tuer, s'employer à avilir tout ce qui peut être avili, tour à tour brandir le crucifix et faire donner

1. « Ligne brisée », *Clair de terre*, La Pléiade, I.
2. « Le verbe être », *Le Revolver à cheveux blancs*, La Pléiade, II.
3. *L'Amour fou*, La Pléiade, III.
4. *Ibid.*

la mitraillette, affamer un peuple et le retrancher de ce qui reste de communauté humaine, on n'en finit pas pour cela avec l'âme de ce peuple telle qu'elle s'est incarnée en mon enfance dans la personne de Francisco Ferrer et qu'elle s'est retrempée dans la vaillance légendaire de la CNT et de la FAI[1]. » C'est bien sa voix. Cette façon de fêlure dont le timbre vacille avant de se raffermir, sa voix et ce qu'elle charrie sitôt qu'elle surgit presque intacte d'une archive sonore.

*

Pointes d'un triangle miraculeux, la poésie, l'amour, la révolution représentèrent d'emblée pour Breton une suite d'indociles merveilles. Nul ne s'étonnera dès lors de leur présence conjointe dans la plupart de ses œuvres, ses poèmes compris, registre qui, contrairement à ce que la critique la moins honnête tente encore de colporter – il lui faut dénigrer, saper les assises de l'impénitent empêcheur d'écrire comme de penser en rond –, n'a chez lui rien de « pompeux », de « lourd », d'« empesé », la lire, là, maintenant, renvoyant à la niche les roquets de la Littérature :

Rien n'était dévoilé
Toutes les barques se berçaient sur le rivage
Dénouant les faveurs (tu sais) de ces boîtes de dragées
Roses et blanches entre lesquelles ambule une navette d'argent
Et moi je t'ai nommée Aube en tremblant[2]

Je n'ai pas uniquement retenu ces lignes chargées d'émotion parce que, touchantes, si touchantes, elles s'adressent à une petite fille dont elles possèdent ou préservent l'innocence et la grâce.

Breton tremble, oui.

Et ce tremblement, lequel désarçonne ses détracteurs autant que les coups de faux dans les orties de leurs propriétés privées les indignent, se propage au-delà des mots auxquels il recourt afin de nommer sa chère « Écusette de Noireuil ». Je l'éprouve, le discerne à l'intérieur de la moindre fibre quand il parle de Charles Fourier ou de Joachim de Flore, de Nerval, d'Apollinaire, de Jacques Vaché, des poètes symbolistes et de Mélusine, soulignant qu'il n'avait « vu à l'exclusion des autres que des femmes qui avaient maille à partir avec leur temps ». Reine de Byzance aux yeux passant de si loin l'outre-mer, religieuse aux lèvres de capucine dans le car de Crozon à Quimper, méduses en robes de bal soulevées par des vapeurs d'abîme, Nadja plus que toutes, Nadja d'abord, puisqu'elle avait élu ce prénom qui, en russe, « est le commencement du mot espérance, et parce qu'il n'en est que le commencement[3]. »

Quelles que puissent avoir été ses erreurs, ses contradictions, heureuses, discordantes, on doit à Breton la quête d'une existence en alerte que ses primes interventions dans des domaines à l'ordinaire mal fréquentés, les Arts, les Lettres, la politique – de *Nadja*, justement, à *La Confession dédaigneuse*, des *Manifestes* et de l'*Introduction au discours sur le peu de réalité* aux pages de *Perspective cavalière* consacrées à André Gide[4], le champ fut vaste, dont il forgea les clés –, la réitération de son « qui vive ? » inaugural multipliant au fil des ans les présages qu'il

1. *Discours de Wagram pour sauver onze anarchistes espagnols condamnés à mort*, La Pléiade, III.
2. *Écoute au coquillage*, La Pléiade, III.
3. *Nadja*, La Pléiade, I.
4. Pourquoi ne pas les convoquer, qui se terminent sur un vibrant hommage : « S'il est victime jusqu'après sa mort d'une campagne infâme entre toutes, chacun sait que c'est précisément pour avoir refusé de trahir l'esprit de libre examen qui l'animait, quitte à concentrer sur lui toute la haine des staliniens en ne cachant pas ce qu'il pensait de leur éden de laquais et de bagnards. » (La Pléiade, IV.)

s'empressa d'engranger. Toute sa vie, ainsi, toute son énergie, les indolentes pérégrinations par l'imaginaire comme les éclairs qui scarifiaient son ciel d'orage, s'opposent aux manœuvres falsificatrices d'ineptes rimailleurs : le traiter de « pape », borner son action à des rites de café du commerce, l'intégrer, à rebours de ses comportements, ses déclarations, au patrimoine culturel et, pire que toute mort, muséifier son atelier de la rue Fontaine, l'acharnement à le défigurer, le travestir ou à désamorcer les marmites infernales couvées sous la houlette du père Duchesne, trahit la haine et la bêtise de ses contempteurs.

Qu'à cela ne tienne !

Le jour point. Nous sommes « déjà dehors, mêlés aux autres en plein soleil et [nous n'aurons] pas un regard plus complice et plus intime qu'eux pour la vérité lorsqu'elle viendra secouer sa chevelure ruisselante de lumière à leur fenêtre noire[1] ».

CHARLES DUITS

Le Roi de Cœur

La *personnalité* de Breton… En dépit de mes efforts, je doute si j'en ai dit la singularité, la grandeur. J'ai vu, entrevu des hommes auxquels on pouvait le comparer : Picasso, en 1956, sur la plage de la Garoupe, auquel je fus présenté par Jacqueline ; Giacometti que voici mort, autre ami, et très cher, de Jacqueline. On comprend que je ne parle pas en ce moment du talent ou du génie de ces hommes.

Picasso était comme dissimulé par les innombrables photographies de Picasso que je connaissais. Debout, assis, penché sur l'un de ses enfants, de profil, de face, de dos, écoutant, faisant un geste, parlant. J'avais le sentiment que chacun de ses aspects était séparé des autres, enfermé dans un cadre.

Puis j'ai vu approcher un homme *normal*, au tronc large et couvert de poils gris, aux jambes noueuses et brunes, qu'on eût dites sculptées dans un bois très dur, au regard chaud. Un ami possible, si la différence des âges eût été moins grande, la gloire moins envahissante. Mais Picasso ne faisait pas peur, alors que Breton…

Giacometti, quelques semaines avant sa mort, faisait peur, lui. Il était seul, avec une tête énorme, qui regardait. Et je le montrais de loin à ma femme, sans oser venir à sa table, tant était fort et noir l'éclat qui l'environnait.

Mais comment parler de ce « quelque chose », comment expliquer ce frisson si particulier que l'on éprouvait et ce sentiment qu'on avait de vivre un moment solennel ?

Hugo utilise quelquefois une expression (surtout quand il parle du vent, de la mer) dont j'ignore la provenance, le *quid divinum*.

Mais en quoi ce *quid divinum* consiste-t-il ? La question a beaucoup occupé Thomas Mann, et je pense rarement à Breton sans que se superpose à son image celle du vaste Hollandais dont le portrait figure dans *La Montagne magique*, cet homme qui ne dit jamais rien de bien considérable, qui ne fait rien non plus, mais qui lors même qu'il se contente de déclarer : « Et maintenant, Pieter Peeperkorn qui va boire un petit verre de schnaps » donne aux assistants l'impression de porter le secret de l'univers.

Gurdjieff également était ainsi, aux dires

1. *Les Vases communicants*, La Pléiade, II.

de ceux qui l'ont connu. Il était *lourd*. Breton aussi était *lourd*. Il est intéressant de noter que *lourd*, selon Philippe Lavastine, est le sens primitif et réel de *gourou*.

Anna Magdalena Bach, dans son admirable livre, raconte que son mari paraissait « plus grand que nature ». C'était exactement cela qu'on ressentait quand on voyait Breton : un homme pareil aux autres et qui, cependant, avait l'air plus grand.

Très actif, avec cela. Sitôt que la conversation pâlissait, il fallait jouer un jeu – un jeu pas drôle, naturellement : on dressait le palmarès des poèmes, ou l'on jouait à la vérité, ou Dieu sait quoi encore. Breton aimait beaucoup harasser : en ceci encore semblable à Gurdjieff. On ne cessait pas de « travailler ».

On se fait de l'initiation une image fausse quand on la confond avec l'acquisition de savoirs et de pouvoirs. Est initié l'homme pleinement vivant, et maître l'homme qui montre ce que cela veut dire, vivre. Breton regardant un papillon montrait.

J'ai déjà parlé de son indifférence à l'égard du génie (de son propre génie). Les spirituels appellent cela le détachement. Et puis, comme « Dieu est toujours nouveau » (c'est pour ce motif qu'on ne doit point le nommer, seul le passé est nommable), Breton exigeait de nous un renouvellement continuel. Le refaire était banni, dans le surréalisme : on ne devait imiter personne, surtout pas celui qu'on avait pu être la veille.

Mais peut-être la nature du *quid divinum* se laisse-t-elle le plus clairement voir dans les injures dont certains de ses anciens amis ont prétendu l'accabler.

Je ne me suis pas fait faute moi non plus, en des moments de rage, de lui reprocher son « outrance néronienne ». C'est que nous nous sommes fait une idole de l'égalité, et que nous avons remplacé la notion de Dharma, par celle, abstraite et formelle, de la Loi, de sorte que nous confondons avec celle du simple chef, l'autorité du maître, dans le sens oriental du mot, et que nous nous insurgeons vaniteusement contre cette autorité, qui est pourtant la seule à laquelle un homme qui veut grandir doit se soumettre.

Breton était un pape, oui. Mais un vrai pape, c'est-à-dire un souverain spirituel, un pontife, qui tenait sa couronne de l'Être. Les hommes ne pouvant ni l'élire ni le déposer.

Il le savait du reste, et je me souviens à ce propos, comme il me disait un jour la « bonne aventure », que je fus bouleversé par le naturel avec lequel, le Roi de Cœur étant sorti, il déclara : « Le Roi de Cœur, c'est moi. »

Dans le Zen, la première chose que doit apprendre un novice, c'est à « observer le Vieillard » (il va sans dire que le « Vieillard » est ici un thème purement honorifique).

Il arrive, sans doute, que le maître parle. Mais… sans nier l'importance de la communication indirecte, verbale, l'Orient a toujours tenu la communication *directe* pour un fait : c'est ce qui explique la relation traditionnelle du maître et du disciple.

C'était au café surtout qu'on pratiquait cet exercice, qu'on « observait le Vieillard », avec férocité quelquefois, et chaque jour ou presque. Si je laissais une semaine passer, Breton au téléphone noirement se plaignait : « On ne vous voit plus, cher ami. »

Les malins, au café, étaient ceux qui occupaient les meilleures places, aux côtés de Breton. Les autres tendaient l'oreille, ou causaient entre eux, avec des sourires compliqués et le sentiment d'avoir été rejetés dans « les ténèbres extérieures ».

Il ne se passait rien, en apparence. On distinguait, dans l'intervalle qui séparait l'épaule gauche de l'un de l'épaule droite de l'autre, le verre de Breton, sa main. Les fumées des pipes et des cigarettes montaient, ombelles à leur racine de braise rattachées par une tige serpentine.

Il est impossible de comprendre comment se fait ce que les Chinois appellent la « transmission de la lampe » si l'on ignore l'existence de la communication directe. Ou si l'on en nie l'existence, comme font savants, philosophes.

Cette ignorance est le mal spirituel le plus grave de l'Occident.

Le savoir, ce qui se laisse dire, est toujours superficiel ; ne nourrit que l'intellect, lequel ne perçoit que la surface des choses, leur sens. Or l'Être ne possède aucun sens. « De nulle part il ne vient, nulle part il ne va. » Les mots flottent sur lui comme des bulles, et Breton toujours soigneusement distinguait la poésie, faite de mots, de l'esprit ou de l'intuition poétique, fille aînée de l'Être.

Silencieusement du maître au disciple passe l'essence de l'enseignement. Comment ? Je ne sais. Personne ne sait. On voit un homme manger, rire, pester, allumer sa pipe, marcher. On « observe le Vieillard », on vit à ses côtés. Il ne se passe rien. Mais peu à peu, comment dire, on se « densifie ».

Breton transmettait ainsi, *se* transmettait. Dans ses mauvais comme dans ses bons moments. Il enseignait verbalement aussi, bien sûr, écrivait des livres, aussi. Mais c'est sur un autre aspect que je veux ici attirer l'attention.

Une personnalité « magnétique », je crains que ce mot ne soit le seul qui convienne. Sculptée dans un bloc de radium. Et, de même que l'aimant par l'un de ses bouts attire et par l'autre repousse, Breton captivait et, nécessairement, accablait.

Devant lui je me sentais léger, fragile. Les autres membres du groupe étaient, comme moi, des pots de terre (les jeunes, du moins). J'étais obligé de me voir, et le spectacle était, pour la vanité, désastreux.

Non que Breton fût parfait, il s'en fallait. Mais ses défauts étaient bien à lui, comme ses qualités. Je jouais, je faisais semblant. Et je le détestais parfois, qui m'obligeait continuellement à voir le polichinelle. Il me spectralisait.

Il aimait ceci, exécrait cela réellement, paraissait toujours prêt à se battre, à défendre ses idées les armes à la main. Moi, souvent, je feignais honteusement de partager ses opinions, prouvant ainsi que je ne tenais pas vraiment aux miennes, pas au point de prendre un risque.

Ma faiblesse me consternait, et je ne lui pardonnais pas de me mettre ainsi le nez dedans.

Pourtant, il fallait bien que je la visse, la sentisse, si je voulais changer, devenir comme Breton, fort, solide, capable moi aussi de me battre. Les occultistes disent que le disciple toujours s'insurge contre le maître. On en voit ici la raison.

Cela dit, je dois maintenant ajouter que Breton ignorait que « les hommes ne sont pas des hommes » (Gurdjieff).

Peut-être sa générosité native l'aveuglait-elle. En tout cas, cette ignorance l'empêchait de remplir pleinement la fonction à laquelle son *poids* le destinait.

Il sentait fort bien, je crois, que la politique est un mauvais chemin. Mais il refusait de le croire, émerveillé par les ors qui jouent sur la crête des Révolutions.

Il ne comprenait pas – ne voulait pas comprendre – que l'homme, tant que le mangent ses passions noires, ne peut transformer que la surface du monde et que l'image de l'avenir que se fait un rêveur est nécessairement un rêve.

Lorsque je fis la connaissance de Breton, il était sur le point de découvrir Fourier, de qui le surréalisme devait se réclamer beaucoup plus que de Marx.

Mais Fourier ne voit pas mieux que Marx la cause profonde du mal. L'un et l'autre imaginent que les hommes sont conscients et donc capables – en principe, du moins – de modifier de fond en comble les conditions de leur existence.

Hélas ! On ne fait pas de véritables Révolutions avec des dormeurs. Le cauchemar engendre obligatoirement le cauchemar. Du songe terrible dans lequel nous sommes ensevelis rien ne peut nous délivrer, hormis l'éveil.

Extrait d'*André Breton a-t-il dit passé*, Maurice Nadeau, 1998.

JEAN-CLAUDE BARBÉ

Que sommes-nous sans la Beauté

Que sommes-nous sans la Beauté Perdant sa trace
Le monde apparaît comme un dédale infini
Aux yeux de l'homme seul que son ombre embarrasse
Telle sa propre image et toute compagnie
Bonne ou mauvaise – il songe à ce frère le fleuve
Dont il attendait trop d'alléger son épreuve
La vie sans lui permettre en retour d'apaiser
Son trop-plein d'énergie dans le lit des rivières
Il attendait son rêve enfin réalisé
D'un voyage au-delà des rives familières
Sur une succession d'océans en colère
Se relayant pour battre un record il aurait
Lui sur sa barque étroite alors le sentiment
De naître ailleurs qu'entre des cuisses de maman
Il aurait sous les pieds le gouffre qui effraie
Même le matelot le mieux aguerri même
Ces penseurs qui n'ont pas le pied marin mais creusent
Comme on extrait du sol une précieuse gemme
Leur rêve où le réel s'introduit par surprise
Et y trouvent l'abîme et ses coupes affreuses
Mais ce goût du néant obéit à des crises
Dissipées – il suffit d'en détourner les yeux
Et la vallée refait surface plus fertile
D'avoir connu l'amour et ses affres sous l'eau
Façonnée par le fleuve elle en garde le style
Et de son pli le poète fait un tableau
Dans lequel la Beauté avant de mourir baigne
De sa douce lumière un paysage né
Pour s'effacer avec le soir en fin d'année
Quand au même moment crucial le soleil saigne
Pouvons-nous empêcher ces départs – nul retour
Du jour ne cicatrise une intime blessure
Si le temps n'y peut rien à quoi bon les discours
Le glacier refusant de fondre nous rassure

Extrait de *Bientôt l'éternité m'empêchera de vivre*, Le Réalgar Éditions, 2021.
Publié dans la collection l'Orpiment dirigée par Lionel Bourg, avec une belle préface de Pierre Vandrepote et une correspondance inédite en fac-similé d'André Breton, le seul recueil connu de Jean-Claude Barbé (1944-2017), *Bientôt l'éternité m'empêchera de vivre*, devrait être pour quiconque s'y penche une découverte. Par ses lettres au jeune poète, la générosité d'André Breton fait mentir ses détracteurs : vieilli, apostasié, et toujours sans égards pour les valeurs consacrées,

Fontaine IV, 2022, 162 x 114cm, techniques mixtes sur toile. © Thierry Pertuisot.

Breton attendait tout de la jeunesse, de l'altérité d'où qu'elle vienne, dans l'espace ou les temps, dès lors que rien n'entrave son libre essor. « Et tout ceux qui l'ont connu, lu et compris, dira de lui Joyce Mansour, brillent encore un peu de son immense éclat. »
Ainsi de Jean-Claude Barbé, toujours si solitaire face à l'univers.

H. H.

*

« Je suis ainsi : le feu d'abord »

Deux lettres d'André Breton à Jean-Claude Barbé

En 1960, Jean-Claude Barbé a seize ans. Il est poète. Une nécessité intérieure le brûle. Il écrit [...]. L'adolescent vit à Boulogne-sur-Mer. Il est seul au milieu de la beauté du monde. Il n'est pas seul. Il va écrire une lettre à André Breton. Le poète surréaliste, phare de la poésie, poète de la passion, celle qui célèbre la femme, la liberté, l'amour, la jeunesse, le rêve. Il ne doute pas que le poète lui répondra. Il lui répond. La lettre commence ainsi : *Je n'ai pas oublié les impatiences que l'on connaît à votre âge...*

PIERRE VANDREPOTE
Préface à *Bientôt l'éternité m'empêchera de vivre*

~

Paris, le 8 mars 1960

Cher Jean-Claude Barbé,

Je n'ai pas oublié les impatiences que l'on connaît à votre âge quand on est né poète et que le langage est tout avivement du désir. J'aime le mouvement et la couleur de ces proses que vous me faites lire. Vous savez, pourtant, que depuis Rimbaud, je ne crois plus à la possibilité du retour aux formes fixes de la prosodie mais l'oreille qu'on leur a prêtée dans la jeunesse ne s'ensable pas pour autant, de sorte que je sais encore apprécier la courbe de ces strophes. Bien sûr, j'aurais à faire aussi certaines objections de détail mais ce sera quand nous nous verrons, si vous le voulez. Je ne saurais trop vous recommander, car vous avez grand sens du raccourci et du rare, de ne rien laisser passer qui fasse si peu que ce soit « déjà vu » (quitte à écrire beaucoup moins : je ne crois guère, en ce domaine, à la vertu de l'abondance). Cette mise en garde ne s'applique évidemment pas à ces échappées lyriques qui, dans le surréalisme, ont été attendues de l'écriture automatique, par exemple. Mais que ce soit l'un *ou* l'autre car l'expérience établit que de l'un à l'autre il n'y a pas de moyen terme acceptable.

Je ne dispose heureusement pas d'une passerelle qui vous permette de sauter par-dessus ces années d'école et je n'ai guère à vous offrir que mon amitié. Il est probable qu'aux premiers jours de printemps, nous aurons, ma femme et moi, avec quelques amis (Benayoun, Toyen), l'occasion de passer par Boulogne, nous aimons prospecter des plages en quête de minéraux, fossiles, etc., et je me dis qu'on pourrait alors vous faire signe et parler un peu dans un café.

Lisez-vous *Bief* (parution surréaliste) ? Le dernier numéro paru (n° 10-11) s'accompagne de cette feuille bleue que je vous joins parce que vous êtes de ceux à qui elle s'adresse très spécialement.

À vous, en toute sympathie,

André Breton

~

Paris, le 16 mars 1960

Cher Jean-Claude,

À la Côte d'or, le petit bar de la rue Vivienne où nous nous réunissons chaque soir vers six heures, j'ai donné lecture de ces deux premières lettres et des poèmes qui y étaient joints et, hier, fait circuler la troisième pour qu'en la lisant on ait ton portrait sous les yeux. Tout le monde a été très content, dès la première minute et j'espère que ce courant de chaleureuse sympathie est arrivé jusqu'à toi.

Bien entendu je mets très haut Georg Trakl et c'est moi qui, d'ailleurs, ai présenté les premières traductions françaises de ses poèmes quand on n'en était encore qu'à les lire sur manuscrit. J'adore cette sombre voix.

Marcel Duchamp, de passage à Paris, est venu me voir hier. Est-ce que tu sais bien qui il est ? Il est beaucoup plus facile aujourd'hui de s'en informer grâce aux deux ouvrages qui viennent de paraître (Robert Lebel : *Sur Marcel Duchamp* et Sanouillet : *Marchand du sel*). L'ennui est que ces sortes de livres sont si coûteux. Nous ne cessons de le déplorer et c'est le cas de la plupart des publications intéressant le surréalisme qui, de ce fait, sont généralement hors de portée du vrai public auquel elles s'adressent : la jeunesse. Il n'empêche que tu dois te documenter sur cette ligne d'esprits, qui constitue une branche à première vue très divergente de la branche lyrique (celle qui porte Rimbaud et Trakl) : je poserais sur elle Lichtenberg, Brisset, Roussel et Duchamp. Le moderne, au sens de « il faut être absolument moderne », me semble toujours être leur angle d'intersection. – Toutefois, ainsi va la vie que je crois avoir plus à apprendre de toi que moi de toi, je suis ainsi : le feu d'abord.

Tu ne m'as toujours pas dit si tu avais vu ou un peu suivi *Bief* et ce que tu en pensais. Nous allons nous arrêter à ce douzième numéro et passer à une nouvelle revue mensuelle de trente-deux pages. Si tu nous suggérais un choix de titres ? (Il faut que ce titre soit bref, « public », attrayant, et n'entre dans aucune catégorie de titres déjà vus.)

Je me demande et tous mes amis se demandent ce que tu peux bien faire à Boulogne même sur mer, avec une sorte de cartable sous le bras. Entre ce que tu penses, ce dont tu te sens capable et ce qui s'impose à toi comme nécessité éclate une dissonance assez dramatique. Je m'en voudrais, cédant aux affinités d'esprit et de cœur comme je fais en te répondant, de te la rendre plus cruelle qu'elle peut être déjà. La tour Eiffel derrière moi, mon « devoir » est de te recommander de prendre en patience l'adolescence et ses chaînes – qui, pour certains très rares, sont peut-être la rançon des éclairs.

Je te salue,

André Breton

YAMEN MANAÏ

ABOU EL KACEM EL CHEBBI,
POÈTE RÉVOLUTIONNAIRE TUNISIEN

1er février 1929. La Khaldounia fait salle comble. Les érudits sont là, dans l'attente du jeune conférencier. Il n'a que dix-huit ans. Il s'avance et se livre à l'assemblée. Le sujet du jour : *L'imaginaire poétique chez les arabes*.

On s'attendait sans doute à un énième baise-main, un nouvel acte d'allégeance. Encore une tribune qui ferait les louanges de la poésie arabe, de la diversité de ses mètres et de l'étendue de son lexique. Quoi d'autre, sinon ? La langue arabe n'est-elle pas la langue suprême, celle du texte divin, des plus grands poètes, celle-là même qu'on pratique au paradis ? Ainsi parlaient les conservateurs et même les quelques réformistes présents dans la salle, car nombre d'entre eux s'attaquent à la forme et esquivent le fond. Ils arrêtent souvent, au seuil du sacré, leurs élans critiques.

Flatter l'ego de ses aïeux pour s'offrir une place parmi les intellectuels de son époque ? Ça serait mal connaître le jeune orateur. Son culot est sans précédent. Le discours qu'il prononce est un coup de massue, du jamais entendu. Zarathoustra qui s'adresse à la foule médusée : devant un parterre d'oreilles incrédules, le jeune homme, au verbe éminemment poétique, s'attèle à détruire les mythes et les idoles.

Chebbi débute par ce qu'il considère comme l'essence fondamentale de l'homme : l'imaginaire. Selon lui, le tremplin de l'âme humaine dans ce monde, son allié indispensable face à cette incroyable charge de souffrances et de rêves, d'idées et d'émotions. L'imaginaire est l'expression même des premiers Hommes. Spontanément, ils le superposaient à la réalité (le soleil se lève, le vent souffle, la nuit tombe…). L'imaginaire précède toutes les vérités, il est le terreau du langage, le jardin où fleurissent les tournures et les figures de style, qui engendrent littérature et poésie.

Comment se présente cet imaginaire dans la poésie arabe ? C'est là que Chebbi sort des sentiers battus. Pas d'éloges, cette fois. Mais une critique riche, à la rigueur scientifique, dans laquelle Chebbi ramène l'homme à la réalité de sa géographie, et il affirme que l'imaginaire arabe est aussi dépouillé que le désert de la péninsule dans laquelle il est né. Dans ce coin du monde, la nature est aride et caniculaire, peu diverse en vie et en paysages. Elle n'offre à l'âme qu'un four de vent et le sable à perte de vue. L'imaginaire s'en trouve affecté. Il est pauvre, spartiate. Dès lors, la langue s'épanouit dans sa propre sophistication, dans son côté matérialiste et descriptif. Elle tire sa gloire, non dans sa puissance évocatrice ou sa portée allégorique, mais par ses prouesses stylistiques et l'incroyable richesse de son vocabulaire. Ainsi, dans la poésie arabe, point d'aspirations spirituelles, point de questions existentielles, lesquelles naissent dès lors que l'homme est inscrit dans le cycle de la nature, nourrit par la grâce de son sein, au point de vouloir comprendre à qui au juste il appartient. L'éloquence était la principale préoccupation des poètes arabes. Ils n'étaient pas des rêveurs. C'étaient des discoureurs, des esthètes de la langue, leur parole était le feu qui attise l'esprit tribal dans la compétition féroce pour le peu de ressources à disposition.

Les mêmes se sont consolés de l'hostilité de l'environnement avec la beauté de la femme. Mais là encore, d'après notre jeune orateur, ils sont passés à côté de l'essentiel. Ils ne se seraient attardés que sur l'aspect matérialiste, charnel. Ils n'ont pas fait les louanges de son esprit, ni vu en elle une épouse aimante ou une mère dévouée. Ils ont plutôt célébré l'attrait de ses courbes et les nuits de plaisir auprès d'elle.

À la sortie de la conférence, l'assistance, abasourdie, applaudissait le jeune prodige en même temps qu'elle le maudissait. Même les chantres de la renaissance culturelle ont pris une claque. Cet homme est allé trop loin. Le scandale retentit jusqu'au Moyen-Orient. On vit de l'insolence où il fallait voir le talent, de l'irrévérence là où s'exprimait le renouveau.

Chebbi fut pointé du doigt. Ses confrères lui menèrent la vie dure. Comme bien des génies, il mourra jeune et incompris, rongé par la maladie. La reconnaissance fut tardive. Posthume même. C'est étonnant comme la vie est rosse. Mais ne comptez pas sur le poète pour tenir de tels propos. Le poète brûlait d'amour pour elle. En contrepartie, elle lui a offert une place unique dans le panthéon des poètes.

Je vivrai comme l'aigle, sur la plus haute cime
Malgré les ennemis et le mal qui me dévaste.

Que reste-il de lui dans la culture populaire tunisienne ? J'aimerais croire que la révolution de 2011 est le prolongement de sa pensée, que le peuple est à la hauteur de sa parole adressée aux tyrans du monde. En réalité, nous sommes encore loin du compte. Les défis d'aujourd'hui sont encore plus grands que ceux de la veille. Mais sur ce chemin inachevé, dans cette marche de l'incertitude, sa poésie est plus que jamais un guide. Qu'il soit enseigné dans toutes les écoles, que chacun apprenne par cœur ses vers et s'en abreuve. Qu'on répare aussi cette aberration qui frôle la honte. Il est temps que ses compatriotes chantent de lui un poème à l'occasion de l'hymne national, au lieu d'*Humat-Al-Hima*, ce poème égyptien des années 1930, retouché par les officiels sans la moindre gêne. Ils ont remplacé dans le texte le mot *pyramide* par *édifice*, pour louer l'esprit bâtisseur du peuple tunisien. Ils y ont inséré au chausse-pied un couplet de Chebbi. À quelles fins ? Pour saupoudrer l'hymne d'une touche nationale ? Pour associer le poète, contre son gré, à leur propagande à venir ? Pour marginaliser son œuvre, qui se trouve tronquée, des millions de fois chantée devant des visages hypocrites et corrompus, ceux-là mêmes qui refusent au peuple son destin ? Le Novlangue chevillé au drapeau, voilà l'aberration qui frôle la honte, alors que nous avons à disposition l'œuvre de ce poète absolu. Que ce soit Abou El Kacem El Chebbi qu'on chante à l'unisson à chaque hymne ! Rendons lui l'amour qu'il vouait à son pays, lui qui a dit :

Je suis, ô belle Tunisie, dans les abysses de ta passion, en pleine baignade,
Ma loi est ton amour profond, et j'ai goûté à sa la lie et à ses brimades,
Peu m'importe… Qu'on fasse couler mon sang,
Le sang des amoureux depuis toujours se brade.

ABOU EL KACEM CHEBBI

La volonté de vivre

Traduit de l'arabe par Yahia Belaskri et François-Michel Durazzo

Quand le peuple veut vivre, le destin doit répondre,
La nuit doit s'effacer, les chaînes se briser.
S'il ne désire pas vivre, il se perd dans l'éther.
Et malheur à celui que la vie n'a pas tué, sous les coups du néant !
Tels sont les mots que j'ai reçus, des profondeurs de l'âme.
Le vent rugit dans les ravines, sur les monts, sous les arbres.
Et si je tends vers une fin, je chevauche l'espoir, j'oublie toute prudence,
Car jamais je n'ai fui l'âpreté des récifs et la rage des flammes ;
Celui qui se refuse à gravir les montagnes est condamné aux gouffres.
Le sang de la jeunesse a soufflé dans mon cœur, dans mon sein un vent nouveau.
Le tonnerre a frappé, j'ai écouté ses coups, le jeu du vent, la pluie,
Et la terre m'a dit, lorsque j'ai demandé : « Mère, détestes-tu les hommes ? »
« Je bénis l'ambitieux comme le téméraire,
Je maudis qui refuse le rythme fou du temps, jouit de la vie des pierres.
Le monde aime la vie et méprise les morts, qu'ils soient petits ou grands.
Nul horizon n'accueille l'oiseau mort et l'abeille, méprise la fleur morte.
Sans mon cœur maternel, comment les morts auraient rejoint ces tombes ?
Malheur au victorieux que le néant n'a pas maudit
Par une nuit d'automne accablée de chagrin et d'ennui,
Je me suis enivré de l'éclat des étoiles et chanté la tristesse
Questionnant les ténèbres : « Rendez-vous à sa source celui que vous avez flétri ? »
Leurs lèvres se sont tues, et les nymphes de l'aube ont fait taire leur chant.
Mais la forêt m'a dit, d'une voix aussi douce qu'une corde vibrante :
« Vienne l'hiver, la brume d'hiver, la neige d'hiver, la pluie d'hiver ! »
Puis le charme s'est éteint, le charme des feuillées, celui des fleurs, des fruits,
Le charme doux du soir, le charme des prairies, saturées de parfums,
Puis s'étiolent les branches, les feuilles et les fleurs de la saison chérie,
Et le vent les emporte dans toutes les vallées, les torrents les submergent
Et le monde périt, comme un merveilleux rêve scintille et s'évanouit ?
Subsistent les semences chargées du souvenir, d'une vie magnifique,
De visions d'une vie, de fantômes d'un monde désormais évanoui
Où ensemble la brume, la neige et les tropiques nous offraient l'étreinte
de la douceur d'une vie, qui ignorait l'ennui et le cœur du printemps,
le chant des oiseaux, la fragrance des fleurs et le goût des fruits mûrs.
Mais lorsque le temps passe, une partie prospère, une autre dépérit et une autre prend vie,
Les rêves prennent forme, pleins de mystère, pleins d'enchantement
Et alors on demande : « Où sont la brume matinale, la magie du soir, le clair de lune ?

Les troupeaux si charmants ? les abeilles qui chantent, les nuages qui passent,
Les rayons de la lune et de la vie ? Où est la vie, à laquelle j'aspire ?
J'ai soif de lumière en haut dans la ramée, j'ai soif d'arbres ombreux,
J'ai soif du printemps, dans les prés qui fredonnent et dansent dans les fleurs,
soif du chant des oiseaux, du murmure de la brise et du chant de la pluie.

KENZA SEFRIOUI

L'ABYSSE EN FACE

HOMMAGE À SALIM SAÏDI

Le 2 juillet 2022 nous a quittés brutalement Salim Saïdi. Trop jeune, trop tôt.

Il écrivait tout le temps, partout, et a laissé de nombreux textes inédits, griffonnés dans des cahiers ou sur des feuilles volantes, parfois partagés sur les réseaux sociaux, où il pansait sa sensibilité trop vive pour un monde dont les faux-semblants l'écorchaient. Son unique recueil, publié en 2020, *Lacunes*, était un cri de solitude, où il parlait de son « âme en rupture » et ironisait sur le « *shitstème* » de la jeunesse dorée dont les codes absurdes, l'hypocrisie et la médiocrité l'agressaient. Lui préférait contempler la lune et les paysages marins sous le soleil.

Sa voix lancinante, sa voix de slameur fasciné par le rythme et la rime, portait toute une quête de spiritualité, nourrie de Rûmî dont il aimait citer ce vers : « *Sois tel que tu parais et parais tel que tu es, encore faudrait-il être…* » Et elle était sombre, sa quête, fascinée par les extrêmes et par la mort dont l'idée le hantait, car inéluctable, car imaginée comme une délivrance. Délivrance sans joie. « *Moi j'cherche l'essence dans celui qui s'est aspergé d'essence, mais le silence se fait dense, autour de son existence, ne restent que les bribes d'une réflexion rance.* » Une poésie pleine d'angoisse existentielle et de souffrance, mais aussi pleine du courage de celui qui regarde « *l'abysse* » en face. « À l'origine était le fou », écrivait-il, qui sait contempler la beauté : « *J'aime ces nuits suivant le gris d'un ciel de jour, la portée chromatique se dépose comme une caresse à la rétine et le sentiment confortable de chaleur n'émane plus du temps mais du tourment.* »

Nicotine[1]

Je fume pour mieux mêler l'odeur
Où striée comme une écorce brune
ainsi cracher une bave noire.
J'écarte alors le cendrier bavoir
Et me rapproche de cet autre vil
Loin de soi c'est moi… vaine idylle…
où subsiste cette cendre nommée exil
donc,
là où je vais le feu caresse mes cils
alors,
même sur le versant des blanches lagunes
j'attache une braise à mes étés
en allumant un horrible brasier
dont je partage le teint jauni.
Enfin lorsque le sommeil m'abrite
je le viole d'un existentiel rite
j'incendie ce tabac à l'envers
et préfère le vorace cancer
À ce moderne enfer.

Mejdoub[2]

La secousse est comme
Une terre aride
La terre de mes membres
Celle de mon linceul
De mes nuits de froid
De ce soleil justicier
Je n'entends que la fuite

1. Texte publié dans *Lacunes*, Casablanca, Éditions Onze, 2020, p. 14.
2. *Ibid.*, p. 71.

Alors je me purifie
Me tourne vers les rythmes
De mon front
Je ressens alors
Peurs et douleurs
Je suis là-bas
Où le mejdoub
Ne voit plus sa peine
Et où les lions
Sont proches, très proches
D'un tremblement
L'horizon devient descente
Dans l'arène
À chaque âme
Une chaîne et un fil
D'un éternel joug

Un matin

Un fragment de lune enrobe
le début du blanc de l'aube
mais comme un déçu d'hier
la nuit passée hante mes paupières
alors j'erre, j'erre et je sidère
les passants levés si tôt et moi lavé à la bière
mais comment peut-on se livrer à toute passion
avec huit heures de sommeil, un bifton, passons
j'ai silence intérieur, esprit tanné
je me sens supérieur mais condamné
l'alcool et la nuit sont les prières
des fils de putain et de salaud
à la place des damnés, des impuissants
à dévaler le labeur car céphalées
pendant que la place reprend une vie d'affolé
le monde est de ceux qui se lèvent tôt soi-disant
ma nuit s'en fout elle ne voulait qu'elle-même
je regarde alors au-delà des regards blêmes
et me dis bénis soient ceux qui vont se coucher en riant.

Attente

Reclus dans l'enclos
car forcé par les sots
il n'y a plus d'espace
pour les horizons épars
fini la liberté
seuls les mots me font voyager
loin des couchers de soleil
ou des dérives sur les routes vieilles
aujourd'hui c'est moi et mon sang
qui à bon prix dansons
et il tourne en manège haletant
beaux restes d'un cœur aimant.
Ainsi m'ont déserté
les amis, les instants
et ma peine voit passer le temps
non sans cacher aux heures
que c'est l'éternité que j'attends
au règne du malheur
la souffrance m'est vaine
j'attends la fin des déboires,
une pluie diluvienne,
suivie d'un soleil heureux
sur une plaine sans espoir.

CÉCILE OUMHANI

Espérer comme désirer

Pourquoi les nuages ressemblent-ils autant à la mer ? Sans doute fallait-il que je me trouve dans un avion pour en avoir l'impression. Je n'avais encore jamais pensé qu'ils étaient comme cette échappée que poursuivent les humains, génération après génération, depuis des millénaires. Cette ampleur toute en légèreté et en apparente tranquillité serait une invitation à la métamorphose, une sorte d'appel vers l'avenir. Mille espaces se composent et se recomposent dans le champ de l'œil, rendu à l'attente, alors que taraudent blessures et déceptions. Et nul doute que tant d'immensité est à la mesure des espérances dont nous avons besoin pour continuer. Pourquoi pandémies et guerres font-elles naître la confiance souvent naïve que leurs lendemains devraient être meilleurs ? Est-elle une condition nécessaire pour reprendre un chemin brutalement interrompu par une crise dévastatrice ? On voudrait se persuader qu'on a bien laissé le pire derrière soi, après l'avoir relégué à un « jamais plus » définitif. Et à se remémorer l'Histoire, à la parcourir en pensée, on s'aperçoit qu'elle n'offre que de brèves périodes d'apaisement, guère plus que des battements d'ailes au cours d'une longue nuit. De nouvelles tourmentes ne tardent pas à emporter les humains, à les balayer, à les détruire comme fétus sans conscience ni importance. Nous les voyons même se multiplier, s'accélérer, dans des spirales qu'elles déroulent sous nos yeux sans que nous réussissions à les arrêter. Faudrait-il se résigner et accepter que se répète le pire et qu'il s'aggrave avec les possibles prémices d'une autodestruction programmée ?

Et où dois-je me situer, alors que je suis confortablement installée dans un avion dont l'empreinte carbone pèse inéluctablement sur notre devenir à tous ? Oui, sans aucun doute, négligence, facilité, me rangent avec tant d'autres, comme l'une des causes indirectes de nombreuses catastrophes, dont la chute de milliers d'oiseaux morts de chaleur l'été dernier à l'ouest de l'Inde. Ne nous leurrons pas sur une quelconque innocence. Ne nous laissons pas bercer par ces « riens qu'une fois de temps en temps » qui dédouanent et minimisent la portée d'actes individuels. Il existe bien un effet papillon et il n'est pas de gestes que l'on s'autorise qui ne vienne s'additionner aux autres pour précipiter la destruction de notre planète.

Au hublot étoilé de givre, je m'abandonne à l'enfilade des noms qui s'égarent, entre nuée et montagnes enneigées, jusqu'au fond de mes souvenirs. Venise, retour vers une époque où le monde semblait murmurer à mon oreille d'adolescente des promesses sans cesse renouvelées. Sarajevo, syllabes d'un malheur qui n'en finit pas de résonner dans nos mémoires. Sombres, les sommets s'effrangent en lentes traînées d'encre, lorsqu'enfin la Grèce perce le ciel. Vert bronze, la terre joue avec les ombres dans une incessante lutte de plis et de replis. La Grèce toujours, long cheveu argenté, déroulé au creux d'une vallée. Puis le métal en fusion d'un fleuve venu entrebâiller le monde, tandis que le soleil déchiffre sur ses flancs un abécédaire primordial. Seul un nuage prisonnier d'une légende s'attarde au-dessus de cimes, gardiennes des traces d'Ulysse. Flèche lancée à travers le temps, quel rivage rejoindra-t-elle ? Celui d'un avenir meilleur, toutes frontières abolies, ou devra-t-elle se briser et l'humanité avec elle ? Puis il y a ce sursaut de terre, comme une vague venue de très loin. Échos d'Élissa, reine de Carthage, arrivée de Phénicie, au fond d'une nuit que nous ne rejoindrons plus. Silhouette cherchée naguère parmi les ruines, là-bas au sommet de Byrsa, au sud de la Méditerranée et dans les bribes imaginées de sa traversée depuis la rive orientale de la mer. Quel feu la porta à travers vagues et tempêtes jusqu'à des terres inconnues ? Il appartenait à ces espoirs qui poussent l'humain au-delà de l'impossible, pour accomplir et découvrir plus loin encore. Il était de même nature que ces étincelles qui animent les voyageurs épris de vie et de liberté pour franchir ce qui les sépare d'eux-mêmes et de leurs rêves.

Images portées des années en moi, incarnées lorsqu'enfin la ville se dessine à travers les volutes d'une épaisse grisaille. Beyrouth, bâtisses engoncées entre les escarpements du relief et la côte. Teintes jaunes et ocres des façades étagées à flanc de colline. Les fracas d'un passé lointain et récent me saisissent à la gorge. Retomberont-ils un jour ? Les strates d'une très longue Histoire résonnent dans chaque rue où je pose mon pas. De jeunes lycéens me parlent de maisons en ruines depuis des années. Îlots grêlés d'impacts de balles, perdus au milieu de constructions récentes, ils sont les témoins d'un temps qu'ils n'ont pas connu. Ils me parlent de ces habitants dont l'ombre les hante depuis des fenêtres béantes. Ils les croisent chaque jour sur leur chemin, happés par un gouffre vers lequel ils n'osent se pencher, poursuivis par un poème qu'ils cherchent à écrire. Ont-ils aussi visité la Maison Jaune, à l'intersection de la rue de Damas et de la rue de l'Indépendance ? L'immeuble Barakat construit dans les années 1920 se trouvait pendant la guerre civile sur l'ancienne ligne de démarcation. La bâtisse néo-ottomane a conservé toutes les marques des combats des snipers qui s'y étaient installés. Elle est devenue Beit Beirut, un lieu de mémoire. Vieux journaux, une foule d'objets du quotidien, des voix sur des vidéos, des graffitis, des fragments de carrelages témoignent ici de vies disparues. Chez le photographe qui avait autrefois sa boutique au rez-de-chaussée, on a retrouvé dans les décombres vingt mille négatifs jamais développés. Le musée s'est fixé comme but de le faire et de retrouver le nom de celles et ceux qui sortent ainsi de l'oubli où ils sont restés enfouis des décennies. S'ils sont venus ici, mes lycéens ont-ils croisé sans le savoir les habitants de ces maisons abandonnées où ils imaginent des silhouettes, à travers les arcs brisés d'anciennes fenêtres ? Entre le port encore dévasté et la place des Martyrs, ce sont les visages des victimes de l'explosion d'août 2020, dessinés par Brady qui semblent regarder les passants. Des rêves, des sourires et des noms arrachés eux aussi à notre oubli. *#TheyMatter*, scande le hashtag du street-artiste. Ils comptent. Une fois leur vie fauchée, la main de Brady leur a restitué une place au cœur de la ville, comme une part inaliénable de son Histoire, nécessaire pour qu'un lendemain soit possible. Il ne peut y avoir d'espérance sans la mémoire dont elle se nourrit. J'ai marché longuement à Mar Mikhael, dévasté par l'explosion, parmi les jeunes qui se pressent dans les rues en fin de journée. J'ai descendu les marches accrochées au flanc de la colline, là où leurs mains ont laissé des graffitis. *Stay hopeful you never know what tomorrow may bring !* Garde l'espoir, tu ne sais pas ce que demain peut t'apporter ! *All that you see out there in front of you is how you feel inside your head !* Tout ce que tu vois là-bas devant toi, c'est ce que tu ressens dans ta tête ! J'ai repensé à l'éternelle mouvance des nuages dans l'avion, comme à la matière d'où émergent les possibles que les humains portent en eux. *Before I die, I want to hold Lebanon in my arms !* Avant de mourir, je veux prendre le Liban dans mes bras ! Car l'espérance est de l'ordre du désir comme l'aptitude à se redresser, quoi qu'il arrive.

LEÏLA SEBBAR

J'irai là-bas

J'avais sept ans.

Plus tard, beaucoup plus tard, j'ai dessiné une belle carte de la France avec fleuves et rivières en bleu, hameaux forestiers en vert, camps de baraquements et de tentes couleur châtaigne comme la boue l'hiver et la terre sèche craquelée l'été. Je n'ai pas oublié un seul nom de ces villages où sont nés les enfants de harkis, où ils ont vécu, heureux et malheureux, où certains sont morts.

Le vendredi, je voyais des mères prier et pleurer devant les petites tombes des carrés musulmans. J'ai offert ma carte de la géographie harkie, en France, au mémorial de Rivesaltes.

Mon grand-père était le chef du camp. Je le voyais comme un géant, avec son burnous tissé de l'autre côté de la mer, loin, sur les Hauts-Plateaux. On me racontait que le Petit Désert bordait la petite ville, son ksar rouge, sa mosquée, son église et sa synagogue. Des chameaux la traversaient et son marché aux tapis de haute laine était célèbre au-delà des sables. Ma grand-mère était tisserande, les femmes de la famille du djebel Amour, on les appelait les Amouriates, ont emporté, lors de l'exode des harkis, leurs métiers à tisser jusqu'à un village français qui s'appelle Lodève. C'est là que je suis né, dans la chambre du métier à tisser, réservée aux femmes. Dans l'autre village des Plateaux et des tapis, il s'appelle Aflou, les Juifs parlent l'arabe et s'habillent comme les habitants de la steppe. On me l'a dit, je le crois, même s'ils ne seront plus là lorsque j'irai à Aflou. Peut-être leurs descendants me parleront, en arabe ou en français, de leurs ancêtres et de la Française, « Mademoiselle », qui galopait avec son sloughi, en cavalière excentrique. Elle avait quitté ses Vosges natales, son diplôme d'infirmière en poche et elle allait chez les nomades qu'elle soignait. Les nomades l'aimaient, lui offraient l'hospitalité, ils s'étonnaient de cette femme étrangère, sans famille, ni père ni frère, ni mari et qui parlait si bien l'arabe des Plateaux.

On m'a dit aussi que le directeur de l'école de garçons avait voyagé jusqu'à Tiaret ou Oran, je ne sais plus, à cheval, avec « Mademoiselle ». Sa femme était institutrice, une « Française de France », mon grand-père répétait que c'était la plus belle femme de la petite ville et des Plateaux. Pour sa fille aînée, elle avait commandé un tapis noir et rouge à la femme du chef de tribu, la meilleure tisserande d'Aflou. On raconte que la fille du directeur arabe et de la Française écrit des livres et qu'elle parle d'Aflou, du djebel Amour, du fennec apprivoisé que le jeune fils du sous-préfet promène jusqu'au « Village nègre », au-delà de l'oued et des peupliers, où un appelé français de Dijon, officier de SAS (Section Administrative Spéciale) a restauré une école pour les filles. C'était la guerre. Le jeune officier est allé dans les pauvres maisons du « Village nègre », pourquoi on appelait ce quartier d'Aflou le « Village nègre » ? J'ai demandé aux hommes de notre tribu. Personne ne sait. L'officier a obtenu l'accord des pères de famille. Les filles sont allées à l'école en tablier rose. Elles s'appelaient Khédija, Keeïza, Messaouda, Fatima, Ouali…

J'irai à Aflou.

Comme le soldat-photographe, très loin dans les Aurès, qui a publié des photos de femmes algériennes, en 1960, longtemps après la guerre d'Algérie. Il est retourné là-bas, il a retrouvé des femmes qu'il avait prises à l'image pour le recensement. Lui n'a pas pris de photos mais il ira dans la ville des ancêtres et il rencontrera les écolières de l'appelé d'Aflou qui a quitté la petite ville, à la fin de la guerre, comme les membres de la tribu. On ne lui a pas dit pourquoi leur pays, depuis toujours, n'était plus leur pays, pourquoi ?

J'ai dix ans.

Je vis dans le camp des mille tentes. Mon grand-père me donne la main. Comme lui, je porte une sorte de chèche blanc. Il marche avec une canne en bois d'olivier. J'ai demandé à ma mère de tisser pour moi un burnous comme le sien, brun et doux. Elle m'a dit : « Quand on reviendra chez nous, au pays des aïeux. » J'ai pleuré. Elle m'a consolé : « Je ferai pour toi une djellaba comme celle que portent les garçons de l'école coranique, au pays. J'irai chez la cousine, elle a une machine à coudre Singer. Tu seras le plus beau. »

Je n'ai plus dix ans. Ma djellaba est trop petite.

J'ai demandé à mon grand-père pourquoi on vivait là, dans une réserve d'indiens, mais sans les flèches, on était comme des rats, c'est ce que disaient les copains.

Il n'a pas répondu. J'ai insisté. J'ai dit que j'irai sur les Hauts-Plateaux où il est né. Je chercherai ceux qui vivent dans le pays qu'il a quitté. Il m'a dit : « C'est un pays interdit pour nous, les harkis. » « C'est quoi les harkis ? » « Tu sauras, un jour, quand tu seras plus grand… » « Vous dites toujours ça et on ne sait rien… On se fait insulter et on ne sait pas pourquoi. » J'ai pleuré.

Mon grand-père m'a pris dans ses bras, m'a serré contre lui en riant comme quand j'étais petit, il m'a embrassé. « *Ya oulidi, ya oulidi*, mon petit, mon cher petit, ne t'inquiète pas, je suis là avec toi… Rien ne peut nous séparer, rien, ni personne… Tu me crois ? » « Oui, Jeddi, oui, mon cher grand-père, je te crois, mais je voudrais que tu me racontes, je veux savoir… Je ne sais rien, je suis comme un bourricot… » Mon grand-père m'a serré contre lui en riant. « Je te promets, *ya oulidi*, je te promets, tu sauras tout. Tout, tout… » « Jeddi, dis à mon père de m'emmener avec lui dans les bois, là où il travaille. » Un ami de l'école m'a dit qu'il y a des hameaux forestiers partout, dans toute la France. Un autre m'a raconté que près des hameaux de son père, il a entendu de la musique. « C'est du piano, c'est beau le piano. » Il m'a dit qu'on irait l'été prochain. « J'en parlerai avec ton père. Tu l'aideras au forestage, tu auras un peu d'argent, il t'emmènera à la Roque-d'Anthéron, c'est là-bas, on me l'a dit souvent, près d'Aix-en-Provence, on verra, on verra… Tu pourrais être musicien. Pourquoi pas. Je vais en parler à ton instituteur. »

Je ne suis pas allé dans une école de musique. Je n'ai pas appris à couper le bois dans un hameau forestier.

Mon grand-père est mort l'année de mes seize ans. Il repose dans le carré musulman de la petite ville où je suis né. En France. Ma mère tisse pour la Manufacture des Gobelins à Paris. J'ai appris à lire et à écrire l'arabe des Plateaux algériens, la langue de mes ancêtres. J'ai rencontré une conteuse magnifique, Nora Aceval, de Tsounina, près de Tiaret. J'ai collecté des contes du pays de Jeddi. Des femmes de la tribu de Nora, jeunes et vieilles les racontaient le soir, à la veillée. J'étais là avec les femmes. Avec Nora, je les ai traduits, nous les avons publiés en France et en Algérie. Le fils d'une amie de Nora a fait des dessins à l'encre de Chine. Je dois le rencontrer chez Nora et son fils Mustapha, en Champagne.

J'ai écrit une longue lettre à mon cher Jeddi. Je la lirai, en arabe et en français, lors d'une cérémonie commémorative, au mémorial de Rivesaltes, dans les Pyrénées-Orientales, à la demande d'une amie historienne et écrivaine, fille de harki, Fatima Besnaci-Lancou.

Sur la tombe de mon grand-père, à Lodève, je mettrai dans un petit pot en argile que j'ai fabriqué à l'école, la poignée de terre d'Aflou qu'un homme de la tribu m'a offerte. « Tu es le bienvenu chez nous, chez toi. »

YVON LE MEN

Ce qui dure

Les pierres au gré des routes attendent la lévitation.

JEAN MALRIEU

Le dimanche précédant la mort de ma mère, il y avait brocante à Lannion et en fouillant dans les nombreux étalages, je tombai sur une statue de granite qui m'agrippa par les yeux. Elle représentait sainte Anne et sa fille, Marie, la mère du fils absolu. La statue était taillée d'un seul tenant dans un bloc de pierre des champs, adouci tout un hiver dans les pluies d'un fossé. Perdue parmi des centaines d'objets de toutes les tailles, de toutes les couleurs, je tombai en arrêt devant elle, comme un chien de chasse devant une perdrix.

À l'instant même, je voulus l'acheter. Peu importait le prix. Le vendeur s'avéra être un drôle de type, plutôt chouan sur les bords de son chapeau à la Trois Mousquetaires et par la croix pendue à son cou, catholique en diable. Chaussé de bottes de cuir noir, les yeux infiniment bleus, cachés de temps en temps derrière des lunettes noires, les cheveux longs, il semblait tout raide sorti d'un roman de cape et d'épée. Il fut convaincant dans sa façon de m'attendre. Il sut que j'allais revenir sur mes pas. Il sut que j'avais remarqué la statue. Il sut que j'avais besoin d'elle plus que de pain et d'eau. Elle durerait aussi longtemps que la plus humble des chapelles bretonnes dont elle a le charme. Elle durerait plus longtemps que ma vie et, bien évidemment, plus longtemps que la vie de maman.

Marie semble lire un livre dont Anne, sa mère, tournerait les pages. Et, quelle que soit l'exposition de la statue à la lumière, toutes les deux, l'une penchée vers l'autre, nous sourient. Et se sourient. Comme ma mère le long de ses derniers jours sur son lit d'agonie.

Aujourd'hui que maman n'est plus, Anne et Marie éclairent mes hôtes qui, après les avoir vues, les avoir touchées, sont contaminés par la douceur de cet amour maternel, malgré le grain du granite, qui me foudroya quatre jours avant le départ de maman. Dans l'autre contrée du temps dont la statue témoignera dans les siècles et les siècles.

Nous sommes filles et fils de ces pierres. Nos ancêtres ont posé leurs échafaudages à même ces énormes blocs dispersés dans les champs. Les labourer était difficile. Sur de vieilles images qui hésitent entre la sépia, le gris et le noir, on voit les hommes qui cognent et cognent encore et encore jusqu'à ce que pierres s'ensuivent qui bâtiront leurs sombres demeures où le soleil courbait le dos pour y entrer et où l'humidité s'infiltrait dans le moindre de leurs os.

Après l'enterrement, je remonterais à la source, j'irais me recueillir sur nos tombes. Celles d'Armor et celles d'Argoat. J'irais faire le point sur les dates et les lieux. Je remonterais le Léguer et ferais étape le long des chemins où s'élèvent des calvaires aux têtes semblables à celles d'Anne et de Marie, où se dressent des chapelles qui m'avalent dès que j'ouvre leurs portes. Sans doute portons-nous dans nos cœurs cette dureté lumineuse qui crée tant de poèmes à défaut d'exercer sa tendresse.

Ma mère était de ce granite-là mais avec un morceau d'étoffe dans les mains dont les paumes étaient si douces. Elle était fille de la pierre et du tissu, de la terre et de la ville. Ce bilinguisme l'a sauvée, nous a sauvés.

DIANE RÉGIMBALD

Traversée d'une œuvre

C'est une grande fresque impossible à voir en un seul coup d'œil
Si grande qu'elle défile sur des murs et des murs un corridor infini

Je marche dans son sillon me laisse habiter par son périple

Ses mondes enfouis dans des espaces fertiles
Fleurs arbres y poussent comme champignons

Mon corps ne sait pas comment recevoir son impact
Plus bouleversant qu'une incidence sismique

Elle résulte d'une liaison innombrable composée de tresses
De fils de diverses épaisseurs et couleurs

Tant de mains y ont pris part
Tout pourrait se briser s'effriter disparaître

Le tableau a du courage

Il n'est pas l'œuvre d'une seule personne
Il est celle d'une multitude
Composée de tant de matières

Les murs ne connaissent pas son histoire encore
L'œuvre ne cesse de faire peau neuve

Quelle est cette maison sans fin
Je ne sais pas la connaître

Elle est mobile dirait-on
Elle parle plusieurs langues et tu les comprends toutes

Sans savoir comment cela se peut
Vais-je te rencontrer dans les dédales sans fin ?

Vais-je trouver ce qui calmerait mon immense peine ?

Je ne sais pas faire je suis dans l'aveuglement des attraits

Il y a un leurre et pourtant tout est là
Pour recommencer le chemin

Traversent des ombres mouvantes enlaçant leurs têtes
Au profil d'autres stupeurs marquées par des bêtes de faim

Ma rencontre avec toi soulève des forces vives
Des marées de larmes dans lesquelles nous nageons

Le voyage du rêve donne des grandeurs inattendues
On entend les voix sur la toile de l'œuvre

Ce ne sont pas que des rumeurs
Mais sons de cloches qui éveillent les esprits
À la multitude que nous sommes depuis toujours

Le passage des naissances recommence à faire sien la création

Je te demande de nommer les espoirs possibles
Et tu me dis que tout est présent

L'œuvre parle du temps retrouvé
Par le fatras des amoncellements où s'activent
Les êtres à nommer chaque chose

Je m'identifie à un oiseau sur une branche d'arbre
Je reprends le souffle de l'écho
Tu sors ta main de ta poche caresses les parois de la fresque

Rien n'indique la composition totale
Tout est fragment de la longue route sillonnée

Bribes du cœur qui bat en l'œuvre
Du monde et des jours

JEAN-CLAUDE XUEREB

SUITE GOZITANE

Aussi bien j'aime les voyages comme l'essai du retour.

YVES BONNEFOY
Les tombeaux de Ravenne

PRÉLUDE

Retrouver une trace, même ténue, de l'aïeul mythique qui opta pour un exil aventureux, identifier, au-delà des manifestations parfois ostentatoires du modernisme, les survivances de modes de vie et de rites millénaires et, à défaut de confidences recueillies sur les lèvres des anciens, imaginer les péripéties de ces rudes existences qui ont précédé la traversée sans retour (au risque de leur superposer la trace prégnante d'un récent déracinement). Ces préoccupations impliquent, à l'écart de la curiosité superficielle et jouisseuse des touristes, une approche mesurée et patiente, marquée de séjours successifs, dans cet infime archipel maltais, avec lequel tout lien avait été rompu depuis au moins trois générations.

Mais une consanguinité lointaine, attestée par le patronyme, ne peut suffire – même si mon grand-père exprimait souvent l'intention, avant de mourir, d'aller découvrir « le pays de son père » – à expliquer la fascination exercée par quelques arpents d'une terre caillouteuse, parsemée de cubes éclatants surmontés de terrasses et d'antennes de télévision. La contemplation de telle crique, de tel bâtiment encerclé de verdure, peut susciter un sentiment de jubilation apparemment disproportionné. Après coup, on attribuera le choc ressenti à une intensité du bleu du ciel, à un grain de la pierre, à une configuration des lieux, à un parfum ou à une couleur des végétaux, à un fruité de l'air, que sais-je encore… Au-delà d'hypothétiques connotations, un lent déchiffrement souterrain d'arcane en arcane projette de lumineuses correspondances sur les secrètes architectures du désir, gravées au plus profond de l'être. Une indéfinissable harmonie s'instaure entre l'intérieur et l'extérieur. La certitude s'impose d'avoir trouvé *son lieu* en cet endroit précis ou dans ces murs, la promesse étant enfin tenue d'un rendez-vous fixé à soi-même de toute éternité. Ainsi l'invisible transperce-t-il parfois le visible par une injonction à laquelle il faudrait pouvoir obéir. Une contrée à la fois inconnue et familière nous est brusquement dévoilée qu'il appartient à notre imaginaire d'explorer, même si la réalité tient en échec l'utopie qui consisterait à vouloir, à tout prix, y fixer son existence.

*

DÉDICACE À GOZO, L'ÎLE ORIGINELLE

Île à la grive bleue et à la centaurée
rivage où, dit-on, la nymphe envoûta Ulysse

La mer ne cesse de rajuster les volants
de sa jupe à la peau ambrée des falaises

Partout mer et ciel illimitent l'horizon
à l'entour d'un pied d'homme au regard du soleil

Les chemins de fatigue n'épuisent point l'œil
dans la traversée d'un dénuement de pierres

*

ZEBBUG

Un pèlerin
ne formulant aucune prière porteur d'aucune grâce
n'en sollicitant aucune tourmenté par la soif
arpente les chemins tortueux qui encordent fraternellement
les treize villages entre rives et collines
aux dômes d'églises partout surgis

Il gravit une route escarpée
à travers les champs de pierraille infertiles
jonchés de figuiers de barbarie en boqueteaux
moignons d'épines implorant les rosées de la nuit

Au retour l'aigre descente vers la mer
immerge le regard aveuglé de soleil déclinant

Les reflets du ciel jouent sur le damier des salines
la lumière essaime ses abeilles aux assises éclatantes d'alvéoles

*

DWEJRA

Exilés de la faim, proscrits ou captifs, ils parlaient à voix basse de chance aux étoiles et rêvaient secrètement d'improbable retour. Maintes fois s'effondra l'échafaudage hasardeux de leurs projets sous le boutoir du quotidien, la fortune prise au revers par intempéries, inconstance ou trahison. Sans jamais renoncer, la plupart ont partagé leur misère en faisant souche. Dans une maison en briques construite de leurs seules mains, alors que le crépuscule tombait sur leur vie, ils n'ont même pas songé, avant de disparaître, à évoquer en famille la nostalgie qui avait sournoisement gangrené leurs velléités de bonheur. Sur une terre ingrate qu'ils avaient fécondée de leur sueur, ils croyaient naïvement à un avenir assuré pour leur descendance, grâce à la présence intangible d'un puissant pays tutélaire. Pouvaient-ils prévoir la résurgence d'un malheur collectif ?

Vainement chercherait-on sur le terroir originel une ressemblance de visage ou d'allure tenant à une parenté des gènes dont nous sommes au moins partiellement les héritiers. Les mains des disparus devaient pourtant ressembler aux nôtres, celles qui ont buriné la pierre, calligraphié les actes sur des registres, dont les feuillets se décomposent moins vite que la chair…

Des bateaux à moteur permettent d'entreprendre, en une journée, un tour complet des rivages accidentés de l'île. Au nord-ouest, une fissure à flanc de falaise menuise au passage la vision fugitive d'une barque liée à un ponton de verdure sur le scintillement d'un lagon. Sa découverte par l'intérieur des terres exigerait un long détour sur l'usure d'énigmatiques traces de charrois à travers les rochers.

*

RABAT

L'archiprêtre replet tourne sans hâte les pages cassantes de l'ample registre. Dans un marmonnement de noms et de dates, il parcourt du bout carré de son index l'entassement de lignes à l'écriture surannée. Soudain le doigt s'arrête en pleine page, la voix s'enfle et psalmodie. Elle délivre la réponse à l'énigme si longtemps irrésolue :

« … Joseph, fils de Salvatore et de Maria, né le 9 Mars 1834, baptisé le même jour en l'église Saint-Georges de Rabat… »

C'est donc sous ces voutes surchargées de dorures baroques qu'à peine débarbouillé par la matrone, le nouveau-né, entouré de son père, du parrain et de la marraine, a reçu le sacrement notamment destiné à exorciser la menace d'une mort précoce.

Nous errons dans le labyrinthe des ruelles environnantes, cherchant parmi ces pauvres maisons laquelle pourrait avoir abrité la venue au monde, puis, sur les pavés disjoints, les premiers pas, les jeux de billes ou de marelle… De la boutique proche d'un oiselier jaillit la discordance de piaillements et de chants, dans un amoncellement de cages et de volières…

À l'autre bout d'une existence, sur un autre rivage, le décès fut enregistré, le 17 juillet 1914, en mairie d'Hussein-Dey (Alger), sans autre mention du lieu de naissance que Gozo. Nulle autre trace, pas même un portrait… À présent il est trop tard. Les derniers témoins ont disparu. Les veilleuses se sont éteintes. Une autre boutique vend des éventails pour rendre l'air plus respirable.

*

TA' PINU

Providence des naufragés et des corsaires
une flottille au large des deux continents
glisse sur la fable incoercible des vagues
parmi la confidente escorte des dauphins

L'angoisse des enlèvements et des pillages
ravage l'âme d'un peuple jadis si prompt
– quittant champs et maisons – à fuir dans les terres
dès le cri d'alerte du guetteur sur sa tour

Dans la démesure des églises résonne
l'immémoriale prière des assiégés
au dieu qui protège la vie et la récolte
face aux calamités surgies de la mer

Ce soir le village veut conjurer la peur

une fanfare ouvre la procession des prêtres
sur la place où l'on dresse la crucifixion
déjà crépite l'éclat des feux de bengale

Un mirage résurgent a franchi l'oubli
aux tourbillons de sable il a gagé son ombre
son obsession veille à l'horizon du poème
mais comment avec des mots décrire cela ?

*

XAGHRA

Au soleil levant nous marchons
sur un appel de lointaine mémoire
au long des haies de lauriers-roses
ébouriffées par le fracas des voitures

Sur une étroite saignée de terre arable
un homme muni d'un seau et d'un gobelet
humidifie pied à pied un plan de tomates
sa main cajole le mûrissement des fruits
en chaste caresse de lèvres assoiffées

*

XEWKIJA

Toutes ces minutes disputées au rêve pour attendre un car qui n'arrive pas. Au carrefour proche de l'arrêt où nous patientons, les voitures vont et viennent, se croisent ou se dépassent, dans un désordre assourdissant de guêpes chassées du nid.

Soudain éclate dans le ciel un crépitement d'étoiles à rompre les tympans.

Vacarme et fumée s'effilochent en cascade dans la transparence d'une haute lumière. Telles sont les prémices de la kermesse, dont l'ampleur voudrait, dès la nuit tombée, surpasser celle de tous les villages alentour, comme il en fut du dôme de l'église qui suscite la fierté des paroissiens.

Faudra-t-il se résoudre à repartir à pied, dans une marche suffocante jusqu'au prochain village, longer une route sans trottoir, en risquant le choc des véhicules qui frôlent les lauriers-roses ?

Terre avare d'eau, repliée sur tes racines, tes églises et tes épines, refuserais-tu le privilège de te comprendre aux familiers des espaces de prairies, de forêts et de fleuves ? Ne te livrerais-tu qu'à ceux qui eurent la chance ou la malchance de naître ici, à moins qu'il ne soit possible d'y renaître ?

*

IT-TOKK

Au sommet de la colline la citadelle
contient la détresse d'un peuple déporté

sous la fierté du sanctuaire et des remparts
l'herbe d'oubli bâillonne le cri des ruines

La place du marché contourne une nacelle
où la cité respire à pleine toile au vent
les enfants se faufilent à travers la foule
regards éblouis dans la nuit ils s'interpellent
et leur corps vibre aux floraisons de météores
qui effacent par instant l'éclat des étoiles

*

NADUR

L'étranger qui voudrait pénétrer dans l'une de ces demeures n'aurait nul besoin d'en forcer l'entrée. Les clés se trouvent engagées dans la serrure à l'extérieur. Les occupants trouveraient incongru qu'un passant, croyant à un oubli, frappât à la porte pour les leur rapporter. Naïveté ou fatalisme ? Sans doute entendent-ils plutôt signifier leur fidélité à une antique tradition d'hospitalité qui incite ceux auxquels elle est offerte à ne pas en abuser. Une autre tradition semble persister : elle consiste dans l'attirance chez le petit peuple pour les jeux collectifs, lorsque des couples jeunes ou moins jeunes se réunissent, pendant des heures, dans de vastes salles ou dans la nature, pour y jouer ensemble à d'interminables parties de loto. (Il ne serait pas surprenant qu'une présence devenue permanente de la télévision dans les familles ait mis fin à ces pratiques collectives.)

Persistance aussi d'un autre symbole : celui du dauphin en bronze en guise de heurtoir sur la porte d'entrée des maisons. Et si la peur qui ailleurs installe verrous et alarmes n'avait d'autre effet que d'inciter à l'effraction et à l'infraction ?

Dans notre quête d'introuvables registres, nous sommes invités à pénétrer dans la pénombre d'un couloir au glacis de silence. L'air raréfié retient ici la respiration d'êtres dont le corps étiolé ne doit guère plus peser que l'âme. Ils nous détaillent, à voix basse, leurs maux auxquels, dans la méconnaissance de leur langue, nous feignons de compatir. Sur le marbre de la cheminée, statuettes et images pieuses entourent des portraits surannés. Deux veilleuses vacillantes d'huile achèvent de se consumer. Nous avons hâte d'aller à nouveau affronter la brûlure du soleil.

D'autres façades ne nous retiennent pas : celles qui étalent un luxe ostentatoire à l'effigie du kangourou, en signe de fortune exotique fraîchement acquise.

*

MARSALFORN

Somptueuse veillée depuis le balcon de l'hôtel qui surplombe le port… Les barques à l'amarre alternent leurs balancements de somnolence. La plus haute maison dressée sur une colline à l'ouest n'en finit pas d'avaler l'ultime gorgée de soleil. Une brise, alanguie d'avoir tellement caressé la peau des vagues, attise l'inlassable ondoiement du rivage.

Lorsque s'appesantit la nuit, la liesse d'un peuple explose dans le ciel, de village en village, en gerbes bruyantes de couleurs.

À l'aube, quelques chalutiers rapportent les confidences du large. Aussitôt à quai, ils délivrent la nappe d'ombre des filets traversés d'éclairs vifs dans les premiers feux du jour. Un pêcheur et son chien échangent un langage guttural de connivence.

Tôt levé, un enfant court sur la jetée. Il emporte le fardeau d'une fabuleuse pêche que, de l'embarcation, un homme lui tendit. Des regards soucieux suivent sa course, vigilance discrète de ceux qui l'ont vu risquer ses premiers pas. Il sent le poids de leurs regards sur ses épaules et il lui tient à cœur, par un parcours impeccable, de ne pas les décevoir. Ainsi a dû commencer la mémoire du monde au creux d'une anse marine.

*

WARDIJA

Sanctuaire de cyclope, vertige d'une caverne à hauteur de cathédrale sous la falaise. Osèrent-ils s'y abriter de la tempête, ceux que pétrifiait la hantise d'un monstre ou la fascination d'une nymphe ? L'eau nous regarde avec la limpidité d'un œil qui s'offre sans pudeur à la pénétration de la lumière.

Pourtant une invisible profusion d'orties de mer électriserait douloureusement le corps du plongeur trop confiant.

*

GANTIJA

Peut-être un jour la profondeur ignorée d'une caverne dégorgera-t-elle les ossements disloqués d'animaux fabuleux égarés en famine sur les roches éboulées d'un continent englouti.

Des humains, transportant leurs maigres ressources dans des pots en terre ou des outres, échouèrent leur barque sur un rivage boisé. La subsistance une fois assurée, fut dressé, en lieu d'offrande et de sacrifice, un cercle de mégalithes qu'aucune force humaine en sa nudité ne saurait mouvoir. Des cultes y furent célébrés, dont le sens s'est étiolé, puis définitivement perdu. Les dieux invoqués ont changé de nom, tour à tour sommés de répondre à l'obsédant questionnement.

Et voici que nous errons parmi les ruines à jamais illisibles, aussi désarmés devant la mort que les énigmatiques adorateurs qui nous précédèrent dans l'oubli.

*

HOTBA TAL-QASAM

Au matin, en longeant la côte ouest en bateau, nous distinguons, accrochés à la crête des falaises, des filins d'acier luisant de lumière, jetés en lignes de fond au milieu de la houle. Peut-être, dans les profondeurs, une grosse prise s'épuise-t-elle à tenter d'extirper la palangre plantée dans sa mâchoire. Apparemment le rivage est désert et nul ne veille au bout des lignes prédatrices.

Prisonnière du foisonnant réseau de ses amarres, l'île immobile dérive dans l'espace d'une éternité sans repère.

*

XLENDI

Rares sont les oiseaux qui fréquentent le rivage. Voici celui dont l'envergure des ailes impose un impressionnant espace de déploiement sur le vertige de l'abîme. Porté par les courants invisibles du ciel, il s'élève sans effort, puis il amorce une descente tournoyante jusqu'au bord de la falaise d'où il pourra fondre sur une proie faussement confiante dans son milieu familier.

Il aménage son habitacle dans la cavité la moins accessible du rocher en surplomb. Le couple y mûrira ses œufs, puis y pourvoira à l'inapaisable appétit de quelques rejetons frileux.

Périlleuse nourriture de chair et de sang à flanc d'abîme. Les solitaires dérangent. Un reptile convoite la même couche qu'il faudra défendre bec et ongles, tout en assurant un complément de nourriture aux oisillons. Le claquement d'une arme de contrebande pourrait aussi, à tout moment, fracasser la majesté de ces oiseaux de haut vol.

*

CHACONNE POUR DEUX ENVOLS

L'hélicoptère, ployant l'herbe sèche sous le vent de ses pales, agite dans un bruit de ferraille ses moulinets d'adieu. Il caresse de sa main d'ombre un sol craquelé de roches lunaires, puis l'épiderme mouvant des vagues. Nous voguons de la petite île vers la grande, jusqu'à l'aéroport.

(Honte à André Maurois qui, dans son luxueux ouvrage sur Malte, ne fait pas la moindre allusion à Gozo, petite sœur de l'archipel !)

Après le retour en muette détresse d'un premier avion, il ne faut pas moins d'un autre appareil et d'un second envol pour parvenir à s'arracher du sol de l'île-mère, au dessus d'un cloisonnement exsangue de carrières abandonnées.

Sur une terre de soif et d'orgueil
omphalos de la Méditerranée
nul insulaire ne se risquerait
à répudier ce cadeau du soleil

Je regagne à présent le pays de ma langue
en son terroir je me nourris du fruit des mots
mais dans l'hiver de l'âge perdure l'image
d'un ailleurs ancestral où voyage le cœur

Gozo, juin 1993 – Avignon, octobre 2018.

À la découverte de quelques lieux traversés, le plus souvent à pied, au cours de lentes pérégrinations sur les chemins de cette île minuscule (quatorze kilomètres en longueur et sept en largeur) dans la quête, d'abord vaine lors d'un premier séjour, d'un problématique acte d'état civil, de paroisse en paroisse. J'ai tenu à restituer à ces sites leur appellation maltaise, non point par un quelconque snobisme, mais pour traduire pleinement l'étrangeté, en même temps que la proximité, de la vision qu'ils m'ont inspirée, comme s'ils avaient figuré depuis toujours dans mon paysage intérieur.

Une autobiographie ? Elle est déjà écrite. Ce sont tous mes livres. Simplement elle y reste fragmentaire, avec de grands trous noirs.

Pour autant que j'aie pu écrire de livres, ~~il m'est apparu avec le temps que~~ ~~C'est l'entreprise [illegible]~~ sinon impossible ~~infinie [illegible]~~ ~~du moins [illegible]~~

une chose m'est apparue clairement avec le temps : c'est l'entreprise sinon impossible, du moins infinie, que d'être le chroniqueur de sa propre vie. Elle peut être plus qu'infinie, — désespérée. Tel n'a pas été ~~[illegible]~~ le cas pour moi, n'ayant jamais eu cette ambition démesurée, et sûrement folle. Non, ~~[illegible]~~ je veux dire seulement ceci : je suis dans tous mes livres, ~~aux~~ ~~avec les~~ à différentes étapes ~~divers stades~~ de mon existence et aux prises avec les événements qui ont marqué pour moi ces étapes mais tous ces livres ne sont pas ma vie. Je n'ai pas vu d'intérêt

Mohammed Dib
Les voies ouvertes à l'écriture

Dossier coordonné par Assia Dib et Hervé Sanson

De la petite caisse en bois

Mon père conservait près de lui, au pied de son bureau, une petite caisse en bois, du type de celles qui servent pour les grands crus de vins, dans laquelle il avait rassemblé des brouillons, notes, ou chutes de précédents livres, « susceptibles de servir » ainsi que l'indiquait la formule écrite sur l'une des pochettes de la boîte.

Étaient rassemblés là, soigneusement classés dans de grandes enveloppes recyclées, outre certains restes de manuscrits précédents, des archives parfois très anciennes datant de ses premiers écrits, nouvelles, fragments pouvant nourrir de futurs ouvrages (un cahier d'écolier s'intitule *Personnages, Thèmes et Situations*). « Je suis toujours parti, pour écrire mes livres, d'un matériau élaboré à l'avance, un matériau qui révèle après des années seulement les possibilités dont il est porteur. Il y a là comme une prémonition de l'œuvre à venir », disait-il en 1985, à propos du roman *Les Terrasses d'Orsol*, dans une lettre adressée à Charles Bonn. Mais ce qui constituait la matière la plus abondante de cette caisse aux trésors, c'était certainement les centaines de courtes notes, écrites sur quelque quarante ans, portant sur des thèmes souvent récurrents comme l'écriture, l'identité, l'exil, l'attitude de la critique littéraire française à l'égard des écrivains algériens, l'Algérie, les questions d'actualité. Tout cette matière attendait son heure dans des pochettes aux titres tracés en gros caractères : *Miscellanées, Floribondas, Questions de langue et notes diverses, Être ou ne pas lettres, Ce qui va sans dire et ce qui irait encore mieux en le disant...*

C'est de cette fameuse « caisse en bois », préservée en l'état depuis sa disparition, que sont extraites les 19 notes presque toutes inédites qui suivent. Avec Hervé Sanson, nous avons choisi celles qui tournent autour du thème de l'écriture. S'échelonnant sur une période de trente ans, elles embrassent plusieurs motifs : l'identité algérienne et le rapport à la langue française, les voies de la création, l'œuvre littéraire. Une petite légende « génétique » les accompagne pour les dater et préciser leur provenance. Mon père, qui était resté très économe et très respectueux du papier, qu'il ne fallait pas gâcher, gardait tout ce qui pouvait servir comme support d'écriture : verso de dactylographies, d'enveloppes usagées, d'emballages, d'imprimés, de bandes de journaux, parfois de tickets de caisse, même lorsqu'il se fut équipé d'un ordinateur. Dans certains cas, le tampon de la poste figurant sur une enveloppe s'est révélé bien utile pour dater une note.

A. D.

Mohammed Dib, fragment d'enveloppe, vers 1985.

MOHAMMED DIB

Questions de langues et notes diverses

À vouloir trop enfermer leur inspiration dans les limites de l'horizon national, les écrivains algériens – et maghrébins en général – ne produisent de plus en plus que des œuvres répétitives et leur discours tourne à la parole autiste. Je me suis senti moi-même guetté par ce danger à partir d'une certaine époque. Ce qui m'a donné à réfléchir ; le problème se présentait dans les termes clairs d'une alternative : ou bien cesser d'écrire, ou bien trouver une porte de sortie. Ne me résignant pas à garder le silence, j'ai cherché une issue, j'ai écrit des livres comme *Habel* et ceux qui ont suivi. Je me suis alors aperçu que j'avais trouvé la solution qui me sortait d'embarras et j'ai retrouvé le goût, la joie d'écrire. Mais cela ne s'arrêtait pas là : du même coup, j'ai compris que j'avais ouvert une fenêtre dans la prison qu'était devenue l'Algérie. Pourquoi tant de mes compatriotes se ruinent-ils aujourd'hui à installer sur leur toit des antennes paraboliques ? Est-ce dans le seul désir de recevoir des émissions télévisées françaises, d'être mieux informés ? Non. C'est par besoin d'avoir une ouverture sur l'extérieur. Je me suis donc rendu service en accueillant dans mes livres d'autres gens, d'autres lieux, d'autres sensibilités, mais par la même occasion j'ai la conviction de rendre non moins service à mes lecteurs naturels, les lecteurs algériens. Me lisant, ils sauront que l'Autre existe et seront peut-être tentés d'engager avec lui un débat aussi nécessaire qu'utile à leur propre identification, à la mise en évidence des composants de leur personnalité, tout en les portant à entrer dans un rapport d'échange, de partage. À commencer par l'échange et le partage de la parole. Celle-ci quand elle ne parle que pour soi, ne s'adresse qu'à soi, sombre invariablement dans la redondance et la tautologie du langage mégalomane. Par ailleurs, les Algériens, comme les autres peuples du Maghreb, ont été trop, et trop longtemps, l'objet du regard de l'Autre, de l'étranger. Il n'est par conséquent pas mauvais qu'à leur tour ils fassent de l'Autre, de l'étranger, l'objet de leur regard.

Note manuscrite rédigée au dos et sur l'intérieur d'une enveloppe, années 1985-1990.

*

Nous écrivons en français mais nous n'avons jamais cherché des *pères* dans la littérature française. Nous avons été des écrivains sans *pères* mais au fur et à mesure que nos œuvres croissaient en nombre et en importance, nous nous sommes fait nos propres *pères*, nous nous sommes créés et instaurés comme nos propres pères. Nous n'avons jamais eu besoin de nous faire reconnaître pour autres que ce que nous sommes. Ni même pour ce que nous sommes : nos actes et nos œuvres l'ont toujours affirmé pour nous. Ce qui a permis cela, c'est l'appui ferme que nous ont offert et offrent toujours une terre et un peuple.

Nous n'avons jamais cherché à donner le change et nous faire passer pour autre chose que ce que nous sommes. Nous avons été reconnus par les nôtres, c'était suffisant, c'était capital. Cela nous a gardé de la tentation de chercher ailleurs une reconnaissance qui aurait perpétuellement fait de nous des bâtards, des hommes et des écrivains de seconde main dont le destin resterait suspendu au fil de cette reconnaissance.

Note manuscrite au dos d'une enveloppe, vers 1990. Le texte fait partie d'un ensemble d'autres notes retenues, mais non utilisées, pour *Laëzza*, au chapitre « Autoportrait » (2006).

*

Contre toute raison, nous, écrivains du Maghreb continuons à écrire en français, et ne pouvons ni ne voulons nous en abstenir. Et s'il n'y avait que nous, les aînés, les vétérans qui avons commencé d'écrire et de publier du temps où les trois pays d'Afrique du Nord étaient des colonies françaises et compris dans une aire de culture soumise à l'emprise de la langue française. Mais non, il y a toujours de nouveaux auteurs, de nouveaux talents qui, nés sur le terreau maghrébin, viennent grossir nos rangs. Et il y a encore tous ces chercheurs, ces critiques, ces sociologues, ces médecins-psychanalystes, ces politologues, ces essayistes, ces journalistes, très nombreux et qui ne cessent de travailler, de déployer un immense effort de réflexion dans tous les domaines de la pensée et qui feront peut-être – qui sait ? – école. Pourquoi tout cela ? Qu'est-ce qui nous pousse dans ce sens ? Peut-être faut-il pour trouver un début de réponse ou à tout le moins une situation analogue faire un retour de plusieurs siècles en arrière et penser qu'il en fut de même d'un Apulée, d'un Térence, d'un Augustin et d'autres encore, tous Africains pensant, écrivant dans la langue importée, empruntant cette langue et l'illustrant, mais n'adoptant pas les catégories mentales du centre, du foyer de culture et de la langue qu'ils ont investie.

Texte extrait d'un petit bloc-notes rempli de notes manuscrites sur divers sujets, années 1990.

*

Une découverte : tardive, troublante. Depuis longtemps – à partir de *La Danse du roi* ? – je n'écris plus que sur la base d'un imaginaire arabe à la fois mal perçu et mal reçu par les lecteurs. S'agissant de lecteurs français (occidentaux) à cause d'un manque total d'information, de familiarité avec la pensée « arabe », sans compter un phénomène de rejet assez répandu. Pour les lecteurs maghrébins par la coupure tragique d'avec les sources qui en fait des aphasiques.

Note manuscrite au dos d'une enveloppe, retenue mais non utilisée pour *Laëzza*, années 1995-2000.

*

Écrivains algériens (plus généralement maghrébins) nous ne devons rien à personne. Surtout nous ne devons rien à la littérature française passée et présente. Je défie quiconque de nous découvrir des « parrains » parmi les auteurs français. Et la langue française ? La langue française ne nous a pas été enseignée pour faire de nous des écrivains mais des instruments, des valets à la fois utiles et dociles au service des maîtres qui pensaient pouvoir régner sur nous pour l'éternité et nous maintenir dans cet état. La langue française avec laquelle les maîtres ont cru pouvoir nous forger des chaînes, nous nous en sommes emparés pour en faire l'outil de notre liberté, pour imposer notre personnalité et celle de notre pays et nous imposer en tant qu'écrivain à l'encontre, en dépit, au-dessus et en dehors de ce pauvre peuple, ce monde des écrivains français.

Note sur l'intérieur d'une enveloppe, cachet du 2 janvier 1992.

*

Ayant cessé de vivre, depuis déjà un certain temps, en Algérie, je suis devenu de moins en moins algérien – au sens local, ethnographique du terme – et de plus en plus musulman, avec le sentiment d'avoir accédé à cette universalité qui est celle de l'Islam. Ainsi par exemple s'expliquent (peut-être) ces citations du Coran qui, à mon insu, se sont peu à peu mises à affleurer dans tous mes livres écrits en France pour finir par en « informer » organiquement, quelquefois, toute la matière. D'où le fait que j'ai quitté mon premier éditeur, plus intéressé, chez un auteur algérien, par les réalités étroitement algériennes, pour aller chez le seul éditeur français à s'intéresser exclusivement à la pensée islamique.

Note manuscrite au verso d'une page dactylographiée d'un poème (« Ô Vive ») datée du 16 avril 1985 par l'auteur.

*

D'écrire, vous aide à vivre, vous protège contre les agressions extérieures et intérieures. Mais cela ne dure que le temps que vous prend l'écriture d'une œuvre. Et tout est à recommencer. Et l'on recommence probablement pour cette raison, le plus souvent.

Certes on n'écrit pas que guidé par de tels motifs mais aussi pour faire justice de certaines choses ou pour rendre justice à d'autres. Vous concevez alors votre œuvre, dans la première perspective, comme une machine de guerre, et vous n'avez qu'un souci : tirer, mitrailler, canonner, tandis que dans la seconde perspective vous dresserez un acte d'accusation qui sera en même temps un plaidoyer et, dans ce cas, vous n'avez qu'un souci : crier, en appeler à témoin. Ainsi déjà avaient fait les Tragiques grecs.

Mais d'abord on n'écrit que par nécessité et jamais autrement, payé qu'on est par plus de peines que d'argent, et dans l'impatience où l'on est de s'en prendre à soi-même, de se mesurer avec soi-même.

Ce que je ressens après avoir fini un livre, et surtout après l'avoir publié : c'est d'avoir déployé des efforts désespérés pour saisir quelque chose de capital et d'indéfinissable en même temps, et finalement de n'y avoir pas réussi, et que c'est à recommencer, il faut encore une fois déployer les mêmes efforts, remettre la lourde machine en marche. Aussi bien m'est-il difficile de parler de mes livres passés, jusques et y compris du tout dernier. Ils ne sont plus à mes yeux que les témoins et les preuves de tentatives avortées, ils ne sont que peaux abandonnées après la mue, noix vides. Mais je peux encore moins parler du travail en cours : comment en parler si dans et par ce travail je vais à la découverte ou plutôt à la recherche de ce quelque chose dont j'ignore ce qu'il sera, à supposer que je le sache jamais à un moment ou à un autre. Même en ce moment où je suis ici, présent devant vous, en réalité je n'y suis pas ou seulement à moitié ou seulement pour partie, parce que je suis là-bas où la nouvelle œuvre est en train de se faire, de se passer, de s'écrire et où je ne puis ne pas être présent, ce qui explique par exemple pourquoi j'ai besoin de ces notes pour vous parler : c'est que mon esprit en ce moment est là-bas où mon livre est en gestation.

*

Un livre achevé d'écrire se referme sur lui-même, il m'exclut, il me devient une énigme.

Deux notes manuscrites agrafées ensemble, rédigées au dos et sur l'intérieur d'une enveloppe (cachet du 1er février 1989), et trouvées dans une pochette contenant des notes retenues mais non utilisées pour *Simorgh* (2003). Textes parus dans la revue *Qantara*, nº 89, Paris, automne 2013.

*

Pour moi, écrire – ou peindre, ou composer de la musique, ou seulement en écouter – revient à tenter d'ouvrir un dialogue avec un autre soi-même dont une inguérissable nostalgie ne cesse de nous tenailler. Quel est-il, cet autre ? Où se trouve-t-il, que fait-t-il ? Le rejoindre seulement de la voix et de la parole, sans même chercher à voir son visage. Il n'existe peut-être pas, mais vous avez besoin de son amitié et de sa pitié. Vous avez besoin de son existence.

Texte manuscrit extrait d'un cahier contenant notamment des brouillons pour le roman *Neiges de marbre* (1990), vers 1986.

*

Les chemins divers de la syntaxe elle-même ne sont que les voies ouvertes à l'écriture, qui n'est à son tour qu'un pressentiment en marche, lequel se fixe et ne veut pas se fixer dans une forme, semble courir à la recherche d'une clef suprême, mais constitue en fait sa propre clef — est la clef. Mais on dirait que quelque charme s'ingénie sans fin à en cacher le mystère en pleine lumière aux yeux des hommes, et ce n'est que par moments, de ces moments d'extrême lassitude qu'accompagne une extrême lucidité, qu'ils entrevoient cette chose si simple au fond, et voient l'écriture se confondre avec tout ce qui est : épouser les contours d'un visage, s'inscrire dans l'expression d'un regard, s'agiter au vent dans les ramures des forêts, se graver au cœur du soleil, devenir une foule en marche, prendre la forme du Nom révélé à l'intime, dessiner la marelle des villes, se dérouler dans le chant des oiseaux. Bien sûr, ce voile ne se soulève qu'un bref instant ; peu après tout flotte et s'obscurcit de nouveau, l'opacité s'empare à nouveau de chaque chose et la confine – du moins à nos yeux – dans son incurable solitude, la seule chose qui ait pu faire imaginer à l'homme ce qu'il appelle : la mort. Mais cette mort dont la pensée nous est source d'horreur et qui fait l'objet de notre abhorration n'est que notre inaptitude à déchiffrer la grande écriture qui court sur toute chose et se rencontre partout. Son épellation suffit à dissoudre la mort. Nos exercices d'écriture ne visent justement qu'un seul but : nous apprendre à épeler, à nous épeler nous-mêmes parmi le grand alphabet du monde.

Texte manuscrit sur deux pages de cahier volantes, vers 1966 (brouillons pour *La Danse du roi*, 1968, au verso). Texte paru dans la revue *Voix d'Encre*, n° 41, Montélimar, 2009.

*

À l'origine des origines, l'Afrique du Nord, dont la future Algérie, était déjà berbère. C'est un fait d'Histoire, et même de Préhistoire, nul n'y peut rien, pas même les historiens. Puis vinrent les conquêtes et les occupations d'ennemis extérieurs, d'ordre secondaire, sporadiques les unes, importantes, durables les autres. Parmi celles-ci, la conquête et l'occupation romaines, dix siècles environ, qui n'ont pas empêché l'Ifrikya de rester berbère. Comme cela se passera avec la conquête et l'occupation arabes, puis la conquête et l'occupation françaises. Lesquelles, pas plus les unes que les autres n'en effaceront la personnalité berbère, ou sa langue, ou sa culture. Et l'on en est là aujourd'hui encore. L'Afrique du Nord, et donc l'Algérie, sont restées, et restent berbères. Et voilà qu'on nous dit qu'elles n'ont droit ni à leur langue, ni à leur culture. Soyons sérieux. Qui peut soutenir, et avec quels arguments, pareil paradoxe, pareil non-sens, dirais-je plutôt ? Quelles autorités sensées n'y feraient pas droit ?

Quant au sort promis à la langue française, il est impensable, suicidaire que notre pays en fasse son deuil, à la suite d'une interdiction inconsidérée, criminelle, d'un si parfait outil de culture et de connaissances, et de relation entre arabophones et berbérophones. Une langue unique et exclusive agit sur un peuple comme une prison sur un individu.

Existe-t-il un roman algérien ?

Il existe bien une tradition, exclusivement orale, sur laquelle nous appuyer pour écrire des récits, non des romans. Et le roman est beaucoup de choses sauf un récit étiré, une soupe qu'on rallonge. Le roman possède une organisation interne qui lui confère une économie propre, laquelle en fait un microcosme complet et, surtout, autonome, et se suffisant. Arrivé au mot *Fin*, le roman se referme sur soi comme une pierre précieuse peut retirer ses rayons et s'endormir, dans certaines conditions. Ce n'est pas le cas du récit, qui est susceptible d'être repris, poursuivi, surchargé d'autant de tiroirs qu'on veut, bref *Les Mille et Une Nuits* ; ça ne sera jamais qu'un récit, pas un roman. Même si, par une sorte de superstition, les éditeurs n'hésitent pas aujourd'hui à rehausser la couverture de n'importe quel livre de fiction du mot *Roman*, devant sans doute agir selon eux comme un charme pour faire vendre. De là vient peut-être l'habitude facilement prise par les écrivains de présenter aux éditeurs comme *roman* tout ce qu'on veut et qui n'a souvent que peu à voir avec ce qu'est le roman.

Mais nous, auteurs algériens, tenons-nous vraiment à écrire des romans, ne pas rester dans la tradition du récit, du conte, qui est la nôtre et nous est familière ? Si oui, tâchons au moins de savoir ce qu'est un *roman*.

C'est un genre littéraire exclusivement européen, qui a mis des siècles à s'élaborer et qui n'a trouvé sa forme propre, définitive – si tant est qu'en cette matière on puisse parler de forme définitive – qu'à partir du moment où la femme y est apparue en tant que personnage à titre qualifié, plein, d'une part, et d'autre part s'est imposée en tant qu'auteur. Avant, on ne connaissait que le roman picaresque, ce qui est tout autre chose.

Deux notes manuscrites au dos d'enveloppes, vers 1995, retrouvées dans une pochette intitulée « Questions de langues et notes diverses » rassemblant diverses notes que l'auteur pensait utiliser pour *L'Arbre à dires* (1998).

*

Il est rongé par la culpabilité de qui a tout sacrifié pour une certaine idée de la liberté et s'est trouvé condamné à la solitude. Avec l'écriture pour unique thérapie. Se reconstruire autour de cela : l'œuvre, son double, son interlocuteur, son identité. De plus en plus immergé dans sa condition d'étranger, prenant de plus en plus conscience que c'est plus un mal interne qu'externe, puisque la vie quotidienne ne fait pas problème, puisque le pays étranger ne lui pose pas problème, puisqu'il s'y trouve bien même. Puisqu'il aime cette langue – n'est-ce pas énorme ? – qui n'est pas la sienne et dans laquelle il écrit, qui l'aide à échafauder son œuvre et le lui permet.

Le désir d'enracinement se brise de ne rencontrer jamais une communauté.

*

L'usage de la langue ne te fait pas rencontrer la communauté française, elle te fait te rencontrer toi-même, elle te met en face de toi-même – et de ta solitude.

Texte au dos d'une enveloppe, années 1985-1990. Pochette « Sur l'acte d'écrire ».

*

Écrire m'a libéré de moi-même. Écrire en français a libéré ce qui restait encore prisonnier de moi-même.

Note sur un ticket de caisse daté du 16 novembre 1988. Pochette « Sur l'acte d'écrire ».

*

Il y a longtemps que mes écrits ne tentent plus de répondre à la question : *qu'est-ce qu'être algérien aujourd'hui ?* pour chercher la réponse à une autre question : *qu'est-ce qu'être musulman aujourd'hui ?* Interrogation déjà nettement formulée dans *Le Talisman* et plus encore dans les ouvrages qui ont suivi. Elle m'a révélé du coup combien la première est enfermante – « aliénante » comme vous dites, un mot qui me donne plutôt la nausée – et la seconde, libératrice. Je suis d'ailleurs persuadé que plus les années passeront et plus la question du deuxième type primera partout sur la question du premier type.

Texte sur fragment d'enveloppe, années 1990. Pochette « Sur l'acte d'écrire ».

*

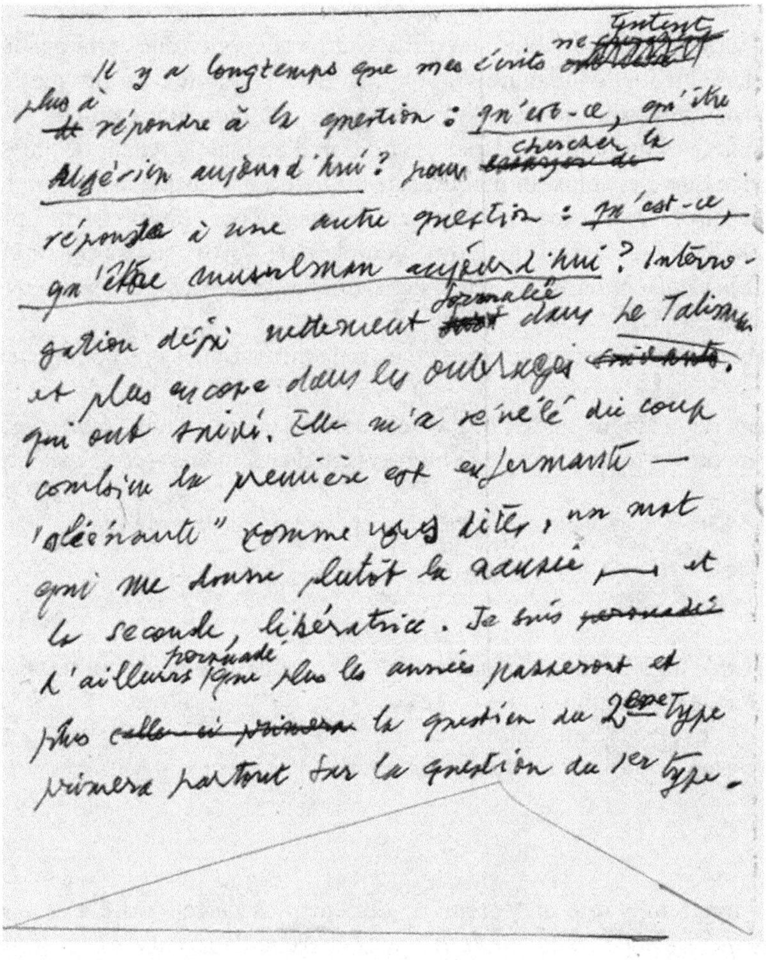

Il y a longtemps que mes écrits ne tentent plus à répondre à la question : qu'est-ce, qu'être Algérien aujourd'hui ? pour chercher la réponse à une autre question : qu'est-ce, qu'être musulman aujourd'hui ? Interrogation déjà nettement formalisée dans Le Talisman et plus encore dans les ouvrages qui ont suivi. Elle m'a révélé du coup combien la première est enfermante — "aliénante" comme vous dites, un mot qui me donne plutôt la nausée — et la seconde, libératrice. Je suis d'ailleurs persuadé que plus les années passeront et plus la question du 2ème type primera partout sur la question du 1er type.

Passé les premiers jours de mon installation en France, la *nostalgie* a perdu tout emprise sur moi : j'ai reconstitué, reporté mon espace dans l'écriture – en fait, il n'y a jamais eu de rupture dans l'écriture –, et surtout le temps de mon enfance, ai-je constaté, je ne l'avais pas perdu !

Je dois beaucoup aux écrivains américains essentiels dont les œuvres ont été révélées au public de langue française à partir de 1940 et surtout à la fin de la dernière guerre. Faulkner, Steinbeck, Caldwell principalement. Ma langue d'écriture et d'expression étant le français, elle ne pouvait pas cependant ne pas digérer l'apport américain, comme elle a digéré mon fond ancestral de culture pour produire ces œuvres miennes – mais je suis loin d'être le seul dans mon cas – pour autant qu'elles soient significatives, et si oui elles le sont, pour donner des œuvres, parmi de nombreuses autres, bien sûr, classées dans une catégorie inventée pour elles et ineffablement aberrante : de littérature marginale (Histoire de la littérature française de la collection de La Pléiade). Alors que ce que nous avons fait collectivement, les marginaux que nous sommes, c'est de désenclaver le roman français, le désethno-centraliser et l'asseoir à la table du banquet universel.

Deux notes manuscrites tardives au dos d'enveloppes, retenues mais non utilisées pour *Laëzza* (chapitre « Autoportrait »), vers 2002.

*

Ce que je pourrais dire, c'est qu'à mon sens rien dans le monde des choses ou des idées n'est donné une fois pour toutes, qu'il n'y pas d'état de fait et que tout est toujours à découvrir. Aussi ne me vient-il pas à l'esprit de mettre *ma façon* de voir, *ma façon* de comprendre, *ma façon* d'éprouver le monde ou les hommes, dans mes livres. Bien plutôt, je vais à la découverte de quelque chose ou, comme disent les chasseurs, à l'espère. J'attends ce que me disent les hommes, le monde. Je les écoute. Je les suis, un peu comme leur ombre, dans leurs démarches diverses. Je les fais avouer quand je peux sans toutefois jamais les y forcer. Je respecte toujours leur mystère lorsqu'il m'est impossible ou interdit d'y pénétrer. Tout cela pour dire qu'il ne faudrait pas chercher à découvrir dans mes écrits dieu sait quelles théories, ou quelle philosophie, que j'aurais voulu y professer, et que, écrivain, je n'ai pas d'idée à moi mais seulement des oreilles, des yeux, un odorat, que c'est avec eux que j'avance, parmi mes personnages moins inventés qu'ils ne me sont imposés par la réalité. Je les ai découverts à peu près comme va les découvrir à son tour le lecteur, lequel sera susceptible même de les voir et comprendre mieux que moi qui ai eu pour projet plus de les rendre, de les restituer dans leur intégrité individuelle, que de les deviner. Il m'a fallu souvent un assez long temps pour saisir la signification de tel personnage, ou de la situation [...].

Note manuscrite sur une page de cahier volante numérotée 1, vers 1980. Bien que les pages suivantes n'aient pas été retrouvées, nous avons conservé la dernière phrase tronquée, qui nous a semblé importante.

*

Mohammed Dib, fragment d'enveloppe, années 1990. Pochette « Sur l'acte d'écrire ».

Une autobiographie ? Elle est déjà écrite. Ce sont tous mes livres. Simplement elle y reste fragmentaire, avec de grands trous noirs. Pour autant que j'aie pu écrire de livres, une chose m'est apparue clairement avec le temps : c'est l'entreprise sinon impossible, du moins infinie, que d'être le chroniqueur de sa propre vie. Elle peut être plus qu'infinie – désespérée. Tel n'a pas été le cas pour moi, n'ayant jamais eu cette ambition démesurée, et sûrement folle. Non, je veux dire seulement ceci : je suis dans tous mes livres, à différentes étapes de mon existence et aux prises avec les événements qui ont marqué pour moi ces étapes mais tous ces livres ne sont pas ma vie. Je n'ai pas vu d'intérêt à l'entreprise autobiographique en tant que telle. Et aujourd'hui, s'entend après que j'ai écrit mes livres, l'entreprise me serait de toute manière interdite et la raison en est que les éléments privés entrés dans la composition de mes écrits ont oblitéré les événements réels, les ont effacés de ma mémoire, pour ne m'en restituer à présent que l'expression écrite : ce sont là d'autres trous et non moins noirs. Impossible par exemple de me rappeler certains faits que j'ai vécus sans que s'interpose et les recouvre le récit que j'en ait fait et me les rende inaccessibles à jamais.

Note manuscrite sur un fragment d'enveloppe, vers 1985.

HERVÉ SANSON

Dans les coulisses de la création dibienne

Le désir d'enracinement se brise de ne rencontrer jamais une communauté.

MOHAMMED DIB
Sur l'acte d'écrire

Mohammed Dib dans l'ouvrage posthume *Laëzza*, paru trois ans après sa mort, abordait la question épineuse de la postérité de la littérature algérienne francophone. Dib écrivait alors sans faux-fuyant : « *L'heure sonnera pour nous, écrivains algériens de langue française, quant à savoir qui recevra notre héritage après notre disparition physique. Une sacrée ambiguïté sera levée alors. À franchement parler, je ne vois pas la France prenant en charge un legs pareil. Mais l'Algérie ? Elle, l'Algérie, n'a jamais assumé un legs culturel. Elle compte parmi cette catégorie de nations* anhistoriques, *exonérées de mémoire. Au fur et à mesure que son passé advenait, les sables de son désert soufflaient dessus. Si elle s'est mise vaguement et sans conviction à des travaux d'archéologie et de restauration, ce n'est que par imitation des Français. Cela répugne à notre nature profonde. Et nous écrivains et temples de l'inutile souvenir, je nous vois bien réduits à veiller pour l'éternité sur ce désert. Ce n'est pas pour me déplaire. D'autres veillent depuis toujours sur ces hoggars et ces hamadas et l'âme ne s'en est pas le moins du monde troublée*[1]. »

Cette assertion catégorique (trop sans doute ?), convoquant l'un des motifs struc-

1. Mohammed Dib, « Autoportrait », *Laëzza*, Albin Michel, 2006, note 80.

turant la psyché algérienne selon Dib – le désert –, s'appuie sur un constat bien antérieur, celui d'une réception biaisée de son œuvre, quelques années après l'indépendance de son pays. Ce malentendu dans la réception est explicité par Dib dans une des notes : *« Depuis longtemps – à partir de* La Danse du roi *? – je n'écris plus que sur la base d'un imaginaire arabe à la fois mal perçu et mal reçu par les lecteurs. S'agissant de lecteurs français (occidentaux) à cause d'un manque total d'information, de familiarité avec la pensée "arabe", sans compter un phénomène de rejet assez répandu. Pour les lecteurs maghrébins par la coupure tragique d'avec les sources qui en fait des aphasiques. »* L'expérience de l'exil, et de la solitude (renforcée ici) du créateur qui l'accompagne, ramène l'écrivain au sein de son œuvre, en un dialogue éprouvant mais fécond, évacuant pays d'origine et pays d'accueil. Le soutien au combat indépendantiste de son peuple, et par conséquent à l'idée nationale, statufie l'auteur, l'exhausse en tant que « témoin des origines », précurseur d'une nation brisant les chaînes du colonialisme. Et conduit le peuple algérien à l'*identifier* – c'est-à-dire à superposer Dib et l'Algérie elle-même. À ce titre, le terme « aphasiques » pour qualifier les Algériens n'apparaît pas comme arbitraire : étymologiquement, le préfixe privatif ajouté à *phasis*, « parole », fait sens. La guerre de libération leur ayant conféré un langage, « privés de parole » une fois l'indépendance obtenue, les Algériens ne sont plus alors à même de percevoir le langage dibien, moins axé sur l'immédiat, l'actualité, mais prospectant en amont le fonds culturel originel. Dès lors, l'écrivain avouant occulter de plus en plus cette algérianité, pour y substituer un *« être-musulman »* de plus en plus prégnant, une mémoire islamique, interrogée de texte en texte, ne pouvait que se heurter à l'indifférence, voire l'incompréhension d'un grand nombre de ses compatriotes. Dib formule alors deux observations très éclairantes pour appréhender son œuvre : il explicite d'abord la présence de plus en plus forte des citations coraniques dans son œuvre. Les critiques l'expliquent généralement par une nostalgie du pays natal ; cette note déplace la perspective : c'est plutôt *« la mémoire musulmane »* de Dib qui, dans l'exil, s'est renforcée au fil du temps. En second lieu, Dib explicite son passage des éditions du Seuil aux éditions Sindbad : le premier s'intéressait aux réalités proprement algériennes, alors que le second était beaucoup plus versé dans ce que l'écrivain nomme *« la pensée islamique »*. Dans une série de notes intitulée « Sur l'acte d'écrire », il approfondit cette réflexion en posant d'entrée la question : *« Qu'est-ce qu'être algérien aujourd'hui ? »*, avant de la balayer d'un revers de main, tant celle-ci lui semble *« enfermante »*, *« aliénante »* ; il lui substitue donc la question : *« Qu'est-ce qu'être musulman aujourd'hui ? »*, avant de prédire qu'elle primera de plus en plus sur la première. Cette note permet à Dib de remonter le fil de sa création et de dater cette interrogation du recueil de nouvelles *Le Talisman*, publié en 1966, avant même *La Danse du roi*.

Les notes rassemblées ici dévoilent un Dib inattendu, à rebours des idées toutes faites : tant sur son identité algérienne que sur son rapport à la littérature française, ou son rapport à l'intellect dans l'acte de création, les textes proposés dérouteront plus d'un lecteur. Mais la confrontation avec l'Autre permet à Dib d'évacuer très tôt l'enfermement national, dans les années post-indépendance : cet Autre peut aussi se constituer en double de soi, en *alter ego*, lequel donne l'élan, l'impulsion nécessaire à la création, le désir de *tendre à*. Qu'importe si cet alter ego demeure flou, indistinct : l'essentiel est de le rejoindre par la voix ou la parole. La présence de ce double, absolument nécessaire, est présente dès l'augure de l'œuvre, que ce soit dans « L'Ami », publié dans la revue *Tam* en 1947, ou le même texte repris et modifié en une séquence du roman *Qui se souvient de la mer* en 1962.

Quels modèles ? Littérature française et autres influences

Dib récuse son inscription dans la littérature dite française : celui qui a longtemps été nommé « le plus français des écrivains algériens » marque de façon tranchée sa position excentrée au sein de la langue et de la culture littéraire françaises : *« Écrivains algériens (plus généralement maghrébins) nous ne devons rien à personne. Surtout nous ne devons rien à la littérature française passée et présente. Je défie quiconque de nous découvrir des "parrains" parmi les auteurs français. »* La récusation, extrêmement tranchée, se voit renforcée *in fine* par l'ultime observation de Dib qui dit avoir dû, lui et ses congénères, *« [s']imposer en tant qu'écrivain à l'encontre, en dépit, au-dessus et en dehors de ce pauvre peuple, ce monde des écrivains français »*. Ce déni de toute influence de la littérature française, qui pourrait paraître excessif, est à contextualiser pour en mesurer la portée : tout d'abord, les écrivains algériens ont dû lutter pour exister et obtenir la reconnaissance de leur talent. Ils n'ont point été des héritiers choyés par le colonisateur, mais des « voleurs de feu », pour reprendre la formulation de Jean El Mouhoub Amrouche, qui l'utilise pour la première fois en 1958 dans son célèbre article, « La France comme mythe et comme réalité », paru dans *Le Monde*. Dib lui-même dans son hommage à Amrouche reprend l'expression en guise de titre à sa contribution en 1985. La charge de Mohammed Dib dans cette note vise donc avant tout le milieu littéraire parisien. Ce faisant, l'écrivain algérien souligne le travail de libération puis de réappropriation qu'a constitué pour les écrivains maghrébins l'écriture en français afin d'échapper aux schèmes aliénants qui conditionnaient leur création. Une autre note, « Nous écrivons en français », rédigée approximativement en 1990, à l'origine destinée à la partie « Autoportrait » de *Laëzza*, permet de préciser le propos de Dib : *« Nous écrivons en français mais nous n'avons jamais cherché des* pères *dans la littérature française. »* Lui et les écrivains de sa génération ont dû s'instituer leurs propres pères, en l'absence de pères dont ils puissent se prévaloir, et se sont appuyés sur leur terre et leur peuple, lesquels leur ont octroyé la reconnaissance dont ils avaient besoin pour développer leur œuvre. Le terme *« bâtards »*, guettant ceux qui ne peuvent bénéficier de l'appui de leur peuple selon Dib, apparaît précisément dans *La Danse du roi* : Dib y affirme déjà l'absence de pères pour sa génération, et le père de substitution, père illégitime, indigne, qu'a constitué le colonisateur français. Dans la note « Contre toute raison », Dib défend cependant l'utilisation de la langue française, héritage du peuple algérien replacé dans une histoire plus vaste, celle de l'Afrique du Nord depuis l'Antiquité, qui a toujours su s'emparer des langues et cultures d'importation, pour y imprimer son propre sceau. Ainsi l'écrivain algérien plaide pour une réappropriation de la langue de l'autre, autrement dit : une *algérianisation* de la langue française.

Le plaidoyer en faveur de la langue française auquel s'adonne Dib ne se départit pas d'une défense du plurilinguisme de l'Algérie, trilinguisme plus précisément : ce faisant, il revendique le droit pour le berbère, langue et terreau premiers, d'exister, et d'obtenir une reconnaissance officielle de l'État algérien, mais aussi le droit pour le français de continuer d'être cette langue de culture et de connaissance en Algérie, et de remplir cette fonction de lien, d'intermédiaire entre les arabophones et les berbérophones. Il s'inscrit donc clairement en faux contre la politique linguistique de l'État algérien. Il voit cette revendication monolingue, exclusive, comme un enfermement, une aliénation (*« une prison »*, écrit Dib). Assia Djebar ou Kateb Yacine ont également prôné la dimension libératrice, émancipatrice du multilinguisme. À ce titre, Dib, dans la note « À vouloir trop enfermer leur inspiration… », plaide pour un renversement de perspective : les Algériens, longtemps objets du regard de l'Autre, doivent apprendre à considérer l'Autre, et ne pas se limiter au seul horizon de leur patrie. Cette note écrite entre 1985 et 1990 dénonce une certaine littérature nationaliste qui se contente de rabâcher et ne fait qu'aboutir à une *« parole autiste »*. Dib a précisément échappé à ce risque en embrassant à partir de *Habel* en 1977 d'autres horizons géographiques et culturels, rendant ainsi service aux siens. Cette ouverture vers l'extérieur a été très tôt présente chez le créateur Dib puisque l'influence de la littérature américaine, conjuguée à celle du terroir local, a forgé la spécificité d'œuvres comme la sienne ; cette spécificité a permis de *« désenclaver »*, *« désethno-centraliser »* le roman français et de *« l'asseoir à la table du banquet universel »*. Les manies classificatoires des Français quant aux œuvres non hexagonales sont ici dénoncées par Dib : prenant l'exemple de la Pléiade, il conteste sans équivoque le terme *« marginale »* qui se trouve accolé à sa production, remettant en question la notion même de *centre*.

L'énigme de la création

L'écriture court après sa propre forme selon l'écrivain ; le sens dont elle est porteuse ne se délivre que par fulgurances. En des instants précis, l'écriture agit comme un révélateur (au sens photographique) du monde : d'un visage, d'un paysage, d'une foule, d'un objet. L'écriture – qui se constitue *in fine* en son propre objet – évacuant ainsi le souci autobiographique (il convient de lire la note « Une autobiographie » dans laquelle Dib qualifie cette entreprise d'*« infinie »*, voire *« impossible »*), sert finalement à *« déchiffrer la grande écriture qui court sur toute chose et se rencontre partout »*. À partir de la notion d'*atlal*, de signes, que Dib fait fructifier à partir de *Désert sans détour* (1992) puis dans *L'Arbre à dires* (1998), érigeant ceux-ci comme des motifs propres à l'être-algérien, l'écrivain donne une bouleversante fonction à l'acte d'écriture, faisant de cette dernière un liant entre l'homme et le monde, le monde et l'homme : *« Nous apprendre à épeler, à nous épeler nous-mêmes parmi le grand alphabet du monde »*, dit-il dans « Les chemins divers de la syntaxe », note rédigée dès 1966.

Par suite, l'acte d'écriture ne peut qu'être un engagement. Engagement du corps aux prises avec ce débusquage de soi-même que l'écriture sous-tend, mais aussi prise en compte du monde, empli « de bruit et de fureur », dont l'écrivain se doit de répondre. Dib récuse dans sa postface à *La Nuit sauvage* (1995) une littérature qui n'aurait pas à répondre d'elle-même. Mais l'écrivain ne se pose aucunement en donneur de leçons : *« L'écrivain n'enseigne pas ; il désenseigne. Il est là pour poser des questions. »* En accord avec cette responsabilité de la littérature, et la nécessité testimoniale qu'il convient de lui reconnaître, Dib établit deux raisons qui nous incitent à écrire : tout d'abord, l'œuvre est envisagée comme une *« machine de guerre [qui peut] faire justice de certaines choses »* ; elle est donc acte d'accusation mais par ailleurs, elle *« rend justice à d'autres »*. Dans cette seconde perspective, elle se veut plaidoyer : les tragiques grecs invoqués sont ainsi reconnus comme des précurseurs dont Dib est l'héritier. Il rappelle néanmoins la nécessité intérieure – irréductible – qui pousse l'écrivain à remettre cent fois son ouvrage sur le métier.

Coda : hors de toute théorie, l'écriture guide l'écrivain

Deux axes majeurs émergent de manière frappante de ces notes. En premier lieu, l'œuvre dibienne s'inscrit en faux contre toute approche « intellectualiste », toute grille de lecture pétrie de son savoir et de ses certitudes. Dib ne part jamais d'un canevas préétabli ; il part en quête et dit *« aller à la découverte de quelque chose »* à chaque livre. Évoquant ses travaux en cours, Dib avait pour habitude de les nommer *« mes écritures*[1] *»*, la formulation soulignant la dimension poïétique de la création – c'est-à-dire le « faire » qui la sous-tend. L'écriture guide l'écrivain, davantage que lui n'en tient les rênes. Il écoute le monde et les hommes lui dire ce qu'ils ont à dire. Il réfute donc sans conteste toute tentation d'élaborer une théorie à partir de ses écrits, tout credo de type philosophique. C'est par le sens, la sensation que Dib appréhende ses personnages, le décor, la situation : il tâche de les restituer dans leur intégrité, et c'est le lecteur qui peut les comprendre, davantage que l'auteur qui ne cherche pas pour sa part à les *« deviner »*. À ce titre, il convient d'avoir à l'esprit l'« Avertissement au lecteur » dans *Un été africain* qui, en 1959 déjà, pose les bases d'une collaboration avec le lecteur pour l'assomption du sens de l'œuvre. En définitive, nulle clef de lecture n'est livrée, celle-ci constituant toujours une injonction, mais un regard, une écoute, une représentation aussi *justes* que possible, dont le lecteur dégage par suite la signification idoine. « Ce que je pourrais dire » et « Ce que je ressens, après avoir écrit un livre » l'exprime ment admirablement.

Jamais encore ne m'était apparue aussi fortement, jusqu'à ces notes, la solitude du créateur, et notamment la solitude du créateur vivant en exil. La note « Il est rongé par la culpabilité » exprime sous un jour cru le nouveau statut de l'écrivain ayant quitté son pays ; ne reste alors que l'œuvre seule, *« son double, son interlocuteur, son identité »*. L'œuvre dévore tout, *et* sauve tout : elle devient le miroir dans lequel se projeter – et envisager les autres. L'œuvre remplace le pays perdu, mais malgré sa maîtrise de la langue, l'écrivain demeure enserré *« dans sa condition d'étranger »*. Dib en une formule concise et saisissante l'affirme : *« Le désir d'enracinement se brise de ne rencontrer jamais une communauté. »*

Certes, l'œuvre permet de se rencontrer soi-même et de rencontrer sa solitude. Certes, la liberté que préserve coûte que coûte l'écrivain, en un effet de balancier, suscite son sentiment de culpabilité, et quelque sacrifice.

Mais le prix à payer pour devenir Mohammed Dib ? – j'en reste coi.

MUSTAPHA BENFODIL

Mélanges, mes langues…

Je m'appelle Mustapha Benfodil et j'écris en français.

Mustapha est mon prénom, oui. En français, c'est orthographié comme ça, en effet. Mus-ta-pha. Si vous épelez mon prénom à la lettre, phonétiquement, cela ne correspond pas du tout à la façon dont les gens de mon entourage m'appellent. À Alger où j'habite, mon prénom est prononcé *Mastafa*. À l'est, ils disent plutôt *Mostefa*, en aspirant presque le *t*, comme en Tunisie. (En parlant de la Tunisie, ma femme qui est à moitié tunisienne m'a appris que là-bas, il y a un sobriquet très usité pour les garçons qui ont le même prénom que moi : *Stoufa*). Au lendemain d'une nuit où elle avait rêvé de moi, Yemma, ma mère, après m'avoir raconté le songe qu'elle avait fait, m'a dit que c'est en rêve que mon prénom lui avait été soufflé alors qu'elle était enceinte de moi. « Un homme vêtu d'un burnous, juché sur un cheval, et portant un livre, m'avait dit de t'appeler Mustapha ; et c'était prémonitoire puisque tu fais maintenant des livres et tu es féru de lecture », me répète-t-elle. Elle m'avait raconté cela en Kabyle. Il n'y a qu'avec elle pratiquement que je parle en kabyle. C'est vraiment ma langue maternelle.

1. D'après une correspondance personnelle avec l'écrivain.

« Papa, la maîtresse parle l'autre arable, tu sais l'autre arable ? »

Ma fille Nina, 4 ans.

Ma fille Nina prononce correctement mon prénom, c'est-à-dire selon la sonorité arabe originelle. Elle m'appelle Moustafa, comme dans la chanson : *Ya Moustafa ya Moustafa...* Il y a Nina et il y a aussi ma grand-mère maternelle, Aziza, que j'appelais Yaya. Ma grand-mère dont la diction réinscrivait rigoureusement mon prénom dans sa généalogie ancienne. Elle m'appelait El Moustafa, le *El* étant une déclinaison de l'article défini *Al*. La traduction littérale en français de El Moustafa, c'est « l'élu », ou plus exactement « l'Élu », avec une majuscule. Et c'est l'un des prénoms du prophète de l'islam, Mohammed.

Dans les milieux francisés algérois, les gens des classes moyennes supérieures surtout, on articule *Mus-ta-pha* en se conformant scrupuleusement à la graphie française, c'est-à-dire en prononçant *Mu* au lieu de *Mou*.

Cette orthographe purement française, avec un curieux *ph* qui s'est invité dans la transcription (pourquoi *ph* et pas *f* ? Mystère et boule de gomme), serait-elle le produit de la francisation forcée de notre état civil dans la foulée de la colonisation ? Cela me semble presque évident. La destruction des filiations par la loi du 23 mars 1881 portant « Constitution de l'état civil des indigènes musulmans » a, en tout cas, laissé des traces. J'ai été expulsé de mon nom après avoir été expulsé de ma terre, de ma tribu. Et j'ai pris véritablement la mesure de la violence de cette expropriation foncière, anthroponymique et symbolique, cette expulsion massive des terres et des noms, en visitant l'expo *Made in Algeria* au printemps 2016 au Mucem.

Benfodil n'est pas, selon les généalogistes de la famille, notre vrai patronyme ; il a été fabriqué artificiellement par l'administration coloniale après le démantèlement de notre *arch*, notre « clan », et on nous a rattachés mécaniquement à un de mes aïeuls, un vénérable marabout, Jeddi El Hadj El Fodhil. Il était le saint patron de mon village paternel, Ath Eurvah, perché sur une colline en face de Taltat, la Main du Juif, en Haute Kabylie. Mon ancêtre a toujours son mausolée (*lemqam*) qui trône au milieu de *thadarth* (mot kabyle qui veut dire « village »), tout près du village d'Idir, le chanteur (de son vrai nom Cheriet Hamid, un cousin éloigné). Mais vous remarquerez que dans la transcription faite par la mairie coloniale, le *h* collé au *d*, censé reproduire le son du ض (*dhad*), en arabe, a disparu.

Le patronyme de notre tribu, notre nom fédérateur, à l'origine, était Aït Sidi Tahar.

Depuis la naissance de mes filles, je suis devenu un peu plus regardant sur ces détails onomastiques qui, avant d'être papa, n'étaient à mes yeux (et mes oreilles) justement que des « détails » de l'histoire.

Choses entendues
[Carnets de Karim Fatimi]

Normal'Allemand a dit le taxieur
i.e : Selon les normes des Allemands
ni Francs, ni Normands
ni Flamands, ni Wallons

encore moins les Algérions
Parce que c'est aux normes allemandes,
a expliqué le chauffeur de taxi.
Je vous le concède, Monsieur le spécialiste en Taxinomie.
On ne dit pas *normalgériennement*.
On est bien d'accord : au propre comme au figuré,
l'Algérie est un pays… hors normes.
Normal…

BODY WRITING.
VIE ET MORT DE KARIM FATIMI, ÉCRIVAIN (1968-2014)

Je m'appelle Mustapha Benfodil et j'écris en français.

Je suis un auteur algérien, vivant en Algérie, né à Relizane, établi à Alger, et j'écris dans une langue étrangère.

Étrangère et cependant si familière.

Et c'est en France, à partir de la France, que j'ai été confronté à cette question de la langue d'écriture. Avant cela, je ne m'étais pas posé la question. Dans mon esprit, j'écrivais. Point. J'étais dans un rapport amoureux à la langue française. Je n'avais pas conscience du poids idéologique, anthropologique, politique, culturel et historique d'un tel choix.

Cette question donc de la langue revenait de façon insistante dans presque toutes les rencontres littéraires en France : « Pourquoi écrivez-vous en français ? » C'est ainsi que j'ai découvert que j'écrivais en français. Avant, je pensais naïvement que j'écrivais des histoires. Que j'écrivais de la poésie, du roman, du théâtre, de la littérature…

Je le confirme : je suis dans un rapport amoureux à la langue française. Mais je la trompe allègrement et sans remords avec les autres langues.

Je la *trempe* dans les autres langues, idiomes, patois, barbarismes, néologismes, onomatopées…

Mon premier roman publié s'intitulait *Zarta*, mot typiquement francalgérien qui est une déformation du verbe « déserter ».

Et mon dernier roman s'intitule *Body Writing*. En anglais.

> *Les militaires d'active cultivent une nette croyance. Ils appellent cela le syndrome des 3T car, disent-ils :* Fel âskar, ya Tmout, ya Tahbal, ya Tbassi *(Dans l'armée, ou tu crèves, ou tu perds la boule, ou tu finis en taule).*
>
> ZARTA *(Le déserteur)*

Il me plaît de croire que tous les écrivains inventent une langue qui leur est propre. Qui a sa propre grammaire, sa propre syntaxe, sa propre musique. C'est même à ce prix, au prix de cette singularité, que l'on est écrivain. Pour moi, Mohammed Dib est une langue, Assia Djebar est une langue, Kateb Yacine est une langue, Aimé Césaire est une langue, Marguerite Duras est une langue…

Et moi j'écris en Mustapha. Ou Moustafa, je ne sais plus…

Ainsi, chacun avait son gourou et son griot d'où il inspirera son surnom : Rafik Kafka, Zaki Dostoïevski, Djamel Derrida, Nazim Bukowski, Edmond Habès[1]*, Arselane Artaud, Omar Rimbaud, Réda Char, K. Mus, Kateb Nassim, Adlène Luis Borges, Jalil Lautréamont, Samir Kusturica, V'Laïd Navokov, Moh Spertchikha dit Cheikh Fellini. Ah ! Et Sid-Ali alias Léo Fêlé, féru de Ferré et de Amar Ezzahi.*

ARCHÉOLOGIE DU CHAOS [AMOUREUX]

1. Habès : littéralement « bloqué », « figé », « à l'arrêt », en arabe dialectal algérien. Le mot est couramment utilisé dans un sens péjoratif comme dans le cas de ce sobriquet. Selon cette acception, il est synonyme de « borné », « arriéré », « ringard », « sclérosé ».

SILVIA EUGENIA CASTILLERO

Zooliloques

Histoire qui n'a rien de naturel

Traduit de l'espagnol (Mexique) par François-Michel Durazzo

À José Ignacio et José Eduardo, pour leur complicité ;
à José María, pour sa fidélité.

ÊTRES D'EAU

Sirènes

I.

Des filaments de soleil forment une pelote sur la pierre. La figure conserve entre ses plis un corps durci : lumière douloureuse qui commence à se tacher d'éclats comme une fleur qui éclot. Des pincées de sel animent sa facture hasardeuse. Grain après grain, la voici qui vibre au contact de l'eau. Premier signe, ses ongles s'agrippent au rocher ; et la mer en fureur la recouvre d'écailles.

II.

En arrière-plan, lisse, une femme jaillit du vin, pâle lumière dans la coupe. Son errance séculaire reflue avec la marée de la nuit. Avec chaque gorgée le palais se souvient : yeux en transparence, parfum d'encens. Sous la liqueur une idole. La femme chante et dessine des cercles à l'intérieur des coupes, avec l'élan d'un torrent, comme si elle venait de la haute mer.

III.

Entre deux tranches de la nuit
agonise la sirène.
En rampant,
eau lisse, elle se meurt.
Elle recule jusqu'où la rue se ferme
pour oublier ses yeux
sur une pierre.
De bouteilles vides elle cerne sa couche,
là tout est brisé.
Au milieu de souffles de sable
et de poussière qui s'enfonce
elle s'évanouit
ouverte à la nuit, aveugle.

IV.

Un tourbillon d'eau
rassemble les sirènes.
Submergées
elles se détachent comme des animaux d'avant la création.
L'une gronde avant de se précipiter au fond.
Une autre colle ses lèvres de goudron au sol.
Celle au nez en flèche
change la mer en plaine ;
sur des algues saumâtres
elle veut se féconder elle-même.
Dans le désert, leurs corps bleus
reçoivent la fureur de la lumière,
brûlent d'une lenteur secrète.
Dans l'espace contrefait l'eau se fait salive,
et les sirènes des chenilles blanches.
Elles veulent enfanter le feu mais leur sexe calciné
n'est qu'un hurlement.
Elles retourneront sans visage au sable
comme de sinistres graines,
en chantant pour Bacchus d'une voix éraillée
ou en modulant des sons de statues.
Elles sont des masques dansants percés d'épingles.
Elles veulent que quelqu'un les serre,
de tortueux bigorneaux agitent leurs queues vert foncé.

V.

Avec le temps, l'éclat de la chandelle jaunit et le verre sous lequel était l'image s'éclaira d'un éclat plus ténu. Elle commença à fléchir, soudain souple : une nouvelle forme surgissait. Sous cette force naissante, le verre devint filandreux, presque de soie ; des vers à soie se préparant à tisser leurs cocons. À hauteur des mamelons, la lumière les transforma en poissons affamés. Une mer naissait de la cire et de cette petite explosion de vent. Il y avait de la mousse, des sillons pareils à ceux laissés par les vagues, des rugosités et des coraux collés au rivage. Sur la photographie, on devinait une texture d'écailles sur la jeune peau. Elle resta nue derrière la vitre de la fenêtre. Son visage oublié dans l'ombre, son corps d'eau et d'air délimité par le soleil.

VI.

Cherche mon ombre entre les colonnes du temple
je trouve un chiffon.
Je descends le fleuve pour entendre ma voix
et il n'y a ni cours ni eau.
Je pose un doigt sur mes entrailles,
un serpent mord.
Je fouille mes flancs, sous la peau
d'où s'échappent au trot d'aveugles chevaux.

Si enfin j'ouvre une porte, seuls m'attendent
des lits, des mains, des lances.

Mon corps a été dépeuplé.
Il ne lui reste ni murs
ni ponts,
couché au clair de lune
cerné par une clôture de barbelés.
Je rêve peut-être qu'il est dans un sac de graines,
et qu'il bourgeonne.

VII.

Je suis assiégée par l'eau. À la faveur des courants, la houle tourbillonnante s'imprime sur mes jambes. Un va-et-vient d'algues engloutit mes mains, je sens se surfiler sur mon corps des poissons de marée haute, et tout l'océan envahit cet instant, avec sa texture de vulves qui s'ouvrent, son choc d'alevins nageant et les allées de quartz étincelant. Je vois les yeux exorbités des poissons mutants, la flore muette semble se démembrer en lambeaux, s'enfler en mourant. Les oursins noirs, d'un noir étincelant, semblent plus poignants à mon côté.

Rien qu'un instant, refermé sur lui-même, il offre à mon corps ce galop marin.

VIII.

María Celeste, figure de proue de Neruda, est à jamais devenue noire. Je l'ai vue croiser sur la Seine, fendre le fleuve de son sourire et cligner des yeux chaque fois que le soleil se levait, jusqu'à ce qu'une larme perlât à ses paupières d'yeuse. On dit qu'en Amérique, elle continue de pleurer chaque hiver, peut-être se rappelle-t-elle les lumières languissantes perdues dans les rues brumeuses de la ville, ou le vent froid qui fouettait son visage, à jamais brun, en tribut au soleil rare sur la Seine. Peut-être veut-elle refaire le tour du cœur si grand, si naturel mais secret de l'île, à l'extrême proue, dans ses beaux atours, et se détacher du navire en touchant le rivage, pour chanter les secrets du sable et des courants, du profond cristal qu'est le fleuve en ses profondeurs. María Celeste a emporté dans ses yeux l'ondulation des saules sur la peau des eaux, opaques jouissances à son seul passage, inscrites dans les conques de bois comme deux lucioles.

ÊTRES AU SOL

Les Crapauds

Auparavant sillages qui verdissaient sur l'eau, tour à tour ils émergeaient bouche bée avant de s'enfoncer dans les profondeurs. Les voici qui montrent la tête, ils ne replongent pas leurs corps élancés. De l'épaisseur du fleuve, aucun ne vient zigzaguer pour vaincre les courants désormais chauds ou froids. Ils s'abandonnent à l'éreintant mouvement qui les lèche comme des pierres amollies. Les membres usés au contact du soleil, ils se laissent entraîner par la pluie. Les étangs restent habités par ces insolents qui troublent les eaux, ces mesquines bourses d'avare.

Le Zèbre

Les passants qui attendaient commencèrent à traverser la rue en marchant sur les bandes blanches peintes sur la couche noire d'asphalte, il n'y a rien qui ressemble moins à un zèbre, pourtant on l'appelle passage zébré.

JOSÉ SARAMAGO
L'Aveuglement

En s'en allant, il s'enfonça dans une épaisse fumée de résine brûlante. Il traversa des bandes, de minuscules abîmes où son pas semblait s'estomper. Lorsqu'il commença à traverser l'avenue, Silenia le vit, du bord, au-dessus de ces obscures bandes tendre son cou vertical, ligne ténue, infinie, et le soumettre à tout son corps, désormais horizontal, pour s'effacer dans le flot des bandes blanches, accumulé comme une vague qui se brise sur un écueil et cède ses formes à la lumière. Le clair-obscur du zèbre se succédait sur un fil de néant. Quelques heures plus tard, la torpeur voulut le rendre inoffensif, d'un gris d'âne. Alors, il n'était plus qu'un podium incurvé sur lequel défilaient en hâte des vernis noirs à fins talons. Ou une flaque dans laquelle des bottes en daim se frayaient un chemin. Chose certaine, on vit disparaître les mâchoires spectrales du zèbre et sa périlleuse géométrie de noirs et de blancs, en rayant bruyamment le lointain.
Mais quand le zèbre se retrouva seul, que les rayons du soleil se turent sur la poussière rougeâtre de la rue, l'ombre s'allongea démesurément jusqu'à dessiner un rêve à Silenia : rassembler la ville de chaque côté de l'océan.

Éclat

Quelle flèche, tant de soleil, une telle décharge de rayons. Chaque pointe pique, picore, crépite et crevasse l'eau. Le courant contracte, tord, éclate le fond. Les brèches sont des oiseaux rougeâtres au croassement rauque. Entre les feuilles se glissent de chatoyants rouges-gorges, légers, minuscules, diaprés de tons vermeils et rubiconds, gorgés de jus, brillants jusqu'à luire tels une prune ou une pêche. Plus loin, un arbre échoué se pétrifie en ocres.

Le Caméléon

À Flavio.

Chaque fois que dans l'air s'installe une odeur différente, un bouquet de déluge, un navire échoué apparaît entre les branches. À peine l'ai-je saisi qu'il se fait peau vivante sur les rives de l'ombre, entre la nuit et les lignes de ma main. Et une voile qui s'efforce de refaire son image. Le jaune transmute tout, à l'aube de fines taches pleines de vent semblent des oliviers sur ses flancs. Sous le soleil, il est vert, et de loin ses écailles ont des reflets d'émeraude. Chavirant dans le soir, j'échafaude des constructions dans les couleurs de son sillage. Parmi les tiges, à côté de l'or fauve des épis, il se détache, bleu. Je corrige l'obstination de le voir ; la nuit recommence. Le ciel, tableau indigo et safran, procure encore la sensation de palper ses stries. Il règne une atmosphère d'inachevé, palpitation de dragon accroupi dans un coin d'obscurité. Mais le jour revient audacieusement en fissures ou en lèvres. D'humides rouges couvrent de coraux la paroi. Si certains sont raides comme l'ortie, les plus fragiles épongent l'air, jusqu'à lui donner la couleur violette de la mer qui reflue. Le voici devenu pourpre, il souffle sur mes yeux fermés qui s'ouvrent sous ses rafales indigo et orange. Nouveau prodige, dans le creux de sa langue une flamme.

En réalité, il reste de l'autre côté du mur blanc, sur un arbre, noyé dans le taillis. Sous la pluie, la lumière l'effeuille jusqu'à ce qu'un arc-en-ciel s'accroche au feuillage.

La Taupe

– L'illusion ? Ça coûte cher.

JUAN RULFO
Pedro Páramo

À G.

La décadence commença dans la joie. De bonne heure, nous sortîmes du nid, il me fallait mordre la queue de mon frère qui, à son tour, tenait dans son museau la queue de l'un de nous, et c'est ce que nous fîmes tous les huit, jusqu'atteindre ma mère. Alors, quelque chose de foudroyant blessa mon regard : à travers l'un des tunnels avait pénétré un rayon de lumière.

Mes frères continuèrent leur première traversée en file indienne hors de notre foyer. Moi qui refermais la marche, je restai perplexe devant la clarté. Je la suivis, bien qu'il me fût douloureux et interdit de m'écarter des autres. C'est ainsi que je sortis des ténèbres pour découvrir le ciel.

Je sentis d'abord sur mon corps l'incommodité du temps et l'inclémence de l'air qui me châtiait. Puis, le faisceau de couleurs que je poursuivais, un bleu à filaments d'or, parfois pourpre, allait si loin (presque jusqu'aux sables marins) que je serrais tendrement mes petits yeux effrayés, devenus ovales.

Cependant, ce chaud couloir qui menait au cœur disparut soudain. Et je me retrouvai sur une steppe interminable.

Trop tard pour revenir à ma nuit perpétuelle, à l'abri de mon propre regard. Je fis face à l'éblouissement, au vertige bleu ; désormais ce n'était plus moi – comme mon état naturel l'exigeait – qui fuyais la lumière. Ce fut elle qui disparut de mes yeux embryonnaires.

Quand les tentatives pour creuser eurent échoué, entouré de l'éternité du jour et de son éclairage médiocre, mon cœur explosa d'avoir tant battu vainement.

Au bout de plusieurs heures, quelqu'un me déposa dans le souterrain. Mais je ne peux pas marcher : depuis que je suis arrivé, je réintègre la terre en morceaux.

Le Vautour

Il est émacié et tassé, chauve à force de confinement. Il conserve encore sa cape noire bordée d'hermine et son regard pénétrant, mais la vieillesse se lit sur sa peau, repliée sur elle-même sans pouvoir ceindre le grand volume d'autrefois. Dans sa cellule, il y a quelques troncs qui imitent un banc ; il y grimpe et reste là, le dos de plus en plus recourbé. Il peut encore sentir les courants d'air, déployer ses ailes et voler comme il le faisait en ses temps héroïques, quand il s'abandonnait aux colonnes de vent chaud, vibrant entre les roches, jusqu'à s'élever très haut en spirale. Bientôt, il fracasse son corps déplumé contre ses barreaux, brisant l'élan. Les gardes accourent, alertés par le bruit, il recule, feint d'être minuscule et cache son bec crochu et affilé. Il est devenu craintif, lent et opaque dans ses fureurs. Depuis sa capture, on a interrompu sa consommation de viande pour le rendre prudent, sa pâleur de végétarien lui donne un air affaibli, on croirait un corbeau mélancolique perché sur un arbre sec.

Le Casoar

Le fleuve de feu enveloppe le casoar, qui flambe de toutes les plumes et fait encore quelques pas en poussant un cri abominable.

JULIO CORTÁZAR

Le casoar s'échappa et se tapit en elle. Il y passa quelques mois à peindre d'écarlate ses recoins ; souvent il jouait à vaincre le destin, il emboîtait son bleu prodigieux, jusqu'à la porter à l'extase.

Silenia se réveillait troublée par ces rêves absurdes. Elle attendit toujours plus ardemment la nuit pour s'élever en traversant la ville vers un point qui au sommet scintille.

Un matin, le casoar l'y mena. Dans leur nudité absolue, les rues sont des murs qui s'effacent, vibrante palpitation. La houle de la ville revient et reflue comme un tourbillon de silhouettes à l'œil ouvert. Un son de violoncelle s'insinue, mord, habite ce vide de voix dilatées et de mains jointes.

Le toucher peuplait l'abîme, le tremblement tendait la corde de l'ardeur. Et dès qu'il posséda la couleur totale, le casoar s'effeuilla. On dit qu'une double condition affecte son existence : incarner le malheur, être éphémère.

La Méduse

Sur la plage, sur le sable marbré, la méduse. Dans sa concavité un point de lumière brûle, intime ; c'est encore la houle, une mer fine dans un prisme. Mais en séchant, la méduse se mue en stalactite de lune. Sans écailles ni plumes, elle enroule ses cheveux ; certains paralysent son corps, d'autres poussent contre le ciel, comme des ailes, un cri.

ÊTRES DE FEU

La Mygale

Chose curieuse, durant l'insomnie cette petite lassitude s'est installée dans la maison. Comme une mygale, sa marche est tiède ; sur la *tabula rasa* de la nuit on entend son ombre vague gratter, détricoter. On dirait qu'elle désagrège les objets. Par le trou de la serrure, on peut la voir pomper leur misérable vie. Puis elle se calme.

Le jour, elle ressemble à une fleur, un magnolia noir abandonné. Si on s'en approche, et qu'on touche un de ses pétales, elle se fait énorme. On peut retourner le cendrier, prendre au piège la mygale : poing tranché.

Lorsqu'on la croit vaincue, elle approche, on sent son duvet près du corps, sa bouche soyeuse près du ventre. Elle inonde la maison de ses gargouillis, d'un cœur mille fois sucé qu'elle vomit en morceaux, noueux comme de l'ennui tissé sur les murs. On ne la voit plus, on sent ses ventouses, ses paires de pattes sur la paroi. Muette exhalaison, la mygale s'enfonce si profond que jamais elle ne revient.

On la cherche sous le tapis, parmi les portraits, les boîtes ; on attend la nuit de contempler ses yeux, au lit on aspire une sueur. On n'entend que le craquement du linteau, une sorte pulsation à l'approche.

Les Anges

Le monde se peupla d'anges, mais sinistres. Il y a en eux une sombre forme d'égoïsme. Quand nous mangeons, ils nous épient et à la moindre distraction ils s'emparent de notre assiette. Le dimanche, ils chantent en chœur pour apaiser nos âmes, bien que cela devienne plutôt un bourdonnement assourdissant qui nous rend fous. Leurs yeux ne laissent entrevoir aucun espoir. Faits d'innombrables yeux, ils ressemblent à des rayons de ruche infectés. Et le pire, quand nous sommes émus par une histoire face à un écran ou dans un livre, leur façon de regarder dans toutes les directions s'interpose et ils éradiquent la jouissance de l'illusion. Ils nous refusent la continuité des rêves. De plus, ce sont des anges luxurieux : au début du printemps ils voltigent sans cesse dans les foyers, les uns sur les autres, et ils ne décollent qu'au bout de plusieurs heures. Impossible d'échapper à leur harcèlement ou de les exterminer, ils sont si puissants qu'ils voient la lumière polarisée et les rayons ultraviolets ; ils savent mesurer la température, l'humidité et jusqu'à la vitesse du vent. L'oracle disait que le ciel adviendrait et les anges avec lui, mais à cause d'un maléfice, au lieu d'anges, les mouches sont arrivées.

Les Lucioles

Les habitants de la terre qui fut laissée en friche remarquèrent soudain la fuite de formes équivoques. Elles sortaient du fleuve à sec. Comme tout le monde au village, elles partaient, mais en groupe. Un soir d'été, il y a des années, elles vinrent s'installer dans le bras fangeux du fleuve, alors humide grâce aux pluies. Lorsque la pluie aussi s'absenta, les formes cessèrent de ressembler à des insectes aquatiques et insaisissables, et apprirent à voler pour survivre à la sécheresse. Même l'air se corrompit, devint creux, dès que les busards se refusèrent à manger les charognes des animaux morts que les gens avaient laissées en s'en allant. Mais comme chaque jour le soleil brillait encore, les formes se remplirent de lumière et s'enfuirent par une nuit sans lune, semblant être de la poussière d'étoiles.

La Mante religieuse

Je viens de mourir. Elle continue à prier. Sous mes yeux secs les myrtes s'assèchent. Je peux encore me rappeler – avant d'être totalement dévoré – la première fois où je la vis sur un arbre, sa face pointue tournant dans tous les sens, ses yeux globuleux et pénétrants. Elle était si sobre, d'aspect couleur paille, comme une feuille hérissée par le vent. Mon désir crut après l'avoir vu répandre la terreur. À l'approche d'un intrus, elle leva ses élytres, éventa les ailes en même temps qu'elle secouait son ventre, en produisant un bruit de guerre. Ensuite, soutenue par ses pattes de derrière, elle montra sur son ventre deux yeux combatifs, blancs et cerclés de noir.

J'arrivai à ses côtés. Quand elle sentit ma présence, ses ailes devinrent vert vif. Je sentis son désir. Nous jouîmes jusqu'à la frénésie, jusqu'au moment où de ses bras lisses jaillirent des pointes qui, transformées en couteaux affilés, me décapitèrent. Je suis maintenant l'indispensable nourriture pour que la déesse reste en forêt dans une attitude spectrale. Anguleuse comme une sphinge.

Les Phalènes

Le bleu affleure, la jupe tourne. Les yeux corsaires approchent et, au large, la déesse danse. De sa taille se détachent des phalènes qui prennent la forme de colombes affolées dans les vagues. Rien de solide autour d'elle, ce vêtement filiforme, cette petite jupe propagatrice. Au milieu du trottoir une femme s'approprie le vent et le frotte. Viennent les hommes, serpents d'argile, pour la regarder croître. En pleine mer, sa figure est sillage, fantôme des navires.

Scène de chasse

Cette habitude de s'asseoir le soir devant la fenêtre, à l'heure précise du couchant, est une façon pour Silenia de parvenir aux confins du monde. C'est là qu'elle attend le combat, la scène de chasse ou de possession où elle prend dans ses bras et boit l'aimé, qui sous elle se rend. Durant l'attente elle tisse le sol de son humidité, elle dispose ses membres, trace les espaces. Voilà sa couche transformée en rues intérieures, places et balcons florissant sur l'avenue : une ville démesurée au centre de laquelle attend la dame. Après, elle se calme et contemple le tremblement des ombres que projette le tatouage de son corps.

Personne, seul le vent couleur d'automne. Du ciel se précipitent les feuilles, monstres tendus ; difficile de marcher parmi leurs os vert sombre. Certaines ont une odeur vespérale, d'autres d'épice renversée. Ainsi envahissent-elles les rêves de Silenia : elles détissent des trottoirs mouillés par la pluie ténue, terrain ardu à cacher ; elles referment des cavités, éteignent des sous-sols. Quand la nuit tombe, tout semble effondré. Plus quotidienne que jamais Silenia poursuit le rituel : elle mue et fuit sa peau. Son ancien corps est réduit à une étoile opaque à huit branches.

ÊTRES DE VENT

La Centauresse

Hommage à Camille Claudel.

Je chevauchai assez de siècles pour atteindre l'autre bout de la plaine. Ce fut par une nuit d'éclats : comme du sang ils glissèrent dans mes veines. Le temps était rectangulaire, et je voulus l'épuiser ; mais il n'y avait pas de fin sur cette terre millénaire, rien qu'un galop et un désir effréné de la parcourir tout entière. Sur la lande, je m'accouplai au mâle, mon torse se retournait vers lui, ma taille si agile rêvait d'être une aile. Le coursier, de ses muscles crispés, résista pour m'empêcher d'avancer, et la terre ensemble céda à l'effondrement de ses jambes. Je sentis m'aveugler bien des couches d'argile au cœur du monde. Alors je me fis bourgeon parmi la pierre.

Le Centaure

L'amphore se brise, et sautent en morceaux inégaux,
le torse allongé d'un cavalier et un poulain dont le corps se cabre.
La bête semble un tourbillon convulsif : l'homme s'échappe, ombre noire et ambre,
le cheval prend le chemin sauvage de ses sabots groupés.
Une lumière riante, sans pudeurs, se cambre voluptueusement sur la ruine du Centaure.

Les Harpies

Hommage à Louise Nevelson.

J'ai rencontré les femmes-oiseaux par une nuit sans étoiles où mon corps fatigué avait senti son cœur défaillir. Elles étaient venues en agitant l'air, ces femelles aux gestes graves, aux ailes lourdes, avec leur cou et leur visage humains, le ventre couvert de plumes. Mes veines tremblèrent quand j'entendis leurs cris.

Soudain, ils enfoncèrent leurs griffes dans ma peau et me crevèrent les yeux. Elles voulaient scruter leur passé : c'étaient des femmes dont la beauté les avait rendues sourdes. Furibondes, empoisonnées, elles furent prises au piège du vertige de mes yeux vides.

Dans ces abîmes les ombres dessinent des arbres malingres, et les fragments épars de ce qui jadis fut la lumière forment une ville dolente. Elles luttent pour ne pas sombrer dans la consistance marécageuse des humeurs de l'œil. Leur visage vieilli en exhibe les ravages. Et leur plumage, sans éclat, ressemble à une cape qu'il traîne.

Eurydice

Avec leurs façades barbouillées, les immeubles bondissent sur ses pupilles en fouillant des peupliers noirs. Ils lui apportent un regard d'outils et de couloirs où l'air est une ombre divisée. Elle pleure seule l'heure violette de l'aube. Dans ses cheveux s'éveillent de fines araignées, qui en marchant soulèvent des croûtes de crasse sur son front. Sur l'asphalte, le soleil la ramollit comme une larve et la saleté de sa bouche glisse dans son cou. L'agile géante, qui grimpait les marches de deux en deux, vit évanouie sur un trottoir. Yeuse aux gestes saccadés et à l'intérieur d'une luciole. Déesse caduque, piétinée par quelque armée ennemie. Les heures font tourbillonner autour d'elle des immondices. Elle plonge en eux, sirène grise aux hanches nerveuses. Soudain, elle ouvre les mains pour mendier une pause dans une si longue attente, elle lâche des cris au vent. Un à un, ses membres s'effondrent sur son propre corps. Elle lèche les restes, elle plonge la tête entre les creux.

L’Amphisbène

Ces serpents naissent de la putréfaction de la moelle qu’il y a dans la colonne vertébrale de cadavres humains.

ANTONIO GAMONEDA
Livre des poisons

Le vent chaud du sud réveille mes souvenirs d’indigent, cette odeur de jardin dévasté et plein de déchets. Pire encore, il fait remonter les accidents de mon enfance ; quand une explosion engloutit la ville et que je vis surgir d’une femme qui était morte à côté de moi un serpent à deux têtes. L’amphisbène courait et parcourait le corps sans vie, dont elle se nourrissait encore, d’abord avec sa tête de devant, lumineuse, puis de son obtuse tête arrière.
Puis elle glissa jusqu’à planter ses crocs dans les corps dont la vie touchait la mort ; sauf dans ceux de nous les enfants, qu’elle alimenta avec douceur jusqu’à ce que nous soyons sauvés entre les décombres.

La Licorne

À Véronique Vaster.

Dilaté, grossi, de l’épaisseur de la planète, un verre lumineux ou son envers : les figures ambiguës du trot de la lumière dans tes mains. Tu étais la vierge revenant du passé avec la licorne sous forme de reflets. Contre le crépuscule, sur un palier de la vieille maison, la licorne avançait avec sa lance, elle se faisait plante grimpante et contour, mèche et flèche. Et elle remplit de clair-obscur le vitrail concave, qui tremblait dans tes mains.

Les Satyres

Sur le balcon flou, on entend des plaintes, des explosions. C’est le vent qui fouette les arbres sur le ciel. En bas, sur le terrain vague, gît le rameau d’or – brisé – encore en flammes. En haut, les satyres bouillonnants recherchent la peau d’où ils ont été expulsés, un bois de roses améthyste, dont le centre ombreux duquel ont glissé des corps pour extasier le sol épais. Dans leur délire ils brisèrent une branche, aussitôt la forêt se déchira en lanières et eux ils redevinrent des animaux fléchés aux sabots furieux. Des roses il ne subsiste que des veines sombres, la texture incertaine d’un balcon ouvert.

La Chimère

Le microscope de la fantaisie découvre des créatures différentes de celles de la science, mais pas moins réelles, bien que ces visions soient les nôtres, elles appartiennent aussi à un tiers : quelqu’un les regarde (se regarde-t-il ?) à travers nos yeux.

OCTAVIO PAZ
Le Singe grammairien

Les rayons lumineux pénètrent le vert flétri de l’œil, gouffre mort. Mais son humeur encore humide laisse la lumière se fixer sur des branches nervurées, et donner à l’iris des images rémanentes : racines comme relief ; ambre pendue à des spectres qui durent être des arbres ; fossiles d'oiseaux qui autrefois habitaient la forêt. Et jusqu'au fond de l'œil vieilli se tapit une chimère. Faite de fragments : devant une tête de lion, au milieu un corps de chèvre, et à la queue un serpent. À bord des yeux, la Chimère a un visage de soleil gonflé de rafales. Lion affamé, elle cherche d'autres regards. Son corps de chèvre aime les cavités de l'œil, elle y creuse de petites cellules pour garder la lumière. Sa queue s'allonge, ondule au bord de la rétine et s'enroule dans les nerfs optiques. Ce n'est pas l'agitation du moucheron qui s'écrase sur la cornée, encore moins la bigarrure du papillon prêt à danser à l'intérieur : c'est un séjour secret, solitaire. Dans les fines cavités de l'œil, elle a sa tanière, elle poursuit des faisceaux lumineux, elle avale des éclats. C'est pourquoi elle exhibe une ou plusieurs têtes, ou inversement, ses parties se brisent en morceaux difformes. Lorsque la luminosité est intense, la chimère devient dragon cracheur de feu. Vie cachée, à l'affût, elle ne se montre que lorsque son reflet éclaire d'autres yeux flétris.

Le Léviathan

Dans la pièce croissait une heureuse lumière et le lierre sur le mur oriental. Par le trou de la serrure jaillissait une clarté avec la délicatesse d'un œil d'eau. Dans chaque recoin, à la faveur des reflets des persiennes, je surpris des nids de minuscules oiseaux, peut-être des colibris ; et tout près, les glaïeuls montraient leurs étamines. Je n'eus pas besoin de me pencher à la fenêtre pour sentir la mer autour de moi, bien que le ciel fût d'une proximité plus évidente, depuis ce 99e étage de l'immeuble dont la réplique se dressait juste en face. À ce paradis, offrande du petit matin, rien ne manquait. Sur le lit, prairie couverte de gazon, je suspendis mon corps. Je découvris qu'au plafond des jasmins exhalaient leur parfum, et que leurs branches collées là-haut dessinaient une carte du monde. Un coup frappé à la porte fut suffisant. Le monstre s'était réveillé de sa léthargie marine, voulant profiter de sa force incomparable. Mais je me refusai à ouvrir. Il se précipita alors à toute vitesse contre les murs et les vitres de l'extérieur, avec son dos de boucliers alignés, si soudés l'un à l'autre qu'ils formaient une cape rigide comme l'acier. De son museau jaillissaient des flammes qui dévastèrent mon oasis et s'emparèrent de ma vie. Il n'y eut pas moyen d'obtenir une peine moins sévère : son cœur est impénétrable. Si bien qu'il me lança dans un sillon lumineux et vertical, qui n'était que celui de l'immeuble qui avec moi tombait : l'abîme transformé en chaudron bouillant.

Le Golem

11 septembre 2001.

Fait de terre concentrée, il était implacable, d'une fureur sèche ; les feuilles étaient en pleurs au passage de sa faim. En modulant ses voix, il approcha. La première avait des reflets de roche, comme si elle venait de la montagne. La seconde un timbre d'aile, comme si elle parlait du haut des marronniers. Sa troisième voix me nomma lit de fleuve, un creux à remplir quand de la quatrième voix jaillissaient du feu et de la boue. La cinquième voix forma un désert dans la pénombre.

Semblable à une crête de sable il se précipita, salé, brumeux. Ses voix étaient les plis d'un manteau dévastateur qui absorbe l'humidité et se durcit. Informe force douée d'un mouvement perpétuel, il vint me vider. Avec des chuchotements, il tomba sur mon corps, brûlant de sueur, il voulait se mêler à mon souffle et s'enterrer, me mettre en pièces, et glisser jusqu'au fond. De son âpre salive, cependant, la lumière formait des ronces dans ma bouche. Il coula en moi comme une pierre dans l'eau.

Tout à coup, il commença à se désagréger en filaments. Son corps, qui auparavant semblait exhaler du feu, se pulvérisait depuis les pieds. Quelque chose de semblable aux courants de sable tombait rapidement jusqu'à se briser en ombres.

La Mandragore

Lorsqu'enfin vous osez couper la mandragore, cette plante presque animale, humaine dans sa forme, pousse un cri et s'allume à votre peau. Votre cœur se retourne ; alors la mandragore grandit avec sa couleur blanche, avec son odeur de pourpre intense. Ses pétales ouvrent dans votre poitrine des rêves lumineux. Mais sa racine noire grimpe lentement jusqu'à étouffer la fleur et en faire une cicatrice sur votre poitrine solitaire, comme un fauteuil qui tourne dans un wagon désert.

En la coupant, vous auriez dû tracer un cercle sur le sol – l'éloigner – parce que la mandragore fait naître la passion dans tout le corps, son mystère est nocif et son cri rend fou.

Le Phénix

Hommage à Julio Torri.

On allait le fusiller. Alors il devina au loin, à travers la brume des premières heures du matin, la cheminée d'une usine. Son regard s'arrêta sur la fumée, qui lui rappela l'odeur d'encens que certaines nuits de calme il allumait chez lui. Il ne fut plus capable de distinguer clairement les ordres du chef du peloton : « Prêts, feu ! » Il s'était égaré parmi les formes aériennes de l'encens qu'il aimait allumer à minuit. À présent, il le contemplait, grandi par les éclats du soleil levant, et la fumée se répandait dans le ciel dans des proportions gigantesques. Il vit s'élever et s'incurver une fleur cristalline, dont bientôt il ne resta plus que des bourgeons d'ailes et, quelques secondes plus tard, une ronde de parfums : feuilles mortes émiettées, fleurs colorées sous le soleil, racines qui multipliaient leurs formes noueuses à la chaleur du feu. Il se souvint des cendres abandonnées par la légèreté du vol. Et au cri de « feu ! », il aperçut à l'horizon un oiseau grandi, dont le battement d'ailes devenait un jeu de lumière et de flamme, jusqu'à en effacer la transparence. Il n'eut plus d'yeux pour contempler cette étoile de plume, ni d'éclat qui accompagnât l'oiseau de lumière.

Le Minotaure

Lorsque les dieux perdirent le contrôle d'eux-mêmes, je fus un être conçu à contretemps parmi les hommes, avec l'éternité libre dans le corps. Pour mes créateurs je fus leur chef-d'œuvre, ils gardèrent leur prodige dans le jardin souterrain à fleurs blanches, où des esclaves rafraîchissaient mon front. Je languissais, plongé dans mes rêveries.

Après l'holocauste, dans leur fuite les dieux oublièrent de dicter mon destin. Je pus m'échapper par une brèche que la poussière avait ouverte peu à peu.

Désormais, j'explore la folie d'être libre dans la fumée d'une agonie antérieure. Vieux taureau sans cage, j'invente ma prairie parmi les ruines. Du ciel tombent des poignées d'oiseaux muets. Agglomérat de pierres, tout reste, estampe décolorée, traversé par un harpon glacial.

Mon regard toujours phosphorescent, déchire les ténèbres. Je suis encore lumière palpable sur la nudité du paradis.

ELLA BALAERT

Un chat (n') est (pas toujours) un chat

On dit qu'il faut savoir appeler un chat un chat. Et s'en tenir là. Qu'il est inutile d'aller chercher plus loin, ailleurs, sous d'autres cieux ou d'autres enfers.

Un conte vietnamien nous l'enseigne opportunément.

Un mandarin avait un chat qu'il adorait, et pour lequel il voulait un nom qui dît toute son admiration pour une créature aussi extraordinaire. Pas question d'appeler communément « Chat » ce chat. Il le nomma donc Soleil, car rien n'est comparable au Soleil qui fait tout vivre sur la terre. À quoi un voisin objecta que le nuage, qui peut le masquer, est plus fort que le soleil : l'homme appela donc son chat Nuage. L'autre continua : c'est bien, Nuage, mais le vent, qui le chasse, est plus fort que le nuage. Ainsi le chat s'appela Vent. Fort bien, poursuivit l'autre, cependant qu'est-ce qu'un vent qu'une tour arrête ? Tour serait donc le nouveau nom du chat. Tour, bien sûr… cependant des poutres font la charpente d'une tour, rétorqua le voisin. Que devient la toute-puissance d'une tour dont un souriceau peut ronger les poutres ? Qu'à cela ne tienne, le chat s'appellerait Souris ! Souris ? Drôle de nom pour un chat, car il n'est rongeur que chat ne peut attraper ! Aussi le mandarin déclara-t-il haut et fort, que son extraordinaire chat s'appellerait donc de l'incroyable nom de « Chat ».

On peut tirer bien des enseignements de cette histoire, comme de tout conte. Une morale sur la vanité ridicule, ou un message bouddhiste : devenu Maître, le disciple ne voit plus dans le chat qu'un chat, parce qu'il est devenu inutile de souligner le caractère extraordinaire des choses les plus simples. Ce sont leçons de sagesse, de bon sens, qui donnent raison à la raison : un chat est un chat. Ce qui est colle à la peau (aux poils, aux écailles, à la nature) de ce qui est, et sera toujours, quels que soient nos rêves et nos espoirs.

Ce serait n'avoir d'ombre ni noire ni blanche, ni devant soi ni derrière, ni en soi ni hors sol, amputer le langage de la moitié de sa matière, accepter le monde en l'état, bien tout y laisser en ordre en le quittant, et en refermer doucement la porte après soi.

Pourtant, Soleil aurait été un bien joli nom, pour un chat qu'on adore. Non ?

Mais c'est une tout autre histoire, qui raconterait qu'il faut appeler un chat Murr, ou Pluton, Kamaralzaman ou Saha, Trilby, Tchata, Min, Moun, Moufti, Maho, Musidor, Obéron, Belphégor, Baphomet, Zingarella, Siam ou Mélusine… Le mandarin n'y serait pas un puissant mais aurait nom Hoffmann, Poe, Colette ou Leonor Fini. Ce serait un pêcheur de chimères, un moissonneur de révoltes, un infatigable nocher, droit debout sur sa barque fendant des flots de ténébreuse lumière, qu'il traverserait des rives du réel aux rêves d'un autre réel.

Adorant son chat, il voudrait pour ce faux félin de douce grenaille un nom qui exprime toute son admiration. Un nom qui dise son chat aux oreilles de sapins, son chat aux yeux d'étincelles de silence, son chat aux vibrisses phosphorescentes, au bout de langue volcanique, son chat à la fourrure sidérale, lourde de crépitations mystiques, au dos de fougères frissonnantes, son chat aux pattes en éclairs de soleil couchant, aux griffes d'eau douce, son chat à l'unique queue, qui ne fouette ni ne frappe – sinon l'imagination.

Il voudrait un nom pour chacune des sept vies de son admirable chat.

Et un autre encore, cousu des précédents, après ses sept morts, pour le cadavre exquis de ce compagnon dont résonnerait encore la nuit, par-dessus les toits le…

Ici notre mandarin-nautonier hésiterait, cherchant le mot juste, du bout de sa rame, parmi les trésors enfouis dans les tréfonds du Fleuve… Un voisin passant par là, de la rive du réel lui soufflerait : le miaulement ? le ronronnement ? Parce qu'enfin un chat est un chat, n'est-ce pas ? Pas un pingouin ni un dauphin, pas un papillon à poils, un poisson sans écailles, un kangourou sans poches sous les yeux, une petite ourse de l'hémisphère sud.

Tout sourire, le Charon poète s'éloignerait et rejoignant en trois mouvements d'aviron le milieu des eaux :

— Eh ! Pourquoi pas ?

LAURE MORALI

Le bosquet de l'avenir

Des cris de bois et d'eau pleuvent sur la ville. L'oie éclaireuse pointe l'Est. Une boussole aimantée au reflet d'un astre dans son crâne, ce diamant minuscule n'est pas sans rappeler la perle de boue dont prennent soin les éveillés pour, un jour, chevaucher à leur tour les nuages sans craindre ni le froid, ni le chaud, ni la fatigue, et répondre à l'ordre inventé par le fond de l'Univers en imitant la couronne des grandes éclipses qui ont terrifié nos ancêtres. Les voiliers d'outardes se déploient en marées comme la fougère se déroule de s'être résorbée. Il y a, sous les matins d'allégresse, une once d'espérance ; faire partie de l'onde sans repos qui naît de ne pas être.

8 h 10. Vieux-Port de Montréal. Seule passagère à embarquer dans la navette fluviale au premier départ du jour vers Boucherville et ses îles. « Vous avez assez de gilets de sauvetage pour vous faire un radeau », me rassure le capitaine. Sourire de jeune loup de mer. Cheveux clairs. Les yeux sel. Le temps est moite. Il a plu. Des ridules strient le fleuve, argenté en écho au nom de ces goélands alignés sur le quai. La navette s'en éloigne. Elle prend de la vitesse sous le pont Jacques-Cartier, soulève un vent de liberté inédit face aux paysages familiers, l'île Sainte-Hélène et sa Ronde, le Stade olympique, le port de commerce. Des conteneurs s'y empilent sur des dizaines de kilomètres, une géométrie rectangulaire aux couleurs primaires. D'un côté, nos vies en boîtes. De l'autre, un archipel gorgé de vies : île Sainte-Marguerite, île Saint-Jean, île à Pinard, île de la Commune, île Grosbois, île aux Raisins. Tenues ensemble par un flux des canaux, comme le sont nos propres organes vitaux, ces six îles protégées forment l'archipel de Boucherville. Cœur, poumons, reins, pancréas, foie, cerveau à maintenir en santé pour demain, cet organisme fait lui-même partie d'un ensemble plus vaste : l'archipel d'Hochelaga constitué de trois cent vingt îles, dont Montréal, la plus grande. Et l'on pourrait continuer ainsi à l'infini, en regardant d'en haut notre planète, îlot parmi un archipel de galaxies qui, îles elles-mêmes, forment un corps…

D'argile marine, en souvenir de la mer de Champlain, née de la fonte des glaciers, qui recouvrait ces terres il y a douze mille ans, les îles modelables ont depuis voyagé, dans leur forme mouvante. Elles portaient certainement d'autres noms dans les langues premières.

Pirogues, rames, roseaux.

L'air dégage un parfum humide de végétation, répercuté par les ondes des avirons. Une fois le pont Lafontaine dans notre sillage, c'est un autre monde, plus vert, qui s'ouvre dans le Chenal du Sud. Est-ce le mois d'août moite, ou bien le reflet des berges insulaires aux grandes herbes aquatiques, qui apporte cette tonalité glauque émeraude à l'eau et transforme le chenal en bayou ? Sur le quai de Boucherville, où j'ai débarqué pour une brève escale, le temps de changer de ponton, une femme aux yeux noisette pétillants me demande : « Êtes-vous certaine que vous allez bien à l'île Grosbois ? Ça arrive que les gens, une fois partis, pensent voguer vers Montréal. Mais moi, sur ma planche flottante, je vous emmène directement à La Nouvelle-Orléans… » Les îles de Boucherville ont aujourd'hui, c'est vrai, un air de Louisiane et le Saint-Laurent, de Mississippi. Saules pleureurs, peupliers faux-trembles et libellules des marais déploient un camaïeu de verts recouvert par les flaques jaunes des solidagos le long de l'île de la Commune, à bâbord. Des tortues géographiques et des chevaliers de rivière ondulent sous les plantes, tandis que les représentants ailés d'autres espèces vulnérables se laissent apercevoir parmi les branches des arbres : moucherolles à côtés olive, engoulevents d'Amérique, parulines, troglodytes à bec court, petits blongios, grèbes esclavons, hiboux des marais… Plus de deux cents espèces d'oiseaux vivent ou s'arrêtent dans le parc naturel des îles de Boucherville chaque année.

Les combats et les efforts investis, depuis un demi-siècle, pour préserver la flore et la faune de l'archipel portent ces fruits précieux : les cris, les bourdonnements et les chants d'une vie foisonnante. Au début des années 1970, un groupe citoyen s'est mobilisé autour de la vision de Tony Le Sauteur. L'écrivain-écologiste, coauteur avec Marcel Chaput du *Dossier Pollution* paru en 1971, constatait la dégradation des rives. Son projet « Un fleuve, un parc », visant la protection des rives et de cent dix îles du fleuve Saint-Laurent entre Montréal et Sorel, a permis l'acquisition des îles de Boucherville par le gouvernement et leur accès salutaire au statut de parc national en 1984. Leur transformation en complexe immobilier a été évitée grâce à des personnes unies autour d'une intention visionnaire.

À peine arrivée sur l'île Grosbois, je bascule dans cette distorsion de l'espace-temps, où les heures s'arrondissent, deviennent sphère. À quelques pas du débarcadère, le site Boucher-de-Grosbois met en valeur les traces archéologiques d'un ancien campement d'été iroquoien occupé pendant deux millénaires. La reconstitution, à partir de ses fondations, d'une maison longue prolongée par un fumoir, un foyer et un séchoir évoquent des scènes de la vie quotidienne d'avant l'arrivée des Européens. Les artefacts remontés du sol me rappellent de chercher l'harmonie terre-eau-ciel dont les îles, en leur essence, représentent l'accord.

Le passé indique le futur si on observe comme une force en puissance détenue par le lieu lui-même. Dans la philosophie des Premières Nations, prendre des décisions éclairées ne peut se faire qu'à la lumière des conséquences qu'elles auront sur les sept prochaines générations. Dans le respect des cultures qui ont su, bien avant nous, prendre soin de ces terres, comment travaillerons-nous ensemble, Premières Nations et allochtones, pour protéger notre maison commune ?

cordes vives du savoir
dans la raison d'une pruche
sa résine se rappelle
avoir soigné des marins

mémoire des arbres
instinct des oiseaux
nectar d'asclépias
herbes aux perruches

vert-argent les feuilles
des peupliers cliquettent
les unes contre les autres

mauve stellaire des cirses
brillance des lotiers

bourdonnement ivre des grillons
le silence gris
l'eau

pas dans le boisé

une biche musculeuse
au pelage de lune rousse
m'observe

derrière elle, son cerf
leur faon

danse fragile et puissante
sabot terre jambe
tête de côté
langue

j'avance

ils partent en bondissant
légers sur les plantes

Au nord-ouest, des canards bleutés frôlent les lagunes. Les tours du centre-ville, au loin, semblent à peine plus hautes que les arbustes des marais. Là où Montréal se fait Venise, neuf outardes survolent le chenal du Courant le long de l'île aux Raisins. Venise laurentienne. Dans l'eau peu profonde au fond argileux prospèrent plantes, mollusques, mammifères, poissons, crustacés, reptiles, insectes, amphibiens et quelques humains flottant entre deux eaux.

blanche
bleu-gris
une grande aigrette
un grand héron
dans le même arbre
parlent le même langage

La nature reprend ses droits et les échassiers saluent dignement cette courbe nourrie par le temps, l'ouverture des consciences. Inverser le recul du vivant. Participer à la respiration de l'univers.

Au début du XIe siècle, les Iroquoiens cultivent l'harmonie des trois sœurs sur les îles : le maïs, la courge et le haricot.

Au début du XXe siècle, chevaux et vaches voyagent en chaloupes et en chalands. La production agricole québécoise se veut surtout laitière et fourragère.

Avec l'aide d'immigrants hollandais arrivés à Boucherville après la Seconde Guerre mondiale, les cultures céréalières et maraîchères se développent davantage. On surexploite de plus en plus la fertilité de ces terres insulaires facilement accessibles.

À partir de la création du parc en 1984, ce mouvement commence à s'inverser. L'agriculture est tranquillement délaissée ou réorientée vers une pratique plus durable. On restaure les terres agricoles pour permettre aux milieux de vie des espèces protégées de se reconstruire.

À l'automne 2009, la plantation d'un *bosquet de l'avenir* marque un grand pas dans l'histoire des îles de Boucherville : l'affirmation d'une volonté de conservation de la biodiversité pour les générations futures. Chacun des quarante-six employés du parc plante alors deux espèces d'arbres indigènes.

Trois ans plus tard, en 2012, la restauration d'un kilomètre carré de terres agricoles fructifie les chances de survie d'espèces en péril, grâce à la création d'une mosaïque d'habitats bénéfiques pour la faune : îlots boisés, milieux humides, friches herbacées, friches arbustives.

convaincs le vent
de t'ouvrir son silence
jusqu'à fendre
bois tendre et pourtant pétrifié
comme ces légendes d'arbres
enfermant des humains
des bêtes

raccorde l'innocence à ton ciel
plie le soleil feuillet de mica
sors de ta peau
reviens vieille fleur
montagne d'eau douce
pétrie d'argent
trésor de feu
volcan

Chaque acte posé en conscience des incidences humaines sur les autres représentants du vivant peut en inspirer de nouveaux. En 2019, le gouvernement fédéral annonce la création d'une réserve faunique autour des îles de Boucherville. L'île à Jacques, l'île Tourte Blanche, l'île Dufault, le Haut-fond à Bleury, l'île Lafontaine, l'île Montbrun, Petite-Île, l'îlot de la Baronnie et les grandes battures Tailhandier deviendront à leur tour territoires protégés.

Puissent les fondations de la maison longue et le bosquet de l'avenir poursuivre longtemps l'expansion de leur esprit, comme une onde se propage au loin, et reverdir d'une île à l'autre, nos archipels…

Légère brume dans le chenal. Les îles flottent, feuilles d'or au ras de l'eau. Un jeune garçon et sa mère ont laissé leurs vélos contre les arbres. Cela fait une semaine qu'ils séjournent dans le parc. Ils passeront l'après-midi à Montréal. Dans le sourire de l'enfant se lit chacune de ses rencontres avec les animaux, presque autant qu'il a de taches de rousseur sur les joues. Neuf cerfs de Virginie, cinq faons, trois grenouilles, un martin-pêcheur, une tortue peinte, cinq hérons… Ce soir, avec sa mère aux yeux tendres, ils reviendront dormir sous une toile de tente ocre au camping de l'île Grosbois. Ils trouveront le sommeil au chant d'un oriole de Baltimore parmi les solidagos. Son petit corps orange dans une piscine de pollen jaune.

qui saura donner l'ordre
de notre naissance
sans fuite

rendre la vie à la nature
qui respire

le temps s'écoule
entre deux barres d'oiseaux

envolée de bernaches
autour de la navette
fluviale

ne pas trembler tu es là
vibration liquide
qui tourne et
recommence
à avaler
la nuit

WERNER LAMBERSY

Titres de transport

Pour Jean Claude Bologne.

Nous construisons des ruines
Demain ou après
Il ne restera que la poussière
De nos déchets
Nucléaires et trois ou quatre
Blockhaus
Murés du mur de l'Atlantique

Cependant que j'évoque mélancolique les enrobants
orgeats, les sirupeuses grenadines et les griottes
douces-amères dans la jeune bouche de nos baisers

La nuit des temps sort du sel
Que ratissent les paludiers de
La voûte lagunaire des étoiles

De quels temps s'agit-il dont
Je ne connais que les fanfares
Qui s'éloignent et faiblissent

De quelles nuits s'agit-il dont
Je ne connais que le bandeau
Sur mes paupières alourdies

Nous construisons des ruines
Des tours
Des villes d'acier et de vitres

Nous fouillons
Les tombes les demeures les
Temples avec
Des peignes de maquilleuse
Et des pelles
Pour renouer avec qui nous
Fit ce qu'on est
Nous restituons la vie en 3D
Data & Cloud

Cependant que je m'occupe, loin des dix mille choses du monde, des courgettes et des tomates de mon jardin ou de l'herbage tendre que le vent ébouriffe en passant la main parmi les moissons

Demain ou
Plus tard Il n'en restera que
La poussière
Des corps divaguant dans le
Vide non occupé
Du carrousel constellé d'une
Constellation

Les bosons
Après lesquels nous courons
La lumière et
L'énergie sombre sans ligne
D'horizon

Nous cherchons
Dans le dessin des pommes
Coupées en deux
Les astéroïdes les comètes
De pépins

Nous descendons
Dans la gueule de la baleine
De Jonas le trou
Noir de l'orque de Pinocchio
L'intelligence artificielle fait
Son étron
Électrique et court-circuite
Ses neurones
De n'avoir plus besoin des
Humains
Qu'infantilisent les sports
La guerre et
Les marionnettes médias

Cependant que dans la foule ta beauté me foudroie, je me souviens d'avoir eu peur de t'approcher, de t'attirer contre moi, d'éveiller les orages amoureux de nos reins et de te perdre, toi et cet enthousiasme

Les peuples meurent il n'y a
Pas de coupables
Pas de punition juste le prix
À payer pour

La technologie et les profits

Déjà le meurtre est coté en
Bourse
Les mensonges de la banque
Le pillage
Des assurances la mainmise
Des mafias
Confortent les hackers sur le
Net à voler
Tricher et cultiver les haines

Les fantômes numériques se
Seront effacés
D'eux-mêmes la mémoire de
Nos machines
Soudain s'avérera vide celle
Des hommes
Subira la lobotomie générale

Cependant que, dans le demi-sommeil du plaisir pris, ma main tâtonne et recherche au creux du lit défait l'étoile de mer de ton corps largement exposé nu aux étoiles, tremblantes de voir apparaître un soleil cruel

Nous construisons des ruines
Sur les ruines
À venir
La chenille des sexes
Ne deviendra
Pas un papillon
Socrate avait
Raison : on ne
Peut rien contre les rumeurs

Cependant que retiré en moi dans un voluptueux mutisme j'écoute la pluie coudre longuement à la machine et joindre l'ourlet des dernières brumes aux dentelles noires des feuillages à ma fenêtre

L'océan reprendra toute sa
Place sur la
Terre Les oiseaux auront des
Cris ultimes
Avant le feu gargantuesque
Des soleils
La nuit nous entraînera dans
Son grand

Domino Nous érigeons des
Ruines
Rien ici n'est fait pour durer
Et c'est
Bien : ce n'est ni punition ni
Vengeance
Le bien et le mal demeurent
Inséparables
Mais Il n'y a pas de coupable

Le carnage
La furie des hommes le bien
Et la beauté
Collaborent à cette vie têtue

Nous construisons des ruines
Car nous savons
Qu'elles seront belles et nous
Aimons toucher
Et contempler et le bas le haut
Et tout ce qui
Devient de la beauté plus que
Nous-mêmes
Et ce chaos du début sans fins

Cependant que je lis un poème, à voix basse
très lente, pour que l'entendent partout le feu
qui dort dans le bois, la belle chaleur de ton
corps et ce que l'espérance suppose de nuage

Nous construisons des villes
Pour nos tv
Vidéos pharmacie machines
Drogues
De toutes espèces et amour
De homards
En cage pour être dispersés
Dans l'espace
Où les étoiles s'éloignent et
Basculent
Derrière un invisible horizon

Cependant que tu reposes sur ma poitrine,
poses ton baiser de paix sur ma peau et que
ton souffle calmé dévaste la fragile passivité
de mon âme tandis que dehors se soulève le
léger accord des forêts, de la mer et du vent

SERHAN ADA

LA LAMPE À PÉTROLE ET LA PÊCHE AU TASSERGAL

Traduit du turc par Jül Amado et François-Michel Durazzo

Les barques s'alignent, en cercle. Sur cette promenade maritime, si large que les villageois réunis ne sauraient la remplir, ils sont venus prendre le frais, sans tout à fait comprendre ce qui va arriver, promeneurs et clients des casinos, rebaptisés plus tard cafés ou « jardins à thé ». Soudain, la musique commence ! Étrange concert nocturne, les pêcheurs frappent leurs fonds de cale à coups de canne, l'un après l'autre, violemment, rythmiquement. Comme pour effrayer et chasser les démons de la mer. Ce rite qu'on entend à cette heure surgir des sombres profondeurs de la mer, les oreilles peinent à y croire. Puis une farandole de luminions vient trouer l'obscurité. La communauté que forment les pêcheurs, patrons et matelots, d'ordinaire occupés à jeter leurs filets en différents points de la baie, n'a qu'un but : la pêche au tassergal. L'enfant peine à croire que ces hommes unissent leurs efforts pour attirer dans le cercle lumineux ce poisson effrayé par le bruit et l'attraper plus facilement. Comme si, après avoir chassé tous les monstres vers le large, leur ronde obscure offrait à une belle sirène une scène où montrer son minois.

Tant que la violence a épargné la bourgade, ce sont eux, les pêcheurs, qui assuraient le maintien de l'ordre. Les chauffeurs de taxi réputés pour leur courtoisie et dont on connaissait le nombre exact et jusqu'à la plaque minéralogique, n'étaient pas enclins à endosser ce nouveau rôle. À cette époque, on ignorait aussi qu'un jour des gens originaires de Mardin, à cinq cents kilomètres de la mer, qui ne savaient pas nager, allaient détenir le monopole de la pêche aux moules. Quant aux cochers des phaétons, qui pour d'obscures raisons allaient toujours pieds nus ou donnaient l'impression de l'être, sans doute à cause de l'habitude d'écraser le contrefort de leurs chaussures, ils étaient perpétuellement dans un état second et ne faisaient que somnoler dans leur voiture, sous l'effet, disait-on, de la boisson ou de l'herbe, quand en réalité, je le sais aujourd'hui, ces hommes contraints de vivre auprès de leurs chevaux dans les baraquements à l'orée du village, ne devaient leur somnolence qu'à l'épuisement.

Une partie des barques de pêcheurs, la plupart du temps amarrées aux piliers du débarcadère du ferry, servaient à la pêche, mais aussi à la vente. Tous les poissons partaient dans des sacs en papier, encore tout frétillants, avant même de pouvoir toucher terre et, s'il en restait, c'était pour se présenter aux chalands sur des plateaux en osier. À la maison, on les lavait et les restes de papier se diluaient dans l'eau de l'évier.

J'étais encore jeune quand on commença à parler d'odeurs d'égout à propos des mulets, fréquemment consommés et jusque-là réputés pour leur abondance et leur saveur. Je me rappelle en avoir entendu parler, un jour où mon père avait acheté du mulet au marché aux poissons, dans une rue dont le nom était pourtant associé aux cochers. Cette fois peut-être pas, mais il arriva, je le sais, que les poissons finissent à la poubelle.

Les jours où l'eau la plus délicieuse du monde, appelée on ne sait pourquoi « eau de ville » commença à couler sporadiquement au robinet, il fallut profiter des moments où le service était rétabli pour remplir bouteilles, carafes et dames-jeannes. Mon oreille s'est familiarisée aux différents bruits de l'eau qu'on coupe ou qui revient.

Les coupures d'électricité étant régulières, chaque foyer disposait au moins d'une indispensable lampe à pétrole de secours. Il fallait en tenir le réservoir toujours plein et prévoir une mèche neuve, le moment venu. Sa lumière blanche, sa flamme imperturbable lui conféraient le statut d'indispensable. Plus encore que dans les maisons, on la trouvait partout suspendue à des crochets fixés à de hauts plafonds, dans les boutiques et lieux publiques. Il est probable que sa lumière blanche ait ouvert la voie au néon, dont la contagion s'avérerait incorrigible. Comment le rite nocturne de la pêche au tassergal aurait pu se priver de ses lampes à pétrole ?

Extrait de *Geçen Yüzyılın Ortasında Çocukluk Nesneleri*, Everest, 2019.

ÉRIC SARNER

On aurait cru un poème

On le voyait bien

Des oiseaux sortaient de sa bouche et

De ses aisselles

On entendait de petites cloches

Et le pas ancestral de vieillards

Qui passaient en bas

Leurs bâtons tapaient les pierres

C'était un chant d'histoires

C'est-à-dire de possibles

À nouveau il faisait jour

Les âmes en feu

La poésie yiddish au cœur vivant d'un monde perdu

Dossier coordonné par Delphine Durand

Qu'est-ce que le yiddish ? Ce trésor de larmes, face d'ombre hantée par la revenance dans lequel nous ne cessons de nous refléter. Langue de l'exil, parangon du langage, tissée par tous les langages de l'origine et tous les fragments de « vocables étrangers » (Kafka) ; peut-être que toute langue est sacrée, comme l'a dit Goethe. Le sacré est ce qui unit les langues. S'en prendre au langage, n'est-ce pas se détruire soi-même ? Détruire ce qui nous unit aux autres. Tout vrai lecteur du yiddish porte en lui les stigmates d'un cataclysme. Lieu du vertige métaphysique, le yiddish fait corps avec l'errant, l'étranger, l'exilé. Victime émissaire de la violence collective de l'Histoire, frappée, désignée, anéantie, la langue yiddish n'est-elle pas l'être même du judaïsme européen perpétuellement confronté à l'anéantissement ? N'est-elle pas semblablement cet arrière-pays semé de braises rougeoyantes où l'âme profonde du shtetl scintille, houle brûlante qui soulève, ruisselle, éclate ? Langue d'une histoire vécue, traversée de ravissements et de douleurs, à la puissance irradiante, à l'insituable mystère, langue de millions de morts sans visages – ceux dont nous entendons les voix à l'instar d'Isaac Bashevis Singer : « J'écris en yiddish car j'aime les fantômes. Et je crois qu'un jour ces milliers de juifs morts qui parlaient yiddish vont ressusciter. »

D. D.

Serge Kantorowicz, *série Macula*, encre de Chine sur papier, 2014.

DELPHINE DURAND

La langue que je parle dans les rêves

Que sommes-nous ? Que savons-nous ? Nous sommes un peu de poussière, et nous savons quelque chose des langues.

BÉRULLE

Les voix ne sont jamais loin. Leur fureur bruit dans la conque d'une oreille tendue vers l'insondable de la mémoire qui fait craindre les forêts reculées. Voix étouffées et débordantes énigmatiquement heurtées contre le récif des métamorphoses. Leur redonner vie, c'est leur redonner voix, témoigner, faire mémoire de survivant. Parler yiddish, c'est rendre les assassinés et les disparus à leur altérité, leur étrangeté d'être partis avant d'être venus. Il y a une pensée de la langue qui voyage hors du corps détruit. C'est la langue qui marche, où Nietzsche voyait l'unique rythme de la présence. Langue imprononçable, réduite en cendres dans un chaos où saignent les murmures et les cris : « Suis-je morte avant ma vie ou née après ma mort ? » La Sarah du *Livre des Ressemblances* d'Edmond Jabès est à l'image de cette littérature calcinée, tournoyant autour de son centre évidé, au plus noir de l'Histoire. Tout le secret de cette poésie est dans cette étreinte avec les ombres, quête d'une lumière, feu d'épaves qui est le rêve éveillé de l'innommable, de l'inconcevable. Dans les membres vivants du passeur d'âmes.

« Écrire comme forme de la prière », disait Kafka. Être en prière, c'est être dans l'écriture qui brûle et ne consume pas, tel le buisson ardent devant Moïse. Ce mouvement de dessaisissement qui arrache les poètes à eux-mêmes, broyés dans l'enfer qui les assigne au vif d'un cri. Au martyre des ghettos et des camps, dans les régions suffocantes de la souffrance. De telles œuvres bouleversent, ruinent le pouvoir de l'approche avant de recoudre le cœur, de retisser la trame du monde à jamais perdu, de relier ce qui fut séparé, de scander les voix de ces êtres sans visage venant inscrire sur la page brûlée du Livre de la vie, l'énigme écrite des poèmes. Les assassinés prennent corps en livres dans les grandes incantations pétries de cendres.

« Langue de personne », dira Rachel Ertel, formule de désignation, figure ultime et unique de la Totalité que l'œuvre recherche et interroge sous le Nom de Dieu, puissance absolue, « corps éternel », le Tout et le Rien. Vertigineuse ambivalence qui s'ouvre sur le ciel autant que sur l'abîme, une clarté, une mélodie, une mélopée. Dans le roman d'Hubert Haddad, *Oholiba des songes*, la langue revient des profondeurs cataclysmiques, ruisselant sur les spectateurs d'un vieux théâtre de Lower East Side, des cimes du silence à la déchirure, mots défigurés ou transfigurés, dévoilant l'absence : « Comme l'enfant mûrie du souvenir, sœur ou parente inconnue qui l'eût entretenu de son âme perdue. » Parler le yiddish, c'est s'exiler, vivre l'absence dans la lumière de l'imprononçable. Le théâtre ouvre le tombeau des voix défuntes. *Mourir pour revivre*.

Le yiddish est la langue parlée dans les rêves. À l'instant de notre naissance, dit le Midrash, l'ange gardien qui accompagne chaque créature va passer un doigt sur le front et les lèvres du nourrisson pour lui ôter à jamais le souvenir de l'Aleph. Le retour se double d'une mort et d'une naissance. Le poème yiddish vivra l'apocalypse dans une création unique car la vie ressemble à sa sœur la mort. Elle se fera aussi nostalgie puissante et merveilleuse, pérégrinations magiques. Alors le monde devient espiègle, le cœur tient les rênes.

On peut penser la langue comme une relation vivante de deux extrêmes à travers le cas de l'hébraïsant Haïm-Nahman Bialik, figure emblématique qui personnifia la « querelle des langues », entre l'hébreu ancien et le yiddish « jargon », « langue de la rue ». Cholem Aleikhem quant à lui publiait en yiddish et en hébreu : « Je tiens à dire qu'en moi les deux langues ne sont pas en relation d'hostilité, mais ont de l'attirance l'une pour l'autre, et cohabitent pacifiquement en sœurs, en amies. » Puis il y eu la revanche de l'hébreu, « langue des érudits sur la langue des éradiqués » (Charles Dobzynski). Le parcours extrême du peuple juif amène la pensée à un moment de rupture qui révèle l'extraordinaire richesse de la lettre. La Kabbale rappelle que « chaque mot de la Torah a six cent mille visages ». Les voix éclatées de l'hébreu et du yiddish sont autant d'interprétations d'un sens infini. Mais l'inquiétude du yiddish n'est pas le désespoir d'un monde qui va à la dérive, qui gémit sur les ruines ; elle est quête de la source d'où jaillit l'expérience humaine. Elle est langue « de l'âme pour l'âme », selon le dire de Rimbaud pour la poésie. L'œil dilaté de peur ou de joie exprime le regard qui s'est ouvert aux visions.

Au plus sombre de l'errance tournoient toutefois quelques étincelles divines. La poésie n'est vraie que dans l'élan vital. Dans la profondeur et le vertige du vécu et de la vision d'un Haïm Grade, elle devient volcanique en un monde aux symboles brisés et aux valeurs effondrées, dans un effort magnifique pour dépasser le nihilisme. C'est un accord soudain entre l'être et le monde, une soudaine illumination, une parole prophétique, celle de Bialik perdu dans Odessa en flammes, faisant éclater la fusion destinale du yiddish et de l'hébreu. L'éclair dans l'obscurité solitaire. La voie royale de l'instinct des fous et des porteurs de feu. Les enfants terribles du yiddish, Jacob Glatstein, Perezt Markish, Itsik Manguer se perdent dans les labyrinthes du vertige et la palpitation de l'éphémère au sein de l'horreur. La beauté jubile et fulmine chez les vagabonds méprisant tout, désirant tout. Et sans autre lumière que celle des mots dans la noirceur quotidienne du pogrom où tremble une gerbe de cristal sous le grand vide du ciel. Clarté éblouissante d'une conscience par trop profonde du destin chez Avrom Moshè Fuchs, déchiré de ses saisons en enfer, qui s'incarne dans son œuvre en un corps à corps éperdu, au prix d'un vrai sacrifice humain. Reste la langue qui fait surgir la pulsation de vie. Mais la joie n'a pas toujours un goût de cendres. Le péan de mort se fait battements de cœurs amoureux et de corps sauvages et enchanteurs. La chanson de geste de Yossef le Juste est une incantation érotique. Il y a chez les poétesses Rachel Korn, Anna Margolin et Kadia Molodowsky un épanchement sensuel presque animiste où le désir se pulvérise en une myriade de sources vives. C'est la poésie alerte, généreuse du présent absolu dont le souffle, gonflé d'une sève nouvelle, passe comme un mystère de feuilles. Preste et charnelle, elle frémit, interpelle, provoque. À travers la cendre des présences tout devient épiphanie. Poésie toujours orientée vers la possibilité de l'infini et les témoins du futur afin que jamais l'ennemi ne triomphe. Partis sur le navire de la mort, ils abordent, à travers les ténèbres, à une nouvelle aurore. Nul ne peut tuer l'espérance, elle est pour demain, comme le dit Melech Ravitch : « À l'horizon s'est levée l'étoile de l'aube, celle qui charrie les espoirs d'un monde épuisé. »

Le yiddish, entre la prière et le blasphème
Entretien avec Rachel Ertel

PAR DELPHINE DURAND

Le Yiddish ? Langue vagabonde, à la longue histoire, née au XIIe siècle comme la plupart des langues vernaculaires en Europe dans la vallée du Rhin. Langue tumultueuse. Langue passion, jamais indifférente qui suscite tantôt le culte tantôt l'opprobre : « *Les Juifs ne se sont comportés avec aucune autre langue de manière aussi blasphématoire qu'avec notre allemand. Ils lui ont donné un ton et un accent tout à fait étrangers ; ils ont tronçonné, brisé, inversé les bons mots allemands ; ils en ont pensé d'autres inconnus de nous ; ils ont mélangé à l'allemand un nombre considérable de mots hébreux et de tournures... Ils ont également imprimé avec des caractères hébraïques, dans ce baragouin et cette langue de mélange, un nombre non négligeable de livres sacrés et profanes* » (Jean-Christophe Wagenseil, 1633-1705).

Mais l'Histoire suit son cours et les persécutions, les expulsions et les migrations enrichissent la langue de tous les apports de l'Europe. Les Lumières juives (la *haskala*) passent avec Moïse Mendelssohn (1729-1786), puis la sécularisation et la politisation du monde juif. La littérature yiddish, née au XVIe siècle, se modernise au XIXe siècle et tout au long du XXe siècle. Malgré la « guerre des langues » entre l'hébreu – langue sacrée, ressuscitée par les sionistes – et le yiddish, langue vernaculaire, langue du peuple, celle-ci est proclamée langue nationale au même titre que l'hébreu à la conférence de Czernowitz en 1908.

Certains se l'approprient sans même la connaître, mais en font le refuge de leurs fantasmes. Pour Kafka, les judéités d'Europe de l'Est et le yiddish sont un refuge, un terrier, pour s'abriter de ses angoisses de Juif assimilé germanophone praguois.

« *[Le yiddish] ne se compose que de vocables étrangers, mais ceux-ci ne sont pas immobiles au sein de la langue, ils conservent la vivacité et la hâte avec laquelle ils furent dérobés. Des migrations de peuples traversent le yiddish de bout en bout. Tout cet allemand, cet hébreu, ce français, cet anglais, ce slave, ce hollandais, ce roumain et même ce latin, est gagné à l'intérieur du yiddish par la curiosité et l'insouciance. Il faut déjà pas mal de force pour maintenir des langues en cet état.* »

Alors que Kafka admire le yiddish pour son authenticité, pour son « primitivisme », pourrait-on dire, ses créateurs, contemporains du génie praguois, prosateurs et poètes juifs, sont déjà à cette époque la caisse de résonance de tous les modernismes : expressionisme, futurisme, surréalisme, dadaïsme, en pleine éclosion fulgurante d'innovations – du lexique, des rythmes, des rimes, des images, ou des métaphores.

La Seconde Guerre mondiale éclate sur « les terres de sang » (Timothy Snider) : six millions de locuteurs yiddishophones sont assassinés, hommes, femmes, jeunes, aînés, enfants, nourrissons. Génocide par balles et chambres à gaz. Ceux qui le peuvent font de la résistance dans les ghettos, les marécages, les forêts. Ils témoignent dans le monde, y compris dans les ghettos, les camps, plus tard aux procès, comme le poète Sutzkever, rescapé du ghetto de Wilno, par exemple. En Israël, ce dernier se refusera à écrire en hébreu, malgré l'incitation des plus hautes autorités, tel Ben Gourion, en créant une revue *La chaîne d'or* (*Di Godene Keyt*), avec plus de cent cinquante livraisons. Sutzkever et tant d'autres écrivent en yiddish des œuvres monumentales en prose, comme Leïb Rochman (*À pas aveugles de par le monde*). Avec Sutzkever en chef de file, tous ces auteurs, jeunes israéliens du groupe *Yung Israel*, expriment leur attachement indéfectible à leur langue maternelle qu'ils aiment et admirent.

R. E.

dois-je commencer par le commencement ?
dois-je comme Abraham
en frère, briser toutes les idoles ?
dois-je me faire traduire de mon vivant ?
dois-je planter ma langue
et attendre qu'elle se mue
en raisins secs et en amandes
de mes aïeuls ?
quelle pitrerie
quelle plaisanterie
prêche mon frère en poésie, il dit
que ma langue maternelle va bientôt disparaître

AVROM SUTZKEVER

D. D. — La barbarie a induit une séparation radicale dans la langue, le génocide nie la filiation, la transmission auprès des vivants, des morts et des non-nés. La langue est arrachée entre les deux bouts de la chaîne, l'enfant et l'ancêtre. La filiation est attaquée. C'est aussi le deuil de ce qui est porté, le revenant en corps, le dibbouk, la gestation impossible pour les cabalistes, l'ibbur, la « *grossesse d'âme* ». À la fin de la pièce de Shalom Anski, Hanan, le non-mort, emporte l'âme de Léa la non-vivante. « *Je me souviens de moi à travers tes pensées* », dit Hanan le dibbouk. Le yiddish est-il donc cette langue des fantômes dans l'immense corps linguistique de l'humanité ?

R. E. — Oui le yiddish est la seule langue qui a été assassinée en cinq ans, en même temps que le peuple qui la parlait. C'est une langue arrachée, calcinée mais dont la résonance va au-delà de ses locuteurs disparus. Comme le dibbouk, elle est entre deux mondes. Elle s'empare des morts et des vivants. Car elle n'a pas disparu naturellement sur la longue durée de l'Histoire, par la mort d'une civilisation ou d'une culture, c'est une langue exterminée, brûlée en même temps que ses locuteurs. Elle demeure dans la violence même de cette dépossession. Et à ce titre, elle continue à hanter, à habiter ceux qui en sont privés. Je ne m'en suis vraiment aperçue que lorsque j'ai enseigné cette langue à de jeunes étudiants qui étaient par ailleurs extrêmement brillants et grandement informés. Parfois des linguistes, des écrivains. Ils étaient brusquement confrontés à une béance en eux. Ils ne parvenaient pas à la comprendre. Ils étaient désemparés et disaient naïvement : « Ma grand-mère ne déclinait pas, ne conjuguait pas. » Cette langue était pour eux un monument mythifié par la mort qui se transmettait comme une stèle de deuil. Un mémorial de larmes. Ils n'imaginaient pas cette langue vivante, souple, colorée et ils ont dû surmonter cette image mortifère pour l'apprendre. Et ceux qui y parvenaient le mieux étaient ceux qui n'avaient aucune relation familiale, aucun lien fusionnel avec cette langue. C'était une sorte de dibbouk qui les hantait, vous avez raison…

Les mots secrets, inaudibles, indicibles, illisibles, les mots en quête de sépulture viennent s'enfouir au fond de l'être, en un caveau ténébreux, avec tout leur poids de mort. Ils y creusent une crypte.

« *Et sans conteste, dans le ventre de la crypte se tiennent, indicibles, pareils aux hiboux dans une vigilance sans relâche, des mots enterrés vifs. Le fait réalitaire consiste dans ces mots dont l'existence occulte s'atteste dans leur absence manifeste.* » Nicolas Abraham et Maria Torok décrivent cette situation dans un tout autre contexte, psychanalytique, mais disent avec justesse l'état de cette langue.

Il y a quelque chose du hors soi, de l'étranger en soi, presque du *Horla* de Maupassant. Une voix inassignable, la voix du yiddish qui ouvre à la conscience mélancolique de la destruction : *Deuil et Mélancolie* de Freud, à

la traversée des frontières spectrales, entre le passé et le présent, le monde des vivants et celui des morts, les bourreaux et les victimes du *Royaume juif* de Lamed Shapiro. Dans *À pas aveugles de par le monde*, de Leïb Rochman, que vous avez magnifiquement traduit, les spectres sont convoqués dans la mémoire du survivant à travers des images hallucinées, ils défilent dans une interminable séquence scopique, « comme dans un film ».

Oui, en effet, cette non-assignation est vraiment le signe de l'arrachement et de la cassure des liens sacrés, de ce lien qu'Isaac Leib Peretz appelait la « chaîne d'or » et qui reliait les générations. Comme l'écrit Jacob Glatstein : *« Si quelqu'un te demande / qui sont ces hommes / allant par le monde / porteurs de cendres muettes / le long des routes la nuit / que signifient ces visages / brouillés indistincts / dis-lui / nous sommes une secte / une secte de deuil.* »

Seule la brisure demeure. Et dans le passé et dans l'avenir. Le présent est une obsession de l'absence. Dans *À pas aveugles de par le monde,* il y a cette irruption des fantômes qui s'emparent des vivants. C'est ce qu'il y a de plus paradoxal dans la littérature yiddish et surtout dans la poésie yiddish. Une fécondité née de la mort, après l'assassinat, l'extermination. C'est incompréhensible, cela tient du mystère, c'est un paradoxe inexplicable. Après la Shoah, il se produisit un surgissement, une sorte de miracle noir. C'est une douleur de penser que la Shoah, cette chose indicible, innommable, que la pensée n'arrive pas à saisir, a produit une littérature et une poésie qui sont les seules à pouvoir rendre compte, non seulement de la *véracité* que les historiens ont explorée, mais aussi de la *vérité* de ce qui s'est passé.

C'est ce que Nicolas Abraham a pu nommer « le travail du fantôme dans l'inconscient ». Ce fantôme qui est l'errance dans la béance du vivant. Les morts visitent les vivants mais ce sont aussi les lacunes laissées en nous par les secrets des autres. Le yiddish est ce fantôme générationnel qui, sous l'effet de la blessure et de la catastrophe, reste un témoignage du mort enterré dans l'autre. Il y a un ombilic du deuil qui laisse la perte intacte. Le lieu de l'« évanouissement du sujet », disait Lacan.

C'est là le paradoxe. Cette cendre a donné naissance à une littérature d'une force et d'une puissance inouïes qui n'ont rien à voir avec la résilience. Jacob Glatstein écrivait : *« Qu'est-ce donc la poésie ? En face de la destruction totale d'un peuple, de la mise en œuvre systématique et froide des chambres à gaz, du massacre de toutes les familles juives, l'effacement de l'ensemble d'une généalogie, de toute l'histoire des familles : que peut alors la littérature ? La poésie est la tentative de combattre cela, de le conjurer.* » C'est une création de la non-assignation, des cendres a surgi le feu qui s'est emparé des survivants. Ce que je pense, j'ose espérer, c'est que cette littérature passera de siècle en siècle. La littérature occidentale n'est-elle pas née avec le récit d'un génocide, celui de Troie (historique ou conjuratoire) : *L'Iliade* – et qui nous hante encore aujourd'hui. Et quand les noms seront oubliés, effacés, le récit fera frémir les hommes du futur.

Il y a un poème sumérien vieux de quatre millénaires, *Lamentation sur la ruine d'Ur*, tablette d'argile cuite et recuite au feu des destructions, qui nous enseigne le désastre. Nous ignorons le nom du poète qui a pleuré ceux qui sont morts. Seule la poésie a le pouvoir d'arracher une langue à l'oubli, de garder la trace et la mémoire. La douleur de la guerre dans « sa forme absolue », disait Clausewitz. Conjurer la perte au monde, « la perte en monde », pour reprendre les mots d'Hannah Arendt de *Condition de l'homme moderne*. Si la Shoah, la poésie de l'anéantissement, est la langue de la fin de l'humanité, les « vrais hommes » dont parle Primo Levi sont les poètes des cendres.

Les tablettes sumériennes ont survécu par le feu. Pour se perpétuer elles ont dû passer par le feu. Par le feu naît et s'éternise l'écriture. Le feu et la cendre ont donné les documents rassemblés par l'Oyneg Shabès d'Emmanuel Ringelblum, les écrits et les tableaux du ghetto de Wilno, constitué par ce qu'on a appelé « la brigade de papier ». Les photos de Grossman dans le ghetto de Lodz qui miraculeusement nous sont parvenues. Et même les textes des Sonderkommandos dans les cendres autour du crématorium d'Auschwitz-Birkenau, publiés pour la première fois en yiddish par Ber Mark, intitulés et sanctifiés par le titre traditionnel des textes sacrés *Les rouleaux d'Auschwitz,* témoignages de Zalmen Gradowski, Leib Langfus, et Zalmen Lewental. Repris en français dans la *Revue de la Shoah* par Georges Bensoussan sous le titre *Des voix sous la cendre*, et par Philippe Ménard, dans une introduction à un projet de recueil collectif, *Traces de la vie à Auschwitz,* recueil qui n'a malheureusement pas vu le jour. C'est la douleur des fantômes qui reviennent.

On pense aux portraits du Fayoum, on imagine « l'être pour la mort » des Égyptiens, il y a un visage à la limite de l'au-delà même lorsque le corps est dissipé en cendres, il est la trace d'une histoire qui a eu lieu. Les cendres sont des images des corps dévorés. Nul ne peut oublier ou gommer le tatouage du malheur sur le bras des victimes, nul ne peut oublier la trace d'une bouleversante absence.

Les poètes de l'anéantissement sont nés des étincelles de cette cendre. Ce sont des flammes qui ont pris naissance dans l'âme et le corps des disparus. Le feu saigne dans ceux qui ont vécu la Shoah et continuent de saigner dans ceux qui ne l'ont pas vécue. Les morts résistent et ne disparaissent pas, car ils sont les traces indélébiles de quelque chose d'abominable qui a remis en cause la notion même d'humanité. C'est une inscription par le feu. Dans la chair. Dans l'incarnation du yiddish.

On a l'impression que pour vous c'est *under the skin*, sous la peau, dans l'épaisseur de la chair. Vous dites à propos du film mémoriel et mémorial de Lanzmann : « Après *Shoah*, il nous arrivera devant un objet très ordinaire – un train, un camion –, devant un paysage serein, d'être pris d'un frisson, d'un spasme. Ce sera dans tout notre corps, la mémoire du génocide. » La mémoire est physique. Lors du procès Eichmann, l'écrivain Yehiel Dinur s'effondre, s'évanouit devant l'innommable : « Je ne suis pas comme un écrivain. Ce que j'écris est une chronique de la planète Auschwitz, cette planète de cendres. » On ne peut pas se dérober à cette inscription dans la chair. On ne peut pas échapper à l'insoutenable brûlure de cette cendre d'âmes. Le yiddish.

Oui. Avrom Sutzkever dit : « Je suis le cœur-million d'ossements » des exterminés ; Glatstein : « Nous sommes des souvenants. » Les poètes sont les porteurs de ce désastre universel, et Leivick écrit dans un de ses poèmes : « *Je n'étais pas à Treblinka mais je me tiens à sa porte.* » C'est bien sûr vrai pour l'hébreu. Yehuda Amichaï écrit : « Quand un homme meurt, on dit qu'il se réunit à ses ancêtres / Tant qu'il vit ses ancêtres sont réunis à lui / Chaque cellule de son corps et de son âme représente / l'un de ses milliers aïeux, depuis le commencement des générations. » Avot Yeshurun est encore plus explicite en évoquant la langue de son écriture et les deux langues, le yiddish et l'hébreu, qui cohabitent dans sa poésie : « Peu à peu j'ai appris à absorber les deux langues l'une dans l'autre pour créer la mienne, ma langue poétique personnelle. » Dans une autre interview donnée à sa fille, il va plus loin : « Elle n'est pas l'hébreu, elle est le yiddish, elle est le polonais, elle est aussi l'hébreu. Le yiddish me manque, j'ai un trou dans mon âme : je *n'écris pas* en yiddish car je ne l'ai pas. Pour calmer ce manque d'expressivité, ce trou se remplit d'expressions, de signes, de points. Ce n'est peut-être pas l'hébreu, c'est peut-être un homme qui vit ici et qui se promène dans les rues. Mon hébreu est habillé de ses propres vêtements et il a quoi dire. » Les écrivains hébreux se trouvent dans un écartèlement particulier entre le yiddish, ceux que je viens de citer, mais aussi d'autres, la plupart immigrés d'Europe de l'Est : Aharon Appelfeld, l'enfant des forêts, arrivé en Israël sans aucune langue, optera pour l'hébreu ; David Grossman, né en Israël, n'aura pas d'autre choix dans son roman *Voir ci-dessous : Amour,* que de faire parler en un hébreu très étrange son grand-père, surnommé la Schéhérazade, que son talent de conteur sauve de l'assassinat.

Mais ce feu est porté dans les « soixante-dix » langues éparpillées par Dieu sur le globe terrestre pour châtier l'orgueil des bâtisseurs de la tour de Babel. En allemand, Nelly Sachs, dont les voyelles et consonnes crient dans toutes les langues. *La rose de personne* et les autres recueils de Paul Celan obligé d'inventer un allemand qui met à mal celui des nazis. En russe par Mandelstam et Vassili Grossman. En italien par Erri de Luca. En polonais par Marek Rudnicki, J. M. Rymkiewicz (*La Dernière Gare)*, Tadeusz Borowski (*Le Monde de pierre*). En hongrois, Imre Kertész dans tous ses romans, par exemple, *Être sans destin* ou *Kaddish pour l'enfant qui ne naîtra pas.* En français, *Le Dernier des Justes* de Schwarz-Bart, *Le Sang du ciel* de Piotr Rawicz, *Les Bagages de sable* par Anna Langfus ; et de façon obsessionnelle par Elie Wiesel qui commence à écrire en yiddish *Et le monde se taisait*, avant de le reprendre en français sous forme romanesque avec *La Nuit* pour titre ; ainsi que d'innombrables autres romans et essais, tel Robert Antelme avec *L'Espèce Humaine*, et bien d'autres parmi lesquels Myriam Anissimov ou Henri Raczymow.

Les réverbérations plus lointaines au-delà de l'Atlantique : en américain chez Bernard Malamud avec la *Grâce de Dieu*, chez Saul Bellow avec *La Planète de Mr. Sammler,* chez le poète Reznikoff, qui avec *Holocauste* transcrit dans son propre langage le procès d'Eichmann à Jérusalem, Philip Roth de façon explicite ou implicite dans nombre des ses romans comme *Le Complot contre l'Amérique*, Edward Lewis Wallant avec *Le Prêteur sur gages,* et tant d'autres comme, par exemple, dans l'univers singulier de Cynthia Ozick.

Par des peintres également : Felix Nussbaum qui périt à Auschwitz, Isaac Celnikier, un rescapé, Anselm Kiefer et ses *Monumenta.*

On ne peut faire le tour de tous les écrivains, poètes, philosophes, peintres ou compositeurs qui furent et demeurent hantés par les visions qu'ils en ont eu du Khurbn. Mais comme en sous-texte, perceptible pour les uns, occulte pour les autres, se tient, fantastiquement présente, la langue étouffée, exterminée, brûlée, arrachée, effacée.

Le Khurbn, la Shoah, a embrasé le monde entier et l'incendie ne cesse de s'étendre porté par ce vent mauvais mais accoucheur d'œuvres sublimes auxquelles les créateurs ne peuvent échapper, ni eux, ni leurs lecteurs, ni leurs contemplateurs. On est pris de vertige à force de les lire, de s'en imprégner.

Il y a ce poème d'Ossip Mandelstam (qui n'écrivait pas en yiddish) auquel Celan dédie *La Rose de personne* : « Voix juives, sans relâche / Mère comme elles résonnent / Je m'éveillai dans mon berceau / Sous le rayon du soleil noir. » Rien n'est perdu de l'inoublié. Cette insoutenable brûlure de la langue traverse le monde : *Es Brent* (Ça brûle) de Mordechai Gebirtig jusqu'à ce poème du 13 janvier 1943 rédigé par Hershel Zynoberg le jour de sa déportation à Treblinka : « Et les cœurs sombres s'enflammèrent. Victorieux, ils affrontèrent la mort, criant leur triomphe. » Le poème se termine par le vœu que les gardiens de la Yiddishkeit survivent.

L'écriture du Khurbn, de la Destruction, est une transmission sans échappatoire. La langue, même inconnue, est indélébile, fût-ce dans la chair de ceux qui ne l'ont pas connue. Les générations d'après ne peuvent se défaire du joug de la perte, de la brûlure de ce qui a été anéanti. Et ses écrivains, ses poètes, ses peintres sont condamnés à puiser leur vie dans l'absence, dans la mort. Ces œuvres de l'extrême, comme les tatouages des numéros des internés dans les camps, continuent de s'inscrire dans la chaîne des générations. Leur nombre est en extension exponentielle, et touche maintenant la quatrième génération depuis la fin de l'abominable.

Dans son essai *Le Temps et l'exil*, Shmuel Trigano a pensé les cassures les plus brutales qui jettent l'exilé sur les routes. L'errant, le déraciné ne peut se soustraire à la perte de ses racines. C'est encore la revenance qui hante la langue à travers la perte. Dans le cas du yiddish, il s'agit presque de l'auto-engendrement des racines à travers le cadavre d'une langue arborescente. C'est unique.

Tout à fait. C'est l'anéantissement qui insuffle la force, qui maintient son *ruah*, son souffle ; qui anime cette écriture comme le souffle divin a donné vie à Adam.

Vous parlez de la claudication de la langue, de l'exil, du retour, je citerai George Steiner dans *Grammaires de la création* : « Pour nous, penser le commencement, c'est retourner à la source. » La Kabbale explique comment il existe, au cœur de la Création, une fracture antérieure à l'homme. C'est la théorie du tsimtsoum, Dieu en se retirant d'une partie de lui-même s'est éloigné du monde auquel il a donné naissance. Toute l'imperfection de l'univers est dans cette blessure originelle et toujours ouverte, selon Isaac Louria. La création est un échec. La première catastrophe est celle de la création. La rupture des vases et la dispersion des étincelles dans l'univers, c'est aussi le début de l'histoire… Les étincelles restent collées aux fragments des récipients brisés tout comme les langues.

Oui, c'est ce qui marque l'univers entier. Les étincelles sont les mots qui forment une sépulture, et qui viennent dans les nuits réveiller les vivants. Ce hibou de l'épouvante qui reste en veille, qui continue à pousser un hululement, un souffle glacé sur les générations présentes et à venir.

Il y a le *Livre des lamentations* que Gershom Sholem traduit de l'hébreu en 1919 et qui commence par ces mots : « Question, dans le feu se brûlant. » Le premier mot est une question des kinot. « Comment ? comment ? » La question devient plainte déchirante chez Nelly Sachs : « Voyelles et consonnes / Crient dans toutes les langues / Au secours ! » Le cri de Yitshok Katzenelson dans *Le Chant du peuple juif assassiné* est sur ce modèle de la *kinah*, de la plainte tragique.

Absolument. Si les poètes yiddish invoquent Dieu dans cette sorte de lamentation interminable qu'ils déroulent dans l'Histoire, c'est parce qu'aucune image, aucune métaphore n'est à la hauteur de l'horreur de l'anéantissement. Ces créateurs, souvent non croyants – comme l'écrit Jacob Glatstein : « Dieu de mon incroyance » – ont constamment recours à la figure de Dieu parce que seule la transcendance peut évoquer l'extermination. Aaron Zeitlin, qui était mystique, écrivait que Dieu mourait avec chaque Juif exterminé dans les chambres à gaz. C'est-à-dire que Dieu, pour Zeitlin, est mort six millions de fois. Seul un mystique peut imaginer la mort de Dieu six millions de fois. La poétique du cri se retrouve dans la Bible, après les massacres médiévaux, chez les poètes des pogroms, Bialik, Lamed Shapiro, Leivik, Markish, Hofstein, Halkin…La poésie de l'extrême s'organise tantôt en une poésie du cri tantôt en une poésie du silence, en vers minimalistes, tronqués.

Vous dites souvent que pour vous, « la poésie a pris la place de la prière et du blasphème ».

Pour moi, cette poésie est à la fois une prière et un blasphème parce que ces poètes évoquent un dieu de l'incroyance, un dieu aveugle qui a « détourné sa face » pendant l'anéantissement.

On pense encore à Avrom Sutzkever qui, devant le tribunal de Nuremberg était mutique, bouche cousue sur le langage impossible : « Suis-je le dernier poète d'Europe ? » se demande-t-il. Bouche béante, ensanglantée, déchirée. La bouche de sa mère. Il me revient en mémoire la phrase de cette survivante du génocide rwandais : « Je n'ai pas peur de mourir, j'ai peur de ne pas parler. » Est-ce le cri sans voix, écartelé entre l'injonction de dire et celle de se taire, le yid-

dish est-il condamné à ce « cri sans voix » dont parle Katzenelson ?

Il faut comprendre le cri comme une brisure irréparable. Il y a deux impératifs contradictoires : l'impératif d'écrire et l'impératif de se taire. Elie Wiesel disait : « Se taire est interdit, parler est impossible. » Il y a un poème de l'extrême de Sutzkever : « Depuis que ma pieuse mère a mangé de la terre à Yom Kippour / Mangé à Yom Kippour la terre noire mélangée au feu / Moi, encore vivant, je dois manger / La terre noire à Yom Kippour / Je suis bougie de commémoration / De ma mère allumée avec sa flamme. » Il mange un pain traditionnel, une *hallah* de terre que sont les morts.

Je songe à Benjamin Fondane, un poète qui n'a pas écrit en yiddish, mais assez proche de ce que vous nommez la poésie yiddish de l'anéantissement. Je pense à son irrésignation : « L'homme continuera à témoigner de son irrésignation tant que la réalité sera telle qu'elle est, par tous les moyens mis à sa disposition, par le poème, par le cri, par la foi ou par le suicide. » La poésie est-elle seule à pouvoir témoigner de l'expérience tragique de l'humain face à l'Histoire ?

L'impératif d'écrire de la poésie est plus prégnant que toutes les formes d'expression parce que seule la poésie peut témoigner de l'extrême, contre l'oubli des morts sans sépulture. Elle ne cesse d'ériger des « tombeaux », genre le plus approprié aux absents sans sépulture. Écrire était pour ceux qui ont survécu, Avrom Sutzkever, Yankev Fridman et d'autres, une pulsion viscérale du vivre.

Il faut revenir sur cette phrase couramment décontextualisée de Theodor Adorno : « Il faut écrire des poèmes, au sens où Hegel explique, dans l'*Esthétique*, que aussi longtemps qu'il existe une conscience de la souffrance parmi les hommes, il doit aussi exister de l'art comme forme objective de cette conscience. »

Oui, la poésie est cette volonté farouche, hors norme de survivre pour les rescapés de l'extermination et au-delà pour toute l'humanité. C'est surmonter cette transmission brisée, cette descendance anéantie sur l'horizon noir. Le poète doit remplir une tâche insoutenable, celle de dire l'inconnaissable à travers l'évidement jamais comblé dont parle le poète américain Jerome Rothenberg dans son recueil *Khurbn*.

« Souviens-toi de ton futur », disait Nelly Sachs face à cet abîme de l'insondable. C'est aussi « L'Orphelin » de Juan Gelman, magnifique variation sur la Kabbale : « Mon âme rêvait de te suivre / de reposer à l'ombre de ta main / tranquille / libérée de la douleur par ta main / mais tu me fais pleurer devant le gardien nocturne. » Être le témoin du futur n'est plus possible.

Dans ces œuvres, le temps a explosé. Passé, présent, avenir abolis. C'est la brisure des vases d'Isaac Louria. Il y a une brisure du temps et cette fracture recèle les étincelles qui donnent naissance à l'écriture.

J'aimerais revenir sur la *mame-loshn*, la langue mère. George Steiner cite un extrait du *Journal* de Klaus Mann en 1940 : « Est-il possible que Hitler ait souillé la langue de Nietzsche et de Hölderlin ? » L'allemand est donc devenu pour longtemps la langue de mort et de culpabilité. Steiner poursuit sa réflexion : « La langue des victimes de la Shoah était peu ou prou la même que celle de leurs bourreaux, ceux-ci dans leur acharnement à détruire tout ce qui relevait du symbolique chez les Juifs, et par conséquent la langue, ont aussi exterminé en partie leur propre langue. » Détruire soi-même dans l'autre. Pulsion de mort du nazisme ? L'allemand des Lumières est devenu langue de mort. Figée comme la femme de Loth, pétrifiée par l'épouvante et l'innommable. Celan a été dépossédé des langues de son enfance (le yiddish et l'allemand), il lui faudra torturer et décomposer ces langues pour les réinventer. C'est la fatalité d'être orphelin au sens linguistique. Il revient à l'hébreu par la dépossession avec kaddish, qui signi-

fie « sacré » en araméen et qui est, en même temps que la prière des morts, cette glorification de Dieu que récite le survivant. Pour Celan comme pour Appelfeld, la langue de la mère renouvelle la mise à mort. L'allemand est-il le dibbouk du yiddish, ou inversement ?

Le kaddish est la seule récitation à la hauteur de ce deuil. C'est aussi une aporie, un paradoxe parce qu'on psalmodie des louanges à Dieu devant la mort. On retrouve dans la poésie de l'anéantissement l'idée d'un scandale métaphysique, la parole prophétique se changeant en clameur d'effroi. Les créateurs d'œuvres consacrées au Khurbn énoncent une théologie négative. Glatstein a perçu cette inversion : « Je suis pour moi-même / ruine. » Blanchot l'a dit, « ce qui reste est sans reste ». Ou peut être un fragment « d'étoile rescapée » (Glatstein). L'écriture de Nelly Sachs et de Paul Celan tord et retord véritablement la langue pour plonger dans le multilinguisme qu'est le yiddish. Le très beau discours de Kafka sur la langue yiddish montre qu'elle est constituée de toutes les langues du monde. Le yiddish est fait de latin, d'allemand, de tchèque, de russe. Toutes les langues s'y croisent.

La langue-monde… ce qui la rend d'une certaine manière indestructible.

Le jour où les noms propres disparaîtront, l'ensemble de cette littérature retentira comme une sorte de chœur antique fait de toutes les souffrances du monde. La littérature yiddish contient le paradoxe d'avoir créé une nouvelle poésie contrairement à ce qu'espérait le nazisme : faire de cette langue le musée d'un peuple disparu, englouti dans un monde de haine. Un vestige ethnographique. C'est le contraire qui a eu lieu. La langue yiddish ne redeviendra pas la langue du peuple juif, mais elle continuera à se transmettre comme dans la métaphore de Peretz, *Métamorphose d'une mélodie*, dans toutes les langues.

Je pense à Hans Jonas qui dans *Le Concept de Dieu après Auschwitz*, devant l'horreur absolue représentée par la Shoah, suppose l'impuissance de Dieu, non son absence. L'être humain reste seul devant la tragédie mais il peut accomplir une promesse, une mission : la réparation de la blessure. C'est une pensée encore vibrante de tradition kabbalistique qui veut éviter de basculer dans une pensée sans Dieu. Il reste encore des étincelles… Ce n'est qu'en acceptant l'espoir qu'on peut restaurer ce qui a été perdu.

Le miracle de cette langue arrachée est cette poésie qui survit à l'apocalypse. Née des flammes, d'un embrasement sans précédent.

Walter Benjamin parlerait de ce « don d'attiser dans le passé l'étincelle de l'espérance. »

HAÏM GRADE

Exilés

Traduit du yiddish par Rachel Ertel

La Route

De part et d'autre, ténèbres, et au milieu
une infinie route enneigée s'étire
jour et nuit une neige muette tombe et tombe.

Sur la route – deux silhouettes emmitouflées
étreintes en une seule – qui sont-elles ?
Qui cherchent-elles dans les ténèbres et la neige ?

Elles ne cherchent personne – elles errent de par le monde
sorties du champ de repos, du champ des morts
endeuillées, terrifiées, en larmes dans le froid.

L'une voûtée jusqu'à terre, les cheveux blancs,
l'autre droite, fière comme une colonne de marbre
figée, pétrifiée, désespérée, tout comme la vieille.

Deux ombres étreintes en une, lasses et muettes,
liées par le serment d'errer de par le monde entier
attendant ma venue à leur rencontre quelque part.
Je m'avance vers elle, aveugle, venu de loin,
ensorcelé je traverserai le temps
pour errer en union avec elles, côte à côte.

Je serai accueilli, serré entre elles, au milieu,
dans la profondeur infinie tombe une neige grise
dans le silence et le mutisme nous errons tous trois.

Extrait d'*Exilés*, 1947.

*

La mort du prophète

Le prophète meurt… le vase terrestre se brise.
Son corps – un nid vide après la tempête.

La tempête qui le portait par sa chevelure
vint poser sa requête devant le trône céleste.

Le vieux prophète, lassé de l'homme
Veut mourir ici et en mourant le bénir.

Ézéchiel dans la douleur du deuil se drape,
à genoux sur les rives du fleuve Babylone scintillant :

Dieu, je veux accueillir la paix de cet instant
comme le bleu de l'eau accueille le couchant.

Mon corps depuis toujours augure de terreur
portait serein les tourments de ta Révélation.

Mon pauvre corps n'aspire plus qu'au silence.
Vois mes bras – brisés comme des branches.

Vois-moi creuser du front le sable meuble –
pourquoi ne puis-je de moi-même devenir muet ?

Sur mon âme pèse un rêve évanescent,
je regarde ton paisible miracle – les cieux.

Leur baiser muet boit mon angoisse et ma force,
je m'élève sur l'aile rouge d'une flamme de bûcher.

Me précède au loin le seigneur de l'Infini
le portail du ciel laisse une brèche entrouverte.

Quatre grandes silhouettes de feu me portent –
les quatre piliers du trône céleste.

Encerclé de ténèbres de plus en plus denses
À toi, ô monde je porte mes quatre faces de feu…

Allons porter ensemble cris et grondements
le sable et les rives précèdent nos pas.

Nous précèdent les pierres sur leur lit profond
Et le courant des nuées… moi, moi seul

Je reste en arrière… je frissonne… je vacille
le flambeau de ma vie dans le sable s'éteint.

Quatre archanges portent ensemble un homme seul
Sans parvenir à le poser dans la fosse sous la stèle…

Degré par degré s'élèvent les archanges,
La noirceur de la nuit envahit mes pupilles.

Je disparais comme les pas des chameaux du désert
je disparais – souffle du vent, flamme de bougie.

Je disparais, disparaît aussi ma douleur
qui reste pour écrire avec son sang l'exil.

Extrait du *Cycle d'Ézéchiel*, 1947.

*

Meubles

Après de longues nuits – vacillant d'ivresse
Je sombre dans le sommeil – j'entends un cri :
Dans ma maison les meubles crient,
Comme si dans leur bois tempêtait une forêt.

Nous sommes ruines déguisées en meubles,
sont oubliés les noyés dans la glaise,
les fosses scellées avec poix et soufre
il avait juré de ne pas habiter une maison.

Nous, ruines, sommes déguisées en bibliothèques
Le vagabond nous l'avons piégé dans une maison.
Maintenant il dort d'un doux sommeil
L'errance reléguée dans une arrière-cellule du cerveau.

Nous, ruines, en fauteuils moelleux déguisées
En murs, en tableaux qu'il aime à regarder
Une camisole de force il a enfilé tel un fou
Qui l'enserre à l'étouffer.

Il s'est enraciné en terre étrangère
Et s'habille de vêtements comme jadis.
Il n'a pas même préparé un blanc linceul
Pour l'escorter sur le chemin sans fin.

Il soigne ses manuscrits sur papier blanc
Ses doigts dans le sommeil serrent la plume,
un poème en vers réguliers ou en prose il compose
qui débouche sur des funérailles à la fin.

Il a oublié ses serments aux tombeaux
Et nous, ruines, il nous a recouvertes de velours

et vit comme un vers dans ses volumes
et veut mourir sous le baiser de Dieu.

Nous allons quitter nos apparences
Pour lui montrer que nous sommes ruines
Lui n'est qu'incarnation des corps brûlés
Cadavre dont seuls les cheveux et les ongles poussent.

L'orage tempête dans tous les objets morts
Le rire de bois tonne, claque en éclairs
Quand sombre le rire déchaîné
Dans les meubles ornés et encaustiqués.

Sur les étagères les volumes pleins de sagesse
Reposent et remplacent le monde mort comme
Une froide statue remplace
Le souffle chaud d'une femme vivante.

Extrait de *L'homme de feu*, 1962.

RACHEL KORN

De l'autre côté du poème

Traduit du yiddish par Chantal Ringuet

Arbres coraux

Les arbres de santal aux tiges argentées
éclatent en flammes les premiers
comme s'ils ne craignaient plus
d'être trompés sur leur héritage
impatients et avides
devançant l'apparition des folioles
ils font leurs dents sur les minces branches nues
comme des crêtes de poule en feu, au combat

Il paraît que les pleurs triomphants du coq
dériveront bientôt vers les rangées d'arbres
et qu'ils éveilleront les désirs enfouis
durant les longues nuits d'hiver

À la tombée du jour, quand l'ouest s'illumine
le ciel s'abreuve du nectar des jeunes fleurs
apportant des couleurs explosives vers la mer
picotant les récifs coralliens
qui pâlissent, pâlissent encore
sous les flots scintillant dans la lumière pourpre

*

Bleu

Un brouillard bleu s'étend sur les collines de Galilée ;
sur les hauteurs scintillent trois étoiles dispersées,
seule la pleine lune brillera
le ciel tout entier lui appartiendra.

Le clair de lune tombe sur la Kinneret
et les vagues s'ourlent de rose,
comme si une étoile du matin,
noyée et oubliée dans l'eau,
s'éveillait des profondeurs du rêve.

Dans une cour, éclatent les sanglots
tristes et mystérieux d'un âne
songeant au lourd fardeau
qu'apportera le jour à venir.

Et les chauves-souris volent, volent, volent
au-dessus de l'eau, des collines et des arbres
comme si la nuit lançait des flèches,
des flèches sombres en plein cœur du rêve.

*

Le début d'un poème

À *Kadia Molodowsky*

C'est l'angoisse, c'est la crainte infinie
comme au seuil d'un chagrin et d'une souffrance immenses
comme si une chose étrangère se cachait près de la porte
enveloppée d'une étoffe grossière, habillée d'un crépuscule gris

Il est primordial et pourtant méconnu
le rivage dont on s'éloigne en nageant, le cœur solitaire

perdu au-delà de tout, ce rivage que l'on aime
et il s'oppose aux fiançailles avec douleur

c'est une pensée pour soi-même dans le sang
captive dans les serres cruelles d'un oiseau de proie
et qui ne cesse de me tourmenter, jusqu'à ce qu'elle éprouve
le dernier tressaillement sanglotant du corps

chaque goutte de sang s'écoule déjà vers le sacrifice
qui seul le délivrera de sa chute
les anges dénudés se dressent
une rumeur errante, vagabonde

soudain le calme s'impose en toi
on entend les pleurs des étoiles tombantes
tu deviens une urne, une urne brûlante
qui absorbe le reflet bleu des larmes

il semble que le monde soit devenu plus mûr
et la terre plus maternelle
pour accueillir le pas de chaque marcheur
et Dieu seul tombera en prosternation
car voici la minute la plus exceptionnelle, la plus sacrée
et ce n'est pourtant que le début d'un poème

*

Je reste dans le midi de ta vie

Je reste dans le midi de ta vie
un épi courbé de plénitude au milieu du champ
qui a déjà dévêtu ce chemisier vert de juin
et grandi dans la certitude dorée des jours à venir

le vent joue avec les clochettes lilas dans les prés lointains
l'été répand l'odeur amère des coquelicots sauvages
dans la terre humide et brûlante
et dans mes cheveux

quand le jour se tresse en nattes blondes
et que le soir ramasse les perles de rose
mon corps hâlé tombe à tes pieds
comme l'épi se contracte devant le faucheur

*

Prédestination

Crois-tu que la prédestination est une parole qui s'incarne
dès le premier mot ?
Crois-tu que la prédestination s'exprime clairement
dès le premier regard ?
Peux-tu comprendre la langue ancienne qui sert
ta sentence, ton décret, ta chance ?

C'est le sourire inattendu et timidement enfantin
qui triomphe de tout ce qui arrivera bientôt
et les mains tremblent, car à ce moment précis
elles ont pris sous leur aile ta vie entière

Maintenant, je le sais :
ce n'est pas en vain que la mort m'a évitée
chaque pierre sur le chemin est devenue un coussin
chaque frontière, telle une alliance, m'a conduite vers toi
comme vers un rivage lointain, inconnu

Et même si j'étais séparée de toi pendant quelque temps
je devrais me tourner vers la mort
pour parachever le destin dans mon sang
pour épuiser toute l'amertume de ce dernier regard

*

De l'autre côté du poème

De l'autre côté du poème, il y a un verger
et dans le verger, une maison de chaume
et trois pins, trois gardiens
qui surveillent en silence

De l'autre côté du poème, il y a un oiseau
blond ambré à la poitrine rouge
chaque hiver il revient et demeure suspendu
un bourgeon dans un buisson sauvage

De l'autre côté du poème, il y a un sentier
étroit tel une raie dans la chevelure
un être perdu dans le temps
foule le sentier pieds nus, en silence

De l'autre côté du poème, il y a parfois des choses étonnantes
même lors de ce jour sombre

lors de cette heure douloureuse
qui souffle son désir fiévreux
dans le carreau de la fenêtre

De l'autre côté du poème, ma mère peut apparaître
debout, sur le seuil de la porte, perdue dans ses pensées
la voilà qui m'appelle à la maison, comme autrefois :
« Assez joué. Ne vois-tu pas ? C'est la nuit. »

*

Tout ce dont je rêve

Tout ce dont je rêve
doit commencer et finir
pourquoi suis-je dans l'entre-deux
dans l'attente d'une voix égarée

entrelacée, enlacée, couverte de toiles
d'araignées dans un temps sombre
lorsque le souffle de l'éternité
me traverse

dans les marges de la page
s'enflamme la lumière pourpre
de toutes choses non advenues
de toutes choses qui se meurent

dans ce monde aveugle
mon rêve se faufile entre les peurs
il s'installe au sommet du chagrin
qui l'amène à l'origine des larmes

*

Le saule bordant la rivière

Comme une bouche scellée
par un dernier baiser, la rivière
est songeuse ; elle protège
le scintillement des étoiles
la nuit perdue dans sa lourde
errance orpheline.

La rivière cache les étoiles dans les vagues
Pour ne pas que la nuit les retrouve

Se fianceront-elles avec le sombre lit
De la rivière, dans une union secrète ?
Scintilleront-elles dans ses profondeurs
Comme une aurore éternelle ?

Ah, mais le saule clairvoyant chuchote
L'une de ses branches s'étire
Vers la lumière tremblante
Elle voudrait ramasser les étoiles
Avant qu'il ne soit trop tard
Pour une prière rédemptrice
À la veille de la disparition.

ARIANE BENDAVID

Haïm-Nahman Bialik
Un poète à la croisée des langues

Poète juif de langue hébraïque, nouvelliste, essayiste, orateur, éditeur, Haïm-Nahman Bialik a surtout été, pour toute sa génération – qui a pris le nom de « génération Bialik » – un guide spirituel, un phare dans l'obscurité de l'exil – un prophète.

Haïm-Nahman Bialik est né en Ukraine, sous l'Empire tsariste, en 1873. En cette fin de siècle chaotique, qui voit naître simultanément le socialisme et le sionisme, le judaïsme d'Europe de l'Est va connaître une mutation profonde et décisive. À cette époque, les Juifs d'Europe occidentale ont dans leur immense majorité, et depuis plusieurs décennies, adopté les modes de vie et de pensée européens, reléguant le judaïsme au domaine privé ou synagogal. Il n'en va pas de même dans l'Empire russe. Les idéaux de la Haskala – les Lumières juives – n'y pénètrent que lentement, et partiellement. Dans les bourgades juives de la « zone de résidence » mise en place par Catherine II pour « contenir » les Juifs des régions annexées après les différents partages de la Pologne, le poids des traditions d'une part, et un antisémitisme étatique et populaire, d'autre part, freinent l'accession des Juifs à la modernité, les maintenant dans une vie précaire centrée sur la stricte observance des prescriptions religieuses et scandée par l'alternance de mesures discriminatoires et de rares périodes d'accalmie. Mais dès le début du XIXe siècle, une ville à peine née, dont Catherine II voulut faire la rivale méridionale de Saint-Pétersbourg, fait figure d'exception : Odessa. Tant du fait d'un pouvoir tsariste opportuniste, que du fait des Juifs qui s'y installent dans l'espoir d'un avenir meilleur, ce port cosmopolite devient très vite un pôle d'attraction pour les intellectuels, poètes et autres artistes attirés par les idées progressistes des Lumières, et par le vent de liberté qui y souffle. Au carrefour entre Orient et Occident, Odessa abrite désormais une élite juive, qui abandonne, consciente de son privilège, les bourgades passéistes de la zone de résidence. À Odessa, l'intégration n'est pas synonyme de trahison, bien au contraire. C'est la promesse de l'accession à une nouvelle ère, une ère de progrès et de participation pleine et entière à la vie du pays. Dès les années 1860, un nouvel élan leur est donné par le tsar réformateur Alexandre II. Les murailles du ghetto spirituel dans lequel vivaient, ou survivaient, ces communautés d'Europe de l'Est, se fissurent. En l'espace de quelques décennies, trop rapidement peut-être pour que les nouveaux schémas aient le temps de mûrir, le monde ancien agonise. Une génération d'écrivains voit le jour, qui fustige le mode de vie sclérosé des Juifs orthodoxes, et cherche à convaincre que la « sortie du ghetto » est la condition *sine qua non* du progrès, et – pensent-ils alors – de l'éradication de l'antisémitisme. Ils veulent croire possible une émancipation « à l'occidentale ». À Odessa, ils profitent de l'effervescence intellectuelle qui règne dans cette ville devenue mythique, délaissent les traditions, apprennent le russe, lisent Tolstoï et Dostoïevski. C'est là que Bialik, tournant le dos à une orthodoxie sclérosante, rencontrera tous les écrivains qui feront la gloire de l'Odessa juive, avant d'en devenir lui-même l'un des chefs de file. Pourtant, Odessa ne fait pas l'unanimité. Deux proverbes yiddish circulent alors. Pour les uns : « Heureux comme un juif à Odessa » ; et pour les autres, restés au shtetl, la bourgade juive ashkénaze : « Tout autour d'Odessa brûle le feu de l'enfer. »

Les œuvres littéraires de la génération qui précède Bialik ébranlent sévèrement le monde des pères. Même lorsqu'elles ne sont pas provocatrices, elles appellent à un sursaut libérateur. En 1873, le poète Yehuda Leib Gordon écrit : « Réveille-toi, mon peuple, reconnais le temps et le lieu où tu vis ! », et plus loin, un vers qui deviendra la devise de bon nombre d'intellectuels : « Sois homme au-dehors et juif sous ton toit. » Un appel très clair à l'émancipation, mais un appel qui impliquait une sorte de dédoublement de soi, comme si les Juifs pouvaient devenir une sorte de Janus, ce dieu aux deux visages. Comme s'ils pouvaient, dans l'espace public, se départir de leur identité profonde et se fondre dans la foule de ceux qui, de leur côté, n'étaient pas prêts à les reconnaître comme leurs frères.

Peut-être l'auraient-ils pu, si l'Histoire en avait décidé autrement. Le 1er mars 1881, Alexandre II périt dans un attentat fomenté par un groupe de révolutionnaires anarchistes – dont certains, il est vrai, étaient juifs. Cet assassinat aura pour conséquence une vague de pogroms particulièrement longue et violente. Odessa n'est pas épargnée. Ce regain d'antisémitisme, accru par la récession dans laquelle plonge la Russie dans ces années-là, déterminera la volte-face de la quasi-totalité des intellectuels qui s'étaient prononcés en faveur de l'intégration. L'espoir fait place à la désillusion. On prend conscience de façon brutale que l'émancipation n'est pas un frein à l'antisémitisme. Jusqu'à cette époque, à chaque vague de pogroms, les communautés juives attendaient des jours meilleurs, confiantes en la miséricorde divine… Mais en cette fin de siècle, la confiance en Dieu s'était émoussée, et l'heure était au changement. Bon nombre de jeunes s'étaient laissé entraîner par l'idéal socialiste, venu combler le vide laissé par la foi perdue. Parmi eux, certains oublieront, comme Lev Davidovitch Bronstein, alias Trotski, qu'ils sont nés juifs. Le communisme deviendra leur nouvelle religion, emportant tout sur son passage. Mais dans l'ensemble, l'antisémitisme favorisant le repli identitaire, le monde juif n'allait pas tourner la page aussi facilement. Sur bien des plans, et notamment celui de la foi et de la tradition religieuse, il est trop tard pour revenir en arrière : les ponts sont coupés. Mais si on ne renoue pas avec la foi, on peut rester attaché à ses racines. Ahad Ha-Am, nom de plume d'Asher Zvi Hirsch Ginsberg, leader du « sionisme spirituel », mentor et ami de Bialik, écrit en 1898 : « Il serait plus simple d'arracher une étoile au firmament que d'arracher ce quelque chose si solidement enfoui dans le cœur que la raison ne saurait l'atteindre et qui fait de vous des Juifs. » Après avoir échoué à imiter le modèle occidental, l'intelligentsia juive russe revient à ce qu'elle estime être une valeur sûre – la tradition, désormais sécularisée. Dans la littérature, on assiste à un renversement de la tendance précédente : plus l'espoir d'une vie meilleure s'émousse, plus s'affirme la volonté de se réancrer au cœur des valeurs spirituelles, intellectuelles et morales du judaïsme.

Bialik est sans doute le meilleur représentant de cette tendance néo-romantique. Partagé entre l'espoir, le doute, et une nostalgie dont il ne s'affranchira jamais, il tourne le dos au monde sclérosé de ses pères, sans pourtant le renier. Au seuil de la modernité, il ne se résoudra jamais à rompre le lien qui l'unissait à son passé et à sa culture. Témoin et victime de la ruine d'un monde, il sera aussi l'un des artisans de sa renaissance.

Cette renaissance passera par l'hébreu, et ce phénomène mérite qu'on s'y attarde. Réservé pendant deux mille ans à la liturgie ou à l'écrit, l'hébreu va connaître, au temps de Bialik et en grande partie grâce à lui, une résurrection unique dans l'Histoire, aussi fulgurante qu'imprévisible. Suffisamment peu pratiqué pour n'avoir pas subi l'évolution naturelle des langues parlées, l'hébreu a traversé les siècles, à demi vivant, jamais ignoré, et jamais totalement figé. Langue sacrée, il est redevenu, en l'espace d'une génération à peine, langue profane et parlée. Cette mutation ne s'est pourtant pas faite sans heurts. Ses partisans ont dû subir les assauts de deux « catégories » de yiddishophones : d'une part les orthodoxes – autant dire l'immense majorité des Juifs d'Europe de l'Est – qui estimaient que l'hébreu devait rester une langue sacrée, et d'autre part les socialistes qui le considéraient comme une langue élitiste et bourgeoise. Bialik n'appartenait à aucun de ces deux camps. Yiddishophone dans sa vie courante, il estimait que seul l'hébreu avait la faculté de relier la littérature biblique – même désacralisée – et la littérature moderne naissante. Sans jamais exprimer le moindre mépris envers sa langue maternelle, il était convaincu que le peuple juif dispersé ne pourrait retrouver son unité perdue qu'en renouant avec la langue de ses textes fondateurs. À ses proches qui lui demandaient de ne pas laisser au bord du chemin les masses populaires yiddishophones, incapables de comprendre ses poèmes, il répondait que l'hébreu seul pouvait redevenir langue nationale, en un temps où le regard des Juifs persécutés se tournait vers la Palestine. Il lui semblait inconcevable de redonner vie à une littérature juive dans un dialecte quel qu'il soit. Deux écrivains incontournables lui ont rendu hommage pour avoir si bien contribué à la renaissance de l'hébreu : Samuel Joseph Agnon, unique Prix Nobel de littérature hébraïque, qui le qualifia de « Seigneur de notre langue », et Amos Oz, qui raconte que, lors de ses apparitions dans les salons littéraires qui se tenaient dans la famille Klauzner, Bialik « chantait les louanges de la langue hébraïque et la passion qu'il lui vouait[1] ». Mais il traduira tout de même, ou fera traduire, quelques-uns de ses poèmes, lorsqu'il en ressentira le besoin. Ce sera notamment le cas du poème le plus marquant qu'il consacra au tristement célèbre pogrom de Kishinev en 1903 – pogrom dont les échos parviendront jusqu'en France et même outre-Atlantique.

Pourtant, écrire en hébreu à cette époque, compte tenu du nombre réduit de lecteurs potentiels, relevait du sacerdoce. C'était un défi que Bialik, inspiré sans doute par le sentiment d'une véritable mission, n'hésita pas un instant à relever. Restait à trouver le chemin entre une langue archaïque qui se devait d'opérer une indispensable mue, et une langue moderne naissante. La brièveté du temps de gestation de cet hébreu sécularisé n'est pas étrangère à la complexité de la poésie bialikéenne dont la double dimension – sacrée-profane – est perceptible tant dans le fond que dans la forme. Jetant un pont au-dessus de deux mille ans d'exil et de dialectes, Bialik renoue avec la langue biblique en la parant de nouveaux habits. En jouant sur cette double dimension, il fait cohabiter les contraires, chacun dans sa plénitude.

Il en va de même dans l'usage qu'il fait de la Bible : pas un de ses poèmes qui ne soit enrichi par une citation. En réalité, Bialik reprend à son compte la tradition des poètes qui l'ont précédé, notamment dans l'Espagne médiévale, et insère au cœur même de son poème un verset ou fragment de verset biblique. Mais à la différence de ses prédécesseurs, pour lesquels le respect du texte sacré était un impératif incontournable, Bialik en inverse souvent le sens… à la limite

---

1. Amos Oz, *Une histoire d'amour et de ténèbres*, Gallimard, 2004, p. 118. Joseph Klausner était le grand oncle d'Amos Oz.

du blasphème. Non par manque de respect, tant s'en faut, mais pour éveiller ses coreligionnaires à une nouvelle lecture des textes fondateurs qui ne pouvaient signifier ce qu'ils avaient signifié dans le passé. Tourmenté par la perte du lien avec le Ciel, en quête d'un nouvel idéal, d'une nouvelle raison de vivre et d'espérer, Bialik prend souvent Dieu à témoin de la ruine de son propre monde. « Jour après jour, serviteur soumis, j'ai porté vers Lui mon regard, impatient de savoir ce qu'Il me destinait. Mais il persista dans son silence plein d'orgueil, réduisant ma jeunesse à néant avec une bonne conscience trompeuse, m'abandonnant à ma solitude première sur une terre désertique[1]. » Dans ses moments de doute, il rend Dieu lui-même responsable des maux qui s'abattent sur son peuple supposé « élu ». Ce Dieu, présent et absent, est celui qu'il appelle, en sachant pertinemment qu'Il ne répondra pas. Il est celui vers lequel, inlassablement, il cherche un chemin, sans jamais le trouver. Lorsqu'il détourne de son sens un verset biblique, il ose remettre en question les « vérités » réputées intangibles de la lecture traditionnelle : Dieu n'est plus le sujet du verset du Psaume 91, 15 : « Je suis avec Lui dans la détresse », tout simplement parce que ce Dieu s'est avéré impuissant à sauver ou réconforter son peuple dans ces moments tragiques. Dans une étonnante inversion des rôles, c'est le poète, dernier gardien de l'étincelle d'une tradition déclinante, qui s'efforce de soutenir la Shekhina – la présence divine – dans Sa détresse. Dans l'un des poèmes que Bialik consacre au pogrom de Kishinev, Dieu lui-même dénonce la vanité et l'hypocrisie des prières qu'on lui adresse : « Pourquoi me flattent-ils, au jour de leur malheur ? »

Ambivalence et indécision ont caractérisé le moi profond de Bialik dans tous les domaines de sa vie. Il avait beau avoir le regard tourné vers ce qu'il appelait « le grand monde », il resta attaché comme par un nœud invisible à ses racines juives, et à la culture hébraïque. Fidèle au titre d'un de ses poèmes les plus célèbres, « Au seuil de la Maison d'étude », il resta sur le seuil, dans un entre-deux permanent, un pied dans l'exil et l'autre en Israël, un pied dans la modernité et l'autre dans le monde de ses pères, rêvant d'amour mais sans l'assumer lorsqu'il se présenta – incapable de trancher. Fut-il sioniste ? Peut-être, mais davantage par sa plume que dans les faits (il ne quittera son Ukraine natale que chassé par la dictature bolchevique). Était-il moderne ? Certainement, mais dans la fidélité au passé. Révolutionnaire sur bien des plans, il est aussi l'un des plus conservateurs de sa génération. Révolte et fidélité, espoir et désespoir, croyance et incroyance se rejoignent au-dessus du vide, dans une incertitude tourmentée, loin de tout dogmatisme. Malgré ses convictions, rien ne se mue jamais chez lui en certitude absolue. Même son attachement – sincère – envers l'idée d'une renaissance nationale en terre d'Israël, est tempéré par le doute. Le célèbre verset 5 du Psaume 126, « Ceux qui sèment dans les larmes récolteront dans la joie », devient sous sa plume une question. L'espoir le dispute à la lucidité.

Bien qu'intimement convaincu de la nécessité vitale de tourner le dos à des siècles d'immobilisme, pour bâtir, fusse sur les ruines du passé, un monde nouveau, Bialik considère avec une nostalgie pleine d'affection le monde des pères. À l'instar de Cholem Aleikhem, auteur du roman *Tévié le laitier*, qui deviendra *Un violon sur le toit*, il met en scène dans ses nouvelles des personnages à la croisée des chemins, qui tentent, mais sans succès, d'échapper à leur condition de Juifs et à tout ce qu'elle implique. Noah, le jeune « héros » de sa nouvelle *Derrière la clôture*, se laisse séduire par la nature, par la liberté… et par sa jeune voisine non juive, une petite orpheline maltraitée. L'amitié innocente mais interdite entre les deux enfants que sépare une très symbolique clôture, se mue, à l'adolescence, en un amour dévorant… Mais le monde des bourgades juives n'est pas celui de Roméo et Juliette, et le dénouement, moins tragique, moins romantique aussi, laisse le lecteur perplexe. En épousant, passif et résigné, une jeune fille juive qu'il n'aimera sans doute jamais, Noah renonce à l'amour et à la liberté – mais reste fidèle à ses

1. *Le Livre du feu*, trad. Ariane Bendavid, *Caractères*, 2008, p. 27.

racines. Il paiera cher le respect des traditions. A-t-il eu raison ? A-t-il eu tort ? Bien présomptueux celui qui trancherait…

Pour autant, l'ancien ne devait assurer sa pérennité que par le renouvellement. Plus question de poursuivre dans une vie sclérosée, fermée sur elle-même, imperméable à toute influence extérieure. Dans l'un de ses longs poèmes majeurs, Bialik met en scène un étudiant assidu d'école talmudique (*Le Matmid*) qui voue sa vie entière à l'étude des textes sacrés. Pris dans les rets de sentiments contradictoires, le poète oscille entre admiration et pitié, hésitant à percevoir dans la vie de ce jeune homme une persévérance digne d'éloges ou un vain sacrifice. La maison d'étude est simultanément une « maison de vie », et une « prison obscure ». Héros et victime, l'étudiant sacrifie sa jeunesse sur l'autel de la tradition – qu'il préserve ainsi de la mort. Comme Bialik, si semblable au jeune homme du *Livre du feu*, qui, trompé par le Ciel, a l'amer sentiment de ne rien avoir reçu en échange du sacrifice de sa jeunesse.

Je n'ai évoqué jusqu'à présent que le Bialik juif, qualifié de « poète national ». Pourtant, il est bien davantage que cela : l'une des dernières voix du romantisme européen. L'enfance – âge d'or idéalisé et temps sacré de l'expérience mystique –, la douloureuse expérience du silence de Dieu, la quête de l'Absolu et de l'amour idéal, sont autant de thèmes qui le font entrer dans la grande famille des poètes romantiques. Rêve et imagination ne sont plus les puissances trompeuses des rationalistes du XVIIIe siècle, mais les seules facultés susceptibles d'ouvrir au poète les portes d'un monde idéal et (re)sacralisé. Fidèle à l'esprit d'un Wordsworth, Hölderlin ou Baudelaire, Bialik convie l'enfance et son « vert paradis », le temps d'un poème ou d'une nouvelle, sachant hélas que l'harmonie du moi-monde ne s'offre qu'au regard émerveillé de l'enfant, et ne se renouvelle pas. La même désillusion frappe l'adulte face à l'amour qui se dérobe, incitant le poète à ne plus rechercher en la femme qu'une « mère ou une sœur » (*Prends-moi sous ton aile*). Tous les « poèmes d'amour » de Bialik expriment en réalité l'absence d'amour. La femme est tantôt l'incarnation d'un ange venu du Ciel, donc par essence inaccessible, tantôt la tentatrice qui le mène à sa perte. L'âme sœur, celle dont il attend bonheur et salut, n'existe que dans ses rêves. Et s'il pense un instant l'avoir trouvée, c'est pour en appeler à la mort, tant est forte sa conviction qu'aucun amour n'est possible en ce monde.

Voilà brossée en quelques lignes la personnalité complexe de celui qui demeure jusqu'à aujourd'hui la référence incontournable de la littérature hébraïque moderne. La dimension universelle y côtoie la dimension juive, et la richesse de son œuvre se situe sans doute dans cette diachronie, dans le mariage harmonieux de deux cultures que rien, dans les siècles précédents, ne semblait devoir rapprocher.

HAÏM-NAHMAN BIALIK

Un à un, imperceptiblement

Traduit de l'hébreu par Ariane Bendavid

L'assidu

Il subsiste en exil quelques villes en ruine,
Où vacille en secret la flamme de jadis ;
Notre Dieu a permis que demeure vivante
Dans un amas de cendre, une braise crépitante.
Tisons sauvés des flammes, çà et là se consument
Des êtres malheureux, des âmes misérables,
Qui vivent sans espoir et vieillissent trop tôt,
Comme l'herbe qui croît sur une terre aride.
Si tu vas, solitaire, au cœur même de la nuit,
Dans l'un de ces villages encore bénis de Dieu,
À l'heure où les étoiles brillent au firmament,
Où les herbes murmurent et où les vents fredonnent,
Tu entendras au loin une voix gémissante,
Et tu apercevras une lumière qui luit
À une fenêtre, et une silhouette pareille
À l'ombre d'un mort qui s'agite et se balance,
Se balance et murmure une triste complainte
Que le profond silence portera jusqu'à toi –
Et tu apercevras, dans une de ces prisons[1],
Un étudiant qui veille, sans relâche, dans la nuit.
[…]

Ainsi demeure-t-il, chaque jour immobile,
Des premières lueurs à la première veille,
Soucieux de partager son jour en quatre parts :
Gardant l'une pour lui-même et trois pour la Torah ;
En nazir solitaire prisonnier de ces murs,
Le visage livide et le front trop ridé,
Il a lié son âme aux pages du Talmud
L'enfermant à jamais.
[…]

Le sort n'a pas voulu qu'avec vous je me perde
Diligents serviteurs – j'ai quitté votre seuil.
Ma Torah délaissée, j'ai péché pour du pain,

1. L'expression « maison de vie » qui désignait la « maison d'étude » (yeshiva), devient ici le mot « prisons ».

Seul je me suis perdu sur un autre chemin.
Les temps avaient changé. Loin de vos frontières
Je dressai mon autel, j'édifiai ma demeure ;
Pourtant vous tous, vous tous, vivez dans ma mémoire,
Votre image m'accompagne, ne quitte pas mon cœur ;
Je n'ai pas oublié comme elle était vivace,
La graine enfouie dans votre maigre terre,
Quelle bénédiction elle nous aurait offerte
Si elle avait reçu la chaleur d'un rayon ;
Et combien dans la joie nous aurions récolté[1],
Si un vent bienfaisant avait frayé pour nous
La « voie de la Torah[2] » objet de nos révoltes,
Comme un chemin de vie jusqu'à la Yeshiva ;
Je me souviens aussi de votre triste fin –
Que ma douleur est grande, mon misérable peuple ! –
Faut-il que cette terre soit aride et maudite
Pour qu'en elle ces graines ne puissent que pourrir !

Extraits.

*

Où es-tu ?

Du lieu où tu te caches, ma seule raison d'être,
Présence tant désirée –
Apparais, hâte-toi, viens, viens
Dans mon refuge ;
S'il m'est permis encore d'espérer le salut, sauve-moi,
Règne sur mon destin ;
Rends-moi pour un instant ma jeunesse perdue,
Puis laisse-moi mourir au printemps de ma vie.
Que l'étincelle en moi expire sous tes lèvres,
Que le cours de ma vie s'achève sur ton sein,
Comme au déclin du jour, dans le parfum des fleurs,
Meurt le papillon.

Où es-tu[3] ?

J'ignorais tout de toi, j'ignorais ta nature –
Pourtant ton nom déjà frémissait sur mes lèvres ;
Et la nuit sur ma couche, comme des braises ardentes
Tu brûlais dans mon cœur ;

1. *Psaume* 126, 5.
2. *Pirkei Avot* VI, 4.
3. Allusion à la *Genèse* 3, 9.

Dans mes nuits sans sommeil, je pleurais,
Mon être se consumait au souvenir de toi ;
De l'aube au crépuscule, entre les lettres du Talmud,
Dans un rai de lumière ou dans un blanc nuage,
Dans ma fervente prière, dans mes plus pures pensées,
Mes nobles méditations ou mes plus grands tourments,
Mon âme n'aspirait qu'à te trouver,
Toi seule, toi, toi…

*

Au crépuscule

Voici, le jour décline ; auprès de la fenêtre viens,
Appuie-toi sur moi,
Enlace-moi, pose ta tête sur mon épaule –
Serre-toi contre moi.

Ainsi unis tous deux, vers la clarté terrible
Doucement levons les yeux ;
Ensemble libérons sur les mers de lumière
Toutes les pensées de nos cœurs.

D'un envol vigoureux, qu'elles prennent leur essor, et comme des colombes
Planent dans les lointains et s'y perdent ;
Sur les sommets de pourpre, les îles de splendeur embrasées du couchant,
Qu'elles descendent en un vol silencieux.

Voici les îles lointaines, les mondes supérieurs
Entrevus dans nos rêves ;
Qui firent de nous des étrangers sous tous les cieux,
Et de notre vie – un enfer.

Voici les îles d'or dont nous avions soif
Comme d'une terre natale ;
Les étoiles de la nuit nous avaient parlé d'elles
Dans l'éclat d'un rayon tremblant.

Sur ces îles nous vécûmes, isolés, solitaires,
Comme deux fleurs dans le désert ;
Comme deux êtres perdus, aspirant à l'éternel naufrage
Sur une terre étrangère.

*

Un à un, imperceptiblement…

Un à un, imperceptiblement, comme les étoiles à l'approche de l'aube,
Mes rêves les plus secrets se sont éteints, consumés dans la peine ;
Mais en moi, secrètement, demeure encore la complainte de ma vie ;
Le tumulte du jour ne saurait l'étouffer, et nul mauvais esprit la réduire au silence ;
Qu'il plaise à Dieu qu'avant le déclin de ma vie,
Dans la veille ou le rêve, ne serait-ce qu'une seule fois,
Oh, une dernière fois, pour un instant seulement,
Je retrouve, dans toute leur splendeur, les visions de ma plus tendre enfance,
Et l'aube de mes jours dans sa prime douceur.

Mais ma vie est souillée, j'ai profané mon âme,
J'ai oublié les voies qui mènent à l'Éternel, et ne frapperai plus aux portes de sa miséricorde ;
Mes oreilles sont sourdes à ses appels, et mes yeux sont aveugles à ses signes sacrés ;
Blâmé par ses cieux, banni par ses astres lumineux,
Les fleurs des champs m'ignorent, les moissons me rejettent,
Mes visions m'ont quitté, mon esprit même m'est étranger ;
Et pourtant, quelque part, au cœur de l'univers, dans la richesse du monde,
Là où rien n'est détruit, où nulle trace ne s'efface,
L'image de ma sainte enfance ne demeure-t-elle pas, dans toute sa pureté,
Comme un sceau gravé sur la main droite de Dieu ?
Dans son éternité, intacte, inaltérée,
Comme l'étoile de l'aube elle brille dans son écrin,
Elle m'observe de loin, et elle compte mes pas,
Ses paupières palpitent devant moi, sur moi se pose sa douce lumière ;
Ô paysage de ma lointaine patrie, contrée de mon enfance,
Terre de mes racines, source de mon esprit, objet de mes douces rêveries,
Séjour au monde le plus précieux, offrande de la terre,
Rien n'est pour moi plus frais que le vert de tes prés, plus doux que l'azur de tes cieux ;
Ton souvenir comme du bon vin, toujours coulera dans mes veines,
Et dans mon cœur tes premières neiges garderont à jamais leur plus pure blancheur
[…]

Mais de la coupe d'or l'homme ne peut boire qu'une fois,
La splendeur, le Zohar, deux fois ne se contemplent ;
Car l'azur du ciel, les prairies verdoyantes,
La lumière cachée de l'univers entier, et le rayonnement de la Création,
Ne s'offrent qu'une fois au regard de l'enfant – et jamais ne reviennent ;
Il est pourtant une bénédiction, que Dieu adresse à ses élus,
Dont nul ne peut prédire ni les voies ni l'instant,
Qu'en silence j'attends, nuit et jour, plein d'espoir,
Et prêt à l'accueillir, comme une lyre accordée.
Je ne sais ni où ni quand, ni par quel chemin,
Ni quel ange m'offrira cette bénédiction –
Mais mon cœur m'a prédit, et mon esprit sait bien
Que je retrouverai mes plus belles visions et mes rêves précieux.

Et en ce jour béni, lorsque, comme un clin d'œil de l'éternité,
Il me regardera soudain à travers une lucarne ouverte dans le ciel –
Mes yeux s'ouvriront, pleins de lumière, dans une enfantine pureté,
Et les visions de mon enfance, et tout leur univers,
Dans un flot incessant, en silence, jailliront dans mon âme,
En se frayant en moi un chemin lumineux comme les rêves du matin.

Extraits.

Les enfants terribles de la poésie yiddish

Proposés et traduits du yiddish par Bernard Vaisbrot

DER NAKDAN

Yossef le Juste

Je voudrais vous chanter merveilles sans vous importuner.
Comment le brave Yossef a su son cœur dominer.
À toutes les occasions où sa patronne l'invita
À coucher avec elle et commettre un acte scélérat,
Yossef répondait à sa belle maîtresse gaiement :
« Comment voudrais-je ce méfait regretter constamment ?
Je ferai tout ce que je pourrai selon votre volonté
Tant que cela ne me pousse pas à la perversité. »
Alors elle partit rassembler avec persuasion
Toutes les femmes de vertu vivant dans sa maison
Et voici les belles paroles que la méchante femme dit :
« Je dispose du plus aimable page qu'aucune femme ne conquit.
Ses yeux pareils aux étoiles, sa chevelure comme en or,
Voilà pourquoi mon cœur s'attache à lui si fort.
Il ressemble à un roi de par sa prestance
Et de ses paroles il brise bouclier et lance.
La vertu et la dignité l'accompagnent sans cesse,
La vertu à sa main dextre, la dignité à la senestre.
Je lui proposai de venir dans mon jardin de délices
Pour y dormir, je me dévouerais à son service.
En aucune façon il ne pourrait se produire
Que je puisse son aimable visage découvrir.
Limpides et clairs sont ses yeux. Lumineux
Comme l'étoile du matin, beaux comme le soleil radieux.
Mon cœur s'est laissé *prendre*…
Ainsi le héros a eu beau jeu…
À présent voudriez-vous toutes, mesdames,
Que je vous fasse voir *ce beau garçon* ? »
Les femmes ne lui posèrent pas de questions.
« Ainsi un petit Juif pourrait-il vraiment nous plaire ? »
Voilà ce que ces gentes dames se demandèrent,

Mais toutes ensemble à sa suite elles allèrent.
Des coussins de soie elle ordonna d'apporter
Sur tabourets pliants, de feuilles d'or plaqués.
Toutes les femmes étaient assises vertueusement.
Alors la riche dame du logis parla posément :
« Yossef, mon page, dit sa patronne, va me quérir
Pour ces gentes dames de quoi les nourrir. »
Il accomplit ponctuellement son vœu empressé
Et notre héros avança les choses demandées.
Elle ordonna d'apporter de belles pommes sucrées
Que les vertueuses dames voudraient bien savourer.
« Apporte ici les couteaux les plus fins
Pour que ces gentes dames puissent leurs pommes peler. »
Le page avec les couteaux de l'office revint.
Chacune des femmes prit alors un couteau en main.
« Épluchez vos pommes ! » dit alors sa maîtresse.
Elles pelèrent les pommes, fixant Yossef sans cesse :
Elles coupent et se blessent les mains. Alors prit
La parole la femme la plus sage et la plus avertie :
« Regardez, mesdames, comme vous vous êtes trompées :
Ce sont vos doigts que vous avez gravement coupés. »
Elles furent très étonnées lorsqu'elles l'eurent vu,
Ne sachant même pas comment c'était survenu.
« Yossef, mon page », ordonna sa maîtresse sans surseoir,
« De ta main blanche comme neige donne à ces dames à boire. »
Hydromel et vin clairet de la cave il remonte ;
Il était très gêné, et devint rouge de honte.
Il servit toutes les dames et, à l'instant même,
Elles virent toutes Yossef et perdirent la tête.
La couleur de leurs visages avait pâli soudain
Et les coupes dorées s'échappaient de leurs mains.
Leur trop grand émoi les gênait pour le regarder :
Elles virent que sa patronne disait bien la vérité.
Elles se levèrent et vinrent le baiser sur le front,
En disant : « Il t'est destiné un royaume fort bon. »
Alors imaginez une merveille : notre héros réussit,
Par la force de son cœur, à dominer tout ceci.
Peu après il acquit la complète domination
De toute l'Égypte, où ses hauts faits furent légion.
Pour l'amour de Dieu, braves gens, suivez son modèle.
Il faut être chastes dans votre amour fidèle.
Et, si vous êtes tous dans vos amours sérieux,
Alors vous aurez en partage le radieux
Royaume des Cieux.

FIN

Extrait du *Codex de Cambrige* (1382).

ITSIK MANGUER

Qayin et Hevèl

« Hévèl, mon frère, tu dors,
Et tu parais si beau, un trésor ;
Aussi beau que tu es alors,
Je ne t'ai jamais vu encore.

Cette beauté est-elle dans ma hache,
Ou bien peut-être en toi ?
Avant que le jour ne passe
Parle, réponds-moi ! »

« Hévèl, mon frère, tu fais silence,
Avec les cieux et la terre, en accord ;
Ce silence si profond et si dense,
Je ne l'ai jamais entendu encore.

Ce silence est-il dans ma hache,
Ou bien peut-être en toi ?
Avant que le jour ne passe
Parle, réponds-moi ! »

« Me voici debout devant toi,
Et voilà, si esseulé, ton corps ;
Aussi distant et étranger,
Je ne t'ai jamais senti encore.

Cette distance est-elle dans ma hache,
Ou bien peut-être en toi ?
Avant que le jour ne passe
Parle, réponds-moi ! »

« Approche, 'Havè notre mère, et vois
Mon frère Hévèl qui gît là, dehors,
Silencieux ; aussi doux et pensif,
Tu ne l'as jamais bercé encore.

Ce silence est-il dans ma hache,
Ou bien peut-être en toi ?
Avant que le jour ne passe
Parle, réponds-moi ! »

« Approche, 'Odem notre père, et vois
Le ruban de sang tout roux,
Qui serpente sur le sol,
Au parfum si triste et si doux.

Cette tristesse est-elle dans ma hache,
Ou bien peut-être en toi ?
Avant que le jour ne passe
Parle, réponds-moi ! »

MOYSHE LEYB HALPERN

L'histoire du monde

— J'ordonne que l'on saisisse le monde !
Commanda le roi.
Le pays en fut aussitôt informé
Et la maman son fils nouveau-né
Pleura, comme s'il était trépassé.

Mais la charrue dans le champ de blé,
La semelle sous le marteau du cordonnier
Et la souris dans son grenier
Rirent discrètement
Lorsqu'on leur apporta la nouvelle,
Cette triste et sombre nouvelle.

À présent le monde a été saisi.

Mais que va-t-on en faire ?
Il ne peut pas entrer dans le château royal,
On avait oublié de mesurer la terre
Quand on avait fait le portail.

Mais la charrue dans le champ de blé,
La semelle sous le marteau du cordonnier
Et la souris dans son grenier
Rient déjà à gorge déployée.
La couronne du roi se met à trembler
Du fait de leur rire insolent.

Les courtisans conseillent que le monde
Reste pour l'instant dehors, bien surveillé.
Mais le visage du roi est pâle comme la mort :
Il redoute que le monde ne soit mouillé
Lorsque la pluie se mettra à tomber.

Mais la charrue dans le champ de blé,
La semelle sous le marteau du cordonnier
Et la souris dans son grenier
Se tordent, à en crever :
Ils n'en peuvent plus de rigoler,
Car le monde est toujours dehors…

*

Memento mori

Et quand Moyshe Leyb le poète va décrire
Qu'il a parmi les vagues rencontré la mort
Ainsi qu'on se voit soi-même dans un miroir,
Vers dix heures du matin, ainsi, en plein jour,
Croira-t-on Moyshe Leyb sans sourire ?

Et que Moyshe Leyb ait pu de loin s'enhardir
À saluer la mort d'un geste de la main,
Alors qu'autour de lui des gens par milliers
Dans l'eau jouissaient de la vie avec entrain,
Croira-t-on Moyshe Leyb sans sourire ?

Et si Moyshe Leyb en larmes va soutenir
Qu'il était par la mort fortement attiré,
Pareil à un amant nostalgique le soir
Allant vers la fenêtre de sa dulcinée,
Croira-t-on Moyshe Leyb sans sourire ?

Et lorsque la mort va nous décrire
Ni grise, ni sombre, mais bien riche en couleurs,
Telle qu'elle apparut à dix heures du matin,
Au loin, entre la vague et le ciel, en primeur,
Croira-t-on Moyshe Leyb sans sourire ?

ANNA MARGOLIN

Enivrée de l'amère vérité

Ce qui est sombre et pénible, je l'ai adopté.
Viens me frapper et me blesser, douleur sauvage.
Enivrée de l'amère vérité,
Je refuse tout autre cépage.

Ce qui est sombre, pénible et mésusé,
Et qui me rabaisse de jour en jour,
Je vais le transpercer, irradier, transfuser,
Transformer en l'éclat le plus doux.

De ce qui est sombre, pénible et dur,
Comme au service d'un ordre impérieux,
Je ferai un escalier de lumière pure
Vers le Dieu désiré, pensif et radieux.

*

Je voudrais…

Je voudrais, ô mon rogue et tendre allié,
Te conter, quelle était depuis toujours
Mon attente sur la pointe des pieds.
L'amour ? Non, ce n'était pas l'amour.

Mais un clin d'œil, un hasard, une voix,
Un souffle, si proche mais comme astre si lointain,
Cette sorte d'appel si débordant de joie
Qu'il faut fermer les yeux pour l'écouter enfin.

J'aime bien notre terre, l'espace et la grâce
De la simple vie, le doux péché, le vrai sans doute.
Et pourtant, pourtant – mon existence fugace
Ne fut qu'attente sur la pointe des pieds, une écoute.

PERETZ MARKISH

À une danseuse juive

Rapides comme l'éclair se meuvent tes jambes
Dans ta danse pudique de jeune mariée,
S'agitant comme des couteaux et se saluant,
Brandissant leurs tranchants comme pour argumenter.

Ta robe plissée ondule en batifolant,
Selon le bruissement saisissant de ses vagues,
Comme si le vent te suivait, t'accompagnant.
T'égarant par sa triste magie, tu divagues.

Voici un pic, puis un gouffre, puis de la neige ;
Et, au sommet, au-dessus du gouffre, une lutte.
Ne chute pas ! – Je t'en conjure, gare à l'ascèse
Solitaire de siècles d'errance et sans but.

Parfois tes jambes se figent pendant la danse,
Dans l'effort pénible de leur nudité d'argent,
Comme des éclairs qui fulgurent et se tancent,
S'invectivant et s'affrontant de leurs tranchants.

*

Consomme donc ce vin forgeron jusqu'au fond,
Les étoiles sur nos têtes, comme grappes de raisin, se balancent.
Elles sont mûres, avec leur éclat un peu félon,
Et vont nous attirer, comme le tilleul les abeilles, dans la danse.

Nous les suivrons, les poursuivrons jusqu'à l'horizon
Que nous franchirons, sans demander où est le but.
Même sans savoir s'il y a là quelque chose de bon,
À part ta féminité découverte et mon chant dévêtu…

C'est là, tu sais, fin et début pour la création.
Plus de nombre ni de mesure, aucune douleur ne compte.
Même si un lit tout en lames de couteaux nous avions,
Nous ne le quitterions pas pour tout l'or du monde.

Tes genoux resplendissent. Ta bouche est comme un seuil
Vers le lumineux lever de l'ineffable merveilleux.
La jouvence s'est ouverte comme s'ouvre un œil
Et, embrasés, nous nous y sommes jetés tous les deux.

*

Sans foyer et sans toit, sans aucun but
Sans appui, sans parole de consolation,
Tu as réveillé avec tes pas la terre nue,
Mais à tes soifs – ni apaisement, ni extinction.

Une forêt rousse sur tes épaules vient se perdre,
Comme pendant l'incendie des vagues de feu,
Ce même feu des bougies que bénissait ma mère
Qui de ses doigts cachait les larmes de ses yeux.

Alors continue, marche le long du bord du gouffre.
Les tristes flûtes du vent disent leur compassion.
Danse jusqu'à la fin des siècles ce que tu souffres,
Danse jusqu'à la fin des siècles ton humiliation.

Comme un sac sur ton corps flotte le jour, agité ;
Au-dessus de ta tête, croix et hache sont disposées.
Aucune épée contre toi qui n'ait été affûtée,
Aucune épée contre toi qui ne se sera brisée.

*

Calme est la mer et clairs sont les jours,
Je te vois voguer, bateau à voiles, sur les flots.
Les alizés te mèneront au port sans détour
Et te salueront sur des seuils de vermeil, bientôt.

Le vent alors prendra congé de toi,
Mais avant de te quitter, il te confiera :
— Prends racine à nouveau, reverdis ! Installe-toi !
À jamais quitte la tristesse et ses tracas !

Ici la terre à chacun est propice,
Ici, même les troncs desséchés refleurissent,
Ici chaque arbre sera ton complice
Pour que chaque grain de sable te nourrisse.

La mer est calme et plus capiteuse que le vin,
Je vois comme des mouettes t'entourer par une danse,
Ma chérie sans-abri, tu peux entrer enfin,
Retrouver raisins secs et amandes de l'enfance.

A. LUTZKY

Jazz

Piaille – braille ! Violon – piochon !
Piano – caisse ! Piano – caisse !
Tapot'-papot', baguett'-tigett' !
Frémis, chéris, palpit', clochette !

Percussionnist', tap' les cymbales –
Automate ou acrobate.
Danse et danse et brinqueballe,
Et syncope pile – en m'sure !

Prends un' cymbale – claqu'-lui dans l'dos.
Pench' la tête – tap' dans l'tambour.
Lèv' la jambe et saut' à cloch'-pied,
Clign' de l'œil et écart' la bouche.

Mets-toi à ch'val sur une chaise,
Les yeux fixés sur le lointain.
Envole-toi – et puis retombe
En hurlant, sur les deux mains.

Force et feu, désir d'amour.
Un' fill' te tourn' en dérision.
Donne-lui du pèze, et qu'elle le prenne,
Puis va pleurer dans son giron.

Montre, fais semblant d'être mort
Et réveill'-toi terrorisé.
À genoux, pieux, tu pries le Ciel
Mais d'un clin d'œil, franchisé.

Ton dos tourné envers les gens,
Tu gardes la main sur le cœur.
Tu t'inclines tout bas, tout bas,
Mais tu ricanes contre le mur.

Virevolte, toi le batteur,
Fais tomber le « charleston ».
Tu es là pour fair' du tapage,
Tu es là comme trublion.

Parle. Chante. Siffle. Sonne.

Avec tes dents, crisse et excite.

De tes regards excite le vice.

Pouss' un' gueulant', un' déchirure,
Chip' un baiser, donn' un' morsure.

Saxophon', lance donc ton cri :
– Co – co – ri-co ri – co!
Toi, gros tuba, pousse un soupir :
– Bô-bô – bô – bô bô – bô !

Ce n'est pas geindr', ce n'est pas rire –
Une tout' autr' façon d'agir.

Lamentage – rigolage.
Rigolage – pleurage.

D'un Kol-nidré, d'un « Aïda ».

Comme le blues d'un noir plaintif.
Comme en cage un tigre captif.
Comm' vers le ciel un train qui siffle.
Comm' le vent en forêt s'agite.
Comme un gros pope qui marmonne.
Comm' chante et vacille un ivrogne.
Comme une vache aux champs mugit.
Comm' dans des tonneaux vid's on crie.
Comm' le tonnerr' qui s'amplifie.

Tempêt' de neige.
Instinct sauvage.
Homme, animal – mêm' parenté.
Lion ou agneau – même lignée.

Les peuples – pleur'nt dans les campagnes.
Les bêtes – pleur'nt dans les savanes.

Clameur plaintiv' de tout's les langues.
Douleur muett' de tout's les choses.

Tous veul'nt avoir à ruminer,
Tous les morts veul'nt ressusciter.

Un écras'ment de tous les temps.
Un éclat'ment des continents.

Canonnade ! Mascarade !
Débandade ! Schéhérazade !

Boum ! Les mortiers et les canons !
Ébranl' la terre et les maisons !
Plus vit' ce jour, plus vit' demain !
Aiguill's de montre, accélérons !

Dessus – des trains, dessous – des trains,
Aéroplanes, sous-marins.

Mailloches, roues et grosses caisses –
Pour tout fermer, tout enfermer !

Radio, appell' la planèt' Mars :
Mond's ! Rapprochez-vous l'un de l'autre !

Plus fort, plus fort, saxophone !
Blague et coulisse, trombone !
Tout là-haut, tuba, résonne !
Baguett', flott' et papillonne !
Clochette, rappelle et sonne !
Clame, trompette et rayonne !
Claironne !!!
– – – – – – – – – – – –
Tous au début – et on entonne !

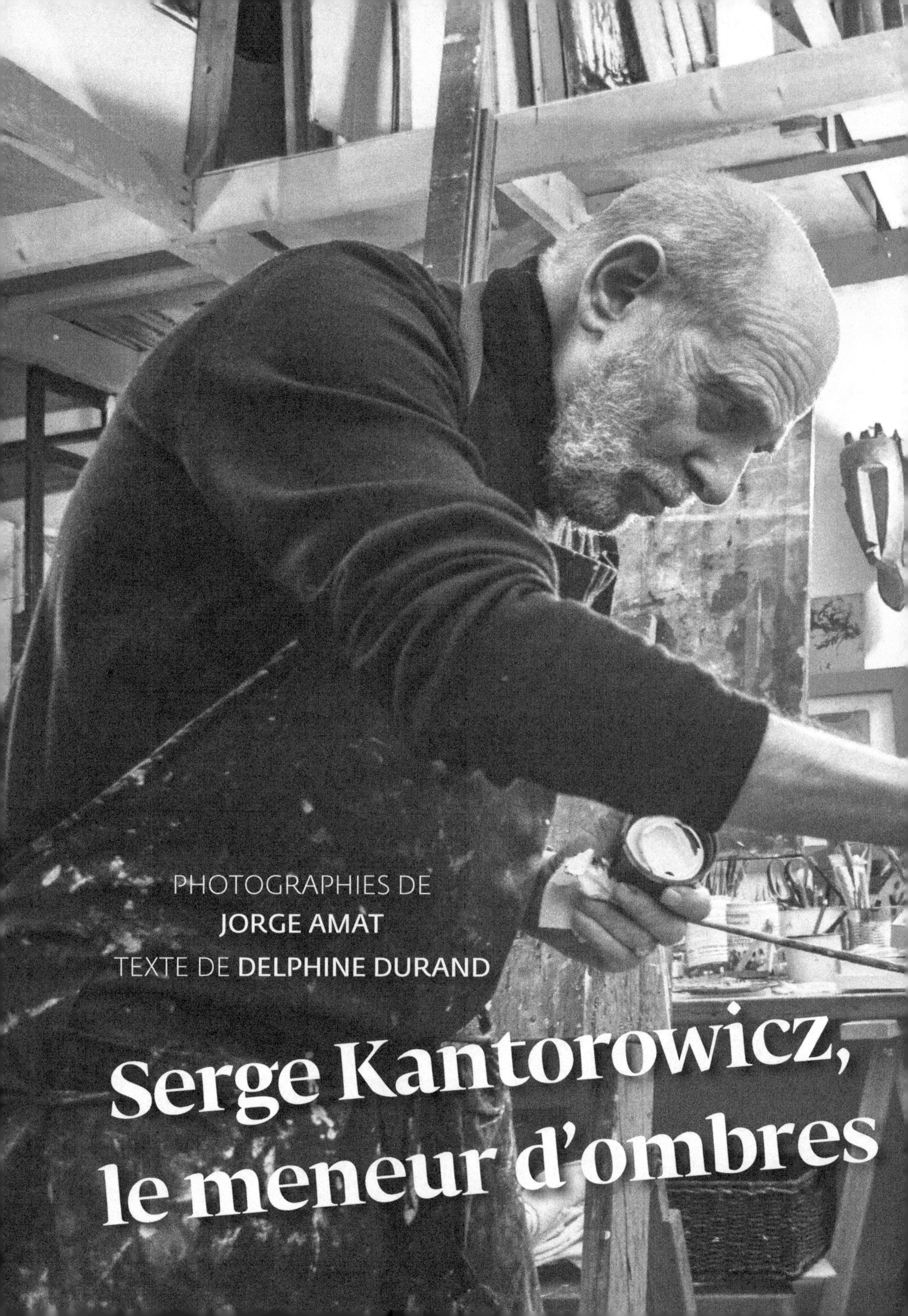

PHOTOGRAPHIES DE
JORGE AMAT
TEXTE DE **DELPHINE DURAND**

Serge Kantorowicz, le meneur d'ombres

Parle vrai, celui qui parle d'ombre.
PAUL CELAN

Beaux jeunes gens morts et silencieux. Esther et Abraham. Assassinés à Auschwitz.

D'eux il ne reste que des photos jaunies, des souvenirs épars dans la mémoire des survivants. Beaux jeunes gens fixés à jamais sur un cliché. De l'amour brisé demeure une plaie ouverte. Du néant ne fut sauvé qu'un enfant, leur enfant.

Sa peinture sera le tombeau qu'ils n'ont pas eu. Beaux jeunes gens à la fois inoubliables et étrangers.

Né sous l'occupation allemande de parents immigrés polonais, le peintre Serge Kantorowicz, atteint d'un mal bien connu, nous a quittés en octobre 2022 avec une élégance bouleversante. Son père Abraham vit le jour le 6 juillet 1920 à Varsovie, sa mère Esther à Lodz. Venus en France en 1926, ils se rencontrent et s'aiment rue de Lappe, à Paris. La jeune femme est rayonnante, elle aime danser dans les bals populaires. Lui cumule déjà plusieurs vies, ébéniste, sculpteur, bundiste. Ils se marient en 1941 alors qu'Abraham est déjà interné. Déporté, il quitte la France le 17 juillet 1942 pour Auschwitz-Birkenau dans le convoi n° 6 ; Esther est déportée à son tour en 1944, en compagnie de femmes, engagées comme elle dans la Résistance. Ni l'un ni l'autre ne reviendront. D'eux ne subsistent que des photos de chers dévastés, bribes, lambeaux, visions d'un monde disparu. D'où l'exigence obsessive à peindre, à ramener les ombres. Beaux jeunes gens d'autrefois qui reviennent dans le tremblement des larmes.

Celui qui écrivait « Je suis né le jour de la mort de Musil, rue Santerre au n° 15 à 8 h 45, dans le XIIe arrondissement de Paris le 15 avril 1942 » est un enfant caché. Il est la trace ou l'empreinte d'une histoire qui a eu lieu. Le nourrisson que l'on bâillonne avec du sparadrap pour l'empêcher de pleurer quand passe la police allemande ou française est condamné à ce « cri sans voix » évoqué par le poète Yitskhok Katzenelson. L'enfant caché ne vit pas dans l'assurance mais dans l'inquiétude d'une mort possible. Y aurait-il un salut, il est dans l'étendue d'un monde chaque jour plus infortuné. Appartenir à un peuple foudroyé, fracassé. La brisure est irréparable. Face à cet abîme, la transmission familiale est anéantie, les vieillards privés de descendance, l'orphelin rivé à l'horizon noir de la Shoah. Vivre, c'est le tragique défi de ceux qui savent que la fin du monde est de chaque jour, de chaque instant. Vivre est ce rêve arraché à l'aveuglement de la guerre. Vivre est ce cœur désintégré qui vient d'un au-delà de l'espoir. Il est rendu à sa famille. C'est la Libération. La grand-mère maternelle Gitla Berger attise les braises sous la cendre. Son yiddish porte les stigmates du drame. Chaque jour elle emmène l'enfant « aux trains », elle scrute les femmes décharnées, les visages suppliciés privés de paroles et d'identité sans jamais *reconnaître* sa fille Esther. Dans ce terrible pèlerinage les visages sont des tombeaux. Cette perte

Double page précédente : Serge Kantorowicz dans son atelier rue de Bagnolet, 2021. Préparation de l'exposition *De naturæ*. © Jorge Amat.

de reconnaissance est la marque de l'inhumanité. Dans *1984*, Orwell fait dire au tortionnaire : « Nous allons vous vider de votre personnalité et la remplacer par nous-mêmes. » Il n'y a plus rien, sinon une présence fantomatique sur la stèle des effacés de l'Histoire. L'ultime signe de la dépossession face à l'omniprésence du néant. Ruines, cendres, souvenirs. La mort vient le visiter dans le miroir de sa peinture peuplée de figures d'épouvante entre sublime et lumière, horreur et tension. Il en tire une beauté barbare par l'alchimie d'un paradoxe insoutenable dans sa douleur de ne pouvoir répondre à l'inextinguible image. Entre sphinx et méduse. Les corps multipliés jusqu'à l'obsession occupent l'espace du vertige. La consumation intérieure de la blessure. Cette *terribilità* maniériste dans le nœud des corps et des sexes qui se vident et se dénouent. Mêlées de chair, batailles perdues de l'amour, dernier feu de vie rappelant *Les Désastres de la guerre* (1810) de Goya, griffures hallucinées ; on y rencontre ce crépuscule des cataclysmes tragiques qui accompagnent les vestiges d'une inhumanité radicale.

Face à l'abîme de l'insondable, il y a l'univers des contes yiddish. Les origines de son art, ses prototypes les plus anciens, on les trouvera dans les cosmogonies populaires et les fables : « Chaque matin, avant que j'aille à l'école, ma grand-mère me racontait des histoires de dibbouks, de jeunes mariés possédés. » Mutique, englouti par cette blessure laissée ouverte chez les survivants, l'enfant est entre deux langues, il atteint ainsi le fond même de la poésie ; le yiddish vibre dans la déchirure et le français qui lui échappe, dans une bouleversante absence : « J'étais parmi ceux qui fleurissent au bout des radiateurs. » Très tôt, il fait l'apprentissage de l'identité profonde. C'est par la lecture qu'il se détournera des chagrins de l'enfance.

Il y a son précoce commerce avec les mots : « Cela remonte bien loin cependant, au silence qui fut le mien à l'école de la rue de Turenne, avant de savoir lire. Je ne suis sorti de cette solitude, je n'ai vu les autres que le jour où j'ai réussi pour la première fois à lire une syllabe, à déchiffrer le premier mot français[1]. » Timide, il a le bégaiement du *barbaros* de l'étranger, du barbare, « celui qui bredouille », perdu dans cette école primaire, où il dit « avoir vécu sans vivre [s]es premières humiliations et [s]es premières joies[2]. ». C'est dans cette déficience physiologique que commence le jeu de translation avec la poésie. C'est là un déracinement profond, tragique et incurable. À l'origine d'une fragilité archaïque, celle du nourrisson peut-être.

C'est la langue de l'autre qui dit l'inouï, l'inoubliable qui fonde ce qui est arrivé.

L'éclectisme dont il fait preuve est à la mesure du désarroi culturel qu'il éprouve. Serge Kantorowicz a décrit ce paradis perdu : « Avant j'arrachais les pages du livre de lecture et les cachais sous mon lit pour les lire plus tard. J'ai

1. Dans *L'année balzacienne*, 2004, PUF.
2. Carnet de l'artiste.

découvert avec passion les grands romans de Hugo[1]. » Comme Mallarmé, il croit que tout aboutit à un livre. Il les dévore dans les salles de lecture glacées « dans un mélange total, une sorte d'avidité ». Victor Hugo qu'il relira sans cesse et qu'il définira plus tard comme l'écrivain singulier propre à mettre à nu l'univers secret des êtres humains. Baudelaire aussi qui lui montre la voie des images dans *Mon cœur mis à nu* : « Glorifier les images (ma grande, mon unique, ma primitive passion). » Proust. Balzac. Hugo. Kafka. La littérature est une demeure de la perte. Chaque mot, chaque livre est un chemin de solitude. Chaque livre répète en écho la disparition des images détruites par le feu. Images enfouies dans les territoires de l'absence. Seul le langage du rêve permet d'évoquer les morts.

La beauté et la destruction, le bonheur et la mort se donnent à voir à travers la prison viscérale des encres, la transcription des ombres dans une peinture qui vit toujours « la douleur sans espoir de l'exode que chaque siècle renouvelle » (Primo Levi). Tel Saturne dévorant ses enfants, l'œuvre ininterrompue ravale la désespérance universelle qui ne parviendra jamais à subjuguer la violence orageuse de peindre. Sa beauté est de celle qui ont fait dire à Rilke dans sa *Première Élégie à Duino* que « le beau n'est que le degré de commencement du Terrible que tout juste nous supportons ». Dès ses premières toiles, Serge Kantorowicz apparaît en proie à une véhémence révélatrice d'un tempérament farouchement expressionniste. La fracture d'une faille existentielle abyssale qu'une force éruptive incessamment révèle, l'emportement saccadé d'une tempête intérieure et la violence émotive qui s'y rattache réalisent, d'époque en époque, de variations en mutations, la geste quasi médiumnique de l'accomplissement créateur. Les formes sont appelées à mourir. Comment oublier la citation d'Ernst Bloch : « Le siècle qui a vécu l'abstraction est aussi celui qui a connu les camps de concentration. » Les toiles qu'il va peindre seront englouties dans un triomphe de la mort entre Hans Baldung Grien et Alfred Kubin. La couleur prend la place de l'endeuillé. Une manière de rapt et de coup de force qui évoque Strindberg ou Nolde. Comme Kandinsky, il pense la couleur dans l'émotion qui soulève l'âme. Cela dans l'ouvert de l'œuvre et du vivant. Kantorowicz aime et célèbre aussi les peintres des ténèbres. Le Goya de la *Quinta del Sordo* et ce prophète d'une apocalypse infigurable que fut Edvard Munch. On pense à Klingsor, le héros de la nouvelle d'Hermann Hesse dont « le travail n'était qu'une lutte sanglante contre l'anéantissement ». Car si Dieu a créé le monde en le nommant, c'est en lui ôtant ce nom et en lui en donnant un autre que l'artiste crée à son tour. Peindre ce n'est pas seulement mourir, c'est exister à partir de la mort. S'il y a nudité c'est en vue d'une fête terrible et jubilatoire, ontologique, en vue de s'acquitter de la faute d'exister. Dans cette rhétorique plastique déchaînée, il rejoint Gerstl, Schiele, Kirchner, Beckmann, Kokoshka, Kubin, la flamme

1. *Ibid.*

farouche de Soutine. Il admire les Viennois et leur libido hypnotique. Le hasard de ses affinités électives le rapproche de Schoenberg. Dans le prolongement de l'expressionnisme, il absorbe le corps au gré du torrent qui le crée. Dans le lacis des surgissements anatomiques apparaît justement la béance où il se dérobe en dérobant la peinture.

Comment vivre la tragédie face à la blessure inguérissable ? Les photos de famille saignent de murmures et de cris, de voix étranglées. Toute mémoire porte la tragédie. La peinture, l'art, est cette tentative d'être, recours ultime quand tout s'est écroulé : les mythes sont morts, la couleur n'appartient qu'à l'horizon des sens, vivre même n'est plus qu'une soumission au vide. L'artiste doit prendre sur lui le destin du survivant. Sur le seuil entre la mort et la soif de vivre. Dans une œuvre élaborée au sortir des heures les plus noires de l'Histoire, comme voilée de deuil par les cendres d'Auschwitz, mais jaillissante dans un tourbillon qui pulvérise jusqu'à la lumière. Œuvre qui nous rappelle sans fin nos cataclysmes (et la faillite annoncée d'une prétendue modernité). Tel est le reflux de l'Histoire sous les décombres. Empreintes. Macules d'un papillon à l'aile arrachée qui ne parfile plus. Le cri expressionniste face à la terreur. Il y a du sorcier et de l'exorciste chez celui qui s'enfonce dans la frénésie de ténèbres fourbies, dans les empoignades glacées du néant et le blasphème sans pareil des cauchemars. Peintre réveillant le Pomarancio, Goya, Miklos Bokor dans les terribles emportements de l'ange veillant aux portes de l'enfer. Au chaos du monde doit faire écho celui de la peinture. La matière même de l'œuvre portera la trace d'un bouleversement ontologique. À l'impossible aveu de la destruction se substitue un vaste poème du dedans même des cendres. Toute mémoire est tragique. Le spectre errant d'Isaac Bashevis Singer se dresse face à l'histoire : « Moi, démon, je porte témoignage de ce qu'il n'y a plus de démons. À quoi bon des démons si l'homme lui-même n'est plus qu'un fantôme ? » Le survivant porte en lui le désastre. Dieu est silencieux. Absent. Rien ne peut gommer l'absurde.

L'œuvre de Serge Kantorowicz, pourtant, est de celles qui réparent. À l'instar de ce qui est raconté dans le Pentateuque, il incombait au fils de recouvrir la nudité tragique des pères privés de sépulture. Le rituel juif du deuil qui consiste à rester en prière, des cendres sur la tête, les revers d'un veston déchiré se transfère dans les émouvantes, burlesques ou pathétiques figures d'orants de sa peinture. L'endeuillé doit mourir pour renaître. Toute peinture est vital ordonnancement d'un chaos intérieur. Un survivant de la Shoah peint au nom des morts qui lui ont donné la vie.

Extrait d'une monographie en cours consacrée à l'*œuvre picturale de Serge Kantorowicz* (1942-2022).

Double page suivante : Atelier rue de Bagnolet, *Série Kantor*, 2000-2005. © Jorge Amat.
Page 446 : Préparation de l'exposition *Proust* au château de Joinville, 2015. © Jorge Amat.

Franz
Kafka
la
métamorphose
par
Kantorowicz
QUE
OUBLIÉ)

Remerciements

Aux auteurs : Serhan Ada, Shahnaz Akmali, Kazim Ali, Sirine Alkonost, Jorge Amat, Suna Arev, Ella Balaert, Christine Balbo, Enis Batur, Yahia Belaskri, Ariane Bendavid, Mustapha Benfodil, Yves Bergeret, Zéno Bianu, Jean-Marie Blas de Roblès, Lionel Bourg, Laure Cambau, Silvia Eugenia Castillero, Ali Chibani, Hélène Claudot-Hawad, Robert Colonna d'Istria, Costa-Gavras, Antoine Daguery, Rachel Deghati, Ananda Devi, Assia Dib, Ivan Dimitrov, Pascal Dibie, Javad Djavahery, Zehra Doğan, Carles Duarte, Guy Dugas, Delphine Durand, Rachel Ertel, Sepideh Farsi, Emmanuelle Favier, Ben Ami Fihman, Myriam Gaume, Danyel George, Guéorgui Gospodinov, Gérard Haddad, Hubert Haddad, Shervin Hajipour, Hawad, Luba Jurgenson, Mehdi Yazdani Khorram, Farhad Khosrokhavar, Hughes Labrusse, Yvon Le Men, Martine-Léa Leruch, Françoise Lesourd, Angela Lugrin, Guyette Lyr, Isabelle Macor, Yamen Manaï, Gilles Marchand, Daniel Maximin, Martin Melkonian, Dominique Memmi, Emmanuel Merle, Arezki Metref, Vicente Luis Mora, Laure Morali, Antonio Negri, Cécile Oumhani, Marc Petit, Jean-Pierre Poinas, Ottavia Pojaghi Bettoni, Elena Poniatowska, Catherine Pont-Humbert, Ghazi Rabihavi, Somaia Ramish, Diane Régimbald, Toomaj Salehi, Cèlia Sànchez-Mústich, Hervé Sanson, Éric Sarner, Leïla Sebbar, Yalla Seddiki, Kenza Sefrioui, Mohammad Reza Shafiei-Kadkani, Jasmina Šopova, Lyonel Trouillot, Vassilis Vassilikos, Itamar Vieira Junior, Laurence Vilaine, Jean-Claude Xuereb.

Aux traducteurs : Jül Amado, Darya Djavahery-Farsi, François-Michel Durazzo, Julie Duvigneau, Naz Öke, Chantal Ringuet, Nahal Tajadod, Rafael Tobar, Bernard Vaisbrot, Marie Vrinat.

Aux peintres, photographes et plasticiens : Jorge Amat, Marc Anselmi, Mireille Cambau, Francesco Gattoni, Thierry Pertuisot, Reza.

Aux éditions La Barque pour les textes de Zuzanna Ginczanka.
Aux éditions Le Réalgar pour les textes de Jean-Claude Barbé et de Pierre Vandrepote, et les lettres d'André Breton.
Aux éditions Maurice Nadeau et à Emmanuel Duits pour le texte Charles Duits.
Aux éditions du Seuil et El Kalima pour les extraits inédits de Jean Sénac.
À Nadia Matoub et Triomphe Musique pour les textes de Lounès Matoub.
À Alexandre Paskov pour le texte de Victor Paskov.
À Assia Dib pour les textes de Mohammed Dib.
À Jasmina Šopova pour les textes d'Aco Šopov.
À Myriam Kantorowicz pour les dessins de Serge Kantorowicz.
Aux ayants droit de Simin Behbahani, Forough Farrokhzad, Haïm Grade, Rachel Korn, Werner Lambersy, A. Lutzky, Itsik Manguer, Anna Margolin, Peretz Markish, Irina Ratouchinskaïa, Salim Saïdi, Youcef Sebti.

La revue apulée est publiée par les éditions Zulma.
Directrice de la publication : Laure Leroy
Rédacteur en chef : Hubert Haddad
Secrétaire de rédaction : Yahia Belaskri
Comité de rédaction : Yahia Belaskri, Jean-Marie Blas de Roblès, Ananda Devi, Delphine Durand, François-Michel Durazzo, Myriam Gaume, Hubert Haddad, Laure Morali, Cécile Oumhani, Catherine Pont-Humbert, Éric Sarner, Kenza Sefrioui
Graphisme, mise en page : Laure Schaufelberger

Pour toute correspondance :
Éditions Zulma, 32, rue Myrha, 75018 Paris
www.zulma.fr

ISBN : 979-10-387-0198-4
Dépôt légal : mai 2023
Achevé d'imprimer par Normandie Roto Impression S.A.S à Lonrai
le 3 mai 2023 pour le compte des éditions Zulma à Veules-les-Roses.
Imprimé en France
Numéro d'imprimeur : 2301322
ISNN : 2492-0452